Stephen Amidon

Traumstadt

STEPHEN AMIDON

TRAUMSTADT

Roman

Aus dem Amerikanischen
von Wolfram Ströle

MANHATTAN

Die Originalausgabe erschien
unter dem Titel »The New City«
bei Doubleday, New York

Umwelthinweis:
Dieses Buch und der Schutzumschlag
wurden auf chlorfrei gebleichtem Papier gedruckt.
Die Einschrumpffolie (zum Schutz vor Verschmutzung)
ist aus umweltschonender und recyclingfähiger PE-Folie.

Manhattan Bücher erscheinen im Goldmann Verlag,
einem Unternehmen der Verlagsgruppe Bertelsmann GmbH

1. Auflage

Satz: Uhl + Massopust, Aalen
Printed in Germany · GGP Media GmbH
ISBN 3-442-54512-9
www.manhattan-verlag.de

Für Caryl

1. Teil

1

Auf den ersten Blick sah der Schaden gar nicht so schlimm aus. Über die Scheibe der Eingangstür lief ein gezackter Sprung, für den es aber hundert harmlose Erklärungen geben konnte, und die Unordnung im Foyer – aus einem der dort stehenden Aschenbecher war Sand gekippt, über den Boden verstreut lagen Broschüren gegen Drogenmissbrauch – sah aus wie die übliche Hinterlassenschaft jugendlicher Rabauken. Vielleicht, dachte Austin Swope, als er die eiserne Wendeltreppe zum oberen Teil des umgebauten Silos hinaufstieg, vielleicht hatten die Leute von der Sicherheit ja übertrieben, als sie von Krawallen gesprochen hatten.

Seine Hoffnung verflüchtigte sich im ersten Stock. Wohin er blickte, begegneten ihm die unmissverständlichen Anzeichen von Gewalt. Auf dem hellen Teppichboden lagen Glasscherben und zusammengeknülltes, blutverschmiertes Toilettenpapier, die Sitzschale eines Stuhls war gesplittert, an den Wänden klebte der getrocknete Schaum eines Feuerlöschers, und im grünen Belag des Billardtisches klaffte ein häßlicher Riss, teils verdeckt durch einen herrenlosen Turnschuh. Swope seufzte laut. Vertuschen ließ sich das nicht mehr. Chicago würde davon erfahren, vielleicht wusste man es dort ja schon. Und mit Begeisterung war nicht zu rechnen.

Im zweiten Stock war die Verwüstung sogar noch schlimmer. Swope stakste durch die Trümmer, bemüht, sich die maßgefertigten Halbschuhe nicht schmutzig zu machen. Die Holzverkleidung war an verschiedenen Stellen eingedrückt, an einer so tief, dass man die darunter verlaufenden Stromkabel sah. Die Tischtennisplatte lag auf zwei eingeknickten Beinen wie ein zum Absitzen nach unten gegangenes Kamel. Einige Fenster waren zu Bruch gegangen, in den schallschluckenden Platten an der Decke steckte ein abgebrochenes Queue, und die Tür zum Büro des Leiters war aus den Angeln gerissen. Swope richtete einen umgekippten Stuhl auf und nahm vorsichtig auf der Kante Platz. Es sind immer die Kids, dachte er. Sie stellen etwas an, und wir müssen es dann ausbaden.

Er schloss die Augen und wünschte sich weit weg, in ein Wahljahr der fernen Zukunft, in dem alle seinen Namen kannten und andere die Drecksarbeit machten. Vor seinem geistigen Auge begann einer der Wahlspots abzulaufen, mit denen er sich in Zeiten der Krise tröstete. Zielstrebig schreitet er durch eine zerstörte Stadtlandschaft, eine Wüste schwelender Ladenfronten. Über die Dächer rennen geduckt Nationalgardisten, misstrauische Bürger stehen in Gruppen beieinander. Sein Schritt ist entschlossen, seine Begleiter müssen ihr Tempo verdoppeln, um mithalten zu können. Im Hintergrund erklingen die aufwühlenden Eröffnungstakte von Mahlers Sechster. Plötzlich schert er aus seiner Eskorte aus und steuert furchtlos auf eine Gruppe Schwarzer mit hasserfüllten Gesichtern zu. Die Kamera macht einen Schwenk, er beginnt ein Gespräch. Sein Ton ist streng, aber verständnisvoll. Durch die aufbrandende Musik hört man Gesprächsfetzen, Worte wie Erneuerung und Verantwortung, Bürgerrecht und Hoffnung. Der Hass auf den Gesichtern verschwindet. Swope schüttelt eine ausgestreckte Hand, tätschelt den Kopf eines Kindes. Die Musik schwillt an, die Kamera bleibt auf seinem Gesicht stehen.

Austin Swope, ertönt eine tiefe Stimme aus dem Off. *Unser Führer in schweren Zeiten.*

Oder:

Austin Swope. Harte Entscheidungen für harte Zeiten.

Er hatte noch nicht entschieden, was besser war.

Schlurfende Schritte rissen ihn aus seinen Gedanken, und er blickte auf. Vor ihm stand der Wachmann von EarthWorks, der ihn hereingelassen hatte, ein junger Kerl mit fettigen langen Haaren, die unter seiner Mütze heraushingen. Die Uniform war ihm einige Nummern zu groß, er sah darin aus wie ein Gefängniswärter aus einem ärmeren Bezirk. Entsprechend den Bestimmungen des Unternehmens trug er keine Waffe. Er musterte Swope lustlos und argwöhnisch.

»Ja?«

Swopes Stimme klang barsch, und der Mann zuckte leicht zusammen. Kein Wunder, dass die Jugendlichen über die Stränge schlagen, dachte Swope.

»Ich wollte nur fragen, ob Sie etwas brauchen.«

»Die Nationalgarde am liebsten.«

Der Mann runzelte verwirrt die Stirn.

»Sie wissen wahrscheinlich auch nicht, was hier passiert ist«, fuhr Swope fort. Humor schien nicht die Stärke des Mannes zu sein.

»Ich bin um sieben zum Dienst gekommen. Ich sollte hier aufpassen, bis Sie da sind.« Der Mann spürte, dass Swope mit seiner Antwort nicht zufrieden war. »Soviel ich weiß, waren 'ne Menge Bullen hier.«

»Wo sind die Leiter des Jugendzentrums?«

»Sie haben sich telefonisch krank gemeldet.«

»Krank? Wann?«

»Gestern Abend.«

»Soll das heißen, dass zur Tatzeit niemand Aufsicht hatte?«

Der Mann zuckte die Schultern. Er jedenfalls nicht. Swope sah sich ein letztes Mal verärgert um, dann stieg er die Treppe hinunter. An den Sohlen spürte er ein unangenehmes Ziehen von einer klebrigen Flüssigkeit, die über die Stufen tropfte. Im Foyer blieb er vor dem gütig lächelnden Porträt des geistigen Vaters der Stadt stehen, des alten Barnaby Vine. Ein grob hingeschmierter Penis verunstaltete sein abstehendes linkes Ohr. Der Wachmann wartete in einigen Metern Entfernung auf Swopes Anweisungen.

»Also«, sagte Swope schließlich, »suchen Sie sich oben im Büro Pappe und Filzstift und malen Sie ein Schild – ›Bis auf weiteres geschlossen‹. Dann schließen Sie ab. Niemand betritt das Jugendzentrum, bis ich entschieden habe, wie es weitergeht.«

Der Mann nickte nur betont knapp und sachlich. Swope sah sich noch einmal im Foyer um, dann ging er durch die gesplitterte Eingangstür nach draußen. Dort erinnerte nichts an das Chaos drinnen. Der überdachte Weg, der zum Village Center von Fogwood führte, war ein Bild des Friedens. Sanfte Musik rieselte aus dem Nirgendwo durch an Spalieren hochrankende Clematis und eingetopfte Gummibäume, brave Bürger eilten auf der Suche nach der Morgenzeitung an Swope vorbei. Die meisten nickten freundlich, einige grüßten ihn mit Namen. Unvorstellbar, dass hier noch vor wenigen Stunden alles voller randalierender Jugendlicher gewesen war.

Swope kehrte zu seinem Lincoln zurück, den er in der Feuerwehreinfahrt geparkt hatte. Er schüttelte einen Zigarillo aus dem Päckchen und zündete ihn an. An die Beifahrertür gelehnt, den Blick auf das umgebaute Silo gerichtet, sog er genussvoll den ersten mentholgeschwängerten Zug ein. Wenigstens äußerlich wirkte das Silo unzerstört. Die Fenster waren tief in die Mauern eingelassen und die zerbrochenen Scheiben deshalb unsichtbar, der Sprung im Türglas hinter dichtem Laub verborgen. Doch nicht der materielle Schaden beschäftigte Swope. Firmeneigene Handwerker konnten das Gebäude bis zum Wochenende wieder so herrichten, dass es wie neu aussah. Sorgen machten ihm die möglichen negativen Folgen für die vielen noch nicht verkauften Bauplätze.

Als der Anruf um sechs Uhr früh gekommen war, hatte er das Ganze zunächst nicht ernst genommen. Sonst hätte der Wachmann ihn doch sofort verständigt. Hatte er zumindest geglaubt. Wie sich herausstellte, war der Mann vom Nachtdienst neu und mit den örtlichen Gepflogenheiten noch nicht vertraut. Das war hier überhaupt das Problem – alle waren so verdammt neu. Swope wurde also erst bei Schichtwechsel benachrichtigt. Es war eine schwere Schlägerei gewesen. Ein halbes Dutzend Streifenbeamte war zum Tatort geeilt und fünf junge Männer, alle schwarz, wegen Störung der öffentlichen Ordnung festgenommen worden.

Swope hatte bereits aufgelegt, als ihm einfiel, dass auch sein Sohn am Vorabend im Silo gewesen war. Der Gedanke, seinem geliebten Jungen könnte etwas zugestoßen sein, hatte ihn in Panik versetzt, und er war sofort durchs Haus zu Teddys Zimmer gestürmt. Doch Teddy schlief fest; seine Trichterbrust hob und senkte sich friedlich. Er hatte keine Schrammen im Gesicht, und die neben seinem Bett liegenden Kleider waren nicht blutbefleckt. Swope überlegte, ob er ihn wecken und ausfragen sollte, aber er wusste, dass es eine halbe Stunde dauern würde, bis sein Sohn einen zusammenhängenden Satz herausbrachte. Stattdessen trug er einer schlaftrunkenen Sally auf, Teddy solle sich, sobald er wach sei, bei ihm im Büro melden.

Swope zog wieder an seinem Zigarillo und ließ den Blick zum Sägedach des Village Center wandern. Er hätte sich ohrfeigen können, dass er Chicago nicht deutlicher gewarnt hatte. Die schriftliche Bitte, einen Polizisten am Eingang des Silos zu postieren, hatte nichts bewirkt. Er hätte denen die Situation in drastischeren Farben schildern müssen, ihnen sagen müssen, dass die Bezirkspolizei hoffnungslos überfordert war. Er hatte es nicht getan, und deshalb war die Antwort nein gewesen. Polizisten am Eingang passten nicht in Barnabys Vision. Die Stadt sollte aus sich selbst heraus Ordnung schaffen. Das viele Grün und das Licht sollten etwaige anarchische Gelüste der hierher umgesiedelten Menschen im Keim ersticken. Wie oft hatte Barnaby ihm dazu Vorträge gehalten, damals, als Newton erst auf dem Papier existierte, ihm erklärt, dass weitläufige öffentliche Anlagen und die ausgewogene Mischung verschiedener Bevölkerungsschichten Neid und soziale Entfremdung, die Ursachen des Verbrechens, gar nicht erst aufkommen ließen. Die Leute des Sheriffs von Cannon County waren vollkommen ausreichend, um mit Krisensituationen wie einem gelegentlichen Herzinfarkt oder Ehekrach fertig zu werden. Barnaby glaubte das so fest, wie er glaubte, dass Autos auf den Straßen seiner Stadt fahren und Wasser durch ihre Rohre fließen würde. Und jetzt hatten sie die Bescherung. Fünf Jugendliche im Gefängnis, Sachschaden in Höhe von einigen tausend Dollar und vermutlich noch jede Menge schlechte Presse. Die Schreiberlinge von der *Baltimore Sun* und den *News American* leckten sich nach so was doch die Finger. Sie studierten schon jetzt eifrig den Polizeibericht von Cannon County, denn im vergangenen Monat war in der *Washington Post* ein endlos langer Artikel mit dem Titel »Torpedieren Rassenunruhen Traum von neuer Stadt?« erschienen, der in einem grotesk apokalyptischen Ton die jüngsten Zusammenstöße zwischen Banden schwarzer und weißer Jugendlicher auflistete. Jetzt hatte es tatsächlich Verhaftungen gegeben, für die Schmierfinken ein gefundenes Fressen. Schließlich war das Jugendzentrum eins von Barnabys Lieblingsprojekten. In Barnabys Vision sollte es für »Harmonie und Eintracht« unter den Jugendlichen sorgen. Aus räumlicher Nähe sollte Frieden wachsen, Rassenunruhen sollten der Vergangenheit angehören. Dass schwarze und weiße Jugendliche mit Billardstöcken aufeinander losgingen, war entschieden nicht vorgesehen.

»Mr. Swope?«

Eine junge Frau, die einen Kinderwagen vor sich her schob, war ein paar Schritte vor ihm stehen geblieben. Swope kannte sie von der monatlichen Eigentümerversammlung, wusste aber nicht, wie sie hieß. Sie hatte eine mit Sommersprossen übersäte Nase und einen blonden Bubikopf, ihre Latzhose war frisch gewaschen. Am Mund ihres schlafendes Kindes hing ein dünner Speichelfaden, der in der Morgensonne glitzerte wie der taunasse Faden einer Spinne.

»Was war da los?«, fragte sie mit einer Kopfbewegung zum Silo. »Jemand sagte was von Krawallen.«

Swope ließ den Zigarillo in einen Gulli fallen und lächelte schmallippig.

»Keine Krawalle, nein«, sagte er. »Einige Leute von außerhalb haben sich geprügelt.«

»Kommt das in letzter Zeit nicht ziemlich oft vor?«

»Ich würde nicht sagen oft«, sagte Swope, das Lächeln immer noch auf den Lippen.

»Trotzdem ...«

Swope wusste, dass die Frau sich nicht mit Allgemeinplätzen zufrieden geben würde. Sie machte sich Sorgen, und er konnte es ihr nicht verübeln. Fünf Verhaftungen wenige Meter von dem Laden entfernt, in dem sie den Brei für ihr Baby kaufte, das war unannehmbar.

»Ich denke über eine künftige Ausweispflicht für Jugendliche nach«, sagte er nach einer Pause. »Damit nur Jugendliche aus Newton reinkommen.«

»Das wäre wenigstens etwas.«

»Wer ein so schönes neues Jugendzentrum hat, muss am Anfang mit unliebsamen Gästen rechnen.«

Sie nickte zögernd. Er spürte, dass sie noch nicht beruhigt war. Diese Exhippies waren, wenn es um ihre Sicherheit ging, manchmal erstaunlich störrisch.

»Tja, die Arbeit ruft«, sagte er und langte nach dem Türgriff.

Die Frau blieb stehen. Offenbar hatte sie noch etwas auf dem Herzen. Swope wartete. Auf keinen Fall wollte er einen Hauseigentümer verprellen. Sie waren seine Stammwähler, das Sprungbrett für eine steile Karriere.

»Wissen Sie, Mr. Swope«, sagte sie schließlich, »wenn wir erst offiziell eine Stadt sind …«

»Ja?«

»Die Leute hier würden es begrüßen, wenn sich hier und da was ändert.«

Swope erwiderte ihren Blick einen Moment lang, dann nickte er. Zu sagen brauchte er nichts. Das Eine jedenfalls konnte er garantieren – bis zum Ende des Sommers würde sich einiges ändern. Die Frau, endlich zufrieden gestellt, lächelte freundlich und schob ihr schlafendes Kind weiter.

Swope setzte sich in seinen Achtzylinder und startete ihn. Zeit, ins Büro zu fahren und als Krisenmanager tätig zu werden. Er fuhr nach links auf den Serendipity Way und reihte sich in den leichten Verkehr ein. Er tastete nach seiner Sonnenbrille, dann kurbelte er das Fenster herunter und ließ die milde Morgenluft herein. Laut Wetterbericht sollte es später heiß werden, doch jetzt, solange die Sonne noch tief am lachsfarbenen Himmel stand, war es zum Glück noch kühl. Er fuhr durch die ruhigen Straßen Fogwoods, vorbei an Vorgärten mit gepflegten Rasenstücken, mit an Pfosten festgebundenen jungen Bäumen und antikisierenden Gaslaternen. Die Häuser für junge Familien bestanden aus Aluminium und hatten drei Schlafzimmer, eine bescheidene Garage und eine Veranda aus Redwood. In regelmäßigen Abständen waren makellose Telefonzellen und stabile Briefkästen aus Beton aufgestellt. Zwischen den Häusern verliefen wie Nervenstränge geteerte Fuß- und Radwege, die sich jetzt langsam mit Joggern und Spaziergängern mit Hunden füllten. Über den Wiesen hing ein leichter sommerlicher Dunst. Das waren Barnabys gefeierte Straßenlandschaften in ihrer schönsten Form, durchgeplant bis zum letzten Grashalm.

Swope bog auf den Newton Pike ein, die vierspurige Schnellstraße, die in nordsüdlicher Richtung durch die Stadt schnitt. Wenig später tauchte das halbe Dutzend geduckter brauner Mietskasernen von Renaissance Heights auf, die über einen Hügel verstreut lagen, wie der Kot eines riesigen Tieres. Swopes Laune verschlechterte sich zusehends. Entgegen dem, was er der Frau soeben gesagt hatte, wusste er, dass die Leute des Sheriffs von Cannon County Jugendliche von hier dingfest gemacht hatten, keine Auswärtigen. Er bog in die Minibushaltestelle ein, die dem Eingang zur Siedlung gegenüber lag. Zwei schwarze Frauen, die in Mystic Hills putzten, warteten im spärlichen Schatten des Unterstands und starrten zu ihm herüber. Er nickte einen Gruß hinüber und wandte seine Aufmerksamkeit dann dem Parkplatz vor der Siedlung zu, auf dem zerbeulte Limousinen, rostige Lieferwagen und eine lange Reihe überlaufender und wahrscheinlich bestialisch stinkender Müllcontainer standen. Ein Dutzend Anwohner trafen mit müden Gesichtern an der Haltestelle ein. Hausmeister, Bedienungen und Gärtner, Bezieher von Minimallöhnen, Angehörige jener Massen, die Barnaby aufbessern wollte. Ihre Kinder schliefen wahrscheinlich noch in den aus Schlackenstein erbauten Kästen hinter ihnen und erholten sich von der Disco vom Vorabend.

Swope zündete sich einen neuen Zigarillo an, den vierten an dem noch jungen Tag. Er brauchte eine Lösung, und zwar noch bevor er ins Büro kam. Zu sagen, er arbeite daran, konnte niemand zufrieden stellen. Er hatte seinen Job aus einem ganz einfachen Grund bekommen. Er war ein Problemlöser, der Mann, der die Kohlen aus dem Feuer holte, der Retter in der Not. Es war seine Aufgabe, Ausschreitungen wie die im Jugendzentrum zu verhindern und die Interessen des Unternehmens zu schützen.

Er brauchte nicht lange nachzudenken. Fünf Züge an seinem Zigarillo und er hatte es. Er würde die Reparaturen hinauszögern. Endlos. Einen Wasserschaden vortäuschen. Dann konnte er das Silo ohne Genehmigung von Chicago bis Anfang September schließen. Sollten die Jugendlichen sich ihre Kicks anderswo holen, in Baltimore oder in Washington. Wenn das Zentrum wieder eröffnet wurde, war Swope Citymanager, und dann konnte er so viele Wachen an die Tür stellen, wie er wollte. Wieder ein Problem gelöst, noch bevor er im Büro war. *Quod erat demonstrandum.* Zur

Belohnung schloss er die Augen und spulte einen anderen halbminütigen Spot ab. Diesmal sitzt er am oberen Ende eines Konferenztisches, die Krawatte gelockert und die Ärmel aufgekrempelt, vor sich zwei gegnerische Parteien, die wütend übereinander herfallen. Gewerkschafter und Arbeitgeber oder Polizisten und Vertreter von Bürgerinitiativen, egal was. Gerade als offener Tumult auszubrechen droht, hebt er die Hand in die rauchgeschwängerte Luft. Alle verstummen, die Kamera zoomt ihn heran, und er beginnt zu sprechen. Auf Gesichtern, auf denen eben noch Feindseligkeit und Misstrauen lagen, dämmert Verständnis.

Austin Swope, die einigende Kraft, die uns in ein neues amerikanisches Jahrhundert führt.

Hinter Swope quäkte eine Hupe. Der Rückspiegel hatte sich mit dem tiefen Ocker eines Newton-Minibusses gefüllt. Dem Fahrer, einem langhaarigen Typen mit dem gehetzten Blick des Indochina-Heimkehrers, wurde soeben klar, wen er da angehupt hatte. Swope machte eine verzeihende Handbewegung, legte einen Gang ein und fädelte sich hinter einem Fury mit einer verblassenden Friedenstaube auf der Stoßstange ein. Dann schaltete er das Radio für die 8-Uhr-30-Nachrichten an. Hauptthema war Nixons Berater John Dean, der offenbar auspacken wollte. Swope schüttelte den Kopf. Es gab keinen Zweifel mehr – die ganze lausige Regierungsmannschaft ging den Bach hinunter. Von Nachrichten zu Nachrichten wuchs seine Erleichterung, dass er damals, 1968, als John Mitchell bei ihm hatte vorfühlen lassen, nicht mitgemacht hatte.

Die Straße folgte dem Seeufer in einer sanften Kurve nach Südwesten. Die gewaltige, aus unzähligen achteckigen Elementen bestehende Rundkuppel des Newton Woods Pavillion kam in Sicht. Jenseits davon ragte das zehnstöckige Plaza-Hochhaus auf. Seine Glasfassade fing wie ein riesiger Spiegel die Morgensonne ein. Durch Lücken zwischen den Bäumen am Seeufer blitzte trübes Wasser. Rechts von Swope zog das Einkaufszentrum vorbei, ein fensterloser Koloss, umgeben von 80 000 Quadratmeter Asphaltwüste. Hundert Meter später bog er auf den Parkplatz der Plaza ein. Andere Ankömmlinge hielten, um ihn zu seinem Parkplatz direkt am Eingang durchzulassen. Earl Wootens Platz neben seinem war leer. Sicher war Wooten schon auf einer Baustelle. Evelyn sollte ihn ausfindig machen – Swope wollte das Jugendzentrum bis zum Abend vom Tisch haben. Wooten, der die Bauarbeiten leitete, musste die Geschichte mit dem Wasserschaden bestätigen. Er hatte sicher nichts gegen die kleine Notlüge. Schließlich wünschte er sich genauso dringend wie Swope ein Ende des ständigen Ärgers.

Swope schloss den Wagen ab und ging zum Eingang. Er wusste, dass ihn durch die vor ihm aufragende Wand aus Rauchglas mehrere Dutzend Augen beobachteten. Also straffte er den Rücken und gab seinen Schritten einen federnden Schwung. Er war schon fast an der Drehtür angelangt, als ihm ein ungewohntes Schimmern drüben am See auffiel, ein Glitzern nicht unähnlich einem fernen Blitzlichtgewitter. Er blieb stehen und starrte über die große Plaza zum Ufer hinüber. Dort schien alles ruhig. Die sechzehn Hektar große Wasserfläche lag vollkommen bewegungslos da. Eine Sinnestäuschung, dachte er, verursacht durch die aufgehende Sonne.

Das Foyer war belebter als sonst. Überall standen Menschen in Gruppen zusammen, deren Gespräch verstummte, sobald er vorbeikam. Verstohlene Blicke folgten ihm. Die beiden Ingenieure, zu denen er in den Aufzug trat, mussten aussteigen, noch bevor er ein Gespräch mit ihnen anfangen konnte. Als er im obersten Stock ankam, war die Angst geradezu mit Händen zu greifen – Türen wurden eilends geschlossen, Blicke abgewandt, Hände über Telefonhörer gelegt. Offenbar hatte man schon von der Schlägerei gehört. In Chicago klingelte sicher schon das Telefon. Swope eilte im Zickzack zwischen den Tischen des Sekretariats hindurch und in den Flur, der zu seinem Büro führte. Farbfotos schwerer Bagger und Planierraupen schmückten die getäfelten Wände. Er betrat das Vorzimmer zu seinem Büro. Evelyn sah vom Schreibtisch auf, ihre grauen Augen fixierten ihn über den Rändern ihrer Lesebrille. Swope nickte einen Gruß, nahm einen Stapel Post entgegen und blätterte ihn durch. Auf den meisten der zwei Dutzend Briefe prangte das pompöse Signet einer Anwaltskanzlei.

»Hat Sheriff Chones angerufen?«, fragte er.

»Nein, aber Ihre Frau.«

»Und?«, fragte Swope, während er weiter die Post durchging.

»Sie will wissen, was für ein Bier sie für die Party kaufen soll.«

»Löwenbräu natürlich. Richten Sie ihr das bitte aus.«

Evelyn, seit langem gewohnt, auch familiäre Belange für ihren Chef zu regeln, nickte nur.

»Aber zuerst holen Sie mir Chones ans Telefon. Und spüren Sie Earl Wooten auf. Fragen Sie ihn, ob er noch heute Morgen vorbeischauen kann.«

»Mr. Swope, äh…«

Swope hörte auf zu blättern und sah seine Sekretärin an. Er kannte diesen Ton.

»Haben Sie schon den See gesehen?«

»Wie meinen Sie das?«

»Heute Morgen. Haben Sie ihn sich angesehen?«

Das seltsame Glitzern fiel ihm ein.

»Nein.«

»Das sollten Sie aber.«

Er starrte Evelyn an und wartete auf eine Erklärung, doch Evelyn hatte schon den Telefonhörer abgenommen. Ihre Launen während ihrer Wechseljahre ärgerten ihn oft, aber er war dagegen machtlos. Er ging in sein Büro, ließ die Post auf den Schreibtisch fallen und trat vor die lange Nordwand aus getöntem Glas. Sein erster Gedanke, der schadhafte Pier könnte vollends ins Wasser gerutscht sein, erwies sich als falsch. Alles schien wie sonst. Die Plaza unter ihm glitzerte wie arktisches Eis in der Sommersonne, die Brunnen und Laubengänge waren intakt, der Baum der Schwerkraft unbeschädigt und ohne Graffiti. Die Reihenhäuser und Anlagen am Ufer boten ein Bild des Friedens, auch an Pavillon und Cross Keys Inn konnte er keine Veränderung feststellen. Er wollte schon Evelyn rufen und fragen, was sie gemeint hatte, als er es wieder sah, das Schimmern im Wasser wie Glühwürmchen an einem Abend im August. Es dauerte einen Augenblick, bis er begriff, was er da sah. Dann sank seine Laune noch tiefer als beim Anblick des demolierten Silos. Der Tag war endgültig im Eimer.

Die Fische starben, und zwar, so wie es aussah, alle, bis auf den letzten Fisch. Die Lieferanten hatten von normalen Verlusten um die fünf Prozent gesprochen, aber was er hier sah, das waren keine fünf Prozent. Auch keine fünfzig. Soweit er es beurteilen konnte, lebte von den Fischen kein einziger mehr. Erst vor drei Tagen hatte ein Konvoi stählern schimmernder Tankwagen sie aus einer Fischzuchtanstalt in Pennsylvania gebracht, leicht zu fangende Arten angeblich, speziell gezüchtet für Hobbyangler. Barsch, Karpfen, Wels und Hornhecht. Swope hatte von derselben Stelle, an der er jetzt stand, zugesehen, wie sich ein silbrig glänzender Strahl in das braune Wasser ergoss. Dort sollten die Fische gedeihen und sich vermehren und eben tun, was Fische tun, bis sie von braven Bürgern mit der Angel herausgezogen wurden.

Nur sterben sollten sie nicht. Das sei auch nicht zu befürchten, hatten die Männer von der Fischzuchtanstalt versichert. Noch vor zwei Wochen waren letzte Tests durchgeführt worden. Skurrile Gestalten in Labormänteln und hüfthohen Gummistiefeln hatten eifrig Proben des Seewassers entnommen und Algen und Pilze untersucht. Die Ergebnisse waren positiv gewesen. Der Seeboden war dicht, das Wasser reich an Pflanzen und Mikroorganismen. Damit war der See nach einem Jahr bereit für das Leben. Nicht für die Goldfische und Wassermolche, die von Anfang an da gewesen waren, darwinsche Vagabunden, die auch in einer Toilette auftauchten, wenn man lange genug nicht spülte, sondern für nützliche Wasserbewohner, die das bis vor kurzem noch leere Becken in ein blühendes Ökosystem verwandeln sollten.

So hatte es zumindest geheißen. Doch jetzt, nur drei Tage nachdem die Tankwagen wieder abgefahren waren, war die Oberfläche des Sees ein einziges glitzerndes Massensterben. Ganze Haufen toter Fische waren an den mit Kreosol imprägnierten Pfählen der Uferpromenade und der Piers angetrieben, faulend und von Fliegen umschwirrt, wie Swope sogar aus der Entfernung erkennen konnte. Fremdartige Vögel, Aasfresser mit mächtigen Schwingen, hatten sich nun über dem See versammelt und stießen gierig zur Wasseroberfläche hinunter. Schaulustige strömten in Scharen zum Ufer, um dem Schauspiel beizuwohnen.

Swope kehrte an seinen Schreibtisch zurück und drückte auf den Knopf neben dem Telefon. Evelyn nahm sofort ab.

»Haben Sie Wooten erreicht?«, fragte er.

»Wooten ist den ganzen Morgen in Juniper Bend. Er kann erst am Nachmittag kommen.«

»Und Chones?«

»Ruft Sie zurück, sobald er in sein Büro kommt.«

Wieder zwei Rückschläge an diesem ohnehin schon völlig verkorksten Tag.

»Dann verbinden Sie mich mit der gottverdammten Fischzuchtanstalt.«

Irgendwo musste er seinen Ärger ablassen.

Den Rest des Vormittags verbrachte Swope am Telefon. Die Leute von der Fischzuchtanstalt behaupteten, ein aggressiver Schadstoff müsse ins Wasser gelangt sein. Swope empfahl ihnen daraufhin, die Theorie unverzüglich mit Fakten zu belegen, andernfalls man sich vor dem Gericht von Cannon County wiedersehen würde. Es folgte ein gereiztes Gespräch mit Sheriff Chones. Der Sheriff, sonst ein Verbündeter, war spürbar verärgert, dass seine Leute sich schon wieder um Probleme in Newton kümmern mussten.

»Fünf Verhaftungen?«, fragte Swope nach den einleitenden Floskeln.

»Wegen Störung der öffentlichen Ordnung. Vier haben wir inzwischen wieder freigelassen. Der fünfte hat ein ziemliches Mundwerk, wir halten ihn deshalb fest, bis Spivey ihn rausholt.«

»Wie ich höre, waren alle schwarz.«

Es folgte eine Pause. Am anderen Ende hörte Swope gedämpft ein Radio spielen.

»Tja«, sagte der Sheriff dann gedehnt, »stimmt.«

»Und wie kommt das?«

»Ich denke doch so: Jemand ruft uns an, weil bei euch eine Schlägerei stattfindet, und dann kommen wir eben und verhaften die Randalierer.«

»Die zufällig alle schwarz sind.«

»Austin, schon mal gehört, dass auch Schwarze sich prügeln?«

Swope schluckte seinen Ärger hinunter.

»Also gut, Sheriff«, sagte er, auf einmal die Verbindlichkeit in Person. »Mir persönlich ist doch völlig egal, ob schwarz oder grün, ich denke nur an Chicago, Sie wissen schon.«

Chones ging darauf ein. Er klang jetzt nicht mehr verärgert, sondern verzweifelt.

»Ich sage nur eins, Austin: Das alles ließe sich vermeiden, wenn ich einige vorbeugende Maßnahmen ergreifen könnte.«

»Ich weiß doch, Ralph. Geben Sie mir noch bis Ende Sommer, dann wird alles anders. Für uns beide.«

»Sommer können verdammt lang sein, falls Sie das noch nicht bemerkt haben.«

Später riefen die Leute von der Presse an, aggressiver denn je, wie Swope befürchtet hatte, zweifellos weil sie früher so vorbehaltlos Barnaby Vines Optimismus geschluckt und seine Behauptung abgedruckt hatten, die Anlage der Stadt sei ein Heilmittel gegen das über die Nation gekommene soziale Chaos. Sperrt Menschen in Käfige und sie benehmen sich wie Tiere, hatte er immer wieder gesagt. Lasst sie in anständigen Häusern wohnen und sie benehmen sich wie Menschen. Gestresste Verleger, verzeifelt auf der Suche nach einem Gegengewicht zu den Unruhen, Morden und Kriegen, die ihre Zeitungen füllten, hatten das dankbar aufgegriffen. So sehr hatte Vines Idealismus sie überzeugt, dass sie sogar zu einigen fragwürdigen Landkaufaktionen Swopes geschwiegen hatten. Jetzt, aus Angst, hereingelegt worden zu sein, schienen sie fast froh, dass es Schwierigkeiten gab. Swope versuchte den Vorfall im Jugendzentrum nach Kräften herunterzuspielen, aber er wusste, dass die Zeitungen am nächsten Tag keine erfreuliche Lektüre sein würden.

Endlich, um Mittag, kam der gefürchtete Anruf aus Chicago, von Gus Savage, dem Generaldirektor von EarthWorks, der die Firma seit Barnabys zweitem Schlaganfall fest im Griff hatte. Ursprünglich Mitglied des Kreises um Kennedy und dann von Bechtel abgeworben, hatte er vor Newtons oberstem Anwalt nicht denselben Respekt wie der Firmengründer.

»Was ist los, verdammt noch mal, Austin? Das Pressebüro hat soeben einen Anruf von der *Washington Post* bekommen. Man will einen Kommentar zu den Ausschreitungen gestern Abend in Newton. Stellen Sie sich unsere Überraschung vor.«

»Eines gleich vorweg, Gus: Von Ausschreitungen kann keine Rede sein. Es gab eine Schlägerei im Jugendzentrum. Ein paar Stühle gingen zu Bruch, mehr nicht.«

»Ich höre von Verhaftungen.«

»Fünf.«

»Und angeblich nur Schwarze.«

Swope schwieg.

»Mein Gott, Austin.«

»Wegen Störung der öffentlichen Ruhe. Niemand kommt ins Gefängnis.«

»Darum geht es doch nicht.«

»Gus, ich finde, wir müssen wirklich aufpassen, dass wir hier nicht aus einer Mücke einen Elefanten machen.«

Swope bedauerte die Worte, kaum dass er sie ausgesprochen hatte.

»Sie brauchen mir nicht zu erklären, um was es hier geht, Austin. In den Neubauprojekten am Stadtrand sind noch über achtzehnhundert Parzellen nicht verkauft, und auf einem großen Teil des Geländes haben die Bauarbeiten noch gar nicht begonnen. Schlechte Presse ist für uns eine Katastrophe, selbst wenn wir beide wissen, dass sie falsch oder ungerecht ist. Sie wissen doch, wie weit wir uns mit unserer Werbung aus dem Fenster gelehnt haben. Wir verkaufen eine Lebensphilosophie, nicht nur Grundstücke. Ihre Aufgabe in diesem Zusammenhang ist, jede negative Berichterstattung zu verhindern. Und ich bezweifle, dass Sie das erreichen, indem Sie zu den Leuten sagen, sie sollten aus einer Mücke keinen Elefanten machen.«

Swope war versucht zu sagen, er habe erst vor kurzem Maßnahmen empfohlen, die die Schlägerei verhindert hätten, nur seien sie leider von Savages Büro abgeschmettert worden. Doch gab es keinen Grund, einen Streit anzufangen, den er nur verlieren konnte.

»Sieht so aus, als müssten wir das Jungendzentrum sowieso einige Wochen schließen«, sagte er.

Eine Weile war nur das Knistern der Leitung zu hören.

»Ist es so schlimm?«

»Ja. Wasserschaden.«

»Hat Wooten sich die Sache angesehen?«

»Noch nicht.«

»Also gut. Geben Sie mir Nachricht, sobald er es getan hat. Und, Austin ...«

Es folgte ein langes Schweigen, dann gab Swope nach.

»Ja?«

»Nur damit wir uns verstehen: Wer Citymanager wird, ist noch nicht endgültig entschieden. Noch nicht.«

Und damit, ohne ein weiteres Wort, legte Savage auf. Swope hielt den Hörer lange Zeit vor sich hin und starrte ihn benommen an. Erst als der Hörer zu tuten begann, legte er auf. Savages letzte Worte gingen ihm unablässig durch den Kopf. Sein Herz raste, auf seiner Haut lag ein kalter Schweißfilm. Nicht zu glauben, mit was der Mann ihm soeben gedroht hatte. Die Entscheidung war doch schon gefallen, vor fünf Jahren, als Barnaby Vine ihn eingestellt hatte. Swope sollte erster Citymanager werden, das war beschlossene Sache. Sie hatten sich die Hand darauf gegeben. Jetzt einen Rückzieher zu machen wäre ein Verbrechen.

Savage meinte das nicht ernst.

Swope gab Evelyn die Anweisung, keine Anrufe zu ihm durchzustellen, dann stand er auf und ging zu dem maßstabgetreuen Modell Newtons in der Mitte des Zimmers. Er musste sich jetzt erst einmal beruhigen, kurz Pause machen und die Anspannung loswerden, die ihn seit dem Anruf am frühen Morgen gefangen hielt. Er betrachtete das Modell, das sich so tröstlich unberührt und unveränderlich vor ihm ausbreitete. Es war so groß wie ein Billardtisch, gebaut von Österreichern, und bestand aus lauter kleinen Häusern, Autos und Menschen, die sogar, durch eine Lupe betrachtet, wie Swope es getan hatte, individuelle Gesichter hatten. Alles, was zu Vines Plan gehörte, war da. Das Netz der Radwege, die Ortsteilzentren mit ihren Sägedächern, das Einkaufszentrum, der Pavillon, das weitläufige Industriegebiet am Stadtrand, alles. Auch die Waldsiedlung Mystic Hills, in der Swope selbst wohnte, und die wuchernden Konglomerate des sozialen Wohnungsbaus. Genau in der Mitte war der See. Seine wasserklare Oberfläche, glänzend und ungetrübt, ließ Tiefen vermuten ähnlich unergründlich und geheimnisvoll wie die eines schottischen Lochs.

Swope hatte das Modell damals, Ende '67, als EarthWorks ihn zum Einstellungsgespräch nach Chicago eingeflogen hatte, zum ersten Mal in Barnabys Büro gesehen. Bis dahin hatte er im

Grunde nicht geglaubt, dass Newton je mehr sein würde als eine bessere Wohngegend. Doch dann hatte Barnaby ihm einen über einstündigen Vortrag gehalten, und sein hart erarbeiteter Zynismus aus Washington war zerbröckelt wie schlecht gemischter Zement. Er hatte gewusst, dass Barnaby Vine ein lukratives Büro als einer der begehrtesten Architekten des Landes aufgegeben hatte, um sich ganz auf das Projekt zu konzentrieren, aber er hatte keine Ahnung gehabt, mit welcher Leidenschaft der Mann an die neue Stadt glaubte. Newton werde keine gesichtslose Stadt sein, sagte Vine leise, im Ton absoluter Überzeugung, keine willkürliche Ansammlung von Straßen, Häusern und Menschen, sondern der Ort, von dem er träume, seit er Anfang der zwanziger Jahre nach Chicago gekommen sei, um noch beim alten Louis Sullivan in die Lehre zu gehen. Ein Ort, an dem die Menschen endlich sich selbst verwirklichen könnten. Sehen Sie sich das an, sagte er und bewegte wie ein Zauberer die Hand über das Modell. Keine Starkstromleitungen, Reklamen oder Fabrikschlote sollten den Blick zum Himmel verstellen. Mit Ausnahme eines einzigen zentralen Gebäudes sollte nichts höher sein als die Bäume. Und die Bürger von Newton sollten arbeiten, wo sie lebten, auf großzügig begrünten Arealen und in modernen Branchen wie der Telekommunikation und der Computersoftware. Einkaufen würden sie in lokalen Ortszentren, der Gottesdienst sollte in religionsübergreifenden Begegnungsstätten stattfinden, auf deren Dach ein diskreter Glockenturm saß. Kinder würden auf Spielplätzen mit Gummiböden aus recycelten Reifen und auf Rindenmulch spielen, damit Stürze gemildert und die Knie geschont würden. Entscheidend aber war die ausgewogene Mischung von Eigentums- und Sozialwohnungen. Menschen verschiedener Rasse und Herkunft sollten hier zusammen leben. Es sollte keine Ghettos der Armen und der Reichen geben. Und auf Newton, sagte Barnaby Vine mit einer Selbstverständlichkeit, die Swope einen Schauer über den Rücken jagte, würden ein Dutzend weiterer Städte folgen, in der Tiefebene von North Carolina, in der Nähe Dayton, in Orange County, östlich von Augusta und nördlich von Phoenix, sobald das Salt River Project einschlug – alle nach demselben vollkommenen Plan.

Als Vine fertig war, wusste Swope, dass er den Job annehmen musste. *Hier* lag seine Zukunft und die seiner Frau und seines kleinen Sohnes. Nicht in Washington oder New York, sondern hier, bei diesem hochgewachsenen Predigersohn aus Nicodemus in Kansas, der glaubte, mit Stift und Reißbrett die ideale Stadt schaffen zu können. Obwohl von Natur ein Skeptiker, war Swope von der Gigantomanie des Unterfangens überwältigt gewesen, von einem Modell, dem die Welt angepasst werden sollte. Als dann einige Tage später der schwarze Bauunternehmer Earl Wooten aus St. Louis eintraf, der designierte Leiter der Bauarbeiten, spürte Swope, dass es Wooten genauso ging. Beide glaubten sie, dass ihre bisherige Plackerei und ihre Erfolge sie hierher geführt hatten – in dieses Büro und zu diesem Mann und seiner Stadt.

Beflügelt von der Aufbruchsstimmung jenes ersten Jahres, verbrachten sie Stunden um das Modell. Vine machte sie mit langem Zeigefinger auf Details aufmerksam, Swope und Wooten hörten zu, hingen an seinen Lippen, beide erstaunt, wie sich die Antworten auf ihre Fragen gleichsam aus dem Plan der Stadt ergaben. So fasziniert waren sie, dass sie manchmal vergaßen, zu essen oder zu Hause anzurufen oder überhaupt zu schlafen. Vor allem eine Sitzung im ersten gemeinsam verbrachten August blieb Swope im Gedächtnis haften. In Chicago fand der nationale Parteikonvent der Demokraten statt, den sie allerdings nicht weiter beachteten – Newton war damals in einer entscheidenden Phase, auf den ersten Parzellen hatten die Aushubarbeiten begonnen. Doch dann war das lauter werdende Geheul von Sirenen auch in Vines Büro im 78. Stock gedrungen, ein ununterbrochener Lärm, der aus allen Richtungen zu kommen schien. Wooten, wie immer in gebügelten Khakihosen und dazu passendem Arbeitshemd, war zum Fenster getreten, um nachzusehen, was der Aufruhr bedeutete.

»Was ist das?«, fragte Swope.

Wooten zuckte die Schultern. Er konnte es nicht sehen.

»Das kann ich euch genau sagen«, sagte Vine schließlich, ohne den Blick ein einziges Mal von den vor ihm ausgebreiteten Plänen zu heben. »Es ist die Vergangenheit.«

Es dauerte einen Augenblick, bis Swope und Wooten begriffen.

Dann lächelten sie einander zu und kehrten an die Arbeit zurück, ohne den Lärm draußen weiter zu beachten.

Für Swope war es die schönste Zeit gewesen, die Aufbauphase, in der das Leben noch einfach war. Es gab nur eine Sache zu tun, und er war darin besser als alle anderen. Land kaufen. Die achtzehn Hektar, auf denen jetzt Newton Plaza und daran anschließend der See lagen, waren der erste Teil gewesen. Swope hatte sie einem bankrotten Milchbauern namens Husted abgeschwatzt. Husted hatte das Land frohen Herzens überschrieben, als Swope ihm anbot, dafür seine Schulden zu übernehmen. Es folgten weitere 5982 Hektar Land, gekauft zu einem Bruchteil des Marktwertes. Gott, waren das Zeiten gewesen. Er war von Farm zu Farm gefahren, hatte in schmutzstarrenden Küchen mit vergilbten Tapeten an alten Formicatischen gesessen und noch die stursten Bauern zum Verkauf überredet. Meist war es leicht gewesen – es gab zu viele Bauern im Land, die Preise für ihre Produkte waren verfallen. Viele konnten es gar nicht erwarten, mit ihren Schecks nach Fort Lauderdale zu verschwinden. Und wer nicht verkaufen wollte, den vertrieben die von Swope beschworenen Bilder der vielen neuen Häuser und lärmenden Straßen und insbesondere der vielen armen Schwarzen, die aus den beiden Gomorrhas Ballimore und Warshington, wie die Einheimischen sie nannten, nach Newton strömen würden. Den wenigen, denen die Phantasie fehlte, um sich abschrecken zu lassen, drohte Swope mit Grundlasten und vergessenen Wegerechten. Dass er gelegentlich zu härteren Bandagen greifen musste, focht ihn nicht weiter an. Es ging um die Zukunft, Opfer mussten gebracht werden. Und wurden gebracht. Einige Tage vor der Ermordung Martin Luther Kings hatte er angefangen, als Armstrong und Aldrin ihren Mondspaziergang machten, war er fertig.

Erst dann begannen die eigentlichen Schwierigkeiten. In den seither vergangenen Jahren hatte Swope in rastloser Plackerei bis ins letzte juristische Detail durchdacht, wie sich 6000 Hektar unbebauten Landes mit Häusern, Schulen und Läden füllen ließen, mit Kanalisation, Strom und Wasser und mit Menschen – schwarzen und weißen, betuchten und mittellosen, ehemaligen Hippies und dynamischen jungen Beamten, traumatisierten Vietnamveteranen und Fließbandarbeitern. Mit dem Landkreis hatte Swope über den Bebauungsplan verhandelt, mit dem Staat über die Straßen. Mit Chones' Polizei hatte er Zusammenarbeit vereinbart, den Finanzbehörden des Kreises hatte er niedrige Steuersätze abgeschwatzt. Vier volle Jahre hatte er getan, was getan werden musste, um das Modell vor ihm zum Leben zu erwecken. Er hatte Pachtverträge mit über sechshundert verschiedenen Geschäften aufgesetzt, säumige Lieferanten abgemahnt, schlampige Subunternehmer verklagt und von den sozialen Dienststellen der benachbarten Städte und Landkreise Arme für seine Sozialwohnungen angefordert. Alles hatte er abgewickelt. Und jetzt, ab Labor Day Anfang September, würde er drei Jahre lang erster Citymanager sein. Danach war er die ideale Besetzung für den Sitz von Cannon County im Kongress. Er würde dem Demokraten einheizen, der dort jetzt vor sich hin döste und sich alle zwei Jahre mit einem Neuaufguss einer Politik von vorgestern wieder wählen ließ. Und dann, wer weiß? Senator, Gouverneur und vielleicht sogar ganz nach oben, wenn eine Partei einen Retter in der Not suchte.

Er stand über dem Modell und erinnerte sich an all das, als er auf einmal begriff, dass Savage nur Luft abgelassen hatte. Ein harter Schlagabtausch von Manager zu Manager, mehr nicht. Savage konnte die Stelle niemand anderem geben, unmöglich. Er wusste, was Swope geleistet hatte, noch leisten konnte. Die Drohung war nicht ernst gemeint, der Job war ihm sicher. Schließlich hatte Barnaby das wertvolle Modell, als es in Newton aufgestellt werden sollte, ihm vermacht.

»Der Meister brütet über seiner Schöpfung.«

Er sah auf. In der Tür stand ein schmuddeliger Teenager, der einen ungewöhnlichen Anblick bot. Seine Haare waren lang und fettig, die kleinen Augen hinter der purpurrot getönten Nickelbrille auf der Spitze seiner dünnen Nase fast unsichtbar. Seine Haut war so bleich, wie es eigentlich nur schlechte Ernährung und eine schreckliche Krankheit gemeinsam bewirken konnten, seine magere Brust war dort, wo eigentlich das Brustbein hätte sein sollen, tief eingefallen.

Seine Kleider waren ähnlich problematisch. Die Jacke aus Armeebeständen war mit einem bizzaren Sammelsurium von Flaggen verziert – Ökofahne, Union Jack, Piratenflagge, Sternenbanner, Nippon und, besonders unergründlich, Panama. Nicht weniger rätselhaft war die gezahnte Batterie-Anschlussklemme, die an der Klappe der Brusttasche baumelte. Unter der Jacke sah ein T-Shirt mit den mürrischen Gesichtern John Lennons und seiner offenbar geistesgestörten Frau hervor. Die Jeans des Jungen waren in Auflösung begriffen. Die spitzen Knie stachen durch große Löcher wie Zwillingsschädel. Hätte Swope es nicht besser gewusst, er hätte ihn für einen straffälligen, drogensüchtigen Hippie halten müssen, der schleunigst hinauszuwerfen war.

Doch er wusste es besser. Dies war sein Sohn und einziges Kind, Edward McDonald Swope, die Leuchte seiner Generation, dessen vor kurzem zu Ende gegangene High-School-Zeit bereits der Legende angehörte. 1590 Punkte im akademischen Eignungstest, Auszeichnungen in rauen Mengen, darunter Civitan, Moot Court und National Merit, Kapitän des landesweit besten Spitzen-IQ-Teams und gleich zwei Stipendien für Harvard. Seine Aufnahme in die dortige juristische Fakultät war bereits beschlossene Sache. Kein normales Kind also, sondern eben sein Sohn. Und Swope regte sich gar nicht erst über Kleider, lange Haare oder sonst was auf. Das verschwand eines Tages alles von selbst, wie die Akne. Blieb dieses erstaunliche Exemplar Mensch, dieses Wunder.

»Guten Morgen, Edward«, sagte er.

»Morgen? Wage ich zu bezweifeln, Dad.«

Swope sah auf die Uhr. Schon nach zwölf, mein Gott! Er ging zu seinem Schreibtisch, setzte sich dahinter und bedeutete seinem Sohn, auf einem der Ledersessel davor Platz zu nehmen.

»Also, Teddy – was war vergangene Nacht eigentlich los?«

2

Teddy starrte mit dem einen Auge, das er aufzwängen konnte, auf den Radiowecker. Eine Minute noch, dann wollte er endgültig aus dem Bett steigen. Es war schon spät, 11.19 Uhr, und er wachte an diesem Morgen bereits zum dritten Mal auf. Um vier war er ins

Bad gestolpert, um eine abendliche Ladung Charles Chips, French Onion Dip, Boone's Farm Tickle Pink und der berühmten Lasagne seiner Mutter loszuwerden. Das zweite Mal war er gegen sechs aufgewacht, als das Telefon geklingelt hatte, allerdings nur für ein paar Sekunden. Danach hatte er tief und traumlos geschlafen. Sein Speichel hatte auf dem Kopfkissen einen nassen Fleck hinterlassen, sein Handgelenk war abgeknickt und kribbelte, an seinem zugekleisterten linken Auge klebte eine Haarsträhne, seine Zunge war trocken, und seine Blase drückte schmerzhaft. Es war entschieden Zeit aufzustehen.

Die Minute war vorbei, eine Zahl klappte um wie eine träge auf den Tisch geschnalzte Spielkarte. Noch zehn Minuten, handelte Teddy mit sich aus. Im Gegenzug den nächsten Joint erst um sechs Uhr abends. Gerade war er mit sich handelseinig geworden, als hinter den Augen stechende Kopfschmerzen einsetzten. Vergangene Nacht war bescheuert gewesen. Natürlich, jetzt im Sommer musste jede Nacht eine ausgelassene Orgie sein, mit Wein, Musik und jeder Menge Stoff und zur Regie von Edward McDonald Swope höchstpersönlich. Das College war nicht mehr fern, und er wollte aus den letzten Monaten in Freiheit verdammt noch mal alles herauskitzeln, was an Genuss drin war. Nur, der Streit gestern war nicht mehr feierlich gewesen, eher eine Katastrophe, eine Apokalypse, die die sorgfältig geplante Dauerfete bedrohte, mit der er sich nach Harvard verabschieden wollte. Streit war genau genommen das falsche Wort, weil man dabei eher an etwas dachte, das schnell beendet und genauso schnell wieder vergessen war. Das gestern war eine wüste Rauferei gewesen. Einige Dutzend Schläger waren, getrieben von tiefem Hass, aufeinander losgegangen. Panisch und zugleich fasziniert hatte Teddy vom Dachstock aus zugesehen, wie der Tumult ausbrach und die Kampfhähne mit Fäusten und Füßen und dem ganzen Arsenal des Kampfsports, wie er seit dem Aufkommen von Kung-Fu in Mode war, übereinander herfielen. Er und Joel und Susan hatten sich nur mit Mühe retten können. Wenn Teddy nicht so schnell reagiert hätte, wer weiß, was noch alles passiert wäre.

Die Schlägerei war bei aller Heftigkeit im Grunde nicht überraschend gekommen. Der Ärger im Jugendzentrum hatte sich schon seit Wochen angebahnt, der Ton war immer rauer geworden. Allabendlich waren neue Besucher erschienen, die nur noch auf Gewalt und Zerstörung aus waren, ganz anders als die alten Gäste, verstrubbelte, friedensbewegte Jugendliche, die in Autos kamen, die ihre Eltern ihnen gekauft hatten, und potenziell aufrührerische Triebe mit vielen Joints allerfeinster Qualität bändigten, die sie sich von ihrem reichlich bemessenen Taschengeld kauften. Die neuen Gäste waren gewalttätige Weiße und aggressive Schwarze, rauflustige, noch nie zuvor gesehene Jugendliche, die wie Stiere aus zwei genetisch unvereinbaren Herden das Jugendzentrum besetzten. Angefangen hatten die Feindseligkeiten im April, als an den Wänden die ersten hasserfüllten Sprüche aufgetaucht waren. »Weißes Arschloch, blas mir einen« oder »Alle Nigger sind Arschlöcher.« Primitiv, aber deutlich. Bald waren die Toiletten mit Papier verstopft, der Trinkbrunnen mit Kaugummi verklebt. Es kam zu Diebstählen. Die Leiter des Jugendzentrums, das Hippie-Ehepaar Josh und Merrie, blieben unentschuldigt fort und überließen das Zentrum der zunehmenden Gewalt.

Die problemlose Integration, die seit der Eröffnung des Jugendzentrums vor drei Jahren hier geherrscht hatte, verflüchtigte sich. Bullige Weiße, aus West Virginia und Pennsylvania zugezogen, versammelten sich mit ihren Kumpanen aus Cannon County im Oberstock, wo man Tischtennis spielen konnte. Die neuen Schwarzen, keine netten Jungs wie Joel, sondern harte Burschen mit schmatzend Kaugummi kauenden Freundinnen, versammelten sich im Stock darunter und spielten Billard. Die beiden Gruppen begegneten sich nur in den Toiletten, einer Art entmilitarisierten Zone, die man auf eigene Gefahr betrat. Teddy und seinen Leuten blieb nichts anderes übrig, als sich in den engen offenen Dachstuhl zurückzuziehen, vormals Aufbewahrungsort für Gymnastikmatten und ausgemusterte Möbel. Als Teddy noch Herr im Jugendzentrum gewesen war, waren Paare zum Knutschen und Kiffen in den nach Marihuana und Love's Baby Soft riechenden Verschlag gekommen. Jetzt war der Dachstock der letzte Rückzugsort für Jugendliche, die keiner der beiden Krieg führenden Parteien in den Stockwerken darunter angehörten. Nur einige wenige alte Stammgäste waren übrig geblieben. Viele hatten sich zum Einkaufszentrum abgesetzt oder zum baufälligen Pier am See. Gestern waren nur noch acht von der ursprünglichen Belegschaft da gewesen. Als das Handgemenge ausbrach, hatten sie sich in den Schatten der Dachschräge geflüchtet. Und während drunten Fäuste zuschlugen und Möbel durch die Luft flogen, war Teddy klar geworden, dass seine Zeit als König des Jugendzentrums vorbei war.

Der Streit war über Musik ausgebrochen. Ein misstönender Klangbrei privater Kassettenrekorder durchsetzte zunehmend die Musik von Gruppen wie Yes und King Crimson, die früher ungestört aus den großen Stereoboxen gekommen war. Vor ein paar Wochen waren dann einige Schallplatten gestohlen worden, und man hatte die Anlage im Büro eingeschlossen. Dort blieb sie auch, bis eine halbe Stunde vor Ausbruch der Schlägerei einige Weiße, die Teddy noch nie hier gesehen hatte, Proleten mit kalten Augen, strähnigen Spitzbärten und Ärmeln mit aufgenähter Fahne der Konföderierten, eingebrochen waren und die Anlage in Beschlag genommen hatten. Ihr Ziel war einfach und primitiv – sie wollten die verhassten Schwarzen vertreiben, indem sie Edgar Winters Song »Frankenstein« so oft und laut spielten, wie die Anlage es zuließ.

Es dauerte nicht lange, und die Schwarzen stürmten die Treppe herauf und protestierten heftig dagegen, dass die eingebauten Boxen ihre eigenen, leiseren Beiträge von Stevie Wonder und den O'Jays übertönten. Die Weißen verbarrikadierten sich unbeeindruckt hinter der Bürotür. Teddy sah von oben zu und überlegte, ob überhaupt einer der schwarzen Jugendlichen den Albino mit dem passenden Namen je gesehen hatte, der sie gerade mit seiner Musik beschallte. Für den Fall, dass dem nicht so war, hatten die Weißen die Plattenhülle ans Fenster geklebt. Dort schwebte der pigmentlose Edgar Winter, für die stolzen afrikanischen Augen der Inbegriff alles verhassten Weißen. Das reichte. Turnschuhe traten gegen die dünne Tür des Büros, die Tür splitterte und riss aus den Angeln. Es kam zu einem kurzen Getümmel, dann riss ein großer, schwarzer Kerl mit einem Kamm im Haar, dessen Griff wie eine Faust geformt war, in genau dem Augenblick, in dem Edgars Synthesizer zu einer neuen Krachorgie ansetzte, die Nadel von der Platte. Ein ohrenbetäubendes Kreischen ertönte, und Teddy begriff instinktiv, dass damit mehr als nur ein Lied zu Ende ging.

Es folgten Stöße, Tritte und Faustschläge. Billardstöcke wurden geschwungen, eine Bierflasche flog durch die Luft. Das ganze Arsenal des Kung-Fu wurde mit Kraft und Geschick eingesetzt. Teddy sah mit offenem Mund zu. Er und seine Freunde waren schon seit Wochen drohenden Blicken ausgesetzt gewesen, aber diesmal fühlte er sich zum ersten Mal wirklich gefährdet. Joel legte den Arm um Susan. Die beiden wirkten eingeschüchtert und verletzlich. Als einziges gemischtes Paar des Jugendzentrums hatten sie in letzter Zeit anzügliche Blicke aus beiden Lagern ertragen müssen. Susan hatte überhaupt nicht mehr kommen wollen, nachdem sie eines Abends beim Ausziehen ihrer Bluse auf deren Rücken eingetrocknete Speichelflecken gefunden hatte. Zu oft hatte sie sich Niggerbraut schimpfen lassen müssen. Und dem friedliebenden Joel war vor ein paar Tagen fast die Hand ausgerutscht, als ein magerer schwarzer Junge ihm höhnisch hinterhergerufen hatte, er krieche den Weißen doch in den Arsch. Teddy überlegte gerade, ob es Sinn hatte, die Stellung zu halten, als eine Billardkugel über das Geländer flog und mit einem dumpfen Schlag auf einer Turnmatte landete.

»Begeben wir uns zum Ausgang, Freunde«, sagte er.

»Einverstanden«, erwiderte Joel.

Glücklicherweise gab es vom Dachboden einen Notausgang zur Feuerleiter. Teddy stieß die Tür auf und löste damit einen ganz überflüssigen Alarm aus – drunten fuhren bereits die Streifenwagen der Polizei von Cannon County mit Blaulicht vor. Die Drei kletterten hinunter und liefen geduckt durch das Village Center und die nächtlich ruhigen Straßen Newtons. Nur das ominöse Zischen der Gaslaternen kündete von einem verdorbenen Sommer.

»Wohin?«, fragte Joel, als sie in Sicherheit waren.

»Ich geh heim«, sagte Susan. »Sperrstunde.«

»Ich auch.«

»Ach Kinder«, seufzte Teddy.

Sie machten sich auf den Weg zu Susan. Susan wohnte in Fogwood in einem der Kästen aus Aluminium, die ihr Vater verkaufte.

Teddy und Joel wohnten weiter im Süden in Mystic Hills, wo die Häuser aus Holz waren und in den Gärten Bäume standen.

»Das war ganz schön heftig«, sagte Joel.

»Bestätigt nur meine Hypothese«, sagte Teddy.

»Die wäre?«

»Menschen sind Tiere.«

»Tiere sind Tiere«, sagte Susan und warf mit einer Kopfbewegung eine widerspenstige blonde Strähne zurück. »Und Menschen sind Menschen.«

»Hört, hört«, sagte Teddy. »Es spricht die Tautologin.«

»Was soll ich sein?«

Joel fuhr laut mit dem Refrain von »Let's Get it On« dazwischen. Einige Hunde antworteten. Schweigend gingen sie bis zu Susans Haus weiter. Teddy sah aus einigen Metern Entfernung zu, wie Joel und Susan sich auf offener Straße abknutschten.

»Ich glaube, da ist Irma«, sagte er schließlich.

Die beiden fuhren auseinander wie von einem Stromschlag getroffen. Sie starrten zum Haus hinüber und suchten nach einem Zeichen von Susans ewig wachsamer Mutter. Alles war dunkel und still.

»Wo?«, fragte Joel.

»Ich dachte, ein Vorhang hätte sich bewegt«, log Teddy.

»Ich sehe nichts.« Susan musterte ihn misstrauisch.

»Entschuldigung. Nächstes Mal sage ich nichts mehr.«

Susan verschwand im Haus, und Teddy und Joel gingen weiter in Richtung Mystic Hills.

»Ich wünschte, ihr zwei kämt besser miteinander aus«, sagte Joel und rückte die omnipräsente lederne Schirmmütze zurecht.

»Tut mir leid, Mann.«

»Es wird einfach langsam schwierig, mit euch beiden zusammen zu sein.«

Teddy verspürte einen kurzen Moment der Panik.

»Ich sagte doch, tut mir leid.«

»Okay, ist ja gut«, lenkte Joel ein. »Erzählst du das von heute Abend deinem Vater?«

»Hört er sowieso. Hat er wahrscheinlich schon gehört.«

»Der wird sauer sein.«

»Toben wird er.«

Joel lachte.

»Ich höre meinen Vater auch schon«, sagte er. Und mit ganz tiefer Stimme: *»Die Jugendlichen müssen weiter zur Schule gehen, sich bilden.«*

»Typisch Earl.«

»Ja.«

So lästerten sie eine Weile – mit aller Sympathie – über ihre Väter und malten sich ihr Entsetzen angesichts der Schlägerei aus. Teddy dachte unwillkürlich, wie viel besser doch alles ohne Susan war. Sie kamen zum Anfang der Straße, in der er wohnte. Er war froh, dass er das Auto zu Hause gelassen hatte. Sein Kopf schwirrte.

»Kommst du noch auf einen Joint mit in meine bescheidene Hütte?«

»Lieber nicht«, sagte Joel. »Ich muss morgen früh raus.«

»Früh? Sag bloß!«

Joel kickte einen kleinen Stein über die Straße.

»Susan und ich wollen für einen Tag nach Washington.«

Teddy war auf einmal stocknüchtern.

»Ach ja? Zu was denn?«

»Einfach so.«

»Ah.«

Sie schwiegen eine Weile.

»Na dann, viel Spaß.«

»Danke. Ich ruf dich an, wenn wir wieder da sind.«

»Bring mir einen von den Mondsteinen mit, von denen zur Zeit alle reden.«

Joel lachte und ging. Teddy sah ihm nach, dann machte er sich auf den Weg zu sich nach Hause. Er konnte es noch gar nicht fassen. Joel fuhr ohne ihn nach Washington. Sie gingen doch sonst immer zusammen. Besichtigung der Smithsonian, die Freaks am Dupont Circle ansehen, Biertrinken im Ratskeller, wo die Ausweise nie kontrolliert wurden. Dass Joel jetzt mit Susan fuhr statt mit ihm, war ein Schlag ins Gesicht. Er kam sich vor wie sitzen gelassen. Und sitzen lassen durfte ihn niemand mehr, das hatte er sich geschworen. Gut, Susan kannte in Washington Leute aus der

Zeit, als ihr Vater noch in der Armee gewesen war, aber das war keine Entschuldigung dafür, Teddy auszuschließen, überhaupt nicht.

Er betrat das Haus durch die Hintertür. Seine Eltern schliefen schon. Er schloss sich in sein Zimmer ein und rauchte eine letzte Pfeife, aus der rasch drei wurden. Durch den Kopfhörer zog er sich zuerst *Imagine* rein, dann *Plastic Ono*, dann sein spezielles Beatlesband nur mit John Lennon. Zwischen den Zügen an der Pfeife arbeitete er sich durch ein ganzes Päckchen Bubblegum, um seine gereizten Geschmacksknospen zu beschwichtigen. Die gebrauchten Kaugummis wuchsen auf seinem Nachttisch zu einer gehirnförmigen Masse heran. Rauchend und kauend dachte er wieder an die Schlägerei im Jugendzentrum. Das Kreischen der Plattennadel über Edgars Stimme und die Bullen, die mit gezogenen Schlagstöcken durch die Tür gestürmt waren, begierig, damit einige Köpfe zu massieren. Die Tage des Jugendzentrums von Fogwood, an dem der große und weise Teddy Swope Hof gehalten hatte, waren gezählt. Er würde keine mit feinstem Panama Red bestückten Pfeifen mehr kreisen lassen und seinen Freunden dazu vom Dokumentarfilm der National Geographic Society über die Perlentaucher von Papua-Neuguinea erzählen oder von *Siddhartha* oder der *Versteigerung von No. 49*. Entweder sein Vater schloss das Zentrum oder es wurde von so viel Sicherheitspersonal überschwemmt, dass es sich sowieso nicht mehr lohnte. Trotz der Pfeifen und Lennons tröstlicher Stimme war Teddy deprimiert. Was ein letzter vollkommener Sommer vor Harvard hatte werden sollen, drohte auf einmal zu etwas ganz anderem zu werden. Sein Stammlokal war von Ungläubigen geschändet worden, und sein bester Freund hatte sich mit einer beschränkten Blondine eingelassen, deren einzige Tugenden ein göttlicher Hintern und die Bereitschaft waren, ihn Joels Geilheit zur Verfügung zu stellen.

Manchmal war das Leben wirklich hart.

Und dann hatte er, weil es schon 2.13 Uhr war und man sich »Crippled Inside« auch nur soundso oft anhören konnte, Anlage und Licht ausgeschaltet und sich ins Bett verkrochen.

»Teddy?«

Er schlug die Augen auf. 11.41 Uhr. Er musste wieder eingeschlafen sein. Das war ein Rekord, Wahnsinn. Manchmal erstaunte Teddy sich selbst.

Seine Mutter stand in der Tür.

»Schatz? Bist du krank?«

»An Leib und Seele«, murmelte Teddy.

Seine Mutter zog die gepuderte Nase kraus.

»Was ist das neben deinem Bett?«

Er sah auf den kleinen Berg Kaugummi.

»Mein Gehirn.«

»Dann wickle das mal bitte in etwas ein und steck es in die Mülltonne.«

Allmählich sah er seine Mutter scharf. Sie hatte eins ihrer perfekten Mary-Tyler-Moore-Outfits an. Pfirsichfarbener Hosenanzug, dazu passendes Haarband, das die spraygestärkten Haare unnötigerweise zurückhalten sollte, Modeschmuck überwiegend in Muschelform und dickes Make-up.

»Willst du Mittagessen?«, fragte sie.

»Du beliebst zu scherzen.«

»Ich mache dir ein Sandwich.«

»Mom, bitte. Geh.«

Unter der Dusche entdeckte er auf seiner linken Schulter einen gigantischen Pickel, der ausgedrückt werden musste. Das Ding ging los wie eine Interkontinentalrakete, und ein gelber Batzen flog gegen das beschlagene Glas der Duschkabine. Er zog probeweise ein paarmal an seinem Pimmel, aber mit einem solchen Kater am frühen Morgen war einfach zu wenig Blut da. Außerdem war sein PhisoHex ausgegangen, seine bevorzugte Gleitcreme, die nicht nur optimale Gleitfähigkeit bot, sondern auch die Akne an seinem Schwanz bekämpfte. Nach dem Duschen zog er Jeans und sein *Two-Virgins*-T-Shirt an, das Prunkstück seiner Garderobe, im Siebdruckverfahren hergestellt nach Vorlage der schwarz gepressten Platte, die er in Baltimore gekauft hatte; er hatte sich damals in Hopkins vorgestellt, dem zweiten der vier Reserve-Colleges, falls es mit Harvard nicht klappte (das erste war Dartmouth, das dritte Bowdoin, das vierte Bucknell). Die Vorderseite des T-Shirts zeigte John und Yoko, beide splitternackt und von vorn, so dass jederman Lennons unbeschnittenen Pimmel und Yokos Möpse sehen konnte. Auf der Rückseite sah man die beiden mit nacktem Hintern, genau wie auf der Plattenhülle. Irre cool. Es war einen Monat her, seit er das T-Shirt zuletzt angehabt hatte. Er hatte den Eindruck gehabt, dass es bei der neuen Belegschaft im Jugendzentrum nicht gut ankam. Heute wollte er es aus Protest gegen sein Zwangsexil tragen.

Um zwölf hatte er es mit ungekämmten, feuchten Haaren endlich bis in die Küche geschafft. Seine Mutter hatte ihre Ankündigung wahr gemacht – auf einem malvenfarbenen Plastikteller lagen ein entkrustetes Oliven-Fleischkäse-Sandwich, eine Ecke Schmelzkäse und ein Haufen Pommes. Kulinarisch gesehen ein Witz, dachte Teddy. Daneben stand ein Becher mit schaumigem Instant-Eistee, in dem drei Halbmonde aus Eis schwammen. Auf der anderen Seite eine Vitamintablette. Mein Gott, da war er nun fast achtzehn, hatte zwei Stipendien für Harvard, eins von National Merit und eins von Vernon T. Bagwell, wer auch immer das war, und seine Mutter versorgte ihn immer noch mit Vitamintabletten für Kleinkinder. Diese hier sah aus wie Barney Geröllheimer aus der *Familie Feuerstein.* Seine Mutter saß am Esstisch und stocherte lustlos in einem mit Ananasstücken gesprenkelten Haufen Magerquark.

»Das esse ich nicht«, sagte er vor dem offenen Kühlschrank mit einem Nicken auf den Teller.

»Aber du musst doch etwas essen.«

Teddy holte einen Karton mit Orangensaft heraus und nahm einen Schluck direkt aus der gewachsten Öffnung. In dem kleinen Schwarzweißfernseher lief Watergate. Er sah zu, während er trank. Kleine orangefarbene Rinnsale liefen ihm übers Kinn. Er wischte sie mit dem Handrücken weg, dann zeigte er mit dem Karton auf die Mattscheibe.

»Der macht es nicht mehr lang.«

»Glaubst du?«, fragte Sally.

Teddy imitierte eine Klospülung.

»So gut wie erledigt. Frag Dad, der sagt das auch.«

Sally zeigte mit der Gabel auf sein *Two-Virgins*-Hemd.

»Das trägst du heute aber nicht, oder?«

»Sieht aber ganz so aus.«

»Schatz, das ist Pornographie.«

»Adam und Eva hatten auch nicht mehr an.«

»Du weißt, was mit denen passiert ist.«

Teddy zuckte die Schultern. Seine Mutter gehörte zu den Presbyterianern.

»Dann zieh bitte wenigstens ein Hemd drüber. Es ist wirklich unerträglich.«

»Das soll es ja sein.«

»Na dann, gratuliere.«

Er trank wieder. Sie sah ihn verzweifelt an.

»Also gut«, sagte Teddy. »Ich tu ja alles, um dich glücklich zu machen.«

Sie sahen eine Weile gemeinsam Nachrichten.

»Findest du, Dad sieht aus wie John Dean?«

Sally überlegte.

»Vielleicht weniger das Aussehen als die Art.« Sie spießte ein Ananasstückchen auf und betrachtete es. »War's schön gestern Abend?«

Teddy zuckte die Schultern.

»Was hast du gemacht?«

»Ich habe ein Auto gestohlen, bin damit nach Vegas gefahren und habe ein Revuegirl geheiratet.«

»Ist sie nett?«

»Unheimlich.«

Sally biss von der Ananas ab, dann überlegte sie es sich offenbar anders, angelte das Stückchen mit zwei lackierten Fingernägeln wieder aus dem Mund und legte es am Rand des Tellers ab.

»Ich habe gehört, dass es im Jugendzentrum eine Schlägerei gab«, sagte sie.

»Wirklich? Wer sagt das?«

»Dein Vater.«

»Wahnsinn. Was weiß der eigentlich nicht?«

Sally durchsuchte den Quark nach weiteren Ananasstückchen.

»Oh, einiges.«

Ein Werbespot begann. *Wir dürfen die Natur nicht mit Füßen treten.*

»Hast du schon ein Geburtstagsgeschenk für ihn?«

»Noch nicht«, sagte Teddy.

»Dann solltest du dich beeilen.« Sally gähnte. »Er will dich sprechen, sobald du auf bist.«

»Weshalb?«

»Wahrscheinlich will er einen Augenzeugenbericht.«

»Also gut. Ich wollte eigentlich an meinem Roman weiterschreiben, aber das kann ich auch später tun.«

»Waren Susan und Joel auch dabei?«

»Ich hatte die Ehre, gemeinsam mit ihnen zu fliehen.«

»Ich wollte dich noch was anderes fragen, Teddy. Ich habe gestern Irma beim Bridge getroffen, und sie hat den Eindruck, man müsste die beiden bremsen, bevor es zu ernst wird.«

»Irma Truax ist ein Nazi.«

»Unsinn. Wie kannst du so was sagen.«

»Mom, die Frau hat ein Bild von Hitler in ihrem Fotoalbum.«

Sally beäugte ihn misstrauisch.

»Ich habe es selbst gesehen«, sagte Teddy. »Joel hat es mir gezeigt. Es wurde in den Dreißigern aufgenommen, als sie noch ein kleines Mädchen war. Der alte Adolf kam in die Stadt, in der sie wohnte, und sie musste ihm einen Blumenstrauß überreichen. Davon hat sie das Foto. Hitler beugt sich über sie und tätschelt ihr den Kopf.«

Sally starrte ihn an.

»Bist du sicher, dass es Hitler ist? Vielleicht ist es ja einer von seinen Spießgesellen oder sonst jemand.«

»Mom, bitte. Der Schnurrbart und alles, ja? Wer soll das sonst sein? Es ist Hitler.«

»Das ist ja merkwürdig. Obwohl, wenn sie erst ein kleines Mädchen war …«

Sie verstummte.

»Wie auch immer«, sagte Teddy ungeduldig. »Was hat sie über Susan gesagt?«

»Irma meinte, sie und ihr Mann würden überlegen, ob man die beiden nicht trennen soll.«

Teddy sah seine Mutter an.

»Was soll denn das heißen? So eine Scheiße.«

»Edward, das sagt man nicht.«

»Tut mir Leid. Aber…«

»Wahrscheinlich findet sie, dass die beiden zu jung sind für… eine so ernste Sache.«

Teddy schüttelte den Kopf.

»Aussichtslos.«

»Ich weiß nicht. Sie klang sehr entschlossen.«

»Und was wolltest du mich fragen?«

»Na ja, ihr seid doch so viel zusammen, da wollte ich einfach wissen, was du findest. Ich meine, ob es wirklich so ernst ist.«

Ist es, dachte Teddy. Viel zu ernst.

»Sie sind eben miteinander befreundet, Mom. Das ist doch ganz normal.«

»Ja, trotzdem. Irma sagte, sie wolle mit Earl und Ardelia sprechen.«

Sie schwiegen beide. Teddys Gedanken rasten. Susan und Joel trennen? Er wusste, dass Susans Mutter die Beziehung nicht billigte. Und sogar Joel hatte in letzter Zeit Auseinandersetzungen mit seinen Eltern gehabt, die sonst nichts so leicht erschüttern konnte. Teddy hatte das nur für den üblichen Quatsch von Eltern gehalten. Er hätte nie gedacht, dass jemand ernsthaft erwägen könnte, die beiden zu trennen.

»Teddy?«

»Was?«

»Wenn du nichts essen willst, solltest du dich auf den Weg zu deinem Vater machen. Er wollte dich ziemlich dringend sprechen.«

»Mach ich.« Teddy lachte. »Ich wollte ihn sowieso um etwas Kleingeld anpumpen.«

Zum Büro seines Vaters waren es zehn Minuten Fahrt. Teddy raste in dem nachtschwarzen Firebird, den seine Eltern ihm als Belohnung für die Aufnahmeprüfung ins College geschenkt hatten, durch die stillen Straßen. Draußen flitzten Häuser, Rasen und Bäume vorbei, alles neu gebaut und neu gepflanzt. Japankäfer flogen wie Kamikaze gegen die Windschutzscheibe. Zur Aufmunterung rauchte er beim Fahren schnell einen Joint, den er mit den Resten einer Camel-Zigarette gebastelt hatte. Beim zweiten Zug fiel ihm ein, dass er eigentlich ja bis zum Abend hatte warten wollen. Egal, dachte er. Morgen. Jetzt hatte er sowieso andere Sorgen. Er musste unablässig daran denken, was seine Mutter über Joel und Susan gesagt hatte. Unter anderen Umständen hätte er nicht weiter darauf geachtet. Sally war für jeden Klatsch empfänglich. Aber wenn Irma öffentlich Drohungen ausstieß, war die Lage ernst. Sein bester Freund sollte womöglich gezwungen werden, die Liebe seines Lebens aufzugeben. Joel würde ausrasten. Er war total in Susan verknallt. Sie hatte ja auch einiges zu bieten, vor allem jetzt im Sommer, wo sie ihre Reize nicht zu verstecken brauchte. Lange, blonde Haare, die in der Sonne glänzten, kleine, feste Brüste, die unter dem rückenfreien Oberteil auf- und abhüpften, Shorts, deren Beine knapp unter dem Gesäß endeten. Sie war eine Wucht, keine Frage, nur leider unvorstellbar dumm. Sie kapierte rein gar nichts. Als Teddy vor der Schlägerei gestern Abend vom achten Kapitel seines Romans erzählt hatte, hatte Susan nur gegähnt und gelangweilt zu den rauchgeschwärzten Balken hinaufgestarrt. Das machte man doch nicht, jedenfalls nicht mit Teddy und nicht auf seinem Dachboden. Er hatte einige Male versucht, mit Joel über ihren Hirnschaden zu sprechen, aber Joel dachte nur noch mit seinem Schwanz. Er wollte einfach nicht einsehen, dass das Mädchen Brei zwischen den Ohren hatte. Dabei war das Problem weniger Susans Dummheit. Es gab viele dumme Menschen auf der Welt und musste sie geben, schon aus statistischen Gründen. Ohne sie hätte Teddy im Eignungstest nie 1590 Punkte bekommen. Ihre schlechten Noten ermöglichten seine guten. Das Problem war vielmehr, dass Susan offenbar nicht begriff, dass sie dumm war. Sie redete immer wieder vorlaut dazwischen und stritt mit Teddy über Dinge, die über jede Diskussion erhaben waren. Sie behauptete zum Beispiel, »Revolution« sei von Paul McCartney. Unglaublich. Oder sie sagte, *Der König von Marvin Gardens* sei langweilig. Und Joel hörte ihr zu und schluckte ihr geistloses Geplapper ohne den mindesten Widerwillen.

Teddy sehnte sich nach der Zeit zurück, als er mit Joel allein gewesen war, nach jenem Sommer vor vier Jahren, als ihre Väter hierher in diese Wüste gezogen waren. Er hatte Potomac nicht gern verlassen. Die Lebensbedingungen hier waren primitiv gewesen, endzeitlich. Nur zwei Dutzend Häuser bewohnt, weit verstreut wie Forts im Grenzland, die ganze Gegend umgegraben und rauchend wie ein Schlachtfeld, auf dem zwei gewaltige Armeen bis zur Erschöpfung ihrer Kräfte gekämpft und sich dann geschlagen zurückgezogen hatten. Statt der wohnlichen Häuser von Potomac aufgewühlte Erde, dachlose Gerippe und Schutthaufen, wohin das Auge blickte. Riesige Raupenfahrzeuge, die langsam über das Land krochen und eine Fahne von Rauchwölkchen zurückließen. Man konnte kaum einen Schritt tun, ohne über einen Vermessungspfosten zu stolpern. Gehämmer dröhnte durch die Luft wie die verzweifelte letzte Salve eines auf dem Rückzug befindlichen Batallions. Newton Plaza und das Einkaufszentrum waren noch nicht gebaut, der See war eine große Wiese voller Unkraut.

Dann hatte er Joel kennen gelernt. Ihre Väter hatten sie zu Beginn jenes ersten Sommers zusammengebracht, zwei Dreizehnjährige, verbannt an einen Ort, der noch gar kein Ort war. Die ersten Minuten waren für beide eine Tortur gewesen. Joel war damals noch sehr schüchtern, und Teddy hatte noch nie mit einem schwarzen Jungen gesprochen, außer das eine Mal, als er vor dem Naturgeschichtemuseum ausgeraubt worden war; da hatte er nur bitte schön, nimm das Geld, aber tu mir nichts gesagt. Dann hatten sie festgestellt, dass sie dieselben Räder fuhren – Highriser in Blaumetallic mit Bananensätteln und Rückenlehne –, und das hatte das Eis gebrochen. Tollkühn waren sie über Drainagegräben geflogen und von Bulldozern aufgeschüttete Berge hinauf gerast. Täglich waren sie in jenem ersten Sommer unterwegs gewesen, vom ersten Morgengrauen bis zum Einbruch der Dämmerung. Aus der feindlichen Wüste wurde eine exotische Wildnis. Die Betonfundamente der Schulen wurden zu Labyrinthen, die großen Wellblechrohre der Kanalisation zu Tunneln, in die sie todesmutig mit ihren Taschenlampen eindrangen. Die zum Abbruch verurteilten und von Teddys Vater zwangsgeräumten Häuser der ortsansässigen Bauern dienten ihnen als Verstecke. Manchmal fanden sie dort noch alte Zeitschriften, Fotos und Briefe, die Teddy als Stoff für die verschlungenen Geschichten dienten, die er damals zu schreiben begann.

Sie erfanden sogar ein neues Spiel, das Häuserspringen. Die Regeln waren einfach. Sie stellten sich im Obergeschoss eines der vielen hundert Rohbauten der Stadt in denen Holzbohlen und kreuzweise mit Klebeband beklebte Fenster herumstanden, nebeneinander auf und gingen ganz langsam bis zum Rand des Schachts vor, in den später die Treppe eingebaut wurde. Zwei Stockwerke unter ihnen gähnte pechschwarz der Keller. Dort hatten sie, bevor sie die Leiter in das Obergeschoss hinaufgeklettert waren, Zementsäcke und Ballen mit pinkfarbenem Isoliermaterial zu einem großen Kissen aufgeschichtet. Joel fasste Teddy an der Hand und zählte bis drei. Und dann sprangen sie und fielen beide genau gleich schnell, eine Bestätigung dessen, was Teddy über Galilei und die Schwerkraft gelernt hatte. Einen schrecklichen Moment lang fielen sie durch völlige Dunkelheit, dann landeten sie auf dem weichen Haufen. Teddy wäre nie gesprungen, wenn Joel ihn nicht an der Hand gefasst hätte. Er hätte zu große Angst gehabt vor dem, was vom gebrochenen Knöchel bis zum rostigen Nagel im Fuß alles hätte passieren können. Aber sobald er Joels kühle, dunkle Haut spürte, war es leicht. Er hätte alles tun können.

Der erste, schönste Sommer endete an dem Tag, an dem sie als Erstklässler den Bus zur High-School von Cannon County bestiegen. Es war für beide ein Martyrium. Teddy, gewöhnt an den Luxus der reichen Schulen von Potomac, fand sich in einem umgebauten Lagerhaus inmitten von drängelnden Kindern vom Land und lustlosen Lehrern wieder. Was er zu bieten hatte, seine frühreife Intelligenz und eine scharfe, unbesiegbare Zunge, zählte hier nicht. Und Joel litt schrecklich unter den Schwarzen von Powdertown, den Söhnen von Gelegenheitsarbeitern und Putzfrauen, die sich über seine Kleider und seine Sprechweise mokierten. Teddy verbrachte die allmorgendliche lange Busfahrt in Angst und Schrecken, die Finger so fest um die Haltestange geklammert, dass sie noch den ganzen Tag nach Metall rochen. Die schrille Klingel, die in dieser Schule alle fünf Minuten zu läuten schien, schnitt durch seine Nerven wie ein eigens für ihn erfundenes Folterinstrument.

Ihre Not führte sie noch näher zusammen. Manchmal schwänzten sie die Schule, streiften durch die unfertige Stadt und kauften sich an einem der zerbeulten Kantinenwagen, die die Bauarbeiter versorgten, etwas zu essen. Zwar mussten sie aufpassen – Joels Vater konnte jederzeit wie aus heiterem Himmel mit seinem Ranchero auftauchen –, aber sie wurden nie erwischt. Die Schule hatte andere Probleme, als zwei Erstklässlern nachzulaufen. Und die Proteste ihrer Eltern, weil sie so oft unentschuldigt fehlten, erstickten sie schnell durch ihre glänzenden Noten, für die sie nur an den Prüfungstagen in die Schule zu gehen brauchten.

Im folgenden Jahr öffnete Newton High die Pforten, und alles wurde anders. Teddy und Joel waren auf einmal unter einigen hundert Kindern ihresgleichen. Es war eine neue Schule ohne Cliquen und Banden und, noch besser, mit Joels Mutter als stellvertretender Leiterin, einer resoluten Frau mit einer scharfen Zunge, gefürchtet von denen, die sie nicht kannten. Niemand fing Streit mit Ardelia Wootens Sohn an oder mit seinem Freund, dessen Vater hinter den schimmernden Spiegelglasscheiben im obersten Stock des Hochhauses residierte, das soeben im Zentrum der Stadt errichtet worden war. Nichts hatte die ersten zwei Jahre an der Schule getrübt. Die beiden Jungen waren die unbestrittenen Anführer, Teddy als der Klügste, Joel als der Beliebteste. Teddy hatte nichts dagegen, dass sein Freund so beliebt war. Andere Jungs, erkannte er nach und nach, waren dumm, Vieh, das die Hitparade hörte und die Bücher las, die beschränkte Lehrer ihnen vorlegten. Sie waren ihm egal, sie zählten nicht, solange er Joel hatte. Daran änderte sich auch nichts, als sein Freund gegen Ende des zweiten Jahres die ersten Freundinnen hatte. Mit fünfzehn bekam Joel eine tiefe Stimme, sein Unterkiefer wurde breiter, er schoss zehn Zentimeter in die Höhe, und sein Lächeln wurde selbstbewusster. Die Mädchen strömten in Scharen herbei, ob weiß oder schwarz machte keinen Unterschied. Alle liebten sie Joel, und er behandelte sie mit einer Geringschätzung, die ihr Verlangen nur noch steigerte. Wenn er mit einer knutschte, kam er hinterher zu Teddy und berichtete, was sie Dummes gesagt und was für Laute sie von sich gegeben hatte. Einmal ließ er Teddy an dem Finger riechen, den er tief zwischen die Beine von Veronica Teller geschoben hatte. Teddy hatte sich fast übergeben müssen, aber wenn er später daran dachte, bekam er einen steifen Schwanz. Er selbst hatte keine Freundinnen. Mit ihm wollten die Mädchen immer nur über Joel reden. Sie waren sowieso nur ein Haufen blöder Tussies. Seine Yoko musste erst noch kommen.

Zwei lange und wunderbare Jahre lebten Teddy und Joel in diesem Paradies. Dann, im Herbst ihres letzten Jahres, eröffnete Renaissance Heights. Schwere Jungs hielten in der Schule Einzug, versteckte Gewalt breitete sich aus. In den ersten beiden Jahren hatte es keine einzige Schlägerei gegeben, jetzt täglich mindestens eine. Teddy sah an Ardelias Gesicht, was für Sorgen sie sich machte. Am schlimmsten war, dass sein Status als einer der beiden Könige der Schule von der neuen Schülerwelle ignoriert wurde. Um Weihnachten wollte er nur noch weg.

Verschlimmert wurde alles noch durch die Ankunft von Miss Susan Truax. Sie war im September von Ford Meade gekommen, wo sie mit ihrer verrückten Mutter und ihrer hässlichen kleinen Schwester gelebt hatte, während ihr Vater in Vietnam gegen den Vietcong kämpfte. Jetzt verscherbelte er die Aluminiumhäuser im Musterdorf. Die anderen Jungen der Schule rasteten aus, als Susan kam, aber Teddy beschloss, cool zu bleiben. Wenn sie erst begriff, wer er war, konnte sie zu ihm kommen. Aber sie begriff nicht. Stattdessen saß sie einfach in einer Ecke der Cafeteria, nippte an ihrer Schokolade und blätterte in einer Zeitschrift. Jungen, die sie anmachen wollten, ließ sie abblitzen. Es war geradezu, als warte sie auf jemanden. Teddy versuchte Augenkontakt herzustellen, um sie wissen zu lassen, dass er anders war als die anderen, aber sie sah ihn nicht an. Sie sah überhaupt niemanden an. Sie saß nur da, trinkend und lesend.

Bis Joel auftauchte. Er war die ersten beiden Wochen nicht zur Schule gegangen, weil er sich bei einem Mädchen im Jugendzentrum mit Pfeiffer-Drüsenfieber angesteckt hatte. Er saß mit Teddy an einem Tisch, als Susan hereinkam. An ihren geschürzten Lippen hing eine große Kaugummi-Blase wie ein Heißluftballon, der das Mädchen im Schlepp hatte. Als sie sich setzte, platzte die Blase, und ein pinkfarbener Schleier legte sich sanft auf ihr Gesicht. Sie sammelte ihn mit einer kreisförmigen Bewegung des Fingers ein und steckte ihn wieder hinter die glänzenden Lippen.

»Wer ist denn das?«, fragte Joel.

»Sie heißt Susan Irgendwas und hat den IQ eines Wombat.«

Joel starrte Susan unverwandt an. Sie blätterte in aller Ruhe ein Magazin mit Bobby Sherman auf der Titelseite durch und ließ dabei kleine Blasen an den Schneidezähnen platzen. Fast zwei Minuten verschlang Joel das Mädchen mit den Augen. Teddy sagte nichts. Er erlebte das nicht zum ersten Mal. Susans Radar würde Joel nach einer Weile orten und Alarm auslösen. Flugzeuge würden abheben, die Tore der Raketensilos aufgleiten.

Susan würde aufblicken.

Endlich warf sie das Magazin mit einem gelangweilten Seufzer auf den Tisch und ließ die Augen ziellos durch die Cafeteria schweifen. Dann sah sie Joel. Ihre Blicke begegneten einander, und Joel lächelte sein einfaches, ungekünsteltes Lächeln, das Teddy schon eine Million Mal gesehen hatte. Susan lächelte affektiert zurück und verdrehte die Augen. Joels Miene blieb unverändert. Er nickte mit dem Kopf, ganz langsam, einmal. Sie schien verwirrt, sammelte ihre Bücher ein und verschwand rasch zur fünften Unterrichtsstunde.

Joel sah ihr hinterher. »Großer Gott«, sagte er.

»Was ist?«, fragte Teddy.

Ende des Monats gingen sie miteinander. Susan war Joels erste feste Freundin. Teddy spürte instinktiv, dass es diesmal anders war. Joel sprach nur noch von Susan. Davor hatte er über Mädchen immer nur mit verächtlicher Gleichgültigkeit gesprochen. Jetzt langweilte er Teddy zu Tode mit Berichten über die belanglosen Dinge, die Susan tat, und die klugen Worte, die sie äußerte. Teddy hatte zunächst mit Ironie reagiert, aber Joel schien es überhaupt nicht zu bemerken. Es war, als hätte Susans Blödheit auf ihn abgefärbt. Zu Weihnachten hatte Susan dann in Washington diese lächerliche handgearbeitete Schirmmütze für ihn gekauft. Der Schirm war mit schwarzen Schnörkeln verziert, die wie versteinerte Spermien aussahen. Doch der sonst so coole Joel hatte sich die Mütze wie eine Krone aufs Haupt gesetzt, und dort blieb sie, heiß und innig geliebt. Teddy konnte Joel hundert Mal sagen, wie bescheuert er damit aussah, er richtete damit nichts aus. Die Mütze war ein Geschenk von Susan und deshalb vollkommen.

Vor diesem Problem stand Teddy also unvermutet in seinem letzten Jahr an der High-School. Verschärft wurde es noch dadurch, dass Susan ihn von Anfang an nicht leiden konnte. Sie fand nicht einmal seine harmlosesten Scherze witzig, hänselte ihn, weil er keine Freundin hatte, und lachte nur, als er ihr das Yoko-Prinzip erklärte. Wenn sie zusammen waren, stritten sie oft. Joel stand dann stumm daneben und ergriff zum ersten Mal nicht die Partei Teddys. Wenn Teddy bei den Wootens anrief, sagte Ardelia manchmal, Joel sei ausgegangen und nein, er habe keine Nachricht für ihn hinterlassen.

Dann, vor einigen Wochen, hatte er durch Zufall etwas mitgehört, das Susan gesagt hatte. Sie saßen an ihrem Stammtisch in der Cafeteria. Teddy war aufgestanden, um einen hartnäckigen Appetit auf Süßigkeiten mit Götterspeise zu befriedigen, dann aber umgekehrt, weil er sein Geld in seinem Anorak vergessen hatte. Susan saß auf Joels Schoß, beide kehrten Teddy den Rücken zu.

»Lass uns doch lieber ohne deinen Oberkiffer gehen«, sagte sie. Sie wollten sich an diesem Wochenende im Kino *Cherie Bitter* ansehen.

»Halt die Klappe, Susan«, sagte Joel.

Aber er sagte es ohne Ärger, mehr überdrüssig, als habe er es schon hundert Mal gesagt. Teddy blieb stehen und starrte auf die Hinterköpfe vor ihm. Wut kam in ihm hoch. Michael Corleone fiel ihm ein, wie er in dem Restaurant in Brooklyn an seinen Tisch zurückkehrt. Doch hatte er sich rasch wieder in der Gewalt und ging zu seinem Stuhl, als sei nichts passiert. Aber es war etwas passiert, und Teddy würde es nicht vergessen.

Im Frühjahr bekam er die Zusage für Harvard und Joel für Bucknell. Teddy begann laut darüber nachzudenken, ob er auf sein Reservecollege Nummer vier ausweichen sollte, um mit seinem Freund zusammenwohnen zu können, aber sein Vater hatte den Plan im Keim erstickt. Wenigstens waren Lewisburg und

Cambridge, die Orte, wo die beiden Universitäten sich befanden, nur ein paar Stunden voneinander entfernt. Blieben immer noch die Wochenenden. Und sie hatten den ganzen Sommer zusammen. Nur dass der Sommer inzwischen bedroht war. Ohne das Jugendzentrum hatten sie keinen richtigen Treffpunkt mehr. Es gab den gesperrten Pier am See, aber da wollte Susan nicht hin. Und das Einkaufszentrum machte um neun zu. Natürlich hatten sie auch ihre Zimmer zu Hause, aber mit den Eltern in der Nähe war es nicht dasselbe. Teddy sehnte sich nach jener ersten Zeit in der Stadt zurück, als er mit Joel allein gewesen war. Nur sie beide allein auf der Welt. Manchmal, wenn er abends rauchend im Bett saß und John und Yoko zuhörte, wünschte er, sie könnten wieder finstere Treppenschächte hinunterspringen, Joel und er, genau gleich schnell.

Er jagte über den Parkplatz von Newton Plaza und kam schlingernd im Halteverbot vor dem Haupteingang zum Stehen. Das Quietschen der Reifen war bis zum See hinunter zu hören. Köpfe drehten sich um, der Schatten eines Parkverbotschilds fiel über die Kühlerhaube des Firebird, und ein Angestellter von Earth Works musterte Teddy finster. Teddy nickte nur. Als er zum ersten Mal hier geparkt hatte, hatte ein Sicherheitsbeamter gedroht, ihn abschleppen zu lassen. Teddy hatte nur beiläufig seinen Nachnamen genannt. Seitdem hatte ihn niemand mehr belästigt.

Er steckte ein Pfefferminzbonbon in den Mund, um den Geruch des Joints zu überdecken, stieg aus und ging in einer Duftwolke aus Droge und Pfefferminz zum Eingang. Im Fenster sah er sein Spiegelbild mit Sonnenbrille und Armeejacke und fand sich cool. Von John und Yoko sah man nur die Köpfe – allgemeine Entwarnung also, seine Eltern brauchten sich nicht unnötig zu schämen. Er schob sich durch die Drehtür und durchquerte das riesige, marmorgeflieste Foyer. Angestellte von EarthWorks eilten hin und her, viele trugen Schachteln mit Plänen vor sich her wie Staffelstäbe. Das gedämpfte Quietschen ihrer Gummisohlen erfüllte den Raum. Im Hintergrund spielte leise Musik, *The Age of Aquarius.* Unter einem Porträt Barnaby Vines wartete Teddy auf den Aufzug. Er hatte den alten Herrn ein paarmal gesehen. Nicht übel. Angeblich ein Genie, obwohl seine Vision der neuen Stadt in letzter Zeit etwas von ihrem Glanz eingebüßt hatte. Vine hatte vor kurzem einen zweiten Schlaganfall erlitten, was aber insofern nicht tragisch war, als Swope senior den Laden sowieso bald übernahm.

Im Aufzug war es voll. Teddy ging ein Vers durch den Kopf, den er sich am Tag zuvor ausgedacht hatte. »Watergate kommt groß heraus, Nixon wankt im Weißen Haus.« Einige Fahrgäste kicherten, und Teddy merkte, das er die Worte laut vor sich hin gesagt hatte. Er lächelte. War ja auch irre komisch. Im polierten Messing der Tür betrachtete er die anderen. Wie es wohl war, jeden Tag zu arbeiten, Befehle entgegenzunehmen und Angst vor der Kündigung zu haben? Vielleicht war es in Harvard so. Vielleicht war es dort nicht so leicht, wie er sich das vorstellte. Obwohl er es bezweifelte. Bei seinem Besuch im Herbst hatte er den Nachmittag mit einigen jüngeren Studenten verbracht, und sie hatten keinen überarbeiteten Eindruck gemacht.

Er kam auf der Etage seines Vaters an und eilte mit einem Nicken an den Empfangsdamen vorbei. Leute, die ihn kannten, grüßten ihn. Es war ein gutes Gefühl, Sohn des Chefs zu sein. Er überlegte, wie es wohl für seinen Vater war, täglich herzukommen und zu wissen, dass man die Hauptperson war. Zumal wenn man sich von ganz unten hochgearbeitet hatte, als letztes, ungewolltes Kind einer großen, armen Familie aus Michigan. Der Vater seines Vaters war Wartungsmonteur in River Rouge gewesen und schon über fünfzig, als der kleine Austin zur Welt kam. All die betrunkenen Brüder und schwangeren Nichten. Teddy hatte das Haus in Grand Rapids gesehen, in dem sein Vater aufgewachsen war. Eine primitive Baracke, bestehend aus einer Reihe von Durchgangszimmern. Er stellte sich seinen Vater manchmal in dem Alter vor, in dem er jetzt selbst war. Wie sein Vater sich hatte durchboxen müssen, zuerst durch die Schule in Wayne und dann die juristische Fakultät der Universität von Michigan, während Verwandte und Freunde am Fließband gearbeitet hatten. Dann der Umzug nach Washington, weil dort die Musik spielte. Sein Vater hatte es nur geschafft, weil er wusste, dass er anders war. Und nur deshalb konnte er auch dieselben Fähigkeiten in seinem Sohn erkennen. Teddy wusste, dass sein Vater ihn selbst dann, wenn er Mist baute – zum Beispiel damals in Cannon City, als er betrunken am Steuer erwischt worden war –, tief drinnen verstand. Weil sie tief drinnen gleich waren.

Evelyn saß an ihrem Schreibtisch. Sie erinnerte ihn mehr denn je an einen Gnom.

»Tag, Edward«, sagte sie mit einem säuerlichen Lächeln. »Er erwartet dich.«

Beim Betreten des väterlichen Büros überkam Teddy das übliche Schwindelgefühl. Es lag an den beiden Glaswänden – sie ließen ihn immer wieder ausrasten. Als würde man auf dem Gipfel des K 2 aus dem Aufzug treten. Davon abgesehen war alles genauso wie in anderen Büros. Auf der einen Seite die Sitzgruppe, Sofas und ein halbes Dutzend Sessel, und diagonal zu der Ecke, wo die beiden Glaswände aneinanderstießen, der große Schreibtisch seines Vaters. Die beiden Füller, die aus einem Messinghalter am Rand der Schreibunterlage ragten, sahen aus wie Boden-Luft-Raketen. Sein Vater stand vor dem Stadtmodell in der Mitte des Raums und starrte mit sorgenvoll gerunzelter Stirn auf die Spielzeughäuser und -menschen hinunter.

»Der Meister brütet über seiner Schöpfung.«

Sein Vater sah auf und verzog das Gesicht.

»Guten Morgen, Edward«, sagte er müde und zeigte auf einen Stuhl vor seinem Schreibtisch.

»Morgen? Wage ich zu bezweifeln, Dad.«

Teddy ließ sich auf einen der Stühle vor dem Schreibtisch nieder. Sein Vater nahm auf seinem ledernen Schreibtischsessel vor den Fensterwänden Platz und lehnte sich zurück.

»Also, Teddy – was war vergangene Nacht eigentlich los?«

»Ziemlich üble Sache.«

»Das ist mir inzwischen auch klar.«

»Die Hatfields und die McCoys rasteten aus.«

»Ich sage allen, dass es Leute von außerhalb waren.«

Teddy machte eine Grimasse.

»Entspricht nicht ganz der Wahrheit.«

Sein Vater schüttelte einen Zigarillo aus dem Päckchen, das vor ihm auf dem Schreibtisch lag, und zündete ihn an. Durch den aufsteigenden Rauch starrte er seinen Sohn an.

»Weiter«, sagte er leise.

»Ich kannte viele von der Schule. Schwarze *und* Weiße. Bürger unserer wunderbaren Stadt.«

Sein Vater blies eine dünne Rauchwolke in die Luft. »Ich erwäge, das Jugendzentrum den Sommer über zu schließen.«

»*Ich* gehe sowieso nicht mehr hin. Obwohl …«

»Was?«

»Na ja, ich glaube nicht, dass das Jugendzentrum das Problem ist.«

»Nein, aber trotzdem. Es beruhigt die strapazierten Nerven.«

»Du weißt, was das eigentliche Problem ist, nicht?«

»Was denn?«

»Die ganze Anlage.«

»Wie meinst du das.«

»Die Anlage der Siedlungen, die soziale Mischung. Sie war von Anfang an falsch. Noch bevor angefangen wurde.«

»Aber sie ist ein integraler Bestandteil von Mr. Vines Denken«, sagte sein Vater ohne Überzeugung.

»Nur weil etwas integral ist, muss es noch nicht stimmen. Schon mal was von Bevölkerungsanalyse gehört?«

»Ich bin sicher, Mr. Vine hat davon gehört.«

»Wie geht's dem alten Herrn überhaupt?«

»Der zweite Schlag muss schlimm gewesen sein.«

»Jedenfalls glaube ich, dass man einiges noch mal durchdenken müsste. Ein paar von diesen Schlägern sind ziemlich schlecht drauf.«

»Ich weiß.« Sein Vater seufzte. »Wie steht's mit Mittagessen?«

»Ich habe keinen Hunger.«

»Na gut.« Die kleinen Hände seines Vaters fielen mit einem dumpfen Plumps auf die Schreibunterlage. »Dann mache ich mich mal wieder an die Arbeit.«

Teddy stand auf und sah auf seinen Vater hinunter.

»Hey, Dad«, sagte er zärtlich. »Ich meine, ab Herbst hast du doch freie Hand, ja? Gegenüber Vine und allen. Dann entscheidest nur noch du in deiner unendlichen Weisheit.«

»Ich denke, du hast Recht«, sagte sein Vater sehnsüchtig.

Natürlich habe ich das, hätte Teddy fast gesagt. Aber er sagte es nicht.

3

Earl Wooten fuhr schnell. Auf geraden Strecken beschleunigte er bis auf hundertzehn Kilometer, in Kurven ging er nicht unter fünfzig. Der robuste Motor des Ranchero begann schon nach wenigen Minuten zu spucken und asthmatisch zu keuchen, aber Wooten brauste unbekümmert weiter über die leeren Straßen und ignorierte die neu aufgestellten Stoppschilder und Geschwindigkeitsbeschänkungen. An Kreuzungen berührte er kaum die Bremse. Wenn er um die Ecke bog, schlitterten die Werkzeuge über die Ladepritsche wie die Akteure einer Slapstick-Comedy. In den Rückspiegel sah Wooten gar nicht erst – hinter ihm lag nur noch eine langgezogene Wolke aus rötlichem Staub.

Er fuhr aus einem ganz einfachen Grund so schnell. Weil er es durfte. Dies waren seine Straßen, von ihnen holte ihn niemand runter. In diesem Teil der Stadt hatte die Straßenverkehrsordnung noch nicht Einzug gehalten. In den fertigen Ortsteilen, in Fogwood, Mystic Hills und Juniper Bend, musste man auf die überarbeiteten Streifenbeamten von Cannon County aufpassen, auf die wachsamen Augen neu zugezogener Eltern und sogar auf die Sicherheitsbeamten von EarthWorks, so lahm sie sonst waren. Wer dort zu schnell fuhr, riskierte eine Anzeige. Und jenseits der Stadtgrenze war die staatliche Polizei zuständig, Männer mit unbewegten Mienen, die keinen Earl Wooten kannten, sondern nur einen Nigger vor sich sahen, der mit Werkzeugen im Wert von tausend Dollar und einem brandneuen Ford unterwegs war. Hier dagegen, in diesem Niemandsland ungeteerter Straßen und ungebauter Häuser, diesem Zwischending aus noch nicht Stadt und nicht mehr Land, war Wooten nur sich selbst verantwortlich. Er konnte fahren, so schnell er wollte.

Und zugegeben, es machte Spaß. Dreißig Jahre lang war er mit einer Feder zwischen Schuhsohle und Gaspedal gefahren, jetzt brauchte er endlich keine Rücksicht mehr zu nehmen. Hier draußen konnte ihn niemand anhalten, weil er unverzeihlicherweise zehn Kilometer langsamer gefahren war als erlaubt, weil er beim Abbiegen nach rechts auch tatsächlich rechts geblinkt hatte oder weil er an einem Stoppschild stehen geblieben war. Kein Polizist nahm ihm hier Führerschein und Fahrzeugpapiere ab, verschwand damit fünf, zehn, *fünfzehn* Minuten im Streifenwagen und händigte sie ihm dann ohne Entschuldigung wieder aus. Die Weißen, mit denen er arbeitete, fragten manchmal im Scherz, warum er auf Baustellen so schnell fuhr, aber so langsam Karriere machte. Wooten lachte dann nur. Seine schwarzen Kollegen – die wenigen, die er hatte – wussten die Antwort.

Er raste also weiter und nahm die Abkürzung über den ungeteerten Parkplatz der fast fertigen Grundschule von Whistler's Grove. Die Räder hämmerten über kleine Erhebungen und Vertiefungen, und er wurde durchgeschüttelt wie ein Baby auf dem auf und ab wippenden Knie des Onkels. Am anderen Ende des Parkplatzes flog er über den Bordstein. Von Schwindel erfasst, entfuhr ihm ein übermütiger Schrei, doch der Übermut war vorbei, als der Wagen aufsetzte und unerwartet nach rechts ausbrach. Einen kurzen Augenblick musste Wooten kämpfen, um die Kontrolle zu behalten. Seine kräftigen, großen Hände retteten ihn. Danach nahm er den Fuß vom Gas und ging auf eine gemäßigtere Geschwindigkeit herunter. Ein Unfall ganz allein hier draußen wäre schwer zu erklären gewesen.

Als er auf den Newton Pike einbog, fuhr er nur noch im Schneckentempo. Je langsamer er fuhr, desto schneller dachte er. Ein ganzer Arbeitstag lag noch vor ihm. Zuerst die Blitzinspektion von Underhill, dann das Gespräch mit Austin über den See und das Jugendzentrum und dann, vorausgesetzt es explodierten keine weiteren Gaslaternen, nach Hause, wo er endlich mit Joel reden musste. Für heute war Schluss mit der Raserei. Mit Apartment 27, den Leintüchern aus Rippensamt, dem brutzelnden Fett und dem Nickerchen am hellen Tag war sowieso Schluss.

Er hatte seinen kleinen Spaß gehabt.

Wie um ihn daran zu erinnern, tauchten östlich der Hauptstraße die nackten Stahlträger der projektierten Siedlung Underhill auf. Auf den ersten Blick wirkte die Baustelle verlassen. Wut stieg in ihm auf. Er überlegte, ob Vota und seine Leute jetzt doch zu weit gegangen waren, ob sie einige Stunden zu früh Feierabend gemacht und eine Bar in Cannon City aufgesucht hatten oder einen anderen Ort, an dem primitive Leute wie sie zu finden waren, wenn sie nicht arbeiteten. Er hoffte es. Er suchte schon lange nach einem Grund, Vota zu feuern. Keine Gewerkschaft oder staatliche Behörde konnte einen Mann halten, der zu früh Feierabend machte. Doch dann sah er auf einem der Doppel-T-Träger Stahl aufblitzen. Gestalten tauchten auf, Votas Männer arbeiteten noch. Wie es aussah, allerdings so wenig wie möglich. Auf den Stahlträgern standen nur ein halbes Dutzend der dreißig Leute. Die anderen hatten sich um den Kantinenwagen versammelt. Wooten sah auf die Uhr. Schon nach zwei. Unglaublich.

Er bog von der Hauptstraße ab und fuhr an der Tafel des Ministeriums für sozialen Wohnungsbau vorbei. Seine Wut wuchs. Vota war ein Drückeberger erster Güte, ein besserer Bauarbeiter, der seit zwanzig Jahren am staatlichen Tropf hing und dabei dick und fett geworden war. Wooten versuchte ihm seit über einem Monat Beine zu machen, denn Underhill lag im Zeitplan bedenklich zurück. Vota, der Vorarbeiter, brachte ihn zur Weißglut. Er gehörte zu denen, die zu allem ja sagten und dann keinen Finger krumm machten. Und er war Spezialist darin, konkrete Beweise seiner Unfähigkeit, aufgrund derer man ihn hätte entlassen können, zu vertuschen. In der vergangenen Woche war Wooten ihm fast einen ganzen Tag auf Schritt und Tritt gefolgt, um sicherzustellen, dass die T-Träger senkrecht aufgestellt wurden. Jetzt sah er, dass seitdem so gut wie nichts geschehen war. Nackt standen die Träger in der Morgensonne, nirgendwo hing eine Staubwolke wie auf anderen betriebsamen Baustellen. Votas Männer wirkten sauber, als hätte der Arbeitstag eben erst begonnen, dabei war er schon fast zu Ende. Der Vorarbeiter selbst war nirgends zu sehen.

Wooten bremste zehn Meter vor dem Kantinenwagen scharf ab. Die Arbeiter sahen ihm mit unbewegten Mienen entgegen. Es waren nur Weiße, eine Seltenheit bei EarthWorks. Gegen seinen Willen kam das alte Misstrauen wieder hoch, und seine Laune verschlechterte sich weiter.

»Wo ist Vota?«, fragte er, noch bevor er vor den Männern stand. Seine Stimme war lauter, als er beabsichtigt hatte. Die Männer, die oben auf den Trägern arbeiteten, stellten ihre Maschinen ab und starrten herunter, die Müßiggänger am Kantinenwagen tauschten Blicke. Wooten wartete. Endlich machte einer von ihnen, ein magerer Bursche mit Haaren, die ihm den halben Rücken hinunterhingen, mit einer Limonadendose eine Bewegung zu einem transportablen Toilettenhäuschen. Giftgrüne Limonade spritzte auf den festgetrampelten Lehm. Wooten starrte zu der Kabine hinüber, unsicher, was er tun sollte. Er konnte Vota schlecht herausrufen. Das wäre eine zu große Provokation gewesen. Er war versucht, die Männer selbst wieder an die Arbeit zu schicken, aber damit hätte er nur ihren Trotz herausgefordert. Resignierend sah er ein, dass er nur warten konnte, bis der Mann fertig war. Bis dahin musste er dreißig kalte Blicke ertragen.

Er sah sich um. Underhill war schön gelegen, umgeben von drei Hügeln, die dem Gelände den Namen gegeben hatten. Alle Neubausiedlungen der Stadt hatten eine exklusive Lage, das gehörte zu Barnabys Vision. Straßenlandschaften. Je schöner die Wohnlage, desto besser die dort lebenden Menschen. Es war einer der wenigen Gedanken Vines, die Wooten nicht einleuchteten. Er hatte lange genug in den malerischen Ozark Mountains gelebt, um zu wissen, dass es sehr viel mehr brauchte als eine schöne Landschaft, um die Menschen zum Guten zu bekehren.

Endlich kam Vota aus der Kabine, in der Hand eine zusammengerollte Zeitschrift. Er war klein und dick, und seine feisten Backen wurden durch einen großen Pfriem zusätzlich in die Breite gezogen. Gemächlich watschelte er auf den Kantinenwagen zu und klatschte sich dabei mit der Zeitschrift auf den dicken Schenkel. Die Werkzeuge an seinem Gürtel schlugen auf und ab wie die Flügel eines flugunfähigen Vogels. Dann sah er Wooten. Sein Schritt änderte sich nicht, nur die Hand mit der Zeitschrift erstarrte. Die vom Kautabak fleckigen Lippen verzogen sich zu einem verbindlichen Lächeln.

»Was kann ich heute für Sie tun, Earl«, sagte er.

Wooten wollte ihn für den ungebetenen Gebrauch seines Vornamens schon zurechtweisen, aber dann ließ er es bleiben. Genau das wollten Leute wie Vota doch. Einen mit Banalitäten provozieren, damit man die wichtigen Dinge übersah. Am Rand von Wootens Gesichtsfeld bewegte sich etwas. Wooten registrierte es instinktiv. Doch war es nur der Essensfahrer, ein zerknitterter Alter mit einer Papiermütze, der die zerbeulten metallenen Läden seines Fahrzeugs schloss. Er sah dabei aus wie ein Kleindarsteller in einem schlechten Western, der vor dem entscheidenen Showdown die Straße räumt.

»Sie könnten zunächst mal Brandmauern an den Trägern hochziehen«, sagte Wooten ausdruckslos. »Sie könnten die Arbeit tun, für die Sie bezahlt werden.«

Vota lächelte ihn an, wie man ein kleines Kind anlächelt.

»Aber genau das tun wir doch«, sagte er, die Stimme bemüht geduldig.

»Das sehe ich anders, Mr. Vota.«

»Na ja«, sagte Vota, immer noch lächelnd, »dann irren Sie sich eben.«

»Nein«, erwiderte Wooten ruhig. »Hier irrt sich nur einer, und das sind Sie, wenn Sie noch ein Wort sagen.«

Das Lächeln verschwand. Vota erwiderte Wootens Blick einen Moment lang, dann machte er auf dem Absatz kehrt und spuckte einen Strahl rostfarbener Flüssigkeit aus. Wooten spürte, wie erneut Wut in ihm hochstieg. Der Mann hatte sich zwar umgedreht, aber er hätte ihm genauso gut ins Gesicht spucken können. Leute wie Vota wussten, was es hieß, vor einem Schwarzen auszuspucken. Die anderen Arbeiter wechselten Blicke, und eine Weile sagte niemand etwas. Sogar der Essensfahrer bewegte sich nicht mehr.

Dann war es vorbei. Gerade als Wooten alle Zurückhaltung fahren lassen und den Mann feuern wollte, der technisch gesehen gar nicht für ihn arbeitete, lenkte Vota ein. Er zuckte die Schultern, und das Lächeln erschien wieder auf seinen fleckigen Lippen.

»Na denn, Jungs, schätze, die Pause ist vorbei.«

Träge setzten die Männer sich in Bewegung. Sie tranken erst noch aus, dann zielten sie mit den Dosen auf die Plastiktüte, die an der Seite des Kantinenwagens hing. Einige verfehlten sie. Sie ließen die Dosen einfach neben dem anderen Abfall auf dem Boden liegen.

»Morgen bei Feierabend stehen die Brandmauern«, befahl Wooten. »Ist das klar?«

Vota seufzte und ließ den Blick über die bewaldeten Hügel wandern. Fünf Sekunden vergingen, dann nickte er unbestimmt. Wooten wusste, dass Vota sich zu mehr nicht herablassen würde, es sei denn, er folgte ihm in den nächsten beiden Stunden auf Schritt und Tritt. Aber dazu hatte er keine Zeit. Nicht, solange er noch den See und das Jugendzentrum und das Gespräch mit seinem Sohn vor sich hatte. Außerdem war fraglich, ob er sich beherrschen konnte, wenn Vota noch eine Unverschämtheit über die Lippen kam.

Er hatte den Weg zu seinem Wagen bereits zur Hälfte zurückgelegt, als er das Lachen hörte, ein schrilles, freudloses Lachen – wie das Krächzen von Aasvögeln beim Verschlingen der Beute. Votas tiefer Bass war deutlich herauszuhören. Wooten war versucht sich umzudrehen und zu fragen, ob Vota ihm noch etwas mitzuteilen habe. Aber er wusste, dass der Mann genau das wollte – einen Wutausbruch, der zu nichts führte, der entweder eskalierte oder Wooten der Lächerlichkeit preisgab. Also tat Earl Wooten, was seine Mutter ihm fast vierzig Jahre zuvor geraten hatte, wenn er mit einer Auseinandersetzung konfrontiert war, die er nicht gewinnen konnte.

Er ging einfach weiter.

Erst als er Juniper Bend erreichte, flaute seine Wut allmählich ab. Aus und vorbei! Vota war erledigt. Er würde Austin sagen, dass der Mann zu weit gegangen war. Austin fand sicher eine Möglichkeit, ihn zu entlassen, staatliche Vorschriften hin oder her. Scheinbar unantastbare Leute loszuwerden gehörte bevorzugt zu den vielen Dinge, auf die Austin Swope sich verstand. Ende der Woche konnte Vota sehen, wo er blieb. Trotzdem, es fraß in Wooten. Nicht nur Votas Unverschämtheit, auch seine eigene zögerliche Haltung. Herausforderungen seiner Autorität waren in letzter Zeit so selten geworden, dass er gar nicht mehr wusste, wie er ihnen begegnen sollte. Vor zehn Jahren war das noch anders gewesen. Damals hatte er zweimal die Woche Burschen wie Vota den Kopf gewaschen und eine unsichtbare Autorität ausgestrahlt, vor der die Männer gekuscht hatten wie ein Hund vor der Hundepfeife. Autorität, erkannte er jetzt, musste trainiert werden, wie Muskeln. Übte man nicht, erschlaffte sie.

Vielleicht war ihm das passiert, er war abgeschlafft. Vielleicht fraßen Geld und Ansehen ausgerechnet den Teil von ihm auf, dem er seinen Erfolg verdankte. Das Geld zum Beispiel. Vor zehn Jahren war er ununterbrochen damit beschäftigt gewesen, seine Familie durchzubringen. Jetzt dachte er kaum noch ans Geld. Als Erfolgszulage für 1972 hatte er schwindelerregende 24 000 Dollar bekommen, mehr Geld, als sein Großvater in fünf Leben verdient hätte. Aber es war nicht nur die große Kohle, es war auch sein Ruf. Er musste ihn sich nicht mehr erarbeiten, er war einfach da, wie die göttliche Gnade. Vielleicht fiel ihm der Umgang mit Männern wie Vota deshalb so schwer. Zusammenstöße wie eben waren so selten geworden wie Schnee im April. In den letzten Monaten hatte es sogar so ausgesehen, als sollte er noch berühmt werden. In gleich zwei Magazinen waren Artikel über ihn erschienen, ein kurzer in *Look* mit dem Titel »Baumeister der neuen Stadt« und eine fast schon peinliche Lobeshymne in *Ebony*, »Vom Mississippi nach Maryland: ein kometenhafter Aufstieg«. Dann hatten Leute angerufen. Parren Mitchell, Vernon Jordan, jemand vom Nationalen Verband zur Förderung der Farbigen und ein Senator von der Howard University. Nur um zu sagen, wie stolz sie auf ihn waren.

Und dann, am Abend vor drei Tagen, war noch ein Anruf aus Chicago gekommen, vielleicht die Krönung all dessen, was er seit seinem Auszug aus St. Louis erreicht hatte. Gus Savage hatte bei ihm zu Hause angerufen. Was doppelt ungewöhnlich war. Er hatte mit dem Generaldirektor von EarthWorks bisher kaum zu tun gehabt. Der Mann hatte andere Sorgen als Wohnungsbaustatistiken, Oberflächendrainage und zulässige bauliche Nutzung. Und dass er Wooten außerhalb der Dienstzeit anrief, war beispiellos. Sie hatten dann fast eine Stunde miteinander gesprochen. Savage hatte zu Wootens Überraschung eine Reihe ganz allgemeiner Fragen gestellt, wie »Sind Sie zufrieden?« und »Klappt unser Experiment?«. Wooten, gewohnt an den Umgang mit Maßeinheiten und Gewichten, Kosten und Terminen, hatte zunächst sehr zurückhaltend geantwortet, war dann aber allmählich aufgetaut und hatte davon gesprochen, wie stolz er auf das Erreichte war, dass er sich aber auch wegen der Unruhen der jüngeren Zeit Sorgen machte. Savage hatte aufmerksam zugehört.

»Warum ich eigentlich anrufe, Earl«, sagte er, als Wooten fertig war. »Wir möchten, dass Sie nächste Woche zu uns kommen.«

»Selbstverständlich. Gibt es Probleme?«

»Im Gegenteil, wir möchten mit Ihnen über Ihre Zukunft sprechen.«

Wooten wartete, ob noch etwas kam, aber am anderen Ende herrschte nur erwartungsvolles Schweigen.

»Ja, natürlich.«

»Wie wäre es heute in einer Woche? Freitag? Sie könnten am späten Donnerstagabend fliegen und die Nachtmaschine zurück nehmen.«

»Das würde sehr gut passen.«

»Um die Tickets kümmern wir uns.«

»Darf ich fragen, worum es geht?«

»Ich sage nur, Sie werden überrascht sein und dankbar. Sehr. Ach ja, noch eins, Earl – das Gespräch bleibt doch unter uns?«

»Ich verstehe nicht ganz, was Sie meinen.«

»Erzählen Sie niemandem von unserer Verabredung.«

»Auch nicht Austin?«

»Auch nicht Austin.«

Wooten zögerte. Er hatte schon ein Geheimnis zu viel, er konnte nicht noch eins gebrauchen.

»Ist das schwierig?«, fragte Savage.

Wooten schob seine Bedenken beiseite. Wenn Savage sagte, er solle den Mund halten, dann würde er genau das tun. Savage hatte seine Gründe. Man machte nicht Karriere wie Savage, ohne dass man seine Gründe hatte. Austin würde ihn verstehen, wenn er später davon erfuhr. Schließlich war Savage auch sein Chef.

»Nein, Gus, geht klar.«

Der Anruf beschäftigte ihn auch noch die folgenden Tage. Es war etwas im Anzug, aber er hatte keine Ahnung, was. Er war zwar schon fünf Jahre bei EarthWorks, aber die verborgenen Mechanismen der Unternehmenspolitik waren ihm ein Rätsel geblieben. Dafür war Austin zuständig. Und dann war gestern, als er in der Kantine von Newton Plaza ein schnelles Mittagessen zu sich genommen hatte, Richard Holmes an seinem Tisch stehen geblieben, der junge, für die Afroamerikaner bei EarthWorks zuständige Personalchef.

»Ich wollte Ihnen nur sagen, wir stehen hinter Ihnen, Earl«, sagte Holmes und griff nach der Pfeife, die wie immer unangezündet zwischen seinen Lippen hing.

»Gut zu wissen, Richard«, erwiderte Wooten trocken. »Wovon reden Sie eigentlich?«

Holmes sah sich theatralisch um, um sich zu vergewissern, dass niemand sie beobachtete. Dann senkte er die Stimme zu einem kaum noch hörbaren Flüstern.

»Von Ihrer Kandidatur als Citymanager.«

»Ich kann Ihnen nicht folgen, mein Lieber.«

»Ich habe in Chicago mit Hollis Watson gesprochen, und er sagte, er habe etwas läuten hören. Natürlich alles streng vertraulich, Sie wissen schon.«

Wooten sah Holmes fest an.

»Ich versichere Ihnen, ich habe nicht die leiseste Ahnung, wovon Sie reden.«

»Das ist cool.«

Holmes' saloppe Ausdrucksweise irritierte Wooten.

»Richard, Ende des Sommers wird Austin Swope zum ersten Manager von Newton ernannt, und ich erwarte dann, dass Sie und Ihre Leute voll hinter *ihm* stehen.«

Holmes klemmte sich die Pfeife wieder zwischen die Lippen und hob die Hände in gespielter Kapitulation.

»Verstehe«, murmelte er. »Schweigen ist angesagt.«

Wooten ärgerte sich, tat das Gespräch aber rasch ab. Dass ihm der Posten des Citymanagers angeboten werden könnte, stand außer Frage. Holmes hatte da etwas falsch verstanden. Die Nachricht war auf dem Weg von Savages Büro nach Newton Plaza entstellt worden. Was immer Wooten angeboten werden sollte, dieser Posten sicher nicht. Citymanager wurde Swope, fertig. Auch Ardelia war skeptisch, als er ihr von dem Gespräch mit Holmes berichtete.

»Ich weiß nicht, Earl«, sagte sie und sah ihn über ihre Lesebrille hinweg an. »Vorstellen kann ich es mir nicht.«

»Und warum nicht? Bin ich vielleicht nicht intelligent genug?«

Wooten hatte es mit einem Lächeln gesagt, aber die Frage war durchaus ernst gemeint. Ardelia Wilson war die Tochter eines wohlhabenden Beerdigungsunternehmers, erfolgreiche Absolventin von Sumner High und hatte an der Universität von St. Louis studiert, als er noch auf der Ladefläche eines qualmenden Pritschenwagens mit einer rostigen Schaufel zwischen den Knien herumgefahren war.

»An Intelligenz fehlt es dir nicht, Schatz.«

»An was dann?«

»An Verschlagenheit.«

»Die fehlt mir also?«

»Wenn es anders wäre, hätte ich dich nicht geheiratet, mein Lieber.«

Ihre Worte taten Wooten weh. Die alptraumhafte Situation in Apartment 27 fiel ihm ein und die Verschlagenheit, mit der er seine Frau darüber täuschte. Er beschloss, das Thema zu wechseln. Außerdem war die Diskussion sowieso müßig. Vine hatte Swope die Stelle des Citymanagers versprochen. Selbst in dem unwahrscheinlichen Fall, dass man sie jetzt ihm, Wooten, anbot, konnte er sie nicht annehmen. Das konnte er seinem Freund nicht antun.

Blieb also offen, was Savage wollte. Schließlich waren die Bauarbeiten in Newton im Wesentlichen abgeschlossen. Die Infrastruktur war angelegt, die großen Projekte – der See, das Einkaufszentrum und die Plaza – fertig gestellt. Jetzt ging es hauptsächlich noch darum, Drückeberger wie Vota anzutreiben. Es war im Gespräch gewesen, dass Wooten die nächste neue Stadt drüben bei Dayton bauen sollte, doch er wusste nicht, ob er das überhaupt wollte. Er hatte bei Gott für sein Leben genug Häuser gebaut, von primitiven Baracken bis zu Villen mit 450 Quadratmetern wie seiner eigenen. Jede Arbeit hatte die nächste, größere nach sich gezogen. Mit dreizehn war er von der Schule abgegangen und hatte einen Graben für einen Abwasserkanal ausgehoben, der eine Siedlung in Florissant mit der Hauptleitung von St. Louis County verbinden sollte. Wenig später baggerte er die Fundamente für billige GI-Häuser aus dem Schlamm des Mississippi.

Die Bank stellte das Kapital zur Verfügung, mit dem er auch die Häuser auf diese Fundamente stellte. Es folgten Zweifamilienhäuser, Bungalows und auf Grundstücken draußen in Ladue sogar das eine oder andere Haus für Weiße, die vor den Schwarzen aus der Stadt geflohen waren. Reihe auf Reihe wuchsen weitere Häuser aus dem steinigen Boden des überwiegend von Schwarzen bewohnten East St. Louis. Bis schließlich der große Barnaby Vine im *St. Louis American* von ihm gelesen und angefragt hatte, ob er seine Stadt bauen wollte. Gemeinsam mit einem gewieften Anwalt hatte er in Maryland 6000 Hektar in Angriff genommen. Jetzt war er vierundvierzig, in einem Alter, in dem er nicht mehr im Schutzhelm herumzulaufen brauchte. Die Erbauung Newtons schien der logische Abschluss einer Karriere, die damals, 1943, angefangen hatte, als er vom Graben die ersten Schwielen an den Händen bekommen hatte. Ein glanzvoller Abschluss, aber doch ein Abschluss.

Blieb die Frage, was Chicago mit ihm vorhatte.

Wooten erreichte den Rand von Fogwood, das als erster der sechs Ortsteile der Stadt fertig geworden war. Nichts trübte das Bild. Freundliche Haufenwolken sprenkelten den Junihimmel. Überall standen Möbelwagen. Einige fuhren gerade rückwärts in ruhige Sackgassen ein, andere standen mit bereits ausgeklappten Rampen, die bis an den Rand des Fertigrasens reichten, vor den neuen Häusern. Daneben parkten Limousinen mit Kennzeichen aus Ohio, Pennsylvania und Michigan. Junge, noch nicht auseinander gegangene Mütter überwachten ängstlich, wie eichene Anrichten und Standuhren über Gehwege geschleppt wurden, die Wootens Männer vor wenigen Wochen erst aus Beton gegossen hatten. Die Väter, Männer mit dem ersten Bauchansatz, von denen niemand erwartete, dass sie Hand anlegten und halfen, die letzten Möbel ins Haus zu tragen, stießen gelangweilt mit den Fußspitzen gegen lose Grassoden. Jungen fuhren mit ihren Chopper-Bikes direkt aus den Möbelwägen, ihre Schwestern tuschelten bereits mit den Kindern der neuen Nachbarn.

Wooten fuhr an Jugendlichen vorbei, die auf einem frisch gerechten Spielfeld Baseball spielten. Vor drei Jahren war hier noch eine Weide mit Findlingen gewesen. Jetzt war der Boden topfeben, ideal für schnelle Läufer. Eben als Wooten hinsah, schlug ein Schlagmann den Ball kerzengerade in die Lücke links der Mitte. Ein magerer schwarzer Junge rannte los. Seine Turnschuhe wirbelten Rasenschnitt auf. Im letzten Moment riss er den Arm mit dem Handschuh hoch und bekam den Ball zu fassen. Wie erschrocken über sein Glück starrte er ihn an. Der Schlagmann, der gerade den ersten Eckpunkt umrundet hatte, fiel auf die Knie, die Feldläufer begannen sich im Kreis zu drehen, Handschuhe flogen in die Luft wie ein aufgeschreckter Schwarm Gänse. Das Spiel war vorüber.

In einem anderen Teil des Parks sah er, wie ein Vater mit seinen beiden Söhnen eine Spielzeug-Rakete steigen ließ. Der Fallschirm entfaltete sich am mittäglichen Himmel wie eine Wolke. Einige Blocks weiter stieg eine schwarze Familie gähnend und sich streckend aus einem Kombi mit Kennzeichen aus Alabama und starrte ehrfürchtig zu dem Haus hinauf, das sie hinfort bewohnen würde. Wooten fuhr durch Straßen mit Namen wie Gandolph's Grotto, Barnaby's Folly oder The Great Gatsby. Nichts störte das Bild, keine überfahrenen Tiere, kein Abfall, keine Graffitis, keine Reklametafeln, keine Hochspannungsleitungen, keine Zäune.

Es war vollkommen.

Staunend betrachtete Wooten die Stadt, die er gebaut hatte. Wie die Sonne auf den Schleier aus Wassertropfen eines Rasensprengers traf und lauter kleine Regenbogen hervorzauberte, wie ein Drachen in Gestalt einer Fledermaus in ein Klettergerüst stürzte und drinnen weiterflog wie ein frisch gefangenes Tier. Im Oberstock eines Rohbaus hockten drei Jungen und warfen Steine auf einen Haufen noch nicht angerührten Zements. Bei jedem Treffer stiegen kleine Wölkchen auf, ähnlich dem Staub, den die Mondfähre *Eagle* beim Start vom Meer der Ruhe aufgewirbelt hatte.

Dann sah er das Silo, und seine gute Laune verschwand. Angeblich war es die bisher schlimmste Schlägerei gewesen. Chones' Männer hatten den Berichten zufolge überreagiert und ihre Schlagstöcke großzügig auf allen kraushaarigen Köpfen eingesetzt, die ihnen unterkamen. Joel war zum Glück ungeschoren davongekommen, Ardelia hatte es ihm gesagt, als er am Vormittag zu Hause angerufen hatte. Ihm war ein Stein vom Herzen gefallen.

Joel war ein braver Junge, aber Wooten hatte trotzdem Angst, er könnte in eine Situation geraten, die er nicht mehr unter Kontrolle hatte. Besonders mit dem Mädchen, mit dem er ging. Wieder spürte Wooten die leise Beklemmung, die jeden Gedanken an Miss Susan Truax begleitete. Weiß wie Zahnpasta und schön wie der Frühling. Wooten wusste, dass man das Jahr 1973 schrieb, dass in der Stadt theoretisch alle Rassen gleichberechtigt waren und Paare wie Joel und Susan genau das waren, was Barnaby vorschwebte. Aber als er seinen Sohn zum ersten Mal neben der leuchtend blonden Haarpracht und den kleinen, runden Hüften gesehen hatte, war sein sowieso schon hoher Blutdruck nach oben geschnellt. Zugegeben, sie war so reizend wie der Tag lang, überschlug sich förmlich vor Höflichkeit ihm und Ardelia gegenüber und bot ständig an, Ardelia in der Küche zu helfen. Und das Mädchen war in den Jungen verknallt, hing an seinen Lippen und beschlagnahmte seine Aufmerksamkeit eifersüchtig und mit Rippenstößen und schmollend vorgeschobenen Lippen. Ihr Vater war Exsoldat und arbeitete jetzt als Makler, in der Hierarchie von EarthWorks viele Stufen unter Wooten. Worauf Wooten, wie er sich eingestand, insgeheim stolz war. Und was ihr Aussehen anging – und Aussehen zählte nach Wootens Erfahrung eine Menge –, musste er seinem Sohn Recht geben. Das Mädchen war eine Wucht. Manchmal ertappte er sich selbst dabei, wie er ihr mit den Augen folgte. Ardelia hatte ihn einmal dabei erwischt. Ihre grünen Augen waren über der Lesebrille aufgetaucht wie die Sonne an einem kalten Wintermorgen. Doch der Alarm, den jene erste Begegnung im vergangenen Herbst ausgelöst hatte, klang immer noch nach, leise und beharrlich wie die Sirene einer Alarmanlage in einem leer stehenden Haus. Die Batterie mochte eines Tages leer sein, aber das hieß nicht, dass jemand Entwarnung gegeben hätte, jedenfalls noch nicht. Und dass außer ihm niemand den Alarm hörte – weder seine Frau noch seine Kollegen, noch, soweit er es beurteilen konnte, die Eltern des Mädchens –, bedeutete nicht, dass er nur Einbildung war. Wooten brauchte sich nur vorzustellen, wie sein großer, gutmütiger, dunkelhäutiger Junge und das schneeweiße Mädchen zwischen die Fronten der weißen und schwarzen Rowdies gerieten, die sich in der vergangenen Nacht bekriegt hatten, und er fröstelte bis ins Mark. Er musste unbedingt mit Joel reden, noch heute Abend, und ihm sagen, dass das mit der jungen Liebe nicht so einfach war, wie es schien, und dass er vorsichtig sein sollte.

Die vertrauten Umrisse der gedrungenen braunen Häuser von Renaissance Heights tauchten vor ihm auf. In Wooten kam wie stets beim Anblick der Siedlung ein unentwirrbares Durcheinander von Gefühlen hoch. Sein mit einer Stahlkappe verstärkter Stiefel drückte unbewusst stärker auf das Gaspedal, und der Wagen machte einen Satz nach vorn, als wollte er Wooten möglichst schnell an den Häusern vorbei bringen. Sein letzter Besuch lag vier Tage zurück. Vier lange Tage war es her, seit er wieder einmal beschlossen hatte, endgültig nicht mehr zu den Leintüchern aus Rippensamt zurückzukehren. Wooten durchbrach die Geschwindigkeitsbegrenzung, die er sich selbst verordnet hatte, und beschleunigte auf sechzig, um an der Abzweigung vorbeizukommen.

Und so jemand will seinem Sohn sagen, er solle vorsichtig sein, dachte er, während die Siedlung im Rückspiegel kleiner wurde. Schönes Vorbild.

Er bog in den Parkplatz von Newton Plaza ein und wäre fast mit einem anderen Wagen zusammengestoßen, der aus dem Nichts auftauchte und ohne zu bremsen auf die Schnellstraße einbog. Wooten musste auf den Gehweg fahren, um ihm auszuweichen. Erst als das Auto vorbei war, erkannte Wooten, dass es Teddy Swopes Firebird gewesen war. Kopfschüttelnd steuerte Wooten durch den überfüllten Parkplatz. Er hatte sich schon vorgenommen, mit Austin über Teddys Fahrstil zu sprechen, bezweifelte allerdings, dass es viel nützen würde. Swope war der gescheiteste Mensch, den Wooten kannte, aber was seinen Sohn anging, war er blind wie ein Maulwurf. Nicht dass Teddy ein schlechter Junge war. Nur leichtsinnig, gedankenlos. Aber Austin konnte man das nicht sagen. Für ihn war sein Sohn der Nabel der Welt. Wooten hatte wie viele andere in Newton gelernt, dass man dem Jungen am besten aus dem Weg ging. Insgeheim war er froh, dass sich die Wege von Teddy und Joel im Herbst trennten. Vier Jahre Edward Swope reichten für das ganze Leben.

Er stieg aus und riskierte einen kurzen, widerwilligen Blick zum See, in dem die toten Fische glitzerten wie die Sternchen, die man sah, wenn man sich lange genug die Augen rieb. Er war gleich am frühen Morgen hergekommen, in der Hoffnung, das Massensterben könnte auf einen Teil der Fische beschränkt sein, doch weit gefehlt. Sie starben alle. Ihm fiel ein, wie die Menschen in seinem Heimatort Dynamit in den Teich geworfen und alles Leben im Wasser getötet hatten, um etwas zu essen zu haben. Er musste den See abfischen lassen. Die Vorstellung, überteuerte Gewerkschafts-Arbeiter über den See rudern und mit Netzen Fische fangen zu lassen, die man nicht einmal essen konnte, machte ihn wahnsinnig. Noch schlimmer war, dass er noch mindestens einen Monat warten musste, bis er selbst zum Fischen hinausfahren konnte.

Auf dem Weg zum Eingang dachte er daran zurück, wie der See entstanden war. Ihn auszuheben war das größte Bauprojekt seines Lebens gewesen. Am Anfang hatte es da nur einige kümmerliche Weiden und eine Viehtränke gegeben. Daraus hatte er dann diesen großen See geschaffen. Den größten Teil der Arbeit hatte er mit der Höllenmaschine bewältigt, die EarthWorks aus einem Braunkohlebergwerk in Pennsylvania, dessen stille Eigentümerin die Firma war, herbeigeschafft hatte, einem Schaufelradbagger, der sich in zwei Wochen gnadenlosen Grabens durch sechzehn Hektar zähen Lehm und Steine gefressen hatte. Was für ein Koloss das gewesen war, unten so groß wie ein Schiff und mit einem dreistöckigen Glasturm. Vier Ingenieure waren notwendig, um die stählernen Klauen zu bedienen, die den Lehm wie Karameleis aus dem Boden schaufelten. Um das Becken zu füllen, hatten sie eine zehn Kilometer lange Wasserleitung zum Patuxent gebaut. Vergangenen Herbst war sie mit einer kleinen Feier eröffnet worden. Ein sichtlich geschwächter Barnaby hatte vor EarthWorks-Arbeitern und Honoratioren des Countys mit einem Hammer die Keile weggeschlagen. Warum die Fische jetzt starben, wusste Wooten nicht. Manchmal klappte etwas eben nicht, das konnte passieren, bei aller Planung und Vorbereitung.

Er fuhr nach oben. Evelyn begrüßte ihn mit einem säuerlichen Nicken, und er betrat Austins Büro. Austin legte gerade den Hörer auf. Er sah ernst aus. Wooten ließ sich in einen Stuhl vor dem Schreibtisch fallen. Der Stuhl antwortete mit einem Geräusch wie knackende Fingergelenke.

Swope machte eine Kopfbewegung zum Telefon.

»Unsere Freunde von der Fischzuchtanstalt«, sagte er.

»Und was haben sie für eine Erklärung?«

Swope zuckte die Schultern.

»Höchstens, dass von einer Baustelle Schadstoffe ins Wasser gelangt sind.«

Wooten schüttelte den Kopf.

»Ausgeschlossen. Das hätte ich erfahren.«

»Das habe ich ihnen auch gesagt.«

»Ich schicke gleich morgen früh Leute raus«, sagte Wooten. »Es wird ein paar Tage dauern, bis alle Fische tot sind.«

Swope nickte grimmig. Dann sah er durch die Fensterwand und folgte mit den Augen einem zerfledderten Wölkchen, das ostwärts trieb.

»Du hast sicher von den Schwierigkeiten in Fogwood gehört«, sagte er.

»Joel meinte, es sei ziemlich schlimm gewesen.«

»Ich habe den halben Vormittag mit Chones telefoniert.« Swope sah Wooten an. »Fünf Verhaftungen.«

Wooten sog hörbar Luft ein.

»Alle aus Newton«, fuhr Swope fort. »Und alle schwarz.«

»So eine Überraschung.«

»Chones schwört, dass sie angefangen haben.«

»Hm.«

»Hör zu«, sagte Swope unvermittelt. »Ich will nicht mehr warten, bis wir offiziell eine Stadt sind. Warum stellen wir nicht schon jetzt ein paar eigene Polizisten ein?«

»Wir mussten von Anfang an mit Schwierigkeiten rechnen, Austin.«

»Sag das denen in Chicago. Savage setzt mir pausenlos wegen der schlechten Presse zu, die wir haben.« Auf Swopes Gesicht erschien ein dünnes Lächeln. »Jedenfalls die meisten von uns.«

Wooten tat den Nachsatz mit einer Grimasse ab. Dann überlegte er lange, was er sagen sollte. Gespräche mit Austin über die

Zentrale waren seit Savages Anruf schwierig geworden. Sobald das Thema aufkam, war er versucht, ihm einfach von seiner Reise zu erzählen, nur damit es keine Missverständnisse gab, wenn Austin zufällig davon erfuhr. Doch immer wieder biss er sich auf die Zunge. Savage hatte um Diskretion gebeten, und er war der Chef.

»Was rät Savage?«, fragte er.

»Gar nichts. Er will nur Ergebnisse sehen.«

»Was willst du also tun?«

»Das Jugendzentrum den Sommer über schließen.«

»Ob Chicago dem zustimmt?«

»Wenn wir sagen, dass wir es aus baulichen Gründen tun, ja.«

»Gibt es die?«

Swope sah Wooten an, dann schüttelte er auf seine typische Art ganz langsam den Kopf. Er sah dabei aus wie ein Fuchs, der eine unbewachte Schar fetter Hennen entdeckt hat.

»Ach so.«

»Versteh doch, Earl – die Katastrophe von gestern Abend darf sich auf keinen Fall wiederholen.«

»Und Chicago weigert sich definitiv, das Jugendzentrum aus Sicherheitsgründen zu schließen?«

»Die fürchten, dass es einen schlechten Eindruck macht. Womit sie ja Recht haben.«

»Aber die Leute durchschauen das doch.«

»Nicht wenn du sagst, dass das Jugendzentrum geschlossen werden muss.«

Wooten betrachtete die Männchen und Buchstaben auf Swopes Schreibunterlage, den Rückstand seiner lebhaften Gedanken. Noch eine Lüge. In letzter Zeit wurden es immer mehr.

»Bitte, Earl, tu's für mich.«

Wooten sah den Freund an. So sehr er es verabscheute zu lügen, er konnte ihm die Bitte nicht abschlagen. Nicht nach allem, was sie zusammen durchgemacht hatten.

»Also gut.«

»Danke, Earl. Ich revanchiere mich.«

Wooten fiel Votas hämisches Lachen ein.

»Da fällt mir ein, ich wollte dich auch um etwas bitten.«

»Nur zu.«

»Entlasse Joe Vota.«

Swope zuckte nicht mit der Wimper.

»Gern. Warum?«

»Er schlampt. Seine Leute sind schon zwei Wochen in Verzug.«

»Meine Güte. Hast du ihn darauf angesprochen?«

Wooten nickte.

»Ich glaube, es fällt Herrn Vota schwer, Anweisungen von einem Chef mit einer gewissen Hautfarbe entgegenzunehmen.«

»Der kann mich mal. Ich werfe ihn sofort raus.«

»Es dürfte nicht ganz leicht sein. Er hat einen staatlichen Vertrag.«

Swope lächelte.

»Entschuldigen Sie mal, Mr. Wooten, zweifeln Sie etwa an meiner Fähigkeit, das Arbeitsverhältnis mit Joe Vota auf rasche und endgültige Weise zu beenden?«

Wooten lächelte zurück.

»Nein, keineswegs, Herr Anwalt.« Er stemmte sich aus dem Sessel. »Tja, die Arbeit ruft. Eins noch, Austin …«

Swope wartete.

»Es ist Sommer. Hab Geduld. Es kommen auch wieder ruhigere Zeiten.«

»Natürlich, ich weiß.«

Damit war die Unterredung beendet und die Männer verabschiedeten sich mit einem freundlichen Nicken voneinander, wie sie es in den vergangenen fünf Jahren fast täglich getan hatten. Wooten ging durch das große, lichtdurchflutete Büro zur Tür. Die letzten Meter legte er schon fast im Laufschritt zurück. Der Tag war nicht mehr jung, und er hatte noch einiges vor.

4

»Irgendwas stinkt hier.«

»Gnädige Frau?«

»Dieser Geruch, was ist das denn?«

John Truax hatte gerade zum letzten Teil seiner Verkaufslitanei ansetzen wollen, als die Frau ihn unterbrach. Er schob die rechte

Hand tiefer in die Tasche seines tannengrünen EarthWorks-Blazers, weil er wusste, dass es der Gestank seines faulen Fleisches war, der sich in den Musterhausgeruch nach Teppichreiniger, Desinfektionsmittel und von der Nachmittagssonne erwärmtem Staub mischte. Offenbar wurde die Entzündung schlimmer. Bisher hatten Salbe, Verband und Lederhandschuh den Gestank in Schach gehalten.

»Ich rieche nichts, gnädige Frau.« Er hielt ihrem Blick stand.

»Ach nein? Weil ich dachte, da sei was … Muffiges.«

Truax nickte kurz, dann ging er zum Schlafzimmer weiter. Einen kurzen Moment war er versucht, einfach wegzulaufen und den Gestank und die Demütigung und alles, was er an diesem Job hasste, hinter sich zu lassen, aber natürlich tat er es nicht. Er gab dem Drang nicht nach und leierte weiter die Worte herunter, die er hatte auswendig lernen müssen, Worte, die er schon hundertmal gesagt hatte. Nur dass er jetzt immer schneller wurde. Er wollte hier raus, bevor der Gestank zu offenkundig wurde.

»Gut. Das ist das Elternschlafzimmer, daran anschließend das Bad, wie Sie sehen, und …«

Während er redete, nahm er insgeheim Maß, versuchte, die Wahrscheinlichkeit eines Verkaufs einzuschätzen. Irgendwo zwischen wenig Geld und gar kein Geld, schätzte er. Jünger als die meisten, die zu ihm kamen, Mitte zwanzig, keine Kinder. Beide Lehrer, neu an der High-School von Newton. Er hatte Philosophie studiert, sie Mathematik. Er hatte schmale Schultern und ein Schakalslächeln, eingerahmt von einem kurzen, kratzigen Bärtchen. Dazu Rollkragenpullover, Cordhosen und Hush Puppies. Sie war groß und flachbrüstig, mit langen, gekräuselten Haaren, zusammengehalten von einem bunten Kopftuch. Die mageren Knöchel, die unter dem schlichten Rock heraussahen, waren mit feinem Flaum bedeckt. Offenbar war es ihre Idee gewesen, Musterhäuser zu besichtigen. Er gab deutlich zu verstehen, dass er das Ganze für eine höchst sinnlose Übung hielt.

Sie waren gleich nach der Mittagspause in sein Büro gekommen. Er hatte verkündet, sie wollten sich »auf dem Wohungsmarkt umsehen«. Anschließend verfiel er in mürrisches, überlegenes Schweigen und überließ seiner Frau die Verhandlungen. Während sie drauflosplapperte, betrachtete er die Wände des Büros. Sein Blick blieb an dem Bild hängen, das Truax in voller Kampfmontur in My Song zeigte. Das Schakalslächeln wurde stärker und blieb unverändert, während Truax sie durch die Häuser Lexington, Concord, Gettysburg und Bunker Hill führte. Wände, Installationen und Teppichböden, alles schien den Philosophen, seinem Gesichtausdruck nach zu schließen, zugleich zu amüsieren und in einem bösen Verdacht zu bestätigen. Als sie beim Musterhaus Ticonderoga angekommen waren, spulte Truax seinen Text nur noch mechanisch herunter.

Dann war er fertig.

»Die Gärten sind ziemlich klein«, sagte die Frau nach kurzem Schweigen und trat ans Fenster.

»Richtig. Aber in Newton ist es zum nächsten Spielplatz oder Park nirgends weiter als ein paar hundert Meter.«

Der Philosoph schnaubte. Truax musterte ihn. Was fehlte dem Waschlappen eigentlich?

»Dieses Haus gefällt mir am besten«, sagte die Frau vom Fenster her. »Wie heißt es gleich wieder?«

»Ticonderoga. Ich habe selbst so eins gekauft.«

»Gibt es noch Grundstücke in Mystic Hills?«

Das meinst du aber nicht ernst, dachte Truax.

»Leider nein.« Er holte Luft. »Genau genommen ist das hier das Letzte.«

»Was?« Sie zeigte auf den Fußboden. *»Das hier?«*

»Jawohl.«

»Aber das ist doch das Musterhaus.«

»Schon, aber es ist baugleich mit den anderen.«

Der Philosoph verdrehte die Augen.

»Ich will nicht in einem Musterhaus wohnen«, sagte die Frau. »Ich meine, wenn den ganzen Tag Käufer ein und aus gehen.«

»Aber nein, das Musterdorf macht zu. Die Häuser, die Sie heute gesehen haben, sind alle ab sofort bezugsfertig.«

»Sind sie billiger als die anderen?«

»Nun, ein gewisser preislicher Rahmen ist natürlich vorgegeben, aber im Allgemeinen bleibt da etwas Spielraum.«

Die Frau sah ihren Mann an.

»Schatz?«

Er zuckte die Schultern. Offenbar wollte er sich seinen Kommentar für später aufheben.

»Haben Sie vielleicht noch Fragen?«, sagte Truax und hoffte, dass sie keine hatten.

»Könnten Sie das mit dem VOF noch mal erklären?«, fragte die Frau.

»FOV. Sie finden diese Besonderheit nur bei EarthWorks-Häusern. Das FOV-Filtersystem befreit Ihre Wohnung von fast allen FOVs – also flüchtigen organischen Verbindungen –, welche die Baumaterialien im Lauf der Zeit freisetzen. Es besteht aus einer Reihe von an unauffälligen Stellen im Haus platzierten Filtern, die Schimmel und freie Radikale aus der Luft absaugen. Dies bewirkt zusammen mit unseren hochqualitativen Dichtungsleisten und Isolationsmaterialien ein hervorragendes Raumklima.«

»Toll«, sagte die Frau ausdruckslos. »Klingt beeindruckend.«

»Ist es auch«, sagte Truax.

»Ich habe auch eine Frage«, sagte der Philosoph.

Truax drehte sich langsam zu ihm um.

»Warum sind die Häuser alle nach Schlachten benannt?«, fragte der Philosoph und sah Truax zum ersten Mal an.

»Wie bitte?«

»Diese …«, er strichelte mit den Zeigefingern Anführungszeichen in die Luft, »… *Häuser*, die Sie uns gezeigt haben. Sie heißen alle nach Schlachten, in denen Menschen getötet wurden.«

Im Unterschied zu den Schlachten, in denen keine Menschen getötet wurden, dachte Truax.

»Vielleicht zur Erinnerung an den Unabhängigkeitskrieg«, vermutete er.

»Aber Gettysburg passt da nicht rein. Ticonderoga auch nicht.«

Truax hielt dem Blick des Mannes stand.

»Ich kann Ihnen Namen von Leuten in der Planungsabteilung von EarthWorks geben«, sagte er schließlich. »Dort weiß man sicher eine Antwort auf Ihre Frage.«

Der Philosoph schnaubte.

»Die möchte ich hören«, sagte er.

Truax sah von dem Mann zu der Frau.

»Ich mache Ihnen einen Vorschlag«, sagte er. »Gehen wir doch in mein Büro. Dort habe ich ein paar Prospekte für Sie, und wir können uns ein paar Zahlen ansehen.«

»Die versuchen es doch mit allen Mitteln«, sagte der Philosoph meckernd. »Vielleicht geht ihnen ja doch einer auf den Leim.«

Truax vermied es sorgfältig, ihn anzusehen. Er holte tief Luft, um sich zu beruhigen, dann ging er den beiden voraus aus dem Zimmer.

»Wundert mich, dass sie kein Haus nach einer Schlacht in Vietnam benannt haben«, sagte der Philosoph mit einem weithin hörbaren Flüstern zu seiner Frau.

Achte nicht auf ihn, hämmerte Truax sich ein. Er konzentrierte sich auf die Dinge, mit denen EarthWorks versucht hatte, den Zimmern ein bewohntes Aussehen zu geben. Den kleinen Tisch, auf dem eine Zweistärkenbrille und ein zwei Fingerbreit mit kognakfarbenem Kunststoff gefüllter Kognakschwenker festgeklebt waren, die auf Würfel aufgezogenen, aus einem Versandhauskatalog ausgeschnittenen Familienfotos, die Reihen komprimierter Klassiker von Reader's Digest und den Schreibtisch mit der täuschend echten Unordnung und dem Zettel, den Truax seit über einem Jahr fast täglich las: »J. um halb drei von der Schule abholen.«

Draußen auf der Straße achtete er darauf, einen gewissen Abstand zu den beiden zu halten. Er ging schnell, und ein lauer Wind zauste ihm die Haare. Es war immer noch seltsam zu spüren, dass sich auf seinem Kopf Haare bewegten. Sein Leben lang hatte er sie kurz getragen und erst auf Anregung eines anderen Maklers wachsen lassen, der gemeint hatte, sie sähen für die Kunden doch ein wenig streng aus. Jetzt wuchsen sie üppig und gewellt wie die eines Kindes. Die beiden hinter ihm unterhielten sich flüsternd. Offenbar überlegten sie, wie sie sich aus dem Beratungsgespräch ausklinken konnten. Kaufen würden die nichts. Die warteten entweder, bis die nächsten Häuser in einem der neueren Ortsteile fertig waren, oder sie bauten draußen auf dem Land. Die Stunde, in der er versucht hatte, ihnen ein Musterhaus zu verkaufen, war jedenfalls verschwendete Zeit gewesen. Wieder einmal.

So ging es jetzt seit zwei Monaten, seit die letzten Grundstücke in Fogwood verkauft worden waren. Die anderen Makler waren längst weg, nur Truax hielt die Stellung und versuchte, die Musterhäuser an den Mann zu bringen. Verkauft hatte er noch keins. Seine Kunden reagierten alle gleich, wenn er sagte, dass nur noch diese Häuser zu haben seien. Sie waren enttäuscht und konnten sich nicht mit dem Gedanken anfreunden, dass bereits tausend fremde Füße durch das Haus getrampelt waren. Eine Frau hatte gemeint, das sei so, als bekäme man bei Montgomery Wards Unterwäsche aus der Auslage angeboten. Newton war doch eine neue Stadt, deshalb wollten die Menschen auch neue Häuser. Truax konnte zwar mit dem Preis runtergehen, trotzdem blieben die Häuser unverkäuflich. Nicht dass er es eilig gehabt hätte, sie loszuwerden. Die Provision hätte er natürlich gebrauchen können, aber wenn die Musterhäuser weg waren, war er arbeitslos. Zum zweiten Mal in drei Jahren.

Er näherte sich dem Verkaufsbüro am Ende der durch ein Gatter abgetrennten Sackgasse mit den Musterhäusern. Seltsam, aber er würde sie vermissen, diese anonyme Welt, die niemand je sein Zuhause genannt hatte. Am Anfang war sie im ganz außerirdisch vorgekommen, eine Kolonie aus Asphalt und Aluminium, hochgezogen inmitten einer steinigen Weide. Kuhfladen sprenkelten das Gelände gleich hinter dem Rasen, der aussah, als sei er seit Generationen liebevoll gepflegt worden. EarthWorks hatte an alles gedacht, von auf dem Gehweg verschraubten Schaukelpferden bis zu der amerikanischen Fahne neben der Haustür. Truax hatte, seit er in Newton wohnte, fast genauso viel Zeit in den Musterhäusern verbracht wie bei sich zu Hause. Er war gern hier gewesen, in dieser Zwischenwelt, täglich acht bis zehn Stunden. Sie war in allem ein genaues Abbild der Gesellschaft, in die er wieder eingegliedert werden sollte, nur ohne deren Schattenseiten. Mit siebzehn hatte er sich zur Armee gemeldet, das Leben als Zivilist hatte er nie kennen gelernt. Wenn Newton in Amerika die einzige Stadt war, in der er leben konnte, dann war diese Sackgasse ideal geeignet, ihn mit dem Leben in Newton vertraut zu machen. Hier konnte er lernen, sich mit fremden Menschen zu unterhalten und mit Leuten umzugehen, die nie gekämpft oder über Ehre nachgedacht hatten.

Doch das sollte jetzt zu Ende sein. Die Zwischenzeit war vorbei. Der Reiz, den die Musterhäuser für ihn gehabt hatten, war verflogen, seit er im Mai erfahren hatte, dass er keine neue Stelle in einem weiter auswärts gelegenen Ortsteil bekommen würde. Seine Kollegen, Männer und Frauen, die er kaum gekannt hatte, arbeiteten jetzt entweder dort oder bei der Maklerfirma Century 21 drunten in Montgomery County. Er nicht. Sobald die Musterhäuser verkauft waren, musste er sich eine andere Arbeit suchen.

Er hatte hier keine Zukunft.

Truax führte das Paar in sein Büro. Der auf dem Dach vertäute Ballon mit der Aufschrift »Verkauf eröffnet« ruckte in der nachmittäglichen Brise hin und her wie ein Fisch im Aquarium. Die bunten Plastikwimpel, mit denen das Gebäude beflaggt war, klatschten bei jedem Windstoß höflich. Drinnen nahm die Frau die Informationsmappe entgegen, ihr Mann sah auf die Uhr.

»Fertig, Schatz?«, fragte sie.

Der Philosoph fixierte Truax. Sein Schakalslächeln verriet, dass ihm noch eine letzte geistreiche Bemerkung eingefallen war. Dann sah er den Blick in Truax' Augen. Einen Blick, den Truax vor zwanzig Jahren von einem Sergeant namens Mackey in Fort Bragg gelernt und nie mehr verlernt hatte. Was immer der Philosoph hatte sagen wollen, erstarb ihm auf der Zunge. Er sah weg, wie erschrocken über seine Angst, dann drehte er sich um und ging. Truax sah die beiden in ihren Kharmann-Ghia steigen. Das hohe Surren des VW-Motors erinnerte ihn an die Stimme des Mannes. Quietschend bog der Wagen in die Camelback Lane ein und verschwand.

Truax kehrte in sein Büro zurück. Auf dem metallenen Schreibtisch schnurrte die elektrische Schreibmaschine wie eine dicke, zufriedene Katze. Er stellte sie morgens an und ließ sie den ganzen Tag laufen, obwohl er mit seiner schlechten Hand gar nicht richtig schreiben konnte. Er zog die Kladde aus der oberen Schublade rechts und trug das Gespräch mit grünem Filzstift für »nicht verkauft« ein. Er schrieb mit der langsamen, kindlichen Linkshänderschrift, die er sich selbst beigebracht hatte. Auf der Seite für diesen Monat war sehr viel Grün.

Dann holte er den metallenen Kasten aus der unteren Schublade, der mit allerlei Salben und Antibiotika, kleinen Fläschchen mit nach Nelken und Minze riechenden Essenzen und meterlangen Mullbinden gefüllt war. Er vergewisserte sich zweimal, dass keine neuen Kunden im Anmarsch waren, dann zog er den Handschuh aus und untersuchte den Verband. Auf der fleischfarbenen Binde hatten sich kleine, feuchte Inseln gebildet. Es roch stark nach einer Mischung aus Pfefferminz und faulem Fleisch. Langsam wickelte er die Binde ab. Dabei spürte er die Blicke seiner Familie auf sich, die ihn von den Fotos auf der Tischkante her anstarrte. In Kaufhausqualität, aufgereiht wie eine stumme Jury. Ganz links Irma, die Vorsitzende, mit einem Lächeln auf Bewährung und Augen, die nach fast zwanzig Jahren des Wartens das erträumte Leben in Glück und Wohlstand einforderten. Neben ihr Darryl, seine Jüngste, früher sein Nesthäkchen, aber jetzt, mit vierzehn, innerlich so weit von ihm entfernt, dass sie, wenn sie Vater sagte, gar nicht ihn meinte. Sie ging fast jeden Abend zu Treffen ihrer Erweckungsgruppe *Young Life*, auf denen sie bis Mitternacht Kirchenlieder sang und sich mit Limonade und Schokoplätzchen mästete. Die Wochenenden verbrachte sie im interreligiösen Zentrum bei Reverend Abernathy, einem auf der Gitarre klimpernden Wehrdienstverweigerer. Er hatte Truax einmal gefragt, ob Truax für ihre Sünden in Vietnam beten wolle. *Ihre* Sünden wohlgemerkt. Truax hatte den Mann feindselig angestarrt und seine Tochter hatte ihn dafür mit zweiwöchigem Schweigen bestraft. Wenn sie sich jetzt begegneten, lächelte Abernathy nur stumm; er sah Truax zweifellos schon bei Leutnant Calley und General Westmoreland in der Hölle schmoren. Als ob er eine Ahnung gehabt hätte. Als ob er überhaupt von irgendwas eine Ahnung gehabt hätte.

Truax hatte den Verband abgewickelt und stopfte ihn in die Plastiktüte, die er anschließend im Müllcontainer hinter dem Supermarkt entsorgen würde. Er untersuchte die Hand. Die Entzündung sah schlimm aus. Ausgehend von dem Stich am Ansatz des kleinen Fingers, hatte sie sich zu den Fingerspitzen und nach unten zur Lebenslinie ausgebreitet, wo sie stehen geblieben war wie eine Armee an einem breiten Fluss. Wenn sie das Handgelenk erreichte, musste die Hand abgenommen werden, das Risiko einer allgemeinen Infektion war zu groß. Wenigstens darüber waren sich alle einig.

Er strich mit den Fingerspitzen der gesunden Hand über das septische Fleisch, das an manchen Stellen blutleer und bläulich war, an anderen geschwollen und aufgesprungen. Zuerst war die Rede von einem schlimmen Fall von Pseudomonas gewesen, doch bald wurde klar, dass es sich um etwas viel Ausgefalleneres handeln musste. Andere Namen kamen ins Spiel. Nekrotisierende Fasziitis, Tendovaginitis, Brucella, Pasteurella multocida, verschiedene Mykobakterien, Sporotrichose. Nichts davon traf zu. Verschiedene Therapien wurden versucht. Antibiotika, Povidon-Jod-Lösung, Exsanguination gefolgt von radikaler Wundexzision. Keine schlug an. Die Infektion breitete sich aus und nährte sich von seinem Blut. Zwar konnte er die Hand noch ein wenig bewegen, und er verspürte ein taubes Gefühl, wenn er mit der anderen Hand draufschlug. Aber es war nicht mehr seine Hand, sie gehörte nicht zu ihm und der Gestank erst recht nicht. Der letzte Arzt, ein verschrumpelter alter Dermatologe im Bethesda Naval, hatte sie gleich abnehmen wollen. Nicht lange gefackelt, kein Schmonzes, weg mit dem Ding, besser würde sie sowieso nicht, dafür wahrscheinlich schlechter, warum es also nicht gleich über die Bühne bringen. Einen Augenblick lang war Truax versucht gewesen. Nur einen Augenblick, aber doch versucht.

Er tupfte die nässenden Stellen mit Watte trocken, dann trug er ein halbes Dutzend Salben auf und verteilte sie vorsichtig zu einem glänzenden Film. Als nächstes legte er geschickt und geübt mit der linken Hand und den Zähnen einen frischen Verband an. Dann tropfte er das Pfefferminzextrakt darauf und zog den Handschuh darüber. Er hatte schon unzählige Handschuhe verbraucht. Im Keller hatte er eine ganze Schachtel mit den ungebrauchten Handschuhen für die linke Hand. Aus irgendeinem Grund brachte er es nicht fertig, sie wegzuwerfen.

Während er arbeitete, blickte er verstohlen auf das letzte Foto. Susan. Das einzige Mitglied der Jury, das ihn noch nicht schuldig gesprochen hatte. Unwahrscheinlich schön vor dem himmlischen Blau des Automaten. Ein ausgelassenes kleines Mädchen, als er in den Krieg gezogen war, und ein atemberaubender, verträumter Teenager bei seiner Rückkehr. Fast wie Irma, als er sie kennen gelernt hatte, damals in Deutschland, in einem heißen Sommer. Eine Weile hing er diesem Gedanken nach, dem Gedanken an seine Frau mit achtzehn, rittlings auf einem klapprigen Fahrrad sitzend, das billige Kleid über die Knie hochgezogen, so dass man die schneeweißen Schenkel sah. Mein Gott, diese Schenkel. Hochmütig und begehrlich hatte sie ihn angeblickt, ohne zwei Wörter Englisch zu können, während er mit zwei schmelzenden Eiswaffeln in den Händen auf sie zugegangen war.

Er steckte die Binde fest, dann rief er, von Nostalgie überkommen, zu Hause an. Beim vierzehnten Klingeln nahm Irma ab, die Zunge schwer vom Schnaps.

»Ja?«

»Sag guten Tag, Irma.«

»Guten Tag, Irma.«

Truax sah auf das Foto seiner Frau auf dem Schreibtisch.

»Wie geht's, wie steht's?«

»Traumhaft.«

Sie lachte bitter. Tagsüber betrank sie sich mit Pfirsichschnaps, abends mit Whisky sauer.

»Was machst du gerade?«

»Watergate ansehen.«

»Sind die Mädels zu Hause?«

»Darryl ist ausgegangen, Susan hockt in ihrem Zimmer.« Es folgte eine Pause, dann hörte er sie schlucken. »Sie wollte mit ihrem Kaffer losziehen. Ich sagte nein, und jetzt schmollt sie.«

Truax schwieg.

»John, wir müssen da wirklich etwas unternehmen.«

»Darüber haben wir doch schon gesprochen, Irma.«

Sie murmelte etwas auf Deutsch, das er nicht verstand.

»Was?«

»Sag auf Wiedersehen, Irma«, lallte sie in breitestem Amerikanisch.

Im Hörer klapperte es wie Würfel in einem Becher. Er wartete auf das Wählzeichen, dann legte er auf. Seine Frau machte ihm allmählich Angst. Sie hatte schon immer Wut im Bauch gehabt, und ihm hatte das gefallen, genau wie ihre scharfe Zunge, vor allem als sie jung gewesen war und die hungrigste Frau, die er kannte. Er hatte geglaubt, das eine sei ohne das andere nicht zu haben und die Wut sei eine Art unreifer Leidenschaft. Aber jetzt war da kein Hunger mehr und keine Leidenschaft, nur noch Bitterkeit, die sich vor allem gegen ihre ältere Tochter richtete. Irmas Feindseligkeit gegenüber Susan hatte ihn bei seiner Rückkehr erschreckt. Ihm war, als sei er in einen Hinterhalt geraten. Geschrei und zuknallende Türen, bohrende, hasserfüllte Blicke und gegenseitige Beschimpfungen. Die Ursache dieses Krieges, der ausgebrochen war, als seiner zu Ende ging, war ihm zunächst unklar gewesen. Für Irma war das Mädchen von Grund auf verderbt, ein faules und falsches Luder. Susan schlug entsprechend zurück. Warum seine Frau so war, hatte Truax erst im vergangenen Winter begriffen. An einem bitterkalten Abend hatte er in der Garage gestanden und Susan mit dem Fahrrad die Einfahrt heraufkommen sehen, auf dem Kopf einen Hut, den sie unter Irmas alten Sachen gefunden hatte. Und plötzlich sah Truax ihre Mutter an jenen eisigen Sonntagen in Frankfurt vor sich, an denen Irmgard Westphal und der Obergefreite John Truax auf dem von Irmas Vater geliehenen Fahrrad aus der Stadt geflohen waren, auf der Suche nach einem Ort, an dem sie sich lieben konnten. Sie waren in die erste Scheune, das erste ausgebombte Haus gestürmt, an dem sie vorbeikamen, unbekümmert über die Kälte. Sie erzeugten selbst so viel Hitze, dass sie vergaßen, dass es Januar war in einem Land, in dem es keine Wärme mehr zu geben schien. Im selben Augenblick, in dem er dieses Bild vor sich sah, bemerkte er, dass Irma neben ihm stand und ebenfalls Susan beobachtete. Ein Zucken ihrer Augen verriet ihm, dass sie dasselbe dachte wie er – Susan war die junge Frau geworden, die ihre Mutter einst gewesen war. Und Truax wusste, dass Irma ihre Tochter dafür hasste.

Deshalb musste das Mädchen bestraft werden. Zunächst beschränkten sich die Angriffe auf ironische Sticheleien und kleinliche Verbote im Wechsel mit hysterischen Ausbrüchen fanatischer Liebe. Und dann, als nichts gegen die Tatsache half, dass Susan jung und schön war, kam die eigentliche Offensive. Irma hatte ein klares Ziel. Sie wollte verhindern, dass ihre Tochter weiter mit dem charmanten, gut aussehenden Jungen ging, der offenbar ihre erste große Liebe war, einem Jungen aus einer anderen Kultur, den Susan mit derselben rebellischen Leidenschaft liebte wie Irma zwanzig Jahre zuvor ihren Amerikaner. Irma konnte nicht mehr jung sein, also durfte Susan es auch nicht.

Der Junge selbst war daran nicht schuld. Er war intelligent, sauber und höflich. Und er war Earl Wootens Sohn. Bei jedem anderen hätte Truax um des lieben Friedens willen mit Irma mitgezogen. Bei den Steves und Lances mit ihren langen Haaren und aufreizend schlechten Manieren, mit den auf geheimnisvolle Weise immer laufenden Nasen und den stinkenden Zigarillos. Aber Joel Wooten war kein Steve oder Lance, und das nicht nur, weil sein Vater ein hohes Tier war. Joel verkörperte alles, was man von einem Jungen in einer Zeit wie dieser erwarten konnte. Ein zukünftiger Universitätsstudent und aus guter Familie.

Nur schwarz, unbestreitbar, kein Harry-Belafonte-Schwarz, sondern das richtige, tiefe Schwarz. Nicht dass Truax damit Probleme gehabt hätte – wer so lange gedient hatte wie er, musste zu einer Entscheidung kommen: Entweder er konnte mit Schwarzen oder er konnte nicht. Truax hatte sich für Ersteres entschieden. Natürlich, einige der Brüder mit ihren Kopftüchern, Abzeichen und Halsketten gingen einem gewaltig auf die Nerven, aber sie waren auch nicht schlimmer als die weißen Wehrpflichtigen. Besser sogar – sie konnten wenigstens kämpfen. Doch Irma war, als sie Joel das erste Mal gesehen hatte, ausgerastet. An jenem Tag im vergangenen Oktober, als Susan den netten Jungen endlich zu Hause vorgestellt hatte und er in der Küche Eistee trank, hatte Truax die unterdrückte Wut seiner Frau gespürt. Die Heftigkeit ihrer Ablehnung hatte ihn verblüfft. Sie behauptete, ihr würde bei der Vorstellung, Susan könnte ihn küssen, übel. Als ob sie und ihre Freundinnen damals nicht hinter schwarzen GIs her gewesen wären. Wenn der Schnaps floss, kam das alles heraus, das ganze damalige Gerede von schwarzen Schwänzen und niedlichen schwarzen Enkeln. Irmas Wut wurde noch dadurch gesteigert, dass das Mädchen einen Jungen gewählt hatte, der zugleich vollkommen und verboten war. Dass sie ihn gewählt hatte und sich dann nicht dafür entschuldigen wollte. Genau wie Irma eine Generation zuvor, ihren Eltern zum Trotz, die wie alle anderen keine Nazis gewesen sein wollten.

Bei Susan erreichte sie damit natürlich nichts. Das Verhältnis von Mutter und Tochter war so vergiftet, dass überhaupt kein Gespräch über Joel möglich war. Also bearbeitete Irma stattdessen Truax, sagte, es sei seine Pflicht als Ehemann und Vater, das Verhältnis der Tochter zu beenden. Und Truax versuchte es, der Frau zuliebe, mit der er das Bett teilte, obwohl Joel ihm von Mal zu Mal besser gefiel und er wusste, dass es beruflicher Selbstmord war, Earl Wooten zu kränken. Aber er war kläglich gescheitert. Die sonst so verträumte Susan wusste auf einmal auf alles eine Antwort. Sie wollte keinen anderen Freund – ob sie denn zu den Lances und Steves zurückkehren solle? Und ja, es sei ihr ernst mit Joel. Hätten die Eltern ihr nicht immer vorgeworfen, sie nehme nichts ernst?

»Warum wollt ihr jetzt, wo mir etwas wirklich wichtig ist, alles wieder kaputt machen?«, fragte sie. Über ihre Wangen liefen Streifen billiger Wimperntusche.

Sie konnte sich nur einen Grund dafür denken – die Hautfarbe. Wäre Joel nicht Earl Wootens Sohn gewesen, Truax hätte sich auch durch diesen Vorwurf nicht beirren lassen. Hätte es sich um einen schwarzen Jungen aus Renaissance Heights gehandelt oder auch um den Sohn einer der wenigen gutbürgerlichen schwarzen Familien, denen er im vergangenen Jahr Häuser verkauft hatte, er hätte ihm den Stuhl vor die Tür gesetzt und sich dann den Kopf waschen lassen für ein Vorurteil, das er nicht hatte. Sollten sie ihn intolerant nennen, er war schon Schlimmeres genannt worden. Aber wenn er sich das bei Wootens Sohn leistete, war bei EarthWorks Schluss für ihn. Newton war die Stadt der Zukunft, und in dieser Zukunft war es, wie Truax wusste, nicht mehr angesagt, höflichen und anständigen Freunden der Tochter, künftigen Studenten, die Tür zu weisen, nur weil sie schwarz waren. Und Truax hatte ganz auf EarthWorks gesetzt, sein Leben mit der Firma verbunden. Wenn er hier Mist baute, fand er anderswo keine anständige Arbeit mehr.

Zuletzt waren ihm die Argumente ausgegangen, und auch mit väterlicher Überredungskunst hatte er nichts ausrichten können.

Da hatte er einfach aufgegeben. Warum sollte Susan nicht mit Joel befreudet sein, hatte er vor zwei Wochen zu Irma gesagt. Irmas Abneigung gegen den Jungen sei nicht gerechtfertigt, und selbst wenn er sie verstehen könnte, ihm seien die Hände gebunden. Sie mussten eben damit leben. Joel würde sowieso bald anfangen zu studieren, während Susan noch ein Jahr auf der Schule hatte. Sollten sie doch ihren Sommer haben, und dann erledigte sich das Problem von selbst. Das war seine Entscheidung als Oberhaupt der Familie, und so war es am besten für alle. Basta.

Irmas Reaktion überraschte ihn. Sie schien sich zu fügen und sagte ein paar Tage lang nichts. Doch dann, eines Abends im Bett, er hatte sich gerade die Hand verbunden und war am Einschlafen, fing sie an.

»Sie treiben es übrigens miteinander.«

Er stützte sich auf den Ellbogen.

»Was?«

»Der Nigger fickt deine kleine Tochter.«

Irmas Englisch verbesserte sich schlagartig, wenn sie von Hass getrieben wurde.

»Sag nicht so was, Irma.«

»Es stimmt aber.«

»Ausgeschlossen.«

»In den Arsch, in den Mund, du kennst sie doch. Die markieren die Frauen mit ihrem Saft.«

»Wie kannst du so was sagen!«

»Ich sehe es an Susans Augen. Gefickte Augen hat sie, ungefähr so.«

Sie verzerrte das Gesicht zu einer obszönen Fratze.

»Das glaube ich dir nicht.«

»Aber wenn es so wäre, würdest du sie trennen?«

»Ich weigere mich, darüber zu sprechen.«

»Antworte mir, John. Wenn du sicher wüsstest, dass die beiden miteinander schlafen, würdest du sie trennen? Oder spielst du für Earl Wooten den Zuhälter?«

»Natürlich würde ich sie trennen«, sagte Truax leise.

Irma sagte nichts mehr, nicht an diesem Abend und auch nicht am folgenden Tag. Truax machte schon den Alkohol für das unglückliche Gespräch verantwortlich. Doch dann, drei Tage später, als er auf dem Weg zur Garage an der Waschküche vorbeikam, hielt Irma ihn an. »Komm bitte einen Moment rein, John.«

Es war das »bitte«, das ihn frösteln ließ. Sie stand neben dem Wäschekorb, in der Hand einen Slip von Susan. Sie streckte ihm den Slip entgegen.

»Riech.«

»Irma …«

»Riech doch mal!«

Er wollte den Kopf schütteln, als sie plötzlich unerwartet heftig die Hände hob, mit der linken seinen breiten Nacken festhielt und ihm mit der rechten den Slip auf die Nase drückte. Sie erwischte ihn in genau dem Moment, in dem er einatmete. Er stieß sie weg, doch wusste er da schon, dass das, was er gerochen hatte, weder Pisse noch Scheiße war. Er hatte in seinem Leben genug mit Fäkalien zu tun gehabt, um den Geruch zu kennen. Den Gestank, der von schlecht gebauten Latrinen aufstieg, von Kackspuren, die auf das Papier der Armeezeitschrift geschmiert waren. Das, was aus den Hosen toter, verwundeter oder zu Tode geängstigter Soldaten tropfte, den süßlichen, mit Reiskörnern gespickten Kot der Feinde, Büffelfladen, Hundekacke, Rattenscheiße und Schweinekot – Sergeant John Truax wusste, was Scheiße war. Das hier war etwas anderes. Ein süßlicher Fäulnisgeruch, dick und aufdringlich. Er erinnerte ihn flüchtig an die Schnapsbars in Tu Do und an die Wellblechbaracken der Armee im Hochland, vor denen unaufhörlich plappernde Teenager-Zuhälter ihre Ware angeboten hatten. Ein zu Kopf steigender Cocktail aus Sperma und verschiedenen Ausdünstungen, den jeder Soldat so gut zu kennen behauptete wie seinen eigenen Achselschweiß.

Er stieß die Hand seiner Frau weg.

»Tu das nicht noch mal.«

»Du weißt, was es ist, John.«

Er schüttelte den Kopf und wollte nicht daran denken. Nie mehr daran denken.

Er sah auf die Uhr. Fast drei. Zeit, für heute Schluss zu machen und nach Hause zu gehen. Heute kam niemand mehr, zumindest kein ernsthafter Interessent. Nicht, seit es in den Ortsteilen weiter draußen brandneue Häuser zu kaufen gab. Er würde den stinkenden Verband in der Mülltonne entsorgen und dann im Supermarkt noch einen Sixpack Lagerbier holen. Die Orioles hatten heute ein Heimspiel gegen die Angels, mit Palmer und McNally an der Abwurfstelle. Da hatten die Gäste wenig Chancen.

Doch bevor er ging, musste er noch eines tun – Swope anrufen. Er hatte es lange genug vor sich hergeschoben. Er wollte nicht auf der Party am Samstag erscheinen, ohne sich vorher gemeldet zu haben. Das hätte ihn wie einen Opportunisten aussehen lassen. Außerdem war ihr Gespräch schon fast zwei Wochen her, die Spur wurde langsam wieder kalt. Andere Makler auf Jobsuche hakten immer wieder telefonisch nach. Sie konnten stundenlang darüber diskutieren, wie lange man bis zum nächsten Anruf am besten wartete. Offenbar war das Timing entscheidend. Truax verstand davon nichts. In der Armee bekam man einen Befehl, den man ausführte. Mehr Timing war nicht nötig, Anrufe sowieso nicht.

Er war Anfang des Monats bei Swope gewesen und hatte nach einer anderen Stelle bei EarthWorks gefragt. Etwas mit festem Gehalt und Zukunft. Die Pension, die er von der Armee bekam, war dürftig, außerdem war er noch viel zu jung, um in Pension zu gehen. Vierzig, das war doch kein Alter. Nachdem er erfahren hatte, dass er keine Häuser mehr verkaufen sollte, hatte er die Personalabteilung an der Newton Plaza aufgesucht. Ein auf einer Pfeife kauender Schwarzer hatte ihn einige Tests machen lassen und dann zu einem kurzen Gespräch mit Swope geschickt. Der Anwalt war skeptisch gewesen. Nicht dass Truax ihm das verübelt hätte. Wozu konnte man ihn verwenden? Nicht einmal einfache körperliche Arbeiten kamen mit seiner kaputten Hand in Frage. In Swopes großem gläsernen Büro hatte er plötzlich die Hilfsarbeiter beneidet, denen er in der Stadt begegnete, langhaarige Männer mit gehetztem Blick, die Mauern hochzogen oder müde um Kantinenwagen herum standen. Sie blieben für sich, arbeiteten für einen Minimallohn, schlichen durch den Tag wie Gespenster und schluckten, was sie bekamen, um durch die Nacht zu kommen. Sie brauchten nicht den Blazer des Unternehmens zu tragen oder Smalltalk zu machen. Doch er konnte nicht sein wie sie. Seine Familie hielt ihn bei der Stange. Da gab es Erwartungen, eine abzuzahlende Hypothek und seine Arbeit, Grillfeste am Wochenende mit Leuten, die er nicht verstand, Einladungen zum Abendessen, wo verlegenes Schweigen herrschte, wenn die Sprache darauf kam, wo er gedient hatte. Und, verwirrender noch, er musste zwei Töchter großziehen, über die er längst jede Autorität verloren hatte.

Am Ende ihres kurzen Gesprächs hatte Swope vage angedeutet, es könnte sich etwas im Sicherheitsbereich ergeben. Truax sei doch bei der Armee gewesen, hier gebe es womöglich eine Chance. Dann war das Gespräch zu Ende gewesen. Swope hatte Truax zur Tür begleitet. Beim Verlassen des Gebäudes war ihm zumute gewesen wie neun Jahre zuvor, als Irma ihm so lange zugesetzt hatte, bis er seinen Bataillonskommandeur um eine Beförderung bat. Sie hatte das Leben als Frau eines Unteroffiziers satt – die tausend Kränkungen durch die Offiziersfrauen, die eingeschränkten Privilegien beim Einkaufen in den Läden der Armee, die schmuddeligen Clubs und die Geldsorgen am Monatsende. Das Gespräch war so kurz gewesen wie die Begegnung mit Swope. Der Major, ein Senkrechtstarter aus West Point und jünger als Truax, hatte ihn schon nach wenigen Sätzen unterbrochen.

»Ich verstehe Sie sehr gut, John«, hatte er gesagt, und das Eichenlaub an seiner Uniform hatte geblitzt. »Aber ich sage Ihnen eins: In der Armee sind Sie an dem Platz, an den Sie hingehören. Sie sind Sergeant, John, und werden immer einer bleiben. Und eine ehrenvollere Aufgabe kann sich niemand wünschen.«

Jetzt war er nicht einmal Sergeant, nicht mehr. Er war ein Makler, der keine Häuser zu verkaufen hatte. Und das war nicht ehrenvoll. Er nahm Swopes Karte von seinem Schreibtisch und wählte die Nummer. Eine barsch klingende Frau nahm beim ersten Läuten ab.

»Kann ich bitte Mr. Swope sprechen?«

»Wer sind Sie?«

»John Truax.«

»Und worum geht es?«

»Um unsere… wir haben vor einigen Wochen über eine Stelle für mich gesprochen.«

»Truax, richtig?«

»Jawohl.«

Es folgte Schweigen. Von der Tischkante starrte ihn seine Familie an. Alle warteten. Es dauerte über eine Minute, bis die Frau zurückkam.

»Mr. Swope bat mich, Ihnen auszurichten, dass er im Moment nichts für Sie hat. Sie sollen sich aber zu einem späteren Zeitpunkt wieder melden.«

»Ja«, sagte Truax, »gut. Also …«

Aber sie hatte schon aufgelegt, bevor er sich bei ihr bedanken konnte.

5

Susan fragte sich allmählich, was ihre Mutter in der Umkleidekabine machte. Vor über fünf Minuten war sie darin verschwunden. Vielleicht war sie umgekippt, in einer Ecke zusammengesackt, die Beine gespreizt, das Kleid verrutscht. Aber dafür war es zu früh. Sie war noch nicht beim Schnaps angelangt. Mit dem Kaffee und den Virginia Slims zum Frühstück konnte es lange dauern, bis sie ohnmächtig wurde. Vielleicht hatte sie sich versehentlich eingeschlossen, und es war ihr peinlich, zu rufen. Herrlich. Susan hätte keinen Finger gerührt. Von ihr aus konnte Irma ewig da drin bleiben oder jedenfalls bis Ladenschluss.

Sie sah sich um. Newton Freizeitmoden, grauenhaft. Lumpen für Minderbemittelte, Schuhe für Fußkranke, Tanzstundenkleider. Die alten Schachteln, die hier arbeiteten, trugen die Kleider, die sie verkauften, offenbar um dafür zu werben. Susan schauderte bei dem Gedanken an das Alter. Hals wie ein Geier, Krampfadern, Haare zu einem Helm aus Brillantine aufgetürmt, Titten bis zum Boden. Aber am schlimmsten war, dass einem offenbar auch jeder Geschmack abhanden kam. Wie der Frau am Eingang in ihrem pfirsichfarbenen Aufzug. Du meine Güte! Die sah aus wie ein geschmolzenes Riesensorbet.

Susan betrachtete sich in der mit Spiegeln ausgestatteten Nische neben den Umkleidekabinen. Bis sie alt war, dauerte es noch lange. Sie sah sich in drei Ansichten, zwei davon zugegebenermaßen nicht übel. Die von vorn und die von rechts. Lange, wohlgeformte Beine, lange, dicke Haare und die Nase so klein, dass man sie kaum sah. Der Alptraum war die linke Seite. Von links sah sie so schlimm aus wie ihre Schwester, mit einem Zinken so groß wie die Präsidentennasen am Mount Rushmore und einem zehnfachen Kinn statt eines Halses. Sie hasste ihre linke Seite. Zu verhindern, dass Joel sie sah, hatte Toppriorität. Zumal er Rechtshänder war und sie deshalb gern auf seiner rechten Seite hatte. Aber sie hatte ihn schließlich doch dazu gebracht, sie beim Gehen in den linken Arm zu nehmen. Das war ja das Gute an Joel. Es dauerte vielleicht eine Weile, bis er kapierte, was sie wollte, aber wenn er es kapiert hatte, fügte er sich bereitwillig.

Genauso, wenn er beim Vögeln langsamer machen sollte. Natürlich mochte sie es auch, wenn er ab und zu auf ihr ausflippte. Die langen Muskeln, die unter ihren Händen tanzten. Aber eben nur ab und zu. Besser war es, wenn er langsam in sie eindrang, in Wellen, eine nach der anderen, wie ein ganzer Ozean. Sie schloss die Augen und stellte es sich vor. Genau das hatten sie heute tun wollen, in Aprils Wohnung in Washington. Wenn ihre Mutter nicht dazwischengefunkt hätte.

»Susan?«

Sie öffnete die Augen. Irma stand in der Tür der Umkleidekabine, in einer monströsen Komposition in Lavendel. Schon als ihre Mutter das Kleid von der Stange gezogen hatte, hatte Susan gewusst, dass es eine Katastrophe war, aber dass es so schlimm war, hatte sie nicht geahnt. Die zahlreichen blauvioletten Schichten aus Chiffon ließen keinen Schnitt erkennen. Und das am Hals? Sah aus wie das Lätzchen eines Zweijährigen.

»Und?«

»Sieht Spitze aus, Ma.«

Irma befingerte den Ausschnitt.

»Wirklich? Ist es hier oben nicht komisch?«

Bevor Susan antworten konnte, stand schon eine der alten Schachteln da, nickte unverbindlich und wartete auf den Fortgang des Gesprächs zwischen Mutter und Tochter.

»Ich fragte gerade meine Tochter, ob das hier am Hals passt.«

Die Verkäuferin sah Susan an. Natürlich wusste sie, dass das Kleid potthässlich war, aber sie wollte niemandem widersprechen. Schließlich bekam sie für hässliche Kleider dieselbe Provision wie für andere.

»Ich fand, es passt ganz toll«, sagte Susan. »Zu ihrer Gesichtsfarbe.«

»O ja«, sagte die Verkäuferin. »Es betont Ihre Wangen.«

Als ob es darum ginge, dachte Susan. Zu Irmas Wangen passte nur Sackleinen. Was Verkäuferinnen alles einfiel.

»Dann nehme ich es?«, fragte Irma mit ihrer heiseren Raucherstimme.

Susan nickte zögernd. Sie war sich auf einmal nicht mehr sicher, ob das so lustig war. Die Einladung zu Mr. Swopes Geburtstagsparty bedeutete ihren Eltern sehr viel, vor allem ihrem Vater. Aber noch bevor ihr ein Ausweg einfiel, war die Entscheidung gefallen. Ihre Mutter drehte sich vor dem Dreifachspiegel noch einmal schnell um sich selbst, dann verschwand sie in der Kabine. Die Verkäuferin zog sich zurück, ohne Susan in die Augen zu sehen.

Während ihre Mutter sich umzog, bekam Susan ernsthafte Gewissensbisse. Sicher, es war gemein von Irma gewesen, ihr den Ausflug nach Washington zu verbieten, aber sie war immerhin ihre Mutter. Zuzulassen, dass sie sich öffentlich blamierte, war fies. Mit der Einladung zu den Swopes ging ein Traum in Erfüllung. Und ihr Vater, der Teddys Vater wegen einer neuen Stelle gefragt hatte – wie stand er da, wenn alle über seine Frau lachten? Ihren Eltern diese Chance zu vermasseln war wirklich nicht fair. Sie konnte noch oft mit Joel zusammen sein, aber für ihre Eltern drängte die Zeit. Und ihre Mutter hatte so vertrauensvoll gewirkt, so verletzlich, wie sie da gestanden hatte. Nein, sie durfte es nicht zulassen. Susan stand auf und ging zur Umkleide. Der neue Teppichboden schluckte das Geräusch ihrer Sandalen. Leise klopfte sie.

»Mom?«

Drinnen knisterte Chiffon, dann ging die Tür auf. Irma hielt das Kleid vor die Brust. Die Träger ihres BH schnitten in das weiße Fleisch der Schultern, es roch vage nach Schweiß und Parfüm. Der verletzliche Blick war aus ihren graublauen Augen gewichen, und an seine Stelle war der übliche Argwohn getreten.

»Ich habe gerade überlegt – vielleicht finden wir doch noch was Besseres.«

»Was Besseres?«

»Weißt du, etwas weniger ...«

Susan suchte nach dem richtigen Wort. Irmas Augen verengten sich zu misstrauischen Schlitzen.

»Aber du hast doch gesagt, es gefällt dir.«

»Ja, schon.«

Irma witterte eine Falle.

»Warum solltest du das sagen, wenn du es gar nicht findest? Das verstehe ich nicht.«

»Ich meine ja nur ...«

Irma starrte sie an. Susan wusste genau, was sie dachte. Dass ihre Tochter versuchte, ihr ein schönes Kleid auszureden, ihr aus Rache alles kaputtzumachen.

»Nein«, sagte Irma schließlich. »Ich nehme es.«

Susan zuckte die Schultern. Sie hatte es versucht.

»Gut«, sagte sie. »Es ist deine Party.«

Im Selbstbedienungsrestaurant saßen nur wenige Gäste. Einige Verkäufer, die Mittagspause hatten, und zwei vornehm gekleidete Frauen aus Mystic Hills inmitten von Bergen von Tüten. Schweigend standen Susan und ihre Mutter an der Theke und überlegten. Es gab mexikanische, italienische, jüdische und chinesische Gerichte. Junge Bedienungen mit Pickeln im Gesicht und Papierhüten auf dem Kopf sahen sie abwartend an. Susan kannte einige von ihnen aus der Schule, grüßte sie aber nicht. Sie grüßte nie, wenn sie mit ihrer Mutter zusammen war.

»Chinesisch?«, fragte Irma.

»Gut.«

Irma nahm die Nummer drei Spezial, Susan etwas anderes. Sie trugen die Tabletts zu einem Tisch im Zwischengeschoss, von dem man die Rolltreppe und den großen Brunnen sah. Die großen Oberlichter warfen geometrische Schatten auf das künstlich blaue Brunnenwasser. Sie erinnerten Susan an den Geometrieunterricht. Cosinus und spitze Winkel, tja. Wenn Joel ihr nicht geholfen hätte, hätte sie es nicht geschafft. Obwohl es egal war. Im Herbst ging sie sowieso nicht mehr zur Schule. Dann ging sie nach Lewisburg und lebte dort endlich ihr eigenes Leben.

»So, das wäre geschafft«, sagte Irma mit einer künstlich freundlichen Stimme, als hätte sie vorhin nicht gestritten.

Susan beschloss, anstandshalber noch einen Versuch zu machen.

»Kaufst du Dad auch was?«

»Ich dachte, er zieht die rote Hose und das karierte Jackett an.«

Großer Gott, dachte Susan, und stellte sich die beiden nebeneinander vor. Ein Alptraum.

»Ihr werdet sicher gut aussehen.«

»Ich hoffe vor allem, dass die Party uns auch was bringt. Sonst bekommen wir Probleme.«

»Ach was«, sagte Susan, »Dad findet schon Arbeit.«

Irma hob die Augenbrauen.

»Mit seiner Hand? Und dem verlorenen Krieg? Glaube ich nicht.«

»Dad hat den Krieg nicht verloren, Mama.«

»Er hat ihn auch nicht gewonnen, Schatz.«

Susan sah auf den zur Hälfte aufgegessenen Teller ihrer Mutter. Die Füllung der Frühlingsrolle war herausgequollen wie die Innereien eines überfahrenen Tiers, die Bambussprossen klebten zusammen wie nasse Haarsträhnen. Ihr sowieso nur schwacher Appetit verging vollends.

»Wenn du mit Teddy befreundet wärst«, sagte Irma, »wäre Mr. Swope wahrscheinlich eher bereit, deinem Vater zu helfen.«

»Mit Teddy befreundet? Meinst du das ernst?«

»Warum, er ist doch ein netter Junge. Was stimmt mit ihm nicht?«

»So ungefähr alles.«

»Aber du könntest wenigstens Joel sagen, er soll mit Teddy sprechen, damit der bei seinem Vater ein gutes Wort für uns einlegt. Natürlich nur, wenn es keine Umstände macht.«

Typisch Irma – sogar bei einer Bitte noch schnell eine boshafte Bemerkung hinterhergeschoben. Susan wollte schon ablehnen, dann begriff sie, dass sie damit nur ihrem Vater schadete. Und das wollte sie nicht. Auf gar keinen Fall.

»Kann ich machen«, sagte sie deshalb. »Obwohl es schwierig ist, Joel um einen Gefallen für dich zu bitten, wenn ich ihn nicht sehen darf.«

Mutter und Tochter sahen einander an, und ein stummer Handel wurde vereinbart. Irma lächelte zuckersüß.

»Ich habe nie gesagt, dass du Joel nicht sehen darfst, Schatz. Ich sagte nur, du darfst nicht mit ihm nach Washington.«

Susan lächelte zurück. Ihre Mutter hatte ganz eindeutig gesagt, dass sie Joel eine Woche lang nicht sehen durfte. Die zweite Runde geht an mich, dachte sie.

»Dann habe ich das falsch verstanden. Tut mir Leid.«

Irma zuckte die Schultern und zeigte auf Susans Teller.

»Isst du überhaupt nichts?«

»Kein Hunger.«

»Dann iss wenigstens den Nachtisch.«

Susan nahm das süße Teilchen mit dem eingebackenen Horoskop vom Rand des Styroportellers und brach es auseinander. Sie brauchte einen Moment, um den zusammengerollten Zettel zu finden; er war in den Hohlraum der einen Hälfte hineingerutscht. Er war leer, auf beiden Seiten. Seltsam. Offenbar hatte die Fabrik, in der die Dinger hergestellt wurden, einen schlechten Tag gehabt.

»Was steht bei dir drauf?«, fragte Irma, die ihr Teilchen ebenfalls auseinandergebrochen hatte.

»›Gegen die Liebe ist kein Kraut gewachsen.‹ Und bei dir?«

Irma las einen Augenblick, dann drehte sie den Zettel um. *Wer nicht wagt, der nicht gewinnt.* Susan knüllte beide Zettel zusammen und warf sie auf ihren unberührten Teller. Schweigend verzehrten Mutter und Tochter die Nachspeise.

Zu Hause rief Susan bei Joel an, aber Joels Mutter sagte, er sei mit Teddy ausgegangen. Sie spürte einen Stich Eifersucht. Das war nicht fair. Heute hätte doch ihr Tag mit Joel sein sollen. Sie bat Mrs. Wooten, Joel möge sie doch bitte zurückrufen, wenn er heimkam, dann schloss sie sich in ihr Zimmer ein. Nach ein paar Minuten klopfte ihre Mutter und fragte, ob sie mit ihr Bridge üben wollte, aber Susan hatte keine Lust zuzusehen, wie ihre Mutter sich mit Schnaps voll laufen ließ. Stattdessen legte sie *Tapestry* von Carole King auf und streckte sich auf dem Bett aus, an den großen Koalabären gekuschelt, den ihr Vater ihr von Australien mitgebracht hatte. Manchmal fand sie es schade, dass er keine langen Reisen mehr machte, von denen er ihr Plüschtiere für ihre Sammlung mitbringen konnte, eins größer und exotischer als das andere. Und es war so schön gewesen, wenn er sie nach der Ankunft in die Arme schloss. Seine Arme waren so stark, und aus seinen Kleidern und Haaren stiegen seltsam würzige Düfte. Er war selbstbewusst und glücklich gewesen, nicht so klein und unterwürfig wie jetzt. Aber sie durfte nicht wünschen, dass er wieder wegfuhr. Denn er hatte nur deshalb so exotische Orte wie Sydney oder Bangkok besucht, weil er in einem Land kämpfen musste, dessen Namen sie nie mehr aussprechen wollte. Nie sollte er dorthin zurück müssen, nicht nach dem, was ihm dort zugestoßen war, was ihn so müde und unglücklich gemacht hatte.

Denk an was Schönes, sagte sie sich. Stell dir vor, du bist mit Joel in Aprils Bude. April hatte in Meade im selben Haus gewohnt wie die Truaxens. Obwohl sie zehn Jahre auseinander waren, hatte Susan viel Zeit in Aprils Wohnung verbracht. Sie hatten geredet, sich die Fingernägel angemalt, Musik gehört und sich stundenlang ihre langen Haare gekämmt. Aprils Mann Geoff war Unteroffizier bei der Artillerie gewesen; er war im Krieg durch eine fehlgezündete Granate ums Leben gekommen. Zum Glück hatten die beiden keine Kinder. Das sagten jedenfalls alle, obwohl Susan nicht verstand, warum das ein Glück sein sollte. April hatte seitdem eine Stinkwut auf die Armee und war zu Hippies in eine Bude am Dupont Circle gezogen. Wenn Susan und Joel allein sein wollten, konnten sie dorthin gehen, wo nur Erwachsene waren, die jünger wirkten als sie.

Susan dachte an das letzte Mal, als sie dort gewesen waren, kurz vor Schulende. Sie hatten alles genau geplant. April hatte Irma angerufen und Susan eingeladen, damit alles ganz unschuldig aussah. Das Beste war gewesen, dass April gar nicht zu Hause war – sie war zu einigen Freaks nach Virginia gefahren. Sie hatten den ganzen Tag in der Wohnung verbracht, hatten alle Stunde gevögelt, waren nackt herumgelaufen, hatten Pizza bestellt und dann, als der Lieferant klingelte, beinahe vergessen, etwas anzuziehen. Es war so schön gewesen, als ob sie verheiratet gewesen wären, oder noch schöner, weil das, was Eltern so unglücklich machte, fehlte. Für heute war die Wiederholung geplant gewesen. April hatte wieder angeboten, zu verschwinden. Nur hatte Irma diesmal Verdacht geschöpft und April einem strengen Verhör unterzogen. Und die dumme Gans hatte schließlich gestanden, dass Joel auch kam. Aber eigentlich konnte Susan ihrer Freundin keinen Vorwurf machen. Wenn Irma etwas wissen wollte, war sie wie die Gestapo.

Heute Morgen, nachdem ihr Vater zur Arbeit gegangen war, hatten sie und ihre Mutter sich erbittert gestritten. Fast eine Stunde lang hatten sie sich angeschrien. Irma hatte gesagt, Susan dürfe Joel eine Woche lang nicht sehen. Als Susan daraufhin gesagt hatte, dann würde sie ihr nicht helfen, ein neues Kleid für Swopes Party auszusuchen, lieber ließe sie sich häuten, hatte Irma angefangen zu heulen. Schließlich hatte Susan nachgegeben, nur damit ihre Mutter aufhörte zu heulen. Gut, dass sie es getan hatte. Weil Irma jetzt etwas von Joel wollte, konnte sie ihr nicht mehr verbieten, ihn zu sehen. Susan wollte ihn noch nicht gleich bitten, mit Teddy zu sprechen, sondern ihren Vorteil erst noch ausnützen. Es war Irma zuzutrauen, dass sie ihr, sobald Swope ihrem Vater eine neue Stelle beschafft hatte, wieder verbot, mit Joel auszugehen.

Was im Grunde aber egal war. Die Tage von Queen Irma waren definitiv gezählt. Denn ab September waren Susan und Joel weg. In gut zwei Monaten wohnten sie zusammen in Lewisburg, eine Million Kilometer von ihrer launischen Mutter entfernt. Sie hatten alles geplant. Joel hatte zwar schon ein Zimmer im Studentenheim, aber Susan wollte ein Zimmer in der Nähe des Campus mieten, wo sie zusammen sein konnten. Sie hatte dafür schon achthundert Dollar gespart. Und sie konnte ja jederzeit als Kellnerin arbeiten, in einer Universitätsstadt war das sicher nicht schwer. Das war einer der Vorteile, wenn man aussah wie sie. Bestimmte Männer boten einem immer Jobs an. Sie konnte arbeiten, während Joel Seminare besuchte. Abends konnten sie tun, was Studenten eben taten, und nachts würde es sein wie bei April, nur ohne Zeitdruck. Ihre Mutter würde ausflippen, aber sie konnte nichts tun außer ihnen die Polizei auf den Hals hetzen, und dann war Susan schon achtzehn. Nie hätte sie gedacht, dass sie noch einmal dankbar dafür sein würde, dass sie die siebte Klasse hatte wiederholen müssen. Es würde wie im Paradies sein. Joel würde ein so bedeutender Mann wie sein Vater werden, in jeder Beziehung, nur dass er nicht so hart dafür arbeiten musste, und sie würde mit ihm zusammen sein. Vielleicht konnten sie sogar schon Kinder haben, obwohl das ohne Geld natürlich schwierig war. Aber sie hatten ja noch viel Zeit. Fünf wollte Susan, mit karamellbrauner Haut, Mrs. Wootens grünen Augen, dem energischen Kinn ihres Vaters und Mr. Wootens dröhnendem Lachen. Und, ja gut, den blonden Haaren ihrer Mutter. Bildhübsche Kinder, vier Jungs und ein Mädchen, das Mädchen zuletzt. Brandy, wie im Lied. Die Brüder würden sie beschützen. Die ersten beiden Jungen sollten Earl und John heißen, für die anderen beiden konnten sie sich später noch Namen überlegen. Susan wollte alle Bücher lesen, die es über Kindererziehung gab, denn sie wollte eine gute Mutter sein und nicht dieselben Fehler machen wie Irma.

Nach Lewisburg abzuhauen hatte noch einen Vorteil. Kein Teddy mehr. Er würde zu den anderen Intelligenzbestien nach Harvard verschwinden, und sie musste sich nicht mehr seine ironischen Bemerkungen anhören oder seinen idiotischen Roman oder diese schreckliche Yoko-Musik. Und Joel rauchte keine blöden Joints mehr mit ihm, die regelmäßig zur Folge gehabt hatten, dass er Susan nicht mehr beachtete. Sie brauchte nicht mehr hinten in dem blöden Firebird zu sitzen und mitzufahren, wohin Teddy wollte. Wenn sie erst eine eigene Wohnung hatten, würde Teddy kapieren, dass er nicht alles bestimmen konnte. Wenn er sie besuchen wollte, musste er zuerst schön um Erlaubnis bitten. Und sie würde wahrscheinlich sowieso nein sagen, jedenfalls manchmal. Und endlich den Mann, den sie liebte, ganz für sich haben. Nur noch bis Ende des Sommers brauchten sie durchzuhalten, nur noch zwei Monate, dann waren sie frei. Die Schlägerei gestern Abend und der Streit mit Irma am Vormittag zeigten, wie gefährlich es in dieser Stadt war, wenn man sich wirklich liebte.

Das Telefon klingelte. Susan ging zur Tür und lauschte. Der Bitterkeit in der Stimme ihrer Mutter nach zu schließen war es ihr Vater. Ein Wort war besonders deutlich zu hören. Kaffer. Gott, wie sie ihre Mutter manchmal hasste. Sie ließ sich auf das Bett zurückfallen und dachte an den Ton, in dem Irma in letzter Zeit mit ihrem Vater sprach. Es war so ungerecht, wie sie ihn behandelte. Er war doch nicht wie die fiesen Typen damals in Meade, die vom Krieg einen Topf voller Ohren oder ein Fotoalbum mitgebracht hatten, das niemand ansehen durfte. Ihr Vater war nie gemein und nie betrunken, und er arbeitete genauso hart wie Teddys oder Joels Vater. Es war nicht seine Schuld, dass er in diesem blödsinnigen Krieg hatte kämpfen müssen und dann wegen seiner Hand aus der Armee entlassen worden war. Irma musste doch zu ihm halten. Schwere Zeiten waren der Prüfstein wahrer Liebe, hatte Susan irgendwo gelesen, in einer Zeitschrift oder vielleicht im Englischunterricht. So würde sie zu Joel nie sein. Egal was passierte, sie würde zu ihm halten. Was sie ja schon getan hatte, als die Rowdies vom Jugendzentrum sie beschimpft hatten. Nie würde sie ihn im Stich lassen wie ihre Mutter ihren Vater. Nie.

Sie zog ein anderes Tier zu sich heran, den weißen Tiger, den ihr Vater ihr aus Tokio mitgebracht hatte. Ihr Lieblingstier. Sie drückte ihn mit geschlossenen Augen an sich und stellte sich vor, es sei Joel. So würde es sein, wenn sie jeden Abend zusammen waren, an einem Ort weit weg von dieser schrecklichen Stadt.

2. Teil

6

Susan versuchte Joel unterzutauchen. Er hatte ihr Wasser ins Gesicht gespritzt, und sie hechtete ihm in gespielter Empörung nach. Joel drehte sich im letzten Augenblick um, und sie landete auf seinem nackten Rücken. Sie stützte die Hände auf seine Schultern und wollte ihn unter Wasser drücken. Er drückte dagegen und ließ sie elegant wie eine Olga Korbut auftauchen. Ihre Brüste drückten gegen das Bikini-Oberteil, ihre Beine tauchten strampelnd aus dem Wasser. Als sie so hoch aufgetaucht war, wie ihre ausgestreckten Arme es zuließen, zog Joel die Beine an und katapultierte sie nach vorn. Mit einem spitzen Schrei schoss sie über ihn weg und landete bäuchlings im Wasser. Der Schrei erstickte. Joel packte ihren mit einem Kettchen geschmückten Knöchel und drehte sie zu sich herum, dann tauchte er selbst unter. Sie blieben fünf Sekunden lang drunten, ineinander verschlungen und sich windend, und eine Wolke von Luftblasen stieg vor ihnen auf.

Teddy beobachtete sie von seinem Liegestuhl aus, das Buch *PSI: Die wissenschaftliche Entdeckung und praktische Nutzung übersinnlicher Kräfte des Geistes und der Seele im Ostblock* aufgeschlagen auf dem gespannten Reißverschluss seiner Jeans. Als die beiden wieder hoch kamen, war Susan stinksauer. Sie war zu lang drunten gewesen und hatte Wasser geschluckt. Sie hasste es, untergetaucht zu werden. Joel kam dicht an sie heran, um sie zu trösten, und wich gewandt einem halbherzigen Schlag gegen seine Schulter aus. Er sagte einige Worte. Sie schmollte, und er sagte wieder etwas und legte ihr die Hand auf die Wange. Endlich lächelte sie, und sie begannen sich zu küssen. Tiefe Zungenküsse mitten im Schwimmbecken. Das Buch auf Teddys Schoß hob sich noch einen Zentimeter. Wirklich erstaunlich. Es sah aus, als wollten sie es mitten im Freibad von Fogwood miteinander treiben. Es war zwar erst sechs Tage her, dass sie während der Rauferei im Jugendzentrum Blut und Wasser geschwitzt hatten, aber sie schienen schon wieder vergessen zu haben, dass manche Leute ausrasteten, wenn sie sie zusammen sahen.

Vom anderen Ende des Beckens ertönte ein schriller Pfiff. Der Bademeister mit einer dick mit Sonnencreme bedeckten Nase starrte zu Joel und Susan herüber, schüttelte missbilligend den Kopf und machte eine Handbewegung zu den Müttern und Kindern im Becken.

Sie ließen sich los. Joel watete an den Rand und sah zu Teddys Liegestuhl hoch. Susan blieb stehen, wo sie war, und wrang das Wasser aus ihren langen blonden Haaren.

»Kommst du rein?«, fragte Joel.

»Mir ist kalt«, sagte Teddy.

Joel lachte leise.

»Also kalt ist es dir bestimmt nicht.«

Er stemmte sich aus dem Becken und balancierte auf der Überlaufrinne. Dann fuhr er sich mit den Händen über den Kopf, schüttelte die vielen Tropfen aus seinem runterhängenden Afrolook und lockerte ihn mit den Fingerspitzen. Die dünnen schwarzen Härchen an seinen Waden klebten nass an der Haut – sie sahen aus wie Mikroben unter einem Mikroskop. Das weiße Etikett seiner Badehose hing wie eine Zunge hinten heraus.

»Wird heiß heute«, sagte er und starrte mit zusammengekniffenen Augen in die Mittagssonne.

»Sommer.«

Joel sah die Schirmmütze auf seinem Liegestuhl und setzte sie auf. Mein Gott, wie Teddy das Ding hasste. Susan watete zum Beckenrand. Auf ihrer mit Sommersprossen leicht gesprenkelten Brust glitzerten Wassertropfen, ihre Schultern waren von der Sonne gerötet.

»So ein Depp«, schimpfte sie.

Joel sah zu dem Bademeister hinüber.

»Der ist doch nur eifersüchtig«, sagte er.

»Auf Susan«, fügte Teddy hinzu.

Joels tiefes, dröhnendes Lachen übertönte den Badelärm. Das Lachen seines Vaters. Er half Susan aus dem Becken, dann setzten sie sich zusammen in den Liegestuhl neben Teddy.

»Würg«, sagte Susan mit einer Kinnbewegung auf Teddys *Two-Virgins*-T-Shirt. »Schau dir das Weib an. Soll sich doch einen BH kaufen.«

»Das ist keine Tussi aus dem *Playboy*.«

»Dann soll sie sich was anziehen.«

»Du bist so spießig, Susan.«

»Langsam«, sagte Joel warnend. Er klang freundlich, aber entschieden.

Es folgte langes Schweigen. Um sie spritzte und lärmte es. Eine Welle verschwand gurgelnd in der Überlaufrinne, ein Windstoß roch nach Sonnencreme.

»Wie auch immer«, sagte Teddy endlich.

Sein Wort für Entschuldigung.

»Was liest du da eigentlich für ein Zeug, Mann?«, fragte Joel und langte nach dem Buch.

Teddy legte schnell die Hände darüber, bevor Joel es von seinem Schoß nehmen und die Beule in seiner Jeans enthüllen konnte.

»Was ist los?«, fragte Joel und sah den Freund spöttisch an.

Teddy setzte sich anders hin, dann gab er Joel das Buch.

»*PSI*... Mann, was ist das für ein Mist?«

»Ziemlich scharfes Zeug«, sagte Teddy. »Über diese Russen, die mit Telekinese Löffel verbiegen und die Gedanken anderer Menschen lesen.«

»Quatsch.«

»Aber hier steht's doch, Mann. Das ist überhaupt kein Quatsch.«

»Ich glaube da sowieso nicht dran«, sagte Susan. Sie lehnte sich zurück und schloss die Augen gegen die Sonne.

»Ich kann Gedanken lesen«, sagte Teddy nach einer Weile.

»Unsinn.«

»Doch.«

»Was denke ich dann gerade?« Susan öffnete ein Auge und starrte ihn herausfordernd an.

Teddy hatte eine lustige Idee. Er beugte sich vor und legte einen Finger auf Susans Augenbraue. Sie fühlte sich seltsam an. Er hatte Susan noch nie berührt. Ihre Haut war von der Sonne warm und zugleich vom Wasser kalt.

»Hm, lass mal sehen«, sagte er. »Du denkst an… Augenblick mal, das ist ja ein Ding. Wirklich ein Hammer.«

»Was denn?«, fragte sie misstrauisch.

»Du denkst an… nichts. Dein Hirn ist vollkommen leer.«

Sie schlug seine Hand weg. Nicht freundschaftlich.

»Haha, wahnsinnig lustig.«

Teddy rieb sich die Hand. Sie hatte richtig zugeschlagen, und das kränkte ihn. Er spürte, wie die Wut heiß in seiner eingefallenen Brust aufstieg. Einen Augenblick war er versucht, Susan ebenfalls auf die Hand zu schlagen, aber Joel saß neben ihm. In Joels Anwesenheit konnte er das unmöglich tun.

»An was *hast* du denn gedacht?«, fragte Joel, wie immer um Frieden bemüht.

Susan schloss die Augen wieder.

»Ich habe mir gewünscht, wir beide könnten irgendwohin verschwinden«, sagte sie. »Damit wir meine Mutter endlich los sind.«

»Ich weiß nicht«, sagte Teddy. »In der weiten Welt weht ein ziemlich scharfer Wind.«

»Schon, aber Joel wäre ja bei mir«, sagte sie. Sie lächelte. »Er würde auf mich aufpassen.«

Teddy kicherte.

»Und dann sehen euch Leute und wollen euch plötzlich lynchen.«

Susan verzog das Gesicht, aber Joel war auf einmal richtig wütend.

»Sag das nicht, Mann.«

»Was?«

»Das mit dem Lynchen.«

»Ich wollte doch nur…«

»Mir egal, was du wolltest. Du sollst so was nicht sagen. Mein Vater kannte einen, der gelyncht wurde.«

»Darf man denn keinen Witz mehr machen? Wo sind wir hier eigentlich, in Russland?«

»Nein«, sagte Joel, »in Amerika. Kapiert?«

Teddy hob kapitulierend die Hände. Joel war bei so was manchmal so empfindlich. Dabei war es doch völlig egal. Es folgte ein langes, gespanntes Schweigen. Um sie tobte der Lärm, kreischten

Kinder, ein Liegestuhl schrappte über die Steinplatten. Teddy wusste nicht, was er tun sollte, und sah auf die Taucheruhr, die seine Eltern ihm zu Weihnachten geschenkt hatten.

»Ich zieh dann mal los«, sagte er. »Soll ich euch mitnehmen?«

»Ja, gut«, sagte Joel. Er klang noch nicht versöhnt.

Susan zuckte die Schultern und antwortete nicht. Das tat sie nie. Sie machte immer nur mit.

Teddy zündete mit dem Anzünder im Firebird einen halb gerauchten Joint an und reichte ihn über die Schulter nach hinten, fand dort aber keine Abnehmer. Beunruhigt über die Stille, stellte er den Rückspiegel so ein, dass er Joel und Susan sehen konnte. Die beiden saßen aneinander gedrängt in der Ecke. Ihre nassen Badesachen drückten durch die Kleider. Beide starrten zum Fenster hinaus. Ab und zu flüsterte Joel etwas, und Susan drängte sich noch dichter an ihn. Ein Gespräch war jetzt unmöglich, begriff Teddy, also schaltete er den Kassettenspieler ein. »Scumbag« war zu Ende und »Aul« fing gerade an, doch noch bevor Yoko richtig in Fahrt kommen konnte, sagte Joel, er solle ausschalten.

Teddy hätte den Witz mit dem Lynchen am liebsten zurückgenommen.

Eigentlich hatte er Susan zuerst absetzen wollen. Er hatte gehofft, Joel würde bei ihm übernachten, doch war er sich jetzt angesichts von Joels Laune nicht mehr sicher. Am Abend fand die jährliche Geburtstagsparty seines Vaters statt, eine Mordsfete, für deren Dauer alle Regeln außer Kraft gesetzt waren. Die letzten drei Jahre waren Teddy und Joel dabei gewesen und hatten heimlich einen gekippt, während ihre Eltern beide Augen zudrückten. Sogar die sonst so strenge Ardelia schien nichts dagegen zu haben. Joel übernachtete dann bei Teddy, und am nächsten Morgen wachten die beiden Jungen mit einem ausgewachsenen Kater auf. Es war einer der Höhepunkte des Sommers. In diesem Jahr war allerdings nicht die Rede davon gewesen, dass Joel zu Teddy kommen würde. Stattdessen wollte er die überraschende Einladung der Truaxens nutzen, mit Susan allein zu sein. Teddy war dazu nicht eingeladen worden. Wie schon so oft. Allmählich kotzte ihn das an, und deshalb war ihm wahrscheinlich auch die blöde Bemerkung mit dem Lynchen passiert. Es ging ihm auf den Geist, dass Joel und Susan ihn ständig ausschlossen. So hatte er sich den Sommer nicht vorgestellt.

Zugegeben, was er gesagt hatte, war dumm gewesen. Ein rotes Tuch für einen reizbaren Stier. Er hatte mit Joel schon lange keinen solchen Streit mehr gehabt, genau genommen seit zwei Jahren nicht mehr. Das letzte Mal hatten sie sich am Weihnachtsfeiertag 1970 gestritten. Die Wootens hatten am späten Nachmittag zu einem kurzen Besuch vorbeigeschaut. Die Jungen waren gleich in Teddys Zimmer verschwunden, um ihre Geschenke zu vergleichen. Joel hatte ein Hochleistungsteleskop bekommen, Teddy eine elektrische Schreibmaschine. Er hatte sich über den Pullover lustig gemacht, den Joel trug, ein von irgendeiner Tante gestricktes, buntgeschecktes Monstrum. Als Antwort war Joel über Teddy hergefallen. Sie hatten heftig miteinander gerungen, aber im Spaß. Es dauerte nicht lange, und Teddy lag unter Joel auf dem Rücken.

»Sag: ›Ich habe einen Schwanz wie ein Sperling‹«, befahl Joel in Anspielung auf die freche Bemerkung, die Teddy kurz zuvor an die Wand des Baumhauses der Wootens gekritzelt hatte.

»Niemals«, keuchte Teddy.

»Dann sag: ›Ich esse gern Moosbeeren mit einer köstlichen Sauce aus Pisse.‹«

Teddy versuchte Joel abzuwerfen und stieß dabei mit dem Kopf an das eiserne Bettgestell. Plötzlich packte ihn blinde Wut. Eine Hitzewelle schoss durch seinen Körper, und mit einem Ruck gelang es ihm zum ersten Mal, den Spieß umzudrehen. Auf einmal saß er auf Joel. Sein Schädel tat immer noch höllisch weg, und ihm war schwindlig vor Wut. Joel lachte – er wusste nicht, dass Teddy sich verletzt hatte. Teddy begann zu rasen. Er legte die Hände um Joels Hals und spürte die Muskeln, die Knochen und, als Joel zu schwitzen begann, den Schweiß. Er drückte fester zu. Es war kein Spiel mehr.

»Sag: ›Ich bin ein dreckiger Nigger‹«, zischte er.

Joel hörte auf zu lachen.

»Du kannst mich mal, Idiot.«

»Sag's.«

Joel drehte und wand sich, aber Teddy hatte ihn fest im Griff, so fest wie noch nie.

»Sag: ›Ich bin eine geile Niggerdrecksau‹.«

Als Joel merkte, dass er nicht loskam, fasste er nach oben und packte Teddy am Hals. Er packte fest zu. Sie ließen jetzt jede Rücksicht fallen. Teddy verstärkte den Druck seiner Hände. Sie starrten einander unverwandt an. Sie kämpften.

Und dann war Teddys Wut auf einmal verflogen, so plötzlich wie sie gekommen war. Auf einmal wollte er nicht mehr kämpfen. Er wollte Joel sagen, dass es vorbei war, dass er sich ergab, was auch immer. Aber er konnte nicht reden, er bekam keine Luft. Er drückte noch fester zu, damit Joel aufhörte, aber auch Joel drückte immer fester zu.

Das Ende kam unerwartet. Die stärkste Hand, die Teddy je gespürt hatte, eine Million Mal stärker als die von Joel, packte ihn am Kragen. Und dann fühlte er sich auf wundersame Weise hochgehoben, weg von seinem Gegner, gegen den er gar nicht mehr kämpfen wollte. Es war kein Zorn in der Hand und keine Empörung, nur absolute Autorität. Noch bevor er einen klaren Gedanken fassen konnte, stand er schon auf den Beinen. Er drehte sich um. Joels Vater stand hinter ihm. Aus seinen gelblichen Augen sprach Verwirrung. Er sah Teddy an, dann seinen Sohn.

»Steh auf«, befahl er. Seine sonst so volle Stimme klang heiser.

Joel stand unsicher auf. Teddy spürte Übelkeit in sich aufsteigen.

»Was zum Kuckuck macht ihr beiden hier eigentlich?«

Keiner sagte etwas. Teddy sah Joel unverwandt an. Joel konnte ihn mit einem Wort verraten, seinem Vater erzählen, was Teddy zu ihm gesagt hatte. Dann saß er ganz schön in der Tinte. Nigger war das eine Wort, das man nicht sagte, jedenfalls nicht hier, nicht in Newton. Aber Joel verriet ihn nicht. Er blickte starr auf eine Stelle zwischen den Schuhen seines Vaters.

»Wir haben einen Ringkampf gemacht«, sagte er ruhig.

»Einen Ringkampf? Das letzte Mal, als ich einen solchen Ringkampf sah, war hinterher einer tot.«

»Wir konnten auf einmal nicht mehr bremsen«, sagte Teddy. »Ich habe die Beherrschung verloren.«

Wooten sah zwischen den beiden Jungen hin und her. Er wusste, dass sie ihm nicht die ganze Wahrheit sagten, war aber klug genug, es dabei zu belassen.

»Dann gebt euch die Hand.«

Sie gaben sich die Hand wie die Schwarzen in *Room 222*. Joels Vater runzelte die Stirn – er mochte das Ritual nicht, ließ es aber durchgehen. Der Vorfall kam nie wieder zur Sprache. Danach war Joel einige Wochen lang kurz angebunden, doch legte sich das wieder. Trotzdem war eine Grenze festgelegt worden, eine Grenze, die Teddy einhalten musste. Seitdem war er vorsichtig gewesen, hatte dem Freund nie von Kneipen abgeraten, in denen Schwarze nicht gern gesehen waren, hatte bei den Auseinandersetzungen im Jugendzentrum nie Partei ergriffen, und er hatte auch nichts gesagt, als die beiden schwarzen Sportler bei der olympischen Siegerehrung in Mexico City die Fäuste gereckt hatten. Die Hautfarbe wurde zu einer schmalen, aber tiefen Schlucht, die ihre Freundschaft schlucken konnte. Es war Teddys Aufgabe, sich von ihr fern zu halten. Deshalb hatte er sich im vergangenen Jahr auch nicht eingemischt, als Joel sich mit anderen Schwarzen angefreundet hatte, nicht mit Schlägern aus den Sozialwohnungen, sondern mit anständigen Kerlen wie Alvin Matters und Lavelle Young, und mit ihnen bei den Schließfächern in der Schule herumsaß, die Hände abklatschte und zu laut lachte. Es gab in Joel einen Teil, den man besser in Ruhe ließ. Wenn er das lächerliche Batikhemd, das sein Onkel ihm aus Zaire mitgebracht hatte, unbedingt tragen oder Stevie Wonder hören wollte, sollte er doch. Das waren nur Kleinigkeiten, Nebensächlichkeiten angesichts der Hauptsache ihrer Freundschaft. Zu sagen, Joel könnte gelyncht werden, war deshalb bescheuert gewesen, vor allem jetzt, wo er so scharf darauf war, mit Susan zusammen zu sein. Teddy war einfach bei dem Gedanken daran, dass die beiden weglaufen wollten, für einen Moment ausgerastet. Die Aussicht, allein zurückzubleiben, war unerträglich.

Sie kamen beim Haus der Truaxens an, einem der vielen hundert Aluminiumbungalows auf dem ebenen Gelände östlich des Zentrums. Hier war es ganz anderes als in Mystic Hills, wo Teddy und Joel wohnten. Keine großen Bäume, sanften Hügel oder Villen auf 10 000-Quadratmeter-Grundstücken. Hier wohnten kleine Angestellte und pensionierte Soldaten. Teddy wusste von seinem Vater, dass Stadtviertel wie dieses das Rückgrat der Stadt bildeten. Die Ortsteilzentren, die Fuß- und Radwege, die drolligen Straßennamen, die großräumig geplanten Schulen und andere öffentliche Einrichtungen – das alles war ohne diese billig gebauten und mit Gewinn verkauften Häuser undenkbar. Ohne sie war der Rest nur utopische Schönfärberei.

Er drehte sich um.

»Bis später, Susan«, sagte er, so freundlich er konnte.

Sie sah ihn einen Augenblick lang spöttisch an, als wollte sie ihn etwas fragen, das sie schon seit Jahren beschäftigte. Dann lächelte sie nur stumm und stieg aus. Joel folgte ihr. Auf der vorderen Veranda, unter dem gusseisernen Adler und der amerikanischen Fahne, die sich fest wie eine Binde um den Mast gewickelt hatte, schienen sie sich kurz zu streiten. Dann sagte Joel etwas, das Susan beruhigte und dem sie offenbar nicht widersprechen konnte. Sie lächelte einlenkend. Er küsste sie behutsam, geradezu keusch, und kehrte zum Auto zurück. Hinter einem Fenster im ersten Stock bewegte sich etwas. Susans Mutter, die Joel beobachtete. In der rechten Hand hielt sie ein Cocktailglas.

Joel setzte sich auf den Beifahrersitz.

»Eh, Mann, ihr habt Zuschauer«, sagte Teddy und nickte zu Irma hinauf, die mit steinerner Miene weiter zu ihnen herunterstarrte. Nur ihr Mund bewegte sich jetzt. Der Anblick erinnerte Teddy an die Szene am Schluss von *Die Reifeprüfung*, in der alle über Dustin Hoffman herfallen. Joel sah nicht nach oben. Teddy legte den Gang ein und fuhr los.

»Die Frau hat was gegen mich.«

»Glaubst du, sie will euch eine reinwürgen?«

»Wie denn? Es sei denn, der Sergeant macht mit.«

»Tut er das?«

»Nein. Susan meint, er will meinen Vater nicht verärgern.«

»Na dann. Vorwärts mit Karacho.«

»Solange ich keine allzu große Scheiße baue.«

Teddy bog um eine Kurve, dass seine brandneuen Reifen quietschten.

»Übrigens, Joel, ich hab das im Schwimmbad nicht so gemeint.«

»Komm, vergiss es.«

Sie fuhren schweigend weiter. Die Fertighäuser von Fogwood

wichen den von Bäumen gesäumten, gewundenen Straßen von Mystic Hills. Teddy hätte Joel am liebsten vom letzten Kapitel seines Romans erzählt, aber irgendwie war es schwer, das Schweigen zu brechen. So was hatte es in letzter Zeit oft gegeben, zu oft. Es dauerte immer länger, oft bis sie abends auseinander gingen. Vor Susan war das nie so gewesen.

Sie blieben vor dem großen Haus der Wootens stehen. Joels Zwillingsschwestern spielten vor dem Haus mit zwölf Puppen und der leidgeprüften Katze der Wootens.

»Was tust du jetzt?«

»Ich suche ein Geschenk für Dad. Kommst du zur Party?«

»Ich dachte, vielleicht machen wir was bei Susan zu Hause.« Joel machte eine Pause. »Komm doch auch.«

»Ja?«

»Wir hören nur Musik und so.«

»Und Susan hat nichts dagegen?«

Joel zuckte die Schultern.

»Welche Susan denn?«

»Dann komme ich doch ganz einfach.«

»Vielleicht kannst du ein paar Getränke vom großen Bankett abzweigen.«

»Mache ich glatt.«

Joel lächelte, und dann lächelte Teddy auch. Welche Susan denn. Das war besser. Das war gut.

7

»Der Kaffer ist wieder da.«

Truax, der gerade seine Hand verband, sah auf. Seine Frau stand am Schlafzimmerfenster und leckte den vom Zucker klebrigen Rand ihres Glases ab. Es war ihr zweiter Whisky mit Zitrone. Er musste verhindern, dass sie einen dritten trank. Sie durfte sich nicht betrinken, nicht heute Abend jedenfalls. Nicht bei den Swopes.

»Was tun sie?«

»Nichts. Reden. Teddy hat sie nach Hause gefahren.« Sie kniff die Augen zusammen. »Netter Junge, finde ich.«

»Findest du?«

Sie drehte sich träge zu ihm um. Ihr Bademantel glitt auf, und ein perlweißer Slip kam zum Vorschein. Quer über ihren Bauch verlief ein feuchter Streifen, dort, wo sie sich an das Waschbecken im Badezimmer gelehnt hatte, um ihr Gesicht besser im Spiegel sehen zu können.

»Warum?«, sagte sie. »Du nicht?«

»Ich habe was gegen die Armeejacke, die er trägt.«

»Du und deine Uniformen. Das interessiert doch keinen.« Sie sah wieder zum Fenster hinaus. »Obwohl ich nicht begreife, wie er es aushält, immer mit den anderen beiden zusammen.«

Truax wickelte vom Handgelenk ausgehend die Mullbinde um seine Hand.

»Ich glaube, er liebt sie«, sagte Irma nachdenklich.

»Wer?«

»John, bitte. Entweder hör zu oder stell keine dummen Fragen. Susan? Teddy? Ich glaube, er liebt sie.« Sie leckte den letzten Rest des Zuckers vom Glasrand. »Das sagt man ja von Nixon auch. Dass er seine Pat so sehr geliebt hat, dass er sie sogar zu Verabredungen mit anderen Jungs fuhr. Bis ihr schließlich aufging, dass er der Richtige war.«

Truax befestigte die erste der drei Klammern.

»Das ist doch bescheuert«, murmelte er.

»Ach wirklich? Und jetzt ist er Präsident und sie First Lady. Wirklich bescheuert.«

»Lange ist er das nicht mehr.«

Irmas Aufmerksamkeit galt wieder dem, was draußen vor sich ging.

»Aha, da kommt der Kuss. So ist es recht, Nigger, schleck sie nur tüchtig ab.«

»Irma …«

»Hättest du das auch für mich getan, John?«, fragte sie, den Blick weiter nach draußen gerichtet. »Mich zu Verabredungen mit anderen Jungs gefahren, nur um in meiner Nähe zu sein?«

Drunten schlug die Haustür zu. Susan war zurückgekehrt.

»Ich hätte die anderen Jungs wahrscheinlich umgebracht«, sagte Truax. Es sollte wie ein Scherz klingen.

Irma ging zu ihm und fuhr ihm mit der Hand durch die Haare. Sie lächelte grausam. Der messerscharfe Geruch des Noczema, mit dem sie den ersten, unbefriedigenden Versuch, sich mit Max Factor zu parfümieren, übertönt hatte, stieg ihm in die Nase.

»Das hast du doch auch, John«, sagte sie zärtlich. »Du hast sie alle umgebracht. Dreiundzwanzig allein aus meiner Stadt.«

»Das war vor meiner Zeit, Irma.«

»Aber wenn du '44 dabei gewesen wärst, hättest du es getan …«

Der Gedanke schien sie zu erregen. Manchmal machte sie ihm Angst.

»Ja«, sagte er nach einer kurzen Pause. »Möglich.«

Susan kam an ihrer Tür vorbei.

»Susan?«, rief Irma. »Komm bitte mal rein.«

Susan drückte die Tür auf, trat aber nicht über die Schwelle. Auf ihren Kleidern waren nasse Flecken. Wie auf dem Bauch ihrer Mutter.

»War's schön im Schwimmbad?«

Sie zuckte die Schultern.

»Schon okay, denke ich.«

»Soll ich dir was zum Abendessen machen?«

Irmas Stimme war so pappig süß wie die Drinks, die sie bevorzugte.

»Ich mach mir später selbst was.«

»Was hast du heute Abend vor?«

Susan zuckte leicht beleidigt die Schultern.

»Wahrscheinlich sehe ich mir was im Fernsehen an.«

»Zusammen mit Joel?«

Nicht schon wieder, dachte Truax.

»Nein«, brauste Susan auf. »Nicht mit Joel.«

»Ich will nicht, dass er hierher kommt, wenn wir weg sind.«

»Wie oft soll ich denn noch nein sagen, Mutter?«

»Nur einmal, wenn du es ernst meinst, Schatz.«

Sie stierten einander hasserfüllt an.

»Noch was?«, fragte Susan schließlich scharf.

»Nein, Schatz«, sagte Irma. »Das ist alles.«

Susan verschwand in ihrem Zimmer. Irma starrte ihr nach, dann kehrte sie zu dem großen Spiegel im Badezimmer zurück.

Truax beobachtete, wie sie die Lippen ein paar Mal einzog und mit einem Schmatzen wieder öffnete, den Kopf hierhin und dorthin drehte und schließlich begann, dick Wimperntusche auf ihre rotblonden Wimpern aufzutragen.

Aus Susans Zimmer kam die weinerliche Stimme einer liebeskranken Sängerin. Truax hatte den Verband befestigt. Er stand auf und betrachtete sich im Spiegel. Er sah lächerlich aus in den Kleidern, die Irma für ihn ausgewählt hatte. Rotweiß kariertes Sportjackett, weißer Rollkragenpullover und rote Hose. Weiß leuchtende Slipper. Irma behauptete, dass Männer das heutzutage auf Parties trugen. Er sah verstohlen auf das Gesicht seiner Frau im Spiegel, das zu einer Grimasse erstarrt war, während sie die Schminke auftrug. Die Hand, mit der sie das klebrige Zeug um die Augen abtupfte, schien noch einigermaßen ruhig. Aber nicht die Hand machte ihm Sorgen, sondern ihr Mundwerk.

Er ging nach unten ins Fernsehzimmer und stellte den Fernseher an, um die letzten Minuten vor dem Aufbruch totzuschlagen. Es war Samstagabend, der Abend seiner beiden Lieblingssendungen – *Mutual of Omaha's Wild Kingdom* und *Hee Haw.* Er machte es sich auf dem Sofa bequem, allerdings ohne das Bier, das er sonst trank, wenn Marlin Perkins in seine Welt der Brutalität, Gewalt und Tücke einlud. Er musste für die Party einen klaren Kopf behalten, zumal Irma offenbar das Gegenteil vorhatte. Obwohl er ihr auch nicht Unrecht tun durfte. Schließlich hatte sie die Einladungen beschafft. Sie hatte sich in den letzten Wochen mit Sally Swope angefreundet. Als geschickte Kartenspielerin hatte sie sich beim Bridgeclub von Newton, bei dem offenbar nur der Sieg zählte, bis ganz nach oben gearbeitet. Sie und Sally waren jetzt Partnerinnen und die ungekrönten Königinnen des Clubs. Die unschätzbar wertvolle Einladung hatte seine Frau nach einer langen Sitzung bekommen, in der sie und Sally ihre Führung ausgebaut hatten. Irma war danach von dem vielen Kaffee und Nikotin so aufgedreht gewesen, dass sie bis fast fünf Uhr morgens aufgeblieben war und Harold Robbins' *Die Unersättlichen* noch einmal in einem Zug von vorn bis hinten durchgelesen hatte.

So kam es, dass Truax jetzt zu Swopes Party eingeladen war.

Vielleicht begriff der Anwalt dann, dass Truax seinen Mann genauso gut stehen konnte wie diese College-Knaben. Er überprüfte noch einmal den Sitz des Verbands. Heute Abend durfte seine Hand nicht auffallen. Am liebsten hätte er die Party ohne Verband und Handschuh absolviert. Vor drei Monaten wäre das möglich gewesen. Die Entzündung schien abgeklungen, zu sehen waren nur noch eine leichte Schwellung und einige Flecken. Ein einfaches Pflaster hatte genügt. Ein paar Wochen lang hatte es so ausgesehen, als sei das Schlimmste überstanden, doch dann kam die Fäulnis wieder. Eine endlose Nacht lang hatte er Schweißausbrüche gehabt wie bei Malaria, dann schwoll die Hand an und begann zu stinken, und es bildeten sich eiternde Blasen.

Es war seine einzige Verwundung gewesen. Genau das machte sie ja so unerträglich. Drei Einsätze hatte er gehabt, und nur diese eine Verwundung. Nichts im Delta in der schweren Zeit nach der Tet-Offensive, wo die Patrouillen jede Nacht aus dem Hinterhalt überfallen worden waren und der Boden unter den Nipapalmen so stark mit Minen verseucht war, als würden sie dort wachsen. Nichts während der dreizehn Monate im Hauptquartier der Brigade vor Saigon, wo er mit seinen im Delta erworbenen Kenntnissen Rekruten beigebracht hatte, wie man hier überlebte. Mörserfeuer und Heckenschützen waren an der Tagesordnung gewesen – von den zehn Sergeants seiner ursprünglichen Ausbildungseinheit wurden im Laufe eines Jahres vier verwundet, einer davon tödlich. Und nichts, fast nichts während der zehn schlaflosen Monate in einem heiß umkämpften Einsatzgebiet im Hochland. Er hatte gesehen, wie andere Männer in so viele Stücke auseinander gerissen wurden, dass man sie in die Leichensäcke schaufeln musste. Er hatte sterbende Soldaten mit heraushängenden Eingeweiden und zerschossenen Lungen gesehen und Tote, deren Wunden so unauffällig waren, dass Feldärzte die Leichen wiederholt absuchen mussten, bis sie das Loch gefunden hatten. Ein Corporal namens Dalgetty war nach einem heftigen Zusammenstoß in einem Rugbyspiel gegen einige Australier gelähmt nach Hause abtransportiert worden, eine schwarze Krankenschwester, deren Namen er vergessen hatte, war von einem Stück Eis aus der Stratosphäre erschlagen worden, das von einem B-52-Bomber abgefallen war. Er hatte unzählige durch Granaten verursachte Wunden gesehen – zertrümmerte Fersen, zerquetschte Geschlechtsteile und lose baumelnde Glieder –, aber ihm selbst war nur das Eine passiert. Etwas ganz Kleines. Das aber nicht wegging. Während andere, denen er keine Überlebenschance gegeben hatte, inzwischen wieder gesund waren.

Es war etwas außerhalb von My Song gewesen, dem strategisch wichtigen Dorf in der Mitte von Nirgendwo, in dem er während seines letzten Einsatzes stationiert war. Als Truax 1971 dort eingetroffen war, war von Befriedung schon lange nicht mehr die Rede. Die Dörfler kannten die Spielregeln – wer dem Zaun um das Camp zu nahe kam, wurde umgelegt. Omas, Schwangere, Mönche. Kinder. Völlig egal. Die sporadischen Patrouillen des Zuges dienten keineswegs dem Schutz der Einheimischen oder der Vernichtung des Gegners. Sie sollten lediglich sicherstellen, dass die Nordvietnamesen keine Mörserstellungen oder Heckenschützen in der Nähe des Camps positionierten. Der Krieg war vorbei. Die Soldaten in My Song passten nur noch auf sich selbst auf, bis auch sie ausgeflogen wurden.

Es passierte im April, kurz vor dem Monsun. Ein Sergeant war von einem Heckenschützen in den Ellbogen geschossen worden, deshalb musste Truax an diesem Vormittag mit seiner Gruppe auf Patrouille gehen. Die Hitze war so drückend, dass er beschloss, den Rundgang auf zwei Kilometer zu beschränken. Dabei wollte er auch durch ein kleines, tief eingeschnittenes Tal marschieren, das die Männer aus Angst vor einem Hinterhalt sonst mieden. Truax wusste, dass man keinen Sektor länger unbeaufsichtigt lassen durfte. Die Männer murrten, traten aber gehorsam an. Der erfahrene Truax war allseits geachtet und hatte keine Autoritätsprobleme wie jüngere Unteroffiziere. Außerdem galt er bei den abergläubischen Soldaten als Glückspilz. Wenn er auf Patrouille ging oder am Zaun Wache schob, wollten sie möglichst in seiner Nähe sein. Obwohl er ankündigte, dass sie querfeldein gehen und sich abseits der ausgetretenen Pfade durch den dichten Urwald schlagen würden, machten sie sich deshalb ohne Protest marschfertig und warteten, dass er ihnen den Weg weisen würde.

Sie kamen nur langsam voran, waren dafür aber relativ sicher.

Minen waren hier weitaus weniger wahrscheinlich als auf den belebteren Wegen. Truax ging an der Spitze – er wollte nicht, dass ein Grünschnabel sie in einen Sumpf führte. Zwei Stunden lang hieben sie sich durch den Dschungel. Das Gefährlichste, das ihnen dabei begegnete, waren Blutegel und schnatternde Affen. Truax wollte gerade zu dem Weg durchstoßen, der nach My Song zurückführte, als er eine Art Eingang zu einer Höhle sah. Er hob die Hand, die Patrouille blieb stehen. Höhlen waren Brutstätten des Gegners. Sie mussten in jedem Fall überprüft und neutralisiert werden. Truax teilte den anderen mit, was er gesehen hatte, dann ging er geduckt weiter. Herunterhängende Äste schob er mit dem Lauf seines Gewehrs beiseite. Beim Näherkommen sah er einen wie ein grinsender Mund geformten Spalt in einer bemoosten Felswand, in der Mitte etwa einen Meter hoch. Groß genug, dass er selbst nachsehen konnte. Er gab das Gewehr seinem Hintermann und zog die 45er aus der Tasche, dann hockte er sich vor den grinsenden Mund, verharrte bewegungslos und wartete, ob sich drinnen etwas regte. Alles schien ruhig. Er überlegte, ob er die Höhle mit Fu-Gas oder C-4 ausräuchern sollte, fand dann aber, dass der dabei entstehende Lärm sich nicht lohnte. Er schaltete also die Schulterlampe an und ging nachsehen.

Die Decke der Höhle wurde auf den ersten drei Metern von einer gewaltigen Felsplatte gebildet, die einen Meter über dem Boden hing. Truax ging gebückt und mit gezogener Pistole darunter entlang. Die Pistole war immer seine bevorzugte Waffe gewesen. Am Ende der Passage blieb er stehen und hielt die Lampe mit der Hand in die Höhe, um den Rest der Höhle auszuleuchten. Es handelte sich um eine rechteckige Kammer, nicht größer als eine Doppelgarage und gut drei Meter hoch. Sie war leer. Hier versteckte sich niemand. Truax schob seine Waffe wieder in die Tasche, trat in die Kammer und richtete sich auf. Die Luft war feucht und roch penetrant muffig. Dann bemerkte er im bleichen Schein der Lampe etwas an den Wänden, etwas Weißes, das sich bewegte. Zuerst glaubte er an eine Sinnestäuschung, doch dann begriff er, dass es sich um etwas Lebendiges handelte. Er ging zu einer Wand und schaltete zur Unterstützung der Lampe sein Feuerzeug ein. Erst als er nur noch einige Zentimeter entfernt war, sah er sie. Große, farblose Hundertfüßer, an das Felsgestein geklammert. Tausende. So weiß, dass sie offenbar nie im Licht gewesen waren. Einige hingen von kleinen Vorsprüngen der Höhle wie Hochseilartisten. Sie waren mehrere Zentimeter lang und so dick wie ein Pistolenlauf. Im schwachen Schein der Lampe sahen sie aus wie ein Meer sich krümmender Finger. Truax hielt das Feuerzeug an eins der Tiere ran – es wand sich wie wahnsinnig, als verursache das Licht ihm unsägliche Qualen.

»Sergeant?« rief ein Gefreiter namens Diaz vom Eingang der Höhle.

Er hatte seine Leute draußen ganz vergessen.

»Hier ist alles sicher«, antwortete er.

Er machte das Feuerzeug aus. Sekunden später ging auch die Taschenlampe aus und stürzte ihn unversehens in völlige Dunkelheit. Ganz plötzlich und unerwartet verspürte Truax etwas, das er kaum kannte. Panik. Das undurchdringliche Schwarz der Kammer und das Bild der vielen tausend sich windenden Finger, das ihm noch vor Augen stand, bewirkten, dass er einen Augenblick lang fast durchgedreht wäre. Sein Herz begann zu rasen, sein verschwitztes Unterhemd war auf einmal wieder klatschnass. Er bekam keine Luft. So war es also, wenn man lebendig begraben wurde. Gefühle, die er sich in den vergangenen drei Jahren verboten hatte, kamen auf einmal in ihm hoch und drohten ihn zu überwältigen. Er musste hier raus. Er wollte das Feuerzeug anmachen, aber seine Hand zitterte so, dass er es fallen ließ. Jetzt aber endgültig genug. Raus hier. In pechschwarzer Nacht stolperte er zum Eingang zurück. Seine Ausrüstung schepperte. Gerade als er die Felsplatte am Eingang erreichte, stolperte er. Blind streckte er die Hand aus, um nicht auf den Boden voller Pfützen hinzuschlagen. Er berührte die Wand und spürte etwas Gallertartiges und dann einen ganz leichten Stich. Er bückte sich und kroch aus der Höhle nach draußen. Dort starrten ihn seine Leute bestürzt an. Die Vorstellung, Sergeant Truax könnte ausrasten, war so abwegig, dass sie die äußeren Anzeichen seiner Panik nicht zur Kenntnis nahmen. Er hatte sich schnell wieder unter Kontrolle.

»Was Besonderes?«, fragte Diaz.

Truax schüttelte den Kopf. Während die anderen sich zum Weitermarsch aufstellten, warf er einen raschen Blick auf seine Hand. Am Ansatz des kleinen Fingers hing ein kleiner Tropfen Blut. Er saugte an der Stelle. Wahrscheinlich hatte ihn einer dieser Hundertfüßer erwischt. Er überlegte, ob es sich um einen Biss oder einen Stich handelte und ob er jemandem davon berichten sollte. Aber dann waren die Leute fertig zum Abmarsch. Sie hatten einen Auftrag auszuführen. Als sie auf den Weg stießen, der nach My Song zurückführte, war die Panik, die er in der Höhle verspürt hatte, vollkommen verschwunden.

Die Schmerzen begannen eine Stunde nach der Rückkehr ins Camp. Ein hartnäckiges Ziehen in der Nähe des Einstichs. Es erinnerte ihn daran, wie er sich bei der Reparatur eines Jeeps damals in Frankfurt einmal Batteriesäure aufs Handgelenk gespritzt hatte. Während der Wache in dieser Nacht jedoch schienen die Schmerzen mit jedem Herzschlag schlimmer zu werden. Im Morgengrauen konnte er die Finger kaum noch bewegen. Die Haut der Handfläche war scharlachrot und so dick geschwollen, dass er die Poren zählen konnte.

Im Verlauf des folgenden Tages setzte das Fieber ein, schlimmer als ein Fieberanfall bei Malaria. Zwei Tage lang ging es auf und ab, und nichts schien zu helfen, kein Aspirin und keine Salztabletten. Im einen Augenblick war er ganz ruhig, im nächsten lag er im Delirium. Er trocknete zusehends aus. Ein Arzt des Bataillons wurde zugezogen, wusste aber auch keinen Rat. Der junge Zugführer, der vor dem älteren Sergeant größten Respekt hatte, ließ ihn schließlich gegen seinen Willen abtransportieren. Einundsiebzig Tage früher als vorgesehen wurde Truax ausgeflogen.

Den nächsten Monat verbrachte er fiebernd in einem Krankenhaus in Saigon. Der Zustand seiner Hand verschlechterte sich immer mehr. Die Ärzte versuchten ein Dutzend verschiedene Antibiotika, aber keines half. Truax beschrieb das Insekt, so gut er konnte, aber niemand hatte je davon gehört. Eins war jedenfalls klar – mit einer solchen Hand war der Krieg für Truax aus. Ein Truppentransporter brachte ihn schließlich nach San Francisco. Dort verbrachte er noch einen Monat in einem Krankenhaus der Veteranenbehörde, dann kehrte er zu seiner Familie nach Meade zurück. Als Irma die Hand sah, sagte sie kein Wort. Mit dem Offizierspatent war es für Truax endgültig vorbei.

Wenig später stellte die Armee den Kontakt zu einer Frau von EarthWorks her. Die Frau bot ihm eine Stelle in der neuen Stadt an, die das Unternehmen baute. Das Unternehmen stellte bevorzugt Unteroffiziere ein, die gedient hatten, vor allem welche mit kleineren Behinderungen. Truax schien genau der Mann, den sie brauchten.

»Hi, Daddy.«

Es war Darryl. Der pummelige Körper der Vierzehnjährigen steckte in schlabbrigen Hosen und einem Sweatshirt, auf dem senkrecht die Aufschrift JOY prangte. Jeder Buchstabe begann zugleich ein neues Wort. *Jesus*, *Others* und *Yourself*. Sie ließ sich neben dem Vater auf das Sofa fallen. Ihr Mund war aufgebläht von Metall im Wert von achthundert Dollar, das ihre Lippen zu einem freudlosen Grinsen verzerrte. Während Susan Irmas teutonische Schönheit geerbt hatte, musste die arme Darryl sich mit Truax' angelsächsischer Statur einschließlich der kurzen Gliedmaßen und der dünnen, braunen Haare begnügen.

»Und was hast du heute Abend vor, meine Liebe?«, fragte er freundlich.

»Young Life. Der ganze Bezirk trifft sich im interreligiösen Zentrum. Auch ein paar Leute von Up With People wollen kommen.«

»Klingt viel versprechend.«

»Die treten oft in Stadien auf.«

»Ich habe sie beim Endspiel der Football-Meisterschaft in der Pause gesehen.«

»Waren sie nicht toll?«

»Das waren sie.«

»Und du und Mom, ihr geht zu einer Party?«

»Zu den Swopes.«

»Und dort betrinkt Mom sich dann.« Es war eine nüchterne Feststellung.

»Sag so was nicht, Darryl.«

»Warum nicht? Wenn es doch wahr ist.«

Sie klang gespenstisch sachlich, als ob sie von einem ungeratenen Haustier redete.

»Manchmal ist es trotzdem besser, etwas nicht zu sagen, auch wenn es wahr ist«, sagte er.

»David ist anderer Meinung«, erwiderte sie. Sie meinte Truax' Erzfeind Reverend Abernathy. »Er sagt, man muss laut und deutlich die Wahrheit sagen, wann immer man kann.«

Er ist nicht mit einer Alkoholikerin verheiratet, dachte Truax. Er hat nicht zehn Monate in der Hölle von My Song verbracht und er hat nicht eine Hand, die langsam abfault.

»Wahrscheinlich gibt es verschiedene Arten von Wahrheit.«

Darryl lachte ungläubig.

»Es gibt nur eine Wahrheit, Dad. Jesus.«

Truax wandte sich wieder dem Fernseher zu. Schakale waren über eine tote Gazelle hergefallen.

»Na dann«, sagte Darryl fröhlich. »Bis später, Dad.«

Sie sprang auf und trampelte aus dem Zimmer und zur Haustür hinaus. Truax rief ihr nicht nach, sie solle rechtzeitig zu Hause sein oder auf sich aufpassen. Bei ihr war das nicht nötig.

Dann kam Susan. Schweigend tauchte sie in der Tür zum Fernsehzimmer auf. Im Unterschied zu ihrer Schwester bewegte sie sich lautlos durchs Haus, kaum ein Luftzug verriet ihre Anwesenheit. Sie hatte in ihr übliches Outfit gewechselt – Jeans und ein marineblaues, rückenfreies Top. Keine Schuhe. Die sorgfältig gekämmten Haare fielen ihr lang über die Schultern. Sie glitt auf das Sofa, noch bevor das Kunstlederkissen, auf dem Darryl gesessen hatte, wieder seine ursprüngliche Form hatte annehmen können, und lehnte den Kopf an seine Schulter, genau wie sie es als kleines Mädchen getan hatte. Sie roch nach Erdbeeren und Seife.

»Was siehst du an?«, fragte sie.

»*Mutual of Omaha.*«

Sie rümpfte die Nase.

»Igitt.«

Am liebsten hätte Truax ihr über die Haare gestrichen – sie sahen so weich aus. Aber seine gute linke Hand war zwischen ihnen eingeklemmt, und mit dem Handschuh hätte er sie nie berührt.

»Du bleibst also heute Abend zu Hause?«, fragte er zärtlich.

»Muss ich wohl.«

»Und du weißt, was deine Mutter gesagt hat. Keine Besuche.«

»Natürlich. Ich bin doch nicht bekloppt.«

»Susan…«

Sie nahm den Kopf von seiner Schulter und sah ihn an. Sie wirkte mehr unglücklich als wütend.

»Ich wünschte, ihr beide würdet nicht so viel streiten«, sagte Truax bekümmert.

»Sie fängt an.«

»Sie macht sich nur Sorgen.«

Susan zuckte die Schultern.

»Um mich braucht sich niemand Sorgen zu machen.«

»Wir wollen doch nur, dass du glücklich bist, Susan.«

Susan fuhr hoch.

»Das ist es doch gerade, Daddy. Ich *bin* glücklich. Genau jetzt. Als kleines Mädchen war ich nicht glücklich, weil wir so oft umziehen mussten. Danach war ich nicht glücklich, weil du in diesem bescheuerten Krieg warst. Meiner hochwohlgeborenen Mutter war das völlig egal. Aber jetzt, wo ich glücklich bin, dreht sie durch.«

Sie stand auf.

»Susan…«

»Du willst, dass ich glücklich bin? Dann sag ihr, sie soll mich in Ruhe lassen.«

Bevor er sich noch eine Antwort überlegen konnte, stürmte sie hinaus, um sich in ihrem Zimmer wieder Sängerinnen anzuhören, deren Stimmen für das bisschen Kummer, den sie erlebt haben mochten, viel zu traurig klangen. An der Tür begegnete sie Irma, die jetzt das voluminöse Chiffonkleid trug, das sie für die Party gekauft hatte. Susan ignorierte sie. Irma sah ihr einen kurzen Augenblick spöttisch hinterher, dann wandte sie sich Truax zu. Sie schwankte kaum merklich, sichtbar nur für das Auge des Ehemannes.

»Fertig«, verkündete sie.

8

Wooten hatte sich am Samstag, bevor er zu Swopes Party ging, einen faulen Tag machen wollen. Zuerst wollte er lange ausschlafen, dann Sally anrufen und sich vergewissern, dass die Konditorei die Torte geliefert hatte, und anschließend mit den Mädchen bei Swensen zu Mittag essen und ihnen ein Bananensplit spendieren, damit sie nichts über den Berg Hackfleisch sagten, den er, Ardelias inquisitorischem Blick entronnen, vertilgte. Dann wollte er sich im Fernsehen zwei Stunden lang ansehen, wie seine geliebten Cards die Pirates zur Schnecke machten. Danach, nach zwei oder drei Bier, ein Nickerchen, dann eine lange, die Muskeln lockernde Dusche und schließlich der abendliche Spaziergang zu den Swopes. Einen Besuch in Apartment 27 dagegen schloss er kategorisch aus. Er wollte keinen Vorwand erfinden müssen, um das Haus verlassen zu können, keine Besorgung in irgendeinem Geschäft. Damit war er fertig, endgültig.

Seine Pläne wurden allerdings gleich wieder über den Haufen geworfen. Das Telefon klingelte, als er gerade das Haus verlassen wollte. Er erstarrte. Warum klingelte es eigentlich nie, wenn er zu einer unangenehmen Arbeit aufbrach? Er hätte zu seiner eigenen Hinrichtung unterwegs sein können und das Ding hätte keinen Mucks getan. Verbrachte er dagegen nur ein paar Minuten mit der Familie, maunzte es gleich los wie eine eingesperrte Katze. Ardelia hatte noch aus der Waschküche gerufen, er solle es doch klingeln lassen, aber das konnte er nicht. Seit zwanzig Jahren nicht mehr.

Am Telefon war Vince D'Armi, der Techniker, der am Wochenende in Newton Plaza Dienst tat. Er hatte eine unerfreuliche Nachricht – es war wieder eine Gaslaterne explodiert, diesmal in Juniper Bend. Schlimmer noch, der Hauseigentümer hatte bereits die Feuerwehr verständigt. Wooten fluchte. Savage wollte, dass solche Probleme intern gelöst wurden. Wenn die Zeitungen erst darüber berichteten, war die Hölle los. Er gab Ardelia rasch Bescheid, dann sprang er in den Ranchero und raste los. Er hoffte inbrünstig, dass er noch vor der freiwilligen Feuerwehr von Cannon County am Unglücksort eintraf.

Das mit den Explosionen hatte vor zwei Monaten angefangen. Davor hatte es mit den Laternen keinerlei Probleme gegeben. Vor jedem Haus stand eine, auf einem anderthalb Meter hohen gusseisernen Pfosten und mit einer Erdgasflamme, die ständig brannte. Sie waren billiger zu betreiben als herkömmliche Straßenlaternen und, wichtiger noch, sie gefielen Barnaby. Sie erinnerten ihn an früher, hatte er einmal erklärt, an die mit ihrem warmen, flackernden Licht getränkten Nächte seiner Kindheit im kleinstädtischen Kansas und an seine Zeit als Architekturstudent in Chicago. Als die erste Laterne explodiert war, hatten alle es für einen unglücklichen Zufall gehalten. Ohne Vorwarnung waren Stichflammen durch die vier Glasscheiben geschlagen. Die Laterne hatte ausgesehen wie eine Rakete, die sich mit der Spitze in die Erde gebohrt hatte. Die örtliche Feuerwehr hatte einen Wasserschlauch darauf gerichtet und dadurch alles noch schlimmer gemacht. Erst Wooten hatte bei seinem Eintreffen die Lage unter Kontrolle gebracht. Mit einem einfachen Schraubenzieher hatte er das Fach am Fuß der Lampe aufgeschraubt und den Absperrhahn zugedreht. Sofort war die Flamme erloschen, und der einzige Schaden waren einige rußgeschwärzte Glasscherben.

Die Ingenieure von EarthWorks hatten keine Ursache finden können. Wootens Vermutung, der einen Meter tief im Boden versenkte Gasdruckregler sei defekt, hatte sich, für ihn ungewöhnlich, als falsch herausgestellt. Der Regler war zwar herausgeschlagen worden, selbst aber vollkommen intakt. Das Problem musste tiefer liegen. Als vorbeugende Maßnahme hatte Wooten die Leitungen im Umkreis der explodierten Laterne mit einem Dichtungsmittel durchgespült, um möglicherweise lecke Dichtungen aus Jute und Gummi abzudichten. Man hatte das Problem schon abgehakt, als zwei Wochen später, fast zwei Kilometer von der ersten Unglücksstelle entfernt, eine zweite Laterne explodiert war. Eine Glasscherbe hatte das Gesicht eines Joggers nur um wenige Zentimeter verfehlt. Wieder war es Wooten, der das Feuer löschte, und wieder brachte die anschließende Untersuchung kein Ergebnis, obwohl die Lampe abmontiert und zum Hersteller eingeschickt wurde.

Wooten begann zu argwöhnen, dass das Problem damit nicht

vom Tisch war. Er hatte mit Erdgas zu tun, seit er fünfzehn war, und wusste, dass solche Explosionen eine konkrete Ursache haben mussten. Die nächsten beiden Explosionen bestärkten ihn in seinem Verdacht. Noch war niemand verletzt und nichts beschädigt worden, aber er wusste, dass dies nur eine Frage der Zeit war. Die Experten bekundeten nach wie vor Ratlosigkeit. Die bisher letzte Theorie stammte von einem hohen Tier aus Chicago. Ihr zufolge war die Ursache der Explosionen nicht ein technischer Defekt, sondern ein Planungsfehler der ganzen Anlage, eine Anomalie in der Verteilung des Drucks, die willkürliche, unvorhersehbare Schwankungen verursachte, die kein Regler auffangen konnte. Nach Meinung des Experten konnte man nur die ganze Anlage abschalten, und zwar für immer. Aber dann wäre es auf den Straßen von Newton Nacht gewesen, eine unannehmbare Situation zumal angesichts der jüngsten Schwierigkeiten. Außerdem wollte niemand zugeben, dass Barnabys Plan einen Fehler hatte. Deshalb setzte Savage auf eine Strategie der Schadensbegrenzung, in der Hoffnung, das Problem werde sich von selbst lösen.

Wooten blieb skeptisch. Er hielt die ganze Systemanalyse nur für heiße Luft. Wenn es eine Anomalie gab, dann in der Konstruktion der Lampe oder vielleicht der Leitungen. Deshalb musste man die Ärmel aufkrempeln und das Problem mit Werkzeugen angehen. Er hatte Austin seine Vermutung mitgeteilt und zur Antwort erhalten, ohne konkrete Beweise werde das Unternehmen niemals sechstausend Straßenlaternen ausgraben; die Hauptsache sei vorerst, das Problem aus der Presse herauszuhalten. Wooten sollte sich persönlich um schadhafte Lampen kümmern, die Feuerwehr sollte nur im äußersten Notfall zugezogen werden. Schließlich musste EarthWorks noch die Bauabschnitte III und IV fertig stellen, und potenzielle Käufer sollten nicht glauben, dass sie in die Nähe eines neuartigen Vesuv zogen.

Das heutige Feuer war identisch mit den anderen. Dieselbe lodernde Flamme, derselbe Kreis von Schaulustigen. Wooten griff nach dem Schraubenzieher, der jetzt immer griffbereit auf dem Armaturenbrett seines Wagens lag. Die Menschen machten ihm mit anerkennendem Gemurmel Platz. Wooten war ihr Mann. Er öffnete die Klappe und spürte, wie das Gas in unregelmäßigen

Stößen durch den Pfosten strömte und ihn erschütterte. Hitzewellen gingen über ihn weg und sein Rücken war auf einmal nass. Dann hatte er die Klappe aufgestemmt und drehte den Absperrhahn zu. Die Flamme erlosch mit einem keuchenden Laut. Er vergewisserte sich noch einmal, dass kein Gas mehr entwich, dann richtete er sich auf und sah sich nach Hausbesitzern um, die er beruhigen konnte. Stattdessen sah er jemanden, der ihm sehr viel weniger willkommen war. Über den Rasen kam Sheriff Ralph Chones auf ihn zu. Chones ging wie immer nach vorn gebeugt, als ziehe sein beträchtlicher Bauch ihn hinunter. Über seiner Uniform trug er eine leuchtend orangerote Weste, in seinem Mundwinkel hing eins jener Plastikstäbchen, mit denen man Kaffee umrührte. Der Sheriff starrte lange auf die rauchende Laterne, dann sah er Wooten an.

»Die Wievielte ist das jetzt, die Sechste?«, fragte er ohne Einleitung.

Das abkühlende Gehäuse der Laterne knackte.

»Die Fünfte.«

Chones streifte Wooten mit einem kurzen Blick, als sei er nicht sicher, ob er dem Bauleiter glauben könne. Wooten spürte einen Anflug von Ärger. Er hatte ein gutes Verhältnis zu Chones, aber der Sheriff deutete immer wieder an, dass er ihn nicht unbedingt ernst nahm. Eine Pause entstand, in der keiner der beiden etwas sagte. Schließlich brach das Gellen einer näher kommenden Sirene das Schweigen.

»Das ist wahrscheinlich das Löschfahrzeug«, sagte Chones und ließ das Plastikstäbchen durch den Mund wandern.

»Brauchen wir die Feuerwehr denn noch? Die Situation ist doch unter Kontrolle.«

»Sie wurde gerufen«, erwiderte Chones ausdruckslos.

Wooten fixierte ihn, doch der Sheriff erwiderte seinen Blick nicht. Die ersten geplatzten Äderchen als Folge übermäßigen Alkoholgenusses röteten seine Nase.

»Aber jetzt brauchen wir sie nicht mehr. Sie soll umdrehen, damit sie einsatzbereit ist, wenn es wirklich wo brennt.«

Chones streifte ihn wieder mit einem seiner kurzen Blicke, als habe er etwas Freches gesagt. Wooten spürte, dass er allmählich richtig wütend wurde. Das war doch lächerlich. Wenn die Feuerwehr kam, gab es einen Bericht, und dann erfuhr auch die Presse davon.

»Kommen Sie, Sheriff«, sagte Wooten. »Mir zuliebe.«

Chones hob die Augenbrauen, eine unergründliche Geste, die er offenbar nicht näher erläutern wollte. Die Sirene kam immer näher, und die Hausbesitzer beobachteten die beiden Männer. Wooten begriff, dass er das Problem nicht aus eigener Kraft lösen konnte. Er konnte nur eins tun, auch wenn er es nicht gern tat.

»Na gut, dann rufe ich Austin an, und Sie besprechen das mit ihm.«

Der triumphierende Ausdruck auf Chones' Gesicht verschwand. Der Sheriff sah auf seine Füße und drückte mit der Spitze seines blank polierten Schuhs an einer Grassode herum.

»Lassen Sie mal«, sagte er schließlich. »Rufen Sie Swope nicht an. Nicht an seinem Geburtstag.«

Wooten lächelte verbindlich, doch Chones hatte sich schon umgedreht und ging zu seinem Streifenwagen. Wooten sah, wie er telefonierte. Kurz darauf verstummte die Sirene. Wooten hob die Hand zum Dank, aber Chones sah nicht zurück. Er fuhr los und ließ Wooten mit erhobener Hand stehen.

Als Wooten nach Hause kam, war es schon nach vier. Also kein Hackfleisch, kein Spiel, kein Bier und ganz bestimmt kein Mittagschläfchen. Er wollte Austin anrufen, aber dort war besetzt. Egal – er konnte ihm auch auf der Party von dem Vorfall erzählen. Er duschte ausgiebig, ließ siedend heißes Wasser über die verspannten Muskeln an Schultern und Nacken strömen. Dabei dachte er noch einmal an das Gespräch mit Chones. Typen wie ihn kannte er zu Genüge. Wenn denen ein Schwarzer sagte, ein Löwe wolle sie beißen, sahen sie ihn an, als hätte er den Verstand verloren, und wenn der Löwe sie dann biss, schimpften sie ihn, weil er sie angeblich nicht gewarnt hatte. Wooten hatte Swopes Namen nur höchst ungern ins Spiel gebracht, aber er wusste, das Chones, der ab September für öffentliche Sicherheit und Ordnung in Newton zuständig sein sollte, alles tat, was Swope sagte. Und Wootens Stolz war hier unwichtig. Was zählte, waren allein die Firma und die Stadt.

Plötzlich kam ihm ein boshafter Gedanke. Wenn Holmes nun

doch Recht hatte und Savage ihn zum Stadtmanager machen wollte? Die erste Begegnung mit Chones nach der offiziellen Bekanntgabe wäre eine Genugtuung. Er würde ihn natürlich trotzdem zum Sicherheitschef machen, schließlich war Chones ein fähiger Polizist. Aber zuerst würde er ihn eine Weile schwitzen lassen. Wooten genoss die Vorstellung wie eine gute Zigarre, von der er wusste, dass sie in den ersten fünf Minuten am besten schmeckte.

Beim Aussteigen aus der Dusche kam ihm noch ein Gedanke, einer, an den er bisher nicht gedacht hatte und der seine Tagträume plötzlich sehr viel realer aussehen ließ. Wenn man in Chicago nun überraschend auch große Pläne mit Austin hatte? Wenn man ihn in die Zentrale holen und gleich zum Vizepräsidenten befördern wollte? Dann war die Stelle des Managers von Newton frei. Vielleicht stimmte das Gerücht ja. Fantastisch wäre es natürlich, eine angemessene Belohnung für sie beide. Am liebsten hätte er den Freund gleich angerufen und ihm seinen schönen Verdacht mitgeteilt. Schließlich hatte Swope heute Geburtstag. Doch er wusste, dass er Savage nicht provozieren durfte, nicht in einer so angespannten Zeit. Es wäre töricht, sich alles zu verderben, nur weil er nicht den Mund halten konnte. Das Gespräch mit Austin musste warten.

Ardelia stand am Waschbecken, als er aus der Dusche kam. Sie hatte BH und Unterrock an und machte sich vor dem großen Spiegel das Gesicht zurecht. Ihr hatte er auch nichts von Savages Anruf gesagt, er wartete noch auf den richtigen Augenblick. In einer Wolke aus Dampf ging er zu ihr, legte ihr die Hände um die Hüften und drückte den Kopf seitlich an ihren Hals.

»Mmmm«, summte sie, schloss die Augen und lehnte sich an ihn. »Krise behoben?«

»Natürlich.«

»Und die Torte? Hast du Sally angerufen?«

»Ist heil angekommen.«

»Ihr Männer und eure Spielsachen«, sagte sie mit gespielter Missbilligung.

»Er freut sich sicher wahnsinnig darüber.«

»Sicher«, sagte sie. »Das schmeichelt seinem Sinn fürs Grandiose.«

»Nicht mehr, wenn ich sie angeschnitten habe.«

»Joel ist heimgekommen«, sagte sie, ernst geworden.

Wooten ließ sie los. Ihre Blicke trafen sich auf dem beschlagenen Spiegel.

»Earl, du hast das wirklich lange genug aufgeschoben.«

Er drehte sich um und ging zum Bett, wo sie ihm seine Kleider zurechtgelegt hatte. Nach langem Hin und Her hatte er sich für einen marineblauen Blazer und graue Hosen entschieden, dazu ein weißes Hemd ohne Krawatte. Ardelia wollte das saphirblaue Kleid anziehen, das ihr so gut stand. Im letzten Jahr war er sich in seinem erbsengrünen Safarianzug ziemlich exzentrisch vorgekommen, obwohl die weißen Männer noch viel knalligere Farben getragen hatten.

»Hat das nicht noch Zeit?«, sagte er hilflos.

»Earl, der Junge kommt in zwei Monaten aufs College, auf eine gute Schule mit lauter blitzgescheiten Kindern. Und ich will auf keinen Fall, dass er dort in seinem Zimmer sitzt und Susan Truax nachtrauert, während er sich eigentlich mit Englischaufsätzen und Trigonometrie beschäftigen sollte.«

Sie hatte sich in Fahrt geredet.

»Glaubst du vielleicht, die Professoren merken das nicht? Glaubst du, die sagen einfach: ›Macht doch nichts, mein Lieber, wir wissen, dass Sie mit einer kleinen Schlampe …‹«

»Ardelia …«

»Tut mir Leid, aber das ist sie doch, süß wie sie ist, die kleine Schlampe aus Maryland – also, dass Sie mit einer kleinen Schlampe zusammen sind, aber wir geben Ihnen einfach dieselben Noten wie den anderen, Mr. Wooten. Seien Sie unbesorgt, wenn Sie im Test nur sechzig Punkte bekommen haben, wir geben Ihnen trotzdem eine Zwei, weil schwarze Jungs, die von blonden Freundinnen träumen, bei uns grundsätzlich einen Bonus haben. Von wegen! Und wenn er dort ein Mädchen kennen lernt, das noch was anderes kann als Kaugummis platzen lassen? Schwarz, weiß, egal was. Was sagt er dann? Tut mir Leid, aber mein Herz gehört dem Mädel vom Supermarkt?«

Wooten ging langsam auf sie zu und brachte sie mit einem Kuss zum Schweigen.

»Also?«, sagte sie, als er sie wieder losließ.

»Du bist ohne Zweifel der größte Snob, den ich kenne. Verglichen mit dir ist Sally Swope eine Mutter Teresa.«

»Ich will nur das Beste für Joel. Das weißt du.«

»Natürlich weiß ich das.«

Ardelia sah ihn mit erwartungsvoll hochgezogenen Augenbrauen an.

»Na gut«, sagte er gequält. »Ich rede mit ihm.«

Beim Anziehen ließ er sich Zeit. Er freute sich keineswegs auf das Gespräch mit Joel, erst recht nicht nach der Auseinandersetzung vom Dienstagabend. Dienstag war ein anstrengender Tag gewesen. Das Fischsterben hatte angefangen, und er hatte mit Vota gestritten. Und als er endlich zu Hause am Esstisch saß, hatte Ardelia, wie um Salz in seine Wunden zu streuen, wieder eine fettarme Mahlzeit vor ihn hingestellt. Während er in gedünstetem Broccoli und gekochtem Kabeljau herumstocherte, hatte Joel etwas von Muhammad Ali gesagt. Wooten, dessen Laune so schlecht war wie das Wasser im See von Newton, hatte reagiert, ohne nachzudenken.

»Du meinst Cassius Clay?«, fragte er mit Spott in der Stimme.

»Ich meine Muhammad Ali«, erwiderte Joel scharf.

»Muhammad Ali, verschone mich damit.«

»Bitte, Kinder«, sagte Ardelia müde. »Das ist doch nur ein Boxer.«

»Aber jetzt heißt er eben so«, beharrte Joel.

»Wer sagt das? Seine Eltern bestimmt nicht.«

»Aber der Anführer der Black Muslims, der Ehrenwerte Elijah Muhammad.«

»Von wegen ehrenwert«, spottete Wooten. »Ich sage dir was: Selbst wenn ich mich Ali Baba nennen würde, bliebe ich doch derselbe. Da ziehe ich doch den Hut vor Joe Frazier.«

»Wie du willst«, sagte Joel. »Vor einem Schläger.«

Ardelia erstarrte und die Mädchen verstummten.

»Junger Mann«, sagte Ardelia im Kommandoton der stellvertretenden Schulleiterin.

Wooten legte die Gabel hin und zeigte auf seinen Sohn.

»Lass dir eins sagen. Joe Frazier strengt sich wenigstens an. Er spuckt nicht nur große Töne und erfindet alle möglichen Namen für sich. Er verkehrt nicht mit lauter Hochstaplern, die sich für die Stimme der Entrechteten halten.«

»Blutdruck, Earl…«, sagte Ardelia beschwichtigend.

Doch Wooten war nicht mehr zu bremsen. »Der Mann tut seine Arbeit, von Runde eins bis fünfzehn. Wenn er gewinnt, bekommt er Geld, wenn er einen auf den Deckel bekommt, ebenfalls. Wenn ihn das zu einem Schläger macht, bitte…«

Wooten sah den verletzten Blick in Joels Augen und brach ab. Erst jetzt merkte er, dass er eigentlich gar nicht mit seinem Sohn streiten wollte, zumindest nicht über etwas so Banales.

»Jedenfalls muss man einen solchen Mann respektieren«, sagte er leiser.

Seitdem hatten sie praktisch kaum mehr miteinander geredet. Was falsch war, denn Joel würde sie in wenigen Monaten verlassen. Wooten hatte ja auch nicht wirklich Streit mit seinem Sohn. Joel war ein guter Junge, ein prächtiger Junge. Sicher, manchmal war er aufsässig und frech. Sie hatten schon über Kleider, Haare, Musik und eben dieses Großmaul Cassius Clay gestritten, aber tief drinnen respektierten sie einander. Wenn Wooten manchmal die Kinder sah, mit denen seine Freunde und Kollegen sich herumplagen mussten, dankte er seinem glücklichen Schicksal. Allerdings wusste er, dass in Jungen Dinge vorgingen, die sich äußerer Kontrolle entzogen, dass unsichtbare Kräfte auf sie einwirkten, wenn man nicht aufpasste, und sie veränderten, sie Dinge tun ließen, die nicht zu ihrem Charakter passten. Deshalb machte ihm das Mädchen von den Truax' ja so zu schaffen. Auch er wollte, dass Joel die Beziehung zu Susan abbrach, aber nicht aus Ehrgeiz wie Ardelia, sondern aus einem tieferen Grund, der nichts mit Joels Noten zu tun hatte oder damit, ob das Mädchen eine Schlampe war. Nein, er fürchtete die alte, tödliche Formel »schwarze Männer – weiße Frauen«. Das ging nie gut. Es war wie ein böser Zauber, der bei allen die schlechtesten Eigenschaften zutage förderte, vor allem, so schwer es zuzugeben war, bei den Männern. Wooten hatte es zu oft erlebt, um sich von den guten Absichten eines Barnaby Vine oder der unerschütterlichen Mutterliebe einer Ardelia vom Gegenteil überzeugen zu lassen.

Er war fertig mit Anziehen und ging über den Flur zu Joels Zimmer. Er musste zweimal klopfen, um die Musik zu übertönen.

»Ja?«

Wooten machte die Tür auf. Joel saß in einem lavendelfarbenen T-Shirt und ausgestellten Jeans auf dem Bett. Seine mittellangen Haare hatte er zu einem gemäßigten Afrolook ausgekämmt. Er starrte auf eine Plattenhülle mit dem pastellfarbenen Bild eines Schwarzen, der über eine Wüste blickte. Aus den Augen des Schwarzen schoss ein heller Lichtstrahl.

livin' just enough

Wooten wartete auf eine Pause des Liedes. Musik war ein weiterer Streitpunkt zwischen ihnen. Als sie vor einigen Wochen im Auto unterwegs gewesen waren, war im Radio ein Lied mit dem Titel »*Patches*« gekommen, eine sentimentale Ballade über einen Schwarzen, dessen Mutter versuchte, ihn in ärmlichen Verhältnissen aufzuziehen, wie Wooten sie so gut kannte. Wooten hatte die tremolierende, traurige Stimme des Schwarzen gehört, der offenbar wusste, wovon er sang, und dann ganz plötzlich und unerwartet feuchte Augen bekommen. Großer Fehler. Joel, dem keine Schwäche des Vaters entging, hatte es bemerkt. Er hatte nichts gesagt, aber später hörte Wooten, wie er in seinem Zimmer mit Teddy den Refrain des Liedes johlte. Die beiden hatten herumgealbert wie die verdorbenen Kinder, die sie manchmal waren.

»Darf ich reinkommen?«

Joel zuckte die Schultern. Wooten zog sich den Schreibtischstuhl her und drehte ihn herum, damit er die Arme auf die Lehne auflegen konnte.

»Kann ich das ein bisschen leiser stellen?«

Wieder zuckte Joel die Schultern. Wooten drehte die Lautstärke etwas herunter.

»Und?«, fragte er kameradschaftlich. »Was hast du heute Abend vor?«

»Vielleicht mach ich was mit Teddy.«

»Kommt ihr zu Swopes Geburtstagsparty?«

»Um zuzusehen, wie die Alten sich voll laufen lassen? Nein danke.«

Wooten lächelte gezwungen.

»Nicht alle lassen sich voll laufen. Nur die meisten.«

Joel zuckte wieder mit den Schultern. Wooten suchte nach einer passenden Einleitung.

»Wir haben uns nie richtig über die Schlägerei im Jugendzentrum unterhalten«, sagte er schließlich.

»Das waren Idioten.«

»Warst du auch verwickelt?«

Joel verzog das Gesicht.

»Hör auf, nee.«

»Wie ich höre, waren es Auswärtige.«

»Kommt drauf an, was du unter auswärtig verstehst.«

»Na, eben Leute von außerhalb der Stadt.«

»Waren welche dabei. Aber auch Jungs aus Renaissance Heights.«

»Und du warst mit Teddy zusammen?«

»Ja. Er wollte sich auch nicht schlagen.«

»Überrascht mich nicht. Sich vorzustellen, dass Teddy Swope herumschlägert...«

Vater und Sohn mussten beide lachen.

»Teddy ist mehr der Diplomat«, sagte Wooten. »Wie sein Vater.«

»Stimmt. Er hat sich schnellstens durch den nächsten Ausgang verpisst.«

Froh über den witzelnden Ton, den das Gespräch angenommen hatte, ließ Wooten das ordinäre Wort durchgehen.

skyscrapers and everything

»Gehst du wieder hin, wenn das Zentrum aufmacht?«

Joel schüttelte den Kopf.

»Schade. Für Mr. Vine sollte es ein Treffpunkt für alle sein.«

»Da hat sich dein Mr. Vine eben getäuscht.«

Wooten ließ auch das durchgehen.

»War Susan auch dabei?«

Joel sah abrupt auf. Dann nickte er.

»Sie hat wahrscheinlich ziemlich Angst gehabt.«

Joel nickte misstrauisch.

»Wie geht es ihr? Ich sehe sie gar nicht mehr.«

»Sie war öfter da. Du warst auf der Arbeit.«

get in the cell nigger

Wooten sah einen der Lautsprecher an.

»Wer singt das?«

»Stevie Wonder.«

Wooten hörte einen Augenblick zu, dann wandte er sich wieder an seinen Sohn.

»Joel, wir müssen über Susan reden.«

Joel nickte nicht und sagte nichts, er starrte seinen Vater nur abwartend an.

»Deine Mutter und ich finden, ihr solltet nicht übertreiben.«

»Wie nicht übertreiben?«

In der Stimme seines Sohnes schwang ein herausfordernder, fast verächtlicher Unterton. Wooten überlegte, ob Joel womöglich von seinen Besuchen in Apartment 27 wusste, schob den Gedanken aber schnell wieder beiseite. Davon wusste niemand.

»Indem du dich ausschließlich auf sie konzentrierst und andere Dinge vernachlässigst«, erklärte er geduldig.

»Was für andere Dinge?«

»Die Schule zum Beispiel …«

»Es sind Sommerferien.«

»Aber dein letztes Zeugnis hätte besser sein können. Ich meine, Zweier sind in Ordnung, aber nicht gerade eine Empfehlung fürs College.«

»Ich schaff das schon im College.«

»Niemand behauptet das Gegenteil. Sieh mal …«

»Der Grund ist doch, dass sie weiß ist, ja?«

»Überhaupt nicht«, sagte Wooten zu schnell.

»Doch, genau das.«

livin' just enough

Wooten holte tief Luft.

»Deine Mutter und ich würden das auch sagen, wenn sie eine andere Hautfarbe hätte, wenn sie Chinesin wäre oder …«

»Du hast Angst.«

Wooten fühlte Wut in sich aufsteigen.

»Wie bitte?«

»Du hast Angst vor weißen Frauen.«

»Woher willst du … das stimmt nicht.«

»Was soll das heißen, das stimmt nicht? Was wäre passiert, wenn du zu deiner Zeit mit jemand wie Susan gegangen wärst?«

»Die Zeiten haben sich geändert.«

»Du glaubst es aber nicht. Du siehst mich mit ihr zusammen und schon gerätst du in Panik.«

»Darum geht es doch überhaupt nicht.«

Joel sah weg und schüttelte den Kopf.

»Ich weiß, worum es geht«, sagte er schließlich. »Auch wenn du es nicht weißt.«

Wooten stand mühsam beherrscht auf. Er wollte nicht mit seinem Sohn streiten. Einmal in der Woche reichte.

»Du irrst dich, Joel. Dass sie weiß ist, tut nichts zur Sache. Ich finde nur…«

»Was?«

Wooten wusste nicht, was er sagen sollte.

»Und was passiert jetzt?«, fragte Joel.

»Was soll jetzt passieren?«

»Darf ich sie nicht mehr sehen oder was?«

»Ich wollte nur mit dir reden. Dich bitten, langsam zu tun.«

Joel sah weg, die Lippen zusammengepresst.

»Ich komme schon zurecht.«

Das Lied spielte weiter, immer wieder denselben Vers. *Livin' just enough.* Wooten sah seinen Sohn noch einige Takte lang hilflos an, dann ging er aus dem Zimmer.

Vor dem Haus wartete er auf Ardelia. Das fruchtlose Gespräch mit Joel ging ihm durch den Kopf. Der Junge hatte Unrecht, in jeder Beziehung. Er hatte doch keine Angst vor weißen Frauen. Er hatte vor niemandem Angst. Joel musste nur wissen, dass das mit den Gefühlen nicht so einfach war, wie er es sich vorstellte. Aber mit Joel zu reden war sinnlos. Er war hoffnungslos in das Mädchen verknallt.

Wooten sah an seinem Haus hinauf und wünschte, er könnte Joel davon überzeugen, dass er nur sein Bestes wollte. Dazu brauchte man sich doch nur das Haus anzusehen. Das stattlichste Haus der ganzen Stadt, ohne Schnickschack und von Wooten selbst entworfen. Barnaby hatte angeboten, die Pläne für ihn zu zeichnen, aber Wooten hatte abgelehnt, hatte endlich den Traum verwirklichen wollen, der ihn durch dreißig Jahre harter Arbeit und langer Überstunden getragen hatte. Sein Leben lang hatte er Leute, die nicht einmal einen Hammer halten konnten, davon reden hören, wie sie sich ein Haus bauen wollten. *Er* hatte sich wirklich ein Haus gebaut, hatte es an seinen freien Abenden entworfen und den Bau in jeder freien Minute überwacht. Den ersten Rahmen hatte er einreißen lassen, nachdem er festgestellt hatte, dass die Balken verzogen waren. Die ersten Dachziegel minderwertiger Qualität hatte er zurückgeschickt. Es war eine solche Genugtuung, einmal selbst der mäkelnde Kunde zu sein statt der gescholtene Bauunternehmer. Und das Ergebnis konnte sich sehen lassen. Eine schlichte, klare Fassade, ein schöner Garten, auf jeder Seite zwei von Giebeln gekrönte Dachgauben, Walmdach, große Fensterläden, die nur der Zierde dienten, und die Wände in einem Grün angemalt, das wunderbar zu dem Laub der Umgebung passte. Nichts erinnerte an das Leben, das hinter Wooten lag, keine zerbrochenen Ziegel, kein eingesacktes Dach, keine nicht schließenden Türen. Der sanft abfallende Rasen und die geschwungene Auffahrt hießen Besucher willkommen. Warum konnte Joel nicht verstehen, dass das alles für ihn war?

Um sich abzulenken, dachte er an das bevorstehende Fest. Er wartete schon ungeduldig darauf, dass Austin sein Geschenk sah. An jedem Geburtstag versuchten die beiden Freunde einander auszustechen. Das war so seit dem ersten Jahr ihrer gemeinsamen Arbeit. Damals hatte Swope Wooten halb im Scherz einen teuren Kompass für das Auto geschenkt, damit er sich in der Stadt, die eine einzige Baustelle war, nicht verirrte. Wooten hatte sich zwei Monate später mit dem handgearbeiteten Namensschild aus Kirschholz revanchiert, das jetzt an einem Pfosten neben dem Eingang von Swopes Haus hing. Im April dieses Jahres hatte Austin Wooten in sein Büro kommen lassen und ihm eine Angelrute der Spitzenklasse überreicht – er wusste, dass Wooten unbedingt im See von Newton fischen wollte, sobald es dort Fische gab.

»Ich hätte nichts dagegen, das Ding sofort auszuprobieren«, hatte Wooten gesagt und die Angel in der Hand gewogen.

»Dann tu's doch.«

»Hier im Büro?«

»Nein«, erwiderte Swope. »Draußen, wo es zählt.«

Sie sahen einander an und lächelten. Sie wussten, dies war ihre Stadt, und sie konnten hier tun und lassen, was sie wollten.

»Warum eigentlich nicht, Herr Anwalt«, hatte Wooten gesagt.

Swope organisierte ein Ruderboot von dem zerknitterten Alten, der am ersten der drei Piers am See einen Bootsverleih betrieb. Als die beiden Männer an Bord gingen, hatte sich am Rand der Plaza eine kleine Menge von Schaulustigen versammelt. Wooten wusste, dass hinter den getönten Scheiben des Hochhauses auch die Angestellten von EarthWorks zu ihnen heruntersahen, aber es kümmerte ihn nicht. Heute war sein Geburtstag, heute würde er seine neue Rute ausprobieren. Während Swope zur Seemitte hinausruderte, zog er die Schnur auf. Als Gewicht verwendete er einen Schlüssel von dem dicken Schlüsselbund, den er mit sich herumtrug.

»Bereit?«, fragte Swope, als sie ein gutes Stück vom Ufer entfernt waren.

»Bereit«, erwiderte Wooten.

Er begann die Angel auszuwerfen. Zuerst war es schwer – er hatte vor allem als Kind am Mississippi gefischt und sich dazu selbst aus grünen Ästen Ruten geschnitten, die gegen ihn zurückschlugen wie die strafende Hand eines Vaters. Die neue Rute aus Fiberglas war dagegen viel elastischer. Sie neigte sich über das Wasser wie eine Wünschelrute und richtete sich dann gravitätisch wieder auf. Seine ersten Versuche waren falsch berechnet. Der Schlüssel klatschte nur wenige Meter vom Aluminiumrumpf des Bootes auf das Wasser.

»Ach so geht das«, rief Swope lachend. »Man nähert sich den Fischen von hinten und schlägt sie dann bewusstlos.« Er saß mit gelockerter Krawatte zurückgelehnt am Bug und genoss die warme Frühlingssonne und den seltenen Anblick eines verlegenen Earl Wooten.

Am Ufer standen immer noch Gaffer, die nicht fassen konnten, dass die beiden mächtigsten Männer der Stadt am hellen Werktag auf einem See ohne Fische fischten.

»Gibt mir noch etwas Zeit«, sagte Wooten.

Und dann hatte er es heraus. In hohem Bogen flog der Schlüssel durch die Luft, blitzte in der Sonne auf und landete sanft auf dem unbewohnten Wasser.

»Jawohl, Sir«, sagte Wooten und holte die Schnur ein. »Das ist mir ein feines Stück.«

Die nächste halbe Stunde verbrachten sie auf dem See und redeten über Arbeit und Familie, während Wooten sich im Auswerfen der Angel übte. Es war eine jener seltenen Gelegenheiten, bei denen Swope offen über sich sprach. Über eine halbe Stunde lang erzählte er von den Enttäuschungen der Vergangenheit und seinen Hoffnungen für die Zukunft. Sein Hauptthema war Teddy. Wooten wusste bereits, dass Teddy Swope viel bedeutete, aber wie viel, das begriff er erst an diesem Tag. Teddy sollte einmal das Leben führen, das Swope vorenthalten geblieben war. Er sollte nie kämpfen und sich plagen, nie sich selbst Eltern und Freund sein müssen. Keine Tür sollte ihm verschlossen bleiben, und wenn Swope sie persönlich eintreten musste. Wooten wusste, dass Swope eine unglückliche Jugend in einem Arbeiterviertel gehabt hatte, aber er hatte keine Ahnung gehabt, wie sehr sein Partner deshalb nach Sicherheit und Erfolg hungerte. Noch klarer wurde ihm das, als das Gespräch sich Sally zuwandte. Mit einer Stimme, die so leise war, dass Wooten sich vorbeugen musste, um sie zu verstehen, sagte Swope, er habe in den ersten Jahren seiner Ehe ständig das Gefühl gehabt, die Frau, die ihm zuliebe ein finanziell gesichertes Leben in Grosse Pointe aufgegeben hatte, zu enttäuschen. Fast zehn Jahre lang hatte sie mit ansehen müssen, wie Männer mit guten Beziehungen sich die Spitzenjobs sicherten und Mitglieder in den besten Clubs wurden, während ihr Mann als Grundstücksmakler schuftete. Erst in letzter Zeit hatte sich bei ihm das Gefühl eingestellt, dass er ihr endlich das Leben bieten konnte, das ihr zustand. Wooten hörte zu, ohne ihn zu unterbrechen; er wusste, was Swope jetzt brauchte. Er sah ihn von einer ganz neuen Seite, sah die Unsicherheit, die Verletzlichkeit unter dem stählernen Panzer seines Ehrgeizes. Während Swope sprach, zerstreute sich die Menge auf der Plaza. Als sie zum Ufer zurückkehrten, erwartete sie dort nur noch der Alte vom Bootsverleih.

»Und?«, fragte er belustigt, als sie ausstiegen. »Was gefangen?«

»Wir haben die Fische wieder zurückgeworfen«, erwiderte Swope kalt und starrte ihn an. Der Alte begriff, dass er zu weit gegangen war, und verschwand eilig.

Die beiden Freunde brachen in Gelächter aus. Sie lachten, bis sie wieder in ihren Büros waren, bei der Arbeit und der Stadt, die sie noch fertig bauen mussten.

»Erfolg gehabt?«

Ardelia stand in der Tür und sah in der Dämmerung so schön aus wie eh und je, genau die Frau, die an einem schönen Sommerabend aus einem solchen Haus treten musste. Ein Meter fünfundsiebzig groß, funkelnde dunkelgrüne Augen und eine leuchtend braune Haut. Die langen Haare hatte sie mit einem System von Nadeln und Klammern hochgesteckt, das komplizierter war als das Dach des Pavillons von Newton. Ihrem Körper sah man die fünf Kilo, die sie nach der Geburt der Zwillinge zugelegt hatte, nicht an; sie waren perfekt verteilt.

»Du siehst vielleicht gut aus.«

»Du auch«, erwiderte sie. »Ein bisschen zu viel Bing Crosby für meinen Geschmack, aber nicht schlecht.«

»Tja, was tut man nicht alles.«

Sie gingen den Merlin's Way entlang, ein von Bäumen überschattetes, gewundenes Sträßchen, das ihr Haus mit Prospero's Parade verband, der Sackgasse, an der Swopes Haus lag. Mystic Hills war nie schöner als um diese Zeit, wenn sich unter den Bäumen Licht und Schatten mischten. Hier war die beste Wohnlage von Newton, zweihundert Hektar Wald südöstlich des Sees mit großen, diskret über einige Hügel verteilten Grundstücken. Die Häuser waren im Unterschied zu den schnurgeraden Reihen identischer, mit Aluminium verkleideter Häuser der anderen Ortsteile alle in verschiedenen Stilen erbaut. Es gab Häuser mit Giebeldächern und großen Kaminen, repräsentative Villen, Fachwerkhäuser, Häuser im Kolonialstil, mit Schindeln verkleidete Häuser mit Mansardendächern und Häuser mit großen Veranden aus Redwood, von denen man auf Eichenwäldchen blickte. Hier wohnten die Prokuristen von EarthWorks und die Hand voll Anwälte aus Washington, die Swope nach Newton hatte locken können. Vine war über die nicht vorgesehene exklusive Sonderentwicklung des Ortsteils nicht erfreut gewesen, aber Swope und Wooten hatten sich stillschweigend über ihn hinweggesetzt.

»Also?«, fragte Ardelia.

»Er glaubt offenbar, ich hätte Angst vor weißen Frauen.«

»Und hast du das?«

Wooten sah sie finster an.

»Das ganze Gespräch war doch deine Idee«, sagte er.

»Das schließt nicht aus, dass du solche Gedanken hast.«

»Solche … du weißt, ich habe niemals solche Gedanken, Frau.«

Sie summte melodiös.

»Es ist mir klar, dass es schwierig sein kann, wenn ein Schwarzer mit einem weißen Mädchen geht«, sagte er. »Auch heute noch und in dieser Stadt. Aber deswegen würde ich doch Joel nicht verbieten, sie zu sehen. Niemals.«

»*Ich* glaube dir, Schatz.«

Sie gingen eine Weile schweigend weiter.

»Also gut. Ich rede noch mal mit ihm.«

»Das ist gut«, sagte sie wie zu einem aufsässigen Schüler.

Wooten sah den Zeitpunkt für gekommen, an dem er ihr von seiner Reise erzählen wollte.

»Ich fliege Freitag nach Chicago«, sagte er so beiläufig wie möglich. »Ich glaube, Savage hat eine neue Stelle für mich.«

Sie wurde ernst.

»Ach ja? Wo denn?«

»Vielleicht hier.«

»Und als was?«

»Citymanager.«

Sie blieb stehen und sah ihn an.

»Aber das wird doch Austin. Was sagt er denn dazu?«

»Ich darf ihm nichts von der Reise sagen.«

»Verstehe ich das richtig: Du fliegst heimlich nach Chicago und besprichst mit den Leuten dort, wie du Austin aushebeln kannst?«

»Das darfst du nicht sagen.«

»Was dann?«

»Erstens mal gilt die Geheimnistuerei nicht Austin. Das ist einfach Savages Stil. Und wenn sie mir anbieten, Citymanager zu werden, dann nur, weil sie etwas Besseres für ihn haben.«

»Bist du sicher?«

»Natürlich bin ich das. Mensch, Ardelia, ich hab doch nie was vor Austin geheim gehalten, es sei denn, es war für ihn und mich gut. So bin ich nicht. Du kennst mich doch.«

Die Worte widerten ihn an, noch während er sie aussprach. Obwohl das hier etwas anderes war. Das andere ja, das war, was es war, aber damit hatte er Schluss gemacht.

»Aber ich verstehe immer noch nicht, warum du Austin nicht wenigstens sagen kannst, dass etwas im Anmarsch ist.«

»Wie sieht das denn aus, wenn Savage merkt, dass ich seine Anweisung missachte, gerade wenn er mir eine Bombenstelle anbieten will?«

»Er glaubt dann wahrscheinlich, dass du genau so bist wie die ganze Schlangenbrut in Chicago.«

»Ich kann mir nicht leisten, wie die anderen zu sein, das weißt du. Nein, das hier ist doch nur … Politik. Du weißt, wie das geht.«

Sie gingen schweigend weiter durch die Dämmerung, und nur das Kratzen ihrer Schuhe auf dem frischen Asphalt war zu hören. Wooten spürte, wie in seiner Frau eine Veränderung vor sich ging.

»Citymanager«, sagte sie leise. »Schön wäre es schon.«

»Nicht wahr?«

»Wir könnten hier bleiben.«

Sie überließen sich eine Weile ihren Gedanken.

»Und du bist sicher, dass es Austin recht ist? Schließlich redet er seit fünf Jahren von der Stelle.«

»Ardelia, ich versichere dir, wenn die ihm einen Spitzenjob in Chicago anbieten, vergisst er Newton. Wenn es so kommt, wie ich vermute, steht Austin von uns allen zuletzt am besten da.«

Wie auf ein Stichwort kam Swopes Haus in Sicht. Anders als Wooten hatte Swope den Entwurf Vine überlassen. Das Ergebnis war umwerfend. Am Ende einer kurzen Sackgasse gelegen, war das Gebäude von vorn einstöckig, doch wurden daraus nach hinten drei Stockwerke. Zwei parallele Dächer schwangen sich herab, unterbrochen nur von je einem halben Dutzend Fenster, die aussahen wie die halb geöffneten Augen eines trägen Reptils. Die Eingangstür war in eine sechs Meter hohe Glaswand eingelassen. Vor dem Haus erstreckten sich viertausend Quadratmeter frisch gemähten Rasens, unterteilt durch Eisenbahnschwellen und mit Sägespänen bedeckte Flächen. Nach hinten erstreckte sich eine

Veranda auf zwei Ebenen und dahinter kamen noch einige tausend Quadratmeter Rasen um einen Gartenpavillon mit einer violett leuchtenden Insektenfalle, die im Sommer die ganze Nacht über knisterte. Das Anwesen war von Ahornbäumen und dicken Eichen eingefasst, die hier schon seit Generationen standen, als hätten sie nur darauf gewartet, bis sie ihren Schatten auf eine so schöne Villa werfen konnten. Am Randstreifen der Sackgasse parkten bereits Autos, von hinter dem Haus kam Musik. Ardelia und Earl Wooten blieben stehen.

»Bereit?«, fragte Ardelia.

Wooten nickte grimmig.

»Bereit wie immer.«

9

Swope stand auf der oberen Ebene der Veranda und ließ den Blick über den Garten hinter dem Haus schweifen. Hier sah es aus wie in einem mittelalterlichen Feldlager. Neben dem von wildem Wein überrankten Pavillon hatte man ein großes, gestreiftes Zeltdach errichtet, dessen herunterhängende Ränder in einem kaum wahrnehmbaren Luftzug flatterten. Zehn Meter rechts davon standen in einer Reihe fahrbare Kochstellen, an denen zwei Köche mit wie Schwerter blitzenden Messern Schweinefleisch aufschnitten und Shrimps köpften. Am Rand des Gartens steckten in regelmäßigen Abständen Fackeln im Boden, deren schwarzer Qualm ganz langsam in das Laub der überhängenden Zweige abzog. Auf der Veranda, auf der Swope stand, hatte man die Gartenmöbel weggeräumt, um Platz für die Gäste zu schaffen. Der Barmann vom Cross Keys Inn legte auf dem langen Tisch, der diagonal zu der gläsernen Schiebetür stand, Maraschino-Kirschen, Cocktailspießchen, Servietten und Plastikbecher aus. Auf der unteren Ebene der Veranda standen in Reih und Glied 4-Liter-Flaschen mit Gordon's, Smirnoff und Johnny Walker. Auch Wein gab es, eine Kiste italienischen Roten und eine mit spanischem Weißen, außerdem ein großes stählernes Fass mit eisgekühltem Bier. Der Barmann war Gott sei Dank der einzige schwarze Bedienstete an diesem Abend. Ein Dutzend von Swopes Gästen waren Schwarze, und er hatte erlebt, wie heikel das werden konnte, vor allem wenn jemand etwas verschüttete. Er hatte sich deshalb anderweitig umgehört und schließlich einen Partyservice ausfindig gemacht, der Filipinos beschäftigte. Angeblich bewegten sich Filipinos unter Gästen lautlos wie Dschungelguerillas. Und um ihre Würde machte sich niemand Gedanken.

Er sah auf die Uhr. Fast sieben. Bald kamen die ersten Gäste. Er vergewisserte sich noch einmal in Gedanken, dass er an alles gedacht hatte. Essen, Getränke, Personal, Musik – Teddy hatte auf der Veranda Lautsprecher aufgestellt, die an die Stereoanlage im Haus angeschlossen waren, und würde von Swope ausgesuchte Platten abspielen. *Switched on Bach, Hot August Night*, etwas von Herb Alpert, von Dionne Warwick und vielleicht auch von Ray Stevens, wenn jemand Rock 'n' Roll tanzen wollte. Nur nichts, was zu sehr in Richtung von Teddys Geschmack ging.

Obwohl, Teddy. Was für eine Begabung. Wahnsinn, der Junge, Wahnsinn.

Überzeugt, dass alles bereit war, steckte er einen Zigarillo an. Das abgebrannte Zündholz schnippte er auf die glattgerechten Kiesel unter ihm. Er war zufrieden, empfand aber keine besondere Vorfreude. Es war ein lausiger Tag gewesen, eine Folge von Ärgernissen bis hin zur Bombe am Nachmittag. Das jährliche Beisammensein im Golfclub von Bethesda – zur Feier des Tages achtzehn Löcher und anschließend ein Brunch mit Bloody Marys – war eine Qual gewesen. Sie hatten in drei Vierern gespielt, zusammengesetzt überwiegend aus früheren Kollegen bei Barger, Green, Applemans und Webb. Kurz nach sieben hatten sie angefangen. Geredet wurde nur über Nixon. Alle stimmten darin überein, dass der Mann erledigt war, so gut wie tot. Sechs Monate noch, so der Geheimtipp, allerhöchstens ein Jahr. Swope hörte schweigend zu. Losertypen waren sie, seine Exkollegen, die es nie in die Regierungsmannschaft oder in den Kongress schaffen würden. Die Verachtung schadete seinem Spiel – er spielte wie ein Anfänger und endete mit beschämenden sechsundneunzig Schlägen, dem zweitschlechtesten Ergebnis der ganzen Runde. Die halbherzigen Frotzeleien beim Brunch hatten einen unangenehmen

Beigeschmack. Die anderen waren neidisch auf Swopes Wechsel zu EarthWorks.

Schlecht gelaunt war er nach Hause gefahren, unfähig, sich einen Wahlspot auszudenken, der seine Stimmung hob. Zu Hause herrschte Chaos. Überall waren Filipinos, von Sally herumkommandiert wie von einem General. Er war froh, als er die Getränke aus dem Fogwood-Einkaufszentrum holen konnte. Dort erwartete ihn die zweite böse Überraschung des Tages. Als er zu seinem Wagen zurückkehrte, musste er feststellen, dass jemand den Außenspiegel abgebrochen hatte; er baumelte an seiner Halterung wie der Flügel eines schlampig zerlegten Hähnchens. Wieder ein Beispiel des Vandalismus, der in einer Stadt, in der so etwas angeblich undenkbar war, allmählich zur Regel wurde.

Seine Stimmung hatte sich deutlich aufgehellt, als Teddy eine Stunde später in sein Arbeitszimmer gekommen war und ihm sein Geschenk überreicht hatte. Was für ein Geschenk. Newtonsche Kugeln. Sie setzten sie sofort in Bewegung. Nebeneinander saßen Vater und Sohn da und folgten schweigend mit den Augen den klackenden Stahlkugeln, die stets aufs Neue die unveränderlichen physikalischen Gesetze der Bewegung bewiesen. Die Gesetze Newtons. Drei nach links, drei nach rechts, dann vier nach rechts und vier nach links. Nur wenige Kinder wären auf so ein Geschenk für ihren Vater gekommen. Was für ein Glück er mit seinem Sohn hatte.

Seine gute Laune sollte allerdings nicht lange anhalten. Kurz nachdem Teddy gegangen war, kam Swope etwas zu Ohren, das viel mehr kaputt zu machen drohte als nur diesen Tag. Es war durch Zufall passiert. Er versuchte seit zwei Tagen, Roger Tench zu erreichen, den obersten Anwalt der EarthWorks-Zentrale, um abzuklären, ob er gerichtlich gegen die Fischzuchtanstalt in Pennsylvania vorgehen sollte. Freitagabend hatte Tench ihm ausrichten lassen, er solle ihn am Nachmittag des folgenden Tages zu Hause anrufen. Swope telefonierte von seinem Arbeitszimmer aus, die Augen auf die fünf konvexen Spiegelbilder seines Gesichts gerichtet, die am Rand der Schreibunterlage hin und her schwangen. Ein mürrisch klingendes Kind nahm ab. Es dauerte einige Minuten, bis Tench ans Telefon kam. Er war außer Atem.

»Ich habe gerade den Tennisplatz walzen lassen«, erklärte er.

Sie sprachen zehn Minuten miteinander. Im Hintergrund hörte Swope das trockene Ploppen der Bälle. Im Verlauf des Gesprächs bekam er den Eindruck, dass Tench etwas getrunken hatte. Nicht viel, vielleicht ein paar Martinis. Zuletzt beschlossen sie, der Fischzuchtanstalt noch zwei Wochen für ein Angebot zu geben, bevor sie rechtliche Schritte einleiteten.

»Können Sie mir eine Kopie des Vertrags zukommen lassen?«, fragte Tench.

»Selbstverständlich.«

»Das hat keine Eile. Earl kann sie am Freitag mitbringen.«

»Hm, natürlich«, sagte Swope nach kurzem Zögern. Er hörte selbst, wie überrascht seine Stimme klang.

Auch in Tenchs Stimme veränderte sich etwas. Der sonst so gelassene Mann begann zu stottern und verlegen zu lachen.

»Augenblick mal«, sagte er. »Ich glaube, ich habe da was durcheinander gebracht. Wooten kommt gar nicht diese Woche, oder?«

»Nicht dass ich wüsste.«

»Lassen Sie sehen… nein, dann schicken Sie die Kopie doch einfach mit der Post. Das ist wahrscheinlich das Beste.«

Nach dem Gespräch blieb Swope noch eine Weile wie betäubt sitzen, unfähig zu begreifen, was er gerade gehört hatte. Roger Tench war der bestorganisierte Anwalt, den er kannte. Es war völlig ausgeschlossen, dass Tench glaubte, Earl Wooten komme nach Chicago, wenn das nicht der Fall war. Egal, was er getrunken hatte. Und dann sein wenig überzeugender Versuch, den Fehler zu vertuschen. Aber was hatte Wooten in der EarthWorks-Zentrale zu tun? Und warum durfte er, Swope, nichts davon wissen? Er setzte Teddys Geschenk wieder in Bewegung und folgte den hypnotisierenden Kugeln mit den Augen. Es ergab einfach keinen Sinn. Sie hatten einander doch immer über alles informiert, was sie mit der Zentrale verhandelten. Sie beide gegen Chicago, das war ausgemachte Sache gewesen. Es gab keinen plausiblen Grund, warum Wooten heimlich hingehen sollte.

Und dann wurde plötzlich irgendwo in Swopes Kopf eine Verbindung hergestellt, und ein schrecklicher Verdacht keimte. Savages Drohung wegen der Managerstelle fiel ihm ein. Plötzlich schien sie nicht mehr aus der Luft gegriffen. Vielleicht gab es tatsächlich noch andere Kandidaten für den Posten.

Vielleicht war Wooten einer.

Aber das konnte nicht sein. Das war für Earl tabu. So etwas würde er Swope nie antun. Sie waren doch Freunde und ihre Söhne fast Brüder. Sie hatten diese Stadt zusammen gebaut, verdammt noch mal. Außerdem interessierte sich Earl gar nicht für Macht oder Politik. Und doch, wie sehr Swope auch versuchte, den Gedanken als paranoiden Auswuchs eines verkorksten Tages zu verdrängen, er behauptete sich hartnäckig. Weitere Dinge fielen ihm ein, für sich allein völlig unverfänglich, doch zusammen weniger harmlos. Die beiden Artikel kurz hintereinander in *Look* und *Ebony* zum Beispiel. Natürlich, das war vielleicht nur ein Zufall. Aber genauso gut konnte es das Werk eines PR-Fritzen von EarthWorks sein, was hieß, dass man Wooten für etwas aufbaute. Eine gewisse Logik hatte der hässliche Verdacht. Ein beliebter Schwarzer tritt an die Spitze der Stadt, um den Rassenkampf zu schlichten. Wooten als Geheimwaffe zur Wiederherstellung des sozialen Friedens.

Aber das war doch verrückt. Earl Wooten würde ihm nie in den Rücken fallen, nicht nach allem, was sie zusammen durchgemacht hatten. Sie waren Freunde, auch wenn Swope wusste, dass er es seinem Freund nicht immer leicht gemacht hatte. Er hatte in seinem Leben so oft schweigen und kämpfen müssen, dass ihm die locker-vertrauliche Geselligkeit seiner früheren Kollegen abhanden gekommen war. Nichts war ihm je in den Schoß gefallen, nichts. Er hatte in Michigan studieren müssen, weil Harvard oder Yale ihn nicht genommen hatten. Er hatte wie ein in die Enge getriebenes Tier um das Leben seines neugeborenen Sohnes kämpfen müssen, während andere Väter mit ihren gesunden Kindern spazieren gingen. Er hatte als Makler bei Barger und Green gearbeitet, weil die renommierten Firmen ihn nicht hatten nehmen wollen, und Clubs hatten seine Aufnahme boykottiert, weil er in der falschen Firma war. Als er sich den Republikanern von Montgomery County als Kandidat für das Parlament angeboten hatte, hatten diese ihn wieder nach Hause geschickt wie den letzten Idioten. Und die ganze Zeit hatte er mit ansehen müssen, wie seine

Frau ihre Enttäuschung hinunterschluckte, wenn sie nicht zu wichtigen Parties und gesellschaftlichen Ereignissen eingeladen wurden. Und dann hatte zuletzt Justizminister John Mitchell Interesse gezeigt, nur hatte sich dann herausgestellt, dass er ein Gauner war. Swope wusste, dass es ihm nicht an Intelligenz oder Arbeitswillen mangelte, von beidem hatte er im Überfluss. Nein, er hatte es einfach nie geschafft, dazuzugehören. Er war als Junge zu allein gewesen, hatte alles für sich ausmachen müssen, ohne Geschwister, die ihm gezeigt hätten, wo es langging. Die Eltern waren zu alt gewesen, um ihm helfen zu können, die anderen Kinder hatten ihn verspottet, weil er nicht die richtigen Kleider, den richtigen Haarschnitt und die richtige Sprache hatte. Zu lernen, wie man zu einer Clique dazugehörte, hatte seine Zeit wie Lesen und Schreiben zu lernen, und Swope hatte längst begriffen, dass er den Zeitpunkt verpasst hatte.

Und trotzdem – oder vielleicht gerade deswegen – hatten er und Wooten sich angefreundet. Der ungebildete schwarze Bauleiter verstand ihn besser als seine Golffreunde und Anwaltskollegen. Swope dachte an die dutzende Male, die Wooten in letzter Zeit für ihn da gewesen war und ihm bereitwillig zugehört oder geholfen hatte. Wie an jenem Tag im vergangenen Herbst, als es Swope so schlecht gegangen war wie noch nie, seit er hoch über Newton Plaza residierte. Es war eine lausige Woche gewesen, und die Probleme türmten sich auf wie ineinander verkeilte Autos auf einer vereisten Straße. An der High-School war es zur ersten großen Schlägerei gekommen, der Prozeß gegen einen Zimmermann, der droben in Juniper Bend ein Bein eingebüßt hatte, drohte verloren zu gehen, und in Chicago raufte man sich wegen der aus dem Ruder laufenden Kosten des Einkaufszentrums die Haare. Schlimmer noch, Teddy, der in Cannon County mit Alkohol am Steuer erwischt worden war, drohte nun doch ein richtiges Verfahren. Als Wooten zu ihrer wöchentlichen Besprechung kam, stand Swope kurz davor durchzudrehen.

Er schüttete dem Freund sein Herz aus, und Wooten hörte zu. Dann sagte er: »Komm mit. Ich weiß, was du brauchst.«

Schweigend fuhren sie nach Süden, an den Rand der Stadt. Wooten wehrte alle Fragen nach ihrem Ziel mit einem spitzbübischen Lächeln ab. Swope, der zunächst froh gewesen war, aus dem Büro rauszukommen, ärgerte sich bald. Er hatte zu viel zu tun für solche Spielchen. Endlich kamen sie zu einem ehemaligen Bauernhof, den Swope einem sturen alten Bauern namens Atholton abgeluchst hatte. Eine Abrissmannschaft hatte die beiden Scheunen bereits zu Trümmerhaufen reduziert, über denen eine Staubwolke hing. Das bescheidene Wohnhaus stand noch, doch Türen und Installationen waren bereits herausgebrochen und das Dach abgedeckt worden. Vor dem Haus stand ein Bagger, dessen mit Reißzähnen bewehrte Schaufel auf die Fassade zeigte wie der krumme Zeigefinger eines gestrengen Richters.

Die Abrissmannschaft, ein halbes Dutzend hartgesottene Vietnamveteranen, die in Swopes Auftrag die Reste des alten Cannon County beseitigten, hatte sich zum Mittagessen um einen mit Matsch bespritzten Laster versammelt. Wooten parkte den Ranchero neben dem Bagger und wies Swope an, sitzen zu bleiben. Die Männer sahen ihm argwöhnisch entgegen, ihr Misstrauen legte sich jedoch, als er zu sprechen begann. Einige nickten und zuckten die Schultern, offenbar hatten sie keine Einwände gegen das, was er wollte.

Wooten kehrte zum Ranchero zurück. »Gehen wir«, sagte er und drückte Swope einen Schutzhelm in die Hand, den er von der Ladefläche des Lasters genommen hatte.

Obwohl am Ende seiner Geduld angelangt, folgte Swope dem Bauleiter gehorsam über den aufgerissenen Boden. Er achtete sorgfältig darauf, dass er seine Lederschuhe nicht mit dem feuchten Lehm beschmutzte. Am Bagger blieb Wooten stehen. Er lächelte.

»Bereit?«

»Für was?«

Wooten wies mit dem Kinn zum Fahrerhaus über ihnen. Swope kapierte nicht gleich, was er meinte, aber dann war er auf einmal aufgeregt wie ein Junge, der etwas Verbotenes tut.

»Meinst du wirklich?«

»So wirklich, wie man das nur meinen kann, Mr. Swope.«

Swope zog sich zum Fahrersitz hinauf. Mit dem Bein streifte er dabei die ölverschmierte Karosserie, und einen kurzen Augenblick dachte er daran, dass er seinen Anzug, dessen Stoff allein hundert Dollar pro laufenden Meter gekostet hatte, nicht schmutzig machen durfte. Doch kaum saß er auf dem hartem Sattel, hatte er alles vergessen. Jetzt gab es nur noch ihn, den Bagger und Atholtons zum Untergang verurteiltes Haus.

Wooten sprang auf das Trittbrett und zeigte ihm, wie der Bagger funktionierte. Im Grunde war es einfach. Vorwärts, halt, rückwärts. Dann ließ Wooten den Motor an und erklärte, wie man die Baggerschaufel bediente. Er musste brüllen, um sich über dem Lärm des Dieselmotors verständlich zu machen. Swope hörte aufmerksam zu. Er wollte vor den steinernen Blicken der Bauarbeiter keinen Fehler machen.

Und dann blieb nur noch eins zu tun: das Haus abzureißen. Wooten sprang vom Bagger herunter und gab dem verdreckten Kotflügel noch einen aufmunternden Klaps. Vorsichtig drückte Swope den Schalthebel nach vorn und ließ die Kupplung los. Der Bagger machte einen Satz und stieß Swope schmerzhaft auf den harten Sitz. Er drückte die Kupplung wieder etwas nach unten, um die Vorwärtsbewegung zu dosieren. Mit fünf Kilometern pro Stunde fuhr er auf das Haus zu. Die Reißzähne bissen in die verzogenen Schindeln. Swope dirigierte den Bagger mit der Kupplung statt mit der Bremse, und das morsche Knacken des alten Holzes ging im hochtourigen Dröhnen des Motors unter. Er stieß mit der Schaufel tief in das Haus und hielt erst an, als die Fahrerkabine die Wand berührte. Dann warf er Wooten einen raschen Blick zu, und dieser nickte lächelnd wie ein stolzer Vater, der den Roller des Sohnes gerade zum ersten Mal losgelassen hat.

Zwanzig Minuten lang attackierte Swope das Haus. Natürlich hatte der Schaden, den er mit dem Bagger anrichten konnte, seine Grenzen. Zwar bekam er das Fahrzeug nach und nach unter Kontrolle und meisterte auch die Schaufel, doch blieben bestimmte Wände und Stützbalken unerreichbar. Immerhin, als er beschloss aufzuhören, war Atholtons Haus eine Ruine. Die Gipsplatten der Innenwände waren gesplittert wie der Zuckerguss auf einem altbackenen Kuchen, Balken waren zu kleinen Stücken zerhackt, Wasserrohre und Bündel von Kabeln aus dem Putz gerissen, und überall hing ein feiner, weißer Staub, unter dem das Haus aussah wie eine sturmumtoste Hütte in der Tundra.

Als Swope zum letzten Mal den Rückwärtsgang einlegte, waren die Probleme des Tages weit weg. Er meinte, noch nie einen so reinen Klang wie das Knacken und Splittern des Schutts unter den Raupen des Baggers gehört zu haben. Der dicke Qualm schmeckte auf der Zunge süß. Neben Wooten blieb er stehen und schaltete den Motor aus. Es dauerte ein paar Sekunden, bis das Rasseln verstummte.

»Danke, Earl«, sagte Swope. Seine Stimme war belegt.

»Manchmal muss man einfach ein Haus abreißen«, sagte Wooten.

Jetzt, unter dem Eindruck dieser Szene, begriff Swope, wie unrecht er daran getan hatte, an Wooten zu zweifeln. Wooten war gar nicht in der Lage, ihn zu betrügen. Wenn er ihn nachher sah, würde er herausfinden, was los war. Er würde die entsprechende Frage unauffällig in das Gespräch einfließen lassen, damit Wooten nicht merkte, wie unrecht er ihm getan hatte. Entweder Wooten hatte einfach vergessen, es ihm zu sagen, oder Tench sprach dem Alkohol doch stärker zu, als es den Anschein hatte. Wie auch immer, bald würde er wissen, dass sein Verdacht nur paranoider Unsinn war.

An der Haustür klingelte es. Da war jemand überpünktlich, dachte Swope. Er blieb stehen, wo er war. Sally würde die Gäste hereinlassen, unter Mithilfe von Evelyn, die sich freiwillig bereit erklärt hatte, beim Empfang an der Tür zu assistieren. Er ließ die Augen zu den schmächtigen Köchen zurückwandern, die kampflustig ihre Messer schwangen. Sally hatte sich nach wochenlanger selbstquälerischer Gewissensprüfung für Shrimps- und Schweinefleischspieße, Wildreis und Gemüseterrine entschieden. Dazu kam natürlich noch der Kuchen, bestellt unter strengster Geheimhaltung und gegenwärtig in der Speisekammer eingeschlossen.

Aus dem Hausinnern näherten sich Stimmen. Swope überflog ein letztes Mal prüfend sein Spiegelbild im Glas der Schiebetür. Er trug an diesem Abend einen himmelblauen Anzug mit Weste von seinem Namensvetter Austin Reed und eine gelbe Seidenkrawatte. Dazu ein weißes Hemd, an dessen Manschetten vierzehnkarätige Goldknöpfe mit dem Baum-Apfel-Emblem der

Stadt hingen, ein Geschenk Barnaby Vines vor drei Jahren, als er den letzten Hektar Ackerland für die neue Stadt gekauft hatte. Seine schwarzen Schuhe funkelten wie Obsidian.

Sally erschien mit den ersten Gästen, ausgerechnet John Truax und Frau. Swope fühlte Ärger in sich aufsteigen. Sally hatte die beiden im Überschwang nach einem phänomenalen Sieg im Newtoner Bridgeclub eingeladen, ohne bei ihm rückzufragen. Swope hatte an diesem Abend auf nichts weniger Lust, als sich mit einem Makler auf Jobsuche zu unterhalten. Wenigtens sah auch Sally so aus, als ob ihr Fehler ihr langsam dämmerte. Mit Recht – die beiden sahen unmöglich aus. Truax trug ein kariertes Sportsakko und weiße Schuhe und an der rechten Hand immer noch diesen nicht ganz geheuer wirkenden Handschuh. Die Frau neben ihm schien bis aufs Detail einem Märchen der Brüder Grimm entstiegen. Ihr aufgeschwemmtes, einst schönes Gesicht war dick mit billigem Make-up bemalt, aus den blassblauen, wässrigen Augen schien eine obszöne Leidenschaft, und das schlecht sitzende Chiffon-Kleid sah aus, als sei es versehentlich in eine Dreschmaschine geraten.

»Aha, Mr. und Mrs. Truax«, sagte Swope. »Sie sind die Ersten.«

Die beiden lächelten pflichtschuldig. Gedankenlos streckte Swope Truax die Hand hin. Der Makler zögerte und ergriff sie dann mit seiner umgedrehten Linken. Trotz des ungeschickten Griffs spürte Swope, wie stark sie war. Details aus ihrem Gespräch fielen ihm ein. Sergeant, neunzehn Jahre Dienst in der Armee, drei Kampfeinsätze in Vietnam. Der Mann konnte vielleicht keine Häuser verkaufen, aber er hatte vermutlich einige Dinge erlebt, von denen die anderen Gäste des Abends sich keine Vorstellung machten.

»Mr. Swope, das ist meine Frau Irma«, sagte Truax militärisch knapp.

Swope gab ihr die Hand. Ihre Haut fühlte sich kühl und feucht an, an ihren Schneidezähnen hing Lippenstift.

»Alles Gute zum Geburtstag«, sagte sie.

Swope roch den Alkohol. Whisky mit Zitrone, vermutete er, und nicht nur einer, so wie sie aussah. Was für ein Alptraum. Und trotzdem, irgendetwas an ihr hielt seinen Blick einen Moment lang fest. Ein letzter Überrest vergangener Schönheit, ein letzter Aufschrei der Lust.

»Ja, danke, Irma«, sagte er.

Sie klapperte nervös mit den Augen und suchte angestrengt nach einer passenden Bemerkung, doch konnte sie sich nicht auf die entsprechenden Wörter konzentrieren. Sally stand angestrengt lächelnd daneben, schlank und groß in ihrem zitronengelben Hosenanzug aus Chiffon. Ihr Parfüm übertönte die anderen Gerüche des Abends – den Petroleumgestank der gegen die Insekten aufgestellten Lampen, den stechenden Geruch des gebeizten Redwoodholzes und den erdigen Geruch des Waldes, der den Garten umgab.

Swope beschloss, die beiden aus ihrer Verlegenheit zu erlösen.

»Was machen die Musterhäuser?«, fragte er Truax.

»Ich kann nicht klagen«, log der Sergeant. »Läuft hervorragend.«

Wieder folgte Schweigen. Warum klingelt denn niemand, dachte Swope. Er zog ein letztes Mal an seinem Zigarillo, ließ ihn fallen und drückte ihn mit der Schuhspitze in einen Spalt zwischen zwei Brettern.

»Tja«, sagte er. »Wie ich höre, sind unsere Kinder befreundet.«

»O ja«, fiel Irma unerwartet lebhaft ein. »Teddy und Susan. Er ist ja so gescheit, Ihr Teddy. Sie sind sicher sehr stolz auf ihn.«

Swope begegnete ihren Augen und sah das kokette Aufblitzen in ihnen. Wieder konnte er den Blick nicht gleich abwenden. Was war an dieser Frau?

Es klingelte.

»Ich mache auf«, sagte Sally.

Irma starrte Swope unverwandt an. Dann senkte sie ganz langsam die Lider, bis von ihren Augen nur noch Schlitze zu sehen waren.

»Ja«, sagte Swope. »Wie ich höre, ist Ihre Tochter mit Earl Wootens Sohn befreundet.«

Die Wirkung der gleichgültig dahingesagten Worte auf die Frau vor ihm war verblüffend. Das kokette Lächeln gefror schlagartig zu einer bösen Maske.

»Nicht mehr lang«, erwiderte sie scharf.

»Irma«, fiel Truax warnend ein.

»Ach nein?«, sagte Swope mit plötzlich erwachtem Interesse. »Das tut mir aber Leid.«

»Mir nicht«, erwiderte sie.

Die neuen Gäste, mehrere Paare, traten auf die Veranda und blieben in einiger Entfernung stehen, um ihr Gespräch nicht zu stören. Aus den Lautsprechern kam Musik. *Tijuana Taxi.* Guter alter Teddy.

»Gibt es Schwierigkeiten?«, hakte er nach.

»Es geht einfach nicht«, sagte Irma.

»Wie meinen Sie…«

»Es gehört sich nicht.«

»Aha.«

»Die beiden«, beharrte sie. »Zusammen.«

Swope begriff. Die Truaxens lehnten Joel Wooten ab, und man brauchte nicht lange zu raten, warum. Er sah Truax an, der sich auf einmal sehr für die Risse in den Bodenbrettern zu interessieren schien.

»Ja«, sagte Swope. »Dann werde ich mal…«

Er nickte zu den anderen Gästen hinüber. Truax sah aus, als wollte er etwas sagen, überlegte es sich aber anders. Swope nickte ihm zum Abschied aufmunternd zu, dann kehrten seine Augen noch einmal zu Irma zurück. Irma stierte mit hasserfüllten Augen zu den dunklen Bäumen hinüber. Sie war wahrhaftig ein Wrack. Und trotzdem, es war etwas an ihr.

Truax beobachtete, wie Swope auf die anderen Paare zuging, junge Angestellte der Firma, die wussten, um welche Uhrzeit man auf einer solchen Party erschien, die wussten, wie man sich mit einem Mann wie Swope unterhielt, und die nicht wie belämmert dastanden und nichts sagten. Leute, die wussten, wie man fragte, wenn man eine Stelle wollte.

»Ich hole mir was zu trinken.«

»Irma…«

Aber sie war schon losgegangen, zwischen den anderen Gästen hindurch in Richtung Bar. Sie war stärker betrunken, als er gedacht hatte. Bis zu ihrer Ankunft hatte sie sich nichts anmerken lassen, doch jetzt fiel sie zusehends auseinander. Truax überlegte, ob er Krankheit vorschützen und unauffällig mit ihr verschwinden sollte. Aber Swope hatte schon gesehen, in welchem Zustand sie war. Jetzt zu gehen machte alles nur noch schlimmer. Es würden laute Worte fallen. Blieb nur eins, wie er aus langer Erfahrung wusste: den Sturm abzuwarten.

Er folgte mit den Augen dem dicken, schwarzen Rauch, der von den Fackeln aufstieg und in den Bäumen verschwand. Dabei fielen ihm unerwartet die längst vergessenen Fäkalienfeuer in My Song ein. Damit die Exkremente besser brannten, hatten sie Dieselöl in die halbierten 200-Liter-Fässer gegossen, die sie als Latrinen verwendeten. Wer neu war, hoffte darauf, dass der Rauch über das Dorf und seine verhassten Einwohner zog. Alte Hasen wie Truax wussten dagegen, dass es besser war, wenn er zum Waldrand zog, damit sie wenigstens ein paar Stunden Ruhe vor den Moskitos hatten. Aus dem Augenwinkel sah er etwas aufblitzen – die Köche beim Zelt drunten. Das Licht der Fackeln spiegelte sich auf ihren Messern. Er sah ihnen eine Weile zu und bewunderte das Geschick und die Konzentration, mit der sie arbeiteten. An ihren Gesichtern sah er, dass sie Filipinos waren. Zuckerrohrschneider. Er hatte einmal bei einem Colonel gedient, der unter MacArthur gekämpft hatte. Das waren noch Zeiten gewesen. Ein richtiger Krieg und ein richtiger General.

Truax sah sich um. Die Veranda füllte sich schnell mit Führungskräften von EarthWorks und ihren ausnahmslos nüchternen Frauen. Alle benahmen sich mit ausgesuchter Höflichkeit – nippten an mit viel Wasser verdünnten Drinks, unterhielten sich gedämpft und hielten zur gleichen Zeit beständig nach Swope Ausschau. Plötzlich hörte er laut Irmas Stimme über dem allgemeinen Gemurmel. Sie sprach mit einem Ingenieursehepaar, dem Truax vor kurzem ein Haus vom Typ Ticonderoga verkauft hatte. Die beiden starrten Irma verdattert an.

»… die taugen doch alle nichts …«

Gut, wir gehen, dachte Truax und machte sich auf den Weg durch die Menge. Er achtete sorgfältig darauf, dass er niemanden anrempelte.

»Irma.«

Sie drehte sich um und wäre fast dabei gestolpert. Das Ingenieursehepaar nutzte die Gelegenheit zur Flucht. Truax wusste, dass er aufpassen musste.

»Ich finde, wir sollten uns jetzt was zu essen holen und dann …«

Doch sie hörte ihm nicht zu. Sie sah mit plötzlich nüchternen Augen an ihm vorbei.

»Oha«, sagte sie leise. »Wen haben wir denn da?«

Truax drehte sich um. Zwei Meter vor ihm standen, hergespült von der Menschenmenge, die die Veranda inzwischen füllte, Earl und Ardelia Wooten. Sie sahen sich unbehaglich um.

»Guten Abend, Irma«, sagte Ardelia freundlich, aber bestimmt. »John.«

Obwohl ihre Kinder seit fast einem Jahr befreundet waren, hatten die beiden Paare so gut wie keinen Kontakt. Truax sah Wooten gelegentlich in der Stadt. Sie hatten einmal kurz darüber gesprochen, dass Joel und Susan miteinander befreundet waren, und dann nie wieder. Die Frauen redeten nur am Telefon miteinander, wenn Irma Susan suchte, und beschränkten sich dabei auf das Notwendigste.

Nach fünf langen Sekunden ergriff schließlich Wooten das Wort.

»John, wie geht es Ihnen«, sagte er und streckte seine große Hand aus.

Truax ergriff sie mit seiner umgedrehten Linken.

»Irma …«

Irma nickte verdrossen, ohne die Hand von dem Cocktailglas zu nehmen, das sie umklammerte, als müsse sie die darauf abgebildeten Wildenten festhalten. Jemand stieß Truax von hinten an und schob ihn ein Stück auf die Wootens zu.

»Ist Joel auch da?«, fragte Irma plötzlich.

Die Frage überraschte alle. Earl und Ardelia sahen einander an.

»Nein«, sagte Ardelia nach einer kurzen Pause bemüht freundlich. »Joel findet solche Parties albern und geradezu unanständig.«

»Unanständig«, sagte Irma in ihr Glas, und ein rätselhaftes Lächeln spielte um ihre Lippen.

Wooten begann sich nach einem Fluchtweg umzusehen. Ardelia hielt den Blick unverwandt auf Irma gerichtet und wartete, was aus dem Lächeln werden würde. Ich gehe jetzt mit ihr, dachte Truax. Jetzt gleich.

Aber noch bevor er etwas sagen konnte, sprach Irma schon wieder.

»Es muss was geschehen.«

Sie sagte es ganz deutlich, die Augen auf Ardelias teure Schuhe gerichtet.

»Wie bitte?«, fragte Ardelia nach einer kurzen Pause.

»Es muss etwas geschehen.« Langsam hob Irma die Augen und starrte sie feindselig an.

»Und warum?«

»Ihr Sohn.«

»Unser Sohn?«

»Richtig.«

»Meine Damen …«, setzte Wooten an.

»Meinem Sohn fehlt nichts«, sagte Ardelia kalt.

»Irma, bitte«, sagte Truax.

»Ich sagte ja auch nicht, dass ihm etwas fehlt«, äffte Irma Ardelias gepflegte Aussprache nach, jede Silbe einzeln betonend.

»Was meinen Sie dann?«, fragte Ardelia.

»Bitte, jetzt ist doch nicht der richtige Zeitpunkt dafür«, sagte Wooten.

»Wann denn dann?« Irma spuckte die Worte förmlich aus. »Wenn es zu spät ist? Wenn ein brauner Balg unterwegs ist?«

Auf ihre Worte verstummten alle, und einige der Umstehenden drehten sich zu ihnen um. Jetzt reicht es aber, dachte Truax und legte die gute Hand auf Irmas Ellbogen. Irma versteifte sich unter seinem Griff. Er begann schon zu fürchten, dass er sie mit auf den Rücken gedrehten Armen abführen musste.

»Jetzt hören Sie mir mal zu, Sie …«

Ardelia verstummte. Sie hatte hinter Truax etwas gesehen, das ihre Wut sicherer erstickte als eine Hand um den Hals. Auch Wooten hatte es gesehen, und Irma. Truax drehte sich um. Nur wenige Meter von ihm entfernt stand Swope. Er sah Irma an, dann die Wootens. Er lächelte, aber seine Augen waren kalt. Er hatte alles gesehen, wahrscheinlich auch alles gehört. Truax spürte, wie in ihm etwas zuging.

Alle warteten darauf, dass das Geburtstagskind etwas sagte.

»Darf ich zum Essen bitten«, sagte Swope lächelnd.

Sie gingen inmitten der anderen Gäste über den Rasen.

»So ein rassistisches Luder.«

»Langsam.«

»Was heißt hier langsam, Earl Wooten. Brauner Balg. Für wen hält sie sich eigentlich? Für George Wallace ohne Rollstuhl?«

»Wenn sie weiter so trinkt, braucht sie bald einen«, witzelte Wooten.

Ardelia fand das gar nicht komisch, und Wooten konnte es ihr nicht verübeln. Ihm war selbst die Wut hochgekommen, als Irma von Joel angefangen hatte. Zuerst Chones, jetzt auch noch das. Und ihr Mann, diese Jammergestalt, ließ sie einfach drauflos plappern. Er hatte ihn schon beiseite nehmen und ihm sagen wollen, dass er besser auf seine Frau aufpassen musste, wenn er weiter bei EarthWorks arbeiten wollte.

»Ich spreche darüber mit Austin«, sagte er.

»Ja, tu das.« Ardelia klang noch nicht besänftigt.

Sie kamen am Zelt an. Wooten sah sich nach den Truaxens um. Sie nahmen gerade an einem leeren Tisch im hinteren Teil des Zelts Platz. Wenigstens zeigte der Mann so viel Einsicht, dass er seine betrunkene Frau so weit wie möglich aus dem Verkehr zog. Die beiden schienen sich heftig zu streiten, wobei vor allem Irma redete. Mein Gott, dachte Wooten, neben so was möchte ich abends nicht im Bett liegen. Auf einmal hatte er Mitleid mit Truax. Vielleicht unternahm er doch nichts gegen ihn. Man konnte doch nicht jemanden wegen seiner Familie bestrafen.

Sie setzten sich an den Tisch in der Mitte des Zelts, der für Swopes engste Mitarbeiter reserviert war. Wooten vergewisserte sich, dass nichts den Mittelgang blockierte – wenn später der Kuchen kam, musste er frei sein. Er hatte ihn eigens in Baltimore anfertigen lassen. Ein Meter achtzig auf ein Meter zwanzig, zwanzig Zentimeter hoch, die Oberfläche eine Nachbildung des Stadtmodells in Swopes Büro, kleiner und weniger detailliert zwar, aber auch so noch eindrucksvoll. Achtundachtzig Dollar, und jeden Cent davon wert.

Er hatte noch keine Minute gesessen, als er schon wieder aufstand und sich in die Essensschlange einreihte, bevor sie zu lang wurde. Heute Abend konnte er so viel essen wie er wollte, ohne die vorwurfsvollen Blicke seiner Frau ertragen zu müssen. Schließlich feierten sie heute Geburtstag. Er lud sich sechs Fleischspieße auf den Teller, obwohl die anderen nur zwei nahmen. Egal. Was er aß, ging niemanden etwas an.

Drei junge Paare saßen bei seiner Rückkehr am Mitteltisch, als Belohnung für geleistete Dienste im vergangen Jahr. Unter ihnen war Richard Holmes. Seitdem er Wooten in das Gerücht um die Managerstelle eingeweiht hatte, hatten sie einander nicht mehr gesprochen. Als er Wooten sah, kam er eifrig um den Tisch, um mit ihm zu sprechen. Hinter ihm tauchte aus der Menschenmenge Swope auf. Er folgte Holmes, und als dieser einige Schritte vor Wooten abrupt stehen blieb, wäre er fast in ihn hineingerannt.

Holmes zog die kalte Pfeife aus dem Mund.

»Weitere Glücksmeldungen?«, fragte er.

»Ich glaube, Sie stehen dem Geburtstagskind im Weg«, unterbrach Wooten ihn.

Holmes drehte sich um und sah Swope. Swope lächelte liebenswürdig.

»Richard, freut mich, Sie zu sehen.«

»Mr. Swope«, sagte Holmes verwirrt. »Alles, äh, Gute zum Geburtstag.«

Er trat zur Seite, um Swope durchzulassen und machte eine entschuldigende Grimasse zu Wooten. Sie setzten sich.

»Also Earl«, sagte Swope, »worum ging's denn?«

Wooten wusste nicht, was er sagen sollte. Erzähl ihm einfach alles, dachte er. Mach endlich mit dem Unsinn Schluss.

»Ich meine vorhin auf der Veranda.«

Wooten fiel ein Stein vom Herzen. Swope hatte Holmes nicht gehört.

»Ich glaube, Mrs. Truax hat etwas gegen meinen Sohn.«

»Wirklich?«

»*Es muss etwas geschehen.*«

»Was passt ihr nicht?«

»Rate mal.«

Swope sah zu den Truaxens hinüber. Sie saßen immer noch allein an ihrem Tisch, inzwischen schweigend. Truax hatte die Arme auf der Brust verschränkt, Irma versuchte, einen widerspenstigen Eiswürfel vom Boden ihres Glases nach oben zu befördern.

»Ach so«, sagte Swope, den Blick immer noch auf die beiden gerichtet. »Ich werde den guten Sergeant ins Gebet nehmen und ihm sagen, dass bei uns andere Spielregeln gelten.«

Wooten nickte dankbar.

»Heute Nachmittag ist wieder eine Straßenlaterne explodiert«, sagte er dann.

»Wo?«

»In Juniper Bend. Zum Glück konnte ich die Feuerwehr raushalten. Trotzdem, Austin, es ist wirklich höchste Zeit, dass wir etwas unternehmen. Sonst wird noch jemand verletzt.«

Einen Augenblick schien es, als wollte Swope auf die offizielle Linie der Firma einschwenken und von Schadensbegrenzung anfangen. Dann hatte er offenbar eine bessere Idee.

»Vielleicht solltest *du* das mit Savage besprechen, wenn du ihn das nächste Mal siehst«, sagte er. »Ich scheine bei ihm zur Zeit nicht so gut angeschrieben.«

Sag's ihm, dachte Wooten, jetzt gleich. Aber er konnte nicht. Man hatte es ihm verboten.

»Ich habe zwar nicht vor, in nächster Zeit mit Gus zu sprechen, aber wenn sich eine Gelegenheit ergibt, gern.«

Swope nickte kurz, dann machte er eine Handbewegung zu den rauchenden Kochstellen auf dem Rasen.

»Und jetzt hole ich mir ein paar von den Spießen, auf die alle so scharf sind.«

Das gewürfelte Schweinefleisch hatte eine entschieden vaginale Färbung. Die knorpelige, pinkfarbene Substanz sah aus, als sei einem die Fleischvergiftung sicher, wenn man so dumm war, davon zu essen. Auch die Shrimps, gräulich und mit kleinen Schalenstückchen gesprenkelt, waren wenig appetitanregend. Swope lud sich jeweils einen Spieß auf den Teller, nahm sich aber nach genauerer Prüfung vor, nur die verkohlten Zwiebelringe, Pfefferschoten und Pilze zu essen. Der Kartoffelsalat wirkte ebenfalls ungenießbar. Zerkochte Kartoffelscheiben schwammen in Mayonnaise, die sich bereits mit einer Haut überzogen hatte.

Auf dem Rückweg zu seinem Tisch ließ er sich Zeit und blieb immer wieder stehen, um Gäste zu begrüßen. Dabei beherrschte ihn die ganze Zeit ein Gedanke. Wooten hatte abgestritten, eine Reise zu Savage zu planen. Aber er hatte erst einen Augenblick überlegen müssen, bevor er anwortete. Der ertappte Blick in seinen Augen, da stimmte doch etwas nicht. Genauso Holmes' Frage und sein verlegenes Grinsen, als er merkte, dass Swope mitgehört hatte. Etwas war im Busch. Hatte Swope bisher noch an ein dummes Missverständnis geglaubt, war er sich auf einmal nicht mehr so sicher. Flog Wooten am Ende tatsächlich nach Chicago?

»Austin Swope.«

Das war Ralph Chones an einem der äußeren Tische. Er trug ein klein gemustertes Sportjackett und eine breite, glänzende Krawatte, die so eng gebunden war, dass sie seinen Hals als bleichen Wulst gegen das Kinn drückte. Neben ihm saß Mrs. Chones, eine stämmige Frau mit straff zurückgekämmten eisgrauen Haaren.

»Sheriff Chones«, sagte Swope und nahm auf dem leeren Klappstuhl neben den beiden Platz. »Ich habe Sie gar nicht kommen sehen. Margaret.«

Die Frau nickte ihm zu. Sie nagte zufrieden an einem Fleischspieß, den sie wie einen Maiskolben vor sich hielt.

»Dann wünsche ich Ihnen mal alles Gute zum Geburtstag«, sagte Chones leutselig.

»Danke, Sheriff, danke.« Swope beugte sich vor. »Ich muss mich noch für letzten Dienstag entschuldigen, als ich so kurz angebunden war.«

»Nichts passiert, Austin. Ist ja auch eine heikle Sache.«

»Ihre Leute haben das hervorragend gemacht.«

»Wenn man die Zeitungen liest, könnte man etwas ganz anderes denken.«

»Bald darf man Farbige überhaupt nicht mehr verhaften«, sagte Margaret hinter ihrem Spieß.

»Schatz, bitte.«

»Ist doch wahr.«

Swope wartete kurz, bevor er weiterredete.

»Ralph«, sagte er dann, »wir beide sollten uns demnächst einmal zusammensetzen und Ihre künftige Stelle genauer definieren. Ihre Ernennung soll meine erste Amtshandlung sein.«

Chones nickte. Ihre Blicke trafen sich, dann ließ der Sheriff die Augen zum Zeltdach emporwandern.

»Das wäre mir recht, Austin.« Er lächelte. Seine Zähne waren ein Trümmerfeld, vor dem es jeden Zahnarzt gegraust hätte. »Sehr recht sogar.«

»Evelyn ruft Sie an, sobald ich aus Chicago grünes Licht bekomme.« Swope stand auf und nahm den Teller mit dem Essen in die Hand. Appetit hatte er keinen. »Tja, ich muss weiter. Ich glaube, ich bekomme gleich einen Kuchen geschenkt.«

Irma wollte erst gehen, wenn der Kuchen angeschnitten war. Wenn die Kerzen brannten, das Geburtstagslied gesungen war und das große Messer den Kuchen zerteilt hatte. Truax spürte zwar instinktiv, dass er seine Frau so schnell wie möglich nach Hause bringen musste, bevor sie noch mehr Schaden anrichten konnte, aber er wusste auch, dass ein solcher Versuch in einen wüsten Streit ausarten würde. Wenn er wartete, bis die anderen Gäste abgelenkt waren, konnte er vielleicht unauffällig mit ihr verschwinden. Sie blieben also in ihrem selbstgewählten Exil an dem moskitoverseuchten Tisch am Rand des Zeltes sitzen. Truax schwieg mit versteinerter Miene, Irma leerte in raschen Zügen eine Flasche Weißwein, die in dem Eiskübel vor ihr stand. Ab und zu stieß sie einige heftige Worte hervor, zumeist in Deutsch. Truax achtete nicht auf sie. Er dachte düster an seine Zukunft. Jetzt hatte es Irma also doch geschafft, es mit den Wootens engültig zu verderben. Auf Swopes Veranda. Genauso gut hätte Truax dem Bauleiter in den Hintern treten oder seiner Frau ins Gesicht spucken können. Gleich nachdem er sich hingesetzt hatte, hatte er verstohlen zu dem Tisch hinübergesehen, an dem Swope und Wooten sich unterhielten. Das Gespräch hatte nicht lange gedauert, und danach hatte Swope finster in ihre Richtung geblickt. Aus und vorbei. Die Karriere bei EarthWorks beendet, die Hoffnung, die er in der vergangenen Woche wieder geschöpft hatte, begraben. Trübsinnig überlegte Truax, was er jetzt tun sollte. Er konnte Auto fahren. Er war immer gern gefahren, damals in der Fahrbereitschaft, und war ein guter Fahrer gewesen, kein Unfall, kein Strafzettel, keine Verwarnung, makelloses Zeugnis. Notfalls auch einen Sattelschlepper. Im Fernsehen machte ein Institut Werbung, das für so was ausbildete. Vielleicht auch einen Greyhound. Keine schlechte Sache, so was. Anständiges Gehalt, lange von zu Hause weg, Gewerkschaft, Rente, der Umgang mit anderen Menschen auf ein Minimum beschränkt und anonym, kein Chef, der ihm ständig über die Schulter sah. Nächster Halt Kalamazoo.

Aber zuerst musste natürlich seine Hand besser werden. Wie sollte er die Gänge eines Sattelschleppers einlegen, wenn er kaum einen Stift halten konnte? Wer würde ihm einen Führerschein geben? Niemand. Blieb also – was? Angestellter in einem Eisenwarengeschäft wie sein buckliger Vater. Großartig. Vielleicht konnte er den Schlüsseldienst übernehmen. Genauso wie sein Vater. Die Leute würden staunen, wie geschickt er mit nur einer guten Hand ihre Schlüssel fräste. Oder er wurde Sachbearbeiter, in einem überfüllten, dämpfigen Büro zusammen mit lauter dicken, Kaugummi kauenden Frauen, die Fotos von Enkelkindern herumzeigten. Oder Verkehrslotse, wieder in Uniform. Wenn es kalt war, saß er in seinem Wagen und trank aus der Thermoskanne, die vor ihm auf dem Armaturenbrett stand wie eine leere Granathülse. Und schimpfte laut über den Unsinn im Radio. Tja, John Truax konnte alles Mögliche tun, jetzt, wo sein Leben vorbei war.

Er beobachtete eine Weile, wie der Rauch von den Grillstellen in die Bäume zog, dann sah er Irma an. Sie drückte ein mit Lippenstift verschmiertes Glas an die Unterlippe. Es war leer. Sie inhaliert noch die Dämpfe, dachte Truax. Ihre Haare gingen allmählich aus der Form, einige Strähnen standen grotesk vom Kopf ab, andere hingen schlaff herunter. An ihren langen Wimpern hing in öligen Klümpchen Wimperntusche. Die Klümpchen erinnerten ihn an die Kugeln, die zur Warnung an Hochspannungsleitungen in der Umgebung von Luftstützpunkten angebracht waren.

Am anderen Ende des Zeltes kam Bewegung auf. Gäste erhoben sich und reckten die Hälse, um besser sehen zu können. Erleichterung überkam Truax. Der Kuchen, endlich. Vier Filipinos – die zwei Köche und zwei besonders stämmige Kellnerinnen – trugen ihn über den Rasen zum Zelt. Die Kerzen brannten schon. Der durch den dunklen Garten näher kommende Kuchen erinnerte Truax an ein brennendes Hausboot, das er gesehen hatte, als er einmal nachts in einer Transportmaschine über den Perfume River geflogen war, ein flammender Punkt, der durch die schwarze Nacht trieb.

»Jetzt müssen wir aber gehen, Irma«, sagte er. »Nimm deine Handtasche.«

Sie drehte den Kopf langsam zu ihm herum.

»Was?«

»Wir gehen nach Hause.«

»Aber ich will tanzen.«

Alle Gäste standen jetzt und versuchten, einen Blick auf den Kuchen zu erhaschen.

»Das ist ja eine ganze Stadt«, hörte er jemanden flüstern.

»Hier kann man nicht tanzen, Irma.«

»Was ist denn das für eine Party, auf der man nicht tanzen kann? Ich frage Sally, sie versteht mich sicher.«

»Irma, bitte, lass uns gehen. Es ist schon spät.«

Applaus brach los. Irma sah sich um und erwachte langsam aus ihrer Benommenheit.

»Was ist denn los?«, fragte sie.

»Der Kuchen kommt.«

»Der Kuchen?« Ihre Stimme war die eines Kindes.

Unsicher schwankend stand sie auf. Auch Truax erhob sich. Die Filipinos waren am Zelt angekommen und schlängelten sich durch ein Gewirr herrenloser Stühle. Truax sah den Kuchen aus der Nähe. Er war riesig, so lang und breit wie ein Sarg. Die Oberfläche war mit kleinen, rechteckigen Gebilden verziert. Truax brauchte eine Weile, bis er begriff, was das war. Newton. Sie hatten aus dem Kuchen eine Stadt gemacht. Der Kuchen nahm ihn so gefangen, dass er nicht merkte, wie Irma auf den Mitteltisch zusteuerte. Mit der Hüfte drückte sie Gäste zur Seite, die ihr ihm Weg standen.

Gerade als er ihr folgen wollte, begannen die Gäste *Happy Birthday* zu singen, zuerst einige zögernde Stimmen, dann ein rasch anschwellender Chor. Swope war aufgestanden, Wooten stand neben ihm und dirigierte den Chor wie ein schwarzer Sousa. Alle sahen dem Kuchen entgegen, der unaufhaltsam näher kam wie ein leuchtender Komet.

Zwei Tische vor Swope holte Truax seine Frau ein. Mit seiner gesunden Hand packte er sie am Ellbogen.

»Irma, bitte lass uns gehen.«

Sie schnaubte nur, machte sich los und ging noch ein paar Schritte auf den Tisch in der Mitte zu. Die Schatten der Kerzen wanderten über das Zeltdach. Die singenden Gäste hatten die Truaxens bemerkt. Ihre Münder sangen weiter, doch ihre beunruhigten Augen wollten nicht dazu passen.

Happy Birthday dear Austin…

Truax bekam seine Frau wieder zu fassen, diesmal am Oberarm. Er packte fest zu. Seine Finger sanken in ihr Fleisch ein. Der Griff würde Spuren hinterlassen. Aber seine Frau ließ sich nicht so leicht unterkriegen. Sie fuhr herum. Ihr Gesicht war dunkelrot angelaufen und hassverzerrt, die Adern an ihrem Hals waren geschwollen.

»Lass mich los, du Versager«, zischte sie.

Das Lied war aus, und ihre Worte waren in der plötzlichen Stille laut zu hören. Truax gehorchte wie gelähmt und ließ ihren Arm in genau dem Moment los, als sie heftig an ihm zerrte. Sie taumelte nach hinten, einer ihrer hochhackigen Schuhe blieb an einem Stuhlbein hängen, und sie stürzte. Aus ihren Augen schien blankes Entsetzen, als falle sie von einem Hochhaus. Mit der Schulter streifte sie den Kuchen, den die beiden vorderen Träger soeben auf der Tischkante abgesetzt hatten. Die hinteren Träger, die Köche, hatten noch nicht angefangen, das Kuchentablett auf den Tisch zu schieben. Mit einem dumpfen Laut schlug Irma auf dem zertrampelten Gras auf, und im nächsten Augenblick landete das vordere Ende des Tabletts neben ihr, das sie vom Tisch geschlagen hatte. Die entsetzten Köche hielten weiter an ihrem Ende fest, und der ganze Kuchen rutschte die Schräge hinunter und schob sich zu einem klebrigen Berg zuckriger Häuser zusammen. Einige Kerzen brannten noch, von den anderen stiegen Rauchfäden auf.

Alles glotzte auf den zerstörten Kuchen und dann auf Irma, die in einer seltsamen Haltung dalag, die Füße nebeneinander auf dem Boden, die Beine angewinkelt und auseinandergefallen wie Schmetterlingsflügel. Ganz langsam sank der dünne Stoff ihres Kleides auf ihre Knie. Der Blick ihrer Augen ging ins Leere.

Dann stand Wooten über ihr. Er sah einen Augenblick fast traurig auf sie herab, dann streckte er seine große Hand aus. Immer noch benommen, ergriff sie die Hand. Er zog sie hoch wie ein Kind.

Truax erwachte aus seiner Starre. Wooten sah ihn kommen und ließ Irmas Hand los.

»Bringen Sie sie nach Hause, John«, sagte er freundlich.

Truax streckte die Hand nach dem Arm seiner Frau aus, doch da war bereits Sally Swope dazwischengetreten. Verstohlen sah Truax Swope an, der neben ihm stand und aufmerksam Irma anstarrte.

»Irma?«, sagte Sally. »Komm, ich bring dich rein und dann versuchen wir, ob wir das wieder sauber kriegen.«

Irma sah um sich, und auf einmal begriff sie, wo sie war.

»Nein«, sagte sie würdevoll. »Wir gehen jetzt. Lasst euch bitte nicht stören. Wir gehen.«

10

Teddy traf kurz nach acht bei Susan ein. Aus Vorsicht vor neugierigen Augen parkte er den Firebird um die Ecke – man würde von seiner Anwesenheit auf die Joels schließen, und dann machte Irma ihnen die Hölle heiß. Ein so umsichtiger Mensch war er. Joel und Susan waren lange nicht so vorsichtig, deshalb musste er oft für sie mitdenken. Sie hatten wirklich Glück, ihn als Freund zu haben. Er schauderte bei dem Gedanken, was sie ohne ihn tun würden.

Er war gleich nach dem Zusammenstoß zwischen den Wootens und den Truaxens losgefahren. Zum Teufel mit der Musik – das hier war viel wichtiger. Er hatte die Szene von seinem Platz im Fernsehzimmer aus mitbekommen, wo er die dämlichen Platten seines Vaters auflegte. Langsam und lautlos wie die Mondfähre war die von ihm geführte Nadel genau auf der Rille zwischen zwei

Liedern gelandet, ohne dass das leiseste Knacken aus den Lautsprechern gekommen wäre. Die Party war öde – auf der Veranda drängten sich lauter arschkriechende Langeweiler, deren Stimmen zu einem Klangbrei verschmolzen, aus dem ab und zu leises Gelächter aufstieg. Ihre Köpfe nickten ständig wie ein Mohnfeld in einer sanften Brise. Teddy hatte sich schon verabschieden wollen, als er bemerkte, was draußen vorging, und prompt die Nadel gute zehn Sekunden weit in das Lied *Son of a Preacher Man* fallen ließ. Die Wootens und die Truaxens standen einander gegenüber wie die Spielführer zweier Footballmannschaften vor dem Anstoß zu einer bitteren Revanche. Die Spannung war mit Händen zu greifen. Wooten hatte den Kopf leicht zurückgelegt, als sei ihm gerade ein unangehmer Geruch in die Nase gestiegen, Ardelia hatte den Kopf nach rechts geneigt und die Augen zusammengekniffen, wie sie es tat, wenn sie Nachsitzen anordnete. Truax' Gesicht sah er nicht, er konnte an seinen hochgezogenen Schultern aber unschwer erkennen, dass der Mann am liebsten im Boden versunken wäre. Susans Mutter hatte dagegen ganz offensichtlich die Beherrschung verloren. Ihr Gesicht war eine Fratze aus Wut und Hass und puterrot angelaufen. Das Cocktailglas in ihrer Hand schwankte bedenklich.

Teddy konnte nicht hören, was gesagt wurde, trotzdem wusste er, dass es um Susan und Joel ging. Dann sah er seinen Vater, der die verfeindeten Paare aus einiger Entfernung unbewegt anstarrte. An was dachte er? Wahrscheinlich daran, dass er Truax rausschmeißen würde. Niemand legte sich ungestraft mit Wooten an. Dann trat Swope auf die vier zu und sagte etwas, und sie standen da wie begossene Pudel, als hätte er sie dabei erwischt, wie sie einander einen runterholten. Teddy entschied, dass es Zeit war, zu verschwinden und Joel zu informieren.

Er stieg die Veranda zum Eingang der Truaxens hinauf und drückte auf die Klingel. Zuerst dachte er, dass niemand zu Hause war. Nirgends brannte Licht, und die Klingel hallte durch das Haus, als sei es leer. Im Glas der Haustür spiegelte sich sein T-Shirt. *Ich bin nicht so denkst, wie du bekifft*, geschrieben in verwackelten Buchstaben, wie durch Wasser gesehen. Irre komisch. Während er wartete, fiel ihm die seltsame Stille auf, die über der

Straße lag. Erst nach einer Weile begriff er, was fehlte: der Wind in den Bäumen. Die frisch gepflanzten Schösslinge entlang der Straße waren noch zu klein, um im Wind zu rauschen. Zu hören war nur das Zischen der Gaslaterne vor dem Haus. Um die Lampe kreisten Insekten, gleichsam als warteten sie auf die Erlaubnis eines unsichtbaren Towers, sich in die Flammen zu stürzen.

Er klingelte wieder. Immer noch keine Antwort. Er überlegte, ob Joel und Susan sich etwa umentschieden und vergessen hatten, ihn zu verständigen. Wut kam in ihm hoch, dieselbe Wut, die er in Potomac gehabt hatte, wenn die anderen Jungs ihn hatten sitzen lassen. Was sie oft getan hatten. Sie hatten untereinander geflüstert und verstohlen in seine Richtung gesehen, und dann waren sie verschwunden und er hatte nur noch aus der Ferne ihr schadenfrohes Lachen gehört. Die ersten Male war er einfach stehen geblieben und hatte gewartet, dass sie zurückkommen würden und er mitlachen konnte. Denn gegen einen Scherz auf seine Kosten hatte er doch überhaupt nichts einzuwenden. Nur dass sie nie zurückkamen. Er hatte schließlich aufgehört, mit ihnen zu spielen. Er brauchte diese Idioten nicht. Sein Freund war sein Vater. Und dann waren sie aus Potomac weggezogen und er hatte Joel kennen gelernt. Er hatte Noten bekommen, Preise gewonnen, einen Studienplatz erhalten. Es war lange her, dass ihn jemand hatte sitzen lassen.

Genau deshalb bekam er eine Stinkwut, wie er da vor der Tür der Truaxens stand. Er wollte gerade zum dritten und letzten Mal klingeln, als er nackte Füße über die Dielenfliesen patschen hörte. Die Tür flog auf und Joel stand vor ihm, in Jeans und einem zu großen Hemd, das er wahrscheinlich seinem Vater geklaut hatte. Das Hemd war nicht zugeknöpft. Auf seiner Brust waren Muskeln und einige in letzter Zeit gewachsene, gekräuselte Haare zu sehen. Seine Augen lagen im Schatten.

»Teddy, Mann«, sagte er. »Wir sind eingepennt.«

Er führte ihn in das kleine Zimmer, das nach hinten hinausging, hinter sich eine Wolke aus säuerlichem Schweiß, die sich deutlich von dem üblichen Kohlgeruch des Hauses abhob. Eine seiner Kragenspitzen ragte nach oben wie ein geöffneter Briefumschlag. Sie kamen zu der Schiebeglastür, die zur Veranda führte. Joel machte sie auf.

»Wo ist Susan?«

»Oben.«

»Und die heilige Darryl?«

»Macht die Welt für Jungfrauen sicher.«

Sie traten auf die kleine hintere Veranda, von der man auf den Garten blickte. Ein ausgerollter Gartenschlauch schlängelte sich durch das Gras zu einem kleinen, mit Mulch bedeckten Stück Erde. Das Bäumchen, das dort wuchs, sah nicht aus, als ob es überleben würde. Die Grenze zu den anderen Gärten bildeten kniehohe Büsche. Keine Zäune in Newton, dachte Teddy. Joel ließ sich auf eine verwitterte Bank fallen, Teddy setzte sich auf einen Stuhl. Sonst stand auf der Veranda nur noch ein Grill mit rußgeschwärztem Fenster.

Teddy steckte einen Joint an und reichte ihn Joel.

»Wie war die Party?«

»Lauter Arschlöcher.«

Teddy schnippte Asche auf die fleckigen Holzbretter.

»Aber deine Eltern haben sich mit denen von Susan angelegt.«

Joel sah abrupt auf.

»Was soll das heißen?«

»Sie wären fast aufeinander losgegangen.«

»Scheiße. Was haben sie gesagt?«

»Konnte ich nicht hören, aber sicher nichts Nettes. Du hättest Irmas Gesicht sehen sollen.«

Teddy machte es nach. Joel schüttelte den Kopf.

»Nicht gut.«

Vom Haus kam ein Geräusch – Susan legte eine Platte auf.

»Kein Wort zu Susan«, sagte Joel.

Teddy gab mit einer Handbewegung zu verstehen, dass sein Mund versiegelt war. Musik kam durch die offene Tür. *Ram*, eine Wahl, die ohne Zweifel als bewusste Kränkung gemeint war. Susan wusste, dass er Paul McCartney verabscheute. Im Grunde konnte er alle Beatles nicht leiden. Sie hatten Johns Genie jahrelang unterdrückt. Ringo zum Beispiel war ganz klar hochgradig schwachsinnig, George litt an geistiger Verblödung im Endstadium, und Paul war ein hinterfotziger kleiner Intrigant, der Hintergrundmusik schrieb und John von seiner eigentlichen Bestimmung abgehalten hatte. Das, was von den Beatles etwas taugte – *Revolution, Julia* oder *Come Together* –, waren im Wesentlichen Solos von John. Die Genialität von *Plastic Ono* oder *Live Jam* bewies nur, wie Recht Teddy hatte. Es machte ihn ganz traurig zu denken, was passiert wäre, wenn John ab '64 allein aufgetreten wäre. Er hatte Susan das alles schon ausführlich erklärt, deshalb war unentschuldbar, dass sie jetzt den dämlichen Schwachsinn von McCartney auflegte. Teddy hatte gerade beschlossen, diesmal nichts zu sagen, als sie in der Tür auftauchte, nur mit einem Footballtrikot bekleidet, das ihr bis zu den Knien ging.

»Hi, Teddy«, sagte sie gelangweilt wie immer, wenn sie ihn begrüßte. »Wie war die Party?«

»Lauter Schnarchsäcke.«

Sie schmiegte sich an Joel.

»Hast du meine Mutter gesehen?«

»Habe ich.«

»Und? War sie besoffen?«

Teddy zuckte die Schultern. Er spürte Joels Blick auf sich.

»Ging so.«

Er drehte sich noch einen Joint. Auch eine seiner Fähigkeiten. Er verstand sich auf alle harmloseren halluzinogenen Künste. Er wusste, wie man Joints drehte, wie man Marihuanapfeifen rauchte, wie man Orangensaft und Wodka in der Hosentasche transportierte, ohne dass es jemand merkte, und dass man besonders stark nach Schweiß stank, wenn man eine Biphetamine-Kapsel auf nüchternen Magen schluckte. Und so weiter. Während er den Joint drehte, erzählte er den beiden vom neuesten Kapitel seines Romans *Die strahlende Zukunft*. Er arbeitete seit Weihnachten daran und hatte schon fast zweihundert Seiten geschrieben, etwa zehn Prozent der geplanten Länge. Wirklich ganz erstaunlich, die Geschichte des Gideon Horniman, eines amerikanischen Jedermann der soeben zu Ende gegangenen sechziger Jahre. Gid, wie er genannt wird, ist der Sohn von Orville Horniman, einem hohen Beamten vom Typ Oppenheimer beim amerikanischen Atombombenprogramm, und seiner kränklichen Frau Jenny, einer ehemaligen B-Schauspielerin aus Hollywood. 1944 geboren, scheint Gid zunächst als genetischer Ausschuss zum Tod verurteilt. Aufgrund der verstrahlten Gameten seines Vaters ist er so missgebildet, dass Orville ihn heimlich auf einem Testgelände in Nevada aussetzt, nachdem er zuvor seiner Frau gesagt hat, der Säugling sei seinen Missbildungen erlegen. Orville weiß nicht, dass Winston Hickey, eine Art moderner Schamane, das Baby findet. Hickey beschließt, den Jungen auf seiner Ranch großzuziehen. Gepflegt von dem kräuterheilkundigen Hickey wächst Gid wunderbarerweise aus den schlimmsten genetischen Defekten heraus. Abnorm sind nur noch seine Fähigkeit, Gedanken zu lesen, und sein riesiger Pimmel. Als der geliebte Hickey einem irren Sturm in der Wüste zum Opfer fällt, durchbohrt von zweitausend Kaktusnadeln, macht sich Gid auf die Suche nach seinen Eltern. Auf der Reise erlebt er die Schlüsselereignisse der sechziger Jahre, die Ermordung John F. Kennedys, Vietnam, die Beatles im New Yorker Shea-Stadion (wo er ein einundvierzig Seiten langes Gespräch mit John führt), den Nationalkonvent der Demokraten in Chicago und den Protestmarsch auf Selma. Seine psychischen Fähigkeiten und sein Riesenpimmel retten ihn aus allen möglichen Nöten. Zugleich nähert er sich unaufhaltsam seinem Vater, der inzwischen eine mysteriöse rechte Organisation mit dem Namen »Die Strahlende Zukunft« leitet. Teddy wusste noch nicht genau, wie das Buch enden sollte, aber es sollte fertig sein, wenn im College in Harvard die Abschlussprüfungen anstanden, damit es nicht mit der juristischen Fakultät ins Gehege kam.

An diesem Abend jedenfalls berichtete er Joel und Susan vom achten Kapitel, in dem Gid als blinder Passagier in einer Mercury-Raumkapsel mitfliegt. Nur dass den beiden das Knutschen wichtiger schien als das Zuhören. Teddy musste immer wieder warten, bis sie fertig waren. Als er schließlich am Kapitelende angelangt war, lächelte Joel. Teddy war auf einmal ganz stolz. Offenbar gefiel es Joel.

»Teddy, Mann – tu uns einen Gefallen.«

»Klar doch.«

»Kannst du Schmiere stehen, falls die Eltern von Susan kommen?«

Teddys Hochgefühl sackte in sich zusammen.

»Warum? Was wollt ihr denn?«

Joel verdrehte die Augen, Susan schüttelte den Kopf und schnaubte verächtlich. Teddy begriff.

»Ach so. Also, meinetwegen, geht klar.«

Die beiden waren blitzschnell durch die Schiebetür verschwunden. Er hörte sie lachend die Treppe hinaufrennen. Es war fast, als lachten sie über ihn. Aber das konnte nicht sein, Joel würde ihn nie auslachen. Trotzdem, das alles war irgendwie ziemlich bekloppt. Ihn zuerst einzuladen und dann als Art Elternfrühwarnsystem einzusetzen, während sie oben Salami-Verstecken spielten. Teddy ging wieder ins Haus, stoppte *Ram* und legte stattdessen etwas von Jethro Tull auf. Dann marschierte er durch die Zimmer im Erdgeschoss, um sich zu beruhigen. Das Haus der Truaxens war eng und klein. Im Fernsehzimmer hing eine der Schatzkarten, die man am Pier Nr. 1 am See kaufen konnte. Im Wohnzimmer stand ein ganzes Regal voller Puppen – Clowns, Tänzerinnen und ein Mädchen, das ein Rehkitz in den Armen hielt. Ein überfülltes kleines Esszimmer, in dem kaum Platz für den 6-Personen-Tisch war und dessen hauptsächlicher Schmuck aus einem Set Zierlöffel mit deutscher Aufschrift bestand.

Rührend.

Die Küche war sauber, stank aber so durchdringend nach Sauerkraut, dass Teddy schon argwöhnte, Irma könnte sie damit tapeziert haben. Das blassgrüne, fasrige Zeug an der Wand sah jedenfalls auch irgendwie pflanzlich aus. Teddy plünderte den Kühlschrank und vertilgte ein paar Scheiben Olivenbrot. Die Speisekammer war ein Reinfall – Knabberzeug hieß für Irma offenbar in erster Linie Salzbretzeln. Er aß eine Tüte leer und spülte sie mit Cola hinunter. Im Fernsehzimmer dudelte *Aqualung*. Sie hatten ihn sitzen lassen. Auf einmal war das alte Gefühl wieder da, nur stärker. Es fraß in ihm. Warum sich hier langweilen? Er überlegte, ob er einfach in den Firebird steigen und zur Party zurückfahren sollte, ohne Bescheid zu geben. Aber das wäre nicht richtig gewesen. Susan hätte so was gemacht. Lieber sagte er ihnen, dass er ging, dann merkten sie schon, wie sie ihn gekränkt hatten.

Er stellte den Plattenspieler ab und ging zum Fuß der Treppe. »Joel?«, rief er halblaut. »Dann bis später.«

Niemand antwortete. Teddy stieg einige Stufen hinauf. Er war noch nie in Susans Zimmer gewesen. Selbst als Joel ihm das Foto von Irma und dem alten Adolf gezeigt hatte, hatte er wie ein Depp unten warten müssen. Allerdings war er mit der Anordnung der Zimmer vertraut. Die EarthWorks-Bungalows waren alle gleich. Schlafzimmer, Badezimmer, Wände. Keine Überraschungen. Das Elternschlafzimmer kam gleich links von der Treppe. Er öffnete die Tür und machte das Licht an. Drinnen standen ein Doppelbett, eine große Frisierkommode, ein Sessel mit verstellbarer Lehne und ein kleiner Schreibtisch. Außerdem Einbauschränke. Eine Tür führte zum Bad. Etwas weckte seine Aufmerksamkeit – gerahmte Fotos, in einer geraden Linie auf dem Schreibtisch aufgereiht. Teddy trat näher. Alle Bilder zeigten John Truax in olivgrüner Uniform. An einem Kartentisch vor einem Army-Lastwagen sitzend, neben einem Jeep stehend, mit einer großen Pistole gebückt vor dem Eingang zu einer Art Tunnel. Auf dem letzten Foto hockte er vor einem mit Sandsäcken befestigten Bunker, über dessen Eingang auf einem handgeschriebenen Schild »Motel My Song« stand. Auf jedem der Bilder hatte er dasselbe strenge Gesicht, denselben lippenlosen Mund, der Teddy frösteln ließ. Es war, als hätte man überall dasselbe grimmige Gesicht auf den Körper geklebt.

Teddy löschte das Licht und ging den Gang entlang zu Susans Zimmer. An der Tür lauschte er einen Moment. Er hörte Musik. Das Zimmer gegenüber war das von Darryl, so aufgeräumt wie ihr Gewissen. An der Wand hing ein Kinoplakat, Pat Boone in *Das Kreuz und die Messerhelden*, daneben ein Aquarell von Christus mit einem Lamm in den Armen. Auf dem schmalen Bett lag ein Haufen Plüschtiere. Er konzentrierte sich wieder auf Susans Tür, unsicher, was er tun sollte. Er wollte nicht laut rufen – das wäre irgendwie komisch gewesen, als ob er ihnen nachspionierte. Geh doch einfach, dachte er. Das ist denen egal, die merken nicht einmal, dass du weg bist. Dann sah er, dass die Tür nur angelehnt war. Drinnen hörte er jetzt keuchende Atemzüge und aufgeregtes Flüstern. Bevor er noch überlegen konnte, was er tat, hatte er der

Tür einen kleinen Schubs gegeben. Sie ging einige Zentimeter auf. Er trat zurück und erwartete, dass sie ihn fortschicken würden.

Doch nichts geschah. Er drückte die Tür noch etwas weiter auf. Susans Zimmer sah aus, wie er es sich vorgestellt hatte. Poster, eine Korktafel mit Fotos und alten Konzertkarten, ein Schminktisch voller Wässerchen und Cremes. In der Mitte brannte knisternd eine große, aus bunten Wachssorten gezogene Kerze. Auf dem billigen Kassettenrekorder auf dem Boden spielte *Killing me softly*. Ein typisches Mädchenzimmer eben. Nur dass Teddys bester Freund drin war und nackt auf einem Mädchen lag, deren nackte Beine um seine Schenkel geschlungen waren. Sie küssten sich inbrünstig. Susans Augen waren geschlossen, ihre Augenbrauen gerunzelt, als denke sie über ein unlösbares Rätsel nach. Joels Gesicht konnte Teddy nicht sehen, nur seinen Hinterkopf und die angespannten Halsmuskeln. Dann drang Joel in Susan ein. Susan bog den Kopf zurück und zog vor Lust die Oberlippe hoch. Teddy sah ihre Brüste, größer, als er gedacht hatte, mit großen, dunklen Brustwarzen. Überhaupt nicht die Brüste eines Mädchens. Sein Schwanz begann steif zu werden. Joel rollte ein wenig zur Seite, und aus dem Gewühl der Laken tauchte Susans Hüfte auf. Auf dem Veloursteppich lag eine aufgerissene Kondompackung.

Joel flüsterte etwas, und der Zauber war gebrochen. Teddy fiel ein, wo er war und was er tat. Er trat schnell zurück und zog die Tür dabei wieder zu, bis sie angelehnt war. Sein Herz raste wie verrückt, sein Schwanz drückte gegen die Unterhose. Hinter der Tür begann Susan zu schreien, ein langgezogenes Geheul, vor dem Teddy bis in Darryls Zimmer zurückwich. Die Körper der beiden beherrschten ihn, füllten seine Gedanken ganz aus, verdrängten alles andere. Er stellte sich vor, wie er am Rand des Bettes saß, mit den Händen über Joels Körper und über Susans Körper streichelte, wie ihre Brustwarzen an seiner Handfläche rieben und wie Joels weiche Haare nachgaben. Er knöpfte seine Jeans auf und zog seinen Schwanz heraus. Er brauchte nicht lange. Einige wenige Stöße. Susans Körper und Joels Körper. Als er kam, fiel ihm plötzlich wieder ein, wo er war. Er griff nach dem erstbesten

Gegenstand, den er zu fassen bekam, einem Einhorn auf Darryls Bett, drückte seinen Schwanz in die Falte zwischen Kopf und Körper und spritzte ab. Dreimal, viermal. Fühlte, wie alles von ihm abfiel, die Lust, die Aufregung. Das Bild von Joel und Susan verschwand zuletzt.

Tiefe Niedergeschlagenheit überkam ihn. Du hirnverbrannter Idiot, dachte er. Sieh dich an. Susan würde dich auslachen, wenn sie dich so sehen könnte. Und Joel würde nur den Kopf schütteln. Susan liebt Joel und Joel liebt Susan, und du bist dabei nur im Weg. Der, der Schmiere steht und dann sitzen gelassen wird. Er wischte seinen schrumpfenden Schwanz an dem lachenden Gesicht des Einhorns ab und warf das Tier in eine dunkle Ecke des Zimmers. Rate mal, was das ist, Darryl. Die verkrustete Materialisation des Heiligen Geistes. Er knöpfte sich die Hose zu. Aus Susans Zimmer drangen immer noch Laute. Die Wut, die Teddy seit seiner Ankunft unterdrückt hatte, kochte endlich über. Was dachten sie sich eigentlich dabei, ihn einfach so sitzen zu lassen? Susan, dieses Luder, hatte ihm seinen einzigen und besten Freund weggenommen, ihm den Kopf vollkommen verdreht. Und Joel hatte sich nicht gewehrt. Teddy hatte den beiden seine Gesellschaft und seinen geistigen Beistand angeboten, und sie hatten ihm ins Gesicht gespuckt. Jetzt würde er aber gehen. Und nie wieder mit ihnen reden. Vielleicht würde es ein paar Tage dauern, aber dann würde Joel begreifen, was für einen Mist er gebaut hatte und wie öde alles ohne Teddy war.

Doch noch bevor er einen Schritt tun konnte, erstarrte er in der Mitte des Zimmers wie ein im Lichtkegel gefangenes Reh. Scheinwerfer. Sie glitten über Pat Boone und Jesus und Teddy selbst weg und verschwanden wieder. Und mit der Dunkelheit kam ein entferntes Rumpeln unter seinen Füßen.

Das Garagentor. Susan Eltern waren nach Hause gekommen.

Teddy sah auf den digitalen Wecker neben Darryls Bett. 9.33 Uhr, viel zu früh, um von einer Party zurückzukommen. Er ging zur Tür von Darryls Zimmer und lauschte auf die Geräusche aus Susans Zimmer. Immer noch Musik, außerdem Lachen und Seufzen. Ein leises Schmatzen. Sie hatten nichts gehört. In anderen Worten, er musste sie warnen, und zwar schnell, damit Joel sich anziehen und sich mit Teddy verstecken konnte, während Susan den Sergeant abwimmelte. Vielleicht konnten sie auch einfach aus dem Fenster springen, wie Butch Cassidy und Sundance Kid, eben wie früher. Laut Scheiße rufend und dann lachend weiter bis zum Fluchtauto.

Lachend. Susan hatte gelacht, als sie die Treppe hinaufgerannt waren. Joel auch. Gelacht wie die Jungs in Potomac, als sie vor ihm weggerannt waren.

Die Küchentür ging auf. Teddy lehnte sich in den Flur hinaus, um besser hören zu können. Unten waren jetzt Schritte zu hören. Irmas hochhackige Schuhe klackten über das Linoleum wie eine telegrafische Warnung. Der Sergeant sagte etwas von der Garage her, drei Worte, auf die er keine Antwort bekam. Aus Susans Zimmer kamen weiter leise Geräusche.

Sie hatten ihn ausgelacht und allein gelassen, und bald würden sie ihn für immer allein lassen.

Teddy kehrte in Darryls Zimmer zurück. Er würde nichts sagen, würde dem Geschehen seinen Lauf lassen. Sein Herz klopfte, noch schneller als beim Anblick ihrer nackten Körper. Irmas Schritte kamen jetzt vom Fuß der Treppe. Die Treppe herauf. Teddy ging weiter in das Zimmer hinein. Irma war oben angelangt. Sie machte das Licht im Gang an. Teddy wich in die hinterste Ecke des Zimmers zurück und drückte sich in den Schatten. Es polterte zweimal dumpf, als sie die Schuhe von den Füßen schüttelte, dann kam das wischende Geräusch ihrer Füße in Nylonstrümpfen über den Gang näher. Teddys Herz klopfte so laut, dass er überzeugt war, dass sie es hören musste. Vor Darryls Zimmer blieb sie stehen. Scheiße, dachte Teddy, erwischt. Aber Irmas Aufmerksamkeit galt Susans Tür. Sie wollte gerade klopfen, als etwas sie innehalten ließ. Ihre Hand erstarrte, ihr Rücken versteifte sich.

Wieder kamen Schritte die Treppe hoch, schwere diesmal. Truax.

»Wir haben fast keine Salzbrezeln mehr«, sagte er.

Irma stieß die Tür zum Zimmer ihrer Tochter weit auf. Teddy sah aus seiner Ecke dasselbe wie sie. Joel, der aufsprang, mit auf und ab hüpfendem Schwanz, der durch den Gummi bleicher schien als der Rest seiner Haut. An der Spitze wackelte wie ein kleiner Punchingball ein cremefarbener Tropfen. Hinter ihm stützte Susan sich auf den Ellbogen auf, dann drehte sie sich rasch weg und suchte vergeblich nach der Decke, die am Fuß des Betts zu einem unentwirrbaren Knäuel zusammengedrückt war.

Irma schrie, wie Teddy noch nie jemanden hatte schreien hören. Der Schrei schwoll an wie eine Sirene bei Fliegeralarm, aus einem leisen Jammern wurde rasch ein gellendes Kreischen. Dabei bewegte sie sich nicht, fuchtelte nicht mit den Händen, raufte sich nicht die Haare oder schlug mit den Armen um sich. Wie gelähmt stand sie da, und aus ihrem Mund kam der Schrei.

Dann stand Truax in der Tür. Joel hatte sich inzwischen zur Seite gedreht und versuchte verzweifelt, einen Fuß in das verdrehte Bein seiner Jeans zu bekommen. Sein in dem Gummi steckender Schwanz hüpfte weiter auf und ab. Truax drängelte an seiner Frau vorbei und ging auf Joel zu, der mit einem letzten heftigen Ruck versuchte, die Hose hochzuziehen. Er stürzte in dem Augenblick, in dem Truax mit seiner behandschuhten Faust zuschlug. Der Schlag streifte ihn nur am Kopf und beschleunigte seinen Fall. Er krachte durch die offene Schranktür und zog im Fallen einige Kleider mit. Danach lag er vollkommen bewegungslos da, Kopf und Schultern mit Kleidern bedeckt, die nackten Beine ins Zimmer gestreckt. Truax sah auf ihn hinunter. Irma schrie weiter. Susan saß regungslos da.

»Geh«, sagte Truax endlich. Seine tiefe Stimme schnitt durch das Kreischen seiner Frau.

Joel stand schnell auf und sammelte seine Kleider ein, unter anderem auch die Schirmmütze, die an einem Knopf des Schminktisches hing. Das Hemd ließ er liegen – Truax stand darauf. Er bedeckte seinen Schritt mit der zusammengeknüllten Hose und rannte halb gebückt aus dem Zimmer. Als er an Irma vorbeikam, sprang diese zur Seite und schlug die Tür mit einem Knall an die Wand. Niemand bewegte sich, bis Joel drunten die Haustür aufriss und nach draußen rannte. Das Geräusch der Haustür weckte Irma aus ihrer Betäubung. In Strümpfen rannte sie durch das Zimmer, stützte ein Knie auf das Bett und begann auf Susans mageren Rücken einzuschlagen. Sie schlug ein halbes Dutzend Mal wütend zu, dann trat Truax neben sie und hielt seinen großen linken Arm zwischen Mutter und Tochter.

Teddy nutzte den Augenblick, um aus Darryls Zimmer zu fliehen. Schnell, leise und vollkommen unbemerkt. Er glitt die Treppe hinunter und durch die noch offene Haustür hinaus, weg von Irmas Geschrei und Susans Schluchzen. Auf dem Gehweg blieb er stehen und überlegte, in welche Richtung Joel gerannt war. In den benachbarten Häusern war alles ruhig. Keine Lichter, keine gaffende Menschenmenge. Nur die Nacht.

»Scheiße.«

Die Stimme kam von der Seite des Hauses, auf der die Garage lag. Teddy rannte um die Ecke und sah, wie Joel hinter dem großen Kasten der Klimaanlage kniete und einen Schuh anzog. Als er Teddy hörte, blickte er erschrocken auf. Aus seinem Schrecken wurde schnell Wut.

»Wo warst du?«, zischte er.

»Ich bin eingepennt.«

»Mensch Teddy ...«

»Tut mir Leid, Joel. Ich habe sie nicht gehört.«

Joel sah am Haus hinauf.

»Sie haben uns erwischt.«

»Ich weiß doch.«

»Truax wollte mich umbringen.« Er sah Teddy an. »Wo *warst* du, verdammt noch mal?«

Teddy sagte nichts. Joel stand auf.

»Ich muss zu Susan zurück.«

Teddy sah seinen Freund böse an.

»Keine gute Idee.«

»Ich kann sie doch jetzt nicht allein lassen, Mann. Du hättest ihre Eltern sehen sollen.«

Teddy merkte, dass Joel es ernst meinte.

»Wenn du jetzt da reingehst, bringt das Schwein dich um.«

Joel setzte sich auf die Klimaanlage und vergrub das Gesicht in den Händen.

»Was soll ich denn dann tun?«

Teddy verspürte auf einmal eine ausgelassene Freude, die fast so heftig war wie der Kick, den er sich in Darryls Zimmer verschafft hatte. Zum ersten Mal seit Ewigkeiten fragte Joel ihn um Rat.

»Ich mach das mit Susan.«

Joel wartete, hörte ihm zu, brauchte ihn jetzt.

»Aber zuerst bringe ich dich weg. Du kannst bei mir pennen.«

Joel schien nicht überzeugt, aber er hörte ihm immer noch zu.

»Dann komme ich hierher zurück und sehe nach, ob Susan noch lebt. Ich tu so, als hättest du mir nicht gesagt, worum es geht, und als sollte ich nur nachsehen, ob alles in Ordnung ist.«

Joel sah zum nächtlichen Himmel auf.

»Ich weiß nicht, Mann.«

»Aber so kann ich wenigstens die Lage sondieren und rauskriegen, wie sauer ihre Eltern sind. Wenn die ausrasten und auf Susan losgehen, kann ich sie aufhalten. Mit mir legen sie sich nicht an.«

»Ich weiß nicht.«

»Joel, sieh mich an.«

Joel sah ihn an.

»Lass mich das machen.«

Joel überlegte. Teddy spürte, dass er am liebsten hier geblieben wäre, doch blieb ihm keine andere Wahl.

»Also«, willigte er schließlich ein. »Meinetwegen.«

Na endlich, dachte Teddy.

Schweigend fuhren sie zum Haus der Swopes. Die Ungeheuerlichkeit des Geschehenen stand zwischen ihnen. Susan und Joel waren erwischt worden, und ihr Schicksal war besiegelt, unbestreitbar. Sie hatten Irma schreien gehört und gesehen, was für eine Wut Truax geschüttelt hatte. Joels Schwanz mit dem Gummi, für alle deutlich sichtbar. Du meine Güte. Irma hackte sich lieber die Beine ab, als dass sie das Ding noch mal an ihre Tochter ranließ.

Und Teddy hatte es zugelassen. Nicht dass er Gewissensbisse gehabt hätte, Joel und Susan waren selbst schuld. Sie hätten ihn eben nicht so behandeln dürfen. Außerdem wurde ihm, je länger er darüber nachdachte, immer deutlicher, dass er seinem Freund nur einen Gefallen getan hatte, auch wenn es jetzt weh tat. Das mit Susan war schon viel zu weit gegangen. Joel ans Messer zu liefern war wie die Entfernung eines Tumors. Zuerst war es furchtbar, man stand unter Schock und hatte Schmerzen. Aber Joel würde darüber wegkommen und alles würde sein wie früher. Klar, er würde weiter seine Weibergeschichten haben, aber die konnten ihrer Freundschaft nichts mehr anhaben. Niemand würde sich mehr über Teddy lustig machen, er brauchte keine finsteren Blicke von Susan mehr zu ertragen. Und natürlich würde ihn niemand mehr sitzen lassen. Sie würden nur noch zu zweit sein, er und Joel. Wie es sich gehörte.

Teddy brachte Joel im Gästezimmer unter und kehrte zum Haus der Truaxens zurück. Es war bereits nach elf. Sein Auto versteckte erst diesmal nicht. Das ganze Haus war erleuchtet wie ein Ozeandampfer. Sogar in Darryls Zimmer brannte Licht. Teddy dachte an das Einhorn und musste lachen. Er kapierte erst jetzt, wie lustig das war. Irre komisch. Zerbrich dir da mal den Kopf drüber, kleine Schwester. Lange Zeit antwortete niemand auf sein Klingeln. Dann kam Truax. Er hatte den Handschuh an seiner rechten Hand ausgezogen, und darunter war ein Verband mit Flecken in der Farbe überreifer Bananen zum Vorschein gekommen. Die Wut auf seinem Gesicht mischte sich mit Verwirrung, als er sah, dass der Sohn von Austin Swope vor der Tür stand.

»Tut mir Leid, dass ich so spät noch störe, Mr. Truax.«

Teddy roch die Hand jetzt. Ihm fiel ein, wie er einmal einen Haufen verrottetes Laub weggerecht hatte und darunter ein von Maden zerfressenes Eichhörnchen zum Vorschein gekommen war.

»Es ist nur … Joel kam bei mir vorbei, ganz aufgelöst.«

Truax' kleine Augen verdunkelten sich und seine dünnen Lippen verschwanden fast. Doch stand unumstößlich eine Tatsache zwischen ihnen: nämlich dass dies Austin Swopes Sohn war.

»Stimmt es, dass er und Susan Streit hatten oder so was?«

Truax sah ihn finster an.

»Ja. Es gab Streit.«

»Das ist ja blöd … aber Joel wollte, dass ich vorbeikomme und nachsehe, wie es ihr geht.«

»Susan geht es gut.«

»Das habe ich ihm natürlich auch gesagt.« Teddy lächelte. »Aber Sie kennen Joel. Er ist manchmal so … erregbar.«

Truax nickte.

»Die beiden sind ein ziemlich leidenschaftliches Paar«, fuhr Teddy fort.

»Damit ist jetzt Schluss«, sagte Truax. »Und das können Sie Joel auch sagen.«

Teddy hob abwehrend die Hände.

»Moment mal, ich will da nicht mit hineingezogen werden. Ich tue Joel nur einen Gefallen. Er hat mir so lange zugesetzt, bis ich es ihm versprochen habe. Joel ist wirklich okay. Er ist nur manchmal... so unbeherrscht.«

Truax nickte knapp.

»Na, dann mache ich mich mal wieder auf den Weg. Tut mir wirklich Leid wegen der Störung...«

Am oberen Ende der Treppe tauchte plötzlich Susan auf. Ihre Augen waren verquollen und rot geweint. Verwirrt starrte sie Teddy an. Am Hals hatte sie einen roten Striemen, ihre Haare standen wirr durcheinander und sie trug einen Schlafanzug.

»Teddy...«, sagte sie benommen.

Doch bevor sie ein weiteres Wort sagen konnte, stand schon ihre Mutter neben ihr, zischte etwas auf Deutsch und zerrte sie zurück.

»Gute Nacht, Teddy«, sagte Truax.

»Ja. Ist gut. Gute Nacht.«

Lächelnd kehrte er zu seinem Auto zurück. Der Ärger und die Scham von vorhin waren vollkommen verflogen. Niemand ließ ihn jetzt mehr sitzen. Er fuhr nach Hause so schnell er konnte. Zu Hause wartete sein Freund auf ihn.

11

Das Telefon schnitt durch Wootens unruhigen Schlaf wie die Messer, die die Filipino-Köche am Abend zuvor geschwungen hatten. Wooten sah auf den Wecker. 6.41 Uhr. Was hieß, dass er nur einige Stunden geschlafen hatte. Es war gestern bei den Swopes sehr spät geworden, aber das spielte keine Rolle – die Zwillinge schliefen bei Nachbarn und brauchten erst am Nachmittag abgeholt zu werden. Wooten brachte sie immer außer Haus, wenn Swope Geburtstag feierte. Es war der eine Abend im Jahr, an dem er nach Herzenslust aufblieb. Er wusste, er konnte am nächsten Tag ausschlafen, so lange er wollte. Ein Telefonanruf im Morgengrauen war deshalb höchst unerwünscht. Er brauchte drei wacklige Anläufe, um den Hörer von der Gabel zu nehmen. Wenn es dienstlich war, konnte sich jemand auf etwas gefasst machen.

»Ja bitte?«

»Mr. Wooten, hier spricht John Truax.«

Der vergangene Abend kam ihm ins Gedächtnis. Der Zusammenstoß auf der Veranda und der Kuchen, der langsam hinuntergeglitten war wie ein leckes Schiff ins kalte Meer.

»Wir haben ein Problem«, sagte Truax.

»Ein Problem?«

»Wir müssen miteinander reden.«

»Mr. Truax, es ist sechs Uhr am ...«

»Sergeant.«

»Entschuldigen Sie bitte?«

»Sergeant Truax.«

Wooten schwieg einen Augenblick.

»Es ist sechs Uhr morgens und Sonntag«, sagte er dann kalt.

»Es geht um die Ehre meiner Tochter.«

»Ehre?«

Truax sagte nichts.

»Ja«, sagte Wooten schließlich. Er wusste jetzt, dass es ernst war. »Gut.«

»Sie und Ihre Frau sollten so bald wie möglich zu uns kommen.«

»Jetzt gleich?«

»So bald wie möglich.«

Wooten zögerte. Am anderen Ende herrschte steinernes Schweigen. Er begriff, dass auch die Truaxens in der vergangenen Nacht nicht viel geschlafen hatten.

»Wir sind um acht bei Ihnen.«

»Gut.«

»Könnten Sie mir vielleicht sagen, um was genau es geht?«

»Fragen Sie Ihren Sohn.« Truax legte auf.

Ardelia setzte sich im Bett auf und sah ihn mit großen Augen an.

»Was ist?«

»Das war John Truax. Er sagt, gestern Abend sei etwas zwischen Joel und Susan passiert. Sie wollen auf der Stelle mit uns reden.«

»Was ist denn passiert?«

»Das wollte er nicht sagen.«

Wooten schwang die Beine aus dem Bett und stand auf. Sein blutleeres Gehirn protestierte gegen das frühe Aufstehen und ihm wurde schwindlig. Dann hatte er sich wieder unter Kontrolle. Sein Sohn hatte etwas angestellt. Er eilte den Flur entlang, klopfte zweimal an Joels Tür und machte sie dann auf. Es dauerte einen Augenblick, bis er begriff, dass er auf eine Anwort lange hätte warten müssen – das Bett war leer.

Kurz vor acht machten sie sich auf den Weg zu den Truaxens. Joel hatten sie schon bald bei den Swopes ausfindig gemacht. Wooten hatte Austin nur ungern so früh angerufen, vor allem nicht am Tag nach seiner Geburtstagsfeier, aber sie mussten Joel finden.

Swope nahm beim achten Klingeln ab.

»Austin, ich bin's.«

Es folgte eine Pause.

»Earl? Was ist denn los?«

»Tut mir Leid, dass ich dich aus dem Bett klingle, aber ich versuche Joel zu finden. Gerade hat John Truax angerufen. Zwischen Joel und ihrer Susan scheint etwas passiert zu sein.«

Er hörte eine zweite Stimme. Großartig, jetzt war auch Sally wach geworden.

»Warte einen Au…«

Swope und seine Frau sprachen miteinander.

»Keine Panik, Earl, Joel ist hier im Gästezimmer. Sally sagt, sie habe ihn gesehen, bevor sie zu Bett ging. Sie dachte, du wüsstest Bescheid.«

»Gott sei Dank.«

»Soll ich ihn wecken?«

»Nein, brauchst du nicht. Schick ihn einfach nach Hause, wenn er auf ist. Und – danke, Austin. Tut mir wirklich Leid.«

»Hat Truax gesagt, was passiert ist?«

»Nein«, erwiderte Wooten. »Aber er klang ziemlich aufgeregt.«

»Wenn du noch Hilfe brauchst, sag mir Bescheid.«

»Danke, Austin, danke.«

Er legte auf, erleichtert, dass, egal was in Fogwood passiert war, sein Sohn wenigstens in sicheren Händen war.

Genau eine Minute vor acht trafen die Wootens bei den Truaxens ein. Das war der Vorteil, wenn man die Stadt selbst gebaut hatte – man wusste genau, wann man aufbrechen musste, um pünktlich zu sein, erst recht um diese Zeit am Sonntagmorgen, wenn nur Gesundheitsfanatiker und erste Kirchgänger auf der Straße waren.

Truax machte ihnen auf, noch bevor die Türklingel verstummt war.

»Treten Sie ein«, sagte er grimmig.

Wooten fasste seine Frau am Ellbogen, und sie betraten das Haus. Ein Haus, das Wooten gebaut hatte, eins von hundert desselben Typs, die er in den vergangenen Jahren hochgezogen hatte. Truax ging ins Wohnzimmer voraus. Dort saß an der Wand gegenüber der Tür in einem großen braunen Sessel Irma. Sie stand auf, als die Wootens eintraten, und wischte sich die Hände an ihrem Rock trocken. Dafür, dass sie vor zehn Stunden noch ziemlich betrunken gewesen war, wirkte sie jetzt stocknüchtern.

»Guten Morgen, Irma«, sagte Ardelia ohne weitere Einleitung. »Worum geht es?«

»Es ist doch hoffentlich nichts Schlimmes passiert?«, fragte Wooten. »Ist Susan wohlauf?«

»Nehmen Sie doch Platz«, sagte Irma spöttisch, als ob die Vorstellung, die Wootens könnten sich setzen, völlig abwegig wäre.

Wooten und Ardelia setzten sich nebeneinander auf das klobige, grüne Sofa unter dem großen Fenster. Auf dem Regal vor ihnen standen zwei Dutzend glänzender Figuren. Kinder und Tiere, ländliche Szenen, ein auffliegender Vogel. Irma ließ sich wieder in ihren Sessel fallen, Truax setzte sich als Pendant auf der anderen Seite des Sofas.

Und dann sah Wooten es plötzlich, sein Hemd. Ordentlich zusammengefaltet auf dem Couchtisch vor ihm, gleich neben einem Heft der National Geographic Society, auf dessen Umschlag eine Afrikanerin abgebildet war. Eine Frau geradewegs aus der Steinzeit – der Hals durch einen grässlichen Metallkragen gestreckt, Nase und Ohren mit bemalten Knochensplittern durchbohrt, die Haare zerzaust wie die einer streunenden Katze, lang herunterhängende Brüste. Wooten sah auf das Erscheinungsdatum. Fast zwei Jahre alt. Andere Hefte lagen nicht da.

Er sah wieder auf sein Hemd. Eins seiner Lieblingshemden. Ardelia nannte es sein Sammy Davis Special. Kariert, mit zwei Brusttaschen und gerade abgeschnittenen Hemdschößen, sodass er es über der Hose tragen konnte, ohne deshalb gleich auszusehen wie ein Penner. Er überlegte, was das Hemd hier zu suchen hatte. Dann fiel ihm ein, dass Joel es gestern getragen hatte. Von der Statur her passte der Junge allmählich in die Sachen seines Vaters.

Und jetzt lag das Hemd auf dem Couchtisch der Truaxens.

Wooten sah auf. Irma starrte ihn mit ihren hellblauen Augen hasserfüllt und triumphierend an.

»Wir verbieten Joel, Susan weiter zu sehen«, sagte sie.

Die Wootens schwiegen.

»Warum?«, fragte Ardelia endlich.

Irmas Blick wanderte von Wootens Gesicht zu ihrem.

»Wir haben die beiden erwischt.«

»Erwischt?«, fragte Ardelia.

Wooten begriff sofort. Er spürte, wie sich in ihm etwas regte, Angst, so stark, wie er sie schon lange nicht mehr gehabt hatte. Jetzt war es also passiert. Er gab Irma mit einem kurzen Nicken zu verstehen, dass er im Bild war und nichts mehr gesagt zu werden brauchte. Sie erwiderte seinen Blick, und er las an ihrer Miene ab, dass sie ihn verstanden hatte. Das Gespräch konnte also fortgesetzt, Vereinbarungen getroffen und eine gütliche Einigung erzielt werden. Keine Einzelheiten, keine Schuldzuweisungen, nur der Versuch von vier Menschen, einen Schnitzer wieder gerade zu biegen.

Und dann sagte sie es doch. Die Frau plapperte einfach weiter und sagte es, vielleicht weil sie Deutsche war und nicht wusste, was sie mit dem Wort anrichtete, oder einfach deswegen, weil sie durch und durch verderbt war. Egal warum, sie sagte es. Warf es wie eine Granate in die Betulichkeit dieses Wohnzimmers.

»Beim Ficken«, sagte sie, und die mittleren Konsonanten klangen härter, als Wooten es je für möglich gehalten hätte. »Wir haben Ihren Sohn beim Ficken mit unserer Tochter erwischt.«

»Wo?«, fragte Ardelia mit brüchiger Stimme. Sie hatte es eigentlich gar nicht fragen wollen.

»In ihrem Zimmer«, sagte Irma. »Im Zimmer meiner Tochter.«

Wooten sah wieder Truax an. Sein Gerede von Ehre ergab auf einmal einen schrecklichen Sinn. Er fragte sich, wie das wohl war, wenn Truax mit seiner kranken Hand auf seinen Sohn losging. Aber wenn Joel verletzt gewesen wäre, hätte Sally es gesagt.

»Deshalb verbiete ich ihm für alle Zeiten, Susan zu sehen«, sagte Irma.

Alle sahen jetzt Wooten an, sogar Ardelia. Jetzt war er dran. Er war der Vater des Jungen, der erwischt worden war. Er und niemand anders musste jetzt sagen, dass so etwas nie wieder geschehen würde. Er zögerte, unwillig zu tun, was diese Frau von ihm verlangte. Aber es war nur dummer Stolz. Er wusste, er konnte nur eines sagen.

»In Ordnung.«

»Earl…«, begann Ardelia.

Er sah seine Frau an, merkte, dass sie nicht einfach allem zustimmen wollte. Noch nicht und nicht hier, bei diesen Leuten.

»Ich meine, findest du nicht, wir sollten zuerst mit Joel reden?«

»Was?«, sagte Irma. »Und ihn fragen, wie es für ihn war?«

»Irma!« Ardelia fuhr zurück und sah sie mit offenem Mund an.

Irma schlug mit der Hand auf die Armlehne ihres Sessels.

»Sehen Sie mich nicht so an, Ardelia Wooten«, sagte sie heftig. »Ihr Sohn kommt hier einfach rein und macht diese… wie sagt man denn…«

Sie schüttelte die Hand und runzelte die Stirn. Für einen Augenblick schien sie den Faden verloren zu haben.

»Mesalliance?«, fragte Ardelia schließlich.

Irma sah auf. Es war klar, dass sie das Wort nicht kannte. Wütend kniff sie die Augen zusammen.

»Ich weiß nicht, an was für ein Wort Sie dachten«, sagte Ardelia. »Jedenfalls hat Joel das, was in der vergangenen Nacht passiert ist, nicht allein getan.«

Wooten legte beschwichtigend die Hand auf den Schenkel seiner Frau.

Ardelia schüttelte sie ab.

»Was soll das heißen?«, fragte Irma scharf.

»Es heißt, dass wir dieses Problem nicht lösen, indem wir unsere Kinder beschimpfen, Irma.«

»Sie finden also, Ihr Junge ist unschuldig?«

»Er ist natürlich mitschuldig.«

»Mitschuldig? Kommt hier rein und lächelt unschuldig, und deshalb ist jetzt meine Tochter schuld?«

Einen Moment sagte keiner etwas.

»Lächelt unschuldig«, wiederholte Ardelia langsam. »Was soll das nun wieder heißen?«

»Das wissen Sie ganz genau.«

Jetzt geht's los, dachte Wooten.

»Allerdings«, sagte Ardelia.

»Meine Damen«, sagte Wooten.

Sie sahen ihn an, bereit, über ihn herzufallen.

»Ich finde, wir sind vom Thema abgekommen.«

»Ich finde, wir steuern geradewegs darauf zu«, sagte Ardelia.

»Was ich sagen will ist: Es gibt keinen Grund, über etwas zu streiten, das bereits entschieden ist.«

»Ach ja?«, fragte Ardelia. »Entschieden?«

»Sicher.« Wooten sah wieder auf das Hemd vor ihm und auf die Afrikanerin daneben. »Ich meine, das Ganze geht eindeutig zu weit.«

»Danke«, sagte Irma kurz.

Wooten funkelte sie an. Du bedankst dich nicht bei mir, du blöde Kuh, dachte er. Wage das bloß nicht.

»Im Grunde haben wir es hier doch mit zwei anständigen Kindern zu tun, die über beide Ohren ineinander verknallt sind«, sagte er dann. »So würde ich es gerne sehen, und so kommen wir am weitesten. Habe ich Recht, John?«

Alle sahen Truax an. Wooten fiel auf, dass er bisher kein Wort gesagt hatte. Außerdem hatte er das seltsame Gefühl, dass der Mann ihn die ganze Zeit unverwandt anstarrte.

Truax nickte langsam.

»Also gut, dann ist das beschlossen. Joel und Susan werden sich eine Zeit lang nicht mehr sehen.«

»Nie mehr«, sagte Irma.

»Hm, nie mehr ist sehr lange. Zumal die beiden bald achtzehn sind.«

Irma machte eine Grimasse.

»Also, Irma?«

»Natürlich bin ich einverstanden«, sagte sie.

»Gut. Wir reden mit Joel, und Sie sprechen dann wohl mit Ihrer… mit Susan.«

»Worte«, sagte Irma mürrisch.

Erledigt, dachte Wooten, wir können gehen, Gott sei Dank. Er wollte gerade aufstehen, als Truax schließlich doch noch etwas sagte.

»Wie überwachen wir das?«

»Überwachen?«

»Sollten wir uns nicht überlegen, wie wir kontrollieren können, dass die beiden sich auch wirklich an das Verbot halten?«

Wooten starrte ihn an, dann sah er Hilfe suchend auf Ardelia.

»Wir reden mit Joel und erklären ihm das«, sagte Ardelia mit ihrer Lehrerinnenstimme. »Dann tut er, was wir sagen.«

»Und wenn nicht?«, beharrte Truax.

»Ich glaube wirklich nicht, dass es so weit kommt.«

»Er wird gehorchen«, sagte Wooten.

Truax sah ihn nur abwartend an.

»Ich gebe Ihnen mein Wort.«

Truax nickte, präzise einmal. Darauf hatte er gewartet.

»Und wie wollen Sie Ihre Tochter, äh, überwachen?«, fragte Ardelia.

»Ich habe sie in ihr Zimmer gesperrt«, sagte Truax ausdruckslos.

»Wie, für immer?«

»Wenn es notwendig ist.«

Eine plötzliche Stille senkte sich über das Zimmer. Geh, dachte Wooten. Geh hier weg und komm nie wieder.

»Dann ist das also entschieden«, sagte Wooten und stand auf. »Ardelia?«

Sie stand ebenfalls auf.

»Vergessen Sie das Hemd nicht«, sagte Irma.

Wooten hatte es liegen lassen wollen. Jetzt musste er es mitnehmen.

»Wenn Sie noch etwas besprechen wollen, rufen Sie uns doch einfach an«, sagte Ardelia ruhig.

»Sie meinen, wenn Susan schwanger ist?«, fragte Irma. »Keine Sorge, er hatte ein Kondom drauf. Ich habe es gesehen.«

»Sie unverschämte …«

Wooten hielt seine Frau am Arm fest.

»Komm, Ardelia. Lass uns gehen.«

Sie wollten gerade zur Tür gehen, als sie Schritte auf der Treppe hörten. Einen Augenblick befürchtete Wooten schon, es könnte Susan sein, die um Gnade bitten oder sie alle verfluchen wollte. Er wusste nicht, ob er damit zurechtgekommen wäre. Er hatte sowieso Gewissensbisse, über das Schicksal zweier Jugendlicher entschieden zu haben, die einander liebten und die beide nicht anwesend waren. Doch kam nicht Susan herein, sondern ihre Schwester, eine pummeliges Mädchen mit permanent offen stehendem Mund und dem herben Gesicht ihres Vaters. In der Hand hielt sie ein Plüschtier, ein Einhorn mit einem spiralig gewundenen, rot-gelben Einhorn. Angeekelt hielt sie das Tier hoch. Offenbar stimmte damit etwas nicht.

»Mom …«

12

Von Darryls Zimmer aus sah sie den Le Sabre wegfahren, sah, wie er das Stoppschild am Ende der Straße glatt überfuhr. Mit dem Auto verschwand die Hoffnung, der frühmorgendliche Gipfel könnte zu einer friedlichen Lösung führen. Sie hatte den unterdrückten Hass in den Stimmen gehört und die Gesichter der Wootens beim Gehen gesehen. Damit war es offiziell. Man hatte sie getrennt.

Hilflos sah sie sich in Darryls Zimmer um, vollgestopft mit den Sachen ihrer ach so guten Schwester. Sie war gerade erst aus ihrem eigenen Zimmer geflohen. Ihre Schwester hatte vergessen wieder abzuschließen, nachdem sie hereingekommen war und gefragt hatte, was mit ihrem Einhorn passiert sei. Es hatte einen verkrusteten Fleck auf dem Bauch. Susan sagte, sie wisse es auch nicht, und fragte Darryl dann, einem spontanen Einfall folgend, ob sie Joel einen Brief überbringen könne.

»Findest du nicht, du solltest aufhören zu sündigen?«, hatte Darryl entgegnet.

Nein, hätte Susan fast gesagt, doch sie sagte es nicht. Sie hatte schon genug Feinde. Wenigstens hatte ihre Schwester die Tür offen gelassen. Susans erster Gedanke war, die Treppe hinunter und durch die Garage nach draußen zu rennen und quer durch Gärten und über Radwege nach Mystic Hills. Wenn sie rannte wie der Teufel, konnte sie bei Joel sein, noch bevor seine Eltern zu Hause waren. Und dann würden sie gemeinsam aufbrechen, wie sie es besprochen hatten. Zuerst würden sie ein paar Tage bei April untertauchen und dann einfach verschwinden und alles hinter sich lassen, Eltern, abgesperrte Türen und alles, was sie in dieser Stadt trennte.

Doch noch bevor sie das obere Ende der Treppe erreicht hatte, erstarrte sie. Von drunten aus dem Wohnzimmer kamen Stimmen. Ihre Eltern und die Wootens. Eingesperrt in ihr Zimmer mit Cat Stevens in voller Lautstärke hatte sie sie nicht kommen gehört. Sie hätte an ihnen vorbeirennen müssen, und ihr Vater hätte sie angehalten. Ihm entkam niemand, das wussten alle. In Fort Meade war sie einmal einem unheimlichen Menschen begegnet, der mit ihm in diesem schrecklichen Land gedient hatte, einem Soldaten mit leeren Augen, der sie eines Nachmittags, kurz nachdem ihr Vater nach Hause gekommen war, unangemeldet besucht hatte. Er hatte die ganze Zeit auf den Boden gestarrt, ein grausames Lächeln auf den Lippen, und Dinge gesagt, die Susan nicht hören wollte. Wie ihr Vater nie schlief und wie er andere Menschen zur Strecke brachte. Wie die Feinde ihn mit Namen kannten und ein Kopfgeld auf ihn ausgesetzt hatten. Ihr Vater war mit dem Mann schließlich in eine Bar verschwunden. Später war er betrunken nach Hause gekommen, das einzige Mal, an das Susan sich erinnern konnte. Danach sprach er einige Tage lang mit niemandem.

Weglaufen war also unmöglich. Stattdessen ging sie in Darryls Zimmer und sah die Wootens abfahren. Am besten sie wartete jetzt, bis der richtige Augenblick kam. Wenigstens einmal musste sie raffiniert sein. Ihre Chance würde kommen, musste kommen. Sie konnte sich die Szene zwischen ihrer Mutter und Ardelia genau vorstellen. Sie hatte immer versucht, die beiden nicht aufeinander treffen zu lassen. Nicht nur, weil Irma die Schwarzen hasste, sondern auch, weil Ardelia offenbar meinte, Susan sei für Joel nicht gut genug. Sie versuchte das zwar hinter höflichem Lächeln und freundlichen Worten zu verbergen, aber Susan las es an ihren grünen Augen ab. Gut, sollten sie sie doch trennen, wenn es ihnen Spaß machte, lange würde es sowieso nicht dauern.

Schritte kamen die Treppe herauf. Susan eilte in ihr Zimmer zurück und machte leise die Tür hinter sich zu. Dann stieg sie ins Bett. Ihr Rücken schmerzte immer noch von den Schlägen der Mutter. Unfassbar, dass Irma sie geschlagen hatte. Das würde sie noch bereuen, spätestens, wenn Susan in zehn Monaten aus Kalifornien oder von sonstwo anrief und Irma sie anflehte, doch wieder nach Hause zu kommen.

Der Türknopf drehte sich. Susan griff nach einer Tube Hautcreme auf dem Nachttisch, bereit, sie ihrer Mutter an den Kopf zu werfen, sollte sie es wagen, das Zimmer zu betreten. Doch dann erschien ihr Vater.

»Warum ist die Tür nicht abgesperrt?«, fragte er mit einem Nicken zum Türknopf.

»Darryl hat sie offen gelassen. Sie wollte etwas wegen eines Plüschtieres fragen.«

»Und weißt du, was damit ist?«

»Ich rühre Darryls Sachen nicht an. Sie sind mir zu sauber.«

Er sah auf den Boden.

»Sag nicht so was«, sagte er leise.

»Warum nicht? Geht es nicht darum? Die Schlampe Susan?«

»Das denken wir nicht.«

»Irma schon.«

Ihr Vater seufzte.

»Susan, ich wollte dir nur sagen, dass Joels Eltern gerade da waren und wir beschlossen haben, dass ihr beide euch nicht mehr sehen sollt.«

Sie hatte gewusst, was er sagen würde, trotzdem trafen die Worte sie wie ein Todesurteil. Tränen stiegen ihr in die Augen, und sie begann unkontrolliert zu schluchzen.

»Nein, Daddy, bitte.«

Er sah sie an. Auf einen Außenstehenden hätte sein Gesicht vollkommen gleichgültig gewirkt, aber Susan merkte, dass auch er aufgewühlt war.

»Tut mir Leid, aber nach gestern Abend bleibt uns nichts anderes übrig. Ihr steckt beide zu tief drin.«

»Das könnt ihr nicht tun!«, rief Susan.

Ihr Vater schwieg. Das Ganze war ihm genauso unangenehm wie ihr. Einen Augenblick glaubte sie schon, sie könnte eine Begnadigung in letzter Minute erreichen, doch dann drängte sich Irma an ihm vorbei ins Zimmer. Auch ihre großen blauen Augen waren wässrig, und ihre Stimme überschlug sich fast.

»Natürlich können wir das! Du wohnst schließlich immer noch mit uns unter einem Dach!«

»Du kannst mich mal!«, schrie Susan.

»Susan …«, sagte ihr Vater.

»Ich rede eben wie die Schlampe, die ich bin.«

Susan starrte ihre Mutter so hasserfüllt an, wie sie nur konnte, und ihre Mutter starrte böse zurück. Dann legte Susan sich wieder hin und vergrub das Gesicht in den Kissen. Nicht einmal Joels Geruch konnte sie dort noch riechen – ihre Mutter hatte noch gestern Abend, bevor sie Susan in ihr Zimmer gesperrt hatte, die Laken gewechselt, die alten vom Bett gerissen und triumphierend wie die Uniform eines getöteten Feindes in die Waschküche hinunter getragen.

Ihre Eltern gingen. Susan hätte am liebsten ganz lange geweint, aber schon bald kamen keine Tränen mehr und ihr Schluchzen klang rau und sinnlos. Sie sah auf. Ihr Vater hatte die Tür offen gelassen, aber nur weil Sonntag war und er nicht zur Arbeit ging. Sie ging ins Bad und duschte so lange, bis kein Tropfen warmes Wasser mehr im Haus war. Sie rieb einen blanken Kreis in den beschlagenen Spiegel und starrte sich an. Ihr Gesicht war verquollen, die Augen rotgeädert. Dann betrachtete sie ihren Rücken. Die Abdrücke der Hand ihrer Mutter waren deutlich zu sehen, wie auf einem Kindergartenbild. Die nassen Haare hingen schlaff den Rücken herunter. Im Arzneischränkchen war eine Schere, und einen Augenblick erwog sie, die Haare einfach alle abzuschneiden, sich den ganzen Schädel kahl zu rasieren, wie es die Landsleute ihrer Mutter mit den Juden gemacht hatten. Die Haare würde sie Irma aufs Kopfkissen legen. Aber das war dumm. Bald war sie ja wieder mit Joel zusammen, und Joel mochte ihre Haare.

Nackt und tropfend kehrte sie in ihr Zimmer zurück. Hoffentlich sahen die anderen sie so. Wenn sie unbedingt schockiert sein wollten, bitte sehr, das konnten sie haben. Doch ihre Eltern waren in der Küche und ihre Schwester in der Kirche. Vor dem Kleiderschrank blieb Susan stehen. Stange und Kleider lagen immer noch auf dem Boden. Sie beschloss, an diesem Tag überhaupt keine Kleider zu tragen. Sie legte *Blue* von Joni Mitchell auf und kroch wieder ins Bett, den weißen Tiger an die Brust gedrückt. Bizarre Fluchtgedanken gingen ihr durch den Kopf. Sie konnte ein Feuer legen und in der anschließenden Panik fliehen. Oder Krankheit vortäuschen und aus der Notaufnahme fliehen. Aus dem Fenster klettern wie die Prinzessin in einem Märchen. Aber jeder Einfall endete beim Bild ihres Vaters, der sie bewachte. Und dann fiel ihr noch etwas Deprimierendes ein, eine Bemerkung, die in dem heftigen Wortwechsel am Abend zuvor untergegangen war. Dass ihr Vaters keine Arbeit mehr hatte. Was bedeutete, dass er jetzt die ganze Zeit zu Hause war und auf sie aufpassen, sie bewachen konnte.

Dieser Idiot Teddy. Er hatte doch Schmiere stehen sollen. Wahrscheinlich war er einfach zu bekifft gewesen. Oder weggefahren, was sie ihm durchaus zutraute. Als er vergangene Nacht, nachdem alles vorbei war, noch einmal gekommen war, hatte sie geglaubt, er käme im Auftrag Joels. Doch dann hatte sie sein hämisches Grinsen gesehen und begriffen, dass von ihm keine Hilfe zu erwarten war. Sie war auf sich angewiesen, musste selbst zusehen, wie sie hier rauskam. Auf jeden Fall musste sie zu Joel. Er würde wissen, was zu tun war. Er hatte schon so etwas befürchtet und in letzter Zeit oft gesagt, wenn ihre Eltern sich einmischten, würden sie weglaufen. Dann begann das neue Leben eben etwas früher. Er konnte ja auch auf ein anderes College gehen, und Susan konnte jederzeit irgendwo jobben. Irma würde wahrscheinlich endgültig durchdrehen, aber Joel meinte, seine Eltern würden einlenken, wenn sie erst merkten, dass er und Susan auf jeden Fall zusammen bleiben wollten. Sie würden ihnen schließlich ihren Segen geben. Für das College zahlen, bei der Miete helfen. Bestimmt. Earl und Ardelia waren anständige Menschen.

Jetzt musste sie nur überlegen, wie sie hier rauskam.

Sie dachte wieder an die vergangene Nacht. Es war so schrecklich gewesen, gerade weil alles kurz vorher noch so wunderbar gewesen war. Sie hatten schon vor Teddys Eintreffen miteinander geschlafen, deshalb konnten sie sich das zweite Mal so viel Zeit lassen. Joel war ganz ruhig gewesen. Diesmal war Susan ausgeflippt. Sie kam noch nicht oft – sie hatten es noch nicht ganz raus –, aber wenn sie kam, dann wie ein Sturm. Und gestern Abend war es ein Hurrikan gewesen. Deshalb hatte sie ja nicht gemerkt, dass ihre Eltern zurückgekehrt waren. Als die Tür aufging, war sie gerade auf dem Höhpunkt angelangt. Das war das Schlimmste – sie hatte immer noch am ganzen Körper gezuckt, als ihr Vater Joel geschlagen hatte, sogar als ihre Mutter auf sie eingedroschen hatte. Die beiden Gefühle hatten sich miteinander vermengt, das Gute und das Schlechte, alles passierte zugleich. Sie wusste nicht, ob es je wieder so sein würde. Oder ob der Schrecken und die Schmerzen sie ab jetzt immer begleiten würden.

Die Tür ging auf. Ihre Mutter. Als sie sah, dass Susan nackt war, runzelte sie die Stirn. Dann ging sie durch das Zimmer und drehte die Lautstärke leiser.

»Du solltest dir etwas anziehen.«

»Du solltest an deiner eigenen Kotze ersticken.«

Irma tat, als habe sie das nicht gehört.

»Willst du etwas essen? Du musst doch Hunger haben.«

Als Antwort drehte sich Susan zur Wand und zeigte ihrer Mutter die roten Striemen, ihren nackten Hintern und, am wichtigsten, den Teil, den ihre Mutter zuletzt von ihr sehen würde, wenn Susan erst wusste, wie sie hier wegkam – ihren Rücken.

3. Teil

13

Höflich saßen sie auf ihren Klappstühlen. Über vierhundert waren gekommen, so viele, dass sie durch die Notausgänge fast wieder hinausgedrückt wurden. Die meisten waren junge Weiße, sauber und gut gekleidet, die Augen erwartungsvoll auf das Podium gerichtet. Swope erwiderte die Blicke und grüßte so viele er konnte mit einem knappen Lächeln und freundlichen Nicken. Es waren seine Leute, die Mitglieder des Hausbesitzervereins von Newton. Sie hatten hier Einfamilienhäuser, Reihenhäuser und Eigentumswohnungen gekauft. Bürger mit Hypotheken, Zweitwagen, Wasserrechnungen und Kindern mit Zahnspangen. Wer die Haare lang trug, hatte sie ordentlich gekämmt, wer in Jeans gekommen war, hatte sie frisch gewaschen. Niemand rauchte. Wer seinen Kaffee ausgetrunken hatte, entsorgte den Styroporbecher ordentlich in den dafür vorgesehenen Abfalleimern.

Mitglied in diesem Verein zu werden war einfach, man brauchte dazu nur ein Haus oder eine Wohnung in Newton zu kaufen. Im Kaufvertrag verpflichtete der Käufer sich zu einem jährlichen Beitrag an den Hausbesitzerverein in Höhe von 35 Cents pro 100 Dollar Kaufwert. Mit diesem Geld wurden dann die öffentlichen Bauarbeiten der Stadt und verschiedene Freizeiteinrichtungen finanziert. Im Gegenzug konnten die Hausbesitzer auf einer monatlichen Mitgliederversammlung dem Exekutivausschuss des Vereins Empfehlungen machen, Beschwerden vortragen und Änderungen vorschlagen. Die Mitglieder hatten zwar keine wirkliche Macht, aber der Ausschuss nahm ihre Anträge sehr ernst. Er bestand aus fünf Mitgliedern, die in diesem Augenblick an einem langen Tisch auf der Bühne der Turnhalle der High-School von Newton saßen, inmitten der noch nicht abgebauten Kulissen von *Der versteinerte Wald*, der hier zum Schuljahresende aufgeführt worden war. Swope als Geschäftsführer saß in der Mitte. Rechts von ihm saß Wooten, das zweite ständige Mitglied des Ausschusses, rechts von Wooten Richard Holmes, Mitglied für ein halbes Jahr wie Chad Sherman, der junge PR-Mann von EarthWorks links von Swope. Auf Shermans anderer Seite saß das einzige nicht zum Unternehmen gehörende Mitglied, eine Hausfrau aus Juniper Bend namens Ellen Felice, die barfuß gekommen war und mit ihren oft etwas verrückten Tagesordnungspunkten zu ökologischen Fragen von den anderen vier regelmäßig, wenngleich höflich überstimmt wurde.

Der Hausbesitzerverein entsprach Vines Vorstellung von der allmählichen Einführung demokratischer Strukturen in der Stadt. Er reagierte auf die öffentliche Meinung, war aber zugleich ein Instrument der Firmenkontrolle. Im Konfliktfall konnte die im Vorstand verankerte EarthWorks-Mehrheit den Protest der Bürger mit Leichtigkeit ersticken. Ende des Sommers allerdings sollten alle fünf Ausschussmitglieder von den Hausbesitzern gewählt werden. Zwar würde der von der Firma ernannte Citymanager weiterhin in finanziellen Dingen das Sagen haben, aber die Macht der Firma war dann nicht mehr absolut. Wieder drei Jahre später, wenn die Nation ihr zweihundertjähriges Bestehen beging, sollte der Managerposten abgeschafft und stattdessen ein Bürgermeister gewählt werden. Dann war die vierte Phase abgeschlossen und Newton ganz von EarthWorks mit seinen kommerziellen Interessen abgenabelt. Alle politischen Verbindungen mit der Firma würden durchtrennt werden, die Stadt würde auf sich selbst gestellt sein.

Vorerst war die Mitgliederversammlung aber noch Swopes Veranstaltung. Wooten interessierte sich kaum für die Ausschussangelegenheiten. Er stellte für die diskutierten Punkte lediglich sein technisches Wissen zur Verfügung. Die anderen Firmenvertreter verhielten sich so, wie es ihrem Status als Angestellte entsprach. Ellen Felice schließlich war zufrieden, wenn sie einige Minuten lang für Schulessen aus ökologisch kontrolliertem Anbau und kostenlose Abtreibung in den städtischen Kliniken werben durfte. Die Versammlungen waren so gut besucht, dass die Sitzplätze nicht reichten. Die letzten Ankömmlinge mussten sich an die Turnmatten an der hinteren Wand der Turnhalle lehnen. An der

Decke über ihnen hing ein Dschungel aus hochgezogenen Basketball-Körben und Kletterseilen. Ardelia Wooten als stellvertretende Schulleiterin fungierte als Gastgeberin, ließ den Hausmeister zusätzliche Klappstühle holen und wies hin und wieder freundlich Mitglieder zurecht, die gegen das Rauchverbot verstießen.

Die erste Stunde der Versammlung an diesem Abend war ohne Zwischenfall und in der üblichen Monotonie verlaufen. Klagen wurden angehört, Finanzen besprochen, Neuigkeiten mitgeteilt. Swope hatte die Situation im Jugendzentrum geschickt entschärft, indem er einfach bekannt gab, das Gebäude bleibe aufgrund eines Wasserschadens bis auf Weiteres geschlossen. Zum Glück brachte niemand die Gaslaternen zur Sprache. Wooten sagte in einer kurzen Rede, man sei in Bauabschnitt III dem Terminplan voraus, ohne zu erwähnen, dass es beim Verkauf Einbrüche gab. Holmes nickte zu allem weise und kaute auf dem Stiel seiner kalten Ebenholzpfeife herum. Ellen Felice stellte den Antrag, auf Newton Plaza die Ökofahne aufzuziehen. Swope versprach, darüber nachzudenken, Sherman empfahl, solche Dinge nicht zu überstürzen.

Erst beim letzten Punkt der Tagesordnung kam Leben in Swope. Der Zaun, ein kniffliges Problem. Auf den ersten Blick las sich der Antrag harmlos. Die Anlieger von Zeno's Way, einer kleinen Sackgasse in Fogwood, baten um die Genehmigung, einen Zaun errichten zu dürfen, um die Jugendlichen von Renaissance Heights davon abzuhalten, Abkürzungen durch ihre Gärten zu nehmen. Sie hatten im Mai einen entsprechenden, höflich formulierten Antrag mit Fotos von abgeknickten Zweigen und beschädigten Gartenmöbeln an Swope eingereicht. Die Vertreter, die sie zur Newton Plaza geschickt hatten, zeigten sich einsichtig und vernünftig. Sie kannten die Auflagen in den Verträgen der Stadt und Barnaby Vines Vision einer zaunlosen Metropole. Sie wollten auch gar keinen Ärger machen, hatten sie gesagt, im Gegenteil, sie wollten ihn verhindern. Swope hatte verständnisvoll genickt.

»Ich überlege mir was«, hatte er gesagt. »Bei der nächsten Mitgliederversammlung kann ich Ihnen hoffentlich einen Vorschlag machen.«

Sie hatten sich respektvoll bedankt, die Vertreter eines Dutzends Familien aus Newton. Zwei von ihnen waren schwarz, wie er bemerkte. Das war gut – er wollte auf keinen Fall einen Rassenkonflikt. Seitdem hatte er über das Problem nachgedacht. Eine wirkliche Herausforderung. Er sympathisierte mit den braven Anwohnern von Zeno's Way, aber auf den ersten Blick waren ihm die Hände gebunden. Vines Auflage hätte nicht expliziter sein können. Auf Privatgrundstücken waren keine Zäune erlaubt, weder aus Maschendraht noch aus Latten noch aus Ziegeln, basta.

Doch so einfach war es auch wieder nicht. Den Anwohnern von Zeno's Way die Bitte abzuschlagen hätte böse Folgen gehabt. In der Bitte schwang eine unausgesprochene Drohung mit – wenn sie ihren Zaun nicht bekamen, würden sie wegziehen. Die jugendlichen Randalierer aus Renaissance Heights trampelten inzwischen in Scharen und zu jeder Zeit durch die gepflegten Gärten. Den nahe gelegenen Radweg ignorierten sie. Verschärft wurde das Problem noch durch die nächtliche Ruhestörung, die stampfende Musik und die lautstarken häuslichen Streitigkeiten aus den Sozialwohnungen. Am schwersten aber wog, dass in einem der Häuser am Zeno's Way eingebrochen worden war. Gestohlen hatte man eine Stereoanlage und einige verschreibungspflichtige Medikamente. Swope schauderte bei dem Gedanken, die nagelneuen Häuser könnten wieder zum Verkauf ausgeschrieben werden. Newton sollte ja gerade die Stadtflucht der Weißen verhindern, nicht ein weiteres Beispiel dafür werden. Die Presse würde sich darauf stürzen. Er sah schon die Fotos und die Schlagzeilen. In Chicago würde man durchdrehen. Für genau solche Probleme brauchte man, ähnlich wie für das Jugendzentrum, eine Feuerwehr wie ihn. Wenn er nicht damit fertig wurde, war vielleicht jemand anderer besser als Citymanager geeignet.

Erst gestern, als er nach Wootens Anruf wach im Bett gelegen hatte, war ihm eine Lösung eingefallen, eine geniale Lösung, wie sich König Salomo keine bessere hätte ausdenken können. Sie war im Prinzip ganz einfach. Wenn man auf Newtoner Stadtgebiet keine Zäune bauen durfte, musste Swope einfach dafür sorgen, dass das entsprechende Land nicht mehr zu Newton gehörte. Er würde einen ein Meter breiten Streifen Land um die Sackgasse an Cannon County rückübertragen, und der Bezirk würde den Streifen gegen eine nominale Gebühr an die Hausbesitzer verpachten.

Und die konnten dann ihren Zaun bauen. Zwar brauchte man dafür einige komplizierte Schriftsätze und womöglich eine Enteignungsurkunde, doch war das alles nur noch Formsache. In einem Monat hatten die Bewohner von Zeno's Way ihren Schutzzaun.

Der Exekutivausschuss musste den Plan nur noch absegnen. Swope hatte den Antrag für zuletzt aufgespart, wenn die meisten in Gedanken schon auf dem Heimweg waren, denn er wollte die Diskussion auf ein Minimum beschränken. Er las ihn rasch vor und sah dabei gelegentlich zu den Leuten aus Zeno's Way hin, die sich auf seine Bitte in die erste Reihe gesetzt hatten. Dann wiederholte er das Verbot der Stadt, Privatgrundstücke einzuzäunen. Er sah, wie die Antragsteller schon mutlos die Köpfe schüttelten.

»Jedoch …«

In einem sachlichen Ton, der keinen Widerspruch duldete, gab Swope sodann seinen Plan der Rückübertragung bekannt. Natürlich betonte er, dass es sich um eine Ausnahme handle, die als solche radikale Maßnahmen erfordere, keinesfalls um eine Änderung der Unternehmenspolitik. Als er fertig war, sah er zu seiner Erleichterung, dass die Zustimmung unter den Anwesenden offenbar überwog. Er bat um Wortmeldungen. Einige kritische Fragen, ob dadurch nicht der Grundvertrag verletzt werde, fertigte er mit vagen Versprechungen zusätzlicher Radwege und Minibus-Linien ab. Nach fünf Minuten war klar, dass von den Mitgliedern des Vereins kein Widerspruch zu erwarten war.

Er hatte es geschafft.

»Tja dann, wenn es keine weiteren Einwände gibt, schlage ich vor, wir …«

»Austin?«

Wootens Stimme kam von weit weg. Swope brauchte eine Weile, bis er begriff, warum – Wooten sprach in sein Mikrofon, und seine Stimme kam durch die große Turnhalle zum Podium zurück. Swope sah seinen Mit-Vorsitzenden an, doch Wooten erwiderte seinen Blick nicht. Er wirkte verwirrt und zugleich entschlossen.

»Earl, tut mir Leid. Du willst wahrscheinlich noch etwas zu der Art von Zaun sagen, der in Frage kommt.«

»Ja, das könnte ich natürlich. Aber zuerst noch was anderes. Hältst du das wirklich für eine kluge Lösung?«

Die Zuhörer wandten sich Wooten zu. Ein Knacken ging durch die Klappstühle. Es klang wie das langsame Auseinanderbrechen eines eiszeitlichen Gletschers.

»Ich denke doch ja. Für die bestmögliche unter den Umständen.«

Wooten nickte und lächelte kurz. Dann holte er tief Luft.

»Ich meine nur… wenn wir jetzt einen Zaun bauen, widerspricht das nicht allem, was wir in den vergangenen fünf Jahren getan haben?«

»Darüber haben wir doch gerade gesprochen, Earl. Die Umstände ändern sich.«

»Ich weiß. Trotzdem finde ich die Maßnahme… überzogen.«

Swope verspürte ein Frösteln. Earl Wooten hatte ihn soeben kritisiert, ihn offen *herausgefordert.* Über das Mikrofon und vor einigen hundert Zuhörern. Er war so vom Donner gerührt, dass seine sonstige Redegewandtheit ihn verließ. Er starrte Wooten nur unverwandt an und setzte sich mit seinem Schweigen gleichsam ins Unrecht.

»Ich meine, wenn man bedenkt, wie wir die Häuser in die Umgebung eingepasst haben, dann haben doch Zäune da nichts zu suchen. Ein Zaun würde die Harmonie stören.«

»Von Harmonie kann man sowieso nicht mehr sprechen«, sagte jemand in der ersten Reihe. »Das ist doch das Problem.«

Zustimmendes Gemurmel war zu hören, nicht nur aus der ersten Reihe. Danke, hätte Swope fast laut gerufen.

»Das ist mir schon klar«, sagte Wooten ruhig und verständig. »Und ich glaube auch, dass wir dieses Problem vor allen anderen lösen müssen. Es ist nur… ich habe in meinem Leben schon viele Zäune gebaut, aber noch nie erlebt, dass ein Zaun Menschen von etwas abhält, das sie sich in den Kopf gesetzt haben. Mr. Vine wusste das meiner Meinung nach auch, als er Zäune für diese Stadt verbot. Mehr will ich gar nicht sagen. Wenn wir diesen Zaun bauen, haben wir eine Sache mehr, die zerstört werden kann.«

Daraufhin erhob sich wieder Gemurmel, aber nicht nur ablehnendes. Die Leute in der ersten Reihe starrten Swope auf einmal betreten an. Swope begriff, dass er jetzt nur eins tun konnte – sofort darüber abstimmen lassen. Aber noch bevor er die Abstimmung beantragen konnte, bemerkte er noch etwas. Ellen Felice nickte heftig, stimmte Wooten in dem ihr eigenen, übertrieben theatralischen Stil zu. Chad Sherman neben ihr dagegen starrte Swope an wie ein Welpe, der gleich gefüttert wird.

Swope rechnete. Zwei zu zwei. Blieb noch Richard Holmes auf der anderen Seite von Wooten, die Lippen wie schmollend um den Pfeifenstiel geschoben und die Stirn als Ausdruck angestrengten Nachdenkens gerunzelt. Er war ein Intimus von Wooten, aber zugleich Angestellter von EarthWorks. Undenkbar, dass er gegen Swope stimmte.

Es sei denn, er wusste etwas.

Lass doch einfach abstimmen, dachte Swope wieder. Dann fiel ihm ein, was Holmes auf der Party gesagt hatte. *Weitere Glücksmeldungen …*

»Richard, Sie haben sich noch gar nicht geäußert«, sagte er jovial.

Holmes zog mit einem feuchten Ploppen die Pfeife aus dem Mund.

»Ich denke, Mr. Wooten hat da nicht ganz Unrecht«, sagte er.

Swope nickte knapp, bemüht, seine Bestürzung zu verbergen. Nicht zu fassen. Wenn er jetzt abstimmen ließ, verlor er. Earl Wooten würde ihn vor seinen eigenen Leuten schlagen. Ein Gedanke ließ ihn erstarren.

Es war heraus. Wooten bekam die Stelle angeboten.

Swope sah auf den Tisch vor ihm. Dort lag der Antrag mit seinen handschriftlichen Anmerkungen wie die kläglich gescheiterte Rechenaufgabe eines Vollidioten. Vor seinem geistigen Auge lief plötzlich ein ganz neuer Wahlspot ab. Die Kulisse ist diesmal der Tanzsaal eines Hotels. Luftballons sinken langsam zu Boden, die Band packt die Instrumente ein. Ein angestrengt lächelnder Swope betritt die Bühne, umringt von Helfern mit Tränen in den Augen und mit billigen Strohhüten in den Händen. Eine unglücklich dreinblickende Sally sieht zu jemandem außerhalb des Bildes hin und zuckt mit den Schultern. Dünner Beifall erklingt, dann erklärt Swope, dass er seinem Gegner soeben telefonisch gratuliert hat. Enttäuschte Rufe werden laut, die er in stoischer Ruhe mit erhobener Hand zum Schweigen bringt. Vielleicht das nächste Mal, sagt er, ja, vielleicht dann.

»Also gut«, sagte Swope endlich und lachte entschuldigend, »scheint, wir müssen an der Lösung noch etwas feilen. Mit Einverständnis des Ausschusses nehme ich sie mir noch einmal als Hausaufgabe vor.«

»Auf jeden Fall«, stimmte Wooten von Herzen zu. »Das ist wirklich eine gute Idee.«

Stühle scharrten, Stimmen begannen leise zu murmeln. Die Leute in der ersten Reihe blieben sitzen und starrten Swope wütend und verwirrt an. Er klopfte mit der Faust auf den Tisch, aber die Geste war überflüssig – Wooten hatte die Sitzung schon mit seinen Worten beendet.

Swope sprach einige tröstende Worte zu der Abordnung vom Zeno's Way, dann strebte er dem Ausgang zu.

»Austin?«

Er sah sich um. Wooten kam hinter ihm her, das Gesicht ernst, aber freundlich. Swope wartete vor einer Sprossenwand.

»Tut mir Leid wegen eben, Austin.«

»Keine Ursache. Ich freue mich über deinen Beitrag.«

»Wenn du mir doch vorher Bescheid gesagt hättest ...«

»Mein Fehler.«

»Was hältst du davon, wenn wir beide uns zusammensetzen und das besprechen? Ich bin überzeugt, dass wir für diese Leute etwas tun können. Wenn nicht ein Zaun, dann ...«

»Einverstanden. Ende der Woche?«

Wooten verzog das Gesicht.

»Lieber Anfang der nächsten.«

»Dann also nächste Woche.« Swope nickte.

Wooten wollte zu den anderen zurückkehren, doch blieb er nach ein paar Schritten noch einmal stehen.

»Tut mir wirklich Leid, Austin. Es kam alles irgendwie falsch heraus.«

»So ist es in einer Demokratie.«

Die beiden Männer lächelten einander kurz und angestrengt

zu, dann ging Wooten. Swope blieb vor der Sprossenwand stehen. Er sah, wie Wooten zu Holmes, Ardelia und Felice trat, die vor der Bühne standen. Holmes sagte etwas, dann sagte Wooten etwas, und dann lachten alle. Swope wandte sich rasch ab und ging hinaus.

Er fuhr von der Besprechung direkt zur Newton Plaza. Warum wusste er auch nicht genau. Das Hochhaus war um diese Zeit leer. Er hatte einfach das Gefühl, dass er dort sein musste. Entscheidungen mussten getroffen werden. Er konnte noch gar nicht fassen, was soeben passiert war. Wooten hatte sich gegen ihn aufgelehnt, ihn *demontiert*. Jetzt gab es keinen Zweifel mehr. Sein Job war in größter Gefahr. Wooten hätte sich nie zu so etwas verstiegen, wenn er nicht etwas wusste. Für Holmes galt dasselbe. Swope hatte auf einmal Angst, dass ihm alles aus der Hand glitt, wenn er jetzt nicht handelte. Dann konnte er die vergangenen fünf Jahre in den Wind schreiben. Dann war die ganze Plackerei für die Katz gewesen.

Das Verrückteste war, dass er mit der Konfrontation keineswegs gerechnet hatte. Er hatte den größten Teil des Tages damit verbracht herauszufinden, ob Wooten nun nach Chicago flog oder nicht und von Wootens Sekretärin bis zu den Angestellten des firmeneigenen Reisebüros alle möglichen Leute unauffällig einem Verhör unterzogen. Doch niemand wusste etwas. Bei Dienstschluss war er wieder der Ansicht gewesen, dass er sich grundlos aufregte. Jetzt dagegen fragte er sich, ob seine Ahnungslosigkeit nur bedeutete, dass Wooten gerissener war, als er es im Traum für möglich gehalten hätte. Dazu kam noch, dass Wooten Ende der Woche keine Zeit hatte, sich mit ihm zu treffen. Wooten hatte doch sonst immer Zeit.

Vorausgesetzt, er war nicht verreist.

Swope fuhr den Newton Pike entlang. Gelegentlich überholte er ein Auto, einen Geschäftsmann, der spät von der Arbeit nach Hause fuhr, oder einen Kunden des Einkaufszentrums, das inzwischen geschlossen hatte. Er brauchte Beweise. Erst wenn er sicher wusste, dass Wooten nach Chicago flog, konnte er handeln, konnte er dem Geschehen Einhalt gebieten, bevor er selbst unter die

Räder geriet. Wenn sein Verdacht stimmte, dann hatte er sich all die Jahre furchtbar in Wooten getäuscht. Dann war der Mann ein Intrigant erster Ordnung. Wie er getan hatte, als seien sie die besten Freunde, während er zugleich die Koffer für Chicago packte. Oder der Kuchen, überreicht mit einer brüderlichen Geste. Oder der Anruf am Sonntagmorgen. Als ob sie immer noch die besten Feunde wären, die einander halfen, wenn ihre halbwüchsigen Kinder den üblichen Unsinn angestellt hatten.

Swope hing in Gedanken weiter dem Anruf kurz vor Morgengrauen nach. Wie besorgt Wooten geklungen hatte. Wie Joel später mit dem Gesicht eines Biafraflüchtings in der Küche aufgetaucht war.

»Kaffee gefällig?«, hatte Swope den Jungen ganz von Mann zu Mann gefragt.

»Hm, nein danke. Ich muss nach Hause.«

»Gab's gestern Abend Ärger?«

Joel sah noch verlegener drein.

»Hm, ja.«

»Wie geht's eigentlich deiner Freundin? Susan, richtig?«

»Es … ich muss jetzt wirklich gehen. Können Sie Teddy bitte ausrichten, dass ich ihn anrufe?«

»Natürlich. Ach ja, noch was, Joel – dein Vater hat heute Morgen angerufen. Ich glaube, er sucht dich. Dringend.«

»Mist. Okay.«

Er war gegangen, und Swope hatte beschlossen, mit Teddy zu reden. Er stieg die mit Teppich belegte Treppe hinauf, die dampfende Kaffeetasse in der Hand. Sonst mied er das Zimmer seines Sohnes nach Möglichkeit, weniger wegen des darin herrschenden Chaos' als wegen des regelrechten Gestanks. Räucherstäbchen, Kaugummi und ein Dutzend anderer Gerüche, die er gar nicht näher beschreiben wollte. Dazu kam die unbestreitbare Tatsache – für einen Vater schmerzhaft, aber trotzdem eine Tatsache –, dass Teddy selbst nicht immer nach Rosen duftete. Swope wusste, dass es sich nur um die üblichen pubertären Absonderungen handelte, etwas, das von selbst verschwinden würde, wenn die Drüsen des Jungen einen Gang runterschalteten, aber trotzdem.

In der Tür blieb er stehen und sah einen Moment auf Teddy hinunter. Der Junge schlief auf dem Rücken und atmete keuchend durch den halb geöffneten Mund. In dieser Stellung hatte er etwas Embryonales, Unausgeformtes. Die haarlose Brust voller Pickel, die Brustwarzen so klein, dass sie zwei weitere Pickel hätten sein können, die Brustmuskeln kindlich zart. Und dazwischen die tiefe Höhlung, die seit seiner Geburt da war, das missgebildete Brustbein, das ihn als Säugling fast umgebracht hatte. Es hatte auf das Herz gedrückt, und die Ärzte hatten ihm kaum Überlebenschancen gegeben. Vier Tage hatte Swope ohne Unterbrechung neben dem primitiven Brutkasten gesessen und den Zeigefinger durch die Manschette in dem durchsichtigen Plastik gesteckt, damit sein Sohn ihn festhalten konnte. Er hatte auf seinem Stuhl geschlafen, die Krankenschwestern ignoriert, die ihn weglocken wollten, und gedroht, die Hand zu brechen, die den Brutkasten ausschalten würde. Mit seiner ganzen Willenskraft hatte er seinem Sohn befohlen zu leben, während Sally in einem anderen Zimmer weinte und die Ärzte schicksalergeben vom Lauf der Natur sprachen. Er, er allein hatte daran geglaubt, dass der Junge es schaffen würde, so sehr, dass er in der zweiten Nacht, als das Kind den Kampf aufzugeben schien, den Deckel zurückgerissen und es angebrüllt hatte, worauf es erschrocken wieder aufgewacht war. Und Teddy hatte überlebt. Weil er ein Swope war. Weil sein Vater nicht erlaubt hatte, dass er starb. Weil er sich nicht geschlagen gab.

»Teddy.«

Die Augen des Jungen gingen unruhig flatternd auf.

»Wir müssen miteinander reden.«

Sie hatten sich in Swopes Arbeitszimmer getroffen. Teddy saß auf einem dunkelroten Ledersessel vor der Kaminecke, Swope hinter seinem Schreibtisch. Es war ein geradezu herrschaftliches Arbeitszimmer. Bücherregale reichten vom Boden bis zur Decke, an den Wänden hingen Stiche von Hogarth. Swope war bereits bei der dritten Tasse Kaffee angelangt, Teddy nippte an einem Kakao. Ein Bein hatte er über die Armlehne des Sessels gehängt.

»Heute Morgen hat Earl Wooten angerufen«, begann Swope und setzte nachlässig drei Kugeln des Klick-Klack in Bewegung.

»In aller Früh. Er sagte etwas von Streit bei den Truaxens. Was weißt du davon?«

Teddys Augen blieben für den Bruchteil einer Sekunde an seinem Vater hängen, dann blickten sie wieder scheinbar gleichgültig auf den Kamin. Auf seiner Oberlippe saß ein dünner Milchbart.

»Keine Ahnung«, murmelte er.

»Ich glaube doch. Entweder du warst dabei, als es passierte, oder Joel hat es dir erzählt, als er danach hierher kam.«

Swope sprach mit Teddy selten in einem strengen Ton. Wenn er es tat, erwartete er freilich, dass Teddy den Ernst der Lage begriff und entsprechend reagierte. So war es auch diesmal.

»Also gut«, räumte Teddy ein. »Aber du darfst Joel nicht sagen, dass ich etwas gesagt habe.«

»Teddy, ich habe nicht die Absicht, darüber mit Joel, seinem Vater oder irgendjemandem zu sprechen. Aber Earl Wooten hat mich – an einem Sonntagmorgen um sechs – in einen möglichen Konflikt zwischen zwei meiner Angestellten verwickelt. Ich muss die Fakten kennen, bevor ich entscheiden kann, ob ich mich einmische.«

»Susans Eltern haben Susan und Joel miteinander erwischt.«

Swope starrte seinen Sohn an.

»Du machst Witze.«

»Mach ich nicht.«

»Wo?«

»In Susans Zimmer.«

»Und Irma und John spazieren einfach zur Tür herein?«

»Richtig, genau so.«

»Bloß damit wir uns richtig verstehen – ›miteinander‹ heißt was?«

Teddy machte eine Faust und stieß sie langsam nach vorn.

»Du weißt das von Joel?«

»Richtig.«

»Und was passierte dann?«

»Großes Drama von der deutschen Abteilung. Dann ging Sergeant Truax zum Frontalangriff über.«

»Augenblick mal. Soll das heißen, John Truax hat Joel Wooten gestern Abend körperlich angegriffen?«

Teddy nickte.

»Aber ich habe Joel vorhin gesehen und nichts bemerkt«, sagte Swope. »Ich meine, wo einer wie John Truax hinlangt, wächst so schnell kein Gras mehr.«

Teddys Stimme wurde nasal.

»Er hat ihn nicht richtig getroffen.«

»Aha. Und dann?«

»Hat Joel seine Klamotten an sich gerafft und hier um Asyl gebeten.«

»Weil er nicht zu Hause sein wollte, wenn der Ärger richtig losging.«

»Genau.«

Swope versuchte sich bildlich vorzustellen, wie eine betrunkene, soeben öffentlich in Ungnade gefallene Irma Truax entdeckte, dass Joel ihr braves Töchterlein bumste. Es musste ein denkwürdiger Augenblick gewesen sein. Er langte nach vorn und packte drei der Klick-Klack-Kugeln, zog sie nach rechts und ließ sie los. Drei Kugeln, darunter eine von der ursprünglichen Gruppe, schwangen nach links. Dann wiederholte sich der Vorgang in entgegengesetzter Richtung. Und so weiter und so fort.

»Dad?«

Er schreckte aus seinen Gedanken hoch.

»Danke, Teddy. Dafür, dass du mir das gesagt hast.«

»Und was tust du jetzt?«

»Ich? Nichts. Ich bin überzeugt, die Eltern machen das unter sich aus.«

»Klar. Und dann laden sie Nixon und Sam Ervin zusammen zum Mittagessen ein.«

Swope hob die Hände. Teddy stand auf.

»Ach ja, noch eins, Teddy – halte mich auf dem Laufenden, wenn sich was tut.«

»Geht in Ordnung.«

»Ich will nicht, dass das aus dem Ruder läuft.«

Teddy nickte ein paarmal, dann schlurfte er aus dem Zimmer. Die leere Kakaoflasche ließ er stehen.

Swope hatte über den Vorfall zunächst nicht weiter nachgedacht. Jetzt allerdings, angesichts des erneuerten Verdachts gegen Wooten, dachte er auf einmal ständig daran. John Truax hatte Joel

Wooten mit seiner Tochter im Bett erwischt und war auf ihn losgegangen. Derselbe Mann, der ihn so verzweifelt wegen einer Stelle verfolgte.

Swope steuerte den Wagen in die dunkle Parklücke. Er wusste jetzt, was er tun würde. Der Plan war noch keineswegs ausgereift, aber nur so fand er heraus, ob seine Stelle in Gefahr war. Der Plan war riskant, aber ohne Risiko bekam man auf dieser Welt sowieso nichts, was der Rede wert gewesen wäre. Er stieg aus und ging auf das Foyer zu. Durch das Glas sah er, dass der Nachtportier nicht an seinem Platz war. Machte wahrscheinlich gerade seine Runde. Egal – Swope hatte einen Schlüssel.

Zehn Meter vor der Tür hörte er Schritte hinter sich, dann eine Stimme, ohne einzelne Worte zu verstehen. Er drehte sich um, in der Annahme, es sei der Nachtportier, doch hatte er sich getäuscht. Es waren Jugendliche, vier, alle schwarz und höchstens sechzehn. Die Haare standen ihnen im Afrolook um den Kopf wie Heiligenscheine. Einer von ihnen, mit einem T-Shirt der Orioles, trat vor. Von seinem Kopf ragte ein Kamm mit einem faustförmigen Griff auf.

»Hast du mal ’nen Vierteldollar?«, fragte der Junge.

Swope starrte ihn einen Augenblick lang ungläubig an und versuchte die Gefahr einzuschätzen. Der zerbissene Zahnstocher, der im Mundwinkel des Jungen hing, war nicht besonders aufschlussreich. Er sah ins Foyer – der Portier fehlte immer noch ohne ersichtlichen Grund.

»Hört zu, Jungs, ihr wisst wohl nicht, wer…«

»Los, du Dödel, rück schon raus.«

Swope begann zu begreifen, dass dies ein Überfall war. Jahrelang hatte er in Washington gearbeitet und war kein einziges Mal überfallen worden, und jetzt passierte ihm genau das in dieser sauberen Stadt vom Reißbrett.

»Natürlich«, sagte er. »Immer mit der Ruhe.«

Er zog eine Münze aus der Tasche und schnippte sie dem Jungen mit dem Orioles-T-Shirt zu, der sie geschickt auffing.

Swope drehte sich um und ging weiter.

»Blödmann«, rief ihm eine Stimme hinterher.

Nein, dachte Swope, das bestimmt nicht.

Der Vogel prallte mit einem dumpfen Schlag wie ein Fußball gegen das Fenster. Swope war in Gedanken bei seinem Plan, als es passierte. Er drehte sich auf seinem Stuhl um. Der Vogel war direkt hinter ihm gegen die Scheibe geknallt, als ob er auf seinen Kopf gezielt hätte. Eine Art Möwe, mit weißem Kopf und silbergrauen Flügeln. Das Licht in Swopes Büro spätnachts hatte sie angezogen. Sie war beim Aufprall gestorben, blieb aber aufgrund eines starken biologischen Klebers – einer Mischung aus Histaminen und Blutkörperchen – am Glas hängen. Swope stand auf, um das Tier zu betrachten. Alle paar Sekunden rutschte es einen Millimeter tiefer und hinterließ dabei auf der Scheibe eine senkrechte Schleimspur. Swope überlegte, ob es wohl den ganzen Weg nach unten so langsam rutschte, Stock für Stock, bis es sacht von Büschen aufgefangen wurde. Er beugte sich vor, bis er mit der Nase fast die Scheibe berührte. Der Kopf des Vogels war beim Aufprall abgeknickt, und er sah deutlich das tote Auge. Es klebte am Fenster fest. Mit jedem Absacken des Vogels drehte sich der Augapfel in der Höhle etwas nach oben. Schwarze Adern wurden sichtbar. Noch einige Rucker, und das Auge würde ganz herausgerissen.

Von plötzlichem Ekel erfasst, wandte Swope seine Aufmerksamkeit der Plaza unter ihm zu. Sie war leer. Die jugendlichen Straßenräuber waren verschwunden. Ein Paar saß am Ende des baufälligen Piers. Deutlich hoben sich die beiden Silhouetten vor dem schimmernden Wasser ab. Man konnte im Dunkeln nicht sehen, wer sie waren oder was sie taten. Swope musste den Pier endlich sichern lassen. Wenn jemand abstürzte, hatte er auch noch einen Prozess am Hals. Im Wasser dahinter glitzerten tote Fische. Es waren nicht mehr viele – nur einige Dutzend waren noch zur Oberfläche aufgestiegen, nachdem die Männer ihre Säuberungsaktion am Nachmittag beendet und auf der Strandpromenade einen großen Berg gottserbärmlich stinkender Fische hinterlassen hatten.

Er sah auf die Uhr. Eine halbe Stunde war seit seinem Anruf vergangen. Er trat durch das Zimmer zu dem Stadtmodell und ging davor in die Knie, bis seine Augen auf gleicher Höhe mit einer Tennisspielerin aus Plastik waren. Die Frau war klein, nicht größer als ein Radiergummi, aber mit Liebe zum Detail gemacht. Der

Schwung des Armes, mit dem sie gerade ausholte, die glänzenden Haare, die in den Boden gestemmten Beine, alles war vollkommen naturgetreu. Er streckte die Hand aus und nahm sie zwischen Daumen und Zeigefinger, um zu überprüfen, wie fest sie stand.

»Mr. Swope?«

Er erschrak und riss die Figur aus ihrer Verankerung. Das Styropor knirschte. Er schloss die Faust um die Figur und drehte sich langsam um. In der Tür stand John Truax. Allmächtiger, dachte Swope, wie war er hier so leise hereingekommen? Offenbar hatte der Mann gerade den toten Vogel bemerkt. Swope konnte auf seinem Gesicht keinerlei Reaktion auf den schrecklicken Anblick feststellen.

»Kommen Sie rein, John.«

Truax trug den tannengrünen Firmenblazer mit dem auf die Brusttasche gestickten Baum-Apfel-Emblem, dazu eine Freizeithose und die Krawatte seines ehemaligen Regiments.

»Der Pförtner hat mich hereingelassen.«

»Freut mich, dass Sie kommen konnten.« Swope ging auf ihn zu und streckte die Hand aus. Wie auf der Party war Truax gezwungen, sie mit seiner linken Hand zu ergreifen, mit dem Handrücken nach oben, als halte er sich an einem Geländer fest. Der Unterschied war, dass Swope diesmal wusste, was der Mann bei ihm sollte.

»Nehmen Sie doch Platz.«

Swope wies auf einen der Stühle vor seinem Schreibtisch, dann ließ er sich auf seinen Drehsessel fallen. Aus dem Augenwinkel bemerkte er, dass der Vogel immer noch hinter ihm hing.

»Ganz schön was los gewesen auf der Party gestern Abend.«

»Mr. Swope, ich muss mich für meine Frau entschuldigen …«

Swope machte eine wegwerfende Handbewegung.

»Schon in Ordnung, John, wirklich. Es war eine Party, da sollen die Leute doch aus sich rausgehen. Wenn dabei der eine oder andere Kuchen zu Bruch geht, was soll's.«

Truax nickte knapp. Er war sichtlich durcheinander und wusste nicht, worauf Swope hinauswollte.

»Tja, Sie fragen sich wahrscheinlich, warum ich Sie zu dieser späten Stunde herbestellt habe.«

Truax nickte. Swope legte die Hände gefaltet vor sich hin.

»John – tut mir Leid, aber ich fürchte, wir müssen Sie entlassen.«

Truax ruckte mit dem Kopf und begann zu zwinkern. Swope redete weiter.

»Ich habe gründlich über Sie nachgedacht und bin zu dem Schluss gekommen, dass bei EarthWorks einfach kein Platz mehr für Sie ist. Ich weiß, es ist hart, aber es ist nur fair, Ihnen das so früh wie möglich mitzuteilen, damit Sie sich nach Alternativen umsehen können.«

Truax nickte. Dann wollte er aufstehen.

»Halt«, sagte Swope freundlich. »Setzen Sie sich, wir sind noch nicht fertig.«

Wenn er jetzt geht, dachte er, habe ich verloren. Aber Truax gehorchte. Als der gute Soldat, der er war, setzte er sich wieder.

»Also, John«, sagte Swope, »haben Sie denn schon über Ihre Zukunft nachgedacht?«

»Meine Zukunft?«

»Richtig. Frau, zwei Kinder – da haben Sie sich doch sicher einige Gedanken gemacht.«

»Ja, schon.«

Swope wartete. Truax sagte nichts.

»Was zum Beispiel jetzt, da Ihre Zeit als Verkäufer vorbei ist, als Arbeit für Sie in Frage käme.«

Truax starrte ihn weiter verwirrt an. Sein Mund klappte auf und lautlos wieder zu.

»Reden Sie ohne Scheu«, sagte Swope. »Frei von der Leber weg.«

Endlich war Truax imstande, etwas zu sagen.

»Ich bin ganz durcheinander.«

»Sie können keine falsche Antwort geben, John. Nur eine ehrliche.«

»Ich arbeite mehr als all diese … anderen. Trotzdem komme ich irgendwie nicht voran.« Truax schüttelte mechanisch den Kopf. »Ich komme mir vor wie der letzte Depp in einem Spiel, dessen Regeln ich nicht kenne. Ich kann noch so sehr versuchen, besser zu sein als die anderen, irgendwie …«

»Ziehen Sie immer den Kürzeren«, sprach Swope den Satz zu Ende.

Truax nickte.

»Ich glaube, ich weiß, was Sie brauchen.«

Truax sah ihn an.

»Sie brauchen jemanden, der Ihnen sagt, was Sie tun sollen.«

»Ja«, sagte Truax sofort.

Swope nahm die Hände auseinander und beschrieb mit ihnen einen Bogen, als wollte er Truax den Umfang einer gewaltigen Melone zeigen.

»Sie brauchen jemanden, der Ihnen sagt, wann Sie was tun sollen. Sie denken, wenn ich doch nur jeden Tag eine Aufgabe bekommen könnte – nicht irgendeine vage Stellenbeschreibung, sondern eine ganz konkrete Aufgabe –, dann könnte ich es mit jedem anderen in dieser Stadt aufnehmen. Stimmt's?«

Truax nickte. Wortlos.

»Das war ja auch Ihr Problem im Musterdorf«, fuhr Swope fort. »Jedes Mal, wenn jemand kam, mussten Sie das Rad neu erfinden.«

Truax gab sich gar nicht mehr die Mühe zu nicken. Schweigend ließ Swope einen Augenblick verstreichen.

»Und jetzt sage ich Ihnen, um was es geht, John – ich will, dass Sie für mich arbeiten. Für mich ganz persönlich. Nicht für EarthWorks.«

Truax sah ihn unverwandt an. Wenn er jetzt fragt, was er für mich tun soll, dachte Swope, dann war's das. Aber Truax fragte nicht.

»Ja«, sagte er nur.

Na also. Die letzte Hürde war genommen.

»Ausgezeichnet. Hier ist mein Vorschlag – ich zahle Ihnen fünfhundert Dollar die Woche. Bar. Das macht im Jahr sechsundzwanzigtausend. Wie Sie es mit der Steuer halten, ist Ihre Sache. Im Gegenzug stehen Sie mir vierundzwanzig Stunden am Tag und sieben Tage die Woche als vertraulicher Sicherheitsberater zur Verfügung. Sie tun, was immer ich für notwendig erachte, um die Integrität meines Amtes zu wahren, ohne Wenn und Aber, und Sie werden niemandem von unserer Abmachung erzählen. Wären Sie damit einverstanden?«

»Ja, Sir.«

Swope lehnte sich zurück. Erst jetzt bemerkte er, dass der Vogel im Verlauf ihres Gespräches heruntergefallen war. Das Tier hatte auf der Scheibe einen halben Meter breiten, unregelmäßigen Streifen geronnenen Blutes hinterlassen, der wie ein mit Fingerfarben gemaltes Kinderbild aussah. Ihm fiel auf, dass Truax das grässliche Bild während ihres Gespräches keines Blickes gewürdigt hatte, obwohl er direkt darauf gesehen hatte. Selbst als der Vogel herunterfiel, war seine Aufmerksamkeit unverwandt auf Swope gerichtet gewesen.

»Noch Fragen?«

»Wann soll ich anfangen?«

Swope lächelte. Das war sein Mann, ganz bestimmt. Wenn sich sein Verdacht gegen Wooten als bloßes Missverständnis herausstellte, wie er hoffte, konnte er sich darauf verlassen, dass Truax den Mund hielt, zumal wenn er, Swope, ihm als Citymanager irgendwo in der Stadt eine neue Stelle verschaffte. Die ganze leidige Angelegenheit konnte begraben werden, ohne eine Spur zu hinterlassen und ohne unangenehme Folgen. Alles würde wieder seine Richtigkeit haben.

Er sah wieder den Sergeant an, der geduldig auf seine Anweisung wartete.

»Wie wäre es mit jetzt gleich?«

14

Die Uferpromenade war leer. Einige Minuten zuvor war ein Auto auf den Parkplatz gefahren, aber zum Pier konnte man wegen des idiotischen Baums der Schwerkraft nicht sehen. Und der Sicherheitsbeamte würde bestimmt nicht herkommen, um nachzusehen. Nicht, wenn er mit Doughnuts und einem Transistorradio versorgt war. Teddy und Joel hätten Menschenopfer durchführen können, ohne dass jemand sie gestört hätte. Hier waren sie sicher.

Sie waren vom Einkaufszentrum gekommen. Das Zentrum hatte um neun geschlossen, die Musikberieselung war verstummt, die eisernen Gitter hatten sich rasselnd gesenkt. Sie hatten überlegt, ob sie zu Joel gehen sollten, aber zwischen ihm und seinen Eltern herrschte immer noch dicke Luft. Zu Teddy wollten sie auch nicht – sein Vater interessierte sich aus irgendeinem Grund sehr für das, was am Samstagabend passiert war. Je weniger aber darüber gesprochen wurde, desto besser. Und das Jugendzentrum kam nicht mehr in Frage. Blieb nur noch der schiefe Pier. Sie waren schon eine Weile nicht mehr da gewesen, weil Susan das Ende des Piers mit den abschüssigen Planken nicht geheuer war. Jetzt, wo das mit Susan vorbei war, schien der Pier zum wichtigsten Treffpunkt für den Sommer zu avancieren. Sie brauchten nur über den Maschendrahtzaun zu steigen. Joel machte das mühelos auf zwei Züge, Teddy brauchte fast eine Minute, bis er den Mut aufbrachte, auf der anderen Seite hinunter zu springen. Rittlings auf dem Zaun balancierend, wünschte er, Joel würde auf ihn warten. Dann saßen sie auf dem schräg über das Wasser hängenden Ende des Piers und ließen die Füße baumeln, unter sich nur das dunkle Wasser, einsam wie mitten auf dem Atlantik. In der Nähe des Bootsanlegestegs unter ihnen trieben einige tote Fische, deren Kiemen hin und wieder silbern im Mondlicht glitzerten. Es hatte geheißen, das Fischsterben würde noch etwa eine Woche weitergehen. Teddy war das egal. Angeln war etwas für Idioten. Man saß stundenlang am Ufer für etwas, das man auch bei A&P kaufen konnte. Toll.

Joels schlechte Laune beherrschte den ganzen Abend. Teddy sprühte innerlich vor skurrilen Geschichten und bissigen Witzen, aber er beschloss, dem Freund die schlechte Laune zu lassen. Schweigend saßen sie da und betrachteten das gegenüberliegende Seeufer. Der größte Teil davon war mit Reihenhäusern bebaut, die durch einen Radweg am Ufer miteinander verbunden waren. Im Norden stand der Pavillon, direkt gegenüber von ihnen das Cross Keys Inn. Die Kerzen und die gegen die Insekten aufgestellten Fackeln auf der Restaurantterrasse des Hotels schimmerten über das Wasser, dazu waren verschiedene Geräusche zu hören – das Klirren eines Löffels gegen Glas, ein Husten, ein klingelndes Telefon, das niemand abnahm. Teddy hatte dort schon gegessen und wusste, dass die Gäste den dunklen Pier nicht sehen konnten. Von hinter ihnen kam das gedämpfte Brausen des Verkehrs auf der Schnellstraße. Die an den Piers neben ihnen vertäuten Segelboote schabten am Holz mit gelegentlich melodischem Knarren zum arhythmischen Geplätscher der kleinen, zwischen den Pfosten eingesperrten Wellen.

Teddy drückte auf sein Feuerzeug, um den ausgegangenen Joint wieder anzuzünden.

»Frisch aus unserer Fabrik für Sie«, sagte er und hielt ihn Joel hin.

Doch Joel schob ihn mit einer ungeduldigen Handbewegung weg. Teddy zuckte die Schultern, nahm selbst noch einen Zug und drückte den Joint dann auf den Planken aus. Er steckte den Stummel in die harzige Tasche seiner Jacke und überlegte, wie lange Joels Depressionen wohl noch anhielten. Joel war seit dem Knall vom Samstagabend nur noch ein Häufchen Elend. Seine Stimme klang weinerlich, seine breiten Schultern hingen nach unten. Die blöde Schirmmütze sah lächerlicher aus denn je, wie eine Art spezieller Narrenkappe. Nicht dass sich Teddy wegen solcher kindischer Launen große Sorgen gemacht hätte. Ein paar Sitzungen beim Arzt konnten das jederzeit wieder einrenken. Allerdings zeigte der Patient nach achtundvierzig Stunden noch kaum Zeichen der Genesung. Wenn überhaupt, hatte sich sein Zustand verschlimmert. Teddy hatte versucht, ihn mit gutem Zureden und Scherzen aus dem Stimmungstief zu holen, und verschiedene Arzneien verabreicht, doch bisher leider erfolglos. Schlimmer noch, er hatte sich harte Vorwürfe anhören müssen, dass er nämlich an der ganzen Katastrophe schuld sei. Vorwürfe, die in der Luft hingen wie ein sommerlicher Mückenschwarm, der einen verfolgte, egal wie schnell man ging.

»Ich weiß, was wir tun«, sagte er schließlich.

»Was denn?«, fragte Joel ohne eine Spur von Neugier.

»Wir fahren ans Meer. Ocean City, Mann. Mein Vater soll uns kostenlos eine Ferienwohnung von EarthWorks beschaffen. Du bist achtzehn, also können wir trinken, was wir wollen. Bier in rauhen Mengen. Auf dem Weg besuche ich meinen Kräuterspezalisten und fülle meine Hausapotheke auf.«

Joel zuckte die Schultern.

»Da wollte ich doch mit Susan hinfahren«, sagte er, heiser vor Kummer.

Allmächtiger.

»Tja, das schlägst du dir besser aus dem Kopf. Gefängnisdirektor Truax versteht da keinen Spaß.«

Joel sah Teddy an. Es war in dem schwachen Licht schwierig, seine Miene zu lesen.

»Du klingst, als freust du dich darüber.«

»Tu ich nicht, Joel. Mir stinkt das auch.«

Joel schwieg.

»Ach Mann, ich will doch nur, dass wir uns wieder vertragen. Und dass du auf andere Gedanken kommst.«

»Lass dir lieber einfallen, wie ich Susan wieder sehen kann. Du bist doch sonst so schlau.«

Teddy sog die Luft hörbar zwischen den Zähnen ein.

»Schwierig, schwierig. Ich meine, es empfiehlt sich nicht, zu ihrem Fenster hochzuklettern. Der Sergeant hat drei Jahre lang aufgepasst, dass die Vietnamesen nicht hereinkamen.«

»Scheiße«, sagte Joel.

Teddy musterte den Freund verstohlen. Er sah wirklich furchtbar aus, als sei jemand aus seiner Familie gestorben. Teddy hatte auf einmal Angst, er könnte einen schrecklichen Fehler gemacht haben, als er zuließ, dass die beiden erwischt wurden. Vielleicht kriegte Joel sich überhaupt nicht mehr ein. Vielleicht schlich er den Rest des Sommers herum wie ein geprügelter Hund, mit einer Stinkwut auf die Welt im Allgemeinen und Teddy im Besonderen.

»Ich überlege mir was, bestimmt«, sagte er.

Joel sah ihn an.

»Einverstanden?«

»Einverstanden«, sagte Joel. Er brachte ein schwaches Lächeln zustande.

Die nächste halbe Stunde hörte sich Teddy bereitwillig an, was Joel über Susan zu sagen hatte. Je schneller er sich seinen Kummer von der Seele redete, desto besser. Als Joel fertig war, war es drüben im Cross Keys Inn still geworden. Auf dem Newton Pike war fast kein Verkehr mehr.

»Brechen wir auf? Wir können bei mir noch Musik hören.«

»Können wir«, sagte Joel leise. »Aber keinen Lennon.«

Teddy akzeptierte die lästige Auflage mit einer großzügigen Handbewegung.

»Du hast die Wahl. Wenn der Wunsch besteht, kannst du auch bei mir pennen.«

Teddy stand auf. Im Büro seines Vaters brannte noch Licht. Kein Wunder, der Bursche arbeitete nonstop. Sie kehrten zum Anfang des Piers zurück, ließen die 200-Liter-Fässer, die den Eingang versperrten, hinter sich und kletterten wieder über den lästigen Zaun. Mit angehaltenem Atem gingen sie an dem stinkenden Haufen faulender Fische vorbei, den dort jemand hatte liegen lassen, und stiegen die breiten Betonstufen hinauf. Teddy sah den Wagen seines Vaters auf dem gewohnten Platz stehen. Unmittelbar daneben parkte Truax' Cutlass. Seltsam. Vielleicht wurde der Sergeant gerade gefeuert, weil er auf Joel losgegangen war. Teddy überlegte, ob er Joel darauf aufmerksam machen sollte, entschied sich dann aber dagegen. Sonst hoffte Joel womöglich noch, dass er Susan wieder sehen konnte.

Sie kamen am Baum der Schwerkraft mit dem schmiedeeisernen Stamm und dem Messingapfel vorbei, dem Logo der Stadt, für Teddy das Symbol des platten Optimismus, den er an Earth Works so hasste. Teddy wusste, dass sein Vater mit noch viel schlimmeren Leuten zu tun hatte, vor allem den Pfeifen, die gegenwärtig einige Kilometer weiter im Süden die westliche Welt regierten, aber beim Gedanken an die unverbesserlichen Optimisten von EarthWorks wurde ihm jedes Mal ganz anders. Es war schon erstaunlich, wie gebildete Menschen so völlig an der Wahrheit vorbeidenken konnten. Die Menschheit war eben *nicht* gut, Fortschritt *nicht* möglich, die Zukunft *nicht* rosig. Sie war eine Wüste voller Atompilze, überbevölkert und von Hunger und Seuchen heimgesucht. Lest doch Nietzsche, Sportsfreunde. Die letzten Vertreter der Menschheit bevölkerten die Erde, die Evolution war zu Ende, das Gehirn des Menschen unter dem ständigen Bombardement von Fernsehen, schlechter Musik und unlogischem Denken zu Brei geworden. Um das zu verstehen, brauchte man nur ein paar Seiten seines Romans *Die strahlende Zukunft* zu lesen. Oder seine Abschlussarbeit über die *Götzen-Dämmerung*, die er seiner spektakulären Bewerbung in Harvard beigefügt hatte. Die einzige Hoffnung für den Planeten bestand darin, dass Leute wie die Swopes die Zügel in die Hand nahmen. Andernfalls lebten die Menschen Ende des Jahrtausends wieder in Höhlen, aßen Insekten und Beeren und rätselten über die Hieroglyphen in den Büchern, mit denen sie ihre dürftigen Lagerfeuer speisten.

»Ruhige Nacht«, sagte Joel.

»Stimmt.«

»Was Susan jetzt wohl macht.«

Sie erstickt an Weingummis, dachte Teddy.

Der Firebird parkte wie immer am schattigen Rand des Parkplatzes. Sie hatten etwa die Hälfte der Strecke zurückgelegt, als Teddy Gestalten auf sie zukommen sah, vier an der Zahl, schnell und lautlos wie Jäger im Hochland. Auch Joel sah sie.

»Lass uns verduften«, sagte Teddy.

»Zu spät.«

Joel hatte Recht. Der Firebird schien auf einmal Kilometer weg, und der Platz des Pförtners im Foyer war leer. Teddy und Joel blieben stehen. Sie wussten beide aus ihrer Anfangszeit an der High-School, dass Flucht alles nur verschlimmerte. Wenige Augenblicke später hatten die schwarzen Jugendlichen sie umzingelt. Sie gingen nach einer bestimmten Taktik vor. Zwei von vorn, einer auf jeder Seite. Teddy kannte sie vom Jugendzentrum. Ihr Anführer hatte damals den Angriff auf die Edgar-Winter-Fans geführt. Heute trug er ein Orioles-T-Shirt, weiß mit orangefarbenen Ärmeln. In seinen Haaren steckte ein Taschenkamm. Der faustförmige Griff ragte steil von seinem Kopf auf.

Einen Meter vor Joel blieb er stehen.

»Gib mir 'nen Vierteldollar, Mann.«

Teddy sah Joel an. Sein Freund hatte Angst, sogar noch mehr als damals, als Truax in Susans Zimmer gekommen war.

»Du gottverdammtes, Titten saugendes Arschloch«, sagte der Junge auf Teddys rechter Seite.

»Rück schon raus, Junge«, wiederholte der Faustkopf. Offenbar hatte er Joels Alter nach unten korrigiert.

Teddy hatte kein Geld dabei. Sein Geldbeutel war unter dem Vordersitz des Firebird versteckt. Und Joel hatte nie Geld dabei. Einige endlos scheinende Sekunden vergingen. Der Atem des Jungen rechts von Teddy ging pfeifend. Offenbar war der Junge erkältet.

»Schau, lass uns in Ruhe«, sagte Joel.

Der Faustkopf machte einen Schritt auf ihn zu. Teddy fiel auf, dass die Schnürsenkel seiner Turnschuhe offen waren.

»Wie war das, Nigger?«

»Wir haben kein Geld. Wir wollen nach Hause.«

»Arschkriecher wie du haben immer Kohle dabei«, sagte der Faustkopf.

Die anderen lachten. Joel erstarrte.

»Sag das nicht zu mir.«

Aus seiner Stimme klangen Angst und Trotz.

»Aber das bist du doch, du kriechst den Weißen in den Arsch. Ich sehe dich doch ständig mit der weißen Tussi und dem Scheißhaufen hier zusammen. Glaubst du, die halten zu dir, Mann? Glaubst du, der Typ hier ist dein Freund oder was? Der würgt dir doch bei der ersten Gelegenheit eine rein.«

»Bei der ersten Gelegenheit«, bestätigte ein anderer.

Falsch, dachte Teddy.

»Komm, Joel«, sagte er stattdessen. »Lass uns gehen.«

»Du gehst hier nirgends hin, Schwuli«, zischte der erkältete Junge Teddy ins Ohr. Ein bakterienverseuchter Speichelregen ging auf seine Wange nieder.

Gott, wie er sich wünschte, sein Vater würde jetzt aus dem Hochhaus kommen.

Der Faustkopf machte noch einen Schritt nach vorn, bis sein Gesicht nur noch wenige Zentimeter von dem Joels entfernt war. Teddy sah, dass ein Zahnstocher zwischen seinen Lippen hing.

»Sag, dass du ein Arschkriecher bist«, befahl er.

Joel schüttelte den Kopf.

»Los, sag schon, Kleiner.«

Teddy spürte die Gewalt kommen, genau wie damals im Jugendzentrum. Er warf einen letzten verzweifelten Blick auf das Hochhaus. Das Foyer war immer noch leer. Ihre einzige Hoffnung war jetzt, dass sein Vater sie von oben sah und die Bullen rief.

»Nein«, sagte Joel.

Teddy sah wieder seinen Freund an. Joels Gesicht hatte den störrischen Ausdruck angenommen, den er nur zu gut kannte. Diese Typen waren drauf und dran, sie beide zu Brei zu schlagen, und Joel beharrte auf seinem Stolz. Und dann, wie um Teddys schlimmste Befürchtungen zu bestätigen, packte der Faustkopf Joel mit der linken Hand am Hals. Der Junge mit der Erkältung verstand das als Aufforderung, seinerseits Teddy am Genick zu packen. Als ob er hätte fliehen wollen. Die Hand in seinem Nacken war feucht und heiß. Der Faustkopf riss Joel mit der freien rechten Hand die Schirmmütze vom Kopf und schleuderte sie ins Gebüsch. Dann legte er den Finger genau zwischen Joels Augen.

»Sag's, Kleiner.«

Joel wollte den Kopf schütteln, hatte aber kaum dazu angesetzt, als der Faustkopf ihm ins Gesicht schlug. Gar nicht besonders stark, wie Teddy schien, aber Joels Nase blutete.

»Tu ihm doch den Gefallen, Joel«, drängte Teddy.

»Nein«, krächzte Joel.

Es sah schon so aus, als wollte der Faustkopf wieder zuschlagen, doch dann hielt er inne, als sei ihm erst jetzt bewusst geworden, was Teddy gesagt hatte. Ohne Joels Hals loszulassen, wandte er seine Aufmerksamkeit Teddy zu.

»Richtig, *du* sagst es. Zeig dem Nigger, wo's langgeht.«

Der erkältete Junge gab Teddy einen Klaps auf den Kopf, worauf seine Brille bis zur Nasenspitze herunterrutschte.

»Was soll ich sagen?«

»Sag diesem Blödmann, dass er ein Arschkriecher ist.«

Joel drehte die Augen zu Teddy.

»Tu's nicht«, krächzte er.

Der Faustkopf schlug wieder zu, diesmal auf Joels Ohr. Es klang wie ein Fingerschnalzen.

»Klappe, Kleiner.« Er sah wieder Teddy an. »Sag's.«

Ein zweiter Schlag traf Teddy auf den Hinterkopf. Seine Brille fiel auf den Boden. Das ist doch lächerlich, dachte er. Hier ging es doch nur um Worte, um leere Hülsen.

»Er ist ein Arschkriecher«, sagte er. »Zufrieden?«

»Sag's *ihm*.«

Teddy sah Joel an und gab ihm mit seinen Augen zu verstehen, dass er es doch gar nicht ernst meinte. Joel schüttelte den Kopf. Aber er stellte sich nur stur. Später würde er begreifen, dass Teddy Recht hatte.

»Du bist ein Arschkriecher«, sagte Teddy.

Der erkältete Junge lachte schrill. Als einziger. Joel sah zu Boden. Der Faustkopf hielt ihn weiter am Hals fest. Teddy hatte gehofft, sie würden auf seine Worte hin wie durch einen Zauberspruch freigelassen. Doch jetzt dämmerte ihm, dass sie so leicht offenbar nicht davonkamen.

Dann hörte er eine Stimme, vertraut und fremd zugleich.

»Lass ihn los.«

Alle drehten sich um. In einigen Metern Entfernung stand John Truax. Er wirkte unter den langen Schatten riesig. Die Jugendlichen starrten ihn an. Er war so lautlos gekommen. Und in seiner Stimme lag eine Autorität, gegenüber der die wütenden Drohungen und Flüche der vergangenen Minuten so harmlos wie Kindergeplapper wirkten.

Endlich ließ der Faustkopf Joel los und ging auf Truax zu, freilich nicht mehr so selbstsicher wie zuvor, sondern mit schlecht kaschiertem Misstrauen. Teddy hatte auf einmal das Gefühl, dass der Junge einen Fehler machte.

»Ich glaube, ich höre nicht recht.«

Truax beachtete ihn nicht. Stattdessen fixierte er den Jungen mit der Erkältung, der Teddy immer noch am Genick festhielt.

»Lass ihn los«, wiederholte Truax.

Der Faustkopf trat zwischen Truax und Teddy.

»Mann, wenn du nicht sofort …«

Ein Keuchen war zu hören, ohne dass erkennbar gewesen wäre, woher es kam, und dann lag der Faustkopf auf dem Boden, die langen Arme um den Magen geschlungen, die Augen wie in angestrengter Konzentration geschlossen. Teddy hatte den Schlag nicht gesehen. Es war, als hätte jemand die entsprechenden Bilder aus dem Film herausgeschnitten. Nach einigen langen Sekunden kam aus dem Brustkorb des Niedergeschlagenen ein Gurgeln wie aus dem Mundsauger eines Zahnarztes. Alle starrten ihn an, nur Truax nicht. Er machte einen Schritt auf den Jungen zu, der Teddy festhielt.

»Lass ihn …«

Er brauchte nicht zu Ende zu sprechen. Die Hand ließ Teddys Hals los. Ihr Besitzer und seine beiden Kumpane rannten so schnell sie konnten in Richtung Straße davon. Der Faustkopf lag immer noch auf dem Boden.

»Bist du verletzt?«, fragte Truax.

»Äh, nein«, sagte Teddy.

Der Faustkopf kniete jetzt. Seine Bewegungen waren so langsam wie die eines Tauchers auf dem Meeresgrund. Teddy zeigte auf ihn.

»Was haben Sie denn mit dem gemacht?«, fragte er.

Truax sah ausdruckslos zu dem Jungen hinunter. Dann langte er mit seiner gesunden Hand hinunter, packte ihn wie einen Sack Wäsche am Kragen und stellte ihn auf die Füße. Der Faustkopf starrte Truax verwirrt an, dann rannte er zusammengekrümmt seinen Freunden hinterher. Truax sah ihm nicht nach. Er hatte sich schon wieder Teddy zugewandt. Joel, der sich die blutige Nase mit einem Hemdzipfel abtupfte, beachtete er nicht.

»Geh nach Hause.«

»Keine Sorge.«

Truax drehte sich um und ging zu seinem Wagen. Teddy sah ihm nach, dann hob er seine Brille auf. Sie war nicht zerbrochen. Er setzte sie auf. Joel stand vollkommen bewegungslos da, den Blick zum Boden gerichtet. Er tupfte sich nicht mehr die Nase ab, obwohl sie weiter blutete und ihm ein dünnes Rinnsal über die Oberlippe lief.

»Irre, der Typ, was?«

Joel starrte weiter stumm zu Boden.

»Eh, Joel? Alles in Ordnung?«

Dann endlich sah er Teddy mit zusammengekniffenen Augen an.

»Du hättest das nicht sagen dürfen.«

»Was? Hör mal, die wollten uns verprügeln.«

»Du hättest es nicht sagen dürfen, Mann.«

»Das sind doch nur Worte.«

Joel sah weg. Dann fiel ihm offenbar wieder ein, dass er blutete. Er betupfte sich mit dem Hemdsärmel die Nase.

»Jetzt pass mal auf«, sagte Teddy. »Das ist doch albern. Hast du wirklich erwartet, ich lasse einfach zu, dass die uns verdreschen?«

Die Scheinwerfer von Truax' Auto glitten über sie hinweg.

»Von dir erwarte ich gar nichts mehr«, sagte Joel leise.

Er drehte sich um und ging auf den Radweg am Rand der Plaza zu. Die Abkürzung nach Mystic Hills. Teddy sah hinter ihm her. Das war alles so dumm. Soeben hatte er seinem Freund eine Tracht Prügel erspart, und jetzt sollte das auf einmal falsch gewesen sein? Unmöglich.

»Joel …«

Joel ging weiter. Teddy begriff, dass er offenbar den ganzen Weg nach Hause zu Fuß gehen wollte. Er lief ihm nach und holte ihn ein, als er gerade den Radweg erreicht hatte.

»Warte«, sagte er und trat ihm in den Weg. »Warte!«

Joel blieb stehen, ohne Teddy anzusehen. Seine Nase blutete nicht mehr so stark.

»Es tut mir Leid«, sagte Teddy, »okay? Ich sah, wie der Typ auf dich losging, und da habe ich einfach …«

»Darum geht es nicht«, sagte Joel.

»Worum dann?«

»Das verstehst du sowieso nicht.«

»Joel …«

Aber Joel ging schon wieder weiter, um Teddy herum und in die Dunkelheit. Teddy wollte ihm nach, aber er wusste, dass es zwecklos war. Joel war bei so was ziemlich stur. Als ob es weiß Gott wie wichtig wäre. Lass uns doch mal erwachsen werden. Er sah Joel nach, bis er zwischen den Bäumen verschwunden war, dann kehrte er zur Plaza zurück. Er musste seinem Vater Bericht erstatten. Das wurde ja allmählich lächerlich. Hier mussten einige zusätzliche Bullen her, und zwar ein bisschen dalli.

Er stand schon fast vor dem Eingang, als ihm Joels Schirmmütze einfiel, die im Gebüsch gelandet war. Einen Moment lang war er versucht, sie dort liegen zu lassen. Joel jetzt noch einen Gefallen tun. Aber wenn er sie zurückgab, konnte er wieder gutmachen, was passiert war. Also verschob er das Treffen mit seinem Vater und trampelte durch das Dornengestrüpp. Trotz der finsteren Gestalten, die hier lauerten. Er wünschte, es hätte ihm jemand zugesehen. Nur um die blöde Mütze zu finden.

Denn so ein Freund war er eben.

4. Teil

15

Earl Wooten schlief am Morgen aus. Zwar ging sein Flugzeug erst um vier, aber er hatte beschlossen, an diesem Tag nicht zu arbeiten. Er wollte nicht in irgendwelche Krisen oder improvisierte Besprechungen verwickelt werden, bei denen es auffiel, wenn er vorzeitig gehen musste. Außerdem hatte er noch etwas anderes zu tun, bevor er nach Chicago aufbrach, etwas, das mit der Arbeit nichts zu tun hatte.

Es war ein merkwürdiges Gefühl, in dem Doppelbett dahinzudösen, während das Leben in der von ihm erbauten Stadt seinen Gang nahm. Er hatte den Telefonhörer neben die Gabel legen wollen, aber Ardelia war dagegen gewesen – sie betreute mehrere hundert Kinder in Sommerkursen und musste auch selbst unterrichten. Sie hatte die Anweisung, niemanden zu ihm durchzustellen, auch nicht wenn der See über die Ufer trat oder Newton Plaza einstürzte. Nach außen erzählte sie, dass in seiner Familie in Atlanta jemand krank geworden sei und dies seine Anwesenheit erfordere. Er würde erst Montag wieder zurück sein. Wooten hasste es zwar, kranke Verwandte vorzutäuschen, aber er hatte nicht gewusst, wie er seine plötzliche Abwesenheit anders erklären sollte. Zumal wenn Austin anrief.

Wie er so zwischen Wachen und Schlafen dahindämmerte, fiel ihm auf einmal ein, dass es, so weit er sich erinnern konnte, das erste Mal war, dass er einen Tag frei nahm. Das erste Mal überhaupt. Großer Gott, war es wirklich dreißig Jahre her, dass er einfach einen Tag frei gemacht hatte? Dreißig Jahre. Wie viele Stunden waren das? Um das auszurechnen, brauchte er einen Taschenrechner. Dreißig Jahre harter Arbeit. Noch vor dem Stimmbruch hatte er mit der Schufterei angefangen, mit Graben und Hacken, Tätigkeiten, die es heutzutage, im Zeitalter der Gewerkschaften und modernen Maschinen, gar nicht mehr gab. Siebenundzwanzig Cents die Stunde, zwölf Stunden am Tag, sechs Tage die Woche und oft auch noch am Sonntag. Dann die etwas gehobeneren Arbeiten. Das Senkblei halten oder die störrischen Hebel eines großen Baggers betätigen. Stunde für Stunde und Tag für Tag, bis er schließlich merkte, dass er mehr zu bieten hatte als Rückenmuskeln und schwielige Hände. Mit der Verwandlung vom Maultier zum Maultiertreiber waren neue Probleme einhergegangen. Statt Gruben auszuheben, hatte er stundenlang mit Bankern über den Kauf von potenziellem Bauland verhandelt. Statt den ganzen Tag Mauern hochzuziehen, hatte er mit Buchhaltern über Löhne gesprochen. Statt im Bagger zu sitzen, hatte er mit Ingenieuren Drainagesysteme erörtert. Alles Dinge, die keiner von einem Mann erwartet hätte, der nur die Grundschule besucht hatte. Aber er hatte sich alles selbst beigebracht, so wie er sich beigebracht hatte, den Motor eines Presslufthammers zu reparieren, wenn er irgendwo in der Pampa den Geist aufgab. Stunde für Stunde, Tag für Tag. Und das alles hatte auf ein Ziel zugeführt, auf einen Preis noch größer als das, was er bereits gewonnen hatte – eine wunderbare Frau, ein stattliches Haus, schöne Kinder, Geld und Achtung. Einen Preis, der gegenwärtig noch in Chicago unter Verschluss gehalten wurde, der ihm aber in nur vierundzwanzig Stunden mitgeteilt würde.

Drunten begann eins der Mädchen zu schreien. Dann hörte er Ardelia fragen, was los sei. Ihre Stimme klang wütend. Zeit aufzustehen. Obwohl es noch nicht einmal neun war, hatte er das Gefühl, bis Mittag geschlafen zu haben. Bald würde Ardelia die Mädchen in die Kindertagesstätte bringen. Dann war nur noch Joel zu Hause. Er wusste noch nichts von Chicago – sie hatten vereinbart, ihm zu sagen, dass sein Vater in nicht näher erläuterten Familienangelegenheiten nach Atlanta flog, nur für den Fall, dass er mit Teddy darüber sprach. Joel war sowieso egal, was sein Vater tat. Seit Wooten ihm am Sonntag verboten hatte, Susan weiterhin zu sehen, hatte Joel kein Wort mehr mit ihm gesprochen. Nicht einmal am Montagabend, als er mit einer blutigen Nase nach Hause gekommen war. Wooten und Ardelia waren ihm nach oben gefolgt und hatten gefragt, was passiert sei, aber er hatte ihnen die Tür vor der Nase zugeschlagen. Wooten hatte befürchtet, es könnte einen Zusammenstoß mit den Truaxens gegeben haben, und die ganze Nacht gewartet, dass das Telefon klingelte. Am Dienstagmorgen hatte Ardelia dann immerhin aus Joel herausgebracht, dass er und Teddy drunten am See in eine Art Auseinandersetzung verwickelt worden waren. Offenbar herrschte deshalb zwischen den beiden Freunden dicke Luft. Wooten hatte am Dienstagabend versucht, mit Joel darüber zu sprechen, aber Joel hatte nur versteinert geschwiegen und die Schultern gezuckt.

Wooten zog sich an. Er würde noch einmal mit seinem Sohn sprechen müssen. Das Gespräch am Sonntag war eine Katastrophe gewesen. Wooten hatte die Truaxens wutschnaubend verlassen, aber auf dem Nachhauseweg hatte Ardelia ihm klar gemacht, dass er in Wirklichkeit auf Irma wütend war. Der einzige Fehler des Jungen sei doch, ein Mädchen zu sehr und zu naiv zu lieben. Wenn Joel jetzt noch den Eindruck bekomme, dass die Trennung eine Strafe sei, wisse er doch überhaupt nicht mehr ein noch aus.

Wooten hatte ihr zugestimmt. Erleichtert war er zum Zimmer des Jungen hinaufgestiegen und hatte ihm geduldig erklärt, dass er Susan den Rest des Sommers nicht mehr sehen durfte. Er hatte eingeräumt, dass es hart klang, aber es gab keine Alternative. Die Eltern des Mädchens bestanden darauf. Joel musste da durch, und im Herbst ging er ja sowieso nach Bucknell. Mit einem verlegenen Grinsen hatte Wooten noch gemeint, die Erinnerung an Susan würde verblassen, wenn Joel erst die Mädchen vom College kennen lernen würde. Vielleicht dachte er ab und zu noch an sie, aber eben nicht mehr. Und so war es auch am besten.

Auf seine Worte folgte nur Schweigen. Joel vermied es, seinen Vater anzusehen, und starrte stattdessen an die Decke. Dann schnaubte er und drehte sich zur Wand. Wooten sagte wiederholt seinen Namen, bekam aber keine Antwort. Er spürte, wie die Wut in ihm hochkam, doch dann fiel ihm ein, was Ardelia gesagt hatte, und die Wut verschwand wieder. Der einzige Fehler des Jungen war doch, zu sehr zu lieben.

Inzwischen waren vier Tage vergangen, und das Gespräch zwischen ihnen stand immer noch aus. Wooten ging den Flur entlang und blieb vor dem Zimmer seines Sohnes stehen. Musik kam durch die Tür, wieder dieser blinde Stevie Wonder. Etwas von einer goldenen Dame. Er klopfte.

»Was ist?«

Eine explizitere Einladung würde er nicht bekommen. Er machte die Tür auf. Joel saß auf dem Bett, in der Hand einen Bogen Papier, bedeckt mit der gleichmäßig gerundeten Handschrift eines Mädchens. Als er seinen Vater sah, veränderte sich sein Gesicht. Seine Miene bekam etwas Hartes, Unversöhnliches, wie es nur Kinder haben können.

»Darf ich mich setzen?«

Joel zuckte die Schultern. Wooten drehte den Schreibtischstuhl um, zog ihn vor das Bett und setzte sich. Er sah jetzt, dass Joel einen alten Brief las, sicher von Susan. Um ihn lagen Dutzende weitere Briefe, die meisten in unfrankierten Umschlägen. Wahrscheinlich im Klassenzimmer verfasst und in der Mittagspause übergeben. Wooten hatte plötzlich das Gefühl, dass er von vielen Dingen, die in seinem Sohn vorgingen, nichts wusste. Vielleicht litt der Junge mehr, als sie ahnten. Aber sie konnten nichts dagegen tun. Die Eltern des Mädchens hatten sich entschieden.

»Joel, ich weiß nicht, ob deine Mutter es dir gesagt hat, aber ich muss in Familienangelegenheiten einige Tage nach Atlanta.«

Joel zuckte die Schultern. Ihm war das egal. Einige lange Sekunden vergingen.

»Wie geht's denn so?«, fragte Wooten schließlich.

Joel sah ihn ungläubig an.

»Was glaubst *du* denn?«

»Na ja, du bist wahrscheinlich immer noch auf die ganze Welt sauer. Aber wie schon am Sonntag gesagt, wir haben keine andere Wahl. Zumal das Mädchen noch minderjährig ist.«

Joel sah ihn bitter an.

»Das ist ja nicht der Grund, weshalb ich sie nicht sehen darf.«

»Nein?«

»Ach wo.«

Wooten machte den Fehler, darauf einzugehen.

»Dann sagst du mir vielleicht, warum ich es dir verbiete.«

»Weil du den Weißen in den Arsch kriechst«, sagte Joel nüchtern.

Das väterliche Lächeln fiel von Wootens Gesicht ab wie ein Eiszapfen in der Morgensonne.

»Was sagst du?«

»Weil du ein Arschkriecher bist«, wiederholte Joel ruhig. »Wenn ein Weißer zu dir sagt, spring, fragst du noch, wie hoch denn bitte. So warst du dein ganzes Leben.«

Ganz ruhig bleiben, dachte Wooten. Der Junge redet doch nur aus Verzweiflung so und weil er sich schämt, erwischt worden zu sein. Genau deshalb. Aus Verzweiflung und Scham.

»Das ist nicht wahr, Joel.«

»Nein? Was ist denn dann der Grund?«

»Die Truaxens haben dich in *ihrem* Haus erwischt. Glaubst du im Ernst, dass so etwas ohne Folgen bleibt?«

Darauf hatte Joel keine Antwort. Wooten holte tief Luft. Arschkriecher. Der Junge hatte ihn einen Arschkriecher genannt. Auch wenn er es nicht ernst meinte, nicht ernst meinen konnte.

»Wenn du mich für einen Feigling halten willst, bitte sehr, damit kann ich leben. Das ändert aber nichts an der Tatsache, dass Susan minderjährig ist und ihre Eltern nicht wollen, dass du sie besuchst. Wir haben keine andere Wahl. Ist das klar?«

Joel zuckte die Schultern.

»Denk doch, was du willst«, sagte er.

Wooten starrte seinen Sohn einen Augenblick lang an. Joel war schon so groß, fast schon erwachsen. Aber eben noch nicht ganz. Ein paar Dinge musste er noch kapieren.

»Ob du es glaubst oder nicht, Joel, ich will doch nur, dass du glücklich bist. Ich muss aber auch dafür sorgen, dass dir nichts passieren kann. Manchmal ist das beides nicht dasselbe. Und wenn es hart auf hart kommt, geht die Sicherheit vor.«

Joel sagte nichts. Stattdessen begann er die Briefe auf dem Bett durchzusehen, als ob sein Vater neben ihm Luft sei. Wooten starrte ihn noch eine Weile an. Nicht mehr ärgerlich jetzt, auch nicht verbittert, nur traurig. Dann stand er auf und ging müde hinaus. Hinter sich hörte er durch die geschlossene Tür den blinden Wonder von einer goldenen Dame singen.

Beim Packen seiner Tasche für den Flug ging ihm das Wort unaufhörlich durch den Kopf. Arschkriecher. Der Junge konnte nicht wissen, wie ihn das traf, ausgeschlossen. Er hatte ihn nur kränken wollen. Es war lange her, seit ihn jemand Arschkriecher genannt hatte. Früher hatte er sich das oft anhören müssen. Zuerst hatte es geschmerzt, aber dann hatte er festgestellt, dass ihn nur Penner so nannten oder Schwarze, die so von ihrem Zorn aufgefressen wurden, dass sie nicht mehr wussten, was sie sagten. Von den Leuten, die ihn so genannt hatten, hatte keiner seine Zuneigung oder seinen Respekt verdient. Bis jetzt. Aber Joel meinte es ja gar nicht ernst. Er wusste, dass sein Vater sich bei niemandem eingeschmeichelt, sich niemandem angedienert hatte. Er hatte sich von keinem Weißen öffentlich beschimpfen oder unerlaubt mit Vornamen anreden lassen. In Earl Wootens Welt gab es nur zwei Sorten von Menschen – Gleichberechtigte und Untergebene. Nie hätte er zugegeben, dass jemand ihm überlegen sein könnte. Nicht Swope, nicht Savage, ja nicht einmal Barnaby Vine.

Joel glaubte ja selbst nicht, was er gesagt hatte. Er sagte es nur, weil er wusste, dass er ihn damit kränkte.

Eine Stunde später ging er aus dem Haus. Ardelia hatte er gesagt, er treffe vor dem Flug am Flughafen noch einen Bauunternehmer aus Glen Burnie. Wieder eine Lüge. Eine Lüge zog die andere nach sich. Er tröstete sich damit, dass es die letzte war. Dann log er niemanden mehr an, nicht Austin, nicht Joel und nicht Ardelia. Vor allem nicht Ardelia. Heute war Schluss. Fast ein Jahr ging das jetzt so, wie ein bösartiger Tumor. Jetzt war die Zeit gekommen, ihn herauszuschneiden. Dann konnte er befreit und reinen Gewissens nach Chicago fliegen.

Nach Renaissance Heights fuhr man mit dem Auto zehn Minuten. Wooten parkte auf seinem üblichen Platz gleich hinter der Minibus-Haltestelle an der Schnellstraße. Er schloss das Auto ab und ging den Radweg entlang, der in Windungen durch ein künstlich angelegtes Wäldchen zur Siedlung führte. Gott sei Dank war außer ihm niemand unterwegs, sogar der Spielplatz lag verlassen da. Einmal meinte er im Gehölz oberhalb des Weges ein Knacken wie von einem Hund zu hören, doch als er hinsah, war da nichts.

Hundert Meter vor der Siedlung sah er die Rückseiten der Häuser am Zeno's Way. Das an die Gärten grenzende Gelände war mit Bierdosen übersät, auf die Wege waren Graffiti gesprayt, und an dem abgebrochenen Ast eines kleinen Bäumchens baumelte ein Kondom. Der Anblick rief ihm wieder die unglückliche Versammlung am Montagabend in Erinnerung. Austin hatte sich zwar nichts anmerken lassen, aber Wooten hatte gespürt, dass er schwer gekränkt war. Er wusste freilich auch, dass er Recht hatte. Selbst jetzt, beim Anblick der Verwüstung vor ihm, war ihm klar, dass auf den ersten Zaun, den sie hier bauten, unweigerlich hundert weitere folgen würden. Er hätte sich nur gewünscht, den Antrag auf diplomatischere Weise stoppen zu können. Seit Montag versuchte er erfolglos, Austin ans Telefon zu bekommen, um die Verstimmung aus dem Weg zu räumen. Evelyn wartete mit immer neuen plausiblen Entschuldigungen dafür auf, dass ihr Chef nicht zu sprechen war, aber Wooten wusste, dass der eigentliche Grund verletzter Stolz war. Sich mit dem Freund wieder auszusöhnen hatte er sich als Erstes nach seiner Rückkehr vorgenommen. Das ganze Versteckspiel war dann vorbei. Wooten ging an den Müllcontainern auf dem Parkplatz der Siedlung vorbei und tröstete sich mit dem Gedanken, dass der Missklang zwischen Austin und ihm in wenigen Tagen behoben sein würde.

Der große, schwarze Klingelknopf gab ein heiseres Schnarren von sich, aber wenigstens bekam man nicht auch noch einen Stromschlag. Es dauerte eine Ewigkeit, bis die Tür aufging. Die Türkette schien eine unüberwindliche Hürde und rasselte gute zehn Sekunden, bis sie endlich ausgehängt war. Die Frau trug einen Morgenmantel, den sie in einem Second-hand-Shop gekauft hatte. Auf den dekorativen Falten lag der gräuliche Schleier eines Waschmittels. Der Junge hinter ihr machte schnalzende Laute zu einer der endlosen Schlachten, die er mit zwei arm- und beinlosen GIs ausführte. Wooten hatte ihm neue und bessere Spielsachen geschenkt, aber er bevorzugte die verstümmelten Soldaten.

Die Frau sah schlecht aus und zugleich gut. Ihre Haare waren ungekämmt, die bläulich-grünen Ringe unter ihren Augen dunkler denn je. Sie bewegte sich mit denselben fließenden Bewegungen, die ihm sonst anmutig vorkamen, heute aber nur Zeichen der Müdigkeit zu sein schienen. Und trotzdem, so schlecht sie aussah, er spürte, wie sein Entschluss ins Wanken geriet, noch bevor er über die Schwelle getreten oder ein Wort gesagt worden war.

Sie trat zur Seite und ließ ihn herein. Wooten machte ein paar Schritte in das Zimmer und blieb verunsichert stehen. Sonst gingen sie immer gleich ins Schlafzimmer und krochen unter die Laken aus Rippensamt, die ihr einziger Luxus waren. Aber heute wollte er nicht, er hatte es sich fest vorgenommen. Er spürte ihren Blick auf sich. Sie wartete, bereit, ihm zu folgen, wohin er ging.

Der Junge, eingesperrt hinter dem hochkant gestellten, diagonal vor die Zimmerecke geschobenen Couchtisch, war mit den beiden Puppen beschäftigt, die er unaufhörlich mit dem Kopf gegeneinander stieß. Im Mund hing ihm eine halbleere Nuckelflasche, deren Sauger durch das Gewicht der Limonade in die Länge gezogen wurde. Die austretende Limonade gab seinen schnalzenden Lauten etwas Gurgelndes. Auf dem Teppich waren kleine Häufchen halbzerkauten Essens verteilt wie Tierkot.

»Tag, Mookie«, sagte Wooten.

Der Junge sah nicht auf. Die Frau trat neben ihn.

»So ist er jetzt schon einige Zeit. Die müssen ihm andere Medikamente geben. Samstagmorgen gehe ich wieder in die Klinik.«

»Arbeitest du morgen?«

»Ja.«

Wooten nickte. Sie arbeitete in der Cafeteria in Newton Plaza. Er hatte dort die Mahlzeiten gekauft, die er zu Hause nicht bekam, und dabei hatten sie sich kennen gelernt. Mehrere Male die Woche hatte er sie gesehen, hinter ihrer Theke mit den auf Eis gebetteten Auslagen. Sie hatten darüber gescherzt, dass er seine Diät brach. Dann hatte die Frau angefangen, Dinge speziell für ihn zuzubereiten. Sobald er auftauchte, verschwand sie und kehrte mit einem zugedeckten Teller zurück. Und schließlich hatte sie in ihrer Wohnung für ihn gekocht. Es war seine Idee gewesen, damit ihn niemand bei Ardelia verpetzte. Panierte Hähnchenschlegel, Krabbensalat, Pommes frites. Sie kochte gut, sie hatte es eine Zeit lang gelernt, bevor ihre Schwierigkeiten anfingen. Ardelia begriff nicht, warum er nicht abnahm und warum sein Blutdruck weiter so hoch blieb.

»Ich habe nichts zu essen da«, sagte die Frau.

Gewöhnlich brachte er einige Tüten von A&P mit. Manchmal aß er allein, meist aber mit ihr zusammen. Die Kassiererinnen im Supermarkt fanden es rührend, dass ein Mann in seiner Position sich die Zeit nahm, für seine Familie einzukaufen. Ardelia kaufte nicht bei A&P ein, sondern bei Giant in Juniper Bend. Dort war das Essen hochwertiger.

Er sah sich im Zimmer um, in dem Bewusstsein, dass es das letzte Mal war. Der strapazierfähige, beige Teppich, die in gebrochenem Weiß gestrichenen Wände, die kleine Kochnische mit den Einbaugeräten. Das Licht von draußen wurde durch eine vor das Fenster gehängte Decke fern gehalten. Die Möblierung war spärlich – ein durchgesessenes Sofa und der Couchtisch, außerdem ein Sitzsack, aus dem Styroporkügelchen quollen. Die Spüle in der Küche war mit dreckigem Geschirr voll gestellt. Davor stand ein wackliger Esstisch, umgeben von drei Stühlen mit gesplitterten Rückenstreben. Überall lagen Kleider verstreut.

»Das macht nichts. Ich kann sowieso nicht lange bleiben.«

»Nein?«

»Ich muss nach Chicago.«

»Chicago?«, fragte sie teilnahmslos. »Was machst du dort?«

»Arbeit.«

Sie trat vor ihn hin, beanspruchte seine Aufmerksamkeit.

»Und warum warst du so lange nicht da, Baby?«

»Viel zu tun.«

Im Dämmerlicht sah er, wie schön sie war. Als sie die Tür aufgemacht hatte, war sie nicht schön gewesen, aber jetzt war sie es. Es war eine andere Schönheit als die Ardelias. Sie hatte nichts an sich, das man bewahren wollte. Nur gebrauchen. Sie legte die mageren Hände auf seine Brust. Einen Augenblick trafen sich ihre Augen. Der Junge gab weiter seine Laute von sich. Vor ihm konnten sie alles machen.

»Keine Zeit für mich?«

»Ich bin nicht deshalb gekommen.«

»Ich weiß.«

»Ich wollte nur sagen, dass wir aufhören müssen.«

»Ich weiß.«

Er spürte ihre Hände an seinen Hemdknöpfen und schloss die Augen. An der Tür war sie nicht schön gewesen und auch nicht in seiner Erinnerung. Aber jetzt war sie es. Ein letztes Mal, dachte er, noch einmal, dann fliegst du nach Chicago. Danach wird alles anders.

Offenbar war er eingeschlafen, denn das Lied war schon fast zu Ende, als es in sein Bewusstsein drang. »*Let's Get it On*.« Er kannte es aus der Plattensammlung seines Sohnes. Es kam durch die Wände, die genau der behördlich vorgeschriebenen Dicke entsprachen. Zehn Zentimeter, genauso dick wie die Stützbalken, dazu auf jeder Seite 1,9 Zentimeter dicke Gipsplatten. Machte zusammen knapp vierzehn Zentimeter, locker gefüllt mit preisgünstigem Fiberglas. Kein guter Lärmschutz. Das Lied war zu Ende und begann wieder von vorn, mit denselben aufreizenden, obszön wirkenden drei Tönen.

Sie beobachtete ihn, das Gesicht halb in einem plattgedrückten Kissen vergraben.

»Du hättest mich nicht schlafen lassen dürfen«, sagte er.

»Du hast so müde ausgesehen, Earl. Deine Augen.«

»Die Arbeit«, sagte er.

»Du darfst nicht so viel arbeiten, sonst geht es dir wie meinem Andre.«

»Du willst damit hoffentlich nicht sagen, dass er zu viel gearbeitet hat.«

»Nein. Polizisten haben ihn in der U-Bahn erschossen, weil sie ihn für jemand anders hielten. Ich wollte sagen, er ist tot.«

Wooten sah zur Decke. Der Wasserfleck wurde immer größer, er war jetzt schon so groß wie seine Hand. Er hatte der Frau gesagt, sie solle den Reparaturdienst anrufen. Er hätte es selbst getan, aber vielleicht wunderte sich dann jemand, was er mit der Decke dieser Frau zu tun hatte. Ärger stieg in ihm auf – das Haus war noch nicht einmal ein Jahr alt, viel zu neu für solche Schäden. Für den Wasserfleck waren die Bewohner verantwortlich. Er überlegte, wer wohl über ihnen im dritten Stock wohnte. Erst vor kurzem waren Berichte über seltsame Vorgänge in diesen Wohnungen eingegangen. Eine komplett eingerichtete Schwarzbrennerei hatte man dort entdeckt, erste Anzeichen einer Kakerlakenplage, eine Schar verlassener Kinder, deren Mutter man drei Tage später auf einem Jahrmarkt in Anacostia ausfindig gemacht hatte.

Die Musik hörte endgültig auf, und an ihre Stelle trat die misstönende Musik der Armut. Das blecherne Gedudel billiger Fernsehgeräte, das entfernte Knallen zuschlagender Feuerschutztüren, heftige Wortwechsel, die innerhalb von Sekunden aufflammten und wieder verstummten. Im vergangenen Frühjahr, als die ersten Bewohner eingezogen waren, hatte hier noch den ganzen Tag gespenstische Stille geherrscht. Jetzt begann der Lärm am hellen Nachmittag und dauerte ohne Unterbrechung bis fast zum nächsten Morgen. Und der Lärm war nicht alles. In den Treppenhäusern aus Beton stank es aufdringlich nach gekochtem Kohl und frischem Urin; die Beleuchtung war schummrig und trüb wie eine ungespülte Toilette. Auf dem Parkplatz standen Lieferwagen mit zweifelhaften Frachten und große Limousinen, von deren Unterboden der Rost regnete. Wieder fielen ihm die Bewohner von Zeno's Way und ihr Zaun ein. Vielleicht hatte Austin doch Recht. Vielleicht war es falsch gewesen, ihm zu widersprechen.

»Hunger?«

»Nein.«

»Eier könnte ich dir machen. Und von der Russin im Erdgeschoss könnte ich Speck holen, wenn du mir Geld gibst.«

Wooten setzte sich auf. Den Geräuschen aus dem Wohnzimmer nach zu schließen, ließ sich der Junge jetzt immer wieder auf den Boden fallen.

»Nein«, sagte er schärfer als beabsichtigt. Er lächelte schwach. »Ich muss zum Flugplatz.«

Sie schloss die Augen.

»Ich weiß nicht, warum du kommst, wenn es dir so weh tut«, sagte sie. »Für mich ist es einfach nur schön, das ist alles. Ich verlange ja nicht, dass du mir eine Wohnung am See beschaffst und mich aushältst. Für mich ist es einfach nur schön.«

Er legte ihr die Hand auf die Wange.

»Ich weiß«, sagte er. »Für mich ja auch.«

Sie öffnete die Augen.

»In meinem Portemonnaie ist Geld«, sagte er leise. »Für den Speck.«

Er nahm eine kurze Dusche. Verloren stand er unter dem dünnen Strahl leicht faulig riechenden Wassers und seifte sich ein. Das Wasser war kalt. Das warme Wasser war um zehn am Vormittag aus und kam erst abends wieder. Die Boiler waren zu schwach für den Warmwasserbedarf dieser Leute. Sogar ihren Pulverkaffee rührten sie damit an. Wooten fand sich damit als einer Art wohlfeiler Buße ab.

Elf Monate ging das jetzt, ohne dass er es gewollt hätte. Er war doch nur des Essens wegen hingegangen, es war ein Witz gewesen, eine Herausforderung. Zunächst hatte es ihn seltsam erregt, heimlich etwas so Unschuldiges zu tun. Als sie dann anfingen, ins Schlafzimmer zu gehen, war er den Betrug bereits gewohnt. Der erste Braten war ihm gefährlicher vorgekommen als die erste schweißtreibende Umarmung auf dem quietschenden Bett. Und das alles wäre nicht passiert, hätte der Arzt ihm nicht befohlen, zehn Kilo abzunehmen, eins für jeden Punkt, den sein Blutdruck über dem Sollwert lag. Ardelia davon zu berichten war falsch gewesen. Er hätte sagen sollen, alles sei in Ordnung. Eine kleine Lüge, um die großen zu vermeiden, die dann kamen. Denn Ardelia hatte mit missionarischem Eifer angefangen, eine Diät für ihn aufzustellen. Allabendlich standen jetzt gekochter Fisch, Hühnerfleisch ohne Haut und Gemüse ohne Butter auf dem Tisch. Keine Eier, kein Speck, kein Steak, nichts Gebratenes und nichts mit Sauce drauf. Jahrelang hatte sie ihm wegen seines Gewichts und seines Appetits zugesetzt. Jetzt konnte sie es endlich mit offizieller Ermächtigung tun, und diese Gelegenheit ließ sie sich nicht entgehen.

Nur wusste sie eins nicht. Wooten konnte keine Diät halten, weil er Hunger schlicht und einfach nicht aushielt. Schon der Gedanke daran versetzte ihn in Panik. Er konnte nicht mehr klar denken, von arbeiten ganz zu schweigen. Was allerdings nicht daran lag, dass er eben nicht gern hungrig war, wie andere sich nicht gern bewegten oder morgens nicht aus dem Bett kamen. Er konnte Hunger nicht ertragen. Hunger machte ihn schwach und trieb ihn zum Wahnsinn, wie zu viel Sonne oder extreme Kälte. Die Panik begann schon beim ersten Anzeichen.

Das hatte einen einfachen Grund. Er hatte einmal gehungert, zwei Monate lang, als er sieben war, gnadenlos. Der Hunger hätte ihn fast umgebracht. Es war kurz nach dem Tod seines Vaters gewesen. Sein Vater war beim Ausheben eines Sandhindernisses für einen Golfclub in der Nähe von Chicago vom Blitz erschlagen worden. Die Männer hatten sich unterstellen wollen, aber der Vorarbeiter hatte es nicht zugelassen, weil sie mit der Arbeit in Verzug waren. Wooten konnte sie sich genau vorstellen, die rebellischen Bemerkungen und die auf den dunkel werdenden Horizont gerichteten Blicke. Nur der Gedanke an die vielen Münder, die zu Hause gestopft werden mussten, hatte die offene Rebellion verhindert. Dann plötzlich der Blitz, gefolgt von einem Donnerschlag, den schon keiner mehr hörte. Zwei Männer waren in dem Graben gestorben, drei weitere hatten als sabbernde, arbeitsunfähige Idioten überlebt.

Wootens Mutter war danach eine Zeit lang ausgerastet. Hatte sich ins Bett gelegt und nicht mehr aufstehen wollen. Wooten und seine Schwestern kamen zu verschiedenen Verwandten, er zu seiner Großtante Mary in die Ozark Mountains. Die Großtante war eine freundliche, etwas exzentrische alte Dame, die nie geheiratet hatte und in ländlicher Abgeschiedenheit lebte, wie es ihrem Naturell am besten entsprach. Doch die Wootens waren in jenem Sommer vom Pech verfolgt gewesen – am Tag nach seiner Ankunft hatte seine Tante einen schweren Schlaganfall gehabt. Sie hatte für sie beide eingekauft und ihn in dem einsamen Haus zurückgelassen, damit er sich von der anstrengenden Busfahrt erholen konnte. Gelähmt und unfähig zu sprechen, hatte sie sieben Wochen lang verzweifelt versucht, den Schwestern zu verstehen zu geben, dass in ihrem Haus noch ein kleiner Junge war. Die wenigen Leute, denen sie vom Besuch ihres Neffen erzählt hatte, hatten offenbar vergessen, dass der Junge eigentlich schon da sein musste, und niemand schien das Bedürfnis zu haben, die lange Fahrt zum Haus der Einsiedlerin zu machen, um dort nachzusehen. Die Zeiten waren hart, und jeder hatte seine eigenen Probleme.

Wooten war allein in einer ihm fremden Umgebung. An die weiten Felder des südlichen Illinois gewöhnt, machte ihm der dichte, undurchdringliche Wald der Ozarks Angst. Seine Tante hatte ihn angewiesen, das Haus bis zu ihrer Rückkehr nicht zu verlassen, also blieb er, von der Birkenrute seines Vaters zum Gehorsam erzogen, wo er war, auch als die Nahrungsmittel ausgingen. Einige Konservendosen gingen nicht auf. Er aß Mehl, das an der Zunge klebte. Dann aß er die Beeren und das lange Gras im Garten, aber davon wurde ihm schlecht. Er bekam solche Wahnvorstellungen, dass er den alten Mann, der zehn Tag nach Marys Schlaganfall schließlich kam, um nach dem Rechten zu sehen, für ein schreckliches Ungeheuer aus dem Wald hielt und sich hinter dem Haus versteckte, bis er wieder gegangen war.

Der Hunger wurde so schlimm, dass er kaum noch stehen konnte. Seine Eingeweide schrumpften zu einem heißen Knoten, die Kraft wich aus seinen Beinen. Er fing Käfer und aß sie lebend, spürte sie zwischen seinen Backenzähnen und sah später Teile von ihnen in seinem gelben Stuhlgang. Er aß Papier aus einem Katalog, den er fand. Auf einigen Seiten waren Nahrungsmittel abgebildet, und er stellte sich vor, dass er sie schmeckte. Eines Tages biss er sich in den Finger und saugte Blut heraus, aber in der folgenden Nacht träumte er, der Teufel sei gekommen, ihn zu holen, und er tat es nicht wieder.

Dann war der Hunger auf einmal vorbei. Er hatte überhaupt kein Bedürfnis mehr, etwas zu essen. Er begann durch die Bäume um das Haus zu fliegen und hinauf bis zu den Wolken, wo er die Engel suchte, die den Blitz gemacht hatten, der seinen Vater getötet hatte. Aus dem Wald kamen noch mehr böse Männer, aber er versteckte sich hinter dem Haus. Jetzt, wo er keinen Hunger mehr hatte, fiel es ihm leicht, stillzuhalten. Stundenlang konnte er bewegungslos daliegen. Und fliegen.

Zuletzt kehrte das Blut ins Sprachzentrum seiner Tante zurück. Die Polizisten brauchten eine Stunde, den völlig verängstigten Jungen zu finden. Er war so leicht wie ein Sack dürres Laub. Man brachte ihn in dasselbe Krankenhaus wie seine Tante und ernährte ihn eine Woche lang durch Infusionen, ohne dass sie ihn sehen durfte. Schließlich wollte niemand, dass sie bei seinem Anblick einen zweiten Schlag erlitte. Im Spiegel über dem Waschbecken sah er sich, wenn er sich auf die Zehenspitzen stellte, eine verkohlte Puppe mit großen Augen, seinen Augen. Dann war er wieder soweit hergestellt, dass er in das Zimmer seiner Tante verlegt werden konnte. Dort verbrachte er weitere drei Wochen, in denen er mit Süßkartoffeln, Schweinefleisch und Maisbrot aufgepäppelt wurde. Manchmal ertappte er seine Tante dabei, wie sie ihn ansah, während Tränen aus ihren Augenwinkeln rannen. Er musste ihr versprechen, niemandem zu erzählen, was passiert war – weil er unartig gewesen war, wie er glaubte. Im Herbst kam die Nachricht, seine Mutter habe das Bett verlassen. Er kehrte nach Hause zurück, erzählte aber niemandem von dem Jungen, der zu dumm gewesen war, einfach die Straße entlangzugehen und sich etwas zu essen zu holen. Seine Tante starb zwei Jahre später und nahm das Geheimnis ins Grab mit.

Seitdem hatte Wooten nie wieder Hunger gehabt, was aber nicht auf einen bewussten Vorsatz zurückzuführen war. Hunger zu vermeiden war zu einem Instinkt geworden wie der Lidschlag oder der nächste Atemzug. Als er anfing zu arbeiten, vergaß er nie, ein Brot mitzunehmen, egal um was für eine Arbeit es sich handelte und wie lange sie dauerte. Als er dann Geld verdiente, war es ein Leichtes, dafür zu sorgen, dass die Speisekammer immer zum Bersten gefüllt war. Wer unter ihm arbeitete, konnte sicher sein, mit Bergen von Krapfen und belegten Broten verwöhnt zu werden. Die Erinnerung an jene zwei schlimmen Monate wurde nach und nach unter einer Million Kalorien begraben.

Hatte er zumindest geglaubt. Sie kehrte mit Macht wieder, als er in der Nacht des zweiten Tages seiner Diät mit kaltem Schweiß aufwachte und in seinem Magen Stiche wie von einem Messer spürte. Er schlich zur Speisekammer hinunter und aß das Erste, was er in die Hände bekam – eine Dose Kichererbsen. Er schlang sie einfach hinunter, um seine aufgewühlten Gedärme zu beruhigen. Anfangs wollte er Ardelia erklären, warum er nicht weniger essen konnte, aber er wusste, dass sie ihn nicht verstehen würde. Er hatte Frau und Kinder zu versorgen und eine Stadt zu bauen. Wegen etwas längst Vergangenem einen Herzinfarkt zu riskieren musste ihr als Gipfel der Blödheit erscheinen.

Also fing er an zu betrügen. Biscuitville, Arby's, 7-Eleven, Marys Grillbar drüben in Powdertown, eine fahrbare Kantine. Er versuchte, nur so viel zu essen, dass er keinen Hunger hatte, aber es war schwer. Trotz seiner Diät nahm er zu. Wieder überlegte er, ob er Ardelia nicht beichten musste, warum er es nicht schaffte. Doch dann hatte er sich zum ersten Mal mit der zierlichen Frau in der Cafeteria unterhalten, deren Augen ihm sagten, dass sie alles über Hunger wusste. Sie konnte etwas für ihn kochen, das so gut schmeckte, wie es mit wenig Fett eben schmecken kann.

Er brauchte nur zu ihr nach Hause zu kommen.

Er drehte die Dusche ab, ließ das Wasser eine Weile an sich heruntertropfen und trat dann in das enge Badezimmer. Er wischte den Spiegel blank und sah sich an. Sie hatte Recht, er sah müde aus. Als er aus dem Bad kam, hatte sie ihre Uniform angezogen, nur die Papiermütze fehlte noch. Er hatte ihr verboten, sie in seiner Gegenwart zu tragen. Essensgeruch erfüllte die abgestandene Luft. Er ging zu dem Jungen. In seinem Käfig lagen die Soldaten, die Wooten ihm geschenkt hatte. Ihre Hälse waren mit hellen Bissstellen bedeckt, einige Gewehrläufe waren abgekaut.

»He, du sollst die aber nicht essen.«

Der Junge schlug die Köpfe der beiden GIs noch heftiger zusammen. Wooten starrte auf seine strubbeligen Haare hinunter, dann ging er daran, die Soldaten einzusammeln. Ohne hinzusehen, begann der Junge zu stöhnen. Wooten wusste, was darauf folgen würde.

»Okay, ist ja gut«, sagte er schnell.

Er ließ die Soldaten wieder fallen. Das Kreischen wollte er nicht hören. Nicht heute. Außerdem würde dem Jungen etwas Plastik im Magen nicht schaden. Schlimmer konnte es mit ihm nicht werden. Wooten dachte an seinen eigenen Sohn, der zu Hause auf dem Bett saß und ihn verwünschte. Was Joel wohl denken würde, wenn er ihn hier sehen könnte. Es war auf jeden Fall das letzte Mal. Ganz bestimmt. Nur noch eine Mahlzeit, dann war Schluss.

Er stand auf und ging zur Küche hinüber. Die Frau war fast fertig. Er legte ihr die Hände um die magere Taille.

»Riecht gut.«

»Du brauchst wirklich nicht das Zeug im Flugzeug zu essen.«

Sein Magen knurrte. Er würde es ihr nach dem Essen sagen.

16

Truax stand vollkommen bewegungslos zwischen den Müllcontainern und sah unverwandt auf das dreistöckige braune Haus. Der Blick über den Parkplatz war unverstellt, und die Container waren eine perfekte Deckung. Wenn jemand mit seinem Müll kam, brauchte Truax nur in den Schatten zurückzutreten. Andere hätten den Gestank des faulenden Gemüses und der geronnenen Milch und die anderen von den bunt schillernden Pfützen aufsteigenden Gerüche vielleicht nicht ausgehalten, aber Truax war so etwas längst gewöhnt. Zuerst ein sterbendes Land, dann sein eigenes faulendes Fleisch. Damit konnte er leben.

Auf der Hauptstraße hätte er Wooten fast verloren. Er hatte nicht erwartet, dass Wooten hier parken würde, gleich neben der Straße. Er hatte schnell entscheiden müssen, war an dem Ranchero vorbeigefahren und in eine Nebenstraße eingebogen. Dort stand zum Glück ein Lastzug, der gerade entladen wurde. Hinter ihm konnte er seinen Cutlass vor Wootens Blick verbergen. Er fürchtete schon, Wooten könnte ihn entdeckt haben und versuchen, ihn auf eine falsche Fährte zu lenken. Der Bauunternehmer stieg aus und ging den von Bäumen überschatteten Radweg entlang. Vorsichtig folgte Truax ihm. Dreißig Meter bevor der Weg einen Knick machte und im Wald verschwand, bog er seinerseits in den Wald ein und duckte sich hinter einen großen Baum. Zu seiner Erleichterung marschierte Wooten unbeeindruckt weiter. Wenn er ihm eine Falle hätte stellen wollen, hätte er es spätestens jetzt getan. Truax glitt durch den lichten Wald. Es war nicht schwer, Wooten zu folgen. Die Kiefern standen weit auseinander, und es gab nur wenige Büsche. Truax hielt sich auf dem Kamm parallel zu dem in einer Rinne verlaufenden Weg. Vor ihm bewegte sich knapp über dem Boden Wootens Kopf auf und ab. Alles klappte reibungslos, bis er in eine mit Blättern gefüllte Vertiefung trat und stolperte. Wooten drehte sich um. Truax erstarrte und hielt den Atem an. Doch dann ging Wooten weiter. Er hatte keine Ahnung, dass ihm jemand folgte. Hundert Meter weiter führte der Weg an einem Spielplatz vorbei. Truax wollte für den Fall, dass er angesprochen wurde, sagen, dass er seinen entlaufenen Hund suchte. Aber er hatte weiter Glück – der Spielplatz war leer.

Nach einigen weiteren Kurven und Biegungen kamen sie schließlich zum Rand des Ortsteils Renaissance Heights. Truax begriff zunächst nicht, warum Wooten so weit zu Fuß gegangen war; die Siedlung war mit dem Auto doch leicht erreichbar. Aber die Frage beantwortete sich von selbst. Weil Wooten hier nicht gesehen werden wollte. Truax' Herz begann schneller zu schlagen, seine Sinne waren aufs Äußerste gespannt. Zum ersten Mal trug seine Arbeit Früchte. Wooten überquerte raschen Schrittes den Parkplatz und verschwand in einem dunklen Treppenhaus. Im zweiten Stock klingelte er. Eine schwarze Frau in einem verblichenen Morgenmantel öffnete ihm. Truax hob das Fernglas an die Augen, um Einzelheiten sehen zu können. Die Frau wirkte aus der Ferne jung und zugleich alt. Truax wartete noch einige Minuten im Schutz der Bäume am Rand der Siedlung, dann lief er geduckt zu den Müllcontainern am Rand des Parkplatzes. Wieder benutzte er das Fernglas, doch die Sonne auf dem Fenster verhinderte, dass er in die Wohnung sah. Die Nummer auf der Tür konnte er dagegen lesen. 27.

Seit drei Tagen arbeitete er jetzt in seiner neuen Stelle. Zum dritten Mal war er vor Morgengrauen aufgestanden, um Wooten bis spät in die Nacht zu beschatten. Sein Auftrag war einfach – er sollte Wooten folgen, wohin er auch ging. Montagnacht hatte er angefangen, ein Ende war nicht abzusehen. Er folgte dem Bauunternehmer auf Schritt und Tritt und notierte jede kleinste Bewegung. Er stand auf, bevor Wooten aufstand, folgte ihm, wohin er ging, schlief erst, wenn er schlief.

Bis Swope Gewissheit hatte.

Noch jetzt, zwischen den stinkenden Containern, konnte Truax sein Glück kaum fassen. Als Swope ihn Montagabend angerufen hatte, hatte er das für das Ende seiner Karriere gehalten, sich schon zum Gelegenheitsarbeiter und Sozialhilfeempfänger degradiert gesehen. Irmas Benehmen auf der Party und der Streit mit den Wootens am Sonntagmorgen hatten seine Zukunft bei EarthWorks zerstört. Sicher war Wooten gleich nach dem Gespräch zu Swope gelaufen und hatte dem ein Ammenmärchen aufgetischt, das Truax zu einem puritanischen Spießer machte, während er in Wirklichkeit doch nur die Ehre seiner Familie schützte. Auf Swopes Anruf hin hatte er also schicksalsergeben Jacke und Krawatte angezogen, um den letzten Akt hinter sich zu bringen. Und dann war das Wunder geschehen. Swope hatte ihm eine Stelle angeboten. Nicht als dämlicher Verkäufer, nein, als Sicherheitsberater des Chefs persönlich. Wo er die ganzen Fähigkeiten einsetzen konnte, die er in den vergangen zwanzig Jahren erworben hatte. So überraschend war seine Berufung also auch wieder nicht. Austin Swope hatte wie alle wirklichen Menschenführer die Fähigkeit, durch die äußere Hülle zum Kern zu sehen. Was er über Menschen gesagt hatte, die immer den Kürzeren zogen – der Mann war irgendwo ein Genie. Zwei Jahre hatte Truax mit Zivilisten zu tun gehabt, die keine Ahnung hatten. Jetzt hatte er endlich einen kennen gelernt, der ihn auf Anhieb verstand.

Swope hatte ihn zunächst auf Geheimhaltung eingeschworen und dann in seine Aufgabe eingeweiht. Ihm erklärt, warum er Wooten in Verdacht hatte, von den schlecht bewachten Baustellen der Stadt systematisch Maschinen und Ausrüstungsgegenstände im Wert von Tausenden von Dollar abzuziehen, sie an Komplizen außerhalb der Stadt zu verkaufen und den Gewinn auf ein Konto auf den Bahamas zu überweisen. Sheriff Chones zu alarmieren war zwecklos – er und die anderen Honoratioren von Cannon County waren so gut wie sicher von Wooten gekauft. Wie korrupt Maryland war, war hinlänglich bekannt. Deshalb war Swope auf sich allein gestellt. Das Problem war: Wem konnte er vertrauen? In Newton Plaza saßen noch mehr Komplizen von Wooten als in Cannon County, angefangen bei den Pfeifen von der Sicherheit, die ganz offensichtlich beide Augen zudrückten, wenn jemand die Kupferrohre und Isolierglasfenster der Firma klaute. Und die wenigen Firmenangestellten, denen Swope vertrauen konnte – etwa Chad Sherman von der PR-Abteilung –, waren für das, was getan werden musste, nicht geeignet. Swope brauchte jemanden, der nicht zur Firma gehörte und trotzdem absolut loyal zu ihm stand, jemanden, der die nötige Erfahrung mitbrachte und ganz sicher kein Freund von Earl Wooten war.

Er brauchte John Truax.

Sein Plan war einfach. Truax sollte Wooten beschatten. Alles, was Wooten tat, musste notiert werden, und sei es noch so banal. Besonders interessant waren Reisen. Truax machte sich an die Arbeit, gleich nachdem er Teddy aus den Händen der schwarzen Rowdies befreit hatte. Er holte sein Fernglas mit zehnfacher Vergrößerung und 42-Millimeter-Objektiv aus dem Keller, kaufte bei 7-Eleven einen Stapel Notizblöcke, fuhr nach Mystic Hills und parkte um die Ecke von Wootens Haus. Nach einer Weile dämmerte der Morgen. Die wenigen Passanten beachteten ihn nicht. Hier warteten jeden Morgen Arbeiter darauf, dass der Chef sich zeigte. Kurz nach sieben kam Wooten heraus und fuhr zu einer Baustelle in Juniper Bend, anschließend zu einer anderen Baustelle und dann in sein Büro an der Newton Plaza. Und so weiter. Es passierte nichts Aufregendes an jenem ersten Tag. Truax war darüber froh – so konnte er sich mit Wootens Rhythmus vertraut machen. Es freute ihn auch festzustellen, dass Wooten ein langsamer Autofahrer war. Das machte es für ihn leichter.

Am Abend des ersten Tages hatte Truax wieder Glück. Er entdeckte in dem dichten Wäldchen am Rand des Gartens hinter Wootens Haus ein als Beobachtungsposten geeignetes, geräumiges Baumhaus. In der Annahme, er müsse sich dort selbst einen Unterstand schaffen, hatte er seinen Regenumhang und ein Mückenspray mitgebracht. Doch dann sah er das Haus aus Sperrholz knapp drei Meter über dem Boden, auf der mächtigen Astgabel einer großen Ulme. Es war der perfekte Ausguck. Von ihm hatte er einen fantastischen Blick auf das Haus, außerdem vermutete er aufgrund der zahllosen Spinnweben und der Abwesenheit von Spielsachen, dass schon länger keine Kinder mehr da gewesen waren. Und wenn jemand kam, war er, noch bevor dieser Jemand den Rasen überquert hatte, längst verschwunden. Das Baumhaus war stabil gebaut mit dicken Balken, Wänden aus wetterfest imprägniertem Sperrholz und einer Pressspanplatte als Boden. Die Dachpappe hatte seit dem Tag der Erbauung keinen Tropfen Regen durchgelassen. In jeder Wand befand sich ein Fenster mit Klappläden. In My Song hatte Truax Familien gekannt, die für so ein Haus getötet hätten. Er blieb am Dienstagabend noch einige Zeit, nachdem die Wootens zurückgekehrt waren. Am nächsten Morgen war er vor Anbruch der Dämmerung wieder da und saß bewegungslos in seinem Unterstand, während um ihn die Geräusche der Nacht langsam den Geräuschen des Morgens wichen. Er fühlte sich an einige schöne Morgendämmerungen erinnert, die er auf dem Land erlebt hatte.

Aber das hier ist noch besser, dachte er. Das ist Arbeit.

Der zweite Tag verlief so ereignislos wie der erste. Wooten fuhr zu Baustellen, machte einen kurzen Abstecher zu Arby's und verbrachte den Rest des Tages im Hochhaus an der Newton Plaza. Um sechs war er wieder zu Hause. Inzwischen hatte Truax heraus, wie er ihn beschatten musste und wie viel Sicherheitsabstand er brauchte. Einige kleinere Pannen passierten trotzdem. Dienstagnachmittag begegneten sie sich an einer Tankstelle, und am späten Mittwochvormittag verlor Truax Wooten eine halbe Stunde aus den Augen. Aber so etwas gehörte dazu. Donnerstag früh war ihm die Aufgabe schon zur Selbstverständlichkeit geworden.

Die einzige wirklich heikle Situation hatte gar nichts mit Wooten zu tun. Es kam dazu, als er am Dienstag spätabends nach Hause zurückkehrte. Swope hatte ihn zum Schweigen verpflichtet, deshalb hatte er Irma am Montag nur gesagt, Swope habe ihn wegen der Party zurechtgewiesen. Eine gute Lüge – Irma hatte schlecht auf dem Thema herumreiten können. Am Dienstag war das allerdings anders. Bei seiner Rückkehr kurz vor Mitternacht kam sie ihm kampflustig entgegen. Sie hatte in ihrem Bridgeclub von seiner Entlassung gehört. Die neue Arbeit vor ihr geheim zu halten war jetzt gefährlicher, als ihr einfach davon zu erzählen. Truax führte seine Frau also ins Schlafzimmer und schloss die Tür ab. Irma setzte sich auf die Bettkante und sah mit einer Mischung aus Wut und Angst zu ihm auf.

»Also?«, fragte sie, die gestochen scharfen Augenbrauen nach oben gezogen. »Was hast du zu deiner Verteidigung zu sagen?«

»Ich arbeite für Austin Swope.«

Sie betrachtete ihn eine Weile stumm.

»Für Swope?« In ihrer Stimme schwangen Zweifel. »Als was?«

»Sicherheitsberater.«

Sie wollte schon spöttisch lächeln, doch dann fiel ihr ein, dass ihr Mann nie log. Also nickte sie, ein knappes Absenken ihres energischen Kinns. Sie war noch nicht zufrieden gestellt.

»Mr. Swope hat den Verdacht, dass Earl Wooten die Firma beklaut. Für den arbeitet offenbar der halbe Bezirk. Meine Aufgabe ist es, Beweismaterial gegen ihn zu sammeln.«

Sie zeigte auf ihn.

»Ich wusste es«, sagte sie.

»Du darfst das niemandem sagen, Irma, wirklich nicht. Wenn du es auch nur Sally sagst, verliere ich den Job.«

Sie stand auf und trat zu ihm.

»Für Mr. Swope? Du arbeitest wirklich für Mr. Swope?«

Er nickte. Wieder sah sie ihn an, und ihre Augen füllten sich mit Tränen.

»Keine Angst, John«, sagte sie und begann, sein Hemd aufzuknöpfen. »Ich verrate es niemandem.«

Eine dicke weiße Frau in ausgebeulten Hosen und einer sackartig herunterhängenden Bluse tauchte aus dem Treppenhaus neben dem auf, in dem Wooten verschwunden war. In den Händen hielt sie durchweichte Tüten von A&P, in ihrem Mundwinkel hing eine Zigarette. Truax drückte sich so tief wie möglich in den Schatten. Die Frau watschelte über den Parkplatz und hievte die Tüten in den mittleren Container. Ihr fleckiges Doppelkinn schwabbelte mit jeder Bewegung. Als sie die zweite Tüte nach oben beförderte, fiel eine Flasche heraus und rollte Truax vor die Füße. Er verharrte bewegungslos. Die Frau sah der Flasche nach und schien zu überlegen, ob sie sich nach ihr bücken sollte. Dann drehte sie sich um und entfernte sich wieder. Das wischende Geräusch der aneinander reibenden Hosenbeine wurde leiser.

Wooten blieb in der Wohnung, und Truax hielt die Stellung. Die Luft über den in der prallen Sonne stehenden Containern flimmerte, und der Gestank wurde noch bestialischer. Truax wurde schläfrig. Er war seit Tagen nicht mehr zur Ruhe gekommen. Samstagnacht hatte er kein Auge zugetan; Susan und Irma hatten bis zum frühen Morgen herumgeschrien. Nur am Sonntag hatte er einige Stunden unruhig geschlafen, und jedes Mal, wenn er eingenickt war, ließ ihn der Anblick des nackten Joel Wooten und seiner kreischenden Frau wieder hochfahren. Am Montag hatte ihn die Aufregung über seine unerwartete Rettung durch Swope nicht schlafen lassen, und seitdem arbeitete er. Das war wichtiger als Schlafen.

Im Grunde war es Truax egal. Verglichen mit My Song war das hier nichts. Dort hatte er zehn Monate lang keine Nacht durchgeschlafen, keine einzige, auch nicht in der Woche mit Irma in Manila – jedes Mal, wenn er auf der gewellten Matratze des Holiday Inn einzunicken drohte, war er wieder aufgewacht, weil sie sich rittlings auf ihn setzte und laut nach ihm verlangte. Die GIs in den Nachbarzimmern machten sich bald über sie lustig und feuerten sie im Chor durch die Wand an, »Fick mich, John!«, bis zuerst der stellvertretende Hoteldirektor und dann zwei verwirrte Militärpolizisten herbeieilten. Truax' Fähigkeit, mit nur sehr wenig Schlaf auszukommen, machte ihn bald in seinem Zug, dann in der Kompanie und zuletzt im ganzen Bataillon zur Legende. Die frisch aus Bien Hoa eintreffenden Rekruten wollten nicht glauben, dass er keine Drogen nahm, nicht einmal die leichten Amphetamine, die die Sanitäter austeilten. Einige nannten ihn Dracula, aber nicht aus Boshaftigkeit, sondern aus Respekt und aus Erleichterung, weil sie wussten, wenn Truax Wache schob, konnten sie beruhigt schlafen. Natürlich schlief auch er ab und zu, meist in den Stunden gleich nach der Morgendämmerung, wenn kein Angriff mehr zu erwarten war, oder am Nachmittag, wenn der Feind ebenfalls schlief. Aber nachts nie. Selbst wenn er nicht zur nächtlichen Wache eingeteilt war, war er mit seinen Leuten draußen, den Blick unverwandt auf das Gelände jenseits des sechsfachen Stacheldrahts gerichtet.

Eigenartig war, dass er, obwohl er in diesen Nächten nie schlief, fast immer träumte. Vielleicht kam er deshalb mit so wenig Schlaf aus – er entspannte sich bei seinen Träumen, ohne sich von ihnen übermannen zu lassen. Er lehnte sich in den Sitz aus Sandsäcken zurück, den er sich hinter einem Maschinengewehr oder dem elektrischen Zünder einer Mine gebaut hatte, das Gesicht der Richtung zugewandt, die überwacht werden musste, neben sich Feldflasche und Essensgeschirr, an der Hüfte die 45er. In der Regenzeit machte er aus seinem Regenmantel ein Zelt. Und dann, wenn alles hergerichtet war, begann er mit weit geöffneten Augen zu träumen. Was er träumte, stellte sich bewusst oder unbewusst ein und wurde schnell so wirklich wie die Dschungelnacht. So schlief er wieder mit Irma in Deutschland in jenem ersten Winter, und schon bald stieg ihm ihr scharfer Geruch in die Nase, jene berauschende Mischung aus Puder, Schweiß und dem billigen Parfüm aus den Läden der US-Armee. In den Händen spürte er ihr weiches, mit einer Gänsehaut überzogenes Fleisch. Lange Gespräche mit ihr klangen ihm in den Ohren. Die Erinnerung an sie stülpte sich über die heiße Nacht in Vietnam. Oder seine Töchter hingen plötzlich in seinen Armen und umschlangen ihn mit ihren weichen Gliedern. Er konnte das Lachen einer Hure aus Tu Do heraufbeschwören oder den Geruch einer Frankfurter Bierstube, und sofort war er an den entsprechenden Ort zurückversetzt, inmitten der warmen Luft des Urwalds und des unaufhörlichen Konzerts der Insekten. Manchmal dauerten die Träume Stunden, waren detailliert wie Hollywood-Filme. Trotzdem beeinträchtigten sie nie seine Wachsamkeit. Seine Sinne waren so geschärft wie der Stacheldrahtverhau, in dem er saß. Wenn anfangs noch feindliche Pioniere durchzubrechen versuchten, kam er so schnell zu sich, dass die Angreifer in die Flucht geschlagen waren, noch bevor die anderen einen Schuss abgeben konnten. Es dauerte nicht lang, und niemand störte mehr Truax' Nächte in My Song.

Der Traum, den er am häufigsten heraufbeschwor, handelte von einer fast vergessenen Erinnerung aus den ruhigen Jahren zwischen Deutschland und Vietnam. Truax war in Fort Bragg stationiert gewesen. Susan war zehn, Darryl sieben, und Irma war glücklich, dass sie endlich in den Staaten lebte. Sie wusste noch nicht, wie wenig vom Überfluss des Landes für sie abfallen würde. Es war Ende Januar, die Zeit heftiger Stürme, die in ganz Carolina vereiste Äste von den Bäumen brachen. Am Tag zuvor hatte ein besonders heftiger Schneesturm die Ebenen im Innern des Staates mit einer zehn Zentimeter dicken, nassen Schneeschicht überzogen, die bei Einbruch der Nacht teilweise schmolz und über Nacht vereiste. Am folgenden Morgen erzählte Susan aufgeregt, dass an dem Hang am Südende des Stützpunkts Kinder Schlitten fuhren. Sie wollte unbedingt auch hin. Weil Irma Angst hatte, es könnte gefährlich sein, begleitete Truax sie. Das einzige Problem war: Sie hatten keinen Schlitten. In Deutschland hatten sie einen wunderbaren handgefertigten Rodelschlitten gehabt, sie hatten ihn aber einer habgierigen Cousine Irmas überlassen müssen, weil ihr Gepäck sonst zu schwer gewesen wäre. Truax ging noch zum Supermarkt des Stützpunkts, aber die dürftigen Untersätze aus Aluminium, die dort verkauft wurden, waren längst weg. Trotzdem marschierte er mit Susan los. Vielleicht konnten sie ja an Ort und Stelle einen Schlitten leihen. Die wenigen Schlitten der rund hundert auf der Kuppe versammelten Kinder gehörten allerdings ausnahmslos verwöhnten Offizierskindern, denen bereits mit der Muttermilch eingeimpft worden war, nichts mit Kindern der unteren Ränge zu teilen.

Truax stand also zusammen mit anderen Unteroffizieren und deren jammernden Kindern im eisigen Wind und sah zu, wie die Söhne und Töchter der Majoren und Obersten den Hang hinunter sausten. Es war eine Wahnsinnsabfahrt, zugegeben, sie erinnerte ihn an den Killer Hill in Johnstown, den er und sein Bruder Luke in ihrer Kindheit oft den ganzen Tag lang mit halsbrecherischer Geschwindigkeit hinuntergefahren waren. Sie war fünfhundert Meter lang und leicht zu fahren, mit fünfzehn, vielleicht sogar zwanzig Grad Steigung, ohne Steine und Bäume und unten jeder Menge Platz zum Bremsen. Die Kinder, die das Glück hatten, einen Schlitten zu besitzen, flogen johlend und lachend den Hang hinunter und amüsierten sich königlich. Truax fror und schämte sich und wäre am liebsten wieder gegangen. Aber auf Susans rosigem Kindergesicht lag eine solche Sehnsucht, dass er es nichts übers Herz brachte. Er musste etwas tun. Weil sich schon damals die Befürchtung in ihm regte, dass Susan in ihrem Leben noch viele große Enttäuschungen erleben würde, hatte er sich angewöhnt, wenigstens die kleinen nach Möglichkeit zu lindern.

Dann entdeckte er in etwa hundert Metern Entfernung in einem Kiefernwäldchen ganz in der Nähe des großen Zauns um den Stützpunkt den leeren Schuppen. Es gab auf dem Stützpunkt einige hundert solcher Schuppen, die keinem ersichtlichen Zweck mehr dienten. Sie standen nur noch, weil von den Oberen niemand sich die Mühe machte, sie abreißen zu lassen, und niemand sonst sich traute, sie einfach abzureißen. Truax befahl Susan, auf ihn zu warten. Schon bald hatte er ein rund ein mal zwei Meter großes Wellblech von den verrosteten Bolzen losgehebelt. Das Blech war überraschend leicht und hatte wie durch ein Wunder keine größeren Dellen. Das eine Ende hatte sich im Laufe der Zeit stromlinienförmig nach oben gebogen. Ja, damit konnte man erstklassig Schlitten fahren. Bei seiner Rückkehr sah er Susans verlegenes Gesicht. Er lächelte ihr zu und sagte einige aufmunternde Worte. Weil er ihr Vater war, folgte sie ihm zum Rand des Abhangs.

Umringt von anderen Kindern und Soldaten, ließ Truax das Blech auf den Boden fallen. Er kniete sich daneben, nahm eine Hand voll Schnee, rieb damit den Teil der Wellen ein, der mit dem Schnee in Berührung kam, und säuberte das Metall und versah es zugleich mit einer glatten Eisschicht. Damit hatte er hervorragende Kufen. Einige Offizierskinder kicherten. Ein Unteroffizier vom Nachschub fragte witzelnd, ob er auch das richtige Formular mitgebracht habe, mit dem das Blech anzufordern sei. Truax kümmerte es nicht. Als er fertig war, drehte er das Blech um und richtete es so aus, dass das hochgebogene Ende hangabwärts zeigte. Verletzen konnte man sich daran zum Glück nicht. Er drehte sich zu Susan um, auf deren kältestarren Gesichtszügen sich Entsetzen malte. Sie sah aus, als wünschte sie sich ganz weit weg. Truax hielt ihr die Hand hin, die damals noch gesund war. Und weil sie eine gehorsame Tochter war, ergriff sie sie trotz der spöttischen Bemerkungen der Umstehenden, die ihr mehr zusetzten als der beißende Wind. Truax setzte sie sorgfältig genau in die Mitte des Schlittens, dann setzte er sich dicht hinter sie und klemmte sie zwischen seine ausgestreckten Beine. Die aufwärts gebogene Spitze bog sich noch einige Zentimeter weiter aufwärts.

»Bereit?«, fragte er.

Sie nickte kläglich. Zwei Offizierssöhne kamen gerannt und ließen ihre Rodelschlitten rechts und links von ihnen fallen, bereit, das Rennen zu wagen. Gelächter und Pfiffe ertönten. Jemand rief »Fertig, los!«, und Truax stieß sich mit den Händen ab. Schwerfällig fuhr der Schlitten an. Die anderen Schlitten schossen voraus. Verächtliches Lachen folgte ihnen von oben. Truax spürte, wie seine Tochter vor Scham die Schultern zusammenzog.

Doch dann hatten die Kufen sich in den Schnee gegraben, und sie nahmen Fahrt auf. Nach zwanzig Metern entfernten sich die anderen Schlitten nicht mehr. Nach weiteren zwanzig Metern holten sie sogar auf. Als sie an den Offizierssöhnen vorbeifuhren, schienen diese zu stehen. Susans Schultern entspannten sich, und sie hielt sich mit ihren kleinen Händen an seinen Schienbeinen fest. Offenbar machten die Rillen des Blechs den Schlitten besonders gleitfähig, denn ihre Geschwindigkeit schien sich von einem Augenblick auf den anderen zu verdoppeln. Auf der Hälfte der Strecke waren sie so schnell, dass Truax an der Idee mit dem Wellblech zu zweifeln begann. Zum Anhalten war es jetzt allerdings zu spät. Er versuchte sie mit seinem Körper möglichst im Gleichgewicht zu halten, wusste aber auch, dass sie dem Hang ausgeliefert waren. Als sie unten ankamen, schätzte er ihre Geschwindigkeit auf sechzig Kilometer pro Stunde. Sie schossen über eine kleine Eisplatte und dann einen sanften Gegenhang hinauf. Zuletzt bremste der Schlitten an einer Rampe aus Schnee ähnlich den Notausfahrten an Autobahnen für Lastwagen mit kaputten Bremsen. Sie glitten noch einige Meter durch den weichen Schnee, dann blieben sie stehen. Von oben kam Beifall. Die Schlitten der Offizierssöhne waren nirgendwo in Sicht. Truax sah seine Tochter an. Ob sie Angst gehabt hatte? Doch sie strahlte, und ihre Augen glänzten wie der sonnengetränkte Schnee um sie. Und dann sagte sie atemlos die Worte, die sie als kleines Kind immer gesagt hatte, wenn er mit ihr gespielt hatte, Worte, die er seit Jahren nicht mehr gehört hatte und auch nie wieder hören würde.

»Noch mal, Daddy«, sagte sie. »Noch mal.«

Also fuhren sie noch einmal hinunter und noch einmal. Sie sausten an den gekauften Schlitten vorbei, als seien diese Teil der Landschaft, an die dreißig Mal insgesamt, bis Susan genug hatte. In der folgenden Nacht wurde es wärmer und der Schnee schmolz. Und als es wieder schneite, war Truax eine halbe Welt von seiner Tochter entfernt. Doch die Erinnerung lebte kaum weniger stark als das wirkliche Ereignis in ihm weiter, und in den langen Nächten im Urwald von My Song, in denen er wachte, bereit, auf alles zu schießen, was sich jenseits des Stacheldrahts bewegte, schöpfte er daraus Kraft. Immer wieder fuhr er mit seiner Tochter jenen langen Hang hinunter, schneller als alle anderen.

Wooten tauchte aus der Wohnung auf. Die Frau, die inzwischen eine Art Uniform trug, sah ihm von der Tür mit einem Blick nach, der Truax alles verriet, was er wissen wollte. Er huschte hinter die Müllcontainer. Auf der anderen Seite hörte er in nur drei Metern Entfernung die schweren Schritte von Wootens mit Stahlkappen verstärkten Stiefeln. Er gab ihm eine Minute Vorsprung, dann machte er sich quer durch den Wald an die Verfolgung. Er fühlte sich in seinem Element, wie er lautlos von Baum zu Baum schlich. Endlich konnte er der Anlage der Stadt einen Sinn abgewinnen.

Er war schneller als Wooten und saß schon im Auto, als der Stadtbaumeister in den Ranchero stieg. Truax sah zu, wie er auf dem Newton Pike wendete und nach Mystic Hills zurückfuhr. Truax folgte ihm in großem Abstand bis Merlin's Way und bog dann in den Rhiannon's Rest ein, ein gewundenes Gässchen, das zu dem noch nicht erschlossenen Gelände hinter Wootens Haus führte. Dort parkte er, wenn er im Baumhaus war. Die Bauarbeiten hatten hier noch nicht begonnen, die einzigen Zeichen der Zivilisation waren die Fähnchen an den Grundstücksgrenzen, gut sichtbare Hydranten und die Markierungen der Landvermesser. Zum Baumhaus waren es nur rund hundert Meter. Truax kletterte die Strickleiter hinauf und sah Wooten im Schlafzimmer im ersten Stock hin und her gehen. Wenig später verließ er das Haus wieder. Er trug ein Sportsakko und eine Reisetasche. Offenbar wollte er verreisen. Truax eilte zu seinem Wagen zurück. Er verspürte eine grimmige Befriedigung. Heute gab es viel zu berichten. Er folgte Wooten vom Merlin's Way zu einer Autobahnauffahrt in der Nähe von Cannon City. Wooten fuhr nach Osten, Richtung Baltimore. Hoffentlich landeten sie nicht in einer gefährlichen Gegend. Truax bedauerte auf einmal, die 45er nicht aus dem Keller geholt zu haben. Er folgte Wooten in sicherer Entfernung, mit einigen Autos Abstand. Sie fuhren dreißig Kilometer weit, dann sah Truax den Wegweiser zum internationalen Flughafen Baltimore-Washington und begriff, dass sie gar nicht nach Baltimore fuhren. Natürlich nicht. Die Reisetasche und die Krawatte. Wooten fuhr zum Flughafen.

Bei ihrer Ankunft auf dem Flughafen schloss Truax auf – er wollte Wooten nicht im Labyrinth der Straßen verlieren. Als er sah, dass der Ranchero auf den Langzeitparkplatz einbog, fuhr er zum Kurzzeitparkplatz, so schnell, dass er fast mit einem Pinto zusammengestoßen wäre. Vorsicht, dachte er. Langsam kommt auch ans Ziel und vor allem bei lebendigem Leib. In der Abflughalle holte er Wooten wieder ein. Er wartete hinter einer Batterie von Münztelefonen, während Wooten am Schalter von United Airlines eincheckte. Ihm von da zum Flugsteig zu folgen, war leicht. Wooten hatte es eilig – die Passagiere waren bereits zum letzten Mal aufgerufen worden. Um ganz sicherzugehen, wartete Truax, bis die Gangway vom Flugzeug weggefahren wurde. Dann machte er sich auf den Heimweg, um seinem Chef mitzuteilen, dass Earl Wooten soeben nach Chicago abgeflogen war.

17

Swope sah Truax nach, der sich auf dem dämmrigen Gehweg rasch in Richtung Merlin's Way entfernte. Seinen Wagen hatte er außer Sicht geparkt, obwohl Swope ihm das gar nicht ausdrücklich gesagt hatte. Der Mann zeigte ganz entschieden Eigeninitiative. Swope bemerkte, dass er auf eine seltsam unpersönliche Art ging. Er lenkte die Aufmerksamkeit gleichsam von sich ab, ohne dass er sich versteckt hätte. Durch seinen Gang, die Haltung seiner Schultern schuf er um sich eine Art negativen Raum. Swope war überzeugt, dass niemand sich an den Mann erinnern würde, der aus dem großen Haus am Ende der Straße gekommen war. Truax war ein Glückstreffer, trotz seiner eitrigen Hand. Loyal, verschwiegen, genügsam und zweifellos der sturste Mensch, dem Swope je begegnet war. Swope hatte noch nachträglich Mitleid mit den armen Partisanen des Vietcong, die in diesem schwachsinnigen Krieg an Truax geraten waren. Das Wagnis, das er mit Truax eingegangen war, zahlte sich schon jetzt aus.

Dafür war die Nachricht, die er gebracht hatte, um so schlimmer. Wooten flog nach Chicago, daran gab es jetzt nichts mehr zu deuteln. In diesem Moment war er unterwegs, hoch über den Wolken. Und das konnte nur eins bedeuten – er bekam den Job angeboten, wenn nicht heute, dann später. Einen anderen Grund für die Reise konnte es nicht geben. In aller Heimlichkeit. Swope konnte es immer noch nicht fassen. Earl Wooten hatte ihn angelogen. Fünf Jahre waren sie Partner gewesen, und jetzt hatte er ihm das Messer in den Rücken gestoßen, einfach so, ohne zu zögern und ohne die mindesten Skrupel. Montagabend war nur der erste Vorbote gewesen. Weitere heimtückische Stiche würden folgen. Da denkt man fünf Jahre lang, man kennt sich, und dann passiert so was.

Gut, er würde es nicht hinnehmen. Das nicht.

Truax war weg, irgendwie verschwunden, noch bevor er das Ende der Straße erreicht hatte. Swope kehrte zu seinem Schreibtisch zurück und starrte auf das Blatt, auf dem er die soeben erhaltene Information notiert hatte. Block 5, Nr. 27. Er nahm den Hörer auf und wählte Wootens Privatnummer. Beim zweiten Klingeln meldete sich Ardelia.

»Ardelia, hier ist Austin.«

Es folgte eine winzige Pause, die niemandem aufgefallen wäre – es sei denn, man hatte sie erwartet.

»Tag, Austin.«

»Earl ist nicht zufällig da? Ich versuche schon den ganzen Nachmittag, ihn zu erreichen.«

Wieder eine Pause, nur für einen Sekundenbruchteil und doch für den Betrogenen endlos lang.

»Nein, er musste kurzfristig nach Atlanta.«

»Atlanta?«

»Seine Schwester ist krank geworden, die jüngste, Dolly.«

»Ach, das tut mir aber Leid.«

»Ich glaube, es ist nicht so ernst. Aber es hilft ihr einfach, wenn Earl da ist.«

»Wem würde das nicht helfen. Der Mann ist doch wahrhaftig eine Stütze der Kranken und Schwachen.«

Ardelia lachte steif, ganz anders als sonst.

»Wenn du willst, kann er dich von dort anrufen …«

»Nein, so dringend ist es nicht. Er soll sich ruhig um seine Schwester kümmern.«

»Morgen Abend müsste er wieder da sein.«

»Wenn er mich dann anrufen könnte, das wäre prima.«

»Sobald er nach Hause kommt.«

Swope legte auf. Ardelia Wooten log – es war so absurd, wie sich Teddy als Kapitän der Rudermannschaft von Harvard vorzustellen. Aber das Stocken ihrer Stimme mochte noch so kurz gewesen sein, es war so vielsagend wie eine ganze Rede von Martin Luther King. Unglaublich. Da hatte sie die ganze rechtschaffene Integrität der stellvertretenden Schulleiterin einfach über Bord geworfen, sobald es darum ging, Karriere zu machen. Swope schüttelte verwirrt den Kopf. Diese Menschen waren doch eigentlich seine Freunde. Und jetzt betrogen sie ihn. Er kam sich vor wie der letzte Idiot. *Vertraut* hatte er Wooten, ihn an seinem Leben beteiligt, ihm Geschenke gemacht und ihn gegen Kleingeister und Neider verteidigt, wo er nur konnte, in dem Glauben, sie beide seien tief drinnen verwandt, zwei Außenseiter, die versuchten, sich durch harte Arbeit ein Stück des Kuchens zu sichern, zwei, die wussten, dass man sich von ganz unten hocharbeiten konnte, wenn man bereit war, zuzupacken und Opfer zu bringen. Und jetzt stellte sich heraus, dass Wooten die ganze Zeit nur ein Betrüger gewesen war und auf den Augenblick gewartet hatte, in dem er zuschlagen und an sich raffen konnte, was ihm nicht gehörte.

Was für ein Narr ich gewesen bin, dachte Swope.

Er streckte die Hand aus und setzte drei der fünf Schwingkugeln in Bewegung. Ein bemerkenswertes Ding, eine verrückte Erfindung. Er verstand nicht, nach welchen Gesetzen es funktionierte – irgendetwas mit der Erhaltung von Energie oder vielleicht auch mit der Trägheit der Masse. Teddy hatte es ihm erklären wollen, aber Swope hatte abgewunken. Er hörte seinem Sohn zwar gern zu, wenn er über so etwas sprach, aber er mochte es auch, wenn manche Dinge Geheimnisse blieben.

Er sah zu den Büchern auf, die in langen Reihen die dreieinhalb Meter hohen Wänden seines Arbeitszimmers bedeckten. Seine Sammlung, sein ganzer Stolz und seine Freude. Knapp zweitausend waren es, ein Wert von mindestens fünfzigtausend Dollar. Gesetzesbestimmungen und -sammlungen des Bundes, des District of Columbia und des Bundesstaats Maryland. Detaillierte Fallbeispiele aus dem Sachenrecht zu strittigen Grenzen, Grundbesitzansprüchen, Erbschaften und Wegerechten. Was für Urteile gefällt worden waren, was für Präzedenzfälle es gab. Das komplette Recht, gebunden in feinstes Leder, und ersichtlich die beste juristische Bibliothek von Cannon County, wahrscheinlich sogar des ganzen mittleren Maryland. Das Sammeln juristischer Literatur war Swopes Hobby. Angefangen hatte er damit vor zehn Jahren, als er sich einige von Barger und Green ausrangierte Bücher gesichert hatte. Strafverteidiger aus der Umgebung hatten schon oft Bücher aus seiner Sammlung ausgeliehen, und Jill Van Riper, die Lady von der Staatsanwaltschaft, hatte praktisch ständig etwas von ihm. Swope erfüllte solche Bitten nur zu gern. Ein Gefallen war ein Gefallen. Die Bücher waren auch keineswegs nur Fassade. Er hatte sie alle gelesen oder wenigstens fast alle. Wenn einer kam und willkürlich einen Fall benannte, standen die Chancen gut, dass Swope ihm den Fall in allen Einzelheiten herbeten konnte. Denn er las und lernte unaufhörlich, und er hatte ein gutes Gedächtnis. Als Jurastudent der Universität von Ann Arbor, als Mitarbeiter einer Kanzlei und sogar noch als Teilhaber, der die Arbeit Angestellten hätte überlassen können – immer hatte er gebüffelt. Und als er zum obersten Anwalt von Newton aufgestiegen war, hatte er noch mehr gelesen. Sally nannte ihn einen Besessenen. In den letzten fünf Jahren hatte er praktisch alles zum Sachenrecht in Maryland gelesen und war auf diesem Gebiet zu einer Kapazität geworden. Anwälte aus Frederick und Aberdeen riefen an, um für hundert Dollar Antworten auf knifflige Probleme betreffs Räumungsklagen und Bebauungspläne zu bekommen. Lon Spivey, der Richter von Cannon County, winkte nur noch müde zustimmend mit der Hand, wenn Swope in einem der zahllosen Fälle, die er vor das Bezirksgericht brachte, Präzendenzfälle zitieren wollte. Swope hatte vor kurzem ausgerechnet, dass er, wenn er (konservativ geschätzt) fünf Stunden täglich an (erzkonservativ geschätzt) dreihundert Arbeitstagen im Jahr mit juristischer Lektüre zubrachte, in den zweiundzwanzig Jahren seit seiner Immatrikulation in Ann Arbor zweiunddreißigtausend Stunden seines Lebens lernend, interpretierend und anwendend mit dem Recht verbracht hatte.

Die krasse Ironie dabei war natürlich, dass er bis vor fünf Tagen, bis zum Nachmittag seines vierundvierzigsten Geburtstags, an dem Roger Tench die Bombe hatte platzen lassen, kein Wort davon verstanden hatte. Erst mit dem Anruf bei Tench hatte Swopes eigentliche juristische Ausbildung begonnen. Geendet hatte sie vor einer halben Stunde, als John Truax vor eben diesem Schreibtisch gesessen und ihm mitgeteilt hatte, dass Earl Wooten heimlich nach Chicago geflogen war, um ihm den Job wegzunehmen, der ihm und nur ihm allein zustand. Erst da hatte Swope das Grundprinzip hinter sämtlichen Erlassen, Verfügungen und Statuten, die er je gelesen hatte, begriffen. Es war ganz einfach – das Recht war ein Haufen Scheiße. Man konnte es in gewähltestem Englisch formulieren und in feinstes spanisches Leder bingen, es blieb trotzdem Geschwafel. Die Großen unterdrücken die Kleinen, mehr blieb davon nicht übrig, wenn alles gesagt und getan war, wenn die Anträge eingereicht, die Präzendenzfälle verlesen und die Urteile verkündet worden waren. Gerissenheit im Verein mit Gewalt, ein Prinzip, das Swope in den vergangenen fünf Jahren unbewusst schon oft gegenüber eingeschüchterten, ihre Rechte nicht kennenden Landbesitzern angewandt hatte. Er hatte sich hinter einem dünnen Mäntelchen der Legalität versteckt, während er in Wirklichkeit Menschen manipuliert hatte, die spürten, dass man ihnen Unrecht tat, sich aber nicht wehren konnten. Dumpfe, schwache Verlierertypen, die nicht begriffen, dass die Gesetze, die ihr Leben bestimmten, nicht von den ewigen Prinzipien der Gerechtigkeit abstammten, sondern vom einfachsten, ältesten aller Prinzipien – du kannst mich mal. Es waren die Frechen und Unverschämten und die mit dem eisernen Willen, die sich die scheinbar unbeugbaren Gesetze auf den Leib schrieben, bis sie ihnen passten wie eine zweite Haut. Das war immer so gewesen und würde immer so sein. Vor Jahrtausenden hatte man dem armen Bauern mit der Keule auf den Kopf gehauen und ihm weggenommen, was er für sein Eigentum hielt. Vor einigen hundert Jahren hatte man den Bauern das Blaue vom Himmel herunter versprochen und sie sich damit gefügig gemacht. Heute bediente man sich der Sheriffs und Polizeichefs, um andere zu unterdrücken und ihren Besitz an sich zu raffen. Das Prinzip war dasselbe. Wer Geld hatte und skrupellos und durchsetzungsfähig war, der bestimmte, was in den Büchern stand, deren gepflegte Rücken auf Swope heruntersahen. Alle anderen warteten nur, bis es bei ihnen an der Tür klopfte.

Gut, dass er das endlich begriffen hatte, vor allem jetzt, wo er es wirklich brauchte. Bücher konnte jeder lesen und, mein Gott, jeder Affe mit einer Schreibmaschine konnte die blöden Dinger schreiben. Aber nur wenige kapierten, dass zwischen den Deckeln letztlich nichts anderes steckte als harte Arbeit, ein starker Wille und Blut. Austin Swope wusste jetzt, dass ein guter Anwalt wie ein Mathematiker war, der sein ganzes Leben alle möglichen Lehrsätze und Axiome lernt, nur um zum Schluss zu entdecken, dass das Universum der Laune eines unberechenbaren Gottes entsprungen ist. Zwei und zwei ergaben nur unter Vorbehalt vier. Wenn es den Mächtigen passte, wurden daraus fünf. Und wehe dem Narren, der sich beschwerte. Das Recht war eine verfeinerte Spielart der Macht, effizienter und weniger unappetitlich als sein grunzender, geifernder Zwilling, die Gewalt. Savage wusste das, genauso die Kennedys, auch Nixon, obwohl er in letzter Zeit nachgelassen hatte. Demütigend war nur, dass Earl Wooten, der in seinem ganzen Leben kein einziges Buch von vorn bis hinten gelesen hatte, es offenbar auch begriffen hatte, während Swope noch über seinen nutzlosen Büchern saß. Der Mann musste einen Schnellkurs in den Grundlagen der praktischen Gewalt absolviert haben. Er hatte gezeigt, dass er das Metier meisterhaft beherrschte, so gut, dass er Swope fast ausgebootet hätte.

Fast, aber eben nicht ganz. Das Spiel war noch nicht aus. In dem Augenblick, in dem Truax gesagt hatte, der Bauleiter habe ein Flugzeug nach Chicago bestiegen, hatte Swope begriffen, dass er handeln musste. Ende der Schonzeit für Wooten. Die Frage war nur, wo anfangen. Swopes Blick wanderte wieder zu der Adresse auf dem Blatt vor ihm. Block 5, Nr. 27.

»Austin?«

Sally stand in der Tür. Ihr sonst immer so gut gelauntes Gesicht wirkte bedrückt.

»Alles in Ordnung? Ich dachte, ich hätte Stimmen gehört.«

»Ich habe nur telefoniert.«

»Ach so.« Sie musterte ihn. »Warum sitzt du einfach so da? Fehlt dir wirklich nichts?«

Er erwiderte ihren Blick. Etwas musste er sagen. Sie hatte ihn in so vielen Auseinandersetzungen erlebt, dass sie es spürte, wenn eine neue bevorstand.

»Es könnte Probleme mit der Stelle des Citymanagers geben.«

Sally sah ihn zweifelnd an.

»Wirklich? Warum meinst du?«

Swope zögerte, unsicher, ob er ihr von Wooten erzählen sollte. Dann merkte sie vielleicht, zu was für Maßnahmen er sich gezwungen sah, und das würde sie nie verstehen. Sie war zwar eine vernünftige Frau, aber wie schlimm es in der Welt zugehen konnte, lag jenseits ihres Vorstellungsvermögens – und dasselbe galt für das, was getan werden musste, damit es nicht so schlimm kam. Auch wenn sie sich gegenüber ihren Eltern aus Grosse Pointe und ihren Schulfreundinnen durchgesetzt hatte, indem sie ihn heiratete, hieß das nicht, dass sie je verstehen würde, was es in der Welt brauchte, den Kopf über Wasser zu halten. Vor dieser Wirklichkeit hatte Swope sie beschützt, seit sie sich kannten, und jetzt, wo sie allmählich das Leben führen konnte, das sie verdiente, wollte er sie nicht damit bekannt machen.

»Aus keinem besonderen Grund«, sagte er. »Es ist nur ein Gefühl, das ich von Chicago habe. Vielleicht suchen sie sich jemand anders.«

»Unsinn. Hast du mit Gus darüber gesprochen?«

»So geht das nicht, Sal.«

Sie schüttelte seufzend den Kopf.

»Ach Austin, ich dachte, damit sei es vorbei.«

»Mit was?«

»Mit dieser Paranoia und diesem Misstrauen. Sind wir nicht deshalb hierher gezogen – damit wir aus der Atmosphäre des Misstrauens und Argwohns herauskommen? Sind wir nicht deshalb aus Washington weggezogen? Damit du nachts nicht immer ein Auge offen zu halten brauchst?«

»So einfach ist das nicht, Sal.«

»Weil du es nicht willst.« Sie zeigte mit ihrem schmal zulaufenden Zeigefinger auf den Schreibtisch. »Nimm den Hörer ab und ruf jetzt gleich Gus an. Sag ihm, was dich bedrückt, und ich versichere dir, er wird dir sagen, du sollst keinen solchen Blödsinn reden.«

»Das kann ich nicht.«

»Warum denn nicht?«

»Er würde mich für schwach halten.«

»*Schwach?* Austin, um Himmels willen …«

Sie kam durch das Zimmer und setzte sich auf die Schreibtischkante.

»Jetzt hör mir mal zu. Du bist der stärkste Mensch, den ich kenne. Das hat mir doch überhaupt so an dir gefallen. Was waren dagegen die verwöhnten Knaben mit ihren Sportwagen und Papas Geld – *dich* wollte ich. Glaubst du, ich weiß nicht mehr, wie das war, als Teddy krank war …«

Sie stockte, und ihre Augen glänzten feucht.

»Jeder andere hätte ihn sterben lassen, du nicht, nein. Du hast ihn mit deiner Kraft gerettet. Die Menschen sind doch auf dich *angewiesen*, Austin, nicht nur Edward und ich, sondern alle Einwohner dieser Stadt. Das weiß Gus Savage genauso wie Barnaby. Nie im Leben wird er dich für schwach halten.«

Unfähig, die rechtschaffene Empörung in ihren Augen zu ertragen, sah Swope auf den Tisch. Vielleicht hatte sie Recht. Vielleicht las er zu viel in die Situation hinein. Die würden ihm doch nie den Job wegnehmen, und Earl würde ihn nie hintergehen. Earl würde wieder Vernunft annehmen. Alle würden das. Weil sie auf ihn angewiesen waren, weil sie wussten, das er der richtige Mann war.

Aber dann fiel ihm wieder ein, was seit seinem Geburtstag passiert war, und der Hoffnungsfunken, den seine Frau in ihm entfacht hatte, erlosch. Tenchs Anruf, die Eigentümerversammlung, Wootens Reise, das Stocken in Ardelias Stimme. Vor so vielen Tatsachen konnte er nicht die Augen verschließen. Natürlich, es war schön, sich eine Welt vorzustellen, wie Sally sie beschrieb, eine Welt, in der Versprechen gehalten wurden und Freunde einander nicht betrogen, in der die Menschen sich beim Bridge genauso wie im Geschäft an die Spielregeln hielten. Aber eine solche Welt existierte nur für den, der einen starken Beschützer hatte.

»Austin?«

Er sah auf.

»Du hast Recht«, sagte er. »Ich sollte mit Gus reden. Ich muss sowieso noch kurz ins Büro. Ich rufe ihn von dort an.«

Sie beugte sich über den Tisch und gab ihm einen Kuss. Wie weich und süß ihre Lippen waren. Es war schrecklich, sie anzulügen, auch wenn sie es nie erfahren würde. Nie. Denn es war seine Aufgabe, stark zu sein, sie zu beschützen.

»Jetzt will ich dich aber nie mehr dabei erwischen, wie du im Dunkeln sitzt und vor dich hin brütest«, schalt sie ihn liebevoll und richtete sich wieder auf.

Er brachte ein Lächeln zustande.

»Mach ich auch nicht mehr. Versprochen.«

Sie ging. Die Kugeln seines Klick-Klack bewegten sich nicht mehr. Er streckte die Hand aus und stieß sie wieder an. Sally mochte nicht wissen, wie es in der Welt zuging, aber in einem hatte sie Recht. Hier zu sitzen und vor sich hin zu brüten war sinnlos. Es war Zeit, zu handeln. Er sah noch einmal auf die Adresse vor sich und prägte sie sich ein, dann strich er sie mit dem Füller durch. Er knipste die Schreibtischlampe aus. Ihm fiel etwas ein, das Wooten im vergangenen Herbst auf einer Baustelle gesagt hatte.

Manchmal muss man einfach ein Haus abreißen.

5. Teil

18

Der Express-Aufzug glitt mit jener eigenartigen Mischung aus vollkommener Ruhe und rascher Bewegung durch den Wolkenkratzer, die wie immer einen jungenhaften Schauer durch Wootens Körper jagten. Es war ein Gefühl wie im Traum, ähnlich dem Abheben des Flugzeugs am Tag zuvor, aber Gott sei Dank ohne das abrupte Absacken später. Der Flug von Baltimore war schlimm gewesen. Heftige Turbulenzen hatten das Fluzeug geschüttelt und den wolkenlos blauen Himmel über Pennsylvania und Ohio Lügen gestraft. Fast hätte er gar nichts vom Service in der ersten Klasse gehabt, vom Champagner, den warmen Handtüchern und dem Lächeln der Stewardess. Zum Glück nur fast.

Endlich war er in Chicago, der Stadt, in der über seine Zukunft entschieden würde. Nach fast zwei Wochen ungeduldiger Erwartung und ständigen Rätselratens war er endlich zu dem Ort unterwegs, wo das Geheimnis gelüftet werden sollte. Wooten sah auf die Messingtafel über der Tür, auf der die Stockwerke angezeigt wurden. Noch leuchtete keine Zahl auf; die Anzeige begann erst im 38. Stock. Durchfahrende Aufzüge waren eine der vielen Innovations-Ideen Barnabys. Wer in einem der oberen Stockwerke arbeitete, sollte nicht auch noch im Aufzug unter Stop-and-go-Verkehr leiden. Jedes Mal, wenn Wooten herkam, fragte er sich aufs Neue, was für ein Gefühl es wohl war, so hoch zu bauen, so weit in den Himmel hinein. Das höchste Haus, das er zusammen mit anderen gebaut hatte, war ein vierzehnstöckiges Bankgebäude in Clayton gewesen. Und natürlich das Hochhaus von Newton Plaza. Seltsam, dass Vine in Chicago immer höher gebaut und zugleich von einer Stadt geträumt hatte, in der so gut wie nichts über die Bäume hinausragte. Wooten hatte einmal eine scherzhafte Bemerkung darüber gemacht, dass er seine bodenständige Stadt in einem so hohen Gebäude entworfen hatte.

»Ich mag Wolkenkratzer, Earl«, hatte er mit dem quäkenden Akzent des Mittleren Westens geantwortet. »Aber ich finde einfach, wir haben auf unserem Planeten genug davon.«

Während draußen die Stockwerke vorbeirauschten, überlegte Wooten, wie es dem alten Mann gehen mochte. Dem Wenigen nach zu schließen, was er gehört hatte, war der zweite Schlaganfall schlimm gewesen. Beim Anflug auf O'Hare vergangene Nacht hatte er ausgerechnet, dass sein letztes richtiges Gespräch mit Vine – an dem Tag, an dem sie den Schleusenkanal des Sees geöffnet hatten – fast ein Jahr her war. Savage hatte angedeutet, dass vielleicht später am Tag, bevor Wooten die Fünf-Uhr-Maschine nach Baltimore zurücknahm, noch ein Treffen mit Vine möglich war. Wooten hoffte es. Er vermisste ihn.

Der Aufzug war im achtundsiebzigsten Stock angekommen. Hier residierte die Unternehmensleitung von EarthWorks. Wooten meldete sich an der großen Rezeption an, dann setzte er sich in einen Echtledersessel unter dem Bild eines schweren Baggers, wie EarthWorks ihn seit kurzem in Saudi-Arabien einsetzte. Die Firma engagierte sich dort im großen Stil und kämpfte mit ihrem Erzrivalen Bechtel um einige der aus dem Sand sprudelnden Petrodollars. Entsalzungsanlagen, Aquädukte, klimatisierte Einkaufszentren. Wooten hatte auf einmal die Befürchtung, man könnte ihn dort hinschicken. Hoffentlich nicht. Ardelia war sicher nicht bereit, einen Schleier zu tragen. Er betrachtete das Aquarium auf dem Tischchen neben sich. Einige Fische ruderten phlegmatisch durch ein Schiffswrack aus Plastik, Kotfäden schwebten wie Drachen in dem trüben Wasser. In einiger Entfernung lachte jemand, ein Telefon klingelte.

Da sitzt du also, dachte er, und wartest darauf zu hören, was sie für dich auf Lager haben. Es ging alles so schnell. Ein Wagen hatte ihn am Abend zuvor von O'Hare abgeholt und ins Hyatt gebracht. In seiner Suite hatte er einen Korb mit Obst vorgefunden und eine Einladung des Hoteldirektors, auf Kosten des Hauses zu speisen. Noch bevor er sich die Hände hatte waschen können, hatte eine Miss Robert von Savages Büro angerufen und ihm mitgeteilt, dass er am folgenden Morgen um neun abgeholt würde. Wooten konnte sich von seinem letzten Besuch nicht an sie erinnern. Sie klang schwarz, ohne dass er hätte sagen können warum. Er rief Ardelia an, die sagte, dass Swope bereits nach ihm gefragt habe. Das beschäftigte Wooten noch eine Weile, nachdem er aufgelegt hatte. Wenn er wieder zu Hause war, musste er als Erstes die Verstimmung zwischen Swope und sich ausräumen.

»Mr. Wooten?«

Vor ihm stand eine schöne, mokkabraune Frau, so vollkommen wie ein Model aus einer Zeitschrift. Also doch neu hier. Wooten stand auf und strich sein Jackett glatt.

»Ich bin Cheryl Robert, die persönliche Assistentin von Mr. Savage.«

Erst jetzt bemerkte er, dass sie ihm eine schlanke Hand entgegenhielt. Wooten ergriff sie. Kühl lagen ihre schmalen Finger in seiner Hand.

»Earl Wooten«, sagte er, ohne nachzudenken.

»O ja, wir wissen, wer Sie sind«, entgegnete sie verschmitzt. »Kommen Sie bitte mit.«

Auf dem Weg durch ein Gewirr von Fluren während der nächsten halben Minute sah Wooten überallhin, nur nicht auf Miss Cheryl Roberts wiegendes Hinterteil. Sie kamen an Dutzenden großer Büros vorbei, in denen Männer in Hemdsärmeln auf Stühlen mit nach hinten gestellter Rückenlehne hingen wie Angler, die den Fisch ihres Lebens an der Angel hatten. Einige sprachen in Telefone, andere hielten einen Schwatz mit Kollegen. Sie traten durch eine schwere Eichentür. Die Wände des Flurs dahinter waren nicht mehr in Einheitsweiß gestrichen, sondern mit poliertem Holz getäfelt. Auf dem Boden lag statt abgenutzter Fliesen ein burgunderroter Teppich. Die Abstände zwischen den Türen wurden länger. Mit Sekretären besetzte Vorzimmer schirmten mit dunklem Holz getäfelte, mit Kronleuchtern und dicken Teppichen ausgestattete Arbeitsräume ab. Die Stimmen, die von drinnen zu hören waren, waren leiser, tiefer, sprachen langsamer.

Savage residierte ganz am Ende des Gangs, hinter zwei Vorzimmern. Im ersten hämmerten zwei Sekretärinnen mit Kopfhörern auf Schreibmaschinen ein. Sie sahen nicht auf, als Wooten vorbeikam. Das zweite Zimmer gehörte vermutlich Miss Robert. Es duftete nach Lavendel. Sie klopfte zwei Mal an die letzte Tür, dann gab sie Wooten mit einem Nicken zu verstehen, er solle eintreten.

Als Erstes fiel an Savages Büro auf, dass kein Schreibtisch drin stand. Savage hatte einmal erklärt, er halte Schreibtische für »zum Aussterben verurteilte Barrieren der zwischenmenschlichen Kommunikation«. Wooten und Swope hatten sich darüber im Hyatt kaputtgelacht, und Swope hatte den Tisch im Restaurant einen »Förderer der rein privaten Verdauung« genannt. An Stelle des Schreibtisches standen genau in der Mitte des Raums ein halbes Dutzend schwarze Stühle, zusammengestellt zu einem Rechteck. An jedem Stuhl war ein Tischchen für Aktenmappen und Getränke angebracht. Savages Stuhl – im demokratischen Sinn identisch mit den anderen – stand der Tür gegenüber. Das einzige Zugeständnis an seinen Rang war ein kleines Telefon auf dem Tischchen. Hinter Savages Stuhl befanden sich die beiden Fenster des Büros, senkrechte, mit Jalousien verhängte Schlitze. Das Licht kam von diskret aufgestellten kegelförmigen Lampen und gedimmten Halogenleuchten. An den Wänden hingen nur einige Mondrians, Originale, wie Wooten wusste. Ansonsten keine Pflanzen, keine Zeitschriften und keine Fotos, keine Bilder von Kindern mit Zahnspangen. Nirgends ein Blatt Papier.

Savage stand leicht nach vorn gebeugt hinter seinem Stuhl, die Hände auf dessen Rückenlehne. Wooten fühlte sich an einen Tennisspieler beim Aufschlag erinnert.

»Earl.«

Er kam um den Stuhl, und Wooten fiel wieder auf, wie klein er war. Eins fünfundsechzig an guten Tagen. Man vergaß das irgendwie immer, solange man nicht direkt vor ihm stand. Er trug einen dunkelblauen italienischen Anzug mit breitem Revers und ohne Krawatte, obwohl der Kragen seines beigen Baumwollhemds bis dicht unter den vorspringenden Adamsapfel zugeknöpft war. Die mittellangen Haare waren hinter die kleinen Ohren gekämmt, breite Koteletten bedeckten die Schläfen. Die kleinen braunen Augen standen eng zusammen, was seinem Blick etwas zusätzlich Bohrendes verlieh. Der Schnurrbart mit den lang herabhängenden Enden, der sich bei ihrer letzten Begegnung auf seiner Oberlippe gewunden hatte wie eine sich sonnende Schlange, war verschwunden. Wooten wusste, dass Savage einundfünfzig war, aber er sah zehn Jahre jünger aus. Das Unternehmen, das er leitete, war mittlerweile das elftgrößte der Nation und wuchs weiter.

»Ich freue mich Sie zu sehen, Gus.«

Sie gaben sich die Hand, und Savage wies auf den Sitz zu seiner Rechten. Wooten nahm Platz. Aus dem Polster unter ihm entwich die Luft. Savage setzte sich langsam, fast widerwillig. An seinem Stuhl lehnte ein Stapel großer Pappen.

»Rufen Sie in Seven Oaks an, und fragen Sie, ob wir in zwei Stunden kommen können.«

Wooten glaubte zuerst, Savage meinte ihn. Dann begriff er, dass Miss Robert noch im Zimmer war, und sah sich nach ihr um. Als sie ging, vermied er sorgfältig, ihr nachzusehen.

»Barnaby möchte Sie sehen«, sagte Savage.

»Wie geht es ihm?«

Savage verzog das Gesicht.

»Nicht gut, Earl. Der letzte Schlaganfall … machen Sie sich auf etwas gefasst.«

Wooten nickte ernst. Er sah etwas neben Savages Telefon stehen – eine schwarze Schale, gefüllt mit länglichen, fötusähnlichen Gegenständen. Savage folgte seinem Blick, nahm die Schale und bot sie Wooten an.

»Knoblauch«, erklärte er. »Verdünnt das Blut. Wollen Sie eine Zehe?«

»Danke, nein.«

Savage stellte die Schale wieder auf das Tischchen und strich einen Moment mit den Fingern über ihren glatten Rand.

»Tja, jetzt wollen Sie wahrscheinlich unbedingt wissen, warum wir Sie den ganzen weiten Weg haben kommen lassen.«

»Das kann man sagen.«

»Earl, wie weit sind Sie mit der Planung der Bauabschnitte III und IV?«

»Wie meinen Sie das?«

»Wie notwendig sind Sie für deren Fertigstellung?«

»Na ja, nicht sehr, denke ich. Ich würde den Bau gern bis zum Ende begleiten, aber die großen Probleme haben wir gelöst. Gut, die Gaslampen. Aber im Grunde genommen bauen sich die Siedlungen von selbst.«

»Das habe ich vermutet. In diesem Fall würden wir Sie gern für ein anderes Projekt einsetzen, um das man sich sofort kümmern müsste.«

»Ich bin ganz Ohr.«

Savage hob die an seinem Stuhl lehnenden Pappen hoch und legte sie sich auf den Schoß. Von der Seite sah Wooten schwarze Linien, Schraffuren und fette Beschriftungen.

»Wir haben im vergangenen Jahr drüben an der Grenze zwischen West-Virginia und Virginia heimlich Land aufgekauft, Earl. Clarke County? In der Nähe von Winchester, wenn Ihnen das hilft. Alles streng geheim. Der Kauf ist noch nicht ganz abgeschlossen, aber bald ist es soweit. Und dann bauen wir... das hier.«

Er gab Wooten die Kartons. Auf dem ersten war etwas skizziert, das auf den ersten Blick wie ein belebter Stadtteil aussah. Wooten brauchte einen Augenblick, bis er verstand, was er sah. Er las den Namen oben auf dem Karton im selben Moment, in dem Savage ihn aussprach.

»AmericaWorks.«

»Ein Vergnügungspark?«

»Ein Themenpark, ja.«

Wooten sah wieder auf die Zeichnung mit gewundenen Wegen, Häusergruppen und glücklichen Familien. Er begriff, warum er nicht gleich erkannt hatte, um was es sich handelte – die einzelnen Attraktionen waren in nachgebauten Monumenten versteckt. Eine Achterbahn schlängelte sich durch verschiedene Öffnungen der Präsidentengesichter des Mount Rushmore, von einer Art Wasserrampe fuhren kleine Schiffe über den Mississippi, und in die vertraute Rundung des Gateway Arch war ein Riesenrad eingebaut. Um die Freiheitsstatue wand sich etwas, das er nicht erkennen konnte. Zwischen den einzelnen Schaustellerbetrieben waren verschiedene Siedlungen nachgebaut, ein Indianerlager, ein Fort weißer Siedler, etwas, das aussah wie eine Straße mit Mietskasernen um die Jahrhundertwende, und ein Rodeoplatz.

»Was wir wollen, dürfte aus der Darstellung klar werden. Eine

Kombination aus Geschichtsunterricht und den handfesten Attraktionen des herkömmlichen Rummelplatzes, ein Ausflugsziel für Schulen und Familien. Deshalb übrigens die vielen Busparkplätze.«

Wooten begann die Karten durchzublättern, die jeweils einen Komplex im Detail zeigten. Eine voll funktionsfähige Farm mit einem großen Picknickgelände, einen Sandstrand einschließlich eines Wasserbeckens, das aussah, als könnte es künstliche Wellen erzeugen. Einer anderen Ansicht entnahm er, dass in den Falten im Gewand der Freiheitsstatue eine Rodelbahn verlaufen sollte. Die grob gezeichneten Kinder, die sie benutzten, saßen auf einer Art Teppiche. Sie lachten alle.

»Wir wollen so vorgehen: Sobald das Land unter Dach und Fach ist, geben wir das Projekt bekannt, also in etwa einem Monat. Baubeginn könnte im Herbst sein, mit Blick auf eine Eröffnung Ostern '75. Das schaffen wir natürlich nicht, also gehen wir auf Ende Mai, auf Memorial Day. Wir bieten Ihnen einen Zwei-Jahres-Vertrag als Bauleiter. Ihr Gehalt ist fantastisch, aber das eigentliche Bonbon dabei ist: Wir beteiligen Sie an den Einnahmen.«

Wooten sah auf. Savage lächelte.

»Sie haben richtig gehört, Earl: Wir beteiligen Sie an den Einnahmen. Was bedeutet, jedes Mal, wenn eine Eintrittskarte abgestempelt wird, bekommen Sie den hundertsten Teil eines Hundertstel Penny, oder was auch immer. Sie liegen Neujahr verkatert im Bett, aber der Rubel rollt.«

Eine Beteiligung, dachte Wooten, mein Gott. Er sah wieder auf die Zeichnungen vor sich. Das Gelände hatte erstaunliche Dimensionen. Insgesamt mussten es an die achttausend Hektar sein. Zwei Jahre waren dafür wirklich knapp bemessen. Wie viel das Ganze kostete, wagte er nicht zu fragen. Im Grunde war es ja auch egal. Ein solcher Park war eine Goldgrube.

»Wir hätten Sie auch gern als Zugpferd für unsere Werbung engagiert. Sie wissen schon, als Vertreter der arbeitenden Bevölkerung. Der Name sagt es ja. America *Works*. Sie sehen an den Bildern, dass wir jede Menge praktische Sachen anbieten. Schmieden, Butter machen, Musketenschießen – Kinder fliegen auf so was. Irgendwo haben wir sogar eine ganze Fabrik aufgebaut, in der es zugeht wie zu Omas Zeiten. Erstaunliches Zeug.«

»Klingt gut.«

»Außerdem denken wir daran, möglicherweise auch Ihre Familie an der Kampagne zu beteiligen. Ardelia und die Kinder. Sie wissen schon, von Familie zu Familie. Die Jungs von der Werbung haben sich das schon alles ausgedacht. Als ob die Besucher von AmericaWorks zu Ihnen privat nach Hause kommen. Keine Sorge – wir werden Ihre Familie nicht zu sehr belasten. Nur ein paar Fotos und ein paar entsprechende Informationen, um dem Ganzen einen familiären Anstrich zu geben.«

»Ich weiß nicht, was ich sagen soll, Gus. Es wäre wunderbar. Wir würden sehr gern mitmachen.«

»Und noch was«, sagte Savage, während Wooten die Bilder weiter durchsah. »Wir haben uns mit unseren Freunden aus Virginia darauf geeinigt, dass vom Autobahngürtel um Washington eine sechsspurige Autobahn bis direkt vor unseren Eingang gebaut wird. Eine neunzig Kilometer lange Einfahrt, stellen Sie sich vor. Man kommt da leichter hin als zum Grab von George Washington.«

Wooten blätterte zu einer anderen Zeichnung weiter und erstarrte. Er brauchte einen Moment, um bewusst zu registrieren, warum sein Magen sich beim Anblick des Bildes zusammengezogen hatte. Dorische Säulen, Sonnenschirme und niedrige, dunkle Baracken.

»Was ist das?«, fragte Savage, dem Wootens Stimmungsumschwung nicht entgangen war.

Wooten hielt die Zeichnung hoch.

»Ach so, Magnolia Manor. Wir wollten es eigentlich Tara nennen, bekamen aber Schwierigkeiten mit dem Copyright. Der alte Süden musste natürlich auch rein. Ist von dort aus ja nicht weit.«

»Sklaven, Gus?«

»Die Unterkünfte, ja, Sklaven nicht. Die haben wir wieder gestrichen.«

»Trotzdem.«

Auf Savages Stirn erschien eine Falte.

»Wir haben unsere Zielgruppe genau analysiert, Earl. Worauf wollen Sie hinaus?«

Wooten begriff, dass er besser den Mund hielt, sonst suchten sie sich für das hundertste Hundertstel noch jemand anderen.

»Ich will nur sichergehen, dass keine Demonstranten den Eingang blockieren.«

Savages Stirn glättete sich wieder. Das war die richtige Einstellung. Rein geschäftlich.

»Ein paar Demonstranten haben noch niemandem wehgetan. Außerdem wird ihnen bald langweilig werden. Der Park liegt doch in der hintersten Provinz.«

Wooten sah wieder auf das Bild vor ihm. Seine Augen verweilten einen Moment auf einem hastig gezeichneten Strichmännchen in der oberen rechten Ecke, einem hoch gewachsenen Schatten, der eine Hacke über die Schulter schwang. Die Gestalt hatte keine Schuhe an, und hinter ihr wuchs eine Art Urwald. Jemand hatte das Bild eingekreist und durchgestrichen.

Wooten schob die Bilder zusammen und legte sie sich auf den Schoß. Dann sah er Savage an, der ihn erwartungsvoll musterte.

»Also?«

»Ich wusste gar nicht, dass Barnaby sich auch mit so was beschäftigt.«

Savage wischte ein nichtexistentes Staubkorn von der Armlehne seines Stuhls.

»Es handelt sich um ein Projekt der Ära nach Barnaby.«

Wooten fiel ein, was er in den vergangenen Tagen befürchtet hatte, und er musste lächeln.

»Ja?«

»Nein, es ist nur… egal.«

»Earl – was treibt Sie um?«

»Sie werden lachen, aber als ich herkam, glaubte ich, Sie würden mir womöglich vorschlagen, Citymanager von Newton zu werden.«

»Ach ja? Wie kommen Sie darauf?«

»Ein Gerücht.«

»Von wem?«

»Richard Holmes. Er hat es von Hollis Watson.«

Savage überlegte eine Weile, dann runzelte er die Stirn.

»Ich kann mir denken, wie das kam. Hollis und ein paar Leute aus seiner Abteilung haben mir vor ein paar Wochen vorgehalten, wir hätten nicht genügend Schwarze in Führungspositionen. Ich sagte, er solle sich nicht aufregen, das nächste große Angebot gehe an einen gewissen Mann aus St. Louis.«

»Und er dachte, es gehe um den Citymanager von Newton.«

»Logisch. Schließlich weiß, von ein paar Auserwählten abgesehen, niemand von AmericaWorks.«

»Warum eigentlich nicht?«

»Überlegen Sie doch. Wenn das bekannt wird, versuchen die Leute, denen das Land gehört, sofort, Kapital daraus zu schlagen.«

Also deshalb hatte er Austin nichts sagen dürfen. Es hatte gar nichts mit Newton zu tun, sondern mit den Grundstückspreisen in einem abgelegenen Winkel Virginias.

»Austin wird also nach wie vor Citymanager?«

»Natürlich. Ich meine, wir mussten in den vergangenen Monaten die Buschtrommel rühren, um ihn auf Trab zu bringen, aber doch, der Job gehört ihm.«

»Und wer baut die anderen neuen Städte? Ich dachte irgendwie immer, Barnaby hätte mich dafür vorgesehen.«

Savage fischte eine Knoblauchzehe aus der Schale und steckte sie in den Mund.

»Es wird keine weiteren neuen Städte geben.«

Wooten verstummte einen Augenblick geschockt.

»Wie bitte?«

»Die Entscheidung fiel vor ein paar Monaten.« Savage schluckte die Zehe hinunter. »Sehen Sie, Earl – das Konzept haut einfach nicht hin.«

»Wie bitte?«

»Die Stadt. Sie ist ein Misserfolg.«

»Also ich muss schon sagen, Gus, das sehe ich ganz anders.«

Savage hob beschwichtigend die Hand.

»Zugegeben, rein baulich gesehen könnten wir glücklicher nicht sein. Wohnungen, Infrastruktur, alles prima. Damit sind wir auch vollkommen zufrieden, trotz einiger kleinerer Pannen wie mit dem See und der Straßenbeleuchtung. Aber es sind andere Faktoren im Spiel, die das Bild trüben.«

»Zum Beispiel?«

»Die Nachfrage nach Immobilien ist im Frühling drastisch zurückgegangen. Auch der Verkauf lässt nach. Der Sommer ist nicht mehr zu retten, und wenn der Trend sich in den Herbst hinein fortsetzt, gibt es eine Katastrophe. Dann wird 1974 ein Albtraum.«

»Ich wusste nicht… sind daran die Schlägereien und die negative Berichterstattung schuld?«

»Ich müsste lügen, wenn ich das Gegenteil behaupten wollte.«

»Aber Gus, ein paar Jugendliche, die aufeinander losgehen, das gibt es doch überall.«

»Gut, aber Newton ist eben nicht überall. Der soziale Frieden ist unser stärkstes Verkaufsargument. Unter uns gesagt glaube ich, dass Barnaby hier zu hoch hinaus wollte.«

Wooten sagte nichts.

»Wir befinden uns zur Zeit in einer äußerst heiklen Situation, Earl. Ich will keine Zahlen nennen, aber die Wirtschaftlichkeit der Stadt steht auf der Kippe. Wenn wir Käufer für den nächsten Bauabschnitt anziehen wollen, müssen Veränderungen stattfinden. Die Schlägereien und die schlechte Presse müssen aufhören.«

»Was für Veränderungen?«

Savage stand auf und ging zu einem der beiden Zwillingsfenster. Er drückte zwei Lamellen der Jalousie auseinander und sah hindurch, wie um sich zu vergewissern, dass Chicago noch da war.

»Wir machen die Sozialwohnungen dicht«, sagte er schließlich.

»Dicht?«

Savage drehte sich um.

»Mit der Ankündigung von AmericaWorks geben wir zugleich bekannt, dass wir aus dem staatlichen Förderprogramm in Newton aussteigen. Renaissance Heights und Underhill werden in normale Mietwohnungen umgewandelt, die anderen vier Komplexe als Eigentumswohnungen verkauft. Die gegenwärtigen Bewohner bekommen eine Option darauf, die Wohnung erneut mieten zu können, sobald marktgerechte Mietpreise erstellt sind, auch wenn ich vermute, dass sich nur wenige von ihnen die neuen Mieten werden leisten können.«

»Was passiert dann mit ihnen?«

»Sie bekommen günstige Wohnungen von EarthWorks in Sanierungsgebieten in Newark, Baltimore und Washington angeboten. Das staatliche Fördergeld ist unserer Ansicht nach besser in bereits existierenden Armenvierteln angelegt als in unseren neuen Siedlungen.«

Savage schüttelte betrübt den Kopf.

»Was ich jetzt sage, bleibt bitte unter uns, Earl. Barnaby hat das in den Sand gesetzt. Er glaubte, die Stadt würde die Menschen ändern und bewirken, dass sie sich anders verhalten. Deshalb haben wir doch in Newton kaum Polizei. Er hielt Polizisten für überflüssig, und der Vorstand hat das mitgetragen, weil es vor fünf Jahren für dieses Denken eine Nische gab. Eine bestimmte Sorte Hausbesitzer, die sich in das Ethos von Newton einkaufte. Sie kennen den Typ. Junge Paare voller Idealismus, junge Leute, die aus den alten Vorstädten raus wollten, schwarze Familien, die ein wenig Geld gespart hatten. Eben die Einwohner von Newton. Der soziale Wohnungsbau galt als Teil einer ausgewogenen Mischung, als Köder, wenn Sie so wollen.«

»Als Köder? Er war für Barnaby ein Köder?«

»Nein, für Barnaby nicht. Er glaubte daran, vorbehaltlos. Nein, ich spreche vom Vorstand und von den Banken. Träumer brauchen Kapital, richtig?« Er zuckte mit den Schultern. »Das Risiko war uns von Anfang an bekannt. Wir wussten, dass die Intergration scheitern konnte. Wir mussten auf den Notfall vorbereitet sein.«

Auf den Notfall, dachte Wooten.

»Und es gibt noch einen anderen Grund, Earl, einen, der noch direkter zur Sache geht. Wir können uns solche Projekte schlicht nicht mehr leisten.«

»Aber ich dachte, die staatlichen Zuschüsse …«

Wooten verstummte. Savage kehrte zu seinem Stuhl zurück.

»Earl, ich habe für viel Geld drei Ökonomen der Universität von Chicago engagiert, alle drei mit dem Nobelpreis ausgezeichnet, und wissen Sie, was die sagen? Dass uns eine Inflation bevorsteht, bei der uns Hören und Sehen vergeht. Meine Leute im Nahen Osten malen ein noch düstereres Bild. Die OPEC wartet nur auf einen Anlass, den Ölpreis in die Höhe zu treiben, auf das Doppelte, Dreifache und mehr. Und das bedeutet eins, Earl – eine galoppierende Inflation, und zwar hier bei uns. Wie in einer Bananenrepublik. Das ganze Extrageld, mit dem Barnaby seinen Traum glaubte finanzieren zu können, wird sich schneller verflüchtigen als eine Pfütze Pisse im August. Staatliche Fördermittel werden die Kosten von Siedlungen wie Renaissance Heights nicht mehr decken. Glauben Sie vielleicht, die Fördermittel werden der Inflation angepasst, wenn der Vorzugszins bei fünfzehn Prozent liegt? Dass ich nicht lache.«

Wooten nickte. Er begriff allmählich, was Savage meinte.

»Schlimmer noch«, fuhr dieser fort, »die Immobilienpreise werden nach oben schnellen, und das zu einer Zeit, in der die Sparer sowieso in Bedrängnis sind. Da will niemand mehr was kaufen, erst recht nicht ein überteuertes Stück Aluminium. Der Idealismus braucht einen gewissen Überschuss, Earl. Wenn der verschwindet, geht er ein. Wir brauchen das Geld, das die Sozialwohnungen uns als Eigentumswohnungen bringen, zumal wenn die ersten Käufer merken, dass sie mit ihren wertlos gewordenen Dollars kein Haus abzahlen können. Wichtiger noch, der Verkauf der meisten Häuser muss bis zum Ende des laufenden Verkaufszyklus im November über die Bühne gehen. Denn wenn meine drei Ökonomen ihren Nobelpreis zu Recht tragen, dann ändert sich in diesem Winter die Lage dramatisch. Das Letzte, das wir in dieser Situation brauchen können, sind Käufer, die aufgrund negativer Schlagzeilen nicht kaufen. Wir müssen die Wohnungen der Bauabschnitte III und IV an den Mann bringen, bevor es zum Schlimmsten kommt.«

»Aber die Behörde für sozialen Wohnungsbau? Wird sie nicht Zeter und Mordio schreien?«

»Das wäre dann Swopes Aufgabe. Er muss die Burschen abwimmeln. Außerdem ist die Bundesregierung gut beraten, wenn sie uns keine Schwierigkeiten macht. Sie schuldet uns sehr viel mehr als wir ihr. Meine Leute im Nahen Osten sind keineswegs alle nur Ingenieure. Ich erspare Ihnen die unschönen Einzelheiten, aber glauben Sie mir. Sehen Sie sich doch die Nachrichten an. Nixon und seine Leute haben andere Probleme als so ein paar Wohnungen.«

»Weiß Austin schon Bescheid?«

»Wir werden ihn rechtzeitig informieren.« Wieder wischte er ein imaginäres Staubkorn von seiner Armlehne. »Aber wir kommen vom Thema ab, Earl. Die Frage ist – wollen Sie AmericaWorks für uns bauen?«

Wooten starrte auf die nackten Knoblauchzehen. Sie sahen aus wie zu früh geborene, nicht lebensfähige Tierföten. Er dachte an die Beteiligung und daran, dass er in Newton bleiben konnte – Clarke County war höchstens eine Stunde entfernt. Sein Bild würde überall sein. Der Mann, der den vermutlich größten Vergnügungspark der Welt baute.

»Ich hätte große Lust darauf, Gus. Aber ich muss es noch mit Ardelia besprechen.«

»Natürlich. Ich hätte Ihre Antwort allerdings gern bis Montag. Wir wollen wirklich so bald wie möglich loslegen.«

»Ich rufe Sie gleich Montag früh an.«

Savage lächelte grimmig.

»Hervorragend. Was sagen Sie jetzt zu einem Besuch bei Barnaby? Er will Sie unbedingt sehen.«

Seven Oaks lag eine Stunde nördlich des Zentrums am Ufer des Lake Michigan. Wooten hatte Fotos des Hauses gesehen, war aber nie dort gewesen. Seine Begegnungen mit Vine hatten immer in der EarthWorks-Zentrale oder auf der Baustelle in Newton stattgefunden. Abgesehen von jenem ersten Gespräch 1967 natürlich, als Vine ihn angeheuert hatte. Die Zeitungen hatten damals über Wooten berichtet, der in St. Louis zwölf aus Sandstein erbaute Häuserblocks saniert und zu Wohnungen für schwarze Arbeiterfamilien umgebaut hatte. Vine war persönlich nach Missouri gekommen, ein großer, lebhafter alter Mann im Vollbesitz seiner geistigen Kräfte. Er hatte eine ungeduldige Art gehabt wie jemand, der sich seit siebzig Jahren mit der Welt beschäftigte und sie immer noch für mangelhaft befand. Er hatte seinen Hund Cicero aus Chicago mitgebracht, ein bemerkenswertes Tier, das Joels Liebkosungen mit derselben stoischen Ruhe ertrug wie sein Herrchen die Torheiten der Menschen. Drei Stunden lang hatte Vine am Küchentisch ohne Unterbrechung auf Earl und Ardelia eingeredet und ihnen die vollkommene Stadt beschrieben, die

Earl Wooten bauen sollte. Als er fertig war, hatten sie bereits angebissen. Earl sollte sofort mit den Aushubarbeiten beginnen, Ardelia würde an der ersten Schule von Newton unterrichten, die Kinder würden auf sicheren Straßen aufwachsen, mit sicheren Spielplätzen und Wegen. Dann war er wieder gefahren. Der Chauffeur hatte dem Hund die Tür aufgehalten, was dieser mit der gleichen Selbstverständlichkeit hinnahm wie sein Herr. Zwei Tage später hatten die Wootens ihr Haus zum Verkauf ausgeschrieben.

Danach sah Wooten Vine regelmäßig auf den ermüdend langen Strategiesitzungen in Chicago, auf denen sie versuchten, alles bis ins letzte Detail festzuklopfen und sämtliche Probleme des gewaltigen Projekts im Voraus zu lösen. Im Verlauf der Zusammenarbeit erfuhr Wooten nach und nach Einzelheiten aus dem Leben des Architekten. Seine Kindheit in Nicodemus in Kansas als einziger Sohn eines Methodistenpriesters, seine glänzende Karriere als Erbauer von Hochhäusern, die Zeit im Krieg, als er Feldlager für Eisenhower entworfen hatte, die Desillusion mit dem städtischen Leben und die anschließende Gründung von EarthWorks Mitte der fünfziger Jahre, seine Erfolge mit Einkaufszentren, Reihenhäusern und sanierten Läden im Zentrum. Newton war die Krönung seines Lebenswerkes.

Dann zogen die Wootens in das Haus, dem Ardelia mit einer gewissen nostalgischen Sehnsucht den Spitznamen Fort Apache gegeben hatte. Vine hatte seine Stadt damals fast jeden Monat besucht, Wooten ruhig über die Schulter gesehen und gelegentlich einen Rat geäußert. Nach dem Ende der sechziger Jahre kam er seltener. Von Besuch zu Besuch alterte er statt um Monate gleich um Jahre. 1971 kam er nur noch zu vier verwirrten Stippvisiten. Dann, im vergangen Sommer, hatte er den ersten Schlaganfall gehabt. Zwei Monate lang lag er im Krankenhaus, den restlichen Herbst war er Rekonvaleszent. Swope sah ihn kurz vor Weihnachten. Sein Zustand wirkte nicht bedrohlich – das Gesicht war leicht verschoben, die linke Hand in ihrer Bewegung etwas eingeschränkt. Der Verstand des Einundsiebzigjährigen war dagegen so wach wie der eines halb so alten Mannes. Im März hatte er den zweiten Schlaganfall gehabt. Seitdem hatte ihn niemand mehr gesehen. Gerüchte gab es genug. Während die einen meinten, er könne nicht mehr sprechen und sei fast blind, behaupteten die anderen, sein Verstand sei völlig zerstört, weggeblasen wie ein Haufen dürres Laub von einer kräftigen herbstlichen Brise.

Savage redete auf dem Weg nach Seven Oaks ununterbrochen. Er machte Wooten mit den wichtigsten Daten von AmericaWorks bekannt, mit der Größe des Geländes, mit dem Budget, den Zulieferern und den Architekten. Die Planung des Vergnügungsparks war so gut wie fertig. Ihn zu bauen war eine Herausforderung, zweifellos, aber es war machbar. Kurz vor Mittag kamen sie an. Sie fuhren durch ein mit Eisenspitzen bewehrtes, von einem schläfrigen Sicherheitsbeamten bewachtes Tor. Die lange Einfahrt verschwand in einem Kiefernwäldchen und machte eine scharfe Biegung. Seven Oaks tauchte auf, so niedrig, dass es stellenweise in den Dünen zu verschwinden schien. Es hatte ein Flachdach, die Wände waren einfach und schmucklos. Einen Garten gab es nicht, nicht einmal ein Stück Rasen. Nur Riedgras und Dünen. Dahinter erstreckte sich bis zum Horizont der See, hin und wieder unterbrochen durch einen Ausflugsdampfer oder ein großes Schiff auf dem Weg nach Kanada.

Ihr Wagen hielt vor dem Eingang. Wooten stieg aus. Die Hitze der Stadt war hier nicht mehr zu spüren, weggeblasen von dem ständigen Seewind. Im Süden ragten aus einer Dunstwolke die Wolkenkratzer der Stadt, einige davon von Vine. Zu hören waren nur Seemöwen und der Wind in den Bäumen.

»Dann wollen wir mal«, sagte Savage.

Ein Hausmädchen mit den hohen Wagenknochen und traurigen Augen der Plains-Indianer ließ sie herein. Sie trug ein schlichtes schwarzes Kleid. Die Gummisohlen ihrer Schuhe quietschten auf dem Marmorboden, über den sie die Besucher in den hinteren Teil des Hauses führte. Die Anlage des Hauses zeigte die gleiche Abneigung gegen Wände, die auch Vines Entwurf von Newton bestimmte. Sie schritten durch einen einzigen großen Raum um einen nach allen vier Seiten offenen Kamin aus Ziegeln. Lange Doppelstufen unterteilten den Boden und schufen verschiedene Ebenen, die irgendwie alle gleich hoch wirkten. Das Zimmer erinnerte Wooten an die Zeichnung von M. C. Escher in Joels Zimmer, eine Treppe, die nur nach oben führte. Oder nach unten, je nachdem, wie man sie sah. Vom hinteren Teil des großen Zimmers gelangte man von einem dunklen Gang vermutlich zu den Schlafzimmern und zur Küche. Sie wandten sich schon vorher einer gläsernen Schiebetür zu, die zur Veranda mit Blick auf den See hinausführte. Das Mädchen zog die Tür auf und nickte den Männern zu. Wooten holte tief Luft und folgte Savage auf die Veranda.

Vine saß mit dem Gesicht zum See an einem Kartentischchen. Er saß kerzengerade in einem Rollstuhl, über den Schoß eine indianisch gemusterte Decke gebreitet. Seine Hände lagen auf dem Tischchen, in jeder Hand steckte ein Gegenstand, der wie eine Zigarre aussah. In seinen dünnen weißen Haaren spielte der Seewind. Neben ihm saß an das Geländer aus Redwood gelehnt auf einem Klappstuhl ein junger Krankenpfleger, ebenfalls Indianer, und las in der Zeitschrift *Mad*. Er sah auf, Savage nickte kurz, und der Krankenpfleger verschwand lautlos im Haus.

Sie setzten sich auf Stühle gegenüber Vine. Der Alte war nicht mehr existent, so viel war sofort klar. Leere Augen, aus deren einst violetten Pupillen sämtliche Farbe gewichen war, ein faltiger Hals, bedeckt von Dauerstoppeln weiß wie der Flaum einer Taube. Jetzt sah Wooten, was Vine in den Händen hielt. Längliche Bauklötzchen. Auf dem Tisch vor ihm lag neben einem zerschlissenen Karton ein ganzer Haufen davon. Einige Klötzchen waren zu einem schiefen Haus zusammengesetzt, die meisten lagen noch so durcheinander, wie sie aus dem Karton gefallen waren. Ein kurzer, Übelkeit erregender Schwall einer süßlichen Seife, vermischt mit noch etwas anderem, das nach Exkrementen und Verfall stank, stieg Wooten in die Nase. Er sah auf den Stuhl, sah dort, wo die Decke verrutscht war, eine von einer Unmenge verkrusteter Flecken bedeckte blaue Schlafanzughose. Über dem elastischen Bund der Hose war der glänzende Streifen einer Windel erkennbar. Vom Klettverschluss führte ein dünner Plastikschlauch zu einem Behälter von der Größe einer Thermoskanne hinunter. In dem Schlauch hingen kleine Tropfen, die in der Sonne glitzerten.

»Barnaby«, sagte Savage. »Earl ist da.«

In den Augen des alten Mannes schien sich etwas zu bewegen,

aber das konnte auch eine Täuschung des Seelichts gewesen sein. Wooten wusste nicht, was er tun sollte. Er streckte die Hand aus und berührte den Rücken von Barnabys feuchtkalter Hand. Die Adern waren hart wie Stromkabel.

»Guten Tag, Mr. Vine«, sagte er.

Sie warteten. Nichts.

»Er bringt gute Nachrichten mit, Barnaby. Alles liegt im Terminplan, in der Stadt läuft alles bestens.«

Vine hatte begonnen, die Augen zusammenzukneifen, als ob das Licht vom Wasser ihn blendete. Wooten beobachtete traurig, wie seine Lider sich schließlich ganz schlossen und der Mund ganz langsam, als sei hinter dem Gesicht ein knarrender Flaschenzug am Werk, aufging. Die Zunge sah aus wie dick mit Klebstoff überzogen, das Zahnfleisch war voller dunkelroter Höhlungen.

»Nu …«, sagte er überraschend kräftig und laut.

Savage und Wooten sahen einander an.

»Ja, Mr. Vine?«, fragte Wooten.

Doch das war alles. Vines Mund klappte wieder zu und seine Augen zur gleichen Zeit auf. Danach bewegte er sich nicht mehr.

»Wir müssen gehen, Barnaby«, sagte Savage.

Die beiden Männer erhoben sich. Savage sah Wooten an, und Wooten wurde klar, dass er auch etwas sagen musste.

»Die Stadt ist fast fertig, Mr. Vine.«

Sie gingen durch die gläserne Schiebetür ins Haus und kehrten schweigend zum Wagen zurück.

»Wo ist eigentlich der Hund geblieben?«, fragte Wooten.

Savage fuhr sich mit dem Finger über die Kehle.

19

Irma war drauf und dran, sich ganz Afrika einzuverleiben. Noch zwei gute Würfe und sie war am Ziel. Es war ein langer Feldzug gewesen, reich an Opfern und Rückschlägen. Vom ersten Würfeln an hatte sie sich als ungestüme Spielerin erwiesen, unbekümmert um jedes Risiko und regelrecht danach dürstend, ihre Truppen in die Schlacht zu werfen. Erst vorhin hatte sie die völlige Vernichtung riskiert. Sie hatte ihre Bataillone für Angriffe auf Madagaskar und den Kongo in Ostafrika zusammengezogen, und das machte sie an ihren Flanken in Ägypten und Südafrika verwundbar. Teddy hatte seine eigene Operation – die Vernichtung von Susans roter Armee – abbrechen müssen, um Irma den Rücken zu decken. Das war einerseits jammerschade, denn es wäre ein Kinderspiel gewesen, Susans Truppen aufzureiben, sie in die eisige Tundra von Jakutsk zu hetzen, wo er mit wenigen Würfen Hundefutter aus ihnen machen konnte. Oder er hätte sie, was etwas länger gedauert hätte, nach Malaysia hinunterlocken und dann systematisch ins Meer treiben können.

Aber Teddy spielte nicht auf Sieg. Nicht einmal das unbestreitbare Vergnügen, Susan zu vernichten, gestand er sich zu. Er half Irma. Natürlich heimlich. Eigentlich hätte er Irmas Ziel gar nicht kennen dürfen. Die Karten, auf denen das Einsatzziel vermerkt war, mussten streng geheim gehalten werden. Doch Irma Truax war nicht unbedingt ein Buch mit sieben Siegeln. Ihre Ziele waren so offenkundig wie die martialische Wimperntusche ihrer Augen. Als ersten Kontinent hatte er sie Asien gewinnen lassen. Listig hatte er die Mädchen mit seiner Infanterie in Siam und der Ukraine abgewehrt, während die Mutter aufräumte. Er hatte zunächst einige komplizierte statistische Berechnungen betreffs der zu erwartenden Augenzahl von fünf Würfeln anstellen müssen, doch nach einer Weile hatte er den Dreh raus. Zum Glück spielten Susan und Darryl ohne jede Angriffslust und Raffinesse. Was immer der Sergeant an soldatischen Fähigkeiten besessen haben mochte, war in der Zusammensetzung mit den Genen seiner Frau offenbar verloren gegangen. Die beiden waren Kanonenfutter.

Irma würfelte. Zwei Fünfer und eine Vier. Darryl, die sich verteidigen musste, würfelte eine Drei und eine Eins.

»Aha«, sagte Irma. Ihre Augen blitzten angesichts der bevorstehenden Verletzung des Völkerrechts. »Madagaskar.«

Ja, dachte Teddy. Und die Eroberung hat dich nur achtzehn Bataillone gekostet.

»Sieht aus, als könnte Sie jetzt niemand mehr aufhalten«, seufzte er laut.

»Wer ist dran?«, fragte Susan.

Teddy gab ihr die Würfel.

Irma war, das musste man ihr lassen, eine würdigere Gegnerin, als er zunächst angenommen hatte. Von Natur keineswegs überreich mit grauen Zellen gesegnet, ließ sie die wenigen, die sie besaß, Überstunden arbeiten. Sally hatte einmal davon gesprochen, was für eine zähe Bridgespielerin sie war, eine Außenseiterin, die sich im Bridgeclub von Newton mit einer Verbissenheit hochgearbeitet hatte, die andere Frauen mit Missgunst erfüllte. In *Risiko* zeigte sich diese Veranlagung in der Weigerung, sich zurückzuziehen, egal wie viele ihrer Männer abgeschlachtet wurden. Teddy überlegte, ob wohl Verwandte von ihr in Stalingrad gekämpft hatten.

Ihre Dickköpfigkeit war eine Eigenschaft, die er in den vergangenen Tagen zu schätzen gelernt hatte. Eine weniger aktive Person wäre schwieriger zu manipulieren gewesen als Irma mit ihrem brennenden Ehrgeiz und ihren platten Vorurteilen. Sie war berechenbar, lag vor ihm wie ein offenes Buch. Man musste nur dafür sorgen, dass die Entscheidungen getroffen wurden, bevor zu viele Drinks ihre Kehle hinuntergeflossen waren. Gegenwärtig war sie beim dritten Whisky Sour angelangt. Noch in der Kampfzone, aber am Rande des Vergessens. Ein Cocktail mehr, und sie war erledigt. Dann wurde ihre Aussprache undeutlich, und ihr Expeditionskorps kam vom Kurs ab. Zeit, das Spiel zu beenden, dachte Teddy.

Er würfelte.

Vier Tage hintereinander hatte er jetzt die Truaxens besucht, das erste Mal Dienstagnachmittag, nur wenige Stunden nach dem gescheiterten Versuch der Versöhnung mit Joel. Er war am Vormittag mit der geretteten Schirmmütze als Friedensangebot zu Joel gefahren. Auf sein Klopfen an der großen Eingangstür hatte niemand geantwortet, was seltsam war, da Joel das Haus nie vor Mittag verließ. Er ging um das Haus und spähte durch die gläserne Schiebetür. Niemand. Beim Gehen bemerkte er das Baumhaus, in dem sie so viele Stunden gemeinsam verbracht hatten. Das Laub war jetzt so dicht, dass man es kaum noch sah. Was sie dort alles gemacht hatten, Mann. Pornomagazine, Bier und Schnaps. In die Blätter gespuckt, wo die Schleimbatzen manchmal wie Kokons tagelang hängen blieben. Teddy überlegte, ob der Spruch, den er damals in das weiche Holz geschnitzt hatte, noch da war. »Joel hat einen Schwanz wie ein Sperling.« Irre komisch.

Es war ungerecht, wirklich.

Mit der Mütze in der Hand kehrte er zum Firebird zurück. Er hätte sie natürlich auch einfach in den Briefkasten stopfen können, aber er wollte sie Joel persönlich übergeben. Joel sollte merken, in was für eine Gefahr er sich begeben hatte, um sein Eigentum zu retten. Beim Auto angekommen, drehte er sich auf eine vage Eingebung hin noch einmal um und sah zum Haus zurück. Und da stand Joel, hinter den halb zugezogenen Vorhängen kaum sichtbar. In der Annahme, sein Freund sei auf dem Klo gewesen oder habe Musik über Kopfhörer gehört, begann Teddy wieder auf das Haus zuzugehen. Doch der Blick auf Joels Gesicht ließ ihn anhalten, noch bevor er die Straßenlaterne erreicht hatte. Joels Augen waren so kalt wie ein toter Stern. Er hatte sein Klopfen gehört, er wusste, wer da war. Teddy hob die Hände und versuchte eine entschuldigende Grimasse. Joel verschwand. Teddy wartete eine, wie ihm schien, Ewigkeit darauf, dass er vielleicht herunterkam, doch die Haustür blieb fest zu, das Haus still. Schließlich blieb ihm nichts anderes übrig, als in den Firebird zu steigen und zu verschwinden.

Er konnte nicht glauben, wie Joel ihn behandelte. Joel musste doch wissen, dass Teddy ihn nur deshalb Arschkriecher genannt hatte, um ihm eine Tracht Prügel zu ersparen. Sie waren doch Freunde, er und Joel, Lichtjahre über diesen Schwachsinn erhaben. Wie oft hatte er in der Vergangenheit Joel schon ausgeholfen? Bei Hausaufgaben, bei Schwierigkeiten mit seinem Vater, mit kostenlosen Joints und jeder Menge Alkohol. Und dann waren da noch die tausend kleinen Kränkungen seit dem Auftauchen Susans, die er klaglos hingenommen hatte. Es musste doch eine Möglichkeit geben, Joel zu versöhnen, eine Geste, die ihn daran erinnerte, dass ihre Freundschaft durch nichts unterzukriegen war.

Die folgenden Stunden verbrachte Teddy eingeschlossen in seinem Zimmer. Zu den Klängen von *Plastic Ono* überlegte er, was zu tun war. Es war ungerecht, wirklich. Er ignorierte die Bitten seiner Mutter, zum Mittagessen hinunterzukommen. Den ganzen Tag und notfalls auch die Nacht wollte er im Zimmer ausharren. Denn es war wichtig. Es musste doch eine Lösung geben. Doch was ihm auch einfiel, nichts davon taugte. Joint, Konzertkarte, Ausflug, das Wochenende in Ocean City, auf die übliche Weise kam er dem Problem nicht bei. Er brauchte etwas Besonderes.

Und dann, halbwegs durch *I Found Out*, als John gerade sagte, dass er die Religion von Jesus bis Paulus kannte, hatte er die rettende Idee. Natürlich, das war die Lösung. Er hätte sich ohrfeigen können, dass er nicht gleich vor dem Haus der Wootens draufgekommen war. Er konnte Joel tatsächlich etwas schenken, ein Geschenk, das den Verrat vom Montagabend für immer auslöschen würde, ein blondes Paket, ein Meter siebzig groß und fünfundfünfzig Kilo schwer, nach Erdbeerparfum und Kaugummi duftend. Susan selbst. Er hatte sie Joel weggenommen und würde sie ihm jetzt zurückgeben, die verbotene Frucht, die Joel schon verloren glaubte. Und besser noch, es würde eine neue, geläuterte Susan sein, nicht mehr die aufsässige, Kaugummiblasen treibende Kuh, die Teddy nicht leiden konnte, sondern ein ihm in jeder Beziehung höriges, nettes und höfliches Mädchen, eine bescheidene junge Dame, die wusste, was Sache war. Ein Geschenk, das Joels Leben vollkommen machte. Teddy würde die beiden wieder zusammenbringen, diesmal allerdings mit ihm als Drittem im Bunde.

Nach der ersten Begeisterung über seine Eingebung machte er sich an die Detailplanung. Das Vorhaben hatte seine Tücken, die Risiken waren beträchtlich. Trotzdem war Teddy überzeugt, dass es gelingen würde. Und dann hatte er seinen besten Freund und den wunderbaren Sommer wieder. Und vielleicht, wenn alles klappte, ließ es sich einrichten, dass er noch einmal mit ansehen konnte, was ihn seit Samstag beschäftigte und dazu getrieben hatte, sich ein halbes Dutzend Mal lustvoll zu befriedigen, jener Anblick, der als erotische Inspiration inzwischen sogar die *Two-Virgins*-Plattenhülle ersetzte – die beiden ineinander verschlungenen Körper, die sich langsam im Kerzenlicht bewegten.

Am Nachmittag war Teddy bereit, loszulegen. Zuerst musste er sich Zugang zur Festung Truax verschaffen, keine leichte Aufgabe angesichts der Tatsache, dass Susans Vater den Eingang bewachte. Doch dann hatte er, noch bevor er den Fuß aus dem Haus setzte, erstaunliches Glück. Er bekam durch Zufall mit, dass sein Vater sich überraschend in sein Arbeitszimmer zurückgezogen hatte und vor seinen Kugeln meditierte. Obwohl in Eile, beschloss Teddy, seinem Alten ein paar Minuten zu widmen. Er sah aus, als könnte er eine Aufmunterung gebrauchen. Hinterher war Teddy froh, dass er es getan hatte. Nach der üblichen Vorrede und nachdem er ihn zu Stillschweigen verpflichtet hatte, sagte sein Vater ihm, er solle nicht überrascht sein, wenn er in den nächsten Wochen öfter John Truax im Haus sehe. Truax arbeite in streng geheimer Mission für ihn. Teddy nickte nur verständig, hätte aber am liebsten losgebrüllt vor Freude über seinen Dusel. Denn das bedeutete nicht nur, dass Truax wahrscheinlich aus dem Weg war, wenn er in Susanville eindrang – es gab Teddy auch einen Trumpf in die Hand, den er ausspielen konnte, wenn der Sergeant aufmüpfig wurde. Schließlich würde der Mann es sich zweimal überlegen, den Sohn seines neuen Arbeitgebers zu verärgern.

Bestens gelaunt machte er sich auf den Weg nach Fogwood. Einen Joint würde er sich erst später genehmigen. Jetzt brauchte er erst einmal einen klaren Kopf. Sein Gegner war wahrhaft gefährlich. Nicht Susan natürlich. Sie mochte schmollen, wie sie wollte, sie würde doch Wachs in seinen Händen sein. Nein, Sorgen machte ihm ihre Mutter, die furchtbare Irmgard Truax. Er hatte sie auf der Party erlebt und hatte die Wut in ihren Augen gesehen, als sie Joel erwischt hatte. Er wusste auch, dass unter ihren unberechenbaren Launen ein sehr berechnender Verstand lauerte, der seinem Plan beim ersten kleinen Fehler den Garaus bereiten konnte. Er musste auf der Hut sein. Ein falscher Zug, und sie hatte ihn an der Gurgel.

Wie erwartet, machte Irma ihm die Tür auf, das Gesicht eine einzige Maske des Misstrauens. Sie trug einen geblümten Morgenmantel in allen möglichen Schattierungen von Gelb und Grün. An ihrer Fahne roch er den Whisky.

»Guten Tag, Mrs. Truax. Wie geht es Ihnen?«

»Susan bekommt heute keinen Besuch«, sagte sie streng.

Teddy schüttelte den Kopf, als habe sie ihn missverstanden.

»Eigentlich wollte ich mit Ihnen sprechen. Oder haben Sie zu tun?«

Sie war sichtlich überrascht.

»Nein.« Sie starrte ihn an. »Komm rein.«

Sie ging ihm voraus in das kleine Wohnzimmer und bedeutete ihm mit einer Handbewegung, in einem schokoladenbraunen Sessel unter einem Regal mit lauter Nippes Platz zu nehmen. Sie selbst setzte sich auf die Kante des Sofas. Die Nachmittagssonne schien durch das große Fenster hinter ihr und bildete einen schillernden Heiligenschein um ihr petrochemisch gestärktes Haar.

»Mrs. Truax, ich glaube, ich muss mich bei Ihnen entschuldigen.«

Wieder folgte eine überraschte Pause. Teddy kam sich vor wie Muhammad Ali, der den Gegner mit der Linken weich macht. Leicht wie der Schmetterling und scharf wie die Biene – was Nazi nicht weiß, macht Nazi nicht heiß.

»Bei mir entschuldigen?«

»Ich wusste über Susan und Joel Bescheid.«

Irmas Miene verfinsterte sich. Vorsicht, dachte Teddy.

»Und ich fühle mich gewissermaßen verantwortlich dafür.«

»Verantwortlich?«

»Na ja, vor einigen Wochen kam mir der Verdacht, es könnte … zwischen den beiden was sein.«

»So?«

»Joel … ich meine, Sie wissen, dass wir befreundet waren.«

»Waren …«

Teddy machte eine Handbewegung, als sei es zu schmerzhaft, jetzt darüber zu sprechen.

»Und vor einem Monat, da benimmt er sich auf einmal ganz komisch. Tut, als habe er für mich keine Zeit mehr. Man konnte nicht einmal mehr mit ihm reden. Er war in Gedanken ganz woanders. Wie besessen, wie eine Art … Tier oder so was.«

Er verstummte und versuchte an ihrem Gesicht abzulesen, ob er zu weit gegangen war. Doch er sah, dass er in dieser Richtung noch kilometerweit ungestraft vorrücken konnte. Er ließ sich tiefer in den braunen Sessel sinken. Erste Runde an den Herausforderer, Kid Teddy.

»Und dann hat er mir ganz deutlich gesagt, dass er mich nicht dabeihaben will, wenn er mit Susan zusammen ist. Das war, nachdem diese Nigger… nach der Schlägerei im Jugendzentrum.«

»Ich habe davon gehört.«

»Wirklich eine Schande. Einige Leute wissen offenbar nicht, wie man sich benimmt.«

»Nein.«

»Um diese Zeit schnappte ich etwas auf, das mir zu schaffen machte.«

Irma war jetzt ganz Ohr.

»Joel hing mit einigen Typen im Einkaufszentrum herum, Schwarzen aus Renaissance Heights. Wahrscheinlich sind das seine neuen Freunde. Ich wollte einfach nur guten Tag sagen, aber bevor ich es noch konnte, hörte ich ihn das sagen.«

»Was?«

»Das über Susan. Was er mit ihr… vorhatte.«

Irma sah auf die glasierten Welpen und Lämmer hinter ihm. Ihr Kiefer arbeitete.

»Jedenfalls, was ich meine, ist, vielleicht hätte ich früher was zu Ihnen sagen sollen. Es war nur so… peinlich. Ach, ich weiß auch nicht.«

Schweigend saßen sie eine Weile da.

»Nein«, sagte Irma dann.

»Nein?«

»Du brauchst dir keine Vorwürfe zu machen. Schuld hat hier nur einer.«

Teddy nickte.

»Hast du ihn danach noch gesehen?«, fragte Irma.

»Ich bin gestern bei ihm vorbeigegangen, aber er wollte mich nicht einmal reinlassen. Als ob alle Schuld hätten, nur er nicht. Ich wollte ihm sagen, dass er sich das selbst zuzuschreiben hat, aber er hat mir praktisch die Tür vor der Nase zugeschlagen. Ich habe das Gefühl, er bricht alle Brücken hinter sich ab.«

Irma verzog den Mund.

»Er ist so jähzornig, wirklich«, sagte Teddy traurig.

»Das sind die alle.«

Teddy zuckte die Schultern.

»Vielleicht deshalb die Schlägerei im Jugendzentrum«, überlegte er.

»Es liegt daran, dass wir so eng aufeinander leben.«

Teddy beschloss, seinen Vorteil zu nutzen.

»Was mich wirklich wütend macht ... ich meine, ich treffe gestern zufällig die Typen, mit denen Joel jetzt befreundet ist. So wie sie es ausdrückten – ich meine, das ist wirklich etwas dick aufgetragen –, aber bei ihnen klang es, als sei er geradezu *stolz* darauf, von Ihnen erwischt worden zu sein. So als sei das eine Art Ehrenabzeichen oder so was.«

»Ehrenabzeichen«, wiederholte Irma düster.

»Als ich das hörte, hatte ich das Gefühl, ich müsste Ihnen sagen, dass ich mich nicht an dem Klatsch über Susan beteilige – ich meine, sie bedeutet mir wirklich viel. Dass ihr Name hier mit reingezogen wird, finde ich wirklich impertinent.«

Teddy war sich nicht ganz sicher, ob das Wort »impertinent« in Irmas Vokabular enthalten war, doch schien Irma das Wesentliche mitbekommen zu haben. Auf ihrer milchfarbenen Haut brannten auf einmal rote Flecken.

»Ehrenabzeichen«, flüsterte sie.

»Mir tut einfach Susan so Leid.«

»Das ist lieb von dir«, sagte sie, immer noch mit ihrer Wut beschäftigt.

Teddy stand auf.

»Ich wollte Ihnen nur sagen, dass ich mir ganz mies vorkomme. Ich meine ...«

»Ja?«

»Ich weiß natürlich, dass Sie Susan den Umgang mit Joel verboten haben. Ich hoffe nur, Sie denken dran, dass Joel ziemlich aggressiv sein kann.« Er schüttelte den Kopf. »Es ist eine Schande. Ich mag Susan wirklich, nur ... gegen so einen Typen kommt man einfach nicht an.«

Irma nickte, als habe er ihr soeben eine tiefe Wahrheit mitgeteilt.

»Na ja, dann gehe ich jetzt.«

An der Tür schien ihm noch etwas einzufallen.

»Darf ich Sie was fragen? Sie können gern nein sagen.«

»Nur zu.«

»Hätten Sie was dagegen, wenn ich Susan ab und zu besuche? Wegen nichts Besonderem, einfach nur um fernzusehen, einen Spaziergang zu machen oder so was. Damit sie nicht so allein ist.« Teddy tat, als müsse er ein Würgen im Hals unterdrücken. »Ich kenne das nämlich gut.«

Irma sah ihn lange an. Teddy fürchtete schon, dass er mit dem unterdrückten Würgen zu weit gegangen war. Doch dann teilte ein kaum wahrnehmbares Lächeln den Lippenstift.

»Das wäre schön, Edward.«

Am folgenden Nachmittag kam er wieder und unterhielt sich mit Irma im Wohnzimmer über dies und das. Er merkte gleich, dass der Gedanke, den er ausgesät hatte, in ihr aufgegangen war. Das Misstrauen vom Vortag war verschwunden. Nach einer Weile stand sie auf und rief zu Susan hinauf, und Susan kam bitter seufzend die Treppe herunter. Als sie das Wohnzimmer betrat, war sogar Teddy schockiert. Sie sah aus, als hätte sie seit Monaten geweint. Ihre Augen waren verquollen, ihre Haare ungekämmt. Sie trug ein Sweatshirt und über den Knien abgeschnittene, khakifarbene Hosen. Teddy dachte an ihre dunklen Brustwarzen und daran, wie ihr Körper mit dem Joels zu einer untrennbaren, weichen Einheit verschmolzen war. Er spürte, wie er hart wurde, und dachte an etwas anderes.

Susan sah Teddy überrascht an.

»Tag, Susan.«

»Tag«, sagte sie leise und verwirrt.

»Wie geht's denn so?«

Sie zuckte die Schultern, kam ins Wohnzimmer und setzte sich, die langen Beine untergeschlagen, in den anderen braunen Sessel. Irma blieb an der Tür stehen.

»Was machst du denn den ganzen Tag?«, fragte Teddy.

»Nichts. Platten hören.«

»Kennst du die neue von Zeppelin?«

Susan schüttelte verwirrt den Kopf. Sie konnte Led Zeppelin nicht leiden.

»Ich könnte sie dir auf Band überspielen.«

Sie nickte langsam, die Augen zu Schlitzen verengt. Sie mochte dumm sein, aber sie kannte Teddy lang genug, um zu spüren, dass etwas im Verzug war.

»Klar.«

»Na, dann lasse ich euch beide mal allein«, sagte Irma. Sie zeigte auf Susan. »Aber du gehst mir nicht nach draußen.«

Sie verschwand. Susans Gesicht wurde ernst, als wollte sie etwas sagen, doch Teddy legte den Finger an die Lippen und lauschte mit dem Ohr in Richtung Tür. Er hörte Irmas Pantoffeln nacheinander auf den Küchenboden fallen und wenig später das leise Patschen ihrer nackten Sohlen auf den Fliesen im Flur. Er zeigte warnend mit dem Finger in ihre Richtung und begann dann zu reden.

»Heute Vormittag bin ich Drew Harvey begegnet«, sagte er im Plauderton.

»Drew?«, fragte Susan.

Eine solche Person gab es gar nicht. Teddy riss in gespielter Verzweiflung Mund und Augen auf.

»Ach ja«, sagte Susan. »Wie geht es ihm?«

»Er sagte, Monica sei durchgedreht, als sie von ihm und Cindy gehört habe.«

»Mhm«, sagte Susan, die sich allmählich in ihre Rolle fand. »Dachte ich mir fast.«

So unterhielten sie sich fast zwanzig Minuten lang. Ein paar Mal hörte Teddy, wie Irma in die Küche zurückkehrte, mit Töpfen hantierte und Telefongespräche vortäuschte, doch schlich sie immer wieder zu ihrem Horchposten auf der anderen Seite des Türbogens zurück. Susan schien gelegentlich entschlossen, die Farce zu beenden, doch gebot ihr Teddy jedes Mal mit erhobener Hand zu schweigen. Endlich sagte er, es sei Zeit für ihn zu gehen. Er hörte, wie Irma sich schnell in die Küche zurückzog, während Susan ihn zur Haustür begleitete.

»Wiedersehen, Mrs. Truax«, rief er.

Irma tauchte in der Küchentür auf und wischte sich die trockenen Hände an einem Papiertuch ab.

»Auf Wiedersehen, Edward. Besuche uns doch wieder.«

»Mach ich.«

Teddy trat durch die Tür. Susan beugte sich hinter ihm hinaus.

»Teddy«, flüsterte sie. »Du musst Joel sagen …«

Teddy hielt den Zeigefinger hoch.

»Ich sag's nur einmal, Susan«, zischte er. »Halt den Mund, verdammt noch mal.«

Sie verzog das Gesicht.

»Tu genau, was ich dir sage, oder du siehst Joel nie wieder.«

»Aber …«

»Das wär's.«

Er entfernte sich.

»Teddy …«, flüsterte sie.

Er blieb stehen und drehte sich ganz langsam um. Sie sah ihn an, dann nickte sie ergeben.

»Also gut.«

Die Tür ging weiter auf, und Irma erschien. Sie lächelte Teddy zu und strich Susan über die langen Haare.

»Tja, dann bis später, die Damen«, sagte Teddy und ging zu seinem Firebird.

Am folgenden Nachmittag kam er wieder und hatte sich, kaum dass er zur Tür herein war, von Irma schon zum Essen einladen lassen. Truax war zu Hause. Er schlief nach den ersten anstrengenden Stunden streng geheimer Arbeit für Swope tief und fest im Elternschlafzimmer im Oberstock. Irma machte Rinderhack mit Kartoffelbrei, eine geronnene Masse aus Knorpel und Stärke, die, wie Teddy wusste, seine Verdauung tagelang in Trab halten würde. Ihm fiel auf, dass Susan praktisch nichts aß, während Darryl gleich drei Portionen vertilgte. Teddy beschloss, sich der armen Darryl anzunehmen, und erzählte ihr von den Schriftrollen aus Qumran, dem Turiner Grabtuch und sämtlichen wissenschaftlichen Beweisen der Existenz Christi, die er aus dem Gedächtnis aufrufen konnte. Darryl hörte mit offenem Mund zu. Sie war wirklich eine dumme Kuh. Wenn ich aussehen würde wie sie und Susan zur Schwester hätte, dachte Teddy, wäre ich schon längst ein Anhänger des Teufelskults. Aus dem Augenwinkel spürte er Irmas bewundernde Blicke. Offenbar bekam ihre Darryl sonst nicht so viel Aufmerksamkeit ab.

»Und jetzt«, verkündete er nach dem Essen und klatschte in die Hände, »genehmigen wir uns noch ein Eis.«

Also fuhren sie zu Baskin-Robbins, um sich an Mandelsplit und Stracciatella zu laben. Teddy fuhr. Im Auto roch es zwar ganz leicht nach seinem letzten Joint, aber er glaubte nicht, dass Irma es merken würde. Beim Anstehen unterhielt sie ihn mit einer langweiligen Geschichte darüber, wie der Sergeant ihr in Deutschland ein Eis gebracht und sie damit überhaupt erst auf sich aufmerksam gemacht hatte. Obwohl die Geschichte sich anhörte wie das Gesäge auf einer imaginären Geige, ließ Teddy sie erzählen. Auf der Rückfahrt setzte er die drei vor der Haustür ab. Er wollte nicht zu sehr drängen. Truax' Cutlass war weg. Sein Vater nahm den Burschen offenbar ziemlich ran.

Susan stieg als Letzte aus.

»Dann bis morgen«, sagte er verschwörerisch.

Sie nickte, dann steckte sie ihm einen zusammengefalteten Zettel zu. Sie hatte es ganz geschickt machen wollen, aber die Handbewegung war ziemlich auffällig. Wenn Irma hergesehen hätte, hätte sie sie mit Sicherheit bemerkt. Zum Glück war sie damit beschäftigt, die von Susan verschmähte Waffeltüte aufzuessen. Teddy schob den Zettel unter seinen Schenkel und lächelte Susan mit zusammengekniffenen Lippen zu.

»Bis dann«, sagte sie.

Teddy fuhr um die Ecke und hielt dann gleich an, fassungslos über Susans Blödheit. Er faltete den Zettel auf. Er war, wer hätte es gedacht, an Joel gerichtet. Teddy las im Licht seines Feuerzeugs. Die Botschaft, die Susan in ihrer kurvenreichen Schrift abgefasst hatte, war simpel. »Ich vermisse dich ganz schrecklich. Ich kann nicht glauben, dass die uns das antun.« Über Teddy natürlich kein Wort, kein einziges Dankeschön. Er setzte den Zettel in Brand und ließ ihn aus dem Fenster hängen, bis das ganze Blatt in Flammen stand. Unerlaubter Nachrichtenverkehr strengstens verboten, murmelte er und fuhr los. Susans Botschaft verglühte hinter ihm auf dem Asphalt.

Als er am Freitagnachmittag kam, fragte er Irma, ob sie Susan und ihn auf einem Spaziergang um den Block begleiten wolle. Irma schien versucht, überlegte es sich dann aber anders. Teddy begriff, dass sie den zweiten Teil seines Köders verschluckt hatte. Zuerst hatte er ihr Vertrauen gewonnen, jetzt hatte er sie davon überzeugt, dass er in Susan verknallt war. Sobald sie das Haus hinter sich gelassen hatten, wandte er sich an Susan.

»Wenn du noch mal so ein Ding wie das mit dem Zettel lieferst, sind wir erledigt.«

»Aber du hast ihm die Nachricht doch gegeben?«

»Klar, Susan. Für wen hältst du mich.«

»Hat er was gesagt?«

»Ich soll dir was ausrichten.«

Sie nickte erwartungsvoll.

»Du sollst tun, was ich sage.«

Die Erwartung verschwand aus ihrem Gesicht.

»Hast du verstanden, Susan? Was ich sage! Sonst wird das nichts, kapiert?«

»Also gut.« Sie seufzte theatralisch.

Teddy erklärte ihr seinen Plan. Susan würde anfangen, mit ihm zu gehen, und langsam aber sicher würden sie mit einer amerikanischen Romanze Irmas teutonisches Herz erwärmen. Teddy und Joel würden zur gleichen Zeit so tun, als hätten sie sich zerstritten. Sobald alle Eltern hinters Licht geführt waren, würde Teddy ein Treffen von Susan und Joel arrangieren.

»Also meinetwegen«, sagte Susan nach einer Weile, ohne zu verheimlichen, wie sehr ihr der Plan widerstrebte. »Wenn es nur so geht.«

»Nur so.«

Als sie zum Haus der Truax zurückkehrten, sah Teddy Irmas Schatten hinter den Spitzenvorhängen im Wohnzimmer.

»Lächle«, befahl er.

Susan lächelte.

»Lache, als ob ich etwas Nettes und Witziges gesagt hätte.«

Sie warf lautlos den Kopf zurück.

»Jetzt sag, dass du mich großartig findest.«

»Du bist ein Arschloch, Teddy Swope.«

»Ausgezeichnet. Und jetzt gehen wir rein und spielen mit Mama.«

Das Spiel endete damit, dass Irma Kongo eroberte. Sie beherrschte mit ihren Truppen jetzt den ganzen dunklen Erdteil, genau wie Teddy es geplant hatte. Er streckte sich und sah auf die Uhr.

»Dann mache ich mich mal auf die Beine.«

»Nein, jetzt schon? Kein Spiel mehr?«

Irma lächelte sittsam, auf einmal wieder ganz das begehrenswerte Fräulein. An ihren Lippen klebte der Schaum ihrer Cocktails wie der Rest einer Meereswelle.

»Eine Abreibung pro Abend reicht«, sagte Teddy.

Er riskierte ein kurzes Küsschen auf ihre Wange. Sie nahm es mit geschlossenen Augen und einem Lächeln entgegen. Darryl musste sich mit einer Handbewegung begnügen.

»Dann bis morgen?«, fragte er Susan an der Haustür.

Sie nickte. In der Küche räumte Irma Pferde und Männer in die Schachtel ein. Aus den Augenwinkeln beobachtete sie die beiden. Teddy hatte eine Idee.

»Küss mich«, befahl er.

Susan sah ihn entgeistert an. Er gab ihr mit einem kalten Lächeln zu verstehen, dass er es ernst meinte. Sie seufzte kurz und schloss dann widerwillig die Augen. Teddy drückte seine Lippen auf ihre. Sie schmeckten süß wie Bonbons und waren überraschend kalt. Er hatte sie für wärmer gehalten.

Sie trennten sich, und er sah, dass Irma sie immer noch aus den Augenwinkeln beobachtete. Um ihre vollen Lippen spielte ein schwaches Lächeln.

Gebongt, dachte Teddy.

»Gute Nacht«, sagte er zu Susan.

Die dumme Ziege antwortete nicht. Teddy trat aus der Tür in die warme Nacht, schlenderte triumphierend an der Gaslaterne vorbei und pfiff eine Passage aus *Jealous Guy*. Jetzt brauchte er nur noch ein Treffen außer Haus zu arrangieren, und er konnte Joel das Geschenk überreichen, das ihre Freundschaft neu begründen würde. Der Gedanke an gemeinsame Marihuanapfeifen, Frotzeleien und den Ausflug zur Küste ließ ihn hüpfen. Er war schon am Firebird angekommen, als ihm noch etwas einfiel. Er blieb stehen und sein Lächeln wurde breiter und seine eingefallene Brust hob sich.

Er hatte soeben zum ersten Mal ein Mädchen geküsst.

20

Teddys Lippen hatten geschmeckt, als hätten sie an der Fleischtheke bei A&P in Klarsichtfolie verpackt auf Eis gelegen. Zugleich kalt und warm, nass und trocken. Die oberflächliche, nach Limonade schmeckende Süße hatte nicht die grundsätzliche Bitterkeit überdecken können. Gott, wie sie ihn verabscheute. Sie konnte gar nicht erwarten, bis der Spuk vorbei war. Sie bedauerte nur, dass sie, wenn sie sich mit Joel davonmachte und Teddy sitzen ließ, sein Gesicht nicht sehen konnte. Denn genau das wollten sie tun, sobald Teddy sie zusammenbrachte: endgültig von hier verschwinden.

Sie machte die Haustür zu und war versucht, zum Bad hinaufzustürzen, den Mund mit einer halben Flasche Listerine auszuspülen und zwanzig Minuten lang mit der thermonuklearen Superzahncreme ihrer Mutter die Zähne zu putzen. Stattdessen kehrte sie in die Küche zurück, um beim Aufräumen zu helfen. Sie musste jetzt die brave Tochter spielen. Kein Trotz mehr, keine Kämpfe, keine zugeschlagenen Türen. Wenn sie Fehler machte, kehrte das nachlassende Misstrauen ihrer Mutter zurück, und diesmal endgültig. Dann kam sie hier nie weg. Dann hieß es Teddy und Newton für ewig.

Irma war immer noch damit beschäftigt, das Spiel wegzuräumen, die Karten zu Stößen aufeinanderzuschichten und die kleinen Soldaten einzusortieren. Sie hatte sich neu eingeschenkt. Neuer Schaum mischte sich mit altem, überlappende Halbmonde aus blutrotem Lippenstift befleckten den Rand des Glases. Irma benutzte immer das alte Glas weiter. Wenn sie jedes Mal ein neues genommen hätte, hätte man zählen können, wie viele sie schon getrunken hatte. Obwohl das jeder Narr an ihren feuchten Augen und leuchtend pinkfarbenen Wangen sehen konnte.

Susan räumte die Teller vom Tisch ab und stapelte sie in die Spülmaschine.

»So ein netter junger Mann«, sagte Irma zum hundertsten Mal.

»Stimmt«, sagte Susan tonlos. »Wahnsinnig nett.«

Irma lächelte versonnen.

»Ich glaube gar, er hat mich absichtlich gewinnen lassen.«

Da kannst du Gift drauf nehmen, dachte Susan. Ihre Mutter fiel sonst nicht leicht auf etwas rein, aber gegenüber Teddy war sie blind wie eine ganze Höhle voller Fledermäuse.

»Ich habe den Eindruck, er mag dich sehr, sehr gern«, fuhr Irma fort.

Der Alkohol zog ihre Aussprache in Mitleidenschaft wie der sprichwörtliche Elefant den Porzellanladen.

»Findest du?«

»Du nicht?«

Susan schloss die Klappe der Spülmaschine.

»Kann schon sein.«

»Komm.« Der mit Rollen versehene Stuhl gegenüber von Irma fuhr, angestoßen von einem unsichtbaren Fuß, einige Zentimeter rückwärts. »Setz dich kurz her.«

Susan wollte nichts weniger, als noch mehr Zeit mit ihrer Mutter verbringen, und sie wollte erst recht keine Diskussion über die romantischen Möglichkeiten von Edward Swope. Doch durfte sie keinen Verdacht erregen, nicht so kurz vor dem Ziel. Sie ließ sich also auf den angebotenen Stuhl fallen. Ihre nackten Schenkel machten auf dem Kunstleder ein quietschendes Geräusch. Vor ihr lag der Deckel der *Risiko*-Schachtel. Susan betrachtete ihn. Schimmel mit geblähten Nüstern, Männer mit Pelzmützen und gezogenen Säbeln. Ihr Vater war auch Soldat gewesen, aber er hatte in einem ganz anderen Krieg gekämpft.

Irma sammelte weiter Karten und Soldaten ein.

»Es freut mich so, dass du wieder glücklich bist, Susan.«

Susan lächelte schicksalsergeben und steckte eine lose Haarsträhne hinter das Ohr.

»Er ist so anders als die, mit denen du bisher zusammen warst.«

»Wie meinst du?«

»Du weißt schon. Sensibler, nicht so ein … Hengst.«

Du meine Güte, was für Wörter ihrer Mutter einfielen. Die Hälfte der Zeit konnte sie kaum Englisch, und dann kam sie auf einmal mit Sachen, von denen noch nie jemand gehört hatte.

»Glaub mir«, fuhr Irma fort, »die typisch männlichen Eigenschaften sind gar nicht so wichtig, wie du denkst. Nicht, wenn alles gesagt und getan ist. Ich spreche von deinem Vater, Schatz, nur damit das klar ist.«

Susan suchte nach einer angemessenen Antwort, nach etwas, das erklären konnte, warum sie sich zu Teddy hingezogen fühlte.

»Er hat schöne Augen«, sagte sie schließlich.

»Und ist er nicht blitzgescheit?« Irma beantwortete die Frage selbst mit einem Schnalzen der Zunge. »Denn genau das ist an einem Jungen wichtig. Ich sag dir eins: Wenn ich das Glück gehabt hätte, wie du in Amerika geboren zu sein, dann säße drüben in Mystic Hills jetzt nicht Sally Swope.«

Und ich müsste mit meinem Bruder gehen, dachte Susan. Was wiederum typisch wäre.

»Also, wie steht's denn jetzt, nach ein paar Tagen – glaubst du, da könnte was zwischen euch beiden sein?«

»Schon möglich. Bei Teddy weiß man nie so genau, er ist so ein … Kavalier.«

»Dagegen ist überhaupt nichts einzuwenden.« Irmas Augen verengten sich, und sie nahm einen Schluck. »Zumal nach unserem heftigen Freund aus dem Urwald, der immer so …«

Sie hatte vergessen, was sie sagen wollte, und Susan biss sich auf die Zunge.

»Ich gebe dir einen Rat, mein Fräulein. Tu für diesen Jungen, was du kannst. Du magst jetzt eine Miss America sein, aber Blumen verwelken. Die Swopes haben das, was auf dieser Welt zählt. Verschaff dir einen Anteil daran, solange du kannst. Ich hatte in deinem Alter keine Chance. Die ganzen Jungen …« Sie fuhr sich mit dem Finger über die Kehle und machte ein würgendes Geräusch. »Entweder das oder russische Gefangenschaft. Es gab nur Amerikaner, die keiner kannte. Da findest du einen, der vielleicht aussieht, als könnte er für dich sorgen, und dann stellst du fest, er ist Jude. Also habe ich den mit den breiten Schultern und dem netten Lächeln genommen, und schau mich jetzt an. Ich lebe in dieser schrecklichen Schachtel in dieser lächerlichen Spielzeugstadt, während ein paar Kilometer weiter alles voll von Golfclubs und Senatoren ist.«

Irmas Gesicht hatte einen bitteren Ausdruck angenommen.

»Ich hatte keine Wahl, musst du wissen. Ich hatte Hunger. Du wirst nie wissen, was das ist, aber ich weiß es. Wenn sich der Magen wie eine Faust schließt und dann von innen auf dich einschlägt. Ich war ein Teenager. Findest du das gerecht? Und dann kommt dein Vater mit einem Eis in der Hand, wo es doch nichts zu essen gab. Ich hatte also plötzlich doch eine Wahl. Ich tue, was eine Frau tun muss, um sicherzustellen, dass es immer noch ein Eis geben wird. Ich lasse den Hunger hinter mir, wir kommen hierher. Die Jahre vergehen, und dann stelle ich fest, dass ich die falsche Wahl getroffen habe.«

»Mom …«

»Ich sage nicht, dass John ein schlechter Mensch ist. Er ist gut, besser, als wir alle denken. Was er für diese Scheißarmee getan hat … aber er ist kein Erfolgsmensch, ja? Er ist der ewige Verlierer. Und niemand wird in diesem Land mehr verachtet als der Verlierer.«

»Ich finde nicht, dass Papa ein Verlierer ist.«

Irma zuckte die Schultern.

»Das sagst du, weil du ein liebes Mädchen bist.«

»Aber er hat doch im Krieg gekämpft und …«

»Ihn verloren!«

»Aber das war doch nicht seine Schuld. Das waren doch Johnson und Mac-Irgendwer – diese schrecklichen alten Männer. Wir haben das in Geschichte durchgenommen.«

»Erzähl das den Jungs aus meinem Dorf, die sie in einem Graben draußen an der Apfelwiese verscharrt haben. Dass die Soldaten nicht am verlorenen Krieg schuld sind.«

Irma hob den Finger über das Glas, das sie in der anderen Hand hielt, und richtete ihn auf Susan.

»Deshalb will ich auch nicht, dass du weiter mit Joel Wooten befreundet bist. Nicht, weil ihr miteinander geschlafen habt. Das tun wir, um die Männer zu halten. Wir schlingen uns um das hirnlose Ding zwischen ihren Beinen und klammern uns fest, um zu überleben.«

Susan wollte ihren Ohren nicht trauen. Offenbar war ihre Mutter betrunkener, als es den Anschein hatte. Sie musste etwas sagen, obwohl sie wusste, dass sie am besten alles nur mit einem Nicken hingenommen hätte. Sie musste Joel verteidigen.

»Joel ist kein Verlierer«, sagte sie, bemüht, sich die Wut nicht anmerken zu lassen.

Irmas rechte Augenbraue hob sich fragend. Susan merkte, dass sie vorsichtig sein musste. Wenn sie Joel verteidigte, riskierte sie, dass das ganze Versteckspiel aufflog. Aber sie sprachen hier über den Mann, den sie liebte.

»Er ist gescheit und aus einer netten Familie«, fuhr sie ausdruckslos fort. »Er geht bald aufs College und …«

»Er ist ein Nigger.«

Susan starrte Irma ungläubig an.

»*Mutter.*«

»Sieh mich nicht so an, Fräulein Neunmalklug. Ich bin nicht blind. Seit zwanzig Jahren lebe ich jetzt hier, und glaubst du nicht, ich habe inzwischen gemerkt, wer in unserem schönen Land die Verlierer sind? Die Nigger. Ich stamme auch von einem Volk von Verlierern ab, hast du das vergessen? Glaubst du, ich habe den ganzen Weg hierher gemacht, nur damit meine Tochter ebenfalls etwas mit einem Verlierer anfängt?«

»Das ist doch bloß ein Vorurteil.«

»Nein, das ist die Wirklichkeit. Ich mache die Spielregeln nicht, ich sorge nur dafür, dass meine Familie nicht unter ihnen leidet.«

Susan holte tief Luft. Mehr als alles andere wollte sie ihrer Mutter widersprechen, aber sie war schon zu weit gegangen. Noch ein Wort, und sie verlor die Beherrschung, und dann merkte Irma, was sie im Schilde führte. Also mach einfach mit, sagte sie sich, in ein paar Tagen bist du wieder mit ihm zusammen. Und dann werden sie alle Augen machen.

»Vielleicht hast du ja Recht«, sagte sie mit einem Schulterzucken.

Das wirkte. Die erhobene Augenbraue auf Irmas Stirn sank nach unten.

»Natürlich habe ich das.«

Sie saßen einen Weile schweigend da. Susan tröstete sich mit der Vorstellung, wie es sein würde, wenn sie und Joel wieder zusammen waren. Obwohl sie seit Samstag nicht mit ihm hatte sprechen können, war sie überzeugt, dass er genau wusste, was dann zu tun war. Sie hatten oft genug darüber gesprochen. Sie würden schon wenige Stunden später bei April sein. Sobald ein Bus fuhr. Dort würden sie Geld bekommen, vielleicht sogar ein Auto. Wenn Irma ihren Vater hinter ihr herschickte, waren sie schon längst über alle Berge. So weit weg, dass nicht einmal er sie fand. Nie wieder würden sie in diese blöde Stadt zurückkehren.

Sie blickte auf. Ihre Mutter sah sie erwartungsvoll an.

»Du findest Teddy also nett?«, fragte Susan.

»Natürlich. Gut, vielleicht ist nicht alles an ihm auf den ersten Blick so ... toll. Aber er interessiert sich sehr für dich, Schatz, vergiss das nicht.«

Susan stand auf, ging um den Tisch und drückte ihrer Mutter einen Kuss auf die weiche Wange.

»Nein«, sagte sie, »das vergesse ich nicht. Das mit der Zukunft ist mir auch wichtig, Mom, wirklich.«

»So ist es brav.«

Etwas Scharfes bohrte sich in Susans nackten Fuss. Sie bückte sich. Es war einer der kleinen Plastiksoldaten aus dem Spiel. Zum Glück blutete sie nicht.

Sie gab ihn ihrer Mutter.

»Aha«, sagte Irma und betrachtete den Soldaten eingehend, als habe er eine versteckte Qualität, die ihr erst jetzt auffiel. »Einer bleibt doch immer übrig.«

21

Truax sah die Worte, als er sich hinkniete, um die Thermoskanne aufzuheben. Er hatte sie versehentlich umgeworfen, als er sich gestreckt hatte, und sie war polternd über den unebenen Boden des Baumhauses gerollt und in einer dunklen Ecke liegen geblieben. Dort sah er hinter einem dichten Gespinst alter Spinnweben die Buchstaben, die jemand in Bodennähe in das Sperrholz geritzt hatte. Ein feuchter Fleck hatte den größten Teil des Satzes unleserlich gemacht und nur zwei Worte verschont. *Joel* und *Schwanz*. Seine erste Reaktion war Angst. Sie wussten, dass er hier war. Sie waren in seiner Abwesenheit gekommen und hatten das geschrieben, um es ihn wissen zu lassen. Doch schon im nächsten Augenblick begriff er, wie absurd das war. Die Worte waren vor Jahren geschrieben worden. Er war versucht, einen Schraubenzieher aus dem Kofferraum des Cutlass zu holen und sie wegzukratzen. Dann ließ er sie doch stehen. Als Erinnerung, damit seine Wut nicht abstumpfte.

Er sah auf die Uhr. Schon nach sieben, bald wurde es dunkel. Im Haus blieb alles still. Schon seit einigen Stunden hatte sich hinter den großen Fenstern nichts mehr geregt. Die einzigen Bewegungen waren das langsame Wandern der Schatten über die Wände und das Aufstehen der Katze, wenn sie träge vom Schatten in die Sonne umzog. Ein ungeübter Beobachter hätte geglaubt, das Haus sei leer. Doch Truax wusste, dass jemand drin war.

Am Morgen war es noch anders gewesen. Er hatte das Haus von seinem Posten hinter dem Fenster des Baumhauses beobachtet und dabei sein Fernglas zu Hilfe genommen. Zuerst waren die Zwillinge heruntergekommen und hatten ungeschickt Kartons mit Milch und Getreideflocken zum Frühstück auf den großen Küchentisch gehievt. Ardelia, die sonst gleichzeitig mit ihnen herunterkam, verspätete sich diesmal. In anderen Worten, sie musste beim Herunterkommen den Brief gesehen haben, genau wie Truax es geplant hatte. Und tatsächlich, zwei Minuten nach den Mädchen betrat sie steif die Küche, die Augen unverwandt auf ein Blatt Papier in ihrer Hand gerichtet. Sie achtete nicht auf die Milch, die ihre Töchter bereits verschüttet hatten, und ließ das weiße Rinnsal ungehindert auf den Fliesenboden spritzen. Dann brach sie fast über der Arbeitsplatte zusammen, den Blick immer noch auf das Blatt gerichtet, als wollte sie dessen Inhalt auswendig lernen. Die Zwillinge merkten, dass etwas nicht stimmte – sie waren ganz still geworden und starrten ihre Mutter an. Endlich wurde Ardelia wieder bewusst, wo sie war. Sie faltete den Brief zusammen, steckte ihn in den Umschlag und legte diesen auf eine Reihe von Kochbüchern. Dann machte sie mit heftigen, unbeherrschten Bewegungen hinter den Mädchen sauber. Kurz darauf betrat ein abwesender, gähnender Joel die Küche. Vor dem Kühlschrank blieb er stehen und kratzte sich. Ardelia sagte etwas zu ihm. Seiner erstaunten Reaktion nach zu schließen mussten ihre

Worte ungewöhnlich heftig gewesen sein. Er musterte sie aufmerksam, während sie die Zwillinge in Richtung Haustür schob und auf dem Weg zur Tür den Brief mitnahm. Sie sagte noch einige letzte, ungeduldige Worte zu ihrem Sohn, dann war sie weg, fuhr mit für sie untypischer Geschwindigkeit den Merlin's Way entlang. Joel blieb allein zurück, aß eine Schüssel Cornflakes nach der anderen und schlurfte dann in sein Zimmer zurück. Truax fühlte den schon vertrauten Hass hochkommen, während er den Jungen beobachtete. Es würde noch lange dauern, bis er den Anblick des feucht glänzenden Kondoms aus seinen Gedanken verbannen konnte. Aus den Augenwinkeln nahm er wieder die in das Holz geritzten Worte wahr. *Joel … Schwanz …*

Fast zwei Stunden vergingen, dann kehrte Ardelia allein zurück. Den Brief hielt sie immer noch in der Hand. Sie legte ihn wieder auf die Kochbücher, als seien sie der am besten geeignete Aufbewahrungsort. Die sonst so unerschütterliche Frau wirkte irgendwie noch verstörter als am Morgen. Sie fuhrwerkte eine Weile in der Küche herum. Einmal blieb sie wie erstarrt vor der Spüle stehen, den Kopf gesenkt, während sie sich mit der linken Hand die Haare aus der Stirn strich. Sie hatte das Gesicht abgewandt, deshalb konnte Truax nicht beurteilen, ob sie weinte. Wenig später tauchte Joel in der Tür auf, inzwischen angezogen. Er versuchte mit seiner Mutter zu sprechen, doch die schüttelte nur einige Male den Kopf, ohne ihn anzusehen, und stürmte dann an ihm vorbei aus der Küche. Im letzten Augenblick dachte sie noch daran, Swopes Brief von den Kochbüchern zu schnappen. Zunächst sah es so aus, als wollte Joel ihr nach, doch dann ging er einfach aus dem Haus. Feiner Sohn, dachte Truax. Ardelia erschien im Fenster des Elternschlafzimmers. Sie ging ein paar Mal im Zimmer auf und ab, dann ließ sie sich auf ein unsichtbares Bett fallen.

Seitdem hatte sich nichts mehr geregt. Ardelia war einmal aufgestanden und ins Bad gegangen, das war alles. Joel blieb verschwunden, auch die Zwillinge waren nirgends zu sehen. Der Nachmittag verstrich. Im Baumhaus wurde es heiß. Stechmücken kamen, wichen aber der Salbe, mit der Truax sich Hals und Hände dick eingecremt hatte. Er träumte ein paar Mal, zusammenhanglose Erinnerungsfetzen, die keinen Sinn ergaben. In seiner entzündeten Hand meldeten sich nadelstichartige Schmerzen, doch machte er dafür Schlafmangel verantwortlich. Er aß, was er mitgebracht hatte, ein Lebanon-Bologna-Sandwich und einige Schokoladenriegel, kaute ohne Genuss. Um fünf war die große Thermoskanne fast leer.

Der Brief hatte gewirkt, genau wie Swope gesagt hatte. Truax hatte ihn eine Stunde vor Anbruch der Dämmerung abgeliefert. Swope hatte gesagt, es sei entscheidend, dass er so bald wie möglich in Ardelias Hände gelange. Da es an der Haustür keinen Briefschlitz gab, hatte sich Truax eine andere Ablieferungsmethode ausdenken müssen. Er hatte überlegt, ob er den Brief in die *Sun* stecken sollte, die der Postbote neben den Eingang legen würde, hatte die Idee aber sofort aufgegeben, als er sah, dass dort bereits zwei Ausgaben lagen, die niemand abgeholt hatte. Andere Möglichkeiten fielen ihm ein. Er konnte den Brief wie einen Parkschein unter den Scheibenwischer des Le Sabre klemmen oder einen Jungen aus der Nachbarschaft beauftragen, ihn abzugeben. Doch er fand, dass für einen solchen Aufwand im Grunde kein Anlass bestand. Er ging also einfach leise zur Haustür und steckte den Brief in eins der fächerförmig angeordneten Fensterchen. Die scharfe Kante des Umschlags passte genau in die Ritze zwischen Holz und Glas. Er überzeugte sich, dass Ardelias fettgedruckter Name nach innen zeigte. Er arbeitete ohne Hast – um fünf Uhr morgens sah ihn hier niemand.

Sie hatten den Plan am Vorabend gefasst. Swopes Anruf hatte Truax aus dem leichten Schlaf geschreckt, in den er nach der Fahrt zum Flughafen gefallen war. Früher am Abend hatte Swope gemeint, er solle sich eine Weile zurückziehen, Wooten würde frühestens am folgenden Abend zurückkehren. Truax hatte also geduscht und den Verband gewechselt. Er hatte eine leichte Rötung der tieferen Teile der Wunde festgestellt, aber nicht länger darüber nachgedacht. Er hatte Wichtigeres zu tun. Das Haus war leer – Irma hatte auf einem Zettel notiert, sie sei mit Teddy und den Mädchen Eis essen gegangen.

Dann hatte Swope mit der Nachricht angerufen, es sei Zeit zu handeln.

Er hatte vorgeschlagen, sie sollten sich um Mitternacht auf dem leeren Parkplatz der High-School treffen; wenn Truax zwei Mal am selben Abend zu ihm komme, falle das womöglich auf. Truax nahm also neben Swope in dessen Wagen Platz. Sie redeten fast zehn Minuten miteinander, während Schwärme von Insekten um die Lampen des Parkplatzes schwirrten. Swope erklärte, er sei zu einer Entscheidung gekommen. Wootens Reise nach Chicago bestätige nicht nur seine Umtriebe als Dieb – sie lasse auch vermuten, dass er seine Flucht plane, nachdem er ein letztes Mal in großem Stil zugeschlagen habe. Es sei jetzt an der Zeit, ihn unter Druck zu setzen. Bloße Überwachung genüge nicht mehr, sie müssten einige Schrauben ansetzen und ihn zum Schwitzen bringen. Dann würde er nervös werden und Fehler machen. Nicht alles, was sie tun müssten, sei im strengen Sinn legal, erklärte Swope. Vielleicht seien Maßnahmen erforderlich, bei denen naive Menschen von Vandalismus oder leichtem Diebstahl sprechen würden. Aber da Wooten die örtliche Polizei in der Tasche habe, könnten sie nicht anders vorgehen. Nach diesen Ausführungen hatte Swope eine Pause gemacht und dann gesagt, wenn Truax damit Schwierigkeiten habe, solle er es jetzt gleich sagen.

»Nein«, hatte Truax sofort geantwortet. »Geht in Ordnung.«

Anschließend hatte Swope ihm den Brief gegeben, ihre Eröffnungssalve, wie er sich ausgedrückt hatte. Ein schönes Wort, hatte Truax immer gefunden, Salve. Salve und Flankenfeuer. Er hatte die Wörter seinerzeit als Ausbilder verwendet, wo er nur konnte. Natürlich fragte er nicht, was sich in dem Umschlag befand, und Swope sagte es ihm auch nicht. Er wies Truax lediglich an, den Brief so bald wie irgend möglich Ardelia zukommen zu lassen und ihm ausführlich über seine Wirkung im Hause Wooten zu berichten. Besonders interessierte ihn, was nach Wootens Heimkehr passierte. Er war nicht sicher, wann genau sie erfolgen würde, womöglich aber schon Freitagabend.

»Egal wann er kommt«, sagte Truax, »ich werde da sein.«

Kurz vor acht kam Joel zurück und stieg langsam zu seinem Zimmer hinauf. Einen Augenblick befürchtete Truax schon, der Junge könnte es irgendwie geschafft haben, sich mit Susan zu treffen, doch verdrängte er den Gedanken schnell wieder. Irma passte auf das Mädchen auf, an ihr kam Joel nicht vorbei. Außerdem schien sich Susan nicht mehr für ihn zu interessieren. Den vierten Abend hintereinander war Teddy jetzt zu Besuch gekommen. Zuerst hatte Truax geargwöhnt, Teddys Interesse sei Teil eines Komplotts, das die beiden Freunde ausgeheckt hätten, um das Besuchsverbot zu unterlaufen. Doch dann hatte Irma erklärt, Teddy und Joel hätten sich zerstritten, wozu gut die merkwürdige Szene passte, deren Zeuge er auf Newton Plaza zufällig geworden war. Und in den drei Nächten, die er das Haus der Wootens observierte, hatte er Teddy kein einziges Mal gesehen. Offenbar hatte Irma mit ihrer Vermutung Recht, Teddy sei Joel nur deshalb gefolgt, um in Susans Nähe zu sein. Nicht dass Truax das überrascht hätte. Er mochte Susans Vater sein, aber er war auch ein Mann. Er wusste, wie attraktiv sie war. Welcher normale Junge hätte nicht jede Chance genutzt, mit ihr zusammen zu sein. Laut Irma war Teddy der vollendete Kavalier. Er drängte nicht, schloss auch Irma und Darryl ein, ließ sich Zeit, in einem Wort, er benahm sich wie ein Swope. Wenn das so weiterging, war sogar zu überlegen, ob er den Hausarrest seiner Tochter nicht aufheben konnte.

Er wurde in seinen Gedanken durch den Ranchero unterbrochen, der die kreisförmige Einfahrt hinaufraste. Truax sah zum Elternschlafzimmer hinauf. Es blieb dunkel. Ardelia hatte sich nicht gerührt. Gut so. Was in dem Brief stand, musste eine wahre Bombe sein. Truax wusste, dass es damit zu tun hatte, was er in dem Apartment gesehen hatte. Mit der Art, wie die magere Frau Wooten angesehen hatte.

Gleich würde Bewegung in die Sache kommen.

Wooten betrat das Haus, und im Erdgeschoss flammte Licht auf. Truax setzte das Fernglas an, um besser sehen zu können. Wooten ging den Flur entlang und starrte lange in die dunkle Küche. Endlich streckte er die Hand aus und betätigte den Schalter. Flackernd ging eine Leuchtstoffröhre an. Wooten sah müde aus. Die Reisetasche hing über seiner Schulter wie ein erlegtes Tier. Er rückte sie zurecht, dann drehte er um und stieg die Treppe hinauf. Fünf Sekunden später ging im Elternschlafzimmer das Licht an. Truax musste sich ganz nach links lehnen, um

Wootens Gesicht sehen zu können. Wooten starrte auf das Bett hinunter. Er begann zu sprechen, dann verstummte er. Furcht trat in seine Augen.

Es geht los, dachte Truax.

22

Im Haus war alles still, und das war seltsam – er hatte erwartet, dass die Zwillinge ihm zur Begrüßung entgegenstürmen, ihm lachend in die Arme springen und suchend die Hälse nach Mitbringseln verdrehen würden. Dass Ardelia hinter ihnen auftauchen und sich die Hände an einem Geschirrtuch abtrocknen würde, den Kopf erwartungsvoll schräggelegt. Aus der Küche hätte das blecherne Mahlen der Küchenmaschine kommen müssen und eine verwirrende Vielfalt verschiedenster Gerüche, von droben Joels stampfende Musik und dann Joel selbst. Am oberen Ende der Treppe wäre er aufgetaucht, mit gleichgültiger Miene, obwohl er natürlich genauso wie die anderen gespannt war, was sein Vater zu erzählen hatte.

Stattdessen war alles still. Dunkel auch. Auf dem Weg durch den langen, marmorgefliesten Flur zur Küche machte er Licht. Die Reisetasche, die ihm den Rücken hinunterhing, schlug sanft gegen seine Beine, als wollte sie ihn antreiben. Er wollte nicht laut rufen – vielleicht waren die Zwillinge ja schon im Bett als Strafe für einen sommerlichen Streich. Außerdem hatte ihn niemand, der im Haus war, überhören können. Denn dass er andere durch sein leises Auftreten erschreckt hätte, hatte ihm noch keiner vorgeworfen.

Die Küche war leer. Von Essensvorbereitungen keine Spur. Auch das wässrige Mahlen der Geschirrspülmaschine war nicht zu hören. In der Spüle stapelte sich dreckiges Geschirr, auf dem Tisch war eine eingetrocknete Milchpfütze. Wooten blieb verwirrt stehen und versuchte sich zu erinnern, ob der Le Sabre in der Garage gestanden hatte, als er davor geparkt hatte. Er dachte schon an gebrochene Knochen und tiefe Fleischwunden, an eine rasante Fahrt zum Krankenhaus in Cannon City, da fiel ihm ein, dass Ardelia davon gesprochen hatte, mit den Kindern nach der Spielgruppe im Western Sizzlin' zu essen. Bestimmt waren sie noch nicht zurück. Er suchte auf dem Kühlschrank nach einer Nachricht, fand aber keine. Auch das hatte nichts zu bedeuten. Sie waren schon so lange verheiratet, dass sie sich nicht immer Zettel zu schreiben brauchten.

Wooten atmete auf. Die Angst, die in ihm gewachsen war, begann zu verebben wie Wasser, das den Abfluss gefunden hat. Er beschloss, nach oben zu gehen und zu duschen, bevor die anderen zurückkamen. Dann konnte er auch noch die Geschenke auspacken, die er in O'Hare in letzter Minute gekauft hatte, das Ernie-Banks-T-Shirt für Joel, die Blechvögel zum Aufziehen für die Zwillinge und das Parfüm für Ardelia. Und sich kurz ausruhen, bevor er mit dem besten Geschenk herausrückte – seiner neuen Stelle. Ardelia würde nichts dagegen haben, das stand fest. Gleich Montag früh würde er Savage anrufen. Und dann konnte er endlich auch mit Austin darüber sprechen. Die Zeit der Geheimnisse näherte sich dem Ende. Vor ihnen beiden lag eine glänzende Zukunft.

Er kam an den Porträts im Flur vorbei. Aus einem Dutzend Daguerreotypien starrten ihn seine Vorfahren an. Ardelia hatte die Bilder zu seinem vierzigsten Geburtstag aufgestöbert und rahmen lassen. Gleich neben der Küche hing das Bild seiner Eltern Hattie und Cyrus Wooten, aufgenommen am Tag ihrer Hochzeit 1928. Cyrus hatte eine bewegte Zeit in Chicago hinter sich, seine Mutter war nicht älter als Joel. Tapfer blickten sie einer Zukunft entgegen, die sie nicht haben sollten, abgeschnitten durch etwas so Unwahrscheinliches wie einen Blitzschlag. Es folgte das zerknitterte Bild des Hauses in Mound City, in dem Wooten aufgewachsen war, wacklige Balken und ein geneigter Schornstein, die den über die Ebenen pfeifenden Stürmen irgendwie getrotzt hatten. Auf der vorderen Veranda standen Wooten und seine Schwestern Jean und Dolly, so verschwommen, dass man die Gesichter nicht erkennen konnte. Wooten hielt ein Spielzeuggewehr in der Hand, das seine Mutter von einer weißen Frau geschenkt bekommen hatte, deren Sohn nicht mehr damit spielen wollte. Seine Schwestern trugen mit Rüschen besetzte Röckchen und Mützchen, die dank seiner

Mutter irgendwie immer sauber gewesen waren. Danach kam das Porträt seiner Großeltern väterlicherseits, Daniel und Jessie, ebenfalls an ihrem Hochzeitstag aufgenommen. Die beiden sahen ihrem Sohn und ihrer Schwiegertochter so ähnlich, dass es geradezu unheimlich war. Es folgte ein halbes Dutzend Fotos der weitläufigeren Verwandtschaft – eine in einem Atelier in St. Louis posierende Großtante, die sich schwungvoll einen Sonnenschirm über den Kopf hielt, ein entfernter Cousin in dem steifen Kragen und den Gamaschen der Expeditionsstreitkräfte, eine Mississippi-Arbeitertruppe an einem frisch gegrabenen Abflusskanal, von denen die meisten Wooten hießen. Und zuletzt, kurz bevor die Treppe begann, das Foto, das ihm einen Schauer über den Rücken gejagt hatte, als er es das erste Mal gesehen hatte. Niemand hatte von seiner Existenz gewusst, bis Ardelia es in einem Archiv der Bücherei von Pulaski County entdeckt hatte. Wooten erinnerte sich noch an den Blick, den sie getauscht hatten, als er es ausgepackt hatte, voller Stolz und zugleich Scham. Es handelte sich um den ersten Earl Wooten, seinen Ururgroßvater, der handgeschriebenen Legende unter dem Bild zufolge aufgenommen im Jahre 1873, zehn Jahre nachdem er von Kimberly in Alabama, wo er über fünfzig Jahre lang Eigentum eines anderen Mannes gewesen war, zu Fuß nach Illinois marschiert war.

Wooten blieb vor dem Foto stehen und blickte in die unergründlichen Augen. Glanzlos spannte sich die Haut über die eingefallenen Wangen, an dem dürren Hals standen die Adern wie Schnüre hervor. Die Lippen waren trocken und aufgesprungen, die Haare weiß wie Zucker. Hundert Jahre, vier Generationen von diesem gebrochenen Mann bis dahin, wo Wooten jetzt stand. Er hatte es geschafft, hatte seine Familie von namenlosem Elend bis an den Rand des inneren Kreises geführt. Dorthin, wo es keine Chefs mehr gab und keine reißenden Flüsse, die man überqueren musste, sondern nur noch Prozente, die man bekam, selbst wenn man eine Verschnaufpause einlegte. Ein Detail der Zeichnungen, die Savage ihm vorgelegt hatte, fiel ihm ein. Die schemenhafte Gestalt mit der Hacke vor dem Urwald. Wooten begriff, dass seine Kritik nicht gerechtfertigt gewesen war. Wenn er AmericaWorks baute, war der Park ein Tribut an solche Leute.

Er begann die lange Treppe zu seinem Zimmer hinaufzusteigen. Hoffentlich kam Ardelia bald zurück. Er hatte keine Zeit mehr gehabt, aus Chicago anzurufen – er hatte auf dem schnellsten Weg von Seven Oaks zum Flughafen fahren müssen, um sein Flugzeug zu erwischen. Ardelia würde begeistert sein, nicht nur des Geldes und Ansehens wegen, sondern auch, weil sie nicht umzuziehen brauchten. Und die Mädchen konnten ihren Freundinnen erzählen, dass ihr Papa etwas baute, wo alle Kinder hingehen würden. Sogar Joel würde stolz sein. Zeigen würde er es nicht, nein, erst recht nicht nach der vergangenen Woche. Aber Wooten wusste, dass sein Sohn begreifen würde, was für ein Erfolg seinem Vater gelungen war. Begreifen würde er es und ihn dafür achten.

Oben an der Treppe angekommen, sah er zu seiner Überraschung Licht in Joels Zimmer. Durch die geschlossene Tür drang ganz schwach Musik. Offenbar war Joel zu Hause geblieben. Zu alt und zu cool, um mit seiner Mutter und seinen kleinen Schwestern essen zu gehen. Wooten verstand ihn. Er war auch einmal so gewesen. Er würde seine Tasche auspacken und dann zu Joel gehen. Ihm das Ernie-Banks-T-Shirt geben und endlich das Kriegsbeil begraben.

Er betrat das Schlafzimmer und machte Licht. Und dann traf ihn fast der Schlag, denn er sah Ardelia. Vollkommen bewegungslos, ausgestreckt wie ein Leichnam, lag sie auf den Laken des Doppelbetts. Vollständig angezogen. Sogar die Schuhe hatte sie an. Die Augen hatte sie geschlossen, aber Wooten wusste, dass sie hellwach war. Instinktiv spürte er, dass sie bereits sehr lange so lag.

»Ardelia?«

Sie öffnete langsam die Augen, und er sah, dass sie geweint hatte. Ihr schmales Gesicht war verhärmt, die Augen verquollen und abwesend, die Haare ungekämmt. Sie hielt etwas in der Hand, dem Aussehen nach ein Taschentuch.

Jemand ist gestorben, dachte Wooten.

»Was ist passiert?«, fragte er von der Tür aus.

Dann sah er, dass nicht Trauer ihre grünen Augen erfüllte, sondern Wut, eine so heftige Wut, dass sie ihn fast rückwärts aus dem Zimmer getrieben hätte. Sie hielt das Taschentuch hoch. Er trat vor, in der Annahme, er solle ihr beim Aufstehen helfen. Doch als er ihre Hand nehmen wollte, zog sie sie heftig zurück und schüttelte das Taschentuch. Das gar kein Taschentuch war, sondern ein feuchtes, zerknülltes Blatt Papier, das er offenbar lesen sollte. Er nahm es und glättete es. Es war mit einer unbeholfenen, krakeligen Handschrift bedeckt.

Mrs. Earl Wooten,

Sie müssen wissen, dass Ihr Mann sie mit Alice Ivy aus Apartment 27 in Renaissance Heights betrügt. Ich weiß das, weil ich im Unterschied zu den anderen ein Freund von Alice bin. Wenn Sie mir nicht glauben, warum parkt er dann seinen Ford Ranchero direkt an der Hauptstraße? Ich weiß, dass Sie das gar nicht wissen wollen, aber gehen Sie doch mal hin und sehen Sie selbst. Ich sage das, weil ich ein Freund von Alice bin und weil diese Zuhältertypen ihr das Leben zur Hölle machen. Fragen Sie nicht Ihren Mann, der Sie betrügt, überzeugen Sie sich selbst. Ich sage das jetzt nur Ihnen, aber wenn das nichts nützt, sage ich es auch noch anderen.

Ein besorgter Mitbürger

Sein Herz klopfte, seine Brust war wie zugeschnürt, und im Nacken brach ihm kalter Schweiß aus. Er starrte unverwandt auf das Blatt. Die Worte begannen ineinander zu verlaufen, als hätte man das Blatt in eine ätzende Flüssigkeit getaucht.

»Wenn du jetzt lügst, sind wir für immer miteinander fertig«, sagte seine Frau mit einer Stimme, die wie tot klang.

Wooten sah auf. Er war wie versteinert.

»Ich bin hingegangen«, sagte Ardelia. »Sie hat mir aufgemacht. Keiner von uns musste etwas sagen, sie wusste, wer ich war. Und dann sagte sie, es tue ihr Leid. *Leid!* Dann rief dieses … Kind nach ihr.«

Sie setzte sich so schnell auf, dass es fast wie ein Zaubertrick wirkte.

»Wie war das möglich, Earl? Dass sie mich so schnell erkannte? Hast du mich beschrieben? Oder mich ihr gezeigt? Wo denn, Earl? Vielleicht bei A&P?«

Er hatte sie noch nie schreien hören. Es klang, als reiße jedes Wort ein Stück ihres Gaumens heraus.

»Ardelia …«

»Verschwinde!«

»Warte, lass mich …«

Sie stand heftig atmend vor ihm, und aus ihrem Mund kam ein würgendes Geräusch. Zum ersten Mal in den zwanzig Jahren, die sie zusammen waren, fand sie keine Worte mehr. Dann dröhnte auf einmal sein Ohr, und er sah mit seinem linken Auge lauter Sterne. Sie hatte ihn geschlagen. Mit aller Kraft. Und es sah aus, als wollte sie ihn gleich noch einmal schlagen. Er hob schützend die Hände und fing zwei gegen seinen Kopf gerichtete Schläge ab. Die Reisetasche schwang um ihn wie eine dritte Person und schlug seiner Frau in die Seite, sodass sie sich wieder auf das Bett setzen musste.

»Mom?«

Wooten drehte sich um. In der Tür stand Joel und starrte unverwandt seine Mutter an. Die soeben von seinem Vater auf das Bett geworfen worden war.

»Was ist los? Bist du verletzt?«

»Joel …« Wootens Stimme klang wie die eines Fremden.

Sein Sohn sah ihn an. In diesem Augenblick war Wooten nicht mehr sein Vater, sondern nur noch der Mann, der seiner Mutter wehtat.

»Was tust du da?«, fragte er.

Wooten starrte ihn wie betäubt an. Eine Weile rührte sich niemand. Dann brach schließlich Ardelia das Schweigen.

»Geh«, sagte sie ruhig vom Bett.

Und genau das tat Wooten. Ohne ein weiteres Wort oder auch nur einen Blick auf seine Frau verließ er das Zimmer und stürzte die Treppe hinunter, mit jedem Schritt schneller werdend. Erst als er die Haustür hinter sich zugeschlagen hatte und an der zischenden Gaslaterne vorbeikam, merkte er, dass die mit Geschenken für seine Familie gefüllte Tasche immer noch an seiner Schulter hing.

23

Gewöhnlich wartete Swope mit dem Leeren der Fallen bis zum Morgen. Er erntete das nächtliche Gemetzel dann im ersten Licht der Sonne. In dieser Routinehandlung lag etwas Stärkendes, sie gab ihm das Gefühl, seine Familie bereits vor der ersten Tasse Kaffee beschützt zu haben. An diesem Abend beschloss er dagegen, die Sammlung im Mondschein vorzunehmen. Er konnte unmöglich die ganze Zeit in seinem Arbeitszimmer warten – dazu war die Unruhe in ihm zu groß. Er stand alle Augenblicke auf, ging zum Fenster und hielt nach Truax Ausschau. Außerdem war er überzeugt, dass er, wenn er seine Kugeln noch länger ansah, in einen Dämmerzustand verfiel, aus dem er nie mehr aufwachen würde.

Er beschloss also, einige Käfer zu verbrennen, dann war er wenigstens beschäftigt. Er suchte Sally auf, um ihr Bescheid zu sagen. Sie saß vor dem Fernseher und sah sich eine Sitcom an. An der Art, wie sie zu ihm aufblickte, erkannte er, dass sie keinerlei Verdacht hegte. Schön sah sie aus, wie sie da im Licht des Fernsehers auf dem Sessel saß, die Beine wie ein Kind untergeschlagen. Er fühlte sich an das erste Mal erinnert, als er sie gesehen hatte, damals in Ann Arbor. Sie hatte auf einem Sofa in der Bibliothek genauso dagesessen, während er Bücher einsortiert hatte, einer der zahllosen Jobs, mit denen er sich das Jurastudium finanzierte. Ab da hatte er noch ein halbes Jahr gebraucht, den mehrfachen Schutzwall aus Kommilitoninnen, anderen Freiern und Angehörigen zu durchbrechen und sie davon zu überzeugen, dass er der Richtige war. Am liebsten hätte er sich jetzt für den Rest des Abends neben sie gesetzt und irgendetwas Triviales im Fernsehen angesehen, während sie ihm mit den Fingern über die Haare strich. Aber dazu war es zu früh. Solche sorgenfreie Abende mussten warten, bis er mit dem Durcheinander fertig war, das Wooten angerichtet hatte.

»Willst du ein Eis?«, fragte sie. »Ich habe Mint Chocolate Chip.«

»Später. Ich will zuerst noch was im Garten tun. Rufst du mich, wenn das Telefon klingelt?«

Sie nickte.

»Hast du Gus eigentlich gestern Abend erreicht?«, fragte sie noch, bevor er gehen konnte.

»Ja«, sagte er nach kurzem Zögern.

»Und?«

»Du hattest Recht, ich habe mir das nur eingebildet.«

Sie wandte ihre Aufmerksamkeit wieder dem Fernseher zu.

»Siehst du?«

Er ging zur Garage hinaus und lud eine große Taschenlampe, ein Fläschchen mit Butan und einen handgroßen Spaten in den Schubkarren. Dann trat er durch die Seitentür in den Garten. Es war eine schöne Nacht, kühl und leicht bedeckt. Richtig heiß würde es erst in einigen Wochen werden. Er zündete sich einen Zigarillo an, dann schob er den Schubkarren zur nächstgelegenen Falle. Über zwei Dutzend hatte er auf seinem Grundstück aufgestellt. Die meisten hingen an den unteren Ästen der Kirschbäume, die er gepflanzt hatte. In letzter Zeit hatte er allerdings auch einige an den Pappeln und Buchen am Rand des Rasens aufgehängt und eine sogar an dem mit Wein berankten Gitter der Gartenlaube. Manchmal dachte er, die Fallen würden nichts nützen – zehn Prozent der Äste waren bereits kahl gefressen. Doch er wusste, dass das die falsche Perspektive war. Er musste sich vorstellen, wie schlimm es im Garten aussähe, wenn er sie überhaupt nicht aufgehängt hätte.

Die erste Falle war fast halb voll mit glänzend braunen Flügeldecken. Vereinzelte Fühler stocherten durch den Maschendraht des Zylinders. Aus irgendeinem Grund mieden die Japankäfer die Insektenfalle, die in der Laube summte und knackte, und bevorzugten das Gift in den Käfigen. Er nahm die Falle hoch, schüttelte die toten Käfer heraus und entfernte mit dem Spaten die Käfer, die am Draht festhingen. Sie fielen mit einem hohlen Trommeln auf die metallene Ladefläche der Schubkarre. Einige lebten noch, waren aber zu betäubt, um wegzulaufen. Das Feuer würde sie erledigen.

Swope ging zur nächsten Falle weiter. Auch sie war mit toten und sterbenden Käfern verstopft. Er überlegte, ob eine amtliche Verfügung nötig war, um der Plage Herr zu werden, eine Auflage für alle Hausbesitzer, eine bestimmte Anzahl Fallen pro Hektar aufzustellen. Fünfzehn schien eine angemessene Zahl. Die Bewohner von Mystic Hills bekämpften die Plage mit allen Mitteln, aber aus Fogwood und Juniper Bend wurde von nachlassender Wachsamkeit berichtet. Die Situation verschlimmerte sich eindeutig. Der Bericht der Gesundheitsbehörde hatte unheilvoll geklungen. Der Befall war weit schlimmer als angenommen. Ganze Bäume wurden innerhalb von Tagen entlaubt. Die jungen Bäume, die EarthWorks kostenlos in jedem Garten gepflanzt hatte, waren für die Käfer ein besonderer Leckerbissen. Vielleicht musste die Firma Fallen aufstellen. Das war schließlich billiger als die von den Baumschulen in Rechnung gestellten Neupflanzungen.

Swope dirigierte den holpernden Schubkarren über den feuchten Rasen zu dem Kirschbaum an der Veranda. Die Bäume waren im Frühjahr trotz der Käfer gut gewachsen. Die rötlichen Äste mit der ringförmig gemusterten Rinde waren schon dicker als seine Finger. Einige hatten dieses Jahr sogar geblüht, allerdings noch keine Frucht getragen. Swopes Ärger wurde zu Wut, als er den Schaden an den zarten Blättern des Baumes bemerkte. Ihre Ränder waren gezackt, als habe jemand sie mit einem Locher bearbeitet. Er leerte die Falle und inspizierte die Blätter genauer. Dabei fand er noch ein halbes Dutzend weiterer Käfer, die sich dort versteckt hatten. Sie reagierten kaum, als Swope sie abzupfte und zu den anderen im Schubkarren warf.

Er hätte gern gewusst, wie die Stimmung bei den Wootens war. Ardelia musste den Brief inzwischen gefunden haben – schließlich war er vor über zwölf Stunden abgeliefert worden. Blieb die Frage: war Wooten schon zurück und damit konfrontiert worden? Swope begann auf einmal vor Angst zu schwitzen. Er sah eine schlaflose Ardelia vor sich, die Truax dabei überraschte, wie er den Brief einwarf. Oder vielleicht hatten die Wootens den Verfasser gleich erkannt und lachten in diesem Augenblick über seinen plumpen, aus der Verzweiflung geborenen Versuch, das Unvermeidliche zu verhindern. Aber nein, ganz bestimmt nicht. Niemand hatte Truax entdeckt, und der Brief war so kunstvoll verfasst, dass niemand ihn als Fälschung entlarven würde. Wenn Ardelia erst die Nr. 27 besucht hatte – und Swope wusste, dass sie es tun würde –, dann interessierte der Verfasser sowieso niemanden mehr.

Er hatte ihn am Donnerstagabend geschrieben, nach seinem Besuch in Renaissance Heights. Die Frau hatte schon nach zwei Minuten alles zugegeben. Sein erster Gedanke war gewesen, Wooten einen einfachen Handel vorzuschlagen – sein Schweigen gegen Wootens Verzicht auf die Kandidatur als Citymanager. Aber er hatte den Gedanken schnell wieder verworfen, er war zu naiv und offensichtlich. Wooten konnte den Spieß leicht umdrehen, und am Ende lief er noch zu Savage. Swope wusste, dass die Folgen einer Erpressung den Erpresser oft schlimmer trafen als das Opfer. Am schlimmsten aber war, dass er damit vor Wooten zugegeben hätte, dass die Stelle von Rechts wegen Wooten gehörte. Und das stimmte ja nicht. Sie gehörte ihm, Swope.

Dann war ihm das mit dem Brief eingefallen. Swope wusste, wie skrupellos ein solcher Brief war, aber er begriff, dass er keine Wahl hatte. Wooten war in Chicago, der Deal kurz vor dem Abschluss. Die Frau war sein letztes Mittel, die Katastrophe noch aufzuhalten. Und ein solcher Brief war hundert Mal wirkungsvoller als alles, was ihm sonst einfiel. Ardelia war eine stolze Frau und würde eine solche Demütigung nicht einfach hinnehmen. Mit Sicherheit würden andere davon erfahren. Savage würde keineswegs erfreut sein zu hören, dass sein Kandidat eine Ex-Junkie in einer Sozialwohnung zur Geliebten hatte. Die in der Presse lancierten Versuchsballons würden schneller abstürzen als die *Hindenburg*.

Den Brief zu schreiben war leicht gewesen. Er hatte dazu einfach die linke Hand benutzt, mit der er schreiben gelernt hätte, hätten seine Eltern ihn nicht als Kind gezwungen umzulernen, weil sie Linkshänder in ihrem Aberglauben für minderwertige Kreaturen hielten. Swope versuchte beim Abfassen des Briefes, die Gedanken an jene unglücklichen, langen Samstagvormittage zu verdrängen, an denen er im Schlafanzug, den er nicht hatte wechseln dürfen, auf dem harten Küchenstuhl gesessen, mit der linken Hand das kalte, eiserne Tischbein umklammert und mit der rechten unbeholfen Vokale und Konsonanten geformt hatte. Wenn er das Tischbein losgelassen hatte, hatte er mit dem Teigschaber, der für das wöchentliche Brotbacken verwendet wurde, einen Schlag auf den Handteller bekommen, der dort rote, mit weißem Mehl bestäubte Striemen hinterließ. Er hatte fast ein Jahr gebraucht, um das Schreiben mit rechts zu lernen. Obwohl er seit damals nicht mehr links geschrieben hatte, fielen ihm die Buchstaben jetzt überraschend leicht, und er brachte ein einigermaßen lesbares Gekritzel zustande. Er brauchte einige Anläufe, bis er einen Text verfasst hatte, der so detailliert war, dass Ardelia die Wohnung besuchen musste. Danach würden sich die Ereignisse überstürzen. Er kannte die beiden jetzt seit fünf Jahren. Auch wenn Wooten es geschafft hatte, ihn hinters Licht zu führen, bei seiner Frau würde er damit nie durchkommen. Nicht von Angesicht zu Angesicht.

Doch noch während er die Blockbuchstaben auf das Papier malte, überkam ihn die Angst, der Brief könnte nicht genügen. Womöglich erfuhr Savage nicht schnell genug davon. So unangenehm es ihm war, er musste auf den Brief wahrscheinlich weitere Aktionen folgen lassen, kleine Manipulationen, die Wooten als Citymanager unmöglich machten. Wenigstens hatte er mit Truax jemanden, der so etwas in die Tat umsetzen konnte. Getrieben von Hass auf Joel und mit Fähigkeiten, die ihm auf Kosten des Steuerzahlers beigebracht worden waren, würde er bereitwillig mitmachen. Alles Mögliche kam in Frage. Auf Firmenkonten aufgelaufene Rechnungen, verschobene Besprechungen, an Wände geschmierte Verleumdungen, ein von Wooten unterschriebener Brief an die *Baltimore Sun*, in dem er die Polizei von Cannon County für ihren harten Einsatz im Jugendzentrum kritisierte, alles mit dem Ziel, den Mann ins Zwielicht zu rücken und Zweifel und Misstrauen zu wecken. Nichts, was ihn endgültig erledigte, nur so viel, um ihn als Konkurrenten auszuschalten.

Und wenn das alles nicht reichte, musste er eine zweite, radikalere Front eröffnen. Es gab nur ein todsicheres Mittel – Hinweise darauf auszustreuen, dass Earl Wooten sich durch systematischen Diebstahl von Firmeneigentum heimlich bereichert hatte. Das hinzukriegen war einigermaßen heikel, da die Vorwürfe nicht zu Swope zurückverfolgt werden durften. Im Gegenteil, er selbst musste bis zum Schluss der vertraute Freund des Angeklagten bleiben. Aber er würde nach und nach Informationen an Chones und die Staatsanwaltschaft durchsickern lassen, die daraufhin Ermittlungen aufnahmen. Eine Verurteilung war gar nicht nötig, nicht einmal eine Anklage. Schließlich wollte Swope Wooten nicht zugrunde richten, nur aufhalten. Angesichts von Savages hysterischer Angst vor schlechter Presse reichte dazu schon die Nachricht, dass gegen Wooten ermittelt wurde. Der bloße Verdacht würde seinen Aufstieg vereiteln.

Die Gewissenbisse, die sich hin und wieder ungebeten in ihm regten, verdrängte Swope entschlossen. Er brauchte sich doch nicht schuldig zu fühlen. Schließlich hatte Wooten ihre Freundschaft verraten. Zugegeben, Swopes Aktionen würden ihm einige schlimme Monate bereiten, aber wenn der Sturm vorbei war, konnte er jederzeit wieder als Bauleiter arbeiten. Swope wollte potenzielle Auftraggeber sogar persönlich darüber informieren, dass keiner der Vorwürfe gegen Wooten haltbar gewesen war. Und was Ardelia betraf, er kannte Ehen, die Schlimmeres ausgehalten hatten. Im Grunde erwies er den beiden sogar einen Dienst. Er erstickte das dumme Verhältnis im Keim, bevor es sich zu etwas auswuchs, das sich nicht mehr korrigieren ließ. Außerdem war er immer noch bereit, alles kurzfristig abzublasen. Wooten brauchte nur zuzugeben, dass er einen Fehler gemacht hatte. Verständlich, dass der Stolz ihn mitgerissen hatte. Swope war nicht nachtragend. Selbst jetzt war es noch nicht zu spät. Wooten konnte das richtig stellen. Ein kurzer Anruf, eine Entschuldigung, und in fünf Minuten war alles vorbei.

Andernfalls musste man ihn stoppen.

Swope hatte die letzte Käferfalle geleert und schob den Schubkarren in den hinteren Teil des Gartens. Im Haus ging ein Licht an, und ein warmer gelber Kegel fiel über den glatten Rasen. Teddy war in sein Zimmer getreten. Der Junge kam jetzt, wo das Jugendzentrum geschlossen war, abends nur noch selten spät nach Hause. Außerdem schien die Freundschaft mit Joel abgekühlt zu sein, was nur gut war – je weniger Zeit Teddy bei den Wootens verbrachte, desto weniger Gelegenheit hatte er, etwas von Truax zu verraten. Ob er schon wieder Susan Truax besucht hatte? Sally zufolge hatte er in den letzten Tagen jede freie Minute bei ihr verbracht. Gottlob regten sich seine Hormone endlich. Und Swope musste seinem Sohn zu seiner Wahl gratulieren. Ein famoses Mädel. Vielleicht nicht die Hellste, aber Teddy konnte seinen Geschmack ja in Harvard noch verfeinern. Fürs Erste reichte sie jedenfalls vollkommen aus. Teddy war ein Spätzünder, aber er hatte sich durch seinen Einstieg in die Topklasse gleich als echter Swope zu erkennen gegeben.

Er kam zu dem verrosteten Grill, auf dem er die Käfer einäscherte. Mit dem Spaten schaufelte er sie auf den Berg verkohlter Flügel und grauer Asche, der den unteren Teil der Tropfpfanne bereits ausfüllte, dann tränkte er die Käfer mit Butan. Die, die noch lebten, begannen mit neuer Kraft zu zappeln. Swope zog ein letztes Mal an seinem geschrumpften Zigarillo, dann ließ er ihn in den Haufen fallen. Flammen schossen in die Höhe. Die Käfer brannten wie Zunder. Im nächsten Augenblick konnte man die lebenden schon nicht mehr von den toten unterscheiden. Einige Beine und Fühler wirbelten im Sog der heißen Luft nach oben.

Aus den Augenwinkeln nahm er eine Bewegung wahr. Er drehte den Kopf. Neben ihm stand in wenigen Metern Entfernung John Truax. Der Sergeant war so lautlos aufgetaucht, dass Swope nicht einmal Zeit hatte zu erschrecken. Auf seinen rechteckigen Brillengläsern spiegelten sich die Flammen, die Hand mit dem Verband glühte rötlich.

»Er hat vor einer Stunde das Haus verlassen und in einem Motel in Cannon City ein Zimmer genommen.«

»Moment mal – sie hat ihn rausgeworfen?«

»Sie haben sich angeschrien. Dann hat sie ihn geschlagen.«

»Geschlagen? Mein Gott.«

»Er stürzte aus dem Haus, als Joel ins Zimmer kam. Jetzt wohnt er im Motel 6 in Cannon City, Zimmer 112.«

»Brauchen Sie Geld für ein Zimmer?«

»Nein, ich nehme das Auto.«

»Gute Arbeit, John.«

Es war unmöglich, hinter den spiegelnden Gläsern Truax' Augen zu erkennen. Swope wandte sich wieder dem Feuer zu. Die Käfer waren jetzt alle tot, die Flammen wurden schwächer.

»Rufen Sie mich morgen Abend zu Hause an«, sagte er. »Bis dahin habe ich den nächsten Schritt überlegt.«

Er wartete auf eine Antwort. Als sie ausblieb, hob er den Blick vom Feuer. Truax war verschwunden.

6. Teil

24

Er holte Susan um Punkt acht ab. Das bedeutete, dass sie bis zum Treffen mit Joel noch anderthalb Stunden totschlagen mussten, viel Zeit, aber Teddy hatte das Gefühl, dass sie sie womöglich brauchten, wenn Irma wieder zu quatschen anfing. Es sollte dann nicht aussehen, als sei er in Eile, nicht heute Abend, wo seine ganze Arbeit endlich Früchte tragen sollte. Eine Woche lang hatte er auf der Frau gespielt wie auf einem Flügel. Warum sich jetzt das Schlusscrescendo durch unnötige Hast vermasseln? Außerdem hatte die Vorstellung, Susan ein wenig schwitzen zu lassen, entschieden ihre Reize. Susan war das ganze Wochenende eine einzige Plage gewesen, hatte an ihm herumgemäkelt und -gekrittelt und völlig aus den Augen verloren, wer hier die Entscheidungen traf. Gestern Abend hatte sie sich einige Aussprüche geleistet, auf die hin Teddy fast alles abgeblasen hätte. Den üblichen Schwachsinn. Ihn wegen seiner Brust gehänselt, sich darüber ausgelassen, dass er keine Freundin hatte, und spöttisch angeboten, ihn mit einer ihrer dämlichen Freundinnen zu versorgen. Teddy hatte zunächst nur gelacht – schließlich war er für ein kleines Späßchen durchaus zu haben –, dann aber gesagt, sie solle die Klappe halten. Selbst Susan, sonst nicht die Schnellste, hatte begriffen, dass sie mit dem Feuer spielte und sich auf die für sie typische aufgesetzte, leicht spöttische Art überschwänglich entschuldigt. Teddy hatte es durchgehen lassen. Ein solcher Freund war er. Er wünschte nur, Susan könnte begreifen, was er für sie tat und dass die Vorstellung, er würde mit jeder blöden Tussi anbandeln, nur um zum Schuss zu kommen, zu absurd war, um einen Gedanken daran zu verschwenden. Das war vielleicht für Joel gut. Es hatte ja auch durchaus seine Reize, zugegeben, aber eben nicht für Teddy. Er fand eines Tages seine Yoko, und was dann war, davon hatten weder Susan noch ihre Freundinnen die leiseste Ahnung.

Wenigstens Joel verstand ihn. Er verstand alles, und ihre Freundschaft war nach einer schlimmen Woche wieder im Lot. Teddy hatte ihn am Sonntagnachmittag besucht, sobald er sicher war, dass Susan mit ihm ausgehen durfte. Nervös hatte er sich der Haustür der Wootens genähert. Wenn Joel ihn jetzt abblitzen ließ, wusste er nicht mehr weiter. Der Besuch begann dann auch nicht besonders vielversprechend. Bei den Wootens musste etwas Schlimmes passiert sein. Ardelia, die ihm aufmachte, sah aus wie der Tod höchstpersönlich. Sie, die sonst nie die Fassung verlor, wirkte, als habe sie seit Wochen kein Auge zugetan. Sie trug immer noch einen Morgenmantel, obwohl es drei Uhr nachmittags war, und schien Teddy mit ihren wässrigen Augen zuerst gar nicht zu erkennen.

»Tag, Mrs. Wooten, lange nicht gesehen«, sagte er.

Sie starrte ihn wortlos an.

»Ich wollte nur fragen, ist Joel zu Hause? Ich müsste ein paar Sachen mit ihm besprechen.«

»Ja, natürlich.« Ihre Stimme kam wie aus der Ferne. »Komm rein, Teddy.«

Er betrat den großen Eingangsflur mit der breiten Treppe und den Marmorfliesen. Mit den Augen überflog er die Ahnenporträts an der Wand, darunter Joels Urahn, der ein richtiger Sklave gewesen war. Wirklich irre. Die Zwillinge kamen aus dem Wohnzimmer gerannt. So wie sie ihn anstarrten, war klar, dass sie jemand anderes erwartet hatten. Er winkte ihnen fröhlich zu, und sie verschwanden wieder.

Ardelia war an den Fuß der Treppe getreten.

»Joel?«, rief sie mit einer Stimme, die jenseits des vierten Geländerstabs mit Sicherheit nicht mehr zu hören war. »Schatz?«

»Mrs. Wooten?«

Sie drehte sich um.

»Vielleicht gehe ich einfach rauf?«

»Ja natürlich. Das ist sicher das Beste.«

Oben an der Treppe angelangt, hörte er Musik. Er holte tief Luft, überlegte noch einmal, was er sagen wollte, und ging dann den mit Teppichboden belegten Flur entlang, vorbei an schön gerahmten Drucken von Jacob Lawrence. Joels Tür war angelehnt. Teddy klopfte. Er hörte das Bett knarren, dann ging die Tür auf.

Auf Joels Gesicht malte sich Überraschung, dann legte sich wieder der versteinerte Ausdruck darauf, mit dem er vor einer Woche von seinem Fenster auf Teddy heruntergesehen hatte.

»Wie bist du reingekommen?«, fragte er.

Keine überschwängliche Begrüßung, aber immerhin.

»Zuerst mit Dynamit durch den Zaun und dann die Wachen unter Drogen gesetzt.«

Joel fand es nicht witzig.

»Na wie schon. Deine Mutter. Was glaubst du denn?«

Sie standen eine Weile da. Aus dem Zimmer hinter Joel kam Musik. Die Stylistics. Eine paar Tage ohne Teddys strenge Führung, und schon lief sein Geschmack wieder Amok.

»Wahrscheinlich haut es eben einfach nicht hin«, sagte Joel schließlich.

»Was haut nicht hin?«

»Das mit uns. Als wir Kinder waren, war es gut, aber jetzt, ich weiß nicht. Es spricht einfach zu viel dagegen. Vielleicht sollten wir uns die Hand geben, und das war's dann. Getrennte Wege gehen. Was auch immer.«

In Teddy kam Panik hoch, er verdrängte sie jedoch sofort wieder. Joel sagte das nur, weil er sauer war. Aber das war er nicht mehr lange.

»Ich komme übrigens gerade von Susan.«

Joel starrte ihn an, neugierig geworden.

»Was?«

»Ich treffe mich seit einer Woche täglich mit ihr.«

»Quatsch«, sagte Joel. »Wo denn?«

»Bei ihr zu Hause.«

»Wirklich?«

»Ich erkläre dir jetzt, wie ich für dich die Kohlen aus dem Feuer hole. Kann ich dazu reinkommen, oder muss ich wie ein Idiot hier draußen stehen? Ist nur eine Frage.«

Joel trat zur Seite. Teddy ließ sich in den Sessel am Fenster fallen. Er machte eine dramatische Pause, dann ließ er die Katze aus dem Sack. Erzählte Joel alles. Während er sprach, sah er, wie die Feindseligkeit aus Joels Blick wich und die alten Gefühle zurückkehrten. Anerkennung, Achtung, ja Bewunderung.

Freundschaft.

»Und der Sergeant? Was sagt der dazu?«

»Der hat seine neue Arbeit und ansonsten keinen blassen Schimmer.«

»Was macht er denn?«

»Latrinen putzen in Louisiana. Ist doch egal.«

»Was hast du also vor?«, fragte Joel nach kurzem Zögern.

So gefällst du mir besser, dachte Teddy.

»Darfst du das Haus verlassen?«

»Klar darf ich das. Ich hatte nie Hausarrest. Ich darf nur nicht zu Susan.« Er senkte die Stimme. »Außerdem hatten meine Eltern gestern einen heftigen Streit. Dad steckt ganz tief in der Scheiße.«

»In diesem Falle schlage ich vor, Wertester, dass wir uns Dienstagabend am baufälligen Pier versammeln, ich, du und das schöne Mägdelein, um mit den Vergnügungen des Sommers fortzufahren.«

Joels Augen füllten sich mit Dankbarkeit.

»Das wäre echt stark, Mann.«

»Ich bin nun mal echt stark. Sei um Punkt halb zehn dort. Wenn ich nicht bis, sagen wir zehn, da bin, gab es Probleme mit dem Sergeant. Kehre hierher zurück, und ich werde dir einen anderen Vorschlag unterbreiten, unter Berücksichtigung sämtlicher Eventualitäten. Was immer du tust, verzweifle nicht. Im Cockpit sitzt El Ted.«

Joel nickte.

»Gut, dann gehe ich mal.«

»Willst du noch bleiben und eine rauchen?«, fragte Joel.

Die Versuchung war groß, aber Teddy wusste, je weniger Zeit er in Joels Nähe verbrachte, desto weniger Verdacht erregten sie.

»Es ist besser, wir tun so, als seien wir immer noch aufeinander sauer.«

»Ja, du hast Recht.«

»Was wir natürlich nicht mehr sind.«

Joel machte eine Grimasse.

»Natürlich nicht. Das war nur … ach, ist doch egal.«

Teddy stand lächelnd auf.

»Dann bis morgen Abend.«

Er wandte sich zum Gehen.

»Mann, Teddy – danke.«

»Keine Ursache. Wozu hat man Freunde?«

Nach seiner Ankunft bei den Truaxens plauderte Teddy mit Irma und wartete darauf, dass Susan aus ihrem Zimmer herunterkam. Der Sergeant ließ sich wie gewöhnlich nicht blicken. Irma hatte sich aufgedonnert, als sei *sie* mit ihrem Traummann verabredet. Malvenfarbene Hose, hohe Korkabsätze, geblümte Satinbluse, Parfüm und Lippenstift. Sie warteten im Wohnzimmer und sprachen über Paul Newman und Robert Redford, die beiden Stars von *Der Clou*, dem Film, den Teddy angeblich mit Susan sehen wollte. Irma klagte, wie selten blonde Männer im Kino geworden seien und dass man nur noch stark behaarte, nuschelnde Italiener zu sehen bekomme. Teddy nickte heftig. Absolut, dachte er, Warner Brothers über alles. Er hatte in den vergangenen Tagen festgestellt, dass Irma nach ein paar Whiskys mit Zitrone vor keiner Behauptung zurückschreckte.

Endlich tauchte Susan auf und schob sich, typisch für sie, mit wiegenden Hüften die Treppe herunter. Wie die Venus auf der Muschel, dachte Teddy. Auch sie hatte sich sorgfältig zurechtgemacht. Sie trug ihre beste Bluse und Hosen mit neuen, bunten Flicken an den Knien. An ihren Handgelenken baumelten silberne Armreifen, die geföhnten Haare umstanden ihren Kopf wie eine Wolke.

Teddy, ganz der Kavalier, stand auf.

»Du siehst klasse aus«, sagte er.

»Du auch«, erwiderte sie, und nur er hörte die Ironie in ihrer Stimme.

»Ihr seid mir zwei«, sagte Irma gerührt.

Sie begleitete die beiden zur Tür.

»Wir bleiben auch nicht zu lange weg«, sagte Teddy.

»Keine Sorge.«

Er machte die Tür auf.

»Susan?«

Sie küsste ihre Mutter pflichtschuldig, und Irma zupfte noch eine Strähne im Haar der Tochter zurecht, einen kleinen Wirbel, sichtbar nur dem Auge der Mutter. Susan machte sich mit einer

Grimasse los, Irma schnalzte feucht mit der Zunge und bedachte ihre Tochter mit einem Blick enttäuschter Liebe. Susan verdrehte die Augen und sah Teddy an.

»Gehen wir«, sagte sie ungeduldig.

Teddy nickte Irma zum Abschied zu.

»Na dann viel Spaß, ihr zwei«, sagte Irma. Ihre Worte wurden durch die ins Schloss fallende Tür erstickt.

25

Wooten überlegte, ob er anklopfen sollte. Es war einerseits eine absurde Vorstellung, schließlich war das hier sein Haus, eigenhändig von ihm erbaut. Andererseits wusste er, dass seit Freitag alles anders war. Was zählte dagegen schon, dass er als Besitzer eingetragen war. Er sah in den abendlich stillen Garten. Er war durch eigenes Verschulden zu einem Fremden geworden. Und Fremde klopften an. Klopften an und warteten, ob man sie willkommen hieß oder ihnen die Tür vor der Nase zuschlug.

Er kehrte nach Hause zurück, endlich. Denn er hatte genug. Es war Zeit, sich mit Ardelia zu versöhnen. Er musste die bizarre Verkettung unglücklicher Umstände, deren Opfer er in den letzten Tagen geworden war, durchbrechen. Nichts stimmte mehr seit Freitag, egal ob Tag oder Nacht, ob er arbeitete oder schlief. Die einfachsten Gespräche waren unmöglich, er konnte nicht mehr essen – mein Gott, er hatte seit dem Rückflug aus Chicago doch kaum ein paar Bissen hinuntergebracht. Er hatte Kopfschmerzen, seine Kleider stanken, und in seinen Eingeweiden wühlte ein Hunger, wie er ihn seit Jahren nicht mehr gespürt hatte.

So konnte es nicht weitergehen. Er musste nach Hause.

Es waren die vier schlimmsten Tage seines Lebens als Erwachsener gewesen. Offenbar war das Pech ihm nach der Auseinandersetzung mit Ardelia aus der Tür gefolgt. Er hatte eine erste schlaflose Nacht in einem fremden Bett in einem muffigen Motelzimmer verbracht, und als er am Samstagmorgen aufgestanden war, hatte er feststellen müssen, dass sein Wagen einen Platten hatte. Er hatte den Reifen gewechselt und dann aus der nach Urin stinkenden Telefonzelle einer Tankstelle Ardelia angerufen, doch sie hatte aufgelegt, noch bevor er ihr sagen konnte, wo er war. Den Nachmittag hatte er in Newton verbracht, an allen möglichen Orten, nur nicht zu Hause – und auch nicht im Apartment 27. Ein paar Mal hatte er daran gedacht, einfach im Merlin's Way aufzutauchen und so zu tun, als hätte Ardelia ihn nicht hinausgeworfen. Doch die Aussicht auf einen weiteren Wutanfall seiner Frau hielt ihn davon ab. Er besuchte stattdessen Baustellen, schikanierte seine Leute, legte selbst mit Hand an und kehrte dann in das Motel zurück, dessen Kunststoff und Schimmel ihm bereits zuwider waren.

Am Abend hatte er Mary's Barbecue in Powdertown zu einem einsamen Abendessen aufgesucht. Er war schon lange nicht mehr im einzigen Restaurant der Gegend mit traditioneller schwarzamerikanischer Küche gewesen – Ardelia konnte die fetten Speisen und die laute Atmosphäre, die kartenspielenden Männer und Frauen, die sich ungefragt zu einem an den Tisch setzten, und die lärmenden Kinder nicht ausstehen. Von der Inhaberin war nichts zu sehen, nur der dicke Koch war da, J. D. Stacey, der seine blutbespritzte Schürze trug wie ein Pfarrer seinen Talar. Durch die Durchreiche sah Wooten, wie Stacey in der von züngelnden Flammen durchsetzten, rauchgeschwängerten Luft ununterbrochen vor sich hin redete.

Wooten hatte sich gedacht, wenn er schon allein essen musste, dann wenigstens gut. Bestrafen konnte er sich später noch. Er wählte einen Ecktisch und setzte sich mit dem Rücken zu den anderen Gästen. Er hatte den dicken Aktenordner mit Materialien zu AmericaWorks mitgebracht, den Savage ihm gegeben hatte, doch als er wie betäubt durch die Pläne, Kostenberechnungen und Ablaufdiagramme blätterte, stellte er fest, dass Ardelias erstickte Stimme ihn verfolgte und er sich nicht konzentrieren konnte.

»Wissen Sie schon, was Sie wollen?«

Die Kellnerin war jung, High-School, und schon jetzt zu dick.

»Rippchen und Eistee«, sagte er, ohne einen Blick auf die Karte zu werfen.

Sie brauchte eine Ewigkeit, um die Bestellung zu notieren.

»Sonst noch was?«

»Ja, noch mal Rippchen.«

Sie musterte ihn kurz, dann nahm sie die Speisekarte in die Hand, den Blick auf die Wand hinter ihm gerichtet.

»Danke«, sagte sie verdrossen und verschwand in Richtung des zischenden Grills.

Wooten blätterte ziellos weiter durch den Ordner, doch verschlechterte sich seine Laune beim Anblick der dort beschriebenen Wunder nur noch mehr. Vor vierundzwanzig Stunden hatte er den besten Job angeboten bekommen, den es für einen Bauleiter in diesem Land überhaupt gab, und seine Frau wusste es noch nicht einmal und würde es, ihrer Reaktion vom Morgen nach zu schließen, auch nicht so bald erfahren. Er konnte Savage seine Antwort also nicht schon am Montagmorgen geben, wie er versprochen hatte. Jetzt, wo der erste Schock der Entdeckung allmählich nachließ, beschlich ihn die Angst, er könnte seine Ehe kaputtgemacht haben. Bei den seltenen Gelegenheiten, bei denen er in der Vergangenheit darüber nachgedacht hatte, wie es wohl war, erwischt zu werden, hatte er sich immer eingeredet, Ardelia würde zwar wütend sein, ihn aber im Grunde verstehen. Sie musste doch wissen, wie wenig ihm diese jämmerliche Affäre bedeutete. Sie hatte doch sonst für alles Verständnis, also würde sie auch diese Dummheit verzeihen. Jetzt dagegen wusste er, dass eine solche Vergebung nicht in Sicht war. Die Frau, die er im Schlafzimmer zurückgelassen hatte, war verletzt, fassungslos und wütend. Mit seinem Seitensprung hatte er sie ins Mark getroffen, dorthin, wo sie stark war. Er hatte nicht damit gerechnet, dass ihre Gefühle so mit ihr durchgehen würden. Es machte ihm Angst.

Das Essen kam. Zweimal Rippchen vom Schwein, ein Berg grünes Gemüse, ein halber Maiskolben und eine Folienkartoffel mit einem Batzen Schnittlauchquark oben drauf, der rasch schmolz und in den aufgeplatzten Spalt versickerte. Die Rippchen waren mit einer dicken, glitzernden Fettkruste bedeckt, unter der es knisterte und knackte. Vom Gemüse und der Sauce in einem extra Kännchen stieg Dampf auf. Vor ihm stand sein Traumessen, ein Essen, das er sich als Henkersmahlzeit gewünscht hätte und an das er immer dachte, wenn er den Kühlschrank aufmachte und stattdessen die sauber aufeinander gestapelten Tupperdosen und die anonymen, in Aluminiumfolie eingeschlagenen Päckchen sah.

Das Problem war nur, er brachte es nicht hinunter. Als der Geruch des dampfenden Tellers ihm in die Nase stieg, drehte sich ihm der Magen um wie beim Gestank eines geplatzten Abwasserrohrs. Das Essen sah auf einmal welk und faulig aus. Sogar der Eistee in dem großen Becher schien abgestanden, und die auf der Oberfläche schwimmende Zitronenscheibe erinnerte ihn an die toten Fische im See von Newton. Er konnte das nicht essen. Der Gedanke, auch nur einen Bissen davon in den Mund zu stecken, war ekelerregend.

Er winkte dem Mädchen.

»Bringen Sie mir bitte die Rechnung.«

Auf ihrem runden Gesicht breitete sich Verwirrung aus. Sie zeigte mit ihrem angekauten Kugelschreiber auf das Essen.

»Sie wollen das nicht essen?«

Wooten schüttelte langsam den Kopf.

»Schmeckt es nicht gut?«

»Es liegt nicht am Essen.«

Sie watschelte in die Küche und erklärte die Lage J. D. Stacey, der den unzufriedenen Kunden daraufhin durch die Durchreiche musterte. Wooten wollte sich nicht mit dem Koch anlegen und zeigte nur mit dem Finger auf seinen Magen. Stacey ließ den Zahnstocher, den er im Mund hatte, von einem Mundwinkel zum andern wandern, zuckte dann mitfühlend die Schultern und kehrte zu seinem prasselnden Feuer zurück. Die Kellnerin kam und sagte, Mr. Stacey wolle nicht, dass er zahle. Wooten gab ihr fünf Dollar für ihre Mühe. Sie murmelte etwas und verschwand. Er klappte den Aktenordner zu und ging, den Blick starr geradeaus, rasch zum Ausgang. Er war fast an der Tür, als er eine vertraute Stimme hörte.

»Ja wer ist denn da? Earl Wooten.«

Am letzten Tisch vor der Tür saßen Raymond McNutt und seine Familie. Dem Anwalt gegenüber saß seine Frau Vonda mit einer Hochfrisur, mit der sie aussah wie die Backgroundsängerin einer Mädchengruppe aus längst vergangenen Tagen. Sie schenkte Wooten ein Lächeln, das so falsch war wie ein Drei-Dollar-Schein. Am Fenster saßen McNutts Söhne, zwei mürrische Teenager. Sie sahen nicht von ihren Eisbechern auf.

»Was machen Sie denn hier? Ich dachte, Sie kämen nie nach Powdertown.«

McNutts Frage klang harmlos, doch enthielt sie einen versteckten Stachel. McNutt hatte als einziger schwarzer Anwalt von Cannon City Wooten jahrelang als Mitglied verschiedener von ihm geleiteter Organisationen zu werben versucht, vor allem der Handelskammer für Farbige. Seinen Einladungen lag der unausgesprochene Wunsch zugrunde, Wooten als Mandanten zu gewinnen, obwohl Wooten erklärt hatte, dass er für seine juristischen Probleme schon Austin habe. Irgendwann im vergangenen Jahr hatten die Einladungen dann plötzlich aufgehört. Wooten wusste, dass die ortsansässigen Schwarzen ihn und Ardelia nach einer kurzen Zeit intensiven, aber nicht honorierten Bemühens als zu elitär und snobistisch für ihre Kirchen und Clubs betrachteten. Die Wootens waren darüber nicht glücklich. Schließlich wohnten sie in Newton. Dass Newton in Cannon County lag, war ein geographischer Zufall.

»Ich bin leider immer beschäftigt, Sie wissen ja.«

McNutt nickte kurz. Er war klein und adrett und hatte ein Faible für modische Hüte und Capes. Seine mit dem Bügeleisen geglätteten, pomadegetränkten Haare glitzerten mit genau demselben Schimmer wie die Rippchen vor ihm. Am Hals hatte er eine wulstige Narbe von der Größe eines Silberdollars. Ardelia fand ihn unerträglich primitiv, und Wooten musste ihr Recht geben. Der Mann war vulgär. Das ondulierte Haar, der goldene Schneidezahn und die gleißenden Schuhe verliehen ihm etwas Unseriöses.

»Ist Ardelia auch da?«, fragte McNutt und sah sich um.

»Nein, sie ist… nach St. Louis gefahren. Familie.«

McNutt schenkte Wooten ein komplizenhaftes Lächeln. Sein Goldzahn blitzte auf.

»Wenn die Katze aus dem Haus ist, wie?«

Wooten lächelte angespannt. Die Jungen hatten ihr Eis fast aufgegessen. Die langen Löffel klirrten auf dem Boden der geriffelten Gläser.

»Holen Sie sich doch einen Stuhl, und setzen Sie sich zu uns, Earl«, sagte Vonda. »Trinken Sie einen Kaffee mit uns.«

Wooten hielt den Aktenordner in seiner rechten Hand hoch.

»Ich muss leider los. Ich bin sowieso schon ziemlich im Rückstand.«

Das Lächeln fiel von Vondas Gesicht ab wie eine überreife Frucht. McNutts Augen wurden schmal, der Goldzahn verschwand wieder unter den Lippen.

»Schwer zu glauben, dass jemand, der so viel arbeitet wie Sie, im Rückstand sein kann«, sagte er. Das freundliche Poltern war aus seiner Stimme verschwunden.

»Tja, dann bis zum nächsten Mal«, sagte Wooten.

McNutt sah Wooten unverwandt an und sagte nichts. Vonda sortierte mit den Fingerspitzen die Krümel auf dem Tisch, die Jungen kratzten das letzte Eis aus den Bechern.

»Also dann«, sagte Wooten aufgesetzt munter.

Er war fast an der Tür, als einer der beiden Jungen sagte: »Bleib schwarz, Bruder.«

Wooten drehte sich um und sah gerade noch, wie McNutt seinem grinsenden Sohn eine Ohrfeige verpasste. Er erkannte sogar auf die Entfernung, dass sie nicht besonders ernst gemeint war.

Wieder im Motel, machte er mehrere Anläufe, bei sich zu Hause anzurufen, kam jedoch nie über die fünfte Ziffer hinaus. Ein Anruf zum jetzigen Zeitpunkt machte alles nur noch schlimmer. Wenn Ardelia am Vormittag aufgelegt hatte, würde sie ihn am Abend auch nicht anhören. Lieber wartete er bis zum nächsten Morgen. Er legte sich ins Bett, schob sich ein Kissen in den Rücken, sah im Fernsehen ein Spiel der Orioles und kaute dazu Eiswürfel, die er aus der Maschine im Flur herausgelassen hatte. Der Schlaf ließ lange auf sich warten. Dann, als er endlich eingedöst war, löste ein Witzbold Feueralarm aus. Als die Gäste ihre Zimmer wieder betreten konnten, war es fast drei. Wooten wusste, dass an Schlaf nicht mehr zu denken war.

Den Sonntag verbrachte er in einem halbwachen Dämmerzustand. Am späten Vormittag rief er zu Hause an. Ardelia wollte wieder nicht mit ihm sprechen, aber es dauerte diesmal einige Sekunden, bis sie auflegte und er wieder das statische Rauschen hörte. Er ergriff die Gelegenheit, ihr halbherzig zu drohen, dass er auf jeden Fall nach Hause kommen würde. Sie erwiderte, dass sie dann Austin bitten würde, ihm ein einstweiliges Hausverbot zu erteilen. Wooten wusste, dass sie es ernst meinte. Ardelia Wilson machte keine leeren Drohungen.

Also verbrachte er den Tag damit, ziellos in der Stadt herumzufahren. Da es Sonntag war, hatte er nichts zu tun. Er kaufte einen Dreierpack Unterhosen, ein billiges Hemd und einige Toilettenartikel. Schließlich wusste er nicht, wann er wieder an seine Sachen kam. Am See bemerkte er, dass die Aufräumarbeiter an dem gesperrten Pier einen weiteren von Fliegen umschwirrten Haufen toter Fische hinterlassen hatten. Er fuhr an diesem Tag weit über hundert Kilometer und hielt nur gelegentlich für eine Cola oder einen Hamburger, den er nur mit Mühe hinunterbrachte. Beim Fahren wuchs seine Wut auf sich selbst. Ein innerer Zähler addierte Kilometer für Kilometer quälende Schuldgefühle und sinnlose Zerknirschung. Er wusste nicht, was schlimmer war, der eigentliche Fehltritt oder die Einbildung, die Vergebung würde der Entdeckung auf dem Fuße folgen. Erst jetzt begriff er, wie trostlos seine Besuche in der Wohnung im Grunde gewesen waren. Wenn er daran zurückdachte, fielen ihm nur noch der aufdringliche Essensgeruch, die Laken aus Rippensamt und der sabbernde Mund des Kindes ein.

Natürlich hatte Alice den Brief geschrieben. Er hatte ihren Versuch, sich zu verstellen, in dem Augenblick durchschaut, in dem Ardelia ihm den Brief gab. Alice hatte keine Freunde, zumindest keine, die sich die Mühe gemacht hätten, für sie einen Brief zu schreiben. Als er gesagt hatte, sie müssten Schluss machen, war sie in Panik geraten und hatte in ihrer Verwirrung geglaubt, ihn durch Herbeiführen der Krise zurückgewinnen zu können. Er war an diesem langen Sonntag wiederholt versucht, zu ihr zu fahren, um ihr zu sagen, was sie angerichtet hatte, wie weh sie seiner Familie getan hatte, doch dann tat er es doch nicht. Nicht nur, weil er mit seiner Schwäche und Arroganz selbst an allem schuld war, sondern weil er den schrecklichen Verdacht hatte, sein fester Vorsatz, mit ihr Schluss zu machen, könnte, wenn er erst ihre Schwelle überquerte, ins Wanken geraten.

Seine Pechsträhne setzte sich am Montagmorgen fort. Bei seiner Ankunft in Newton Plaza musste er feststellen, dass sein Büro überflutet war, nicht nur sein eigenes Zimmer, sondern der ganze fünfte Stock. Barnabys angeblich pannensichere Sprinkleranlage hatte sich irgendwann am frühen Morgen eingeschaltet, den Teppichboden unter Wasser gesetzt und auf den Schreibtischen ein durchweichtes Chaos unbrauchbar gewordener Pläne und Zeichnungen hinterlassen. Den größten Teil des Tages musste er für die aufreibende Suche nach einem Ausweichquartier für seine Mitarbeiter verwenden und für die Rettung dessen, was noch zu retten war. Wenigtens hatte er so eine Entschuldigung, Savage nicht anzurufen. Was hätte er ihm auch sagen sollen? Dass er noch nicht zusagen konnte, weil seine Frau ihn vor die Tür gesetzt hatte? So fing man nicht einen neuen Job an, in dem die glückliche Familie Wooten eine wichtige Rolle spielen sollte.

Am späten Vormittag kam Austin herunter und besichtigte den Schaden. Offenbar merkte er Wooten die Anspannung an, denn er nahm ihn beiseite und fragte, ob ihm etwas fehle. Wooten war versucht, ihm an Ort und Stelle die ganze traurige Geschichte seines Seitensprungs zu beichten, doch die Vorstellung, sich derart vor Austin zu erniedrigen, hinderte ihn daran. Stattdessen sagte er vage etwas von einem anstrengenden Tag. Danach versuchte er Ardelia anzurufen. Am frühen Abend erreichte er sie endlich. Sie wollte wieder nicht, dass er zurückkehrte, doch Wooten bildete sich ein, dass sie etwas weniger heftig klang.

Vielleicht morgen, dachte er.

Am Ende seiner Kräfte angelangt, kehrte er ins Motel zurück. Er schaffte es gerade noch, die mit Stahlkappen versehenen Stiefel auszuziehen, dann sank er auf die durchgelegene Matratze. Nicht einmal der in seinen Gedärmen tobende Hunger konnte ihn wach halten. Als das Telefon klingelte, hatte er das Gefühl, tagelang geschlafen zu haben. Ein rascher Blick auf die Uhr zeigte ihm, dass es nicht einmal eine halbe Stunde gewesen war. Er riss den Hörer von der Gabel. Vielleicht war es Ardelia. Doch der Anrufer am anderen Ende der Leitung meldete sich nicht. Sein beharrliches Schweigen machte auch einen Dummejungenstreich unwahrscheinlich. Wooten hatte den unbestimmten Eindruck, dass er von ganz in der Nähe anrief. Danach fiel es ihm schwer, einzuschlafen. Gegen zwei döste er schließlich ein. Wieder weckte ihn das Telefon. Derselbe stumme Anrufer. Wooten zog sich hastig an und eilte zur Rezeption hinunter. Die Frau bedeutete ihm mit einem Schulterzucken, was er für 9 Dollar 99 die Nacht erwarte. Wooten wies sie an, keine Anrufe mehr durchzustellen, es sei denn, der Anrufer identifiziere sich als Ardelia Wooten. Wieder in seinem Zimmer überlegte er, ob die Serie seiner Missgeschicke wirklich nur Pech war oder etwas anderes. Ein böser Zufall wurde immer unwahrscheinlicher. Vielleicht wollte sich jemand an ihm rächen. Er versuchte, eine Liste mit Verdächtigen aufzustellen, Männern, die er entlassen hatte, Vota, Alice. Aber er kam nicht weiter. Außer seiner Frau wusste niemand, wo er war. Und sie würde ihn nicht quälen. Nicht anonym.

Als er nach vier so gut wie schlaflosen Nächten am Dienstagmorgen in sein im Keller provisorisch eingerichtetes Büro kam, wartete dort ein ganzer Stapel dringender Nachrichten auf ihn. Die eine Hälfte war von Savage, die andere von Joe Vota. Da Wooten dem Direktor von EarthWorks noch keine Antwort geben konnte, konzentrierte er sich auf den Vorarbeiter. Auf der Baustelle in Underhill stimmte offenbar etwas ernsthaft nicht. Er fuhr sofort hin. Er hätte gern gewusst, warum Vota überhaupt noch dort arbeitete. Swope hatte ihn doch schon vor zehn Tagen entlassen wollen. Als er ankam, hatten sich die Arbeiter um den frisch gegossenen Basketballplatz versammelt. Einige unterhielten sich flüsternd. Vota trat vor, das Gesicht zu einer Maske falschen Mitgefühls verzogen. Bevor Wooten noch fragen konnte, was los war, breitete er die Hände aus und wies mit dem stoppeligen Kinn auf die Zementfläche.

Zwei Wörter waren in die inzwischen getrocknete graue Oberfläche eingeritzt worden, der Breite und Art der Linien nach zu schließen mit dem scharfkantigen Schlackenstein, der am anderen Ende des Spielfelds wie eine Haifischflosse vom Boden abstand. Fußabdrücke waren keine zu sehen – der Schreiber der beiden Worte hatte sie sorgfältig verwischt. Die Buchstaben waren sauber und ordentlich geschrieben und über einen Meter hoch, auch noch aus der Ferne lesbar.

WOOTEN NIGGER

Die Mienen der Arbeiter waren undurchdringlich. Wooten sah wieder Vota an. Der Vorarbeiter erwiderte seinen Blick ausdruckslos. Vielleicht hatte *er* ihm die ganzen letzten Tage nachgestellt.

»Wer hat das geschrieben?«, fragte Wooten.

Er bereute die Frage sofort, weil dadurch Vota die Oberhand bekam.

»Mein Gott, Earl, das weiß ich doch nicht. Als wir heute anfangen wollten, war es da.«

»Einfach so, wie?«

»Sie glauben doch nicht, *wir* hätten das geschrieben?« Vota hatte die Stimme leicht erhoben.

»Haben Sie's?«

In Votas Miene ging eine Veränderung vor. Die freundliche Fassade verschwand.

»Sie glauben im Ernst, ich würde so ein Ding abziehen?«

»Zutrauen würde ich es Ihnen, Joe, ja.«

Vota schnaubte.

»Kommen Sie, Earl. Ich sage doch zu niemandem Nigger.«

Die Art, wie er es sagte, war der Auslöser. Wie er das Wort aussprach und zugleich so tat, als habe er nichts gesagt. Wooten verlor die Beherrschung. Nach vier schlaflosen Nächten und vier langen Tagen, an denen er Schuldgefühle und Scham mit sich herumgeschleppt hatte wie ein schweres Fieber, konnte er nicht mehr. Bevor er noch wusste, was geschah, hatte er Vota an den Aufschlägen seines verblichenen Arbeitskittels gepackt. Votas schwabbeliges Kinn streifte seine Finger.

»Zu wem sagst du Nigger?«, fragte Wooten mit kaum noch unterdrückter Wut.

Als Vota nichts sagte, riss er ihn an den Aufschlägen hoch und hob ihn in die Luft. Die anderen Arbeiter kamen und zogen an Wootens Armen und Schultern. Votas Augen quollen aus den Höhlen, aus seinem Hals kamen gurgelnde Geräusche. Die Männer zogen heftiger an Wooten.

Plötzlich, so gedankenlos, wie er ihn gepackt hatte, ließ er ihn wieder los. Seine Wut war verflogen. Vota kam mit den Füßen auf dem Boden auf und stolperte einige Schritte rückwärts. Seine Miene veränderte sich. An die Stelle der Angst trat Verachtung.

Die Männer ließen Wooten los. Alle warteten.

»Ihr habt das gesehen«, sagte Vota, ohne Wooten aus den Augen zu lassen. »Der Mann hat mich tätlich angegriffen, ohne dass ich etwas gesagt hätte. Ihr seid meine Zeugen, ihr alle.«

»Hör zu, Joe«, sagte Wooten.

Die anderen warteten. Es dauerte zehn lange Sekunden, bis Wooten begriff, dass es nichts zu sagen gab. Nach einem letzten Blick auf die Buchstaben machte er kehrt und ging zu seinem Ranchero zurück.

»Das sage ich weiter«, rief Vota ihm nach. »Glauben Sie bloß nicht, das erfährt niemand.«

Danach war Wooten klar, dass er nach Hause musste. Noch eine Nacht in dem Motel und er drehte durch. Er zögerte die Rückkehr so lange hinaus wie möglich. Bis Einbruch der Dämmerung fand er sich immer noch eine Arbeit. Zu tun gab es genug. Wieder war eine Gaslaterne explodiert, diesmal draußen in Underhill, in einem noch nicht bezogenen Haus vom Typ Gettysburg. Der Elektriker, der die Explosion entdeckt hatte, hatte zum Glück weder Feuerwehr noch Polizei verständigt. Wooten war in einer Viertelstunde dort. Während er den Absperrhahn zudrehte, beschloss er, anschließend nach Mystic Hills zu fahren. Er rief nicht an – Ardelia sollte nicht die Möglichkeit haben, nein zu sagen. Wenn er dann vor der Tür stand und sie den Sheriff holen wollte, bitte. Wenn es so weiterging, endete er wahrscheinlich sowieso in Polizeigewahrsam. Er musste handeln, um seinen endlosen Sturz zu stoppen. Was mit ihm geschah, war nicht nur Pech oder Zufall. Er hatte es selbst verschuldet. Wooten war sonst kein abergläubischer Mensch, aber er wusste, es gab eine Grenze, die man auf eigene Gefahr überschritt. Und er hatte sie überschritten. Er musste auf die andere Seite zurückkehren, bevor etwas wirklich Schlimmes passierte.

Er beschloss, nicht anzuklopfen. Genug war genug. Er drehte den Türknauf und betrat den Eingangsflur. Dem stechenden Blick seines Urahns wich er aus.

»Hallo?«, rief er. Seine sonst kräftige Stimme klang leise und ängstlich.

Er wartete darauf, dass die Zwillinge aus dem Fernsehzimmer stürmten oder Joel die Treppe herunterlatschte. Doch nichts rührte sich. Sie hat dich verlassen, dachte er. Sie ist mit den Kindern nach St. Louis zurück. Er ging zur Küche, in der Licht brannte. Auf der Schwelle blieb er wie angewurzelt stehen. Am Kopf des großen Esstisches saß Ardelia und sah ihn unbewegt an. Er hatte schon befürchtet, sie könnte ähnlich wie er nur noch ein Schatten ihrer selbst sein, aber sie war wie immer jeder Zoll die stellvertretende Schulleiterin, makellos gekleidet in einen braunen Hosenanzug und den Seidenschal, den ihr Bruder ihr aus London mitgebracht hatte. Sie war geschminkt, ihr Haar tadellos frisiert. Vor ihr auf dem Tisch stand eine Tasse Kräutertee, von der kräuselnd Dampf aufstieg. Sie sah ihn kalt an.

»Wo sind die Kinder?« Dünn kam seine Stimme von den kupfernen Töpfen und der Dampfabzugshaube zurück.

»Die Zwillinge habe ich ins Bett gebracht, Joel ist in seinem Zimmer und bläst Trübsal. Ich habe wirklich Glück – Hamlet und Don Juan unter einem Dach. Vielleicht sollte ich wieder Literatur unterrichten.«

Die Worte trafen ihn, umso mehr, als er wusste, dass viele weitere folgen würden. Er holte tief Luft und setzte sich etwa drei Meter von ihr entfernt auf einen Hocker an der Kochinsel.

»Ardelia ...«

»Warst du wieder bei ihr?«

»Nein«, sagte er. »Ich schwör's dir.«

Sie wusste, dass er die Wahrheit sagte, genauso wie sie es am Freitag gewusst hätte, wenn er versucht hätte zu lügen. Sie wartete. Er merkte plötzlich, dass er gar nicht wusste, was er sagen wollte. Vier Tage war er allein gewesen, und er hatte nichts zu sagen.

»Die letzten Tage waren schlimm«, sagte er.

In ihren Augen sah er keine Vergebung und kein Verständnis. Er hatte sie betrogen. Sie wollte nicht hören, wie es ihm in den letzten Tagen ergangen war.

»Es tut mir Leid«, Ardelia«, sagte er.

Sie nickte knapp, nahm seine Aussage zur Kenntnis. Mehr nicht.

»Und was willst du tun?«, fragte sie.

»Ich finde, ich sollte wieder hier einziehen.«

»Warum?«

»Weil es nicht gut ist, wenn ich weg bin, für Joel nicht und für die Mädchen nicht.«

Sie sah auf die dampfende Tasse und überlegte.

»Wenn das der Grund ist, ja, dann kannst du zurückkommen.«

Eine lange Pause folgte.

»Ich weiß nicht, was ich sonst noch sagen soll«, sagte er schließlich.

»Dann lass dir was einfallen, Earl. Bis dahin steht das, was du getan hast, zwischen uns.«

Er sah sich hilflos in der Küche um.

»Ich habe … bei ihr konnte ich vergessen, wer ich war.«

»Wer du warst«, wiederholte sie.

»Zu was ich mich gemacht hatte. Es ist schwer zu … ich brauchte einen Ort, wo ich nicht dem ganzen Druck ausgesetzt war.«

Sie machte eine knappe Handbewegung, die das Haus, ihrer beider Leben umfasste.

»War es das für dich? Druck? Habe *ich* dich auch unter Druck gesetzt?«

»Ja«, sagte er nach einer Pause. »Nicht nur, aber auch.«

Er erwartete, dass seine Antwort einen weiteren Wutanfall bei ihr auslösen würde, doch das Gegenteil schien der Fall. Der Sturm, der ihn in das furchtbare Motel zurückgetrieben hätte, blieb aus.

»Wir setzen einander alle unter Druck«, sagte sie. »Nur so können wir es in dieser Welt zu etwas bringen.«

»Ich weiß«, sagte er.

»Es wäre die leichteste Sache der Welt, keinen Druck aufeinander auszuüben. Wir hätten in St. Louis bleiben oder nach Powdertown ziehen können. Dort bräuchten wir uns nicht anzustrengen, Earl. Aber wir haben uns dagegen entschieden. Wir haben *diesen* Weg gewählt.«

»Ich weiß.«

»Wage nicht, dich unter Wert zu verkaufen. Denn damit verkaufst du auch mich und uns alle unter Wert. Ich weiß nicht, was du bei dieser Frau gemacht hast, und will es auch gar nicht wissen. Sie …«

Ardelia holte mühsam beherrscht Luft.

»Sie hat es sicher schwer, und unter anderen Umständen hätte ich vielleicht sogar Mitleid mit ihr. Aber als ich ihr in die Augen sah, sah ich nur eins: dich, der sich wegwarf und dabei uns alle mitriss.«

Sie stand auf, eine sehr schöne Frau, wie ihm auf einmal wieder bewusst wurde. Er wollte sie an sich drücken und in der Umarmung alles andere weit wegschieben, doch er wusste, dass es dazu zu früh war. Viel zu früh.

»Du kannst vorerst im Gästezimmer wohnen. Wenn du meinst, du musst das den Kindern erklären, sage eben, du hättest eine ansteckende Krankheit und wolltest nicht, dass ich mich anstecke.«

Wooten zuckte unter ihren Worten zusammen. Die Aussicht auf eine rasche Klärung der Situation war in weite Ferne gerückt.

»Ich weiß nicht, wie es mit uns weitergeht, Earl, ich weiß es wirklich nicht. Ich wahre der Kinder wegen den Schein, aber ich weigere mich, meine Gefühle zu verstecken.«

»Das verlangt ja auch keiner von dir.«

Sie sah ihn einen Augenblick stumm an.

»Hast du Hunger?«, fragte sie dann.

»Ja«, sagte er.

»Gut.«

Sie ging ohne ein weiteres Wort aus der Küche.

Er blieb auf dem Hocker sitzen, auf einmal ungeheuer erleichtert. Das Schlimmste war überstanden. Sicher, es war noch lange nicht alles vorbei. Ardelia hatte ihren Stolz und sie würde ihm nicht ohne weiteres verzeihen, wie sie mit der Bemerkung über die ansteckende Krankheit deutlich gemacht hatte. Aber wenigstens war er wieder zu Hause. Das war die Hauptsache.

Etwas später folgte er ihr nach oben. Die Tür zum Schlafzimmer war zu, und er hütete sich, sie zu öffnen. Stattdessen ging er zum Zimmer der Zwillinge weiter, die flüsternd im Bett lagen und deren Freude über das Wiedersehen ihn die schlimme Zeit seit Freitagabend vergessen ließ. Er las ihnen zum Ausgleich für die Abende, an denen er nicht da gewesen war, gleich sechs Dr.-

Seuss-Bücher vor. Dann waren sie endlich eingeschlafen, und er verließ ihr Zimmer. Vor Joels Tür blieb er stehen. Von drinnen kam überlaut ein stampfender Bass. Zu einer anderen Zeit hätte Wooten Joel befohlen, die Musik leiser zu stellen. Jetzt ließ er sie spielen. Er wollte seinem Sohn an diesem Abend nicht in die Augen sehen. Am Ende des Flurs lagen auf einem ordentlichen Haufen vor der Schlafzimmertür sein Schlafanzug und seine Zahnbürste. Wooten sah auf die Uhr. Halb neun. Genug für heute, dachte er. Er rief durch die Tür gute Nacht, bekam aber keine Antwort.

Drunten machte er sich zwei Schinkenbrote und aß sie gleich über der Spüle, damit er nichts sauber zu machen brauchte. Wenigstens hatte er wieder Appetit. Nach dem Essen begann er das Haus abzuschließen. Er fing im Esszimmer an, ging von dort in das tiefer gelegene Fernsehzimmer und das Arbeitszimmer und kontrollierte zum Schluss noch die Glastüren im Wohnzimmer und die gläserne Schiebetür in der Küche. Dann ging er ins Gästezimmer, sein Nachtquartier auf absehbare Zukunft, wenn Ardelia sich nicht erweichen ließ. Das Gästezimmer ging nach hinten hinaus und lag zwischen Küche und Waschküche. Wooten hatte es im Scherz hierher gelegt, damit Ardelias Verwandte, wenn sie unter seinem Dach nächtigten, so weit wie möglich von ihm entfernt waren. Er schlüpfte in seinen Schlafanzug, schaltete den alten Schwarzweißfernseher ein, den sie im Gästezimmer aufgestellt hatten, legte sich auf die unbequeme Matratze des Klappbetts und sah einen Film über zwei weiße Jugendliche, die eingezogen und nach Vietnam geschickt wurden. Der Film spielte in einem Rekrutenlager und behandelte alle möglichen Probleme der Rekruten mit ihren Ausbildern. Die Bilder erinnerten ihn an John Truax. Bei dem Gedanken, dass Truax in diesem lächerlichen Krieg gekämpft hatte, verschwand der letzte Ärger wegen der Szene vom vergangenen Sonntag. Es war eine Schande, dass Austin Truax einfach gefeuert hatte, während er Vota offenbar eine zweite Chance gab. Vielleicht konnte er ja, wenn sich die Lage wieder entspannt hatte, mit seinem Freund darüber reden. Vielleicht konnte dem armen Kerl doch noch geholfen werden.

In einer Werbepause meinte Wooten, vom Hauseingang Geräusche zu hören, Schritte und eine leise ins Schloss fallende Tür.

Er stand auf und sah nach, doch es war alles still. Leise stieg er die Treppe hinauf. Unter Joels Tür war ein Lichtspalt. Er war versucht hineinzugehen. Vielleicht konnte er seinem Sohn die Situation zwischen Ardelia und ihm erklären. Doch die Erinnerung an ihr gescheitertes letztes Gespräch hielt ihn davon ab. Lieber der Reihe nach. Zuerst Versöhnung mit Ardelia, dann die Auseinandersetzung mit Joel. Er stieg die Treppe wieder hinunter und mied auch diesmal den Blick seines Urahns, als er an dessen Bild vorbei kam.

Bei seiner Rückkehr ins Gästezimmer kamen gerade Nachrichten. Senator Sam Ervin, der Vorsitzende des Watergate-Untersuchungsausschusses, schlug mit seinem kleinen Hammer auf den Tisch, und seine Augenbrauen wanden und krümmten sich wie an die Stirn geheftete Raupen. Es folgte das Wetter; es sollte schön bleiben. Die Orioles hatten wieder gewonnen, diesmal mit Cuellar. Danach kam wieder Werbung. Wooten wusste, dass er eigentlich hätte schlafen sollen, aber er war noch zu aufgedreht. Außerdem war Richard Pryor bei Carson zu Gast. Wooten beschloss, die Gelegenheit zu nutzen – Ardelia konnte Pryor nicht leiden. Ein letztes schuldbewusstes Vergnügen. Während er auf den Beginn der Talkshow wartete, dachte er an seine Familie, die über ihm schlief. Alles würde gut werden, sich klären. Er würde sich mit Ardelia und Joel aussöhnen. Es war nur eine Frage der Zeit. Morgen würde er seiner Frau von dem Job erzählen. Vielleicht stellte sie sich zuerst quer, aber dann würde sie einsehen, dass er ihn annehmen musste. Und dann konnte er endlich den schon so lange aufgeschobenen Anruf bei Savage machen. Aber das war morgen. Für jetzt war die Hauptsache, dass er wieder zu Hause war.

26

Das Zimmer, in dem Wooten lag, wurde vom Fernseher in trübes Licht getaucht. In der letzten Stunde hatten sich nur noch Wootens große Füße gelegentlich unter der Bettdecke bewegt. Es bestand kein Zweifel mehr, er war nach vier Nächten nach Hause zurückgekehrt. Eine Stunde zuvor hatte Truax noch den Wortwechsel der

Wootens in der Küche beobachtet und geglaubt, Ardelia würde ihren Mann wieder vor die Tür setzen, diesmal womöglich endgültig. Er machte sich auf eine weitere Nacht im Auto gefasst, das er im Dunkel jenseits der Müllcontainer des Motels parkte. Doch Wooten war geblieben. Offenbar hatte Ardelia ihm verziehen. Swope würde enttäuscht sein. Truax' abendliche Berichte über die sich verschlechternde Situation hatten den Anwalt ganz offensichtlich erregt und begeistert und in seiner Entscheidung bestärkt, den Druck auf Wooten zu erhöhen. Truax hätte gerne gewusst, was die Rückkehr Wootens für ihre Operation bedeutete. Hoffentlich eine weitere Eskalation. Er begann nämlich seinen Job zu mögen.

Die Inschrift im Zement an diesem Morgen war ihr bisher kühnster Zug gewesen. Truax hatte im Licht des abnehmenden Mondes zwanzig Minuten dazu gebraucht. Er hatte hart aufdrücken müssen – der Zement war schon fast getrocknet. Langsam und sorgfältig malte er Buchstabe für Buchstabe. Darüber, dass ihn jemand sehen könnte, machte er sich keine Gedanken. Dass ihn einer der unfähigen Sicherheitsbeamten von EarthWorks erwischen würde war äußerst unwahrscheinlich. Das Geräusch feindlicher Schritte wäre ihm nicht entgangen. Und selbst wenn das Unmögliche geschah, Swope würde sich der Sache annehmen. Schließlich hatte er den Ort der Mission gewählt. Er hatte von einem Streit zwischen Wooten und dem Vorarbeiter der Baustelle gesprochen. Wenn Wooten die Inschrift sah, konnte Swope zufolge alles Mögliche passieren.

Bei der Arbeit beschlich Truax allerdings ein seltsames, ungewohntes Gefühl – er hatte zum ersten Mal, seit Swope ihn vor einer Woche engagiert hatte, Skrupel. Er hatte das Wort Nigger nie gemocht. Beim Militär hatte er aus erster Hand erlebt, welchen Schaden das Wort anrichtete, was für eine Kränkung es bedeutete und welche Gewalttätigkeit es auslöste, wenn man es nur aussprach. Er spürte auch bei Swope Unbehagen. Sie hatten eine Weile nach Alternativen gesucht, waren aber zu dem Schluss gekommen, dass nur dieses Wort einen Streit zwischen Wooten und dem Vorarbeiter provozieren konnte. Und, bei allen Bedenken, sie hatten eine Aufgabe zu erledigen. Sie mussten Wooten bis an den Rand der Verzweiflung treiben.

Wie üblich behielt Swope Recht. Wooten war explodiert, als er die Inschrift las, und vor gleich zwei Dutzend Zeugen handgreiflich geworden. Truax hatte Swope in einem kurzen Anruf unterrichtet und sich dann für den Rest des Tages an Wootens Fersen geheftet, bis Wooten nach Mystic Hills und nach Hause zurückgekehrt war und das Zimmer neben der Küche bezogen hatte. Truax wusste, dass er Swope wieder anrufen musste, auch wenn er diesmal überhaupt keine Lust dazu hatte. Die ganze Mühe der letzten vier Tage schien auf einmal umsonst. Aber er musste seine Arbeit tun. Swope über alle Entwicklungen zu informieren war entscheidend. Sobald er deshalb überzeugt war, dass im Haus der Wootens Ruhe eingekehrt war, verließ er seinen Posten, um den Anruf zu tätigen.

Er brauchte dazu weniger als eine halbe Stunde. Für den Anruf benutzte er eine der überall in der Stadt aufgestellten futuristischen Telefonzellen, Hauben aus Plexiglas, die man weder demolieren noch durch Graffiti verunzieren konnte. Die Nachricht, dass Wooten in sein Haus zurückgekehrt sei, brachte Swope wie erwartet völlig aus der Fassung, und er verfiel in minutenlanges Schweigen. Dann hatte er seine Enttäuschung überwunden. Er befahl Truax, seinen Posten wieder zu beziehen, während er selbst überlegte, wie man den Bauleiter noch unter Druck setzen konnte. Gleich am nächsten Morgen wollten sie sich wieder besprechen. Bis dann, versprach Swope, habe er einen neuen Plan.

Auf dem Rückweg holte sich Truax im 7-Eleven von Fogwood einen großen Kaffee – der Schlafmangel machte ihm mehr zu schaffen als erwartet. Das ist das Alter, dachte er. Vielleicht war es aber auch nur mangelnde Übung. Er fuhr schnell zum Rhiannon's Rest zurück, parkte an seinem gewohnten Platz und pirschte lautlos durch die Bäume zum Baumhaus. Wooten lag im Gästezimmer. Seine Füße standen immer noch wie zwei Hügel unter der Bettdecke in die Höhe. Auch im Oberstock, in Joels Zimmer, brannte zu Truax' großer Beruhigung Licht. Er glaubte zwar nicht, dass Joel versuchen würde, Susan zu besuchen, war aber doch gerade heute, wo seine Tochter zum ersten Mal seit letzten Samstag Ausgang hatte, heilfroh zu wissen, wo der Junge war. Bis gestern hatte Truax noch fest vorgehabt, Susan bis zum Herbst im

Haus zu behalten. Irma hatte ihn umgestimmt. Nachdem Wooten im Motel zu Bett gegangen war, war Truax nach Hause zurückgekehrt, und dort hatte Irma ihn abgepasst. Während er einen Teller mit Bratwürsten, Sauerkraut und Zwiebeln vertilgte, berichtete sie, Teddy habe höflich angefragt, ob er mit Susan in *Der Clou* gehen dürfe. Teddy war offenbar immer noch ganz der Kavalier – er hatte sogar angeboten, Darryl mitzunehmen, nicht wissend, dass Darryl nur in Filme mit christlichen Inhalten ging. Irma war überglücklich über die Aussicht eines gemeinsamen Kinobesuchs ihrer Tochter mit Austin Swopes Sohn nur wenige Tage nachdem ihr Mann für Swope zu arbeiten angefangen hatte. Truax spürte, dass seine Frau zum ersten Mal seit Ewigkeiten wieder glaubte, endlich in den Vereinigten Staaten angekommen zu sein. Er zögerte noch einen Augenblick, aber nur der Form halber. Schließlich ging es nur um einen Film.

»Ich habe nichts dagegen«, sagte er. »Wenn sie danach gleich heimkommt.«

Noch vor einer Woche hätte Truax dem Jungen misstraut, obwohl er Teddy und Joel seit jenem Abend, an dem er Teddy auf der Newton Plaza aus den Händen der Schläger gerettet hatte, nicht mehr zusammen gesehen hatte. Laut seiner Frau hatten die beiden sich danach zerstritten. Vielleicht war die Schlägerei sogar der Anlass gewesen. Wie auch immer, ihre Freundschaft schien jedenfalls der Vergangenheit anzugehören, und selbst wenn das nicht stimmte, gab es keinen Grund zur Sorge. Joel war in seinem Zimmer.

Der Gedanke, dass Susan und Teddy sich angefreundet hatten, war noch ungewohnt. Truax mochte den Jungen im Grunde nicht besonders, aber ihm genügte, dass Irma ihn mochte. Seine eigenen Vorlieben und Abneigungen waren sowieso unwichtig. Ein Narr konnte sehen, dass Teddy eine glänzende Partie war. Er war intelligent und höflich, hatte eine Zukunft, wie sie vielversprechender nicht sein konnte, und kam aus der besten Familie der Stadt. Seine weniger einnehmenden Eigenschaften würde er nach und nach ablegen, Körper und Persönlichkeit würden mit den Jahren wachsen, und zuletzt würde er ein Mann wie sein Vater sein. Mehr konnte sich niemand wünschen.

Stechende Schmerzen schossen durch seine Hand. Er zog den Handschuh aus und knipste die Taschenlampe an. Durch den Verband, den er erst vor wenigen Stunden gewechselt hatte, sickerte eine Flüssigkeit. Kein Zweifel, die Entzündung wurde wieder schlimmer, wahrscheinlich wegen des Schlafmangels und der harten Arbeit. Eigentlich hätte er die Hand einem Arzt in Fort Meade zeigen müssen. Das letzte Mal, als er nichts getan hatte, waren die Bakterien in den Blutkreislauf gelangt. Er hatte hohes Fieber bekommen und drei Tage im Delirium gelegen. Aber jetzt hatte er keine Zeit, schon gar nicht an einem Tag, an dem sie den ersten Rückschlag hatten einstecken müssen. Wenn sie Wooten in der Tasche hatten – dann würde er einen Arzt aufsuchen. Bis dahin blieb nicht anderes, als die Schmerzen zu ertragen. Er streifte den Handschuh über und konzentrierte sich wieder auf das Haus. Wooten war aufgestanden. Die Badezimmertür war zu, durch den Spalt unter der Tür drang Licht. Joel war immer noch wach. Wooten kam aus der Toilette und zog die Schlafanzughosen hoch. Er blieb einen Augenblick vor dem Fernseher stehen, dann schaltete er ihn aus. Im Gästezimmer wurde es dunkel.

Truax beschloss, heimzufahren, den Verband zu wechseln und zu essen, was Irma für ihn warm gestellt hatte. Vielleicht konnte er sich sogar den Luxus einer Dusche leisten. Seit drei Tagen hatte er nicht mehr geduscht, und den Blicken anderer Leute im Supermarkt entnahm er, dass dies allmählich zu einem Problem wurde. Er warf einen letzten Blick auf das stille Haus. Ja, die Zeit für eine Dusche und eine Rasur war gekommen. Wooten ging an diesem Abend bestimmt nicht mehr fort.

Bevor Truax die Leiter hinuntersteigen konnte, hörte er auf dem Merlin's Way rasche Schritte näher kommen. Zuerst dachte er an einen spätabendlichen Jogger, doch dann bog der Läufer unvermutet auf die kreisförmige Einfahrt der Wootens ein. Truax riss das Fernglas vom Boden, hielt es sich vor die Augen und sah gerade noch Joel Wooten durch den bleichen Schein der Straßenlaterne laufen. Das begriff er nicht. Joel war doch in seinem Zimmer. Es sei denn, er war heimlich aus dem Haus gegangen, als Truax Swope angerufen hatte. Truax sah plötzlich ein anderes Bild vor Augen – Joel Wooten im Zimmer seiner Tochter. Am

Ende seines Schwanzes baumelte wie eine kleine Abrissbirne der milchige Zipfel des Parisers.

Durch das Küchenfenster beobachtete er, wie der Junge den Schlüssel in die Haustür steckte und sie leise öffnete. Dann zog er sie vorsichtig hinter sich zu, blieb bewegungslos im Flur stehen und wartete, ob ihn jemand gehört hatte. Doch Elternschlafzimmer und Gästezimmer blieben dunkel. Truax drehte an seinem Fernglas, bis er Joels Gesicht scharf sah. Der Junge wirkte verwirrt und besorgt. Truax' Herz begann schneller zu schlagen, sein Adrenalinspiegel stieg. Wenn Joel versucht hatte, seine Tochter zu sehen, musste er bestraft werden. Und Joels Vater auch. Er stand bei ihm im Wort.

Joel hatte sich überzeugt, dass niemand ihn gehört hatte, und begann auf Zehenspitzen die Treppe hinaufzusteigen. Truax wartete nicht, bis der Junge in seinem Zimmer angelangt war, sondern kletterte hastig die Leiter hinunter und eilte zu seinem Wagen. Ob ihn jemand hörte, war ihm diesmal egal. Er musste sofort nach Hause und nachsehen, ob alles in Ordnung war.

27

Swope saß vollkommen bewegungslos am Schreibtisch in seinem Arbeitszimmer und betrachtete die Männchen, die er während des Gespräches mit Truax gedankenlos auf die Schreibunterlage gekritzelt hatte. Er konnte nicht glauben, was er gerade gehört hatte. Wooten war wieder zu Hause. Truax hatte gesehen, wie er sich für die Nacht im Gästezimmer eingerichtet hatte. Das war nicht gut, überhaupt nicht gut. Nach vier Tagen ständiger Erfolge war es die erste ernsthafte Panne. Swope hatte seine Strategie auf Wootens Eheproblemen aufgebaut. Wenn Wooten nach Hause zurückkehrte, bevor die Entscheidung über die Stelle gefallen war, konnte man ihn nicht mehr als Schürzenjäger disqualifizieren, der im öffentlichen Dienst untragbar war. Die Affäre ging dann im Grund niemanden etwas an, zumal wenn Ardelia sich hinter ihn stellte. Wenn das geschah, konnte Savage Wooten zum Citymanager machen, bevor Swope den Verdacht des Betrugs gegen ihn lancieren konnte. Und das war dann das Ende. Swope war aus dem Rennen, konnte nicht mehr die Fäden ziehen, war zum bloßen Beobachter von Wootens unaufhaltsamem Aufstieg degradiert.

Bis zu Truax' Anruf war Swopes Zuversicht, Wooten bremsen zu können, stündlich gewachsen. Sein Plan funktionierte mit einer geradezu fatalen Effizienz, fast *zu* effizient – Swope hatte sich in den vergangenen Tagen wiederholt gefragt, ob sie nicht zu weit gingen. Die Schimpfworte im Beton waren ihm besonders schwer gefallen. Aber sie waren notwendig, absolut notwendig. Der Druck auf Wooten durfte nicht nachlassen. Wooten hatte schließlich mit allem angefangen. Mit den Folgen musste er jetzt leben.

Außerdem gab es sowieso kein Zurück mehr, selbst wenn Swope gewollt hätte. Der fatale Brief an Ardelia hatte bereits Früchte getragen. Swope hatte geglaubt, dass es mindestens eine Woche dauern würde, bis Wootens Vertreibung von zu Hause gerüchteweise in Chicago bekannt würde, doch Gus Savages unerwarteter Anruf am späten Montagnachmittag hatte gezeigt, dass die Dinge sich schneller entwickelten, als er sich hätte träumen lassen.

»Austin, wissen Sie, wo Earl Wooten steckt?« hatte Savage gefragt. Er hatte noch ungeduldiger geklungen als sonst.

»Keine Ahnung, Gus. Ich habe ihn am Vormittag kurz gesehen. Kann ich Ihnen helfen?«

»Nein. Wir hatten nur ein Telefongespräch für heute Morgen vereinbart, und er hat nicht angerufen.«

»Haben Sie es bei ihm zu Hause versucht?«, fragte Swope. Seine Stimme klang wie immer.

»Ardelia sagte, sie wisse nicht, wo er sei. Ich mache mir langsam Sorgen. Vielleicht ist ihm etwas zugestoßen.«

»Das glaube ich nicht. Ich meine, das wüsste ich doch.«

»Tun Sie mir einen Gefallen, ja? Versuchen Sie ihn aufzutreiben, und sagen Sie ihm, er soll mich sofort anrufen.«

»Selbstverständlich.«

Swope legte auf und starrte das Telefon lange Zeit nachdenklich an. Wie sollte er vorgehen? Savage wollte mit Wooten über die Managerstelle sprechen. Wahrscheinlich hatte er ihm über das Wochenende Zeit zum Nachdenken gegeben und erwartete jetzt eine Antwort. Das entsprach jedenfalls den üblichen Gepflogenheiten. Nur war Wooten am Wochenende nicht zum Nachdenken gekommen. Stattdessen hatte er in einem heruntergekommenen Hotel über ganz anderen Problemen gebrütet. Swope wusste, dass er die Chance, die sich ihm hier bot, nicht ungenutzt verstreichen lassen durfte, er wusste aber auch, dass er vorsichtig sein musste. Wenn er Wooten zu eifrig anschwärzte, argwöhnte der stets misstrauische Savage am Ende noch, er habe von der Sache Wind bekommen und versuche jetzt, den Rivalen auszustechen. Wenn er andererseits zu zurückhaltend agierte, versäumte er den geeigneten Moment, Zweifel zu säen. Schließlich beschloss er, den innerlich gespaltenen Freund zu spielen, für den das Wohl der Firma trotzdem an erster Stelle kam. Was ja auch der Wahrheit entsprach.

Er wartete mit dem Rückruf bis Dienstagmorgen.

»Hat Earl Sie schon angerufen?«, fragte er.

»Nein«, erwiderte Savage. Er klang wütend. »Haben Sie ihn gesprochen?«

»Ich hatte leider auch kein Glück. Ich habe gestern Abend sogar bei ihm zu Hause angerufen, aber Ardelia sagte, er sei nicht da.«

»Hat sie gesagt, wo er ist?«

Swope zögerte einen kurzen Moment.

»Hm, da liegt der Hund begraben, Gus. Ich drängte Ardelia etwas, als ob es ein Notfall sei, und da gab sich mir den Namen eines Motels in Cannon City. Eine ziemliche Absteige.«

»Wirklich? Haben Sie ihn dort angerufen?«

»Es ging niemand ans Telefon. Aber er war als Gast eingetragen.«

»Du meine Güte. Was geht hier vor, Austin?«

»Mehr weiß ich auch nicht.«

»Ich meine, ist er zu Hause ausgezogen?«

»Ich kann es wirklich nicht sagen.«

»Können Sie es herausfinden?«

Swope sog hörbar die Luft durch die Zähne.

»Ich muss sagen, Gus, das wäre mir gar nicht recht. Schließlich bin ich mit den Wootens befreundet. Wenn sie Probleme haben, halte ich mich da lieber raus.«

»Natürlich, Sie haben Recht«, sagte Savage. »Aber hören Sie zu – Sie müssen unbedingt Earl für mich finden. Und wenn Sie ihn gefunden haben, sagen Sie ihm, er soll mich sofort anrufen.«

Swope sah durch die getönten Scheiben seines Büros in den wolkenlosen Morgenhimmel.

»Mache ich.«

Kurz nachdem er aufgelegt hatte, hatte er erfahren, dass sein Plan inzwischen noch weiter gediehen war. Truax hatte angerufen und ihm mitgeteilt, Wooten habe Vota tätlich angegriffen. Unglaublich. Wenige Minuten später hatte der Vorarbeiter angerufen und wutschnaubend Sanktionen gefordert. Swope hatte ihm versprochen, sich der Sache anzunehmen, und auch tatsächlich eine Meldung verfasst und nach Chicago geschickt, keine Anklage, nur ein weiteres Detail, das Savage zeigen sollte, dass sein Kandidat zunehmend unberechenbar wurde. Doch jetzt, wenige Stunden später, sah alles anders aus. Wooten war wieder daheim. Er hatte Ardelia offenbar überredet, ihn wieder aufzunehmen. Sie hatte ihn zwar ins Gästezimmer verbannt, aber trotzdem, er war wieder zu Hause. Swopes Strategie der tausend Nadelstiche wurde dadurch erschwert. Allein war Wooten eine viel leichtere Beute als in der Sicherheit seines Zuhauses.

Truax' Anruf ging Swope nicht aus dem Kopf. Er zog aus der oberen rechten Schublade seines Schreibtisches einen Block und einen neuen Stift, dann setzte er seine Kugeln in Bewegung. Blieb nur eins – er musste die Arbeit an den gefälschten Papieren beschleunigen. Ursprünglich hatte er sich für die gefälschten Bestellungen, Rechnungen und Frachtbriefe, aus denen hervorgehen sollte, dass Wooten in betrügerischer Absicht Gelder für angeblich gestohlenes Baumaterial angefordert hatte, einen Monat Zeit lassen wollen. Jetzt war klar, dass ihm nur einige Tage blieben. Sobald die Papiere vorlagen, wollte Swope Chicago eine anonyme Nachricht zuspielen. Dort würde man eine Buchprüfung veranlassen, um herauszufinden, ob die Materialien, für deren Ersatz man bezahlte, überhaupt gestohlen worden waren. Da bei der Polizei davon nichts aktenkundig war, geriet Wooten, wenn die doppelten Rechnungen ans Licht kamen, zumindest vorübergehend in Schwierigkeiten. Wenn das Durcheinander dann aufgeklärt war, war Swope schon eine halbes Jahr Citymanager.

Der Plan war an sich gut, aber, wie Swope wusste, überaus heikel. Deshalb hatte er zu seiner Vorbereitung einige Wochen veranschlagt. Dokumente zu fälschen war ein riskantes Unterfangen. Die Jungs in der Rechtsabteilung von EarthWorks waren keine Ardelia Wootens. Den Ehebruch hatte Wooten außerdem tatsächlich begangen. Diesmal dagegen würde er sicher in ehrlicher Entrüstung aufschreien. Wenn Swope nicht äußerste Sorgfalt walten ließ, konnte das Ganze auch gegen ihn selbst losgehen. Aber Zeit war ein Luxus, den er sich nicht mehr leisten konnte. Er hatte keine andere Wahl, als rasch zu handeln. So unbefriedigend es war, aber Wooten so schnell wie möglich an den Pranger zu stellen war das einzige Mittel, das ihm jetzt, wo Wooten wieder zu Hause war, noch blieb. Jede Verzögerung konnte heißen, dass Wooten doch noch Citymanager wurde. Und ihn dann noch von seinem Podest herunterzuholen war unmöglich. Swope war dann arbeitslos – ein Intrigant wie Wooten würde den Rivalen, dem er die Stelle weggenommen hatte, nicht in seiner Nähe dulden.

Arbeitslos – Gott, was für ein Alptraum. Er war doch noch keine vierundsechzig und kurz vor dem Ruhestand, keine dieser traurigen Gestalten, die schon um halb drei nachmittags die Bars bevölkerten oder auf einem öffentlichen Golfplatz drauflosballerten und die Zeit bis zum Bier am Abend totschlugen, einem Abend, der täglich früher anzubrechen schien wie der Beginn eines ewigen Winters. Oder die in der Stadtbücherei Stellenanzeigen kopierten. Schwachköpfe, die gespielt und verloren hatten. Die Jungs von Barger und Green würden sich die Hände reiben. Sag bloss nicht, wir hätten dich nicht gewarnt. Sein rasanter Aufstieg war dann eine Reise ins Nirgendwo ohne Rückfahrkarte. Er würde das Haus verkaufen müssen – das Leben in der Stadt, die er verloren hatte, würde eine einzige Schmach sein. Er würde als Mann fürs Grobe bei geldgierigen Vermietern und Immobilienmaklern anheuern und bei säumigen Mietern die Miete eintreiben, während Earl Wooten auf dem neuen Sitz im Kongress Platz nahm und es sich in Austin Swopes Zukunft bequem machte. Vor seinem geistigen Auge lief wieder der Wahlspot ab, den er zum ersten Mal an seinem Geburtstag gesehen hatte. Allein stand er auf einer Bühne und räumte vor einer schrumpfenden Anhängerschar seine Niederlage ein.

Er zog die Kappe von dem Kugelschreiber ab und machte sich an die Arbeit, um das Bild zu verdrängen. Gegen dreiundzwanzig Uhr hatte er auf drei eng beschriebenen Seiten die Grundzüge seines Planes entworfen. Morgen wollte er sich bei der Buchhaltung mit leeren Rechnungsformularen eindecken und dann mit dem Fälschen beginnen. Er schloss die linke untere Schublade des Schreibtisches auf, um den Entwurf darin zu verstauen. Dabei fiel sein Blick auf die vergilbte Urkunde, die er dort aufbewahrte, als Erinnerung daran, wie es einem ergehen konnte, wenn man nicht aufpasste. Er zog das Pergament heraus und starrte es an. Es handelte sich um den Totenschein seines Vaters, ausgestellt nur drei Jahre nachdem der erste Edward McDonald Swope in den Ruhestand gegangen war. Zweiundvierzig Jahre lang hatte er Tag für Tag als Elektriker einer Firma in River Rouge geschuftet und sein Leben gegen Stundenlohn Schaltkreisen und Stromkabeln geopfert. Einmal war er sogar als Streikbrecher übel verprügelt worden, weil er wegen Wartungsarbeiten in der Fabrik nicht hatte streiken dürfen. Mit fünfundsechzig hatte man ihn rausgeschmissen, ohne Begründung. Der Brief hatte die Unterschrift von McNamara persönlich getragen. Danach war es rasch bergab mit ihm gegangen, und die mühsam verdiente Rente war für Windeln und Pflegepersonal draufgegangen. Das sagte einem niemand, wenn man anfing – dass man sechs Tage die Woche und sechzehn Stunden täglich malochen konnte und hinterher trotzdem in der Scheiße saß. Höllisch aufpassen musste man da. Der alte Edward hatte in einem billigen Pflegeheim geendet, das sein jüngster Sohn, Juniorpartner in einer Anwaltskanzlei, aus seiner Tasche bezahlt hatte. Dann hatte Swope den Vater begraben, und der Beerdigungsunternehmer hatte ihm den Totenschein übergeben, den er jetzt betrachtete. Als Todesursache war darauf »Lungenentzündung, Arteriosklerose etc.« vermerkt. Swope hatte es nie vergessen können. Mehr als die Phrasen auf dem Grabstein oder die sofort vergessenen Gemeinplätze des Pfarrers, der seinen Vater nicht gekannt hatte, war dies das Vermächtnis seines Vaters.

Todesursache – etc.

Ihm würde das nicht passieren. *Das* nicht.

Swope legte die Urkunde auf seine Notizen und schloss die Schublade ab. Zu aufgedreht, um schlafen zu können, goss er sich ein Glas des noch von der Party übrigen Whiskys ein und zündete sich einen Zigarillo an. Er schloss die Augen und schob die trüben Gedanken an seinen Vater beiseite. Stattdessen stellte er sich vor, wie es sein würde, wenn er endlich Citymanager war. Dann brauchte er nicht mehr in Chicago anzurufen, nicht mehr Leute wie Ellen Felice oder Richard Holmes nach ihrer Meinung zu fragen. Drei Jahre lang konnte er nach Belieben schalten und walten. Und dann war 1976, und er war bereit. Wie ein Phönix würde er aus der Asche der Republikaner aufsteigen. Vor seinem geistigen Auge lief ein neuer Wahlspot ab, der das schreckliche Bild löschte, das ihn vor wenigen Stunden noch verfolgt hatte. Es war dieselbe Bühne, aber diesmal spielte die Band laut, und aus der Menge stiegen Luftballons auf wie Popcorn. Einige getreue Freunde brüllten Worte in ein Mikrofon, die niemand verstand, und dann trat er selbst vor die Menge …

Das Geräusch der aufgehenden Haustür riss ihn aus seinen Träumen. Teddy kam schon wieder von einer Verabredung mit Susan Truax. Sally hatte gesagt, die beiden wollten sich *Der Clou* ansehen. Ob Teddy schon mit dem Mädchen geschlafen hatte? Überrascht hätte es ihn nicht. Jemand wie Susan ließ sich doch nicht lange bitten. Er beneidete seinen Sohn. Die Vorstellung, Truax' Tochter zu vögeln, erfüllte ihn mit einem lustvollen Schauer, wärmend wie ein Schluck Whisky. Auch wenn die Mutter wahrscheinlich noch mehr hergab. Sie sah aus, als könnte sie gar nicht genug bekommen.

Eine erste Vorahnung, dass etwas nicht stimmte, schreckte ihn aus seinen Gedanken. Teddy war in der Diele stehen geblieben. Sonst rannte er geradewegs die Treppe zu seinem Zimmer hinauf oder stürzte in die Küche und plünderte den Kühlschrank. Sally schimpfte dann am nächsten Morgen über die Saftpfützen und vielen Krümel, die er hinterließ. Jetzt tat er weder das eine noch das andere. Er stand einfach an der Haustür und atmete schnell, laut und flach.

»Teddy?«, rief Swope leise.

Der Atem seines Sohnes verstummte einige Sekunden lang. Dann hörte Swope Füße in Turnschuhen durch die Diele näher kommen. Die Sohlen quietschten, als seien sie nass. Wie kann das sein, dachte Swope, es regnet doch nicht. Es hatte seit Tagen nicht geregnet.

Teddy erschien in der Tür. Swope lief ein kalter Schauer den Rücken hinunter. Der Junge war leichenblass, die Haare klebten ihm feucht am Kopf, seine Kleider waren tropfnass. Seine Brust hob sich und fiel in sich zusammen wie ein Feuerwehrschlauch. Was Swope aber erst richtig Angst machte, waren die Augen des Jungen. Sie, die sonst so wach und überlegen blitzten, waren jetzt starr vor Panik.

»Dad«, sagte Teddy kaum hörbar, »du musst mir helfen.«

28

Bis zum Rendezvous mit Joel blieb noch über eine Stunde. Teddy beschloss, die Zeit dadurch totzuschlagen, dass er ziellos durch die Stadt fuhr, Musik hörte und Susan mit den neuesten Szenen seines Romans bekannt machte. Newton schien an diesem Abend besonders tot. Die ewig brennenden Gaslaternen beschienen öde Rasenflächen und leergefegte Gehwege. Hinter Wohnzimmerfenstern flackerten Fernseher wie eingesperrte Blitze. Was für ein erbärmliches Leben, dachte Teddy und steckte sich einen Joint an. Überall dieselbe stumme Verzweiflung, dieselben langweiligen Häuser, dieselbe spießige Ordnung.

Statt ihm dankbar zu sein, war Susan in denkbar schlechter Laune ins Auto gestiegen. Sie behandelte Teddy wie einen Chauffeur. Offenbar hatte sie vergessen, wer hier das Kommando führte. Sie seufzte immer wieder hörbar, damit auch wirklich alle begriffen, wie bescheuert sie es fand, nicht zu wissen, wo Joel sie erwartete. Seit Teddy sie am vergangenen Freitag in seinen Plan eingeweiht hatte, hatte sie ihn mit Fragen gelöchert. Aber Teddy wollte die Katze erst aus dem Sack lassen, wenn Susan angeschnallt im Firebird neben ihm saß, damit sie nicht noch auf den

Gedanken kam, sich allein auf den Weg zu machen. Dann endlich, nach einer Viertelstunde ständigen Lamentierens, erlöste er sie aus ihrer Not und eröffnete ihr, sie würden Joel auf dem gesperrten Pier treffen. Susan schimpfte allerdings gleich weiter, diesmal über den Treffpunkt.

»Ich mag den Pier nicht«, sagte sie. »Ich finde ihn gruslig.«

Teddy war versucht ihr zu sagen, dass er das wusste. Deshalb hatte er den Pier ja gewählt. Aber er wollte keinen Streit. Nicht heute Abend. Stattdessen bot er ihr, nachdem sie eine Weile vor sich hin geschimpft hatte, als Geste der Versöhnung einen Zug an seinem Joint an. Sie machte eine ablehnende Handbewegung.

»Ich will nicht high sein«, sagte sie. »Ich bin im Unterschied zu gewissen anderen auch so glücklich.«

Er zuckte die Schultern. Selbst schuld. Als er das Schweigen satt hatte, begann er ihr das neueste Kapitel von *Die strahlende Zukunft* zu erzählen. Dort wird der glücklose Horniman versehentlich nach Vietnam versetzt und in eine Spezialeinheit zwangsverpflichtet, deren Aufgabe es ist, den von einer Fraueneinheit des Vietcong aus der Botschaft entführten geliebten Pudel des Botschafters zu retten.

»Ich will das nicht hören«, sagte Susan unwirsch, noch bevor er zu der Stelle gekommen war, an der Horniman die schönen Guerilleras mit Hilfe seines Riesenschwanzes bändigt.

»Was?«

»Das mit dem Krieg. Das ist nicht witzig.«

Teddy sah Susan an. Sie meinte es offenbar ernst. Ihre blauen Augen starrten ihn böse an.

»Und warum nicht, wenn ich fragen darf?«

»Das weißt du doch selbst.«

Teddy begriff. Natürlich, der Sergeant, den hatte er ganz vergessen. Gut, da war sie empfindlich, obwohl sie ihn natürlich nicht daran hindern konnte, vom Recht der freien Rede Gebrauch zu machen. Doch friedliebend, wie er war, beschloss er, ihrer Bitte nachzukommen.

»Entschuldigung«, sagte er.

»Nicht alles ist nur ein Teil deiner blöden Geschichte«, sagte sie, als hätte er soeben nicht eingelenkt.

Teddy sah sie verblüfft an. Unglaublich, dass sie *Die strahlende Zukunft* gerade blöd genannt hatte. Ein Mädchen, das wahrscheinlich nicht einmal ein einfaches Kinderbuch schaffte. Und sie nannte sein Buch blöd, obwohl er sich soeben bereit erklärt hatte, das Thema aus Rücksicht auf ihren traurigen Vater zu wechseln.

»Vorsicht, Susan«, sagte er. »Sonst geht's heim zu Mama.«

Sie durchbohrte ihn mit einem mörderischen Blick, war aber klug genug, den Mund zu halten. Schweigend fuhren sie weiter. Susan drückte aus einer kleinen schwarzen Tube etwas Lipgloss und verrieb es auf ihren Lippen. Teddy legte *Some Time in New York City* ein. Das erste Lied war »*Woman is the Nigger of the World*«. Nach drei Takten drehte Susan den Ton ab. Ohne ihn zu fragen. Und dabei machte sie den Knopf auch noch mit ihrem blöden Lippendingsda fettig.

»Ich kann das Wort nicht mehr hören«, sagte sie.

»Welches Wort, Frau?«, witzelte Teddy.

»Nein, Teddy, *das* Wort kannst *du* nicht leiden.«

»Pass auf, was du sagst.«

Er drehte die Lautstärke wieder auf. Wieder schwiegen sie eine Weile.

»Wie spät ist es?« Susan musste fast schreien.

»Zwanzig vor neun.«

»Warum müssen wir so lange rumfahren, bevor wie Joel treffen?«, fragte sie ungeduldig.

»Tut mir Leid. Findest du, ich mache etwas falsch?«

Sie starrte ihn nur an.

»Soll ich dich vielleicht bei Joel zu Hause absetzen? Oder ihn zu dir nach Hause bringen?«

Das Lied war zu Ende.

»Verarsch mich nicht, Susan, sonst kannst du den Rest des Sommers mit deinen Plüschtieren spielen.«

Sie sah ihn scharf an.

»Woher weißt du denn das?«

Teddy verspürte einen kurzen Moment der Panik. Vorsicht, ermahnte er sich.

»Was denn?«, fragte er unschuldig.

»Dass mein Vater mir Plüschtiere geschenkt hat. Du warst doch nie bei mir im Zimmer.«

Teddy sah sie an. Dann lachte er.

»Das weiß ich von Joel«, sagte er. »Er sagt mir alles.«

Susan sah aus dem Fenster. Ein kaum wahrnehmbares Lächeln erschien auf ihren Lippen.

»*Alles* nicht«, murmelte sie.

Um fünf nach neun bog Teddy schließlich auf die Newton Plaza ein, früher, als er vorgehabt hatte, aber Susan ging ihm allmählich wirklich auf die Nerven. Er parkte in einer vom Hochhaus nicht einsehbaren Ecke des Parkplatzes, nur für den Fall, dass einer der lahmarschigen Sicherheitsbeamten plötzlich einen ungewohnten Tatendrang entfaltete. Obwohl er nach der Erfahrung beim Überfall am Montagabend bezweifelte, dass aus dieser Richtung Gefahr drohte. Sie stiegen aus. Alles war still. Außer ihnen war nur ein Spaziergänger zu sehen, der mit seinem Hund in Richtung Mystic Hills unterwegs war. Zu hören war nur das Rauschen des Verkehrs auf der Schnellstraße und das Glucksen des Wassers an den menschenleeren Piers. Die vor ihnen aufragende Glasfront des Hochhauses war dunkel. Perfekt, dachte Teddy.

Susan wollte losgehen.

»Warte noch«, sagte Teddy.

Er beugte sich über den Rücksitz und klaubte von dem mit Büchern, Kleidern und Müll übersäten Boden seine Taschenlampe, ein gigantisches Teil mit sechs Batterien und der Lichtstärke eines Autoscheinwerfers. Er richtete sie auf Susans Gesicht und schaltete sie ein.

»Es werde Licht«, sagte er.

Sie verscheuchte das Licht mit einer Armbewegung, als sei es ein Mückenschwarm.

»Sei kein Idiot, Teddy.«

Er knipste die Lampe aus und ging voraus. Unter dem Baum der Schwerkraft strich er im Vorbeigehen mit der Hand über den Apfel wie über einen Glücksbringer. Sie stiegen die langen Betonstufen zur hölzernen Uferpromenade hinunter. Teddy ließ Susan zuerst über den Zaun klettern, damit sie nicht sah, wie ungeschickt er sich dabei anstellte. Von oben auf dem Zaun sah man die riesige Kuppel des Pavillons, erleuchtet wie die Startrampe von Kap Canaveral. Aus der Richtung des Pavillons drang das Geräusch einer Kreissäge über das Wasser. Die Arbeiter waren hinter einer Baumreihe am Ufer verborgen. Teddy ließ sich zum Boden hinunter. Dabei verbog er sich die Brille und riss den auf seine Jacke aufgenähten Union Jack zur Hälfte ab. Susan folgte seinen Verrenkungen mit einem spöttischen Lächeln.

»Los, weiter«, befahl er.

Sie kamen an einem großen Haufen stinkender Fische vorbei, die jemand auf der Uferpromenade hatte liegen lassen. Susan rümpfte die Nase. Dann drückten sie sich an den 200-Liter-Fässern vorbei, die den Eingang zum Pier versperrten, und gingen über die Redwood-Planken nach vorn. Kurz vor dem Ende des Piers, wo die Bretter sich allmählich nach links senkten, musste Teddy Susan helfen, obwohl das Gefälle nicht besonders stark war. Die Hand, die er ausstreckte, nahm sie allerdings nicht; stattdessen hielt sie sich am Ärmel seiner Jacke fest. Das Heulen der Säge verstummte in genau dem Augenblick, als sie das Ende des Piers erreichten. Teddy sah zum Cross Keys Inn hinüber. Die Tische waren leer, die Kerzen brannten nicht. Offenbar hatte die Uferterrasse heute früher geschlossen. Es wurde immer besser. Ausgeschlossen, dass sie hier jemand sah. Er knipste die Taschenlampe an und ließ den Strahl über das Wasser und die Planken gleiten.

»Damit verrätst du uns doch.«

Teddy hielt sich die Lampe unter das Kinn. Sein Gesicht verwandelte sich in eine dämonische Fratze.

»Dein letztes Stündlein hat geschlagen«, sagte er mit Grabesstimme.

Susan beachtete ihn nicht und setzte sich an den Rand des Piers. Teddy starrte auf ihren Hinterkopf. Mit Leichtigkeit hätte er sie jetzt in den See schubsen können. Irre komisch wäre das, sie klatschnass zu sehen, vor allem die blonde Haarpracht, die sie für Joel zurechtgeföhnt hatte. Susan konnte es nicht leiden, den Kopf unter Wasser zu bekommen. Aber wenn er sie reinschubste, bekam er es mit Joel zu tun. Also setzte er sich einfach nur neben sie. Die

Taschenlampe stellte er mit dem Strahl nach unten zwischen sie, eine indirekte, von weiter weg unsichtbare Beleuchtung.

»Ruhige Nacht«, sagte er.

Susan schwieg. Sie konnte einem wirklich die Laune verderben. Er steckte sich einen Joint an, ohne ihr etwas davon anzubieten. Ein Samenkorn fiel in die Flamme des Feuerzeugs und explodierte zum Wasser hinunter wie ein Blindgänger. Teddy sah zur Plaza zurück. Bald kam Joel. Da Teddy wusste, dass sein Roman tabu war, beschloss er, in der verbleibenden Zeit Susan von dem Artikel zu erzählen, den er in *Scientific American* gelesen hatte, einem Artikel über schwarze Löcher, die in Wirklichkeit tote Sterne waren. Ein unglaublich interessantes Zeug. Bahnbrechend. Er war allerdings noch nicht einmal dahin gekommen, wie ihre ungeheure Gravitation das Licht buchstäblich schluckte, als sie gähnte.

»Langweile ich dich, Susan?«

»Nicht mehr als sonst«, erwiderte sie.

Das reichte. Endgültig.

»Dann rufe ich jetzt Joel an und blase das Ganze ab, ja? Er ist wahrscheinlich noch nicht losgegangen.«

Sie starrte ihn wütend an. Aus der Richtung des von Bäumen verdeckten Pavillons schallten Hammerschläge über das schwarze Wasser.

»Du bist wirklich ein Arschloch«, sagte sie.

»Oder ein schwarzes Loch?«

»Mach ruhig deine Witze, solange du noch kannst.«

»Was heißt das jetzt wieder?«

Er merkte, dass sie nicht recht damit heraus wollte, doch dann gewann ihre Wut die Oberhand.

»Das kann ich dir sagen, Tedward – Joel und ich verschwinden nämlich von hier.«

Teddy bekam auf einmal Angst. Der unsichtbare Hammer hämmerte erbarmungslos weiter.

»So ein Quatsch.«

»Wir haben das schon vor Wochen beschlossen, in Washington. Für den Fall, dass Irma die Bombe platzen lässt. Wir müssen nur noch die Einzelheiten besprechen, und das tun wir heute Abend. Morgen sind wir weg.«

»Unmöglich.«

»Denk, was du willst. Aber du suchst dir für den Sommer besser einen anderen Freund.«

Teddy starrte in das trübe Wasser hinunter. Susan war eine dumme Kuh. Die beiden konnten doch nicht einfach abhauen.

»Toll. Und wo wollt ihr wohnen?«

»Das haben wir uns alles schon ausgedacht.«

»Wo denn? In Washington?«

»Ich dachte, Joel erzählt dir immer alles.«

Sie klang spöttisch.

»Los, sag's mir, Susan.«

Er hörte, wie dringend seine Stimme klang.

»Warum denn?« Sie lächelte boshaft, und ihr Gesicht wirkte in dem von unten kommenden Licht grausam. »Willst du etwa mitkommen?«

»Halt die Klappe.«

»Warum soll ich die Klappe halten? Was willst du tun? Joel anrufen? Gut. Geh schon los. Ich stehe dann neben dem Telefon und schreie ganz laut, dass du lügst.«

»Vielleicht verrate ich euch an Irma.«

»Das traust du dich nicht.«

Die Wut riss ihn mit.

»Vielleicht habe ich es ja schon getan.«

Sie fuhr zu ihm herum.

»Was hast du?«

Jetzt war es an ihm, triumphierend zu lächeln. Zerbrich dir mal darüber dein Spatzenhirn, du Kuh. Susan sah ihn lange unverwandt an, und dann begriff sie. Teddy bekam Angst, er könnte zu weit gegangen sein. Susan schien auf einmal viel älter als er.

»Du warst das also«, sagte sie kalt. »Du wolltest, dass meine Eltern uns erwischen, damit wir Schwierigkeiten bekommen und du deine blöden Spiele mit uns treiben kannst.«

Teddy spürte, wie sein Mund austrocknete. Das ging alles entschieden zu weit. Das Hämmern am Pavillon brach ab, Stille senkte sich über den See.

»Versuche nicht Dinge zu verstehen, die du nicht verstehen kannst«, sagte er schwach.

»Glaubst du, ich durchschaue dich nicht, Teddy? Glaubst du, nur weil du ein so großes Hirn hast, merken dumme Leute wie ich nicht, dass du schwul bist?«

»Was soll ich sein?«

»Glaubst du, Joel weiß das nicht?«, redete sie weiter. »Glaubst du, er will noch weiter mit dir zusammensein? Als ihr Kinder wart, war das egal, sagt er. Mit vierzehn sind alle Jungs schwul. Aber jetzt wird es langsam komisch, Teddy, wirklich.«

»Das hat er nie gesagt.«

»Doch, in letzter Zeit sogar ganz oft. Und wenn ich ihm erzähle, was du getan hast, sagt er es bestimmt wieder.«

Teddy stand auf. Beim Pavillon begann eine Kreissäge zu heulen. Der Lärm ging ihm durch Mark und Bein.

»Gar nichts erzählst du ihm.«

»Du wirst schon sehen.«

Er las an ihrem Gesicht ab, dass sie es ernst meinte. Sie würde es tun, würde Joel alles erzählen, ihm sagen, dass Teddy ihn verraten hatte. Und dann war endgültig Schluss mit ihrer Freundschaft. Joel würde ihm nie verzeihen.

Die beiden wollten ihn sitzen lassen.

»Komm schon, Susan. Hör auf mit dem Quatsch.«

Sie stand ebenfalls auf. Ihre silbernen Armreifen klirrten.

»Pass auf, was ich jetzt tue, Tedward.«

Sie begann, in ihren Sandalen unsicher die schrägen Planken hinaufzusteigen. Er packte sie am Arm. Sie versuchte sich loszureißen, aber er hielt sie fest. Das Kreischen der Säge wurde zu einem tiefen Brummen – sie fraß sich durch Holz.

»Susan, ich warne dich. Kein Wort zu Joel.«

»Lass mich los.«

»Ihr haut nicht ab. Das geht nicht.«

Sie versuchte wieder, sich loszureißen. Als sie merkte, dass er sie nicht losließ, blieb sie bewegungslos stehen. Ihre Augen verengten sich zu Schlitzen.

Die Säge verstummte, endlich. Ruhig lag der See da.

»Schwuchtel«, sagte sie.

Da verlor er die Beherrschung und gab ihr einen Stoß, so heftig er konnte. Sie stolperte rückwärts und stieß dabei die Taschenlampe um. Die Wirkung des Stoßes war aufgrund der geneigten Fläche stärker, als Teddy beabsichtigt hatte. Er streckte die Hand aus, um Susan zurückzureißen, bekam sie aber nicht mehr zu fassen. Und dann stürzte sie in die Tiefe. Einmal noch leuchtete ihr Gesicht im Strahl der umgefallenen Taschenlampe auf, und in diesem kurzen Augenblick sah Teddy, wie der Hass auf ihrem Gesicht der Angst wich. Dann verschwand sie im Dunkel. Es folgte ein dumpfer Schlag, dann ein Klatschen. Das Klatschen verklang, und Teddy dachte wieder an das erste Geräusch, den dumpfen Schlag, lautlos und unendlich laut zugleich wie ein über das Meer wanderndes Flüstern. Er verharrte bewegungslos und wartete darauf, dass Susan hustend, spuckend und um sich schlagend auftauchte und ihn beschimpfte. Aber da war nichts, nur Stille. Er trat an den Rand des Piers und wäre fast selber ins Wasser gefallen. Die Taschenlampe war an einem senkrechten Stützbalken hängen geblieben. Er hob sie auf und richtete den Strahl auf das lehmfarbene Wasser. Die Wirbel begannen sich zu verlaufen. Er starrte auf die scharfe Kante der Bootsanlegestelle unter ihm und dachte wieder an den dumpfen Schlag.

Die Säge begann wieder zu kreischen, das schlimmste Geräusch der Welt.

Er rief Susans Namen. Keine Antwort. Er hockte sich auf die Bretter und leuchtete mit der Taschenlampe zum Wasser hinunter. Von Susan keine Spur.

»Susan, sei nicht blöd. Das ist kein Spaß.«

Er sah auch unter dem Pier nach. Vielleicht hatte sie sich ja dort versteckt und machte sich auf seine Kosten lustig. Aber er sah nur Balken und ein Gewirr von Schatten.

Susan war im Wasser. Er hatte sie hineingestoßen, sie hatte sich den Kopf angeschlagen, und jetzt war sie irgendwo da unten.

Er stieg zum Bootssteg hinunter und legte die Taschenlampe der Länge nach auf den Steg, sodass sie die letzten Ausläufer der Wellen beschien. Dann zog er die Jacke aus und setzte die Brille ab. Die Säge beim Pavillon fraß sich wieder durch Holz. Gott, wie er dieses Geräusch hasste. Er versuchte, nicht daran zu denken, und sprang. Das Wasser war warm und schwarz. Einen Moment lang wusste er nicht, wo die Wasseroberfläche war. Dann fand er die Orientierung wieder und schwamm mit zwei kräftigen Beinstößen zum Seegrund hinunter. Kaum zu glauben, wie dunkel es hier war. Und wie tief. Er sah nicht einmal seine Hände, die direkt vor seinem Gesicht durch das Wasser ruderten. Etwas streifte seine Schulter. Er griff danach, bekam aber nur Wasser zu fassen. Scheiße, dachte er. Er drehte um und schwamm so schnell wie möglich nach oben, wie er meinte. Doch die Oberfläche wollte und wollte nicht näher kommen. Er sah einen hellen Schein und schwamm darauf zu. Seine schwachen Lungen fingen schon an zu brennen, als er endlich durch die Oberfläche stieß, fast genau an der Stelle, an der er hineingesprungen war. Er schnappte nach Luft. Draußen schien es dunkler als vorhin, als er hineingesprungen war. Beim Pavillon war alles still. Er überlegte kurz, ob die Arbeiter ihn wohl sahen, aber das war unmöglich. Sie waren zu weit weg, und dazwischen standen dicht belaubte Bäume. Er hielt sich am Rand des Bootssteges fest und sah sich um. Von Susan immer noch keine Spur, weder auf dem Wasser noch auf dem Pier. Er hörte auch kein spöttisches Lachen.

Nichts.

Er holte so tief Luft, wie seine schmale Brust es zuließ, und tauchte wieder. Doch drunten war es nur dunkel, und außer Wasser gab es dort nichts. Er stieg wieder auf und tauchte noch einmal. Jedes Mal überfiel ihn kurz nach dem Untertauchen dieselbe panische Angst. Zwischen dem zweiten und dritten Mal rief er Susans Namen. Beim letzten Mal gelangte er bis zum Grund, bekam dort aber nur kalten Lehm und glatten Fels zu fassen. Jetzt wusste er, dass er Susan nie und nimmer finden würde. Er stieg zum dritten Mal auf. Er würde nicht mehr tauchen. Sein Herz und seine Lungen konnten nicht mehr.

Susan lag auf dem Grund des Sees. Er hatte sie hineingestoßen, und jetzt war sie weg.

Spuckend und keuchend zog er sich auf den Steg hinauf. Warum war es so stockfinster? Dann kapierte er es auf einmal. Die Taschenlampe war ausgegangen. Er kniete hin und tastete mit den Händen suchend über die Bretter. Endlich fand er sie weiter hinten. Er knipste sie an, aber sie ging nicht. Tot, wie alles an diesem Abend.

Beim Pavillon begann wieder das Hämmern. Aus irgendeinem Grund fiel Teddy dabei ein, dass Joel jeden Moment hier sein konnte. Erleichterung überkam ihn. Joel würde wissen, was zu tun war. Er schwamm wie ein Delfin und konnte stundenlang tauchen. Er würde einfach sein Hemd ausziehen und reinspringen. Und Susan rausholen.

Nur dass Susan dann schon tot war.

Teddy griff nach Jacke und Brille und kletterte wieder auf den Pier. Er sah zur Plaza zurück. Sie war leer. Er musste hier sofort verschwinden, sonst sahen ihn andere, und sie würden nicht verstehen, was passiert war. Zuallererst musste er zu seinem Vater. Er würde wissen, was zu tun war, ganz bestimmt.

Hastig stolperte er über die abschüssigen Bretter in Richtung Ufer. Seine nassen Schuhe machten ein schmatzendes Geräusch, und zwei Mal wäre er fast hingefallen. Das Kreischen der blöden Säge verfolgte ihn. Es schien lauter denn je und schnitt förmlich durch seinen Schädel. Zuletzt lief er so schnell, dass er, als er zur Uferpromenade kam, fast in den Berg mit Fischen gerannt wäre. Er kletterte über den Zaun und lief auf den Firebird zu. Immer noch war niemand zu sehen. Eine ganz normale, ruhige Nacht in Newton. Dann war er bei seinem Auto, setzte sich hinter das Steuer. Bewegungslos blieb er eine Weile sitzen. Wasser tropfte auf den teuren Ledersitz, eine Sonderanfertigung.

Susan lag im See. Er hatte sie hineingestoßen.

Er zog den Autoschlüssel aus der durchweichten Hosentasche und steckte ihn ins Zündschloss. Gerade als er den Motor starten wollte, nahm er eine Bewegung wahr. Er erstarrte. Jemand kam aus Richtung Mystic Hills die Uferpromenade entlang. Er erkannte ihn sofort am Gang. Joel. Joel ging mit denselben selbstsicheren Bewegungen wie in der Schule. Teddy sah auf seine Taucheruhr. Sie funktionierte noch, natürlich, es war ja eine Taucheruhr. Joel war auf die Minute pünktlich.

Teddy wartete, bis er über den Zaun verschwunden war, dann ließ er den Wagen an. Er musste hier weg. Er musste mit seinem Vater reden.

Sein Vater war noch in seinem Arbeitszimmer. Er arbeitete wie immer bis spät die Nacht. Teddy blieb in der Diele stehen und überlegte verzweifelt, was er sagen sollte, wie er seinem Vater begreiflich machen sollte, was passiert war. Damit sein Vater es wieder in Ordnung bringen konnte, wie er es immer tat. Obwohl es diesmal nicht um einen Strafzettel wegen zu schnellen Fahrens oder die Aufregung wegen des bisschen Haschisch damals in College Park ging. Diesmal war es ernst.

Sein Vater rief ihn, und Teddy begriff, dass ihm nichts anderes übrig blieb, als genau zu erzählen, was passiert war. Von hinter dem schweren Eichenschreibtisch sah sein Vater ihm über die bewegungslos herunterhängenden Kugeln des Klick-Klack entgegen. Auf der Schreibunterlage vor ihm stand ein leeres Cocktailglas, im Aschenbecher rauchte ein ausgedrückter Zigarillo.

Teddy bemerkte die Überraschung in seinen Augen.

»Du musst mir helfen«, sagte er. Seine Stimme klang schwach und leise und schien ihm gar nicht zu gehören.

»Was ist los? Was ist passiert?«

»Ich war am See und …«

Er wusste nicht, wo anfangen. Die blöde Kuh. Warum hatte sie ihn provoziert?

»Komm rein«, hörte er seinen Vater sagen. »Komm rein und setz dich.«

Teddy gehorchte und ging zu einem der Sessel vor dem Schreibtisch. Dann blieb er stehen.

»Ich bin ziemlich nass.«

»Teddy – setz dich.«

Er setzte sich.

»Und jetzt will ich ganz genau wissen, was passiert ist.«

Er spürte, wie sich sein Mund ohne sein Zutun zu einem Lächeln verzog. Sein Vater wurde ungeduldig. Teddy wusste, dass er jetzt reden musste, nur wusste er einfach nicht, wo anfangen.

»Moment mal – wo ist Susan Truax? Warst du heute Abend nicht mit ihr aus?«

»Sie ist im See.«

Teddy sah im Gesicht seines Vaters etwas, das er nie für möglich gehalten hätte. Angst.

»Was soll das heißen, im See?«

Teddy starrte auf den Schreibtisch, auf die Männchen auf der Schreibunterlage.

»Sie ist untergegangen, Dad.«

»Teddy, soll das heißen, Susan Truax ist ertrunken?«

Das Wort ging ihm durch Mark und Bein wie das Kreischen der Säge. Aus irgendeinem Grund hatte er es bis jetzt verdrängt. Er nickte wie betäubt. Sein Vater sah ihn starr an.

»Mein Gott. Wie ist das passiert?«

»Wir haben auf Joel gewartet…«

»Auf Joel?«

»Ich wollte, dass die beiden sich treffen.«

Sein Vater nickte, obwohl er es offenbar nicht verstand.

»Weiter.«

»Nur dass Susan das nicht kapiert hat. Sie ist so dumm, Dad. Sie wollte alles verderben. Die wollten mich sitzen lassen.« Seine Stimme stockte. »Da habe ich ihr einen Schubs gegeben. Ich wollte doch nur, dass sie den Mund hält.«

»Was genau hast du getan, Edward? Es ist wichtig, dass ich das weiß. Ich meine, wenn du sie verletzt hast oder…«

»Ich habe ihr einen Schubs gegeben, ja? Einen ganz kleinen. Sie hat mich provoziert, also habe ich sie geschubst. Mehr nicht. Ich wollte ihr doch überhaupt nicht wehtun oder so was. Gut, vielleicht sie nass machen, aber nur, damit sie endlich die Klappe hält. Und dann fiel sie rein und hat sich wahrscheinlich den Kopf angehauen, denn sie ging gleich unter. Ich bin ihr nachgesprungen, um sie rauszuholen, aber es war so dunkel…«

Sein Vater schien nicht mehr zu atmen.

»Wo genau ist es passiert?«

»Du kennst doch den letzten Pier?«

»Den baufälligen?«

»Dort.«

»Hat dich jemand gesehen?«

»Nein.«

»Jetzt hör mir genau zu, Teddy. Damit dir klar ist, was du da sagst – bist du ganz sicher, dass dich niemand gesehen hat?«

»Natürlich, das war doch gerade mein Plan.«

»Auch nicht Joel?«

»Ich war weg, bevor er kam.«

»Aber du hast *ihn* gesehen?«

Teddy nickte.

»Vom Auto aus, kurz bevor ich weggefahren bin.«

»Aber er hat dich nicht gesehen?«

Teddy schüttelte den Kopf. Sein Vater senkte den Blick und starrte auf die Kritzeleien auf der Schreibunterlage. Teddy glaubte schon, er würde gleich losbrüllen, doch dann stand er nur auf und trat an das Fenster, das zum Vorgarten hinausging. Teddy spürte, wie sich seine Anspannung etwas lockerte. Das machte sein Vater immer, wenn er ein Problem lösen musste. Aus dem Fenster sehen. Hier oder im Büro, egal wo. Geradezu als erwarte er, dass die Lösung draußen in Sicht kam. Teddy wusste, dass er jetzt eigentlich nichts sagen durfte, dass er seinen Vater nachdenken lassen musste. Doch er musste einfach fragen.

»Werde ich jetzt bestraft, Dad?«

Sein Vater sah noch eine Zeit lang zum Fenster hinaus, dann drehte er sich um. Er wirkte grimmig entschlossen.

»Nein, Teddy.«

Und dann sagte er die Worte, die Teddy als kleiner Junge so oft gehört hatte, immer dann, wenn er etwas verloren oder kaputtgemacht hatte und andere wütend auf ihn waren. Es waren die schönsten Worte der Welt.

»Lass mich nur machen. Das kriegen wir wieder hin.«

29

Er musste schnell handeln. Wenn hier etwas zu machen war, dann jetzt, bevor Polizei, Eltern und andere davon erfuhren. Das Mädchen wurde zu Hause erwartet, vielleicht hatten die Eltern die Polizei schon alarmiert. Er musste die Lawine aufhalten, die auf Prospero's Parade zurollte, bevor sie sein einziges Kind, seinen über alles geliebten Sohn, für den er sich seit einem Vierteljahrhundert abrackerte und dem alle seine Träume galten, spurlos unter sich begrub.

Die Wahrheit war kein gangbarer Weg. Swope wusste es, noch bevor Teddy ausgeredet hatte. Eine Geschichte musste erfunden werden, etwas, das die Schuld von den schmächtigen Schultern seines Sohnes nahm. Swope musste sie erfinden. Er hatte eine Stunde Zeit, höchstens, dann waren andere am Zug. Dann schlug die Zellentür zu. Zweiundzwanzig Jahre Erfahrung als Anwalt mussten sich jetzt bewähren, in diesen wenigen Minuten an einem ruhigen Dienstagabend, an dem sein Kopf von der Arbeit eines langen Tages und drei Whiskys in Mitleidenschaft gezogen war.

»Dad?«

»Lass mich noch kurz überlegen, Edward«, sagte er leise.

Er starrte wieder durch das Fenster. Vor dem Haus war alles ruhig, Gott sei Dank. Nur Bäume, Sträucher und der gemähte Rasen, sanft erleuchtet vom bleichen Schein der Gaslaterne. Keine Streifenwagen, keine drängelnden Reporter oder neugierigen Gaffer.

Noch nicht.

Fang einfach an, sagte er sich. Von vorn. Zuerst den Fall gegen Teddy konstruieren, überlegen, was die anderen in der Hand haben. Erst dann konnte er die Anklage auseinandernehmen. Fakt Nummer eins – ein Mädchen liegt tot auf dem Grund des Sees von Newton. Was verband seinen Sohn mit diesem traurigen und gewichtigen Umstand? Einmal natürlich die Gelegenheit. Er konnte schlecht sagen, Teddy sei nicht da gewesen. Mein Gott, der Junge war doch mit dem Mädchen im Kino gewesen. Und jede Menge Passanten konnten den Firebird auf dem Parkplatz von Newton Plaza gesehen haben. Teddy war unbestreitbar am Tatort gewesen, und zwar zusammen mit dem Opfer. Swope erwog kurz zu behaupten, Teddy habe Susan nach einer Kabbelei auf dem dunklen Pier allein gelassen und das Mädchen sei anschließend auf geheimnisvolle Weise ums Leben gekommen. Vielleicht konnte er die Tat einem der Punks, die ihm am vergangenen Abend aufgelauert hatten, in die Schuhe schieben. Doch er verwarf den Plan wieder, noch bevor er ihn genauer geprüft hatte. Eine solche Geschichte warf mehr Fragen auf als sie beantwortete. Sitzen gelassene Mädchen wurden nicht im nächsten Augenblick von Fremden umgebracht. Chones hätte das vielleicht geschluckt, aber Swope wusste aus Erfahrung, dass der Sheriff bei Gewaltverbrechen gern die Kriminalpolizei zuzog. Und die Kripo schuldete Swope keinen Gefallen.

Teddy war also da gewesen, und Susan war tot, um diese beiden Fakten kamen sie nicht herum. Ziel war deshalb, den kausalen Zusammenhang zwischen beiden zu zerstören. Ein Unfall, natürlich, das war die Lösung. Susan war auf dem glitschigen, abschüssigen Pier ausgerutscht, hatte sich den Kopf angeschlagen und war ertrunken. Ein tragischer Unfall, aber was hätte man tun sollen. Wenn jemand daran schuld war, dann Swope, weil er den Pier nicht hatte reparieren lassen. Ohne Zeugen konnte das mit dem Unfall niemand widerlegen. Swope fiel der boshafte Rat eines Strafrechtsprofessors aus Michigan ein: Wer mit einem Mord davonkommen will, braucht sein Opfer nur in einem unbeobachteten Moment aus dem Fenster zu stoßen. Teddy musste sich dann nur noch an diese Version halten. Unfälle gab es immer, zumal an gefährlichen Orten. Vielleicht hatten die beiden miteinander rumgeknutscht, wie es junge Leute tun, die sich gern haben, und dann war Susan gestolpert. Teddy war hinterhergesprungen, um sie zu retten, aber nichts zu machen, erst recht nicht mit seiner Krankengeschichte. Vielleicht nahmen ihn Chones und die Kripo in die Mangel, aber Swope würde die ganze Zeit als Aufpasser und Anwalt dabei sein. Wenn der Junge durchhielt, konnte ihm nichts passieren.

So einfach war das. Jetzt brauchten sie die Geschichte nur noch einzustudieren und dann die Polizei anzurufen. Die Truaxens waren sicher am Boden zerstört, würden aber mit sich reden lassen, zumal wenn EarthWorks ihnen wegen Vernachlässigung des Piers eine saftige außergerichtliche Abfindung zahlte. Teddy durfte sich einige Wochen lang nicht in der Öffentlichkeit blicken lassen, aber im August war der Sturm vorbei und alles wieder wie vorher.

Mitnichten wie vorher. Teddy konnte dann zwar nicht wegen Totschlags belangt werden, aber die Schmierfinken von der Presse würden die Affäre zu einem Sturm aufblasen, der die Swopes hinwegfegte. Attraktives Mädchen kommt bei erstem Rendezvouz mit reichem Einzelkind auf mysteriöse Weise ums Leben. Geld für die Familie der Verstorbenen: Einflussreicher Anwalt kauft seinen Sohn frei. Die lokale Gerüchteküche würde brodeln. Harvard würde davon hören, ebenso mögliche künftige Arbeitgeber, und damit war Edward McDonald Swope, auch wenn er nicht ins Gefängnis musste, weg vom Fenster. Für immer abgestempelt als der Junge, den sein Vater freigekauft hat. Und je stärker der Druck auf ihn wurde, desto eher machte er schlapp, wenn sein Vater einmal nicht zu seiner Hilfe da war. Und Swope selbst konnte den Citymanager vergessen. Gegen Wooten hatte er dann auch nichts mehr in der Hand. Das Pendel würde zurückschwingen und ihn umwerfen.

Los, spornte er sich an, das kannst du besser. Denk nach. Die Zeit wird knapp. Vielleicht alarmierte Irma in eben diesem Moment die Polizei. Er drehte sich zu Teddy um, der tropfnass und panisch vor Angst hinter ihm saß. Teddy erwiderte seinen Blick hoffnungsvoll. Seine Trichterbrust hob und senkte sich heftig vor Angst und Erschöpfung, genau wie in jenen ersten Tagen seines Lebens im Brutkasten, als nur noch sein Vater ihm hatte helfen können. Und genauso wie damals musste es auch jetzt eine Rettung geben. Eine Rettung, die Teddys Unschuld bewies und ihm sofort und für immer Ruhe verschaffte.

Er sah wieder zum Fenster hinaus. Eine weiße Limousine tauchte am Eingang der Sackgasse auf und verlangsamte das Tempo, als wollte sie einbiegen. Swope verspürte eine Panik, wie er sie noch nie erlebt hatte. Es geht los, dachte er, der lange Absturz in die Schande. Doch der Wagen fuhr weiter. Sein Fahrer war nur langsamer geworden, um das Haus zu bewundern. Wie so viele.

Als er verschwunden war, wusste Swope, was er tun musste. Der Plan war ganz plötzlich da, wie ein Relikt der abklingenden Panik. Swope erschrak über dessen schreckliche Perfektion, dessen Vollkommenheit bis ins letzte Detail. Der Plan war furchtbar, aber deshalb um nichts weniger unausweichlich. Noch während Swope sich sagte, dass er ihn unmöglich befolgen konnte, wusste er, dass er keine Wahl hatte. Entweder das oder er verlor Teddy. Das oder sein Leben ging den Bach runter. Dazwischen gab es nichts, keinen Kompromiss. Für Kompromisse war es zu spät.

Er sah seinen Sohn an.

»Wie war das mit Joel?«, sagte er.

»Joel?«

»Mir ist noch nicht klar, was für eine Rolle er bei dem Ganzen spielt.«

Teddy starrte auf den Schreibtisch, und ein nervöses Lächeln spielte um seine bläulichen Lippen. Swope wurde plötzlich wütend, ohne dass er es wollte. Das Mädchen trieb inzwischen womöglich für jedermann sichtbar auf dem See, und sein Sohn konnte nur dämlich grinsen.

»Teddy, mein Gott, du hast gerade einen Mord gestanden«, sagte er schrill. »Es geht jetzt nicht darum, jemand anderen zu decken. Wir müssen zusehen, wie wir deine Haut retten.«

Teddy sah zu ihm auf, und sofort bereute Swope seine heftigen Worte. So kamen sie nicht weiter. Immer mit der Ruhe, ermahnte er sich. Einen Schritt nach dem anderen. Er lächelte und nickte ermutigend.

»Ich wollte ihm doch bloß einen Gefallen tun«, sagte Teddy schließlich. »Das war doch alles nur Schwindel, dass ich mit Susan befreundet bin. Damit sie nicht zu Hause bleiben musste, sondern sich mit Joel treffen konnte.« Er schüttelte den Kopf, wie gekränkt. »Ich wollte ihm doch bloß einen Gefallen tun.«

»Aber die anderen dachten alle, du seist mit Susan verabredet?«

»Alle außer Joel.«

»Und der kam erst, als du schon weg warst?«

Teddy nickte. Swope begann im Zimmer auf und ab zu gehen. Seine Gedanken überschlugen sich.

»Hör zu, Teddy, wir haben nicht viel Zeit. Wir müssen jetzt eine Lösung finden, jetzt gleich.«

»Ja.«

»Ich muss Sheriff Chones anrufen, und dann müssen wir eine Geschichte für ihn haben.«

Auf einmal kam Leben in Teddy.

»Darüber habe ich auf dem Heimweg nachgedacht. Vielleicht könnten wir sagen, es war ein Unfall. Sie ist einfach ausgerutscht …«

Sein Vater schüttelte den Kopf, und Teddy brach ab.

»Warum denn nicht, Dad? Dann steht meine Aussage gegen ihre, und sie ist … tot.«

»Dann steht deine Aussage gegen das, was alle anderen sagen«, sagte Swope.

»Das verstehe ich nicht.«

»Was würdest du denn sagen, wenn ein Junge, den du kennst, zum erstenmal mit einem attraktiven Mädchen ausgeht und das Mädchen anschließend tot im Wasser schwimmt?«

Teddy zuckte die Schultern.

»Ich weiß nicht. Dass er sie umgebracht hat.«

»Eben. Auch wenn du es nicht beweisen könntest.«

Teddy schwieg. Swope merkte, dass sein Sohn noch einen kleinen Stoß brauchte, um bei seinem Plan mitzumachen, dass es noch einer kleinen Notlüge bedurfte, damit er die größere Wahrheit begriff.

»Ich wollte, ich könnte sagen, dass man dir glaubt, wenn du sagst, es sei ein Unfall gewesen. Aber ich kann es nicht. Der Staatsanwalt erhebt ganz sicher Anklage, und dann entscheiden die Geschworenen. Zwölf Fremde, Teddy, ignorante Spießer mit kleinlichen Vorurteilen, die jemand wie dich beneiden und nicht ausstehen können.«

»Ich habe Susan doch kaum angefasst, Dad.«

»*Ich* weiß das, aber deshalb bekommst du trotzdem Schwierigkeiten, große sogar. Und ich kann dir dann nicht mehr helfen.«

»Was soll ich denn tun?«, fragte Teddy mit ersterbender Stimme.

»Du erzählst ihnen eine von deinen Geschichten.«

Etwas Leben kehrte in Teddy zurück.

»Könnte ich. Cool.«

»Eine Geschichte, mit der du von dir und Susan ablenkst.«

»Ich könnte sagen, ich war gar nicht da.«

»Aussichtslos, Junge. Los, weiter. Denk nach.«

»Was soll ich sonst sagen?«

Swope ging in die Hocke, bis er auf gleicher Höhe mit Teddy war.

»Du sagst, du hast gesehen, wie es jemand anderer tat.«

»Stimmt.« Teddys Augen wurden größer. »Ich könnte eine fiese Mutter erfinden, oder einen ausgerasteten Hippy, eine Mischung aus Manson und …«

»Teddy.«

Sein Sohn brach ab.

»Es muss jemand sein, den es wirklich gibt, jemand, den die Bullen verhaften können. Sonst nehmen sie doch noch dich mit.«

Teddy sah weg, als ob die Worte ihn schmerzten. Und dann begriff er. Seine Prüfer hatten Recht, auf den Kopf gefallen war er nicht.

»Wer?«, fragte er schließlich.

»Du weißt es.«

»Nicht Joel.«

»Doch. Joel.«

Teddy schüttelte den Kopf.

»Das geht nicht, Dad.«

Swope rückte noch näher an ihn heran und legte die Hand auf den kalten Arm seines Sohnes.

»Jetzt hör mir mal genau zu, Edward. Was da auf dich zukommt, wird dein Leben ruinieren. Ich weiß, dass du dem Mädchen nicht wehtun wolltest und dass es ein Unfall war. Aber vor Gericht zählt das nichts.«

»Aber …«

»Sieh dich in meinem Arbeitszimmer um. Ich kenne die Gesetze. Besser als alle, denen du je begegnen wirst – sogar in Harvard. Und nach diesen Gesetzen musst du bezahlen. Verstehst du mich?«

Teddy nickte dumpf.

»Du kommst für das, was du getan hast, ins Gefängnis. Ins Gefängnis, Teddy, nicht nach Harvard. Ins Gefängnis. Zusammen mit Mördern und Vergewaltigern, die dir auf übelste Weise mitspielen. Jahrelang wirst du gequält, misshandelt und verachtet werden. Und wenn du dann rauskommst, erwartet dich nichts mehr. Kein Harvard und ganz sicher keine juristische Fakultät. Nichts. Dann kannst du Teller waschen, junger Mann. Du wohnst allein in einem billigen Zimmer über einem Waschsalon, gescheitert und von allen vergessen. Du wirst die Tage zählen, bis man dich in der Erde verscharrt.«

»Aber vielleicht sprechen sie mich auch frei. Möglich wäre es doch, oder?«

»Aber sehr unwahrscheinlich. Na gut, angenommen, es wäre so, rein theoretisch. Viel besser wäre das auch nicht. Du wärst für alle der Mörder von Susan Truax, der ungestraft davongekommen ist. Damit machst du dich nur noch unbeliebter. Was glaubst du, sagt man dazu in Harvard? Denen ist doch egal, ob jemand technisch gesehen schuldig ist. Dort zählt nur Ehre. *Ehre.* Der Mord wird dir den Rest deines Lebens anhängen.«

Teddy schwieg.

»Du hast nur eine Chance, und zwar jetzt. Morgen früh oder auch nur in einer Stunde ist es zu spät. Und du kannst nur eins tun. Du musst sagen, jemand anders hätte es getan.«

»Aber das kann ich nicht. Er ist mein Freund, er ist … unschuldig.«

Swope stand auf und kehrte kopfschüttelnd zum Fenster zurück.

»Ich bin überrascht, dass du das sagst.«

»Was?«

Swope drehte sich um.

»Dass der Junge, der deine Gutmütigkeit ausgenutzt hat, um das Gesetz zu brechen – dass dieser Kerl unschuldig sein soll.«

»Joel hat nicht das Gesetz gebrochen.«

»Wie alt ist Susan?«

»Fast achtzehn.«

»Dann ist sie minderjährig, Teddy. Wenn ihre Eltern Joel verbieten, sie zu besuchen, dann haben sie das Gesetz auf ihrer Seite, fertig, aus. Mein Gott, selbst wenn dieser Unfall nicht passiert wäre, könntest du für das, was du getan hast, bestraft werden. Wer jemand anders beim Begehen einer Straftat hilft, macht sich doch selbst strafbar.«

Was natürlich Unsinn war. Kein Staatsanwalt der Welt hätte seinen Sohn deswegen belangt. Aber um das zu wissen, hätte Teddy erst einige Jahre in Cambridge studieren müssen.

»Wirklich?«

»Ja, wirklich.«

Teddy starrte auf seine durchweichten Schuhe. Swope wusste, dass er es noch nicht ganz geschafft hatte. Er wusste auch, dass die Zeit knapp wurde.

»Ich mache dir einen Vorschlag«, sagte er. »Wenn du tust, was ich sage, garantiere ich dir, dass Joel mit einer ganz leichten Strafe davonkommt. Ich sorge dafür, das er in ein anständiges Gefängnis kommt. Es geht hier doch nur um ein paar Monate, nicht Jahre. Du weißt, dass ich bei Spivey und Chones einigen Einfluss habe. Und ich sorge dafür, dass er sofort gegen Kaution freikommt und zu Hause abwarten kann, bis die Erwachsenen alles geregelt haben. In ein paar Stunden ist er wieder zu Hause. Und wenn er aus dem Gefängnis kommt, hat sich für ihn im Grunde nichts geändert. Er kann immer noch ein College besuchen und bei seinem Vater arbeiten. Hör zu, Teddy. Wenn wir uns jetzt nicht einigen, ist dein Leben für immer verpfuscht. Die erste Version, die du denen erzählst, ist die einzige, die sie dir glauben. Danach hört dir niemand mehr zu. Ich weiß das, bestimmt.«

»Aber Joel…«, protestierte Teddy, allerdings schon viel weniger überzeugt.

»Das ist nicht anders als etwa ein Autounfall oder eine schwere Krankheit. Eine Laune des Schicksals.«

Teddy starrte lange vor sich hin. Swope spürte, dass er ihn fast so weit hatte.

»Er wollte weg«, sagte Teddy, wie zur Rechtfertigung.

»Wie bitte?«

»Joel und Susan wollten zusammen von hier weg.«

Swope verstand nicht, was das mit ihrem Problem zu tun hatte, aber er nickte trotzdem. Er hätte alles getan, um seinem Sohn über die letzte Hürde zu helfen.

»Edward, es ist nichts gewonnen, wenn du die Schuld dafür auf dich nimmst. Susan wird davon auch nicht mehr lebendig.« Dann spielte er seinen letzten Trumpf aus. »Und noch was. Ich sage es nur ungern, weil es so egoistisch klingt, aber…«

»Was?«

»Wenn herauskommt, was du getan hast, bin ich ruiniert.«

Teddy zuckte zusammen.

»Glaubst du, ich könnte mit einem Sohn im Gefängnis noch Citymanager werden? Oder mit einem Sohn, der des Mordes verdächtigt wird? Und deine Mutter. Glaubst du, sie würde sich noch aus dem Zimmer oder in die Öffentlichkeit wagen?«

Teddy starrte auf seine schmutzigen Hände.

»Was soll ich also tun?«

»Du sollst das sagen, was ich dir rate, mehr nicht. Einige Worte, und ich schwöre dir, uns passiert nichts.«

»Aber was passiert, wenn der Sheriff…«

»Ralph Chones kommt nur in deine Nähe, wenn ich neben dir sitze. Und wenn er es auf die grobe Tour versucht, bekommt er es mit mir zu tun. Dasselbe gilt für diesen Rechtsverdreher Lon Spivey.« Swope sprach jetzt ganz ruhig, berauscht vom Klang seiner eigenen Worte. »Das ist *meine* Stadt, Teddy. Hier pfuscht mir niemand ins Handwerk, niemand.«

Teddys Lider waren nach unten gesunken. Swope wartete auf die Antwort, von der ihrer beider Zukunft abhing.

Nach einer langen Pause murmelte Teddy etwas.

»Was hast du gesagt?«

Teddys Augen klappten auf.

»Geht klar. Ich mach das.«

Swope war zumute, als habe sich tief in ihm ein schmerzhafter Knoten gelöst. Er trat zu Teddy und legte ihm die Hand auf den Nacken. Teddys Haut war eiskalt. Kein Wunder. Das Wasser, die Angst. Swope begann sie zu reiben, um sie zu wärmen.

»Ich lasse nicht zu, dass dir etwas passiert, Teddy, das weißt du doch.«

Teddy schnupfte und nickte.

»Ja.«

Auf der Fahrt zum See übten sie die Geschichte ein. Sie nahmen Fragen vorweg, ließen Überflüssiges beiseite, vergewisserten sich, dass alles logisch klang.

Bis jedes Detail stimmte.

»Ist jetzt alles klar?«, fragte Swope, als Newton Plaza in Sicht kam.

»Ist es. Ich meine, es ist ja auch fast die Wahrheit.«

»Eben«, sagte Swope. »Eben.«

Seine Erleichterung wuchs, als sie auf den leeren Parkplatz einbogen. Alles war still. Keine Sirenen, keine Menschenmenge. Swope fuhr auf seinen Stellplatz und sah zu dem dunklen Pier hinunter.

»Ist Joel womöglich noch da?«

Teddy schüttelte den Kopf.

»Ich habe ihm gesagt, wenn wir nicht bis zehn da sind, soll er wieder nach Hause gehen und dort auf mich warten.«

»Gut. Du bleibst hier. Erschrick nicht, wenn du jemanden siehst. Sag einfach, ich sei auch da, ich könnte alles erklären. Du selber sagst nichts, verstanden? Entscheidend ist, dass wir uns an unsere Version halten. Keine Improvisationen, keine Nachbesserungen.«

Teddy schnaubte.

»Keine Sorge deswegen.«

Swope holte eine batteriebetriebene Taschenlampe aus dem Kofferraum und machte sich auf den Weg zum Ufer. Der am Baum der Schwerkraft hängende Apfel sah aus, als würde er gleich herunterfallen. Zu hören waren nur seine Schritte und das leise Plätschern der Wellen an der Uferpromenade. Als er sich dem beschädigten Pier näherte, wurde ihm bewusst, dass dies die entscheidende Prüfung seines Lebens war. Bestand er sie, hatte er es geschafft. Dann war Teddy sicher und ihre Zukunft nicht mehr gefährdet.

Sonst war alles aus.

Über den Zaun zu klettern war beschwerlich. Der Haufen toter Fische stank gottserbärmlich, der Gestank hatte sich wie ein Leichentuch über alles gelegt. Vom Pier aus sah er hinter den Bäumen am Nordufer die Kuppel des Pavillons aufragen. Ihm fiel ein, dass er für die Bauarbeiten dort Überstunden genehmigt hatte, aber die Arbeiter hatten mit Sicherheit nichts gesehen oder gehört. Je weiter er nach draußen kam, desto stärker neigte sich der Pier nach links, und Swope musste nach rechts ausgleichen, um das Gleichgewicht zu halten und nicht auszurutschen. An der Stelle oberhalb des Bootsanlegestegs, an der es laut Teddy passiert war, blieb er stehen und starrte zum dunklen Wasser hinunter. Schlagartig überfiel ihn die ganze Wirklichkeit dessen, was hier geschehen war. Panik stieg in ihm auf, und es dauerte eine Weile, bis er sich wieder unter Kontrolle hatte. Er spürte ihn förmlich, den Tod. Das Verbrechen seines Sohnes hing in der Luft wie der Gestank der faulenden Fische. Er stellte sich vor, wie das schöne Mädchen auf dem nassen Lehm lag, niedergedrückt von tonnenschwerem Wasser. Er dachte an John Truax, der in diesem Augenblick irgendwo für ihn unterwegs war, an Irma, die sich bald in einem Alptraum wiederfinden würde, von dem sie noch nichts ahnte, und an Wooten, der für seinen Verrat bestraft werden würde.

Er knipste die Lampe an. Das braune Wasser lag vollkommen bewegungslos da, nur ein toter Fisch durchbrach die glatte Oberfläche. Seine Haut glitzerte silbrig wie ein abgeschlagenes Stück Quarz. Die Lampe traf auf das Auge des Fisches, und einen Moment schien es, als zwinkere er Swope zu. Swope ließ den Strahl über den Pier gleiten, um sich ein Bild der Örtlichkeit zu verschaffen, bevor die anderen kamen.

Kein Problem, dachte er. So ging es.

Im Laufschritt eilte er zum Eingang des Hochhauses an der Newton Plaza zurück. Am Auto blieb er kurz stehen, um Teddy zu berichten, dass alles nach Plan verlief. Sein Sohn starrte ihn nur an. Der Wachmann war an seinem Tisch und blätterte in einer Zeitschrift. Ihm war an diesem Abend nichts Ungewöhnliches aufgefallen – außer Earl Wootens Sohn, der vor etwa einer Stunde nach Mystic Hills zurückgekehrt war. Er hatte ihn angehalten, weil er ihn für einen der Punks gehalten hatte, die die Gegend in letzter Zeit unsicher machten.

»Wie wirkte er?«, fragte Swope.

Der Mann zuckte die Schultern.

»Irgendwie verstört. Als ich feststellte, dass es sich um Mr. Wootens Sohn handelte, ließ ich ihn laufen.«

Perfekt, dachte Swope.

»Gut.«

»Stimmt was nicht?«, fragte der Mann, unruhig geworden.

Swope antwortete nicht. Er zog sein kleines Addressbuch aus der Manteltasche und blätterte zu Chones' Privatnummer. Für den Anruf benutzte er den kostenlosen Fernsprecher in der Portiersloge. Der Sheriff klang schläfrig.

»Ralph, hier spricht Austin. Am See hat es einen Unfall gegeben.«

Swope berichtete. Der Wachmann sah ihn dabei erstaunt an. Nachdem Swope aufgelegt hatte, setzte der Mann zu einer Erklärung an, doch Swope brachte ihn mit einer Handbewegung zum Schweigen. Er musste noch einen Anruf tätigen.

Am anderen Ende wurde abgenommen, bevor das erste Klingeln zu Ende war.

»Irma, hier spricht Austin Swope. Ist John da?«

»John? Ja. Ich dachte, es sei… hier ist er.«

Truax war sofort am Telefon. Er musste neben Irma gestanden haben.

»John, kommen Sie bitte hierher zur Newton Plaza.«

Es folgte eine Pause.

»Ist Susan etwas zugestoßen?«, fragte Truax.

Irma sagte im Hintergrund etwas auf Deutsch.

»Bitte kommen Sie einfach, John. Gleich.«

Swope befahl dem Wachmann, auf seinem Posten zu bleiben, und kehrte zu seinem Wagen zurück. Er zündete sich einen Zigarillo an, lehnte sich gegen die Kühlerhaube und sah vor sich hin. Den Anblick des beschädigten Piers mied er sorgfältig. Teddy blieb auf dem Beifahrersitz sitzen. Sie schwiegen beide und sahen einander nicht an. Dann waren in der Ferne Sirenen zu hören. Teddy sah entsetzt auf, Swope nickte.

»Das gehört dazu«, sagte er. »Alles verläuft nach Plan.«

Während die Sirenen näher kamen, ging er ihre Version des Tathergangs in Gedanken noch einmal durch. Sie hatten an alles gedacht, und wenn noch einige kleine Ungereimtheiten übrig waren, würde das niemandem auffallen. Ein weißes Mädchen war tot. Der Sohn eines prominenten Anwalts hatte beobachtet, wie ein schwarzer Junge sie ermordet hatte. Die Eltern des Mädchens hatten den Jungen zuvor nackt mit ihrer Tochter im Bett erwischt und ihm den Umgang mit ihrer Tochter verboten. Swope konnte sich nicht vorstellen, dass die Behörden in einem solchen Fall noch auf Details achteten.

Nacheinander trafen zwei Streifenwagen ein. Swope erstattete den beiden Polizisten Bericht. Sie wollten Teddy selbst befragen, aber als Swope erklärte, Chones sei bereits unterwegs, gaben sie ihr Vorhaben auf. Sie wussten, mit wem sie es zu tun hatten. Swope führte sie zum Pier hinüber, zu dritt kletterten sie geräuschvoll über den Zaun. Teddy blieb im Auto zurück. Einer der

Polizisten stellte am Eingang des Piers eine Warnleuchte auf die feuchte Erde und schaltete sie ein. Die Polizisten starrten wortlos auf den Haufen toter Fische, als sei er für den vorliegenden Fall von besonderer Bedeutung, dann folgten sie Swope zum Ende des Piers. Mit erhobenen Armen, wie unerwartet auf Glatteis geratene Fußgänger, balancierten sie über die schrägen Bretter.

»Hier ist es also passiert?«, fragte der erste Polizist.

»Richtig«, sagte Swope.

»Scheiße«, sagte der zweite Polizist.

Chones traf gleichzeitig mit dem Fahrzeug der freiwilligen Feuerwehr von Cannon County ein. Diesmal brauchten die Männer nicht über den Zaun zu steigen, ein Feuerwehrmann schnitt ihn einfach mit einer schweren Drahtschere durch. Swope und einer der Polizisten erwarteten Chones am Anfang des Piers. Der Polizist erstattete Bericht. Swope ließ ihn ohne Unterbrechung reden – aus dem Mund eines Uniformierten klang die Geschichte objektiver. Die Feuerwehrleute rollten inzwischen die 200-Liter-Fässer beiseite. Eins fiel dabei in das Wasser unter dem Pier. Es klatschte, und alle zuckten zusammen.

»Wo ist der Junge?«, fragte Chones.

»Sitzt in meinem Wagen. Ich hielt es für besser, dass er nicht dabei ist, wenn …«

Swope brauchte den Satz nicht zu Ende zu sprechen.

»Aber er muss uns die genaue Stelle zeigen.«

»Die weiß ich auch.«

Chones nickte verdrossen.

»Na, dann wollen wir mal.«

Er schritt ihnen voraus den Pier nach vorn. Die Feuerwehrleute wirkten mit ihren Helmen, Mänteln und hohen Stiefeln überdimensional, größer als gewöhnliche Menschen. Chones trug einen schwarzen Anorak, auf dessen Rücken »Sheriff« aufgedruckt war. Am Ende des Piers angekommen, sahen ihn alle an. Er schien sich zunächst mehr für die geneigten Planken unter ihm zu interessieren als für den bewegungslos daliegenden See.

»Das kracht nicht unter uns zusammen, wie?«

»Nein«, sagte Swope. »Der Pier ist stabilisiert. Man könnte mit einem Lastwagen drüberfahren.«

»Wenn das so ist, dann lass uns anfangen.«

Swope zündete sich einen Zigarillo an und trat zur Seite. Ein Feuerwehrmann ging, um ein Mietruderboot zu holen, andere holten tragbare Bogenlampen und einen Generator aus ihrem Fahrzeug. Sie befestigten die Lampen an den im Abstand von drei Metern vorspringenden Stützbalken des Piers und verbanden sie durch Drähte mit dem Generator. Jemand zog eine Schnur und warf den Generator an wie einen Rasenmäher am Samstagmorgen. Der See füllte sich mit Lärm. Die Lampen gingen an und strahlten auf den Anlegesteg und das trübe Wasser hinunter. Die großen Taschenlampen der Polizei und die Warnleuchte verschmolzen mit ihnen zu einem Malstrom von Licht.

Ein Feuerwehrmann mit einem bleistiftdünnen Schnurrbärtchen holte einen Taucheranzug aus einem Seesack auf dem Bootssteg und zog ihn an. Dann stieg er lautlos ins Wasser, wie in ein heißes Bad. Wenig später kam der Feuerwehrmann mit dem Ruderboot. Er hatte sich oben bis auf das Unterhemd und die Hosenträger ausgezogen. Seine massigen Arme waren über und über tätowiert. Der Froschmann hielt sich an der Seite des Bootes fest und befestigte etwas an seinem Mund, dann tauchte er hinunter.

Einige Minuten lang geschah nichts. Swope sah Chones an – der Sheriff starrte unbewegt auf das Boot wie jemand, der seinem Hund beim Pinkeln in einem öffentlichem Park zusieht. Von dem tuckernden Generator stieg stinkender Rauch auf, der über den Bogenlampen als Wolke hängen blieb. Endlich brach der schwarz glänzende, mit einem Schnorchel versehene Kopf des Tauchers durch das trübe Wasser. Er hielt sich am Aluminiumrumpf des Bootes fest, sah zu Chones hinauf und schüttelte den Kopf. Chones nickte dem Mann im Boot zu, und der tauchte vorsichtig die Ruder ein und ruderte den Taucher zu einer anderen Stelle, diesmal näher am Anlegesteg. Das Boot hielt an, der Taucher glitt wieder hinunter.

Er war kaum verschwunden, als John und Irma Truax eintrafen. Swope ging ihnen über den Pier entgegen und erklärte, die Suche sei nur eine vorsorgliche Maßnahme. Zu Panik gebe es keinen Grund.

»Keinen Grund?«, sagte Irma. Ihre Stimme klang schrill und verwirrt.

»Ich kümmere mich um alles«, sagte Swope und erwiderte ihren Blick. »Das verspreche ich Ihnen.«

Sie gingen auf die Feuerwehrleute und Polizisten zu, die am Ende des geneigten Piers versuchten, das Gleichgewicht zu halten. Chones sah sie kommen. Er sah Swope an und hob kaum merklich die Augenbrauen. Swope nickte. Irmas Gesicht war zu einem stummen Schrei erstarrt. Sie klammerte sich an die Windjacke ihres Mannes, als habe sie plötzlich Angst, auf den schrägen Brettern auszurutschen. Truax' Gesicht war unbewegt wie immer. Die Hand im Handschuh hing schlaff an seiner Seite. Dass er ausrutschen könnte, war undenkbar.

Das Wasser im See geriet in Bewegung, und der Froschmann tauchte auf, geräuschvoller als beim ersten Mal. Braunes Wasser strömte an seiner Kapuze hinunter. Er hielt den rechten Daumen hoch. Chones seufzte und starrte auf seinen Schuh, mit dem er an einer Planke herumdrückte, als wollte er ein Stück davon losmachen. Endlich sah er die Truaxens an.

»Sir? Madame? Bitte gehen Sie zum Ufer zurück.«

Irma sah ihn an, als hätte er sie geschlagen.

»Nein …«

»Madame, bitte. Sie sollen nur den unmittelbaren Einsatzort für kurze Zeit räumen.«

Irma sah Truax an. Truax sah zuerst den Sheriff an und dann Swope, in Erwartung einer Anweisung. Swope nickte kurz. Truax sagte leise etwas zu seiner Frau und fasste sie sanft mit seiner gesunden linken Hand am Oberarm. Chones bedeutete einem Polizisten, die beiden zum Ufer zu begleiten. Irma schüttelte den Kopf und sah über die Schulter zurück, den Mund immer noch zu einem stummen Schrei verzerrt. Sobald die Truaxens im Dunkel verschwunden waren, nickte Chones dem Feuerwehrmann im Ruderboot zu, und der nahm ein gelbes Seil auf, das im Boot gelegen hatte, verknotete das Ende zu einer weiten Schlinge und reichte es dem Taucher. Der Taucher verschwand erneut für einige lange Sekunden im Wasser. Als er wieder auftauchte, brachte der Feuerwehrmann das Boot mit einigen Ruderschlägen bis ganz an den Steg. Den Taucher mit dem Seil zog er hinter sich her. Ein dritter Feuerwehrmann sprang zum Bootssteg hinunter, der daraufhin leicht zu schwanken begann. Er nahm dem Mann an den Rudern das Seil ab und reichte das Ende dem letzten Feuerwehrmann auf dem Pier hinauf. Gegen die Planken gestemmt, begannen sie das Seil einzuholen. Schon bald straffte es sich, und sie brauchten ihre ganze Kraft. Nach weiteren drei Metern hing das Seil fest. Die Männer wollten stärker ziehen, aber Chones rief einen scharfen Befehl zu ihnen hinunter, und sie warteten, während der Taucher wieder im Wasser verschwand. Das Seil leuchtete einen Augenblick hell auf, dann wurde es wieder schlaff.

Die Männer begannen wieder zu ziehen. Nach einigen langen Zügen erschien etwas direkt unter der Wasseroberfläche, eine Masse, die sich in einzelne Teile aufzulösen begann, einen Arm, Haare, eine Schulter. Susan Truax. Ihr Körper brach durch die Oberfläche. Das Seil lief unter ihren Armen durch und zog die Schultern nach oben, so dass es aussah, als zucke sie die Achseln. Ihre nassen Haare waren voller Schlamm. Als sie ganz aus dem Wasser war, drehte sie sich, und Swope sah das Gesicht. Die großen Augen waren fast geschlossen, der Mund stand leicht offen, und zwischen den ebenmäßigen Zähnen quoll bleich die Zungenspitze hervor.

Der Feuerwehrmann auf dem Bootssteg kniete hin, hievte den Leichnam auf den Steg und gab ihn wie ein Balletttänzer über seinen Kopf nach oben zu den Männern auf dem Pier weiter. Die nahmen ihn doppelt behutsam in Empfang. Schon bald hatten sie Susan zum Pier hinaufgezogen. Sie legten sie senkrecht zu den schrägen Planken hin, den Kopf oben, die Füße unten, damit sie nicht in den See zurückrollen konnte. Chones trat zu ihnen und erteilte leise einige Befehle. Wasser strömte aus Susans Kleidern und Haaren auf die Planken, lief durch die Ritzen und regnete auf den See darunter. Ihre Augen waren jetzt ganz zu. Sie sah schön aus, ihr Gesicht wirkte fast heiter.

Und dann ertönte der Schrei. Die Männer fuhren herum und sahen Irma Truax über den Pier rennen. Ihre Korkabsätze trommelten in ungleichen Abständen über die schrägen Planken. Hinter ihr folgten mit beschwörend erhobenen Händen ihr Mann und der Polizist, doch vergeblich. Sie beachtete die beiden nicht. Sie sah nur noch das tote Mädchen. Drei Meter vor Susan blieb sie wie erstarrt stehen und schrie wieder, ein schrilles Geheul, in dem alles andere unterging. Truax holte sie ein und legte ihr die Hände, die gute und die schlechte, auf die Schultern. Sie schüttelte ihn ab und stürzte auf die Leiche zu, rutschte auf dem glitschigen Holz aus, schlug schwer hin und kroch wie besessen strampelnd auf allen Vieren weiter, bis sie über ihrer Tochter zusammenbrach.

Erstarrt lauschten die Männer ihrem erstickten Geheul. Nach einer Weile richtete Irma sich so weit auf, dass sie das Gesicht ihrer Tochter sehen konnte. Sie verstummte schlagartig, in ihre Augen trat ein verwirrter Ausdruck. Sie streckte die Hand aus und berührte Susans Haare, wie überrascht, dass sie nass waren. Dann begann sie ganz langsam und sorgfältig, eine verknotete Strähne zu entwirren.

Swope erwachte aus seiner Betäubung. Er schnippte den Zigarillo in den See, wo er zischend erlosch, trat zu Irma, zog die Hosenbeine hoch, ging neben ihr in die Hocke und legte ihr eine Hand auf die Schulter.

»Irma?«

Sie sah auf. Einen Moment lang starrten sie einander stumm an, dann ließ sie sich von ihm hochhelfen. Sie warf einen letzten Blick auf ihre Tochter, dann vergrub sie das Gesicht an Swopes Brust und beschmierte sein Hemd mit Rotz und Wimperntusche. Hinter ihr nutzte ein Feuerwehrmann die Gelegenheit, eine graue Decke über das Mädchen zu breiten.

»Ich kümmere mich um alles«, sagte Swope leise und fest. »Das verspreche ich Ihnen.«

Kurz darauf kehrten Chones und Swope zum Parkplatz zurück, während die Truaxens weiter auf die von einer Decke verhüllte Leiche ihrer Tochter starrten. Teddy erzählte dem Sheriff seine Geschichte vom Rücksitz des Chryslers aus. Swope stand daneben und ließ seinen Sohn keine Sekunde aus den Augen. Teddy begann mit einer kleinen Beichte. Früher am Abend habe er Irma Truax angelogen. Er habe gesagt, er wolle mit Susan in den *Clou* gehen, während er doch in Wirklichkeit zum Knutschen mit ihr an den See wollte. Teddy wusste, dass das falsch gewesen war, aber bei Susan zu Hause hätten sie ja nie die Gelegenheit gehabt. Nach dem, was mit Joel passiert sei, hätten Susans Eltern mit Argusaugen über ihre Tochter gewacht.

»Was ist mit Joel passiert?«, fragte Chones ruhig.

Joel und Susan seien beim Sex in ihrem Zimmer erwischt worden, sagte Teddy. Chones sah Swope an, und Swope nickte knapp. Teddy erklärte, wie er Susan getröstet habe und sie einander rasch näher gekommen seien. Heute waren sie zum ersten Mal allein aus gewesen. Doch Joel musste ihnen nachspioniert haben, jedenfalls war er ihnen gefolgt und hatte dann gesehen, wie sein ehemals bester Freund das Mädchen küsste, das er nicht mehr sehen durfte.

Er war über sie hergefallen, stumm, wie ein Tier, hemmungslos und mit brutaler Gewalt. Zuerst hatte er Teddy angegriffen und ihm so heftig in den Magen geschlagen, dass er rückwärts in den See fiel. Er bekam keine Luft mehr und wäre fast ertrunken. Als er sich schließlich wieder nach oben gekämpft hatte, sah er, wie Joel auch Susan hineinstieß. Im Fallen schlug ihr Kopf mit einem dumpfen Schlag an die Kante des Bootsstegs. Sie ging schneller unter, als Teddy je für möglich gehalten hätte. Und dann rannte Joel auch schon über den Pier weg und war verschwunden. Teddy hatte das trübe Wasser verzweifelt nach Susan abgesucht. Immer wieder war er getaucht, doch vergeblich. Schließlich hatte er eingesehen, dass er nichts mehr tun konnte, und war nach Hause geeilt, um Alarm zu schlagen.

Chones war von Teddys Bericht genauso beeindruckt wie Swope. Die Beherrschung des Jungen war bemerkenswert, seine Darstellung der Details und des zeitlichen Ablaufs ließ keine Wünsche offen. Als Teddy fertig war, wusste Swope, dass Joel dagegen keine Chance hatte. Erst recht nicht ohne Zeugen.

Chones wandte sich an einen der Polizisten.

»Holt Wootens Jungen«, befahl er leise.

30

Wooten schlief tief und fest, als der Türklopfer mit dem Adlerkopf an seiner Haustür anschlug. Vier Schläge waren es, trocken und scharf wie die Schüsse eines Jägers an einem frostigen Morgen. Er fuhr hoch, noch bevor er richtig wach war, unsicher, ob der Lärm zu einem schon wieder vergessenen Traum gehört hatte. Doch dann hörte er sie wieder, vier gebieterische Schläge in Abständen von über einer Sekunde. Wooten suchte nach seinem Wecker, sah aber nur Dinge, die ihm nicht vertraut waren. Dann fiel ihm ein, dass er ja im Gästezimmer war. Er brauchte eine Weile, bis er seine Armbanduhr fand. Den Leuchtzeigern nach war es kurz vor eins.

Er zog eine Hose über seinen Schlafanzug und schlüpfte in das Arbeitshemd, das er am Tag getragen hatte. Gestern. Auf dem Weg zur Haustür lauschte er, ob sich oben etwas regte, doch alles blieb ruhig. Gut – das Klopfen hatte niemanden geweckt. In letzter Zeit hatte es genügend Unruhe im Haus gegeben. Durch das fächerförmig unterteilte Türfenster sah er einen breitkrempigen Hut ähnlich einer fliegenden Untertasse. Wooten erkannte sofort die Uniform der Beamten des Sheriffs von Cannon County.

Vota, dachte er. Der Idiot hetzt mir die Bullen auf den Hals.

Er öffnete die Tür. Die Polizisten waren zu zweit. Ihre Streifenwagen parkten auf der kreisförmigen Auffahrt. Der Polizist, der vor ihm unter dem Vordach stand, war groß und massig. Sein Hemd war ihm zu klein und betonte noch die Fleischberge darunter. Die Mütze hatte er so fest heruntergezogen, dass das Gesicht zum unteren Teil des Kopfes verrutscht schien. Der zweite Polizist war ebenfalls groß, aber hager. Seine Mütze saß auf dem länglichen Kopf wie ein lose aufgesetzter Flaschendeckel. Er war unten auf der Auffahrt stehen geblieben, die knochige Hand am Griff der Pistole.

»Meine Herren«, sagte Wooten.

»Earl Wooten?«, fragte der Polizist an der Tür.

»Richtig.«

»Holen Sie Ihren Sohn.«

Wooten zögerte verblüfft.

»Meinen Sohn?«

Nur der Dicke vor ihm redete.

»Wir müssen ihn nach Cannon County mitnehmen.«

»Warum?«

»Weil der Sheriff es will.«

»Nein, ich meine, für was braucht ihr ihn dort?«

»Darüber dürfen wir nicht sprechen. Der Sheriff sagte nur, wir sollten den Jungen holen.«

»Das reicht mir als Grund nicht.«

Die Worte kamen heftiger heraus, als er beabsichtigt hatte. Die Gesichter der beiden Polizisten versteinerten.

»Mr. Wooten, wenn Sie Ihren Sohn nicht augenblicklich holen, verhaften wir ihn.«

Verhaften. Wooten fröstelte. Er schüttelte den Kopf, doch nicht aus Trotz, sondern aus Unglauben.

»Augenblick mal. Sie können hier doch nicht so einfach meinen Sohn mitnehmen.«

Die Polizisten tauschten einen Blick und entschieden wortlos, dass auch der Dünne zur Tür kommen sollte. Wooten wich nicht zurück. Vielmehr überlegte er, ob er den beiden Polizisten den Zutritt zum Haus verwehren sollte. Bevor noch etwas geschehen konnte, waren auf der Treppe hinter ihm Schritte zu hören. Er drehte sich um. Es war Ardelia. Am Fuß der Treppe blieb sie stehen und zog den Morgenmantel fester um die Schultern.

»Earl? Was ist denn los?«

»Die wollen mit Joel sprechen.«

»Joel? Warum denn, um Himmels willen? Er schläft doch.«

Beim Sprechen wanderte ihr Blick von Wooten zu den Polizisten. Sie bemerkte die Entschlossenheit der beiden.

»Vielleicht sollten wir Austin anrufen«, sagte sie, den Blick unverwandt auf die beiden Männer gerichtet.

»Dazu ist später noch Zeit, gnädige Frau«, sagte der Dicke. »Jetzt brauchen wir Ihren Sohn.«

Wooten sah an Ardelias Gesicht, dass sie die Situation begriff. Sie mochte Besitzerin eines Hauses mit fünf Schlafzimmern in einer exklusiven Villengegend sein und stellvertretende Leiterin einer reichen High-School, sie blieb trotzdem eine Schwarze, geboren vor dem Krieg in St. Louis. Ardelia wusste, wie schnell solche Situationen eskalierten und dann nicht wieder gut zu machen waren.

»Earl, hol Joel.«

Sie hatte Recht, alles andere war sinnlos. Er wandte sich an die Polizisten.

»Warten Sie hier«, sagte er in einem Ton, der keinen Widerspruch duldete.

Er stieg zum ersten Stock hinauf. Drunten hörte er Ardelia mit den Männern sprechen, sie hereinbitten, fragen, worum es ging. Vor dem Zimmer seines Sohnes blieb er stehen und lauschte, ob er etwas hörte, das sein nächtliches Eindringen rechtfertigen könnte. Doch alles war still, wie er im Voraus gewusst hatte. Chones würde am Morgen etwas zu hören bekommen. Er trat ein, ohne anzuklopfen. Das Licht war aus, aber der Mond fiel hell in diagonalen Streifen über das Bett seines Sohnes. Das Bett war leer. Es war gemacht und seit dem Morgen nicht mehr benutzt.

Angst stieg in ihm auf. Er knipste das Licht an, und sein Herz machte einen Satz. Joel stand auf der anderen Seite des Zimmers, an dem Fenster, das nach hinten zum Garten hinausging, hellwach und vollständig angezogen. Seine Turnschuhe waren geschnürt, der Gürtel festgezogen. Er sah seinen Vater an wie ertappt.

»Joel, was machst du denn? Die Polizei ist hier und will …«

»Die wissen also alles, ja?«

Joels Stimme verriet seine Erregung. Damit hatte Wooten nicht gerechnet, nicht im Traum.

»Joel, was ist denn los? Bist du heute Nacht weggewesen?«

Der Junge starrte ihn nur an.

»Jetzt hör mir mal zu, mein Sohn – die Polizei will dich nach Cannon City mitnehmen. Du sagst mir jetzt sofort, was passiert ist.«

»Ich weiß es nicht.«

Wooten spürte jemanden hinter sich und drehte sich um. Es war der Dicke, der mit seinem Körperumfang, seiner Ausrüstung und dem süßlichen Geruch einer langen Schicht, die sich dem Ende näherte, die Tür ausfüllte. Seine Augen waren hart und erbarmungslos.

»Sir, ich muss Sie bitten, das Gespräch mit Ihrem Sohn zu beenden.« Er wandte sich an Joel. »Wenn Sie nicht auf der Stelle mitkommen, junger Mann, führe ich Sie in Handschellen ab.«

»Einen Augenblick…«

Wooten hatte die Hände mit den Handflächen nach vorn gehoben, nur um Zeit zu gewinnen und zu begreifen, um was es überhaupt ging, doch der Polizist interpretierte die Bewegung falsch. Schneller, als Wooten für möglich gehalten hätte, zog er seinen Schlagstock aus der Scheide und legte die Spitze auf Wootens breite Brust.

»Zur Seite«, befahl er.

Wooten starrte unverwandt auf den Stock, aus Angst, die Beherrschung zu verlieren, wenn er dem Mann ins Gesicht sah.

»Nehmen Sie den Stock sofort von meiner Brust, sonst mache ich Kleinholz daraus«, sagte er ruhig.

Der Polizist zögerte. Wooten hätte ihm den Stock mit einer raschen Handbewegung entreißen können. Die Frage war nur, wie es danach weiterging.

»Hört auf«, sagte Joel mürrisch.

Die beiden Männer sahen ihn an.

»Ich komme ja schon mit.«

Noch bevor Wooten etwas sagen konnte, war Joel durch die Tür. Der Dicke zog den Schlagstock zurück, um ihm Platz zu machen, dann steckte er ihn wieder in die Scheide und folgte dem Jungen. Wooten blieb nichts übrig, als sich den beiden anzuschließen. Ardelia und der zweite Polizist warteten stumm im Flur. Der höfliche Smalltalk war beendet. Ardelia blickte Joel forschend entgegen, als er die Treppen herunterkam. Wooten konnte an ihrem Gesicht ablesen, dass Joel ihren Blick nicht erwiderte.

»Was ist los, Schatz?«, fragte sie.

Joel ging vor dem dicken Polizisten her an ihr vorbei und durch die offene Haustür. Der zweite Polizist schloss sich an. Wooten folgte ihnen nach draußen in die Nacht und machte einen letzten verzweifelten Versuch, das Ganze aufzuhalten.

»Lassen Sie mich mitkommen«, redete er auf die Hinterköpfe der Polizisten ein.

Diesmal antwortete der Dünne. Beim Sprechen nahm er den Blick nicht von Joel.

»Sie müssen sich selbst eine Fahrgelegenheit suchen.«

»Joel, du tust und sagst nichts, bis ich da bin«, rief Wooten. »Hast du verstanden?«

Sein Sohn stieg hinten in den Streifenwagen ein und gab durch nichts zu erkennen, dass er ihn gehört hatte. Der Dicke warf die Tür zu, der Dünne kehrte zu seinem in der Auffahrt geparkten Wagen zurück. Wooten tippte dem Dicken mit dem Finger auf die Brust, bevor er sich hinter das Steuer setzen konnte.

»Sagen Sie Chones, dass ich gleich komme. Er darf nichts tun, bis ich da bin.«

Der Polizist starrte auf den Finger, bis Wooten ihn wieder wegnahm, dann stieg er ein. Nacheinander starteten die Motoren, plötzlich und durchdringend wie ein nächtlicher Hustenanfall. Wooten machte einen Schritt zurück, und Ardelia trat neben ihn. Das Gesicht ihres Sohnes glitt an ihnen vorbei. Ardelia packte ihren Mann am Arm.

»Earl?«

Zum zweiten Mal innerhalb einer Woche wählte Wooten zu nachtschlafender Zeit Swopes Nummer, diesmal vom Telefon in der Küche aus. Sally nahm ab. Sie klang hellwach.

»Sally, ich bin's, Earl. Tut mir Leid, dass ich so spät noch anrufe, aber ich muss Austin sprechen.«

»Er ist nicht da.«

Wooten sah auf die Uhr. Es war kurz nach halb zwei.

»Nein? Wo ist er denn?«

»Ich weiß es nicht. Er ist vor ein paar Stunden gegangen.«

»Hm, na gut. Weiß du, wann er zurückkommt?«

»Spät. Ach nein, es ist ja schon spät. Später. Soll er dich zurückrufen?«

»Ja. Ich bin beim Sheriff, er kann mich dort erreichen.«

»Gut.«

»Entschuldige die späte Störung, Sal.«

»Macht nichts«, sagte sie. Sie klang verstört. »Ich habe nicht mehr geschlafen.«

Sie legte auf. Wooten hielt den Hörer nachdenklich in der Hand. Ardelia stand in der Küchentür.

»Was sagt er?«

»Er war nicht da.«

»Nicht da? Was geht hier eigentlich vor, Earl?«

Er legte den Hörer auf.

»Das finde ich jetzt heraus.«

Er brauchte nicht lange nach Cannon City. Er fuhr die ganze Strecke so schnell er konnte. Sollen sie mich doch anhalten, wenn sie wollen, dachte er, ich komme trotzdem hin. Es waren zehn Kilometer Landstraße, vorbei an gleichförmigen, aus Ziegeln erbauten Häusern und auf steinernen Fundamenten sitzenden Wohnwagen. Die Vorgärten waren mit Gartenzwergen und amerikanischen Flaggen geschmückt. An der Kirche der Baptistengemeinde mahnte ein Poster: »Der Vorsatz allein sprengt keinen Stein.« Dahinter kam gleich die High-School, die Heimat der Bombardiers, und schließlich der Platz im Zentrum, ein knapper Hektar zertrampeltes Gras mit einer vernagelten Kanone, gesäumt von krank aussehenden Bäumen, deren Äste beschnitten und deren Stämme mit einem sterilen Weiß getüncht waren. Über dem Eingang zum alten Kino wurde für einen Flohmarkt geworben, Woolworth hatte zugemacht.

Wooten parkte gegenüber der zweistöckigen Polizeiwache. Auf den schrägen Parkplätzen direkt vor der Wache standen drei Streifenwagen. Er kannte das Gebäude gut, hatte es ein halbes Dutzend Mal besucht, als er Chones geholfen hatte, eine Bande aus Florida zu schnappen, die schwere Maschinen von Baustellen in Newton gestohlen und auf Sattelschleppern nach Süden transportiert hatte. Er hatte sich in dem Haus immer willkommen gefühlt. Als er jedoch an diesem Abend über die Schwelle trat, spürte er den Wechsel der Atmosphäre sofort. Das Barometer war gefallen, wie bei Sturmwarnung. Der Dienst habende Sergeant hinter der Drahtglasscheibe, ein untersetzter Mann mit dicken Unterarmen und einer spiegelnden Glatze, sah ihm unbewegt entgegen, als ob Wooten ein Fremder gewesen wäre, obwohl sie in der Vergangenheit schon freundliche Worte gewechselt hatten. Auf dem

Tisch vor ihm lag aufgeschlagen ein Rätselheft, etwas mit Buchstaben und Kästchen.

»Ich will zu meinem Sohn.«

»Nehmen Sie Platz und warten Sie, bis der Sheriff kommt.«

»Wann kommt er denn?«

»Sobald er mit dem fertig ist, das er gerade tut.«

Wooten sah in den Raum hinter dem Sergeant mit Schreibtischen, Aktenschränken und an die Wand gepinnten Postern. In die hintere Wand waren einige schwere Holztüren eingelassen. Auf zweien stand in ordentlichen Buchstaben »Arrest«. In einer davon musste Joel sein.

»Könnten Sie ihm vielleicht sagen, dass er sich beeilen soll?«

Der Sergeant starrte ihn an.

»Nein«, sagte er schließlich.

»Wie bitte?«

»Nein, ich sage dem Sheriff nicht, dass er sich beeilen soll.«

Wooten merkte, dass er wütend wurde. Zuerst der Polizist mit dem Schlagstock bei ihm zu Hause, jetzt das. Er war versucht, pampig zu werden, den Mann zu fragen, ob er wusste, mit wem er es zu tun hatte. Aber das war ja das Problem. Der Mann wusste genau, wer Wooten war. Und wie um auf seine Unverschämtheit noch eins draufzusatteln, zeigte er mit einem angekauten Bleistiftstummel auf eine einfache Holzbank neben einem Kaugummiautomaten, über dessen Einwurfschlitz ein Streifen mit der Aufschrift »Außer Betrieb« geklebt war. Der Streifen war vergilbt wie ein alter Zehennagel.

»Setzen Sie sich, Mr. Wooten.«

Dann war Wootens Wut plötzlich verraucht. Sie hinterließ nur ein vages Schwindelgefühl. Die Luft war trocken, das Licht grell. Wooten hatte ein komisches Gefühl im Magen, sein Mund war ausgedörrt. Er ging zu dem Trinkbrunnen auf der anderen Seite des Kaugummiautomaten und nahm einen langen Schluck. Das Wasser war warm und schmeckte bitter. Er spürte, wie es im Magen ankam, und schloss die Augen. Als er sie wieder öffnete, merkte er, dass der Sergeant ihn durch die Drahtglasscheibe anstarrte. Angeekelt sah er von Wooten zu dem Brunnen, dann wandte er sich wieder seinem Rätsel zu.

Wooten setzte sich auf die Bank. Das alles ging ihm zu schnell. Er musste jetzt erst einmal einen klaren Kopf bekommen, die Kontrolle zurückgewinnen, begreifen, was hier vor sich ging. Warum konnte das, was Chones von Joel wollte, nicht bis zum Morgen warten? Und warum war sein Sohn so spät noch angezogen und wach, geradezu als hätte er so spät noch jemanden erwartet?

Die wissen also alles, ja?

Dann begriff er auf einmal. Natürlich. Es lag so nahe, dass er nicht verstand, warum er nicht gleich darauf gekommen war, als er den Polizisten vor seiner Tür hatte stehen sehen. Joel hatte Susan besuchen wollen. Sie hatten ein Rendezvous vereinbart, und diese verrückte Irma hatte die Polizei auf ihn gehetzt. Wooten war erleichtert. Das war alles. Er wünschte, die Polizisten wären gleich damit herausgerückt. Es hätte allen eine Menge Ärger erspart. Er war jetzt froh, dass er Austin nicht erreicht hatte. Es wäre auch zu peinlich gewesen, den Freund wegen eines Dummejungenstreiches den ganzen Weg bis hierher zu schleppen – erst recht, nachdem er ihn letzte Woche schon einmal mit einem Anruf geweckt hatte. Er stand auf und fischte ein Zehncentstück aus der Tasche, um Ardelia anzurufen und zu beruhigen. Doch noch bevor er wählen konnte, stieß Chones die Tür auf. Er befand sich in Begleitung eines bulligen Polizisten und wirkte erschöpft und besorgt. Er steuerte auf die verschlossene Tür zu, die zum inneren Teil der Wache führte. Wooten hängte den Hörer in die Gabel und ging mit einem breiten Mein-Gott-diese-Jungs-Lächeln auf ihn zu, bereit, jede Auflage mitzutragen, mit der der Sheriff zu verhindern gedachte, dass Joel sich Susan Truax noch einmal näherte.

»Ralph …«

Chones wandte sich um. Ihre Blicke trafen sich, und Wooten begriff schlagartig, dass er mit seiner Vermutung weit daneben gelegen hatte. Was immer passiert war, es war kein Dummejungenstreich, sondern etwas viel Schlimmeres. Dass Chones ihm die Hand gab, war unter diesen Umständen undenkbar. Sein Begleiter, dessen Nackenmuskeln wulstartig unter der pockennarbigen Haut spielten, trat zwischen Wooten und den Sheriff.

Chones zeigte auf die Türen hinter der Drahtglasscheibe.

»Ist Joel da drin?«

»Ja. Und ich wüsste gern, warum.«

»Sie wissen nicht, was Ihr Sohn heute Nacht angestellt hat?«

»Vorhin hat er noch geschlafen.«

»Sind Sie sicher?«

Wooten musste an Joels mondbeschienenes Bett denken, die Bettdecke glatt wie ein frisch beschneiter Parkplatz. Er beschloss, die Initiative zu ergreifen.

»Ralph, wenn es um Susan Truax geht, dann versichere ich Ihnen, es wird nicht mehr passieren.«

Chones schnaubte. Die Nackenmuskeln des anderen Polizisten traten noch deutlicher hervor.

»Natürlich passiert es nicht mehr. Susan Truax wurde vor zwei Stunden tot aus dem See von Newton geborgen.«

»Mein Gott, Ralph. Susan ist ertrunken?«

Chones starrte ihn ausdruckslos an.

»Vielleicht.«

»Moment mal«, sagte Wooten. »Soll das heißen, sie wurde vielleicht auch… umgebracht?«

»Sieht ganz danach aus. Die Ärzte müssen sie erst noch untersuchen, aber nach dem, was wir gehört haben, war es kein Unfall.«

»Und Sie glauben, Joel hat damit etwas zu tun?«

»Sieht so aus.«

»Lassen Sie mich zu ihm«, sagte Wooten so sachlich er konnte. »Ich bin überzeugt, wir können das aufklären.«

»Geht nicht, Earl. Kripo und Staatsanwalt sind verständigt, wir müssen warten, bis sie kommen.«

Chones wandte sich ab.

»Ralph.«

Der Sheriff blieb stehen.

»Sie wollen damit doch nicht sagen, dass Joel dem Mädchen etwas getan hat.«

»Ich sage gar nichts, Mr. Wooten. Noch nicht.«

»Das würde er nie tun, nicht in einer Million Jahre.«

»Sie sind heute Abend der Erste, der das sagt.«

Der Summer ertönte, und der Sheriff und sein Begleiter gingen durch die Tür. Chones sprach kurz mit dem Dienst habenden

Beamten, dann ging er zur nächsten der beiden Zellen und schob den auf Kinnhöhe angebrachten Riegel zurück. Wooten versuchte in die Zelle hineinzusehen, aber die Tür wurde sofort wieder geschlossen. Der bullige Polizist setzte sich an einen Schreibtisch und spannte einen Bogen Papier in eine alte Schreibmaschine. Die Neonröhre über ihm flackerte, der Dienst habende Sergeant kehrte zu seinem Rätsel zurück.

Wooten blieb auf den abgetretenen Fliesen draußen stehen und starrte wie betäubt auf die Zellentür. Er verstand nicht, was der Sheriff soeben gesagt hatte. Susan Truax war tot, die Arme. Im See hatte man sie gefunden. Und angeblich hatte Joel etwas damit zu tun.

Wieder musste er an die Worte seines Sohnes denken. *Die wissen also alles, ja?*

Und dann hörte er einen lauten Schrei aus der Zelle. Es war eindeutig Joel, seine Stimme, obwohl Wooten sie noch nie so gehört hatte. Der bullige Polizist und der Sergeant sahen zur Tür und dann zu Wooten.

»Was machen die mit meinem Jungen?«, fragte Wooten laut.

Keiner der beiden antwortete. Wooten ging zu der Tür, die der Summer geöffnet hatte und drückte die Klinke. Sie war zu.

»Setzen Sie sich, Mr. Wooten«, sagte der Sergeant.

»Ich will wissen, was die da drin mit Joel machen, und zwar sofort. Sonst trete ich die Tür ein.«

Der Sergeant warf den Bleistiftstummel hin und stand auf. Er sah Wooten böse an, dann schlurfte er nach hinten und klopfte leise an die Zellentür. Kurz darauf machte Chones die Tür auf. Diesmal konnte Wooten Joel sehen. Er saß an einem Tisch, der nicht größer war als ein Schülerpult, das Gesicht in den Armen vergraben und am ganzen Leib zitternd. Chones hörte sich an, was der Sergeant zu sagen hatte, und kam müde aus der Zelle. Sorgfältig verriegelte er die Tür hinter sich und durchquerte mit gesenktem Blick das Büro, vorbei an dem bulligen Polizisten, der ihn mit über der Schreibmaschine erhobenem Zeigefinger beobachtete. Vor dem Glasfenster blieb Chones stehen.

»Niemand tut Ihrem Sohn was, Mr. Wooten. Ich habe ihm soeben mitgeteilt, dass wir Fragen zum Tod von Susan Truax an ihn haben. Leider sagt er mir nicht, ob er einen Anwalt will. Ich muss das aber wissen.«

»Sie haben ihm gesagt, dass das Mädchen tot ist? Einfach so?«

»Vielleicht weiß er es ja schon.«

Wooten starrte Chones an. Das Arschloch hatte Joel ins Gesicht gesagt, dass Susan tot war.

»Also?«

»Was also?«, fragte Wooten.

»Will Ihr Sohn jetzt einen Anwalt?«

»Sicher will er das, wenn Sie sich so benehmen.«

»Dann schlage ich vor, Sie beschaffen ihm einen. Es sei denn, Sie wollen einen Pflichtverteidiger.«

»Ich beschaffe ihm einen Anwalt«, sagte Wooten kalt.

Chones entfernte sich über den Flur, der zu seinem Büro führte. Wooten begriff, dass er jetzt Austin einschalten musste. Austin konnte Licht in das Durcheinander bringen und das Missverständnis aufklären, das dem ganzen Drama zugrunde lag. Er ging zu dem Münzfernsprecher und holte das Zehncentstück aus dem Fach für das Rückgeld. Austin nahm beim ersten Klingeln ab. Er klang wach.

»Austin, ich bin's, Earl.«

»Ja«, sagte Swope düster.

»Hör zu, du wirst es nicht glauben, aber die Polizei hat Joel …«

»Earl, ich unterbreche dich gleich an dieser Stelle.«

»Wie bitte?«

»Angesichts der Situation halte ich es für ratsam, wenn wir beide keinen Kontakt mehr haben. Bitte ruf mich nicht mehr an.«

Damit legte er auf, ohne ein weiteres Wort. Wooten hielt den Hörer ans Ohr, bis das Belegtzeichen ertönte, dann hängte er ihn ein. Er begriff gar nichts mehr. Austin hatte einfach aufgelegt. Er hatte ihn um Hilfe bitten wollen, und Austin hatte einfach das Gespräch beendet. Zuerst kam Chones mit der unsinnigen Behauptung daher, Joel hätte Susan etwas getan, und jetzt wollte sein bester Freund nicht mehr mit ihm reden.

In Wooten kam etwas in Bewegung. Er sah Joel wieder in der dunklen Zimmerecke stehen, und wieder meldete sich von fern die Angst, die er seit der ersten Begegnung mit Susan verspürte.

Vielleicht hatte sein Sohn ihr tatsächlich etwas angetan.

Nein, undenkbar. Er holte tief Luft. Er musste jetzt die Nerven behalten und Joel helfen. Der Junge brauchte einen Anwalt, jemanden, der von Rechts wegen Zutritt zu der verschlossenen Zelle hatte, der in Erfahrung brachte, was Chones und Austin ihm nicht sagen wollten, und damit den ganzen Spuk ein für alle Mal beendete.

Raymond McNutt. Natürlich. McNutt kannte diese Leute, er würde wissen, was zu tun war. Wenn Swope ihm aus irgendeinem Grund nicht helfen wollte, dann musste er eben McNutt nehmen. Um jemand anderen zu finden, hätte er wahrscheinlich bis zum Morgen warten müssen und wahrscheinlich auch noch den ganzen nächsten Tag. McNutt kannte sich hier bestens aus. Unter dem Telefon lag ein zerfleddertes Telefonbuch. Wooten zwängte seine breiten Finger in die kleinen Löcher der Wählscheibe und wählte hastig. Der Anwalt meldete sich beim siebten Klingeln.

»Gut«, sagte er, nachdem Wooten ihm die Situation erklärt hatte. »Sie bleiben, wo Sie sind, ich bin in einer Stunde da. Bis dahin keinerlei Aussage. Ich rufe gleich Chones an und sage, dass ich unterwegs bin.«

Wenige Augenblicke später hörte Wooten das Telefon des Dienst habenden Beamten klingeln. Der Mann verzog den Mund und stellte den Anruf durch.

Wooten rief Ardelia an und sagte ihr, was er wusste. Es klang wie die traurige Geschichte von jemand, den man nicht kennt, eine Geschichte, die man mit betrübtem Kopfschütteln erzählt, während man zugleich froh ist, dass sie einem nicht selbst passiert ist.

»Das arme Mädchen«, sagte Ardelia, als er fertig war.

»Ja.«

»Aber das ist doch lächerlich. Joel war die ganze Nacht in seinem Zimmer.«

»Ich fürchte nein, Ardelia.«

Es folgte eine Pause.

»Was soll das heißen?«

»Er war ganz wach und vollständig angezogen, als ich zu ihm

reinging. Das Bett war unbenutzt. Er sagte auch etwas. Er fragte, ob sie alles wüssten.«

»Ob wer was wüsste?«

»Keine Ahnung.«

»Aber hätten wir es nicht mitbekommen, wenn er das Haus verlassen hätte?«

Wooten fiel das leise Geräusch ein, das er im Gästezimmer gehört hatte.

»Nicht, wenn er es nicht gewollt hätte.«

Beide schwiegen lange. Wooten hatte gehofft, seine Frau würde etwas sagen, das alles erklärte und seinen wachsenden Verdacht erstickte, doch schien sie genauso überwältigt wie er.

»Hat unser Sohn etwas getan, Ardelia?«

Jetzt zögerte sie keinen Moment.

»Das ist völlig ausgeschlossen, Earl Wooten. Wenn du das auch nur einen Moment glaubst, komm sofort zurück und lass mich nach Cannon City fahren. Wenn die spüren, dass du Zweifel hast, bekommt Joel noch viel mehr Schwierigkeiten.«

Wooten schwieg.

»Also?«, fragte sie.

»Nein«, sagte er, obwohl seine Stimme ihn selber nicht überzeugte. »Ich glaube es nicht.«

»Dann beschütze ihn.«

»Das mache ich.«

Danach ging Wooten unruhig auf und ab. Er trank so viel Wasser, dass sein Magen sich anfühlte wie mit Blei verkleidet. Leute trafen ein, zuerst eine vertraute Gestalt in einem limonengrünen Kostüm, Jill Van Riper von der Staatsanwaltschaft. Wooten kannte sie flüchtig, er hatte ihr damals bei der Schieberbande aus Florida geholfen. Van Riper hatte ein blasses, fades Gesicht, schmale Schultern und Beine wie kleine Regentonnen. Sie sah Wooten kurz an und wandte sich schnell wieder ab. Der Sergeant ließ sie durch die Tür, und sie verschwand im Flur. Als Nächstes kamen zwei Männer, Kriminalbeamte, wie Wooten sofort sah, beide weiß. Der eine war etwa fünfzig, hatte ein aufgeschwemmtes, teigiges Gesicht und hielt eine abgewetzte Aktentasche. Sein jüngerer Kollege sah aus wie ein verhinderter Filmschauspieler. Er trug einen Schnurrbart mit lang herabhängenden Enden und einen glänzenden Ledermantel. Ohne Wooten zu beachten, gingen die beiden nach hinten zum Büro des Sheriffs.

Dann kam McNutt, in einem schurwollenen Anzug mit Weste und Schuhen von Florsheim und mit einer von einer goldenen Nadel gehaltene Seidenkrawatte. Sein eisgraues Haar glänzte frisch pomadisiert, die wulstige Narbe an seinem Hals wirkte dunkler, wie mit einem kosmetischen Puder bestäubt. Wooten war verärgert – warum hatte der Mann sich erst noch in Schale geworfen, wenn er wusste, dass Joel in Schwierigkeiten war? Es war verdammt noch mal drei Uhr morgens. McNutt nickte ernst und nahm die Hand, die Wooten ihm hinhielt, in seine beiden Hände. Er schwitzte und roch stark nach Lavendel. Sein Gesicht hatte einen mitfühlenden Ausdruck, doch seine Augen blitzten triumphierend.

»Earl«, sagte er, »wie geht es Ihnen?«

Wooten ignorierte die Frage.

»Sie haben Joel da drin eingesperrt und lassen mich nicht zu ihm.«

»Tja, das ist leider nicht ungewöhnlich. Gut – sagen Sie mir, was Sie wissen.«

Wooten zählte die verwirrenden Fakten auf, McNutt hörte schweigend zu. Als Wooten fertig war, hatte er die Stirn gerunzelt.

»Wie alt ist Ihr Joel gleich wieder?«, fragte er schließlich.

Wooten zögerte. Diese Frage hatte er nicht erwartet.

»Im Mai achtzehn geworden.«

»Hm.«

»Warum?«

»Das heißt, dass er vor Gericht als Erwachsener zählt.«

»Joel ist kein Erwachsener«, sagte Wooten. »Er ist ein lieber Junge, aber noch kein Mann.«

»Verstehe. Noch eine Frage. Die Tote ist – eine Weiße?«

Die Frage fachte Wootens Ängste aufs Neue an. Einen kurzen, verrückten Moment lang wollte er sie verneinen.

»Doch, ja.«

»Das habe ich mir gedacht.«

»Warum?«

»Für eine Farbige wäre Chones nicht mitten in der Nacht aufgestanden. Na gut. Ich rede jetzt mit dem Sheriff und dann mit Joel. Um seine Sicht zu hören. Sie warten hier. Ich bin so bald wie möglich zurück.«

Wooten beobachtete, wie McNutt sich dem Sergeanten hinter der Scheibe näherte. In der Zeit, die er brauchte, den kleinen Vorraum zu durchqueren, veränderte sich sein Benehmen drastisch. Die ernste Teilnahme gegenüber Wooten wich einer kameradschaftlichen, geradezu leutseligen Haltung. Seine Stimme wurde lauter, und er gestikulierte heftig mit der rechten Hand. Er erklärte, dass er Joel Wooten vertrete. Der Beamte hörte desinteressiert zu, dann ließ er ihn mit dem Summer herein. Er verfolgte, wie McNutt sich durch die Tür schob, dann sah er Wooten an, hob verächtlich die Schultern und widmete sich wieder seinem Rätsel.

McNutt verschwand im Flur und kehrte wenig später mit dem Sheriff zurück. Er redete ununterbrochen, das blasierte Grinsen immer noch auf dem Gesicht wie festgefroren. Chones hörte mit gesenktem Blick abwesend zu. Als der Anwalt fertig war, zuckte Chones gleichgültig mit den Schultern, sagte ein paar Worte und machte die Zellentür auf. McNutt trat ein. Die Tür ging wieder zu, bevor Wooten seinen Sohn sehen konnte.

Er rief Ardelia an, um zu sagen, dass ein Anwalt bei Joel sei. Endlich geschah etwas, und bald würde sich das Dunkel lichten. Ardelia sagte, sie wolle auch kommen, habe allerdings noch keinen Aufpasser für die Zwillinge gefunden. Wooten hielt ihr Kommen für unnötig. Das Problem war sicher bald vom Tisch. Wenn sie zum Frühstück nicht zu Hause waren, dann ganz sicher zum Mittagessen. Es war nur eine Frage der Zeit.

Nach einer halben Stunde kam McNutt aus der Zelle. Er nickte Wooten kurz zu, dann verschwand er wieder in Chones' Büro. Wenige Minuten später kam er nach draußen.

»Tja, ich habe mit Ihrem Sohn gesprochen. Soweit ich es beurteilen kann, sagt er, er sei unschuldig.«

»Unschuldig an was?«

»An dem, was ihm vorgeworfen wird.«

»Was genau wird ihm denn vorgeworfen?«

»Ich dachte, man… Earl, Joel soll dieses Mädchen ermordet haben.«

Ermordet. Sein Kopf wurde ganz leer bis auf dieses eine Wort, und er sah einen langen Korridor mit blutroten Wänden und am Ende des Korridors dreckige Fliesen, sonst nichts.

»Nein.«

McNutt schwieg. Wooten suchte nach etwas, woran er sich festhalten konnte, damit das Schwindelgefühl ihn verließ. Aber er hatte nur die Worte, die der Anwalt soeben gesagt hatte. Er wiederholte sie in Gedanken, auf der Suche nach etwas, das dem Spuk ein Ende bereiten würde.

»Was meinen Sie mit ›soweit ich es beurteilen kann‹?«, fragte er schließlich.

»Joel ist ganz aufgelöst. Es war schwierig, überhaupt eine sinnvolle Antwort von ihm zu bekommen.«

»Was hat er gesagt?«, fragte Wooten.

McNutt seufzte.

»Soweit ich aus seinen Worten schlau wurde, wollte er die junge Dame am See treffen. Als er dort ankam, war sie nirgends zu sehen. Er wartete eine Zeit lang, dann kehrte er nach Hause zurück.«

»Na bitte. Er hat es nicht getan.«

»Ich weiß nicht, Earl. Ich glaube, die haben noch etwas, das sie uns nicht sagen.«

»Was denn?«

McNutt hob die Hände.

»Eine Frage an Sie – stimmt es, dass Sie Joel verboten haben, Miss Truax zu sehen?«

Wooten zögerte, wieder versucht, zu bestreiten, was sich nicht bestreiten ließ.

»Ja, stimmt.«

»Warum?«

»Das zwischen den beiden wurde zu ernst.«

»War das nur ein allgemeines Gefühl oder mehr?«

»Warum fragen Sie?«

»Joel sagte etwas von ›seit wir erwischt wurden‹.«

Wooten zögerte.

»Earl, wenn ich Ihren Sohn verteidigen soll …«

Wooten atmete tief ein.

»Susans Eltern fanden die beiden zusammen. Im Zimmer des Mädchens.«

»Zusammen?«

Wooten nickte.

»Beim Geschlechtsverkehr?«

»Ja.«

Die beiden Männer sahen einander an, vereint durch ein Wissen, das tiefer ging als die kleinen sozialen Unterschiede, die sie seit diesen fünf Jahren trennten.

»Sieht wohl schlecht aus, ja?«, fragte Wooten leise.

»Auf den ersten Blick jedenfalls nicht gut.«

»Mein Gott, spricht denn gar nichts für ihn, Raymond?«

McNutt zuckte die Schultern.

»Wie gesagt, ich hatte schon große Mühe, überhaupt so viel aus Ihrem Sohn herauszubekommen.«

»Was für mich bedeutet, dass es die Wahrheit ist.«

McNutt verzog das Gesicht und legte den Kopf auf die Seite.

»Andere sehen das womöglich anders.«

»Ich will mit ihm sprechen«, verlangte Wooten.

»Das geht noch nicht. Erst ist die Kripo dran.«

»Wie lange dauert das?«

»Sie wollen gleich anfangen. Obwohl ich lieber noch etwas gewartet hätte.«

»Nein, sie sollen anfangen. Ich will diesen Alptraum hinter mich bringen. Sie sollen feststellen, dass er unschuldig ist, und ihn gehen lassen.«

»Er ist sehr erregt, Earl. Es ist vielleicht klüger, ihm Zeit zu geben, sich zu beruhigen.«

»Wie soll er sich in einer Gefängniszelle beruhigen?«

»Ich will nur nicht, dass er etwas sagt, das alles noch schlimmer macht.«

»Das kann er doch gar nicht, wenn er nichts getan hat.«

McNutt nickte widerstrebend.

»Also meinetwegen.«

»Holen Sie die beiden.«

McNutt nickte mit dem Kopf nach hinten.

»Das brauche ich gar nicht.«

Wooten sah durch die Drahtglasscheibe. Vor der Zellentür standen die beiden Kriminalbeamten, außerdem Van Riper und Chones. Der jüngere der beiden starrte ihn mit kalten, berechnenden Augen an. Wooten wollte schon zurückstarren, dann fiel ihm ein, dass damit nichts gewonnen war.

»Kann ich auch dabei sein?«, fragte er.

»Leider nein. Aber keine Sorge, ich bin die ganze Zeit bei ihm.«

Wooten wünschte, die Worte des Anwalts hätten ihn getröstet.

Während Joel verhört wurde, brach die Morgendämmerung an. Eine Frau kam, um den Sergeant am Fenster abzulösen. Sie trug ein Tablett mit frisch gebackenen, nach Zimt duftenden Brötchen. Wooten bekam keins davon angeboten. Er saß auf der Bank, und in seinem Kopf kreisten immer wieder dieselben wenigen Gedanken wie Autos auf der Suche nach einer Parklücke auf einem vollen Parkplatz. Joel war heimlich aus dem Haus gegangen. Man hatte ihn verhaftet. Ihm wurde zur Last gelegt, die arme Susan Truax ermordet zu haben.

Die wissen also alles, ja?

Endlich tauchte McNutt wieder auf. Er wirkte grimmig. Er sagte Wooten, Joel werde des Totschlags an Susan Truax angeklagt.

»Aber ich verstehe immer noch nicht, was der Polizei zufolge passiert sein soll.«

»Joel soll Susan mit einem anderen Jungen gesehen und die beiden tätlich angegriffen haben.«

»Mit was für einem anderen Jungen?«

»Teddy Swope.«

Wooten war einen Augenblick wie betäubt.

»Teddy Swope?«

»Richtig.«

»Wurde er auch verletzt?«

»Ich glaube nicht. Aber angegriffen.«

»Teddy?«, wiederholte Wooten ungläubig. »Teddy und Joel sind doch dicke Freunde.«

McNutt machte mit dem Kinn eine Bewegung nach hinten zur Arrestzelle.

»Laut denen haben die beiden sich in letzter Zeit wegen des Mädchens gestritten.«

Wooten fiel ein, dass Joel in der vergangenen Woche mit einer blutigen Nase nach Hause gekommen war und einige rätselhafte Bemerkungen über eine Auseinandersetzung mit Teddy gemacht hatte. Wooten hatte keine Zeit gehabt, genauer nachzufragen. Er war zuerst nach Chicago geflogen und dann aus dem Haus geworfen worden.

»Stimmt, da war letzte Woche eine Auseinandersetzung.«

McNutts Miene wurde, wenn das überhaupt möglich war, noch ernster.

»Wissen Sie, um was es dabei ging? Um Miss Truax?«

Wooten schüttelte den Kopf. Er begriff auf einmal, warum Swope sich am Telefon so benommen hatte. Es war Teddy, der sagte, Joel habe Susan attackiert.

»Was sagt Joel denn dazu?«, fragte er.

»Er behauptet, Teddy hätte ein Treffen zwischen ihm und Susan am See arrangieren wollen. Was er sagte klang, na ja, ziemlich konfus. Ich glaube nicht, dass unsere Freunde von der Kripo davon beeindruckt waren.«

Wooten schwieg. Es sah immer schlimmer für Joel aus.

»Was glauben Sie denn?«, sagte er. Seine Stimme klang verzweifelt, und das war er auch. »Hat mein Junge etwas angestellt?«

McNutt seufzte.

»Mein Mandant sagt, er sei unschuldig, also sage ich das natürlich auch.«

»Ihre ehrliche Meinung bitte, Ray.«

McNutt sah Wooten unbewegt an.

»Die anderen haben ein Motiv«, sagte er, »eine Gelegenheit und einen Augenzeugen, der zufällig der Sohn des wichtigsten Mannes hier ist. Wir dagegen haben viele offene Fragen, eine wirre Geschichte von einer Verabredung und ein totes weißes Mädchen. Ich sage Ihnen meine ehrliche Meinung lieber nicht, Earl, denn die ist im Moment ziemlich negativ.«

»Kann ich jetzt mit Joel sprechen?«

»Nach der Vernehmung.«

»Und wann ist die?«

»Frühestens am Nachmittag.«

»Können wir Freilassung gegen Kaution beantragen?«

»Ich versuche das natürlich. Es wird eine saftige Summe sein, aber Spivey müsste eigentlich einwilligen.«

»Es ist mir egal, wie hoch sie ist. Ich will nur, dass er nach Hause kommt.«

»Gut. Ich gehe jetzt besser wieder rein und bereite Joel darauf vor, was ihn in den nächsten Stunden erwartet.«

Wooten sah McNutt nach, bis er in der Zelle verschwand, dann ließ er sich schwer auf die Bank fallen und überlegte verzweifelt, wie er die immer lauter werdenden Zweifel in ihm beschwichtigen konnte. Er brauchte irgendein kleines, noch nicht bemerktes Detail, auf dem er aufbauen, eine unumstößliche Tatsache, an der er die Unschuld seines Sohnes festmachen konnte. Doch er fand nichts. Alles zeigte in die entgegengesetzte Richtung. Der Streit mit Teddy, der heimliche Ausflug, Joels eigene Worte.

Wooten kam ein furchtbarer Gedanke. Vielleicht gab es dieses Detail gar nicht, vielleicht hatte sich alles so zugetragen, wie die Polizei behauptete. Vielleicht hatte Joel es getan. Wooten wusste nicht wie und nicht einmal warum, aber die Vorstellung, sein Sohn könnte dem Mädchen etwas getan haben, schien auf einmal nicht mehr von der Hand zu weisen. Schwarze Männer und weiße Frauen – es war die alte tödliche Formel. Joel hatte es getan.

Nein, sagte Wooten sich, es ist zu früh, das zu denken. Warte ein paar Stunden ab, bei Tag sieht alles wieder ganz anders aus.

Es ist zu früh, das zu denken.

Wenig später wurde Joel aus der Arrestzelle gebracht und über den Gang abgeführt, zu einer anderen Zelle, wie Wooten wusste. Er wirkte müde und verwirrt. Das Hemd hing ihm hinten aus der Hose, die nicht zugeschnürten Turnschuhe behinderten ihn beim Gehen. Wooten hob die Hand, um ihn auf sich aufmerksam zu machen, aber der Junge verschwand, ohne herzusehen.

Danach blieb in Cannon City nichts mehr zu tun. Besuche und Anträge mussten bis später warten, bis nach der Vernehmung am

Nachmittag. McNutt sagte, er wolle später am Vormittag zusammen mit Joel die Verteidigung vorbereiten. Nach dem jetzigen Stand der Dinge würden sie Freispruch beantragen. Wooten nickte stumm. Dann ging der Anwalt. Zurück blieb nur eine sich rasch verflüchtigende Lavendelwolke.

Wooten folgte ihm wenig später. Als er durch das schwere Eingangsportal trat, stellte er zu seiner Überraschung fest, dass es ein wunderschöner Tag war. Vögel, Sonne, würzig duftende Luft. Der Platz hatte sich mit Menschen belebt, auf den Parkplätzen entlang der Straße standen Autos. Wooten steuerte auf seinen Wagen zu. Aus einem zerbeulten Fury stiegen zwei Männer aus und kamen geradewegs auf ihn zu. Der eine war klein und trug einen Cordanzug, der andere war groß und behaart und hielt eine Kamera.

»Mr. Wooten?«

Er ging weiter auf sein Auto zu.

»Wir sind von der *Baltimore Sun*. Haben Sie einen Augenblick Zeit?«

Der Mann in dem Cordanzug war jetzt neben ihm. Der haarige Mann war vorausgeeilt und fotografierte im Rückwärtsgehen. Wooten starrte ihn böse an, aber die Kamera schien daraufhin nur noch schneller zu klicken.

»Hat Ihr Sohn Susan Truax umgebracht, Mr. Wooten?«

Geh einfach weiter, dachte er.

»Stimmt es, dass die beiden ein Paar waren?«

Wooten sah den Mann an. Ein Paar, von wegen. Kinder waren sie, was denn sonst. Er drehte sich zu seinem Auto um und senkte die Schulter in Richtung des Fotografen. Wenn der Mann getroffen wurde, war das seine eigene Schuld. Doch er wich der Schulter überraschend gewandt aus. Wooten ließ sich auf den Fahrersitz fallen. Die Kamera berührte das Fenster, das Objektiv klackte gegen die Scheibe wie eine in einem Glas eingesperrte Grille. Der Reporter redete immer noch. Fahr los, dachte Wooten. Er drehte den Zündschlüssel. Ein durch Mark und Bein gehendes Schnarren ertönte, gefolgt von einem würgenden Geräusch. Bitte nicht, nicht jetzt. Er versuchte es noch einmal. Wieder ein Schnarren und dann nichts mehr.

Wooten sah sich um. Eine Menschenmenge begann sich zu versammeln, Passanten auf dem Weg zur Arbeit. Vom Gehweg her starrten sie ihn an. Einige tuschelten miteinander. Sie wussten offenbar Bescheid. Weitere Reporter stiegen aus planlos am Straßenrand geparkten Autos und eilten auf ihn zu. Kameras wurden gezückt, Blitze blendeten seine müden Augen, Stimmen drangen durch die geschlossenen Fenster.

»Wie wird Ihr Sohn sich verteidigen?«

»Hat er sie umgebracht?«

»Waren die beiden ein Paar?«

Verzweifelt drehte er den Schlüssel ein letztes Mal. Der Motor sprang an. Endlich, Erbarmen. Er sah in den Rückspiegel. Die gaffende Menge versperrte ihm den Weg. Er legte den Rückwärtsgang ein und fuhr langsam rückwärts. Doch die Menschen wichen nicht zur Seite. Als hätten sie ihn absichtlich in eine Falle gelockt. Der Platz vor ihm war, von einigen Eichhörnchen und frühstückenden Vögeln abgesehen, leer. Keine Menschen. Er legte den ersten Gang ein und drückte das Gas durch. Der Wagen sprang mit einem harten Schlag über den Bordstein und verfehlte nur knapp eine Parkuhr. Dann war der Weg frei. Wooten spürte, wie die Reifen sich in den feuchten Boden fraßen, im Rückspiegel sah er die tiefen Furchen, die er hinterließ. Im Slalom fuhr er zwischen den Bäumen und der Kanone durch. Am anderen Ende des Platzes war er bereits deutlich schneller als die hier wahrscheinlich erlaubte Geschwindigkeit.

31

Er war im Keller, als die Schreie begannen. Drei Sekunden lange Schreie, jeweils gefolgt von langem Schweigen, in dem ihr Echo verhallte. Beim ersten Schrei war er zusammengezuckt. Er hatte geglaubt, dass Irma schlief. Sie hatte genug Tabletten und Alkohol geschluckt, um mindestens bis zum Nachmittag zu schlafen. Doch da war ihre Stimme, wie ein Orkan heulte sie schrill durch Türschlitze und Rohrleitungen. Der Richtung nach zu urteilen, aus der die Schreie kamen, lag Irma immer noch auf Susans Bett. Sie lag dort, seit sie um sieben vom Krankenhaus in Cannon City, einem flachen Ziegelbau, in den man Susan gebracht hatte, zurückgekehrt waren. Davor hatte Susan stundenlang, wie ihm vorkam, auf dem schrägen Pier gelegen, unter einer grauen Decke mit der Aufschrift »Freiwillige Feuerwehr Cannon City«. Irma und er hatten daneben gestanden und zugesehen, wie der Wasserflecken sich zuerst ausbreitete und dann nicht mehr größer wurde. Sonst war nichts passiert. Dann war Swope von seiner Besprechung mit dem Sheriff auf dem Parkplatz zurückgekehrt. Er nickte grimmig.

»Joel Wooten wird verhaftet«, sagte er.

Irma starrte unverwandt auf die Decke.

»Teddy und Susan waren hier, und Joel hat die beiden angegriffen«, fuhr Swope fort. »Teddy wollte Susan retten, aber es war ... nicht möglich.«

Truax fiel ein, wie Joel wenige Stunden zuvor heimlich nach Hause zurückgekehrt war, wie bedrückt und durcheinander er ausgesehen hatte und wie er leise die Treppe hinaufgestiegen war. Wenn er ihn hätte gehen sehen, wäre er ihm gefolgt. Aber er hatte seinen Posten verlassen. Und jetzt war das passiert.

Endlich waren Swopes Worte bei Irma angekommen.

»Joel? Er hat das getan?«

»Die Polizei ist in diesem Augenblick auf dem Weg zu ihm.«

Irma sah wieder auf Susans Leiche.

»Und wenn sie ihn nicht finden?« Ihre Stimme war auf einmal laut und durchdringend.

Die beiden Männer sahen sie an.

»Wenn er verschwunden ist? Wenn seine Eltern ihn verstecken?« Sie klang hysterisch. »Die tun das nämlich, sich verstecken. Die haben Verstecke, von denen die Polizei nichts weiß, Keller und Schuppen. Was ist, wenn sie das tun?«

Swope legte ihr die Hand auf den Arm.

»In Newton gibt es solche Verstecke nicht«, sagte er mit einer Endgültigkeit, die sie zum Schweigen brachte. »Sie finden ihn.«

Kurz darauf traf ein Wagen vom Büro des Leichenbeschauers ein. Er fuhr an der Promenade entlang und durch den Maschendrahtzaun und hielt am Anfang des Piers. Zwei Männer stiegen aus, der eine dick, rothaarig und mit einem affektierten Watscheln, der andere klein, drahtig und schwarzhaarig und mit Augen, die niemanden ansahen. Die beiden spähten unter die Decke, machten sich auf Klammerbrettern Notizen, unterhielten sich leise murmelnd, wiesen einander auf Verschiedenes hin, wussten, dass alle sie beobachteten. Nach fünf Minuten sprach Chones mit ihnen. Swope beteiligte sich eine Zeit lang an dem Gespräch, dann kehrte er zu den Truaxens zurück und erklärte, dass die beiden Männer ihre Tochter nach Cannon City bringen würden.

»Ich will mitkommen«, sagte Irma.

Sie verfolgte mit den Augen, wie die beiden Männer die Leiche auf eine fahrbare Trage hoben. Die Bremsen der Trage waren kaputt, die Männer mussten deshalb immer wieder mit ihren Schuhen verhindern, dass sie in den See rollte.

»Natürlich«, sagte Swope. Und an Truax gewandt: »Können Sie fahren, oder soll ich Ihnen eine Fahrmöglichkeit organisieren?«

»Ich kann fahren«, sagte Truax. Es waren die ersten Worte seit seiner Ankunft.

Sie folgten dem Wagen des Leichenbeschauers im Cutlass. Es war noch dunkel. Eine Zeit lang fuhr der Lieferwagen eines Zeitungsausträgers zwischen ihnen und Susan. Doch dann begann Irma zu wimmern, und Truax beschleunigte und überholte den Zeitungsausträger. Seiner Frau gegenüber blieb er stumm. Sie hätte ihn sowieso nicht gehört. Sie war bei ihrer Tochter im Wagen vor ihnen.

In Cannon City konnten sie nichts tun. Im Krankenhaus war man freundlich und hilfsbereit. Die Autopsie würde erst später am Vormittag stattfinden, doch sagte der Arzt, der die Leiche in Empfang genommen hatte, dass es sich nur um eine Routineangelegenheit handelte. Eine erste Untersuchung hatte bereits ergeben, dass Susan ertrunken war, nachdem sie das Bewusstsein verloren hatte. Deshalb war sie überhaupt untergegangen. Sie hatte krampfartig Luft zu holen versucht, und Wasser hatte ihre Lungen gefüllt. Der Arzt hatte früher in Ocean City gearbeitet, er kannte sich mit so was aus.

Krampfartig, dachte Truax.

Sie durften ihre Tochter sehen. Sie lag auf einer Bahre aus Edelstahl, eine andere Decke lag über dem mageren Körper. Die

Bahre hatte Rinnen. Sie waren trocken. Susan sah unverändert aus, die Leichenstarre hatte noch nicht eingesetzt. Truax hatte schon viele wie sie gesehen, junge Gesichter, immer noch erstaunt über den Verlust des Lebens, das Sekunden vorher noch so selbstverständlich konsumiert worden war wie eine Dose Cola. Der Arzt versicherte Irma, sie würden alles tun, um Susan würdig herzurichten. Danach saßen die Truaxens eine Weile auf einer Bank. Draußen wurde es hell. Aus den Zimmern kamen Patienten in Bademänteln. Einige schoben Gestelle vor sich her, an denen Beutel mit Flüssigkeiten hingen. Eine weiß gekleidete Frau brachte ihnen Kaffee, den sie nicht anrührten.

»Lass uns gehen«, sagte Truax schließlich.

Zu Hause weckte er Darryl. Sie hatte, von allen vergessen, die Nacht durchgeschlafen. Irma überließ es ihm, sie zu unterrichten. Sie nahm ihre Tabletten zusammen mit drei Gläsern Bourbon, den sie hinunterkippte wie Leitungswasser, dann brach sie auf Susans Bett zusammen. Als Truax sich vorbeugte, um Darryl an der Schulter zu rütteln, sah er durch die Tür Irmas bestrumpfte Füße. Darryl öffnete die Augen und starrte zu ihm hinauf.

»Was ist?«

Er sagte ihr, dass Susan tot war, im See ertrunken. Darryl setzte sich auf und drückte sich ein Kissen an den Bauch.

»Sie ist tot?«

»Ja.«

»Dann müssen wir beten.«

Truax betrachtete einen kurzen Moment die groben Gesichtszüge seiner Tochter, dann sah er wieder durch den Flur auf die Füße seiner Frau. Die Zehen in den Nylonstrümpfen erinnerten ihn an das Kondom, das er an Joel Wooten gesehen hatte. Er stand auf.

»Dad?«

»Bete du«, sagte er.

Er ging nach unten, auf einmal durchdrungen von dem Gefühl, seine Pflicht nicht getan zu haben. Um die Beerdigung brauchte er sich nicht zu kümmern. Swope hatte am Pier gesagt, er würde das übernehmen. Aber Leute mussten angerufen werden, Verwandte, Freunde in Meade, die Cottons, bei denen Susan nächste Woche hätte babysitten sollen.

Dann fiel ihm noch ein, dass er Swope Bericht erstatten musste. Er wusste nicht, wie es weitergehen würde, inwiefern sich die Lage jetzt geändert hatte. Er wählte Swopes Privatnummer. Sally nahm beim zweiten Klingeln ab.

»John, es tut uns so Leid.«

Er nickte, wusste nicht, was er sagen sollte.

»John?«

»Ich muss Mr. Swope sprechen.«

»Er ist unter der Dusche. Ich sage ihm, er soll Sie zurückrufen, sobald er fertig ist.«

»Danke.«

Er legte auf. Sofort klingelte das Telefon. Jemand vom *Cannon County Courier.* Truax legte auf, bevor der Mann seine Frage hatte stellen können. Danach kamen noch zwei weitere Anrufe, von der *Sun* und den *News American.* Truax legte beide Male auf, dann nahm er den Hörer von der Gabel.

Swope konnte er später anrufen.

Er saß lange Zeit am Küchentisch. Im Telefon ertönte eine Ansage, dann piepte es. Nach einer Weile verstummte das Piepen wieder. Er hörte, wie Darryl sich anzog. Sie weinte, dann sang sie. Als sie fertig war, ging sie in Susans Zimmer und sagte etwas. Irma antwortete nicht. Darryl kam herunter. In der Küchentür blieb sie stehen und sah Truax an. Sie atmete schwer, zischelnd strich die Luft an ihrer Zahnspange vorbei.

»Warum ist das Telefon nicht aufgelegt?«

»Weil ich keine Anrufe haben will.«

»Deine Hand riecht wieder, Dad. Du musst den Verband wechseln.«

»Ja, ist gut.«

Sie sagte noch etwas von Reverend Abernathy und dem interreligiösen Zentrum. Truax ließ sie wortlos gehen. Er stieg nach oben, um nach seiner Frau zu sehen. Sie lag immer noch auf dem Bett, die Augen geschlossen, der Atem tief und regelmäßig. Truax sah, dass die Leuchtsterne, die Susan über dem Bett an die Decke geklebt hatte, an den Spitzen abgingen und herunterhingen.

Er ging in den Keller und knipste die 80-Watt-Birne über der Werkbank an. Das Werkzeugset von Sears glänzte im Licht. Irma und die Mädchen hatten es ihm zu seinem Geburtstag im vergangenen Jahr geschenkt, für die Zeit, wenn seine Hand wieder gesund war. Nur dass seine Hand nicht gesund wurde. Die Infektion hatte die Lebenslinie überschritten, das ließ sich nun nicht mehr bestreiten. Er hatte im Krankenhaus einen Blick unter den Verband geworfen. Die Werkzeuge würden also bleiben, wo sie waren, und weiter nach Größe sortiert an der Aufhängeplatte hängen, ohne dass mit ihnen je etwas gebaut oder repariert worden wäre.

Der Schlüssel war in einer kleinen, mit Nägeln gefüllten Schublade versteckt. Er musste zuerst die Schublade umkippen und den Schlüssel dann in dem Haufen Nägel suchen. Die mit Spinnweben bedeckte abschließbare Kassette steckte in dem Spalt hinter einem der breiten Beine der Werkbank. Er stellte sie auf die Arbeitsplatte und öffnete den schweren Deckel. Öl war in das Tuch gesickert, in das die Pistole eingeschlagen war. Er legte sie auf die Platte und faltete das Tuch sorgfältig auseinander, wie das Papier eines Weihnachtsgeschenkes, das man noch einmal verwenden will. Er nahm die 45er in die linke Hand und wog sie. Ein eigenartiges Gefühl – er hatte sie noch nie in der linken Hand gehalten. Sie fühlte sich ganz anders an.

Er legte sie wieder auf die Werkbank und nahm das Zubehör aus der Kassette. Reservemagazin, Munition, Reinigungsöl, Filzball und Messingbürste. Sorgfältig breitete er alles aus, dann ließ er das Magazin herausspringen und drückte mit dem Daumen die Patronen heraus. Er legte sie ordentlich nebeneinander hin, dann begann er die Waffe zu reinigen. Er ließ sich Zeit, zog den Lauf sogar zweimal durch. Es war schwierig, mit nur einer guten Hand zu arbeiten.

Wooten hatte in Cannon City Freunde. Den Sheriff, die Anwälte und die Richter, Diebe wie Wooten selbst, Leute, denen man nicht trauen konnte. Deshalb hatte Swope ja Truax gebraucht, und deshalb wurde er jetzt wieder gebraucht. Um sicherzustellen, dass Wooten seinen Einfluss nicht dazu benutzte, seinen Sohn aus dem Gefängnis zu holen. Es gab ein Gesetz über dem Gesetz, und im Auftrag dieses Gesetzes handelte Truax jetzt. Damit der Junge auch ganz sicher bestraft wurde.

Er war gerade mit dem Reinigen fertig, als Irma anfing zu schreien. Er lud das Magazin wieder und steckte es in die Pistole, dann hob er sie hoch und nahm verschiedene Ziele im Keller ins Visier. Die Druckanzeige am Warmwassertank, eine Schneebrille, die an einem alten Paar Skier hing, einen Holzspan auf einem Ziegel, die Schachtel mit den Handschuhen für die linke Hand. Er zielte jeweils eine halbe Minute, dann drückte er auf den Abzug. Nicht stark genug, um den Schuss auszulösen, nur um ein Gefühl für die Waffe zu bekommen. Es war schwer. In der Vergangenheit hatte er immer beide Hände benutzt. Eine am Abzug, die andere um das Magazin gelegt.

Er legte die Pistole wieder hin und holte die Ohrstöpsel aus der Kassette. Genormt und für Schießplätze geeignet. Er steckte sie sich tief in die Ohren. Die Schreie seiner Frau hörte er jetzt nicht mehr. Er nahm die Waffe auf, entsicherte sie und wählte ein Ziel – die Basisstation des FOV-Filtersystems an der Wand gegenüber. Sie war weiß, hatte die Form und Größe eines kleinen Bierfasses, und an der Oberseite waren drei Faltschläuche angeflanscht, die nach oben ins Haus führten. Klappen für die Filter, die das Haus von unerwünschtem Schimmel und freien Radikalen reinigen sollten, waren in regelmäßigen Abständen am Gehäuse der Station angebracht. Truax zielte auf einen Schraubenkopf über der mittleren Klappe. Ruhig und konzentriert. Er ließ den Atem ausströmen und drückte ab. Der Rückstoß war unerwartet heftig, hätte ihm die Waffe fast aus der Hand gerissen. Der Schuss war ein paar Zentimeter nach rechts abgekommen, aber die Höhe stimmte. Das Loch war gezackt, so groß wie seine Faust. Eine Staubwolke stieg von ihm auf. Schädliche Sporen und befreite Radikale. Er sicherte wieder und steckte die Waffe in den Gürtel.

Dann nahm er die Ohrstöpsel heraus. Irma hatte aufgehört zu schreien. Das erinnerte ihn daran, wie ein einziger Schuss den ganzen Urwald zum Schweigen hatte bringen können. Er lud das Reservemagazin und schob es in die Hosentasche. Die anderen Sachen räumte er wieder in die Kassette. Er machte sich nicht die Mühe, sie abzuschließen oder zu verstecken. Warum auch. Irgendwo, in einem der Koffer, die er nach Hause gebracht hatte, befand sich ein Holster. Er beschloss, das Holster im Koffer zu lassen. Die Waffe reichte.

Er zog an der Schnur neben der nackten Birne und stieg hinauf. Irma lag immer noch auf Susans Bett, inmitten der Tiere, die er seiner Tochter mitgebracht hatte. Die Tiere lagen durcheinander, wie weggeworfen. Seine Frau sah zuerst ihn an, dann die Waffe an seinem Gürtel. Sie schloss die Augen.

»Ich gehe jetzt«, sagte er. »Ich muss arbeiten.«

Sie nickte. Er wandte sich zum Gehen.

»John?«

Er blieb auf der Schwelle stehen.

»Dafür wird er doch bestraft, ja?«

Er schwieg einen Moment.

»Ja. Das wird er.«

7. Teil

32

Swope betrachtete sich im gelblichen Licht des Spiegels. Die Haut war etwas zu blass, das Weiß der Augen von einem Netz hellroter Adern durchzogen, aber er wirkte trotzdem ausgeruht und im Vollbesitz seiner Kräfte. Niemand, der ihn jetzt gesehen hätte, hätte vermutet, dass sein Verstand seit zwölf Stunden auf Hochtouren arbeitete und sein Bauch nach der schlimmsten Nacht seines Lebens ein einziger nervöser Knoten war. Swope ließ einen Batzen warmen Schaum aus der Maschine, die Sally ihm letzte Weihnachten geschenkt hatte. Es tat gut, den Schaum auf die von Stoppeln bedeckten Wangen aufzutragen. Die schmelzende Wärme weckte flüchtige Sehnsüchte nach der Geborgenheit seines großen Bettes, aber dazu war es noch zu früh. Die Gefahr war noch nicht endgültig gebannt. Als Gegenmittel gegen die Erschöpfung, die ihn zu überwältigen drohte, legte er den kalten Stahl an die Haut und schabte einen breiten Streifen vom Adamsapfel bis zur Unterlippe frei.

Teddy konnte nichts mehr passieren.

Die Klinge war neu. Sie öffnete zahlreiche winzige Wunden, die, noch bevor er fertig war, schon wieder halb zugeheilt waren. Er zog die Klinge ein zweites Mal über die Haut. Er war immer ein Anhänger des Nassrasierens gewesen. Viele hatten das Nassrasieren in letzter Zeit für elektrische Apparate aufgegeben. Die Technik war inzwischen so gut, dass man den Unterschied kaum noch spürte. Zumal mit einem so leichten Bartwuchs wie er. Trotzdem blieb Swope bei der alten Methode, nicht nur wegen des Rituals. Er mochte es, wenn die Schnitte und winzigen Risse danach, wenn er sich das Rasierwasser auf die Haut klatschte, brannten wie verrückt. Er hätte das Brennen nicht für alle elektrischen Rasierapparate der Welt missen mögen.

Teddy konnte nichts mehr passieren.

Er schabte sich den Schaum aus dem Gesicht, Reihe für Reihe, wie beim Rasenmähen. Die Bewegung hatte etwas Beruhigendes, Einschläferndes. Wieder überkam ihn Müdigkeit, aber er schüttelte sie ab. Wenn er ihr nachgab, wurde er womöglich noch sentimental oder bekam Selbstzweifel und bereute, was er getan hatte. Solche Gefühle konnte er sich nicht leisten. Er durfte nicht überlegen, ob er zu weit gegangen war, und er durfte sich nicht zu Mitleid für Joel und seinen Vater hinreißen lassen. Denn der Preis für solche Gefühlsduselei war sein Sohn. Und er war nicht bereit, diesen Preis zu zahlen. Nicht dem Mann, der ihn betrogen hatte.

Er beendete die Rasur, wischte den restlichen Schaum weg, nahm das Rasierwasser von der Konsole neben dem Waschbecken und klatschte es sich auf Wangen, Hals und Kinn. Ein erfrischendes Prickeln lief vom Stammhirn nach unten.

Teddy konnte nichts mehr passieren. So wie sich alles entwickelte, hätte es nicht besser sein können. Es war ein ganz erstaunliches, ein atemberaubendes Comeback. In nur wenigen Stunden war es ihm gelungen, den Spieß umzudrehen und nicht nur seinen Sohn zu retten, sondern auch seine eigene Zukunft. Joel war verhaftet worden, in einigen Stunden würde er dem Richter vorgeführt werden. Und nicht nur Chones ermittelte gegen ihn – auch Staatsanwaltschaft und Kriminalpolizei saßen mit im Boot. Zum Glück machte Staatsanwalt Byron Bench gerade auf den Bermudas Urlaub und ließ sich von seiner jungen Assistentin Jill Van Riper vertreten. Bench war ein alter Fuchs, der Swope, wenn es hart auf hart ging, durchaus das Wasser reichen konnte. Van Riper dagegen war eine humorlose, nicht besonders helle Absolventin der Universität Maryland mit den schlimmsten Beinen, die er je gesehen hatte. Swope hatte den Verdacht, dass sie in ihn verknallt war. Sie war leicht zu manipulieren, obwohl das gar nicht nötig war. Donald Duck hätte die Anklage genauso gut vertreten können. Die Beweislast war überwältigend, der Fall im Grunde sonnenklar. Swope hatte um fünf Uhr morgens am Telefon von Van Riper erfahren, dass Joel beim nächtlichen Besuch der Polizei im Hause Wooten wach, vollständig angezogen und sichtlich erregt gewesen war. Besser noch, der Junge hatte zunächst bestritten, am Abend ausgewesen zu sein, ein klarer Widerspruch zur Aussage des Sicherheitsbeamten von Newton Plaza, der ihn kurz nach Susans Sturz ins Wasser gesehen hatte.

Sie hatten ihren Schuldigen, und er hieß nicht Teddy.

Nach dem Rasieren massierte sich Swope mit der mit Gummi überzogenen Spitze am unteren Ende seiner Zahnbürste noch einige Minuten das Zahnfleisch. Dann kehrte er ins Schlafzimmer zurück und zog den neuen Anzug an, den Sally für ihn bereitgelegt hatte, ein marineblaues Teil von Brooks Brothers mit breitem Revers und umgeschlagenen Manschetten. Es war fast ein Uhr – bald kamen die Leute von der Kripo, die Teddy einige Fragen stellen wollten. Chones hatte ihn am Vormittag im Büro angerufen und gesagt, die Beamten müssten mit ihrem Hauptzeugen noch einige Kleinigkeiten abklären, nichts Wichtiges, nur um den Fall abzuschließen und wieder verschwinden zu können. Offenbar weitete sich der Skandal um Vizepräsident Agnew immer mehr aus, und sie brauchten in Baltimore jeden verfügbaren Mann. Niemand wollte deshalb überflüssige Zeit an einen so klaren Fall verschwenden. Als Chones fragte, ob Teddy für das Gespräch nach Cannon City kommen könne, hatte Swope höflich erklärt, das sei völlig unmöglich. Sein Sohn stehe aufgrund der Ereignisse der vergangenen Nacht immer noch unter Schock und werde das Haus nicht verlassen. Wer mit ihm sprechen wolle, solle zu ihm nach Hause kommen und dies in Swopes Gegenwart tun.

Das Gespräch mit Chones war nur ein kleiner Teil dessen gewesen, was Swope an diesem geschäftigen Vormittag erledigt hatte. Er war am See geblieben, bis die Leiche des Mädchens abtransportiert worden war, dann hatte er Teddy nach Hause und in sein Zimmer gebracht und ihn angewiesen, das Haus nicht zu verlassen. Er hatte rasch das Hemd gewechselt und war wieder nach Newton Plaza geeilt, um sich weiter mit dem Problem zu befassen. Noch nie war er so wach und konzentriert gewesen wie an diesem Vormittag. Er hatte für drei gearbeitet. Zuerst hatte er verschiedene lokale Zeitungen, die Wooten in letzter Zeit über den grünen Klee gelobt hatten, anonym angerufen und unterrichtet, dass der Sohn des Bauleiters in Cannon City in Haft saß und verdächtigt wurde, ein weißes Mädchen umgebracht zu haben. Schläfrige Redakteure waren auf einmal hellwach gewesen. Dann weckte er Gus Savage in seiner Wohnung am Lake Shore Drive. Die Unterhaltung war kurz und freundlich gewesen.

»Haben Sie mit Earl gesprochen?«, hatte Gus gefragt, nachdem Swope ihn ins Bild gesetzt hatte.

»Er hat mich angerufen. Ich sagte, ich hielte es für angemessen, keinen weiteren Kontakt zu haben.«

»Soll ich mit ihm reden?«, fragte Savage.

»Ihre Entscheidung, Gus.«

»Vielleicht warte ich ab, wie die Sache ausgeht.«

»Das würde ich auch tun.«

»Mein Gott, das ist ein Schock. Was sagen Sie denn dazu, Austin?«

»Was ich dazu sage? An der Schuld des armen Jungen besteht für mich kein Zweifel.«

»Na gut.« Es folgte eine kurze Pause. »Hören Sie, Austin, ich will, dass Sie das in die Hand nehmen. Begrenzen Sie den Schaden. Wenn das heißt, dass wir uns von Wooten distanzieren müssen, dann muss das eben sein.«

»Mache ich, Gus.«

»Und egal was es kostet – die Interessen der Firma gehen in jedem Fall vor.«

»Selbstverständlich.«

Danach hatte er Van Riper angerufen. Die Staatsanwältin erklärte ihm vertraulich, sie erwäge nach einem Telefongespräch mit Bench eine Anklage wegen fahrlässiger Tötung; dass Joel das Mädchen absichtlich habe verletzen oder gar töten wollen, werde sich kaum beweisen lassen. Swope stimmte ihr zu. Niemand wolle, dass Joel übermäßig bestraft werde. Er hatte allerdings einen Vorschlag. Wäre es nicht besser, zuerst auf Totschlag zu gehen und den Eltern dann die fahrlässige Tötung in Aussicht zu stellen, als Ausweg aus ihren Schwierigkeiten gewissermaßen? Sie wissen zu lassen, dass Joel dann höchstens fünf Jahre bekommen würde, von denen er höchstens anderthalb absitzen müsste. Vorausgesetzt natürlich, die Wootens stimmten dem Handel in, sagen wir, vierundzwanzig Stunden zu. So bleibe keine Zeit, anstelle des zwar engagierten, aber leichtgewichtigen Raymond McNutt noch einen richtigen Anwalt zuzuziehen. Sie könnten Spivey leicht dazu bringen, die Kaution vorerst zu verweigern, um die Eltern unter Druck zu setzen. Swope wusste aus Erfahrung, dass die Menschen zu einem solchen Handel viel eher bereit waren, wenn die Uhr tickte. Als Van Riper zögerte, wies er noch darauf hin, dass Wooten, wenn es zu einem Prozess kam, wahrscheinlich alle möglichen schwarzen Verbündeten nach Cannon City holte, radikale Anwälte, Protestler und Bürgerrechtler. Das Ganze artete dann in einen Zirkus aus, ähnlich dem Fiasko mit H. Rap Brown, das gegenwärtig drüben in Ellicot City seinen Lauf nahm. Das leuchtete Van Riper ein, und sie versprach, den Vorschlag ihrem Chef zu unterbreiten.

Als Swope nach diesem Gespräch auflegte, spürte er, wie ihm ein Stein vom Herzen fiel. Wenn die Behörden erreichten, dass der Angeklagte ein Geständnis ablegte, bedeutete das, dass Teddy nicht in den Zeugenstand musste. Zwar hatte der Junge bis jetzt nicht geschwankt, aber beliebig viel Druck hielten seine schmalen Schultern nicht stand. Außerdem wusste Swope, wenn man es richtig anfing, ging Wooten auf einen solchen Handel ein. Er war Realist, gewohnt, den Tatsachen ins Auge zu sehen. Er würde begreifen, dass es Zeit war, den Schaden zu begrenzen, davon war Swope überzeugt.

Den restlichen Vormittag verbrachte er mit verschiedenen kleineren Aufgaben, die noch zu tun blieben. Er rief einige weitere Zeitungen an, dann ließ er Holmes in sein Büro kommen und beauftragte ihn, ein Schreiben zu entwerfen, das Earl Wooten in den unbefristeten Urlaub entließ. Holmes sollte das Schreiben nach Dienstschluss selbst abgeben, damit Wooten gar nicht erst auf den Gedanken kam, Swope könnte dahinterstecken. Nachdem Holmes gegangen war, ließ Swope sich mit Spivey verbinden. Ihm sei zu Ohren gekommen, sagte er, dass ein Mitarbeiter Wootens am Vormittag auf Wootens Schreibtisch einfache Flugtickets nach Liberia gesehen habe. Spivey sagte nichts, aber Swope merkte an seinem Schweigen, dass er den Köder geschluckt hatte. Mit der Kaution war es jetzt ganz sicher vorbei. Er machte noch einen letzten Anruf bei Chones, um sich zu vergewissern, dass keine weiteren Überraschungen anstanden, dann war es Zeit, für eine überfällige Dusche nach Hause zu gehen.

Sally war in der Küche, beschäftigt mit der Zubereitung ihrer Linsensuppe nach Hausmacherart, Teddys Lieblingsgericht. Der vom Herd aufsteigende Dampf umspielte ihre perfekt frisierten Haare. Sie hatte Swope nach seiner Rückkehr immer wieder unglücklich angesehen, als ob sie spürte, dass ihr nicht die ganze Wahrheit gesagt worden war.

»John Truax hat angerufen, als du in der Dusche warst.«

Swope erstarrte. Truax. Er hatte ihn in der morgendlichen Hektik ganz vergessen. Rasch nahm er das Telefon von der Wand. Beim Wählen sah er plötzlich wieder die Tochter des Mannes vor sich, wie sie aus dem Wasser aufgetaucht war, doch drängte er das Bild energisch wieder in das trübe Dunkel zurück, aus dem es gekommen war. Bei Truax war belegt. Was Swope nicht überraschte. Er würde es später noch einmal versuchen. Oder vielleicht bei ihm vorbeischauen, kondolieren, bei organisatorischen Dingen helfen und, am dringendsten, Truax klarmachen, dass er Wooten nicht mehr zu beschatten brauchte. Ihre Mission war erfüllt, der Einsatz vorbei.

»Ist Teddy schon wach?«, fragte er und legte auf.

»Ich glaube nicht.«

»Dann wecke ich ihn.«

»Willst du ihn nicht schlafen lassen?«

»Die Polizei will sich mit ihm unterhalten.«

Sally drehte sich alarmiert um.

»Keine Angst, Sal, ich bin ja dabei.«

Ihre Blicke trafen sich.

»Was ist eigentlich los, Austin?« Sie flüsterte es fast.

Einen Moment war er versucht, ihr alles zu erzählen, sie wissen zu lassen, was er tat. Damit sie sagen konnte, dass es so richtig war, ihm bestätigte, dass er sich ja nur für seinen Sohn stark machte. Aber dann hätte sie alles gewusst, und das wollte er nicht. Er wollte, dass sie in Sicherheit war, genauso wie er wollte, dass Teddy in Sicherheit war.

»Ich verstehe nicht, was du meinst«, sagte er ruhig.

»Hast du mir alles gesagt, was vergangene Nacht passiert ist?«

»Natürlich.« Er machte einen Schritt auf sie zu. »Was ist denn los, Sal?«

Ihr Blick wanderte zu den vom Topf aufsteigenden Dampfschwaden.

»Ich weiß nicht. Es passt nur überhaupt nicht zu Joel, dass er so etwas getan haben soll. Und Teddy ist so komisch ...«

»Tja, offenbar wussten wir von Joel nicht alles. Und Teddy hat einen Alptraum durchgemacht.«

»Ich weiß, Austin. Das meine ich auch gar nicht.«

»Was dann?«

»Ich habe mit ihm gesprochen, als ihr nach Hause gekommen seid, und er wirkte so ... unentschlossen, so verunsichert, geradezu als habe er etwas zu verbergen.«

Swopes Gedanken rasten. So ging es entschieden nicht. Sally durfte nicht zweifeln. Damit setzte sie alles aufs Spiel.

»Sieh mich an, Sally.«

Sie tat, wie geheißen. An ihrer Miene sah er, dass sie ihm glauben wollte.

»Teddy ist deshalb so verunsichert, weil er nicht die Wahrheit sagen will. Er will Joel schützen. Du weißt, was Joel ihm bedeutet. *Das* ist der Grund für sein seltsames Benehmen. Er fühlt sich als Augenzeuge dieses furchtbaren Verbrechens mitschuldig. Wenn wir jetzt mit Fragen auf ihm herumreiten, fängt er womöglich noch an zu lügen, um seinen Freund zu schützen. Und dann verdächtigt die Polizei auf einmal ihn, und ich kann ihm nicht mehr helfen. Verstehst du das?«

Sals Lippen formten ein lautloses Ja, aber er sah an ihren Augen, dass sie noch nicht überzeugt war. Er sah freilich auch, dass sie ihn nicht weiter bedrängen wollte. Nicht, wenn es um Teddys Wohl ging.

»Hab Vertrauen zu mir, Sally«, sagte er. »Ich sorge dafür, dass alle Beteiligten diese Tragödie möglichst unbeschadet überstehen, auch Joel. Einverstanden?«

Sie brachte ein schwaches Lächeln zustande.

»Dann hole ich Teddy jetzt«, sagte Swope, »und wir essen ganz gemütlich zu Mittag.«

Swope klopfte an Teddys Tür. Er erhielt keine Antwort und drückte sie auf. Sein Sohn hatte sich im Bett aufgesetzt. Ein großer schwarzer Kopfhörer bedeckte seine Ohren. Aus ihm sickerte Musik, die wie ein Schwarm Insekten mitten im tiefsten Urwald klang. Er hatte die Augen fest geschlossen, doch war er offenbar wach. Die langen Haare klebten ihm an Wangen und Hals. Er hatte sich umgezogen, doch sahen die neuen Kleider genauso zerknittert und verschlissen aus wie die nassen von vergangener Nacht. Das graue T-Shirt trug quer über die Brust die Aufschrift EIGENTUM DER HAFTANSTALT ALCATRAZ.

Swope setzte sich auf die Bettkante. Teddys Augen gingen auf und sahen ihn stumpf an. Teddy nahm den Kopfhörer ab, ließ ihn auf den Boden fallen und wartete darauf, was sein Vater zu sagen hatte. Die Insektenmusik spielte weiter.

»Wie geht's uns denn?«, fragte Swope.

Teddy starrte ihn an, und in seinen Augen lag ein solcher Kummer, dass Swope schon dachte, es sei alles vorbei, hier und jetzt, und sein Sohn werde nicht durchhalten. Doch dann zuckte Teddy mit den Schultern, und Swope wusste, dass sie noch im Geschäft waren. Stolz erfüllte ihn. Der Junge hatte gestern Abend wirklich gezeigt, wer er war. Er hatte eine Lektion gelernt, die er in Harvard nicht lernen konnte – und seine Sache gut gemacht.

»Schon okay, denke ich«, sagte Teddy.

»Du lässt mich also nicht im Stich?«

»Im Stich? Nein.«

»Du musst heute noch ein paar Fragen der Polizei beantworten. Geht das?«

»Du bist aber auch dabei, ja?«

»Klar. Du erzählst denen einfach dasselbe wie gestern Abend Chones, und alles ist in Butter. Wenn noch andere Fragen kommen, beantworte ich sie.«

Teddy zuckte wieder mit den Schultern. Swope stand auf und ging zur Tür. Dann drehte er sich noch einmal um.

»Ach ja, Teddy, und vielleicht ziehst du ein anderes Hemd an.«

Sie aßen schweigend. Teddy, der jetzt ein seriöses malvenfarbenes Hemd trug, rührte die Suppe zu Sallys Kummer kaum an. Ab und zu lächelte er still in sich hinein und formte mit den Lippen stumme Worte. Swope beobachtete ihn aufmerksam und überlegte, ob er das Verhör absagen sollte. Andererseits wusste er, je früher es über die Bühne ging, desto besser.

Sally begann die Teller abzuräumen. Es klingelte.

»Bereit?«, fragte Swope.

Sein Sohn nickte.

Er schickte Teddy in sein Arbeitszimmer, dann machte er den Polizisten auf. Es waren zwei. Der ältere trug eine Aktentasche. Er hieß Roebling. Der jüngere hieß Delisi. Er hatte einen Schnurrbart mit herunterhängenden Enden, trug einen glänzenden Ledermantel und hielt sich seinem Auftreten nach zu schließen für einen hartgesottenen Burschen. Abwarten, dachte Swope und führte die beiden ins Arbeitszimmer. An der Tür blieben sie stehen.

»Wir dachten eigentlich, wir könnten mit ihm allein sprechen«, erklärte Roebling.

»Warum das?«, fragte Swope. Sein Stimme klang streng, aber ruhig.

»Aus keinem bestimmten Grund«, erwiderte der ältere Polizist. »Nur Gewohnheit.«

»Der Junge ist noch ziemlich durcheinander«, sagte Swope. »Was dagegen, wenn ich bleibe?«

Roebling zuckte die Schultern.

»Von mir aus«, meinte er.

Teddy saß zusammengesunken auf einem der Sessel vor dem Schreibtisch. Er stand nicht auf, als er die beiden Männer sah. Swope stellte sie einander vor und rückte die Sessel zurecht. Delisi zog einen Block aus der Manteltasche.

»Erzähl uns doch einfach, was gestern Abend passiert ist.«

Teddy berichtete. Als er fertig war, brauchte Delisi noch eine Weile, bis er alles aufgeschrieben hatte. Schließlich merkte er, dass alle ihn anstarrten, und sah auf.

»Eine Frage, Teddy – gehört der Firebird draußen dir?«

»Ja.«

»Scharfer Schlitten.«

Teddy zuckte die Schultern.

»Schon.«

»Und damit bist du gestern Abend gefahren, richtig?«

Swopes Radar sprang an. Das klang nicht gut. Seine Augen schossen zwischen seinem Sohn und dem jungen Polizisten hin und her. Teddy nickte langsam. Auch er spürte, dass etwas nicht stimmte.

»Folgendes«, sagte Delisi. »Laut Aussage des Sicherheitsbeamten war Joel zu Fuß. Meine Frage ist deshalb, wie konnte er dir und Susan den ganzen Weg von Susans Elternhaus bis zum See folgen? Ich meine, er hätte ja Flügel haben müssen, um mit einem Schlitten wie deinem mitzuhalten.«

Swope spürte, wie sein Herz zu schlagen begann. Kalte Schweißperlen traten ihm auf das frisch rasierte Gesicht. Warum hatte er das vergessen? Wie Joel Teddy hatte folgen können war ein zentraler Punkt, war von elementarer Wichtigkeit. Er hätte das weit im Voraus erkennen müssen. Es waren genau solche Ungereimtheiten, die ihre ganze sorgfältig ausgetüftelte Geschichte zum Einsturz bringen konnten. Er sah seinen Sohn an, der Delisis unbewegten Blick über seine getönten Brillengläser hinweg erwiderte. Teddys Augen gaben nichts preis, verrieten nicht, was er sagen würde. Swopes Brust fühlte sich an wie mit Helium vollgepumpt. Ihm war, als müssten die anderen sein Herz schlagen hören.

Endlich antwortete Teddy.

»Joel wusste, wohin wir gehen würden«, sagte er, die Stimme so starr und kalt wie ein zugefrorener See. »Dazu brauchte er uns nicht zu folgen.«

»Wie das?«

»Weil wir uns immer dort getroffen haben, seit das Jugendzentrum dichtgemacht hat. Joel, Susan und ich. Es ist der einzige Ort in dieser bekloppten Stadt, wo man noch ungestört knutschen kann. Fragen Sie, wen Sie wollen.«

Delisi erwiderte Teddys Blick einen Moment lang, dann klappte er den Block zu und zuckte mit den Schultern.

»Ja«, sagte er. »Dachte ich mir.«

»Sonst noch was?«, fiel Swope sofort ein.

Roebling hob die Schultern.

»Nur noch das Geständnis von Joel Wooten.«

Swope brachte die beiden Polizisten auf dem schnellsten Weg

zur Tür, dann kehrte er in sein Arbeitszimmer zurück. Teddy saß immer noch in dem Sessel, ein Bein lässig über die Armlehne gehängt. Swope empfand unbändigen Stolz darüber, wie Teddy die unerwartete Frage gekontert hatte. Der Junge war wahrhaftig ein Genie.

»Habe ich alles richtig gemacht?«

»Mehr als das, Teddy.«

»Muss ich beim Prozess solche Fragen beantworten?«

»Keine Sorge, es wird gar keinen Prozess geben. Ich habe es so gedeichselt, dass Joel bis zum Wochenende ein Geständnis ablegt. Wie schon gestern Abend gesagt, niemand will, dass sich das hinzieht.«

Teddy nickte abwesend. Etwas machte ihm offenbar noch zu schaffen.

»Ich habe überlegt ...«

Er lächelte, dann runzelte er die Stirn.

»Ja, Teddy?«

»Können wir irgendwie verhindern, dass Joel ins Gefängnis kommt, ich meine überhaupt?«

Swope atmete hörbar ein.

»Geht leider nicht«, sagte er freundlich. »Aber wie gesagt, ich sorge dafür, dass er so kurz wie möglich sitzt.«

»Wie lange?«

Swope nannte eine willkürliche Zahl.

»Höchstens drei Jahre, ziemlich sicher weniger.«

Teddy sah ihn unglücklich an.

»Drei Jahre?«

»Allerhöchstens. Wahrscheinlich eher zwei. Tut mir Leid, Teddy, aber mehr können wir unter den gegebenen Umständen nicht für ihn rausholen.« Swope lächelte angespannt. »Mensch, Junge, ich dachte, das hätten wir schon gestern Abend besprochen.«

»Schon, ich weiß. Nur wenn ich daran denke, dass er im Gefängnis sitzt ...«

»So ist es eben.« Swope entschied, dass eine kleine Notlüge angebracht war. »Er kommt heute gegen Kaution frei, und dann bleibt er erst mal zu Hause, bis der Richter entscheidet, wie es weitergeht. So dramatisch ist das wirklich nicht.«

Teddy nickte abwesend. Swope musterte ihn. Die nervös zuckenden Augen und Lippen seines Sohnes zeigten an, dass sein großes Gehirn Überstunden machte. Er musste etwas sagen, um ihn zu beruhigen.

»Schau her, ich weiß, wie schwer das mit Joel jetzt noch für dich ist. Aber du musst an das denken, was wichtig ist. Deine Familie und deine Zukunft. Wie schon gestern Abend gesagt, einer von euch beiden muss die Verantwortung für das übernehmen, was Joel durch sein fahrlässiges und egoistisches Verhalten verursacht hat, und alles in allem ist es besser, wenn er das tut. Ich meine, ich kann ihm doch viel mehr helfen, als sein Vater *dir* helfen könnte. Habe ich Recht oder habe ich Recht?«

Teddy stand auf.

»Du hast Recht wie immer.«

Swope legte väterlich die Hand auf die magere Schulter seines Sohnes.

»Du bist müde, und vielleicht hast du dir gestern eine Erkältung geholt. Leg dich doch eine Weile hin. Solche Sachen sehen immer besser aus, wenn man zwölf Stunden darüber geschlafen hat, glaub mir.«

Nachdem Teddy gegangen war, ließ Swope sich auf seinen Schreibtischstuhl fallen und verfluchte sich dafür, dass er die Frage mit dem Firebird nicht vorausgesehen hatte. Vollkommen dilettantisch. Wenn Teddy nicht so verdammt geistesgegenwärtig reagiert hätte, wären sie jetzt beide mit den Herren Roebling und Delisi nach Cannon City unterwegs. Er musste ab sofort besser aufpassen, jedenfalls bis Joel gestanden hatte. Und Teddy durfte das Haus vorerst nicht verlassen.

Er beugte sich vor und setzte drei seiner Schwingkugeln in Bewegung. Dabei überlegte er, um was er sich noch kümmern musste. Nur um Truax. Er langte nach dem Telefon und wählte die inzwischen vertraute Nummer.

Belegt. Also würde er den trauernden Eltern einen Besuch abstatten.

Niemand machte ihm auf. Er klingelte, er klopfte, nichts. Er wollte schon gehen, da sah er durch eine der Glasscheiben in der

Tür eine Bewegung. Irma stand am oberen Ende der Treppe. Sie schwankte leicht und starrte in die Leere zwischen ihnen. Swope hob die Hand, um sie auf sich aufmerksam zu machen, aber sie schien ihn nicht zu bemerkten. Dann war sie wieder verschwunden.

Swope drückte auf die Klinke. Die Tür war nicht abgeschlossen. Er trat ein. Drinnen war es kalt – die Klimaanlage war zu weit aufgedreht.

»John?«

Keine Antwort. Er ging zur Küche. Der Telefonhörer baumelte einige Zentimeter über dem Boden wie einer der wahnsinnigen Springer aus Neuguinea in den Sendungen der National Geographic. Er öffnete die Kellertür. Vielleicht hatte Truax sich dort hinunter geflüchtet. Aber der Keller war dunkel. Er wollte die Tür gerade wieder schließen, als ihm der Geruch in die Nase stieg. Schießpulver. Außerdem hörte er ein seltsam unregelmäßiges Klacken wie von einer kaputten Maschine. Swopes Herz begann so heftig zu schlagen wie bei Teddys Verhör durch die Polizei. Er hatte plötzlich Truax mit einer Pistole im Mund vor Augen. Er musste im Keller nachsehen. Vielleicht gab es dort einen Hinweis auf Truax' Verbleib.

Er betätigte den Lichtschalter neben der Kellertür und stieg die Treppe zur Hälfte hinunter. Dann hielt er an, holte tief Luft und sah in den Kellerraum. Auf einer großen Werkbank stand ein offener Werkzeugkasten, außerdem befanden sich in dem Raum Kisten, Fahrräder und Spielsachen. Den Sergeant sah er nicht. Die Spannung fiel von Swope ab. Burschen wie Truax hatten immer etwas an der Werkbank zu tun. Wenn dort niemand war, war er wahrscheinlich überhaupt nicht zu Hause. Er stieg die restlichen Stufen hinunter und überprüfte den Rest des Kellers. Nirgends ragten Schuhe heraus, nirgends waren größer werdende, dunkle Blutlachen. Er entdeckte, woher das klackende Geräusch kam – von der Basisstation des FOV-Filtersystems. Swope ging nachschauen. Als er an der Werkbank vorbeikam, wurde der Schießpulvergestank stärker. Er wusste bald, was mit dem Filtersystem nicht stimmte. Truax hatte darauf geschossen, hatte eine Kugel mitten hineingejagt. Auf dem Boden lag ein kleiner Haufen

Staub, weitere Staubpartikel schwebten in der Luft. Swope suchte einen Schalter, konnte aber keinen finden.

Er kehrte zur Werkbank zurück, wobei er sorgfältig darauf achtete, nichts zu berühren. Der Kasten, den er von der Treppe aus gesehen hatte, war in Wirklichkeit ein Waffenkoffer. In ihm lagen Patronen, Reinigungszubehör, eine Art Lappen, aber keine Waffe. Swope überlegte, ob er Chones verständigen sollte. Er konnte sagen, er habe einen Kondolenzbesuch machen wollen und dann das vorgefunden. Aber wenn Truax verhaftet wurde, plauderte er vielleicht aus, womit er vergangene Woche beschäftigt gewesen war. Dann musste Swope mit allen möglichen unangenehmen Fragen rechnen. Am besten ließ er Truax also vorerst in Ruhe. Truax würde sich bei ihm melden. Ohne Swopes Billigung tat er sowieso nichts. Und Joel war ja im Gefängnis. Dort konnte ihm niemand etwas tun.

Er ließ alles so, wie er es vorgefunden hatte, kehrte nach oben zurück und sah in der Garage nach. Der Cutlass war weg. Auf dem sauber gefegten Zementboden schillerte eine Öllache. An einer Hakenleiste hingen Gartengeräte. Alles war ordentlich aufgeräumt. Er dachte an Irma, wie sie oben auf der Treppen gestanden hatte und wie sie sich vergangene Nacht an ihn geklammert hatte, als ob auch sie am Ertrinken sei. Er ging wieder nach drinnen und stieg in den ersten Stock. Zuerst sah er im Elternschlafzimmer nach. Auf dem Bett lagen Kleider und verschiedene Fotos von Truax. Er ging den Flur entlang. Er kannte den Grundriss und wusste, dass am Ende des Flurs noch zwei Zimmer kamen. Irma war in dem auf der linken Seite. In Susans Zimmer, natürlich. Wo alles angefangen hatte. Er sah Poster und Kerzen, an der Decke Leuchtsterne. Irma lag ausgestreckt auf dem Bett, umgeben von zahlreichen Plüschtieren. Sie starrte Swope an. Ihre Augen waren so glasig wie die der Stofftiere. Ihr Rock hatte sich über die Knie geschoben, die Strumpfhose hatte sich gelockert, sah aus wie eine teilweise abgestreifte Haut. Swope starrte auf die langen, sanft geschwungenen Beine, dann erwiderte er ihren Blick.

»Ich suche John.«

»Er ist bei der Arbeit.«

Swope nickte, als habe er das erwartet. Durch ein Gitter neben dem Bett kam das aufdringliche Klacken der kaputten Filteranlage.

»Ich wollte nur fragen, wie es euch geht«, sagte er leise. »Ob ihr etwas braucht.«

Irma sah ihn aufmerksam an, ohne etwas zu sagen. Swope trat ins Zimmer. Am Spiegel über der Frisierkommode hingen Schnappschüsse mit nach oben gebogenen Ecken. Einer zeigte Susan und Joel sitzend und engumschlungen im Freibad von Fogwood. Teddy saß dahinter und starrte auf das Paar vor ihm. Swope ging zu Susans Bett. Irma sah zu ihm hinauf. Feuchte Wimperntusche umrandete ihre großen Augen, und sie verströmte einen komplexen Geruch nach Parfüm, Schnaps und Schweiß. Swope schob einen grinsenden Elefanten zur Seite und setzte sich. Ihr linkes Bein war nach außen gefallen und zeigte die sanfte Kurve ihres Knies.

»Es tut mir so Leid, Irma«, sagte er. »Ich würde alles geben, wenn ich es ungeschehen machen könnte.«

»Aber das ist unmöglich.«

»Ich weiß.«

Sie schloss die Augen, und Swope sah in ihr auf einmal ihre Tochter, wie sie auf den Planken des Piers gelegen hatte, den Mund leicht geöffnet, während das Wasser aus ihren Kleidern in den unsichtbaren See unter ihr getropft war, mit einem Geräusch wie Regen.

»Wenn ich etwas tun kann …«

Ihre Augen gingen auf.

»Unsere Familien«, sagte sie heiser.

»Ja?«

»Wir wären Freunde geworden. Die Truaxens und die Swopes.«

»Aber wir sind doch Freunde.«

»Jetzt ist es nicht mehr dasselbe.«

»Nein, nicht dasselbe, aber wir können trotzdem Freunde sein.«

Sie schloss die Augen.

»Nicht dasselbe.«

Swope wusste, dass es höchste Zeit war zu gehen. Die Frau hatte den Verstand verloren. Er legte ihr tröstend die Hand auf die Schulter und suchte nach passenden Abschiedsworten.

»Wir sind Freunde, Irma.« Etwas anderes fiel ihm nicht ein.

Er wollte gerade aufstehen, als sie plötzlich die linke Hand ausstreckte und ihn am Handgelenk packte. Sie langte so kräftig zu wie ein Mann. Schmerzhaft gruben sich ihre langen Fingernägel in sein Fleisch. Er wehrte sich nicht, sondern sah wieder auf den sanften Schwung ihrer Knie. Sie grub die Nägel noch stärker in das weiche Fleisch unterhalb seines Handgelenks. Wenn er jetzt nichts tat, platzte die Haut auf. Er sah wieder auf ihr Gesicht, und im selben Moment riss sie den Mund auf. Kleine Klümpchen Lippenstift klebten an ihren Zähnen. Swope starrte in ihren Mund, und auf einmal löste sich in ihm die ganze in den letzten Stunden angestaute Anspannung und Angst. Er beugte sich hinunter, drückte seinen offenen Mund auf ihren und bearbeitete ihre süßlich schmeckende, fleischige Zunge mit der seinen. Irma hob abrupt die rechte Hand hoch und stieß dabei so heftig gegen seinen Magen, das er fast keine Luft mehr bekam. Ungeschickt zerrte sie an seinem Gürtel. Er legte die Hand auf ihr Knie und fuhr den Schenkel hinauf. Ihre Nylonstrümpfe knisterten. Sie stöhnte laut und bog den Kopf zurück. Swope bekam die Strumpfhose am Bund zu fassen und zog daran. Irma hatte die Gürtelschnalle aufbekommen und versuchte, seine Hose nach unten zu ziehen. Die Hose blieb an seinem steifen Schwanz hängen. Er stand auf, zog sie aus und stieg wieder über Irma.

Er drang in Irma ein, und sie ließ sein Handgelenk los und krallte die Finger in seinen Rücken, als wollte sie Fleisch und Muskeln zur Seite ziehen und das Rückgrat bloßlegen. Heftig stieß er in sie hinein. Das Bett brachte die Wand zum Erzittern, und die dort auf einem Regal aufgereihten Tiere fielen auf sie herunter. Irma gab jedes Mal, wenn er zustieß, einen kehligen Laut von sich, ein immer lauter werdendes Keuchen. Er kam schnell, stieß aber weiter zu und pumpte seine ganze Angst in sie hinein. Er sah sie nicht an, weil er nicht das Gesicht des Mädchens sehen wollte.

Er hörte erst auf, als es an der Haustür klingelte. Er hätte nicht sagen können, wie lange es schon klingelte. Irma krümmte sich ihm weiter krampfartig entgegen und hörte erst auf, als er versuchte, aufzustehen. Sie schlang die Arme noch enger um ihn. Ihr

Gesicht war zu derselben Maske erstarrt wie am Abend zuvor auf dem Pier.

Es klingelte wieder.

»Irma, lass mich los.«

Sie sah ihn verwirrt an.

»Es sind Leute da.«

Sie ließ los. Swope stand rasch auf. Die Tiere, die auf ihn gefallen waren, purzelten auf das Bett und auf Irma. Einhörner, Zebras und Koalabären. Drunten klopfte jetzt jemand. Als nächstes würden sie den Türgriff versuchen und feststellen, dass die Tür offen war.

Er musste hier weg.

Im Badezimmerspiegel überprüfte er sein Aussehen, zog Kleider und Krawatte gerade und fuhr mit den Fingern durch die Haare. An seinem Handgelenk waren einige lange Kratzer, doch bluteten sie nicht. Er zog die Manschetten darüber und löschte das Licht. Der Ventilator ratterte weiter.

Durch die Scheiben der Haustür sah er behaarte Köpfe, offenbar waren die Besucher zu zweit. Und tatsächlich, jemand drückte die Klinke. Einige Sekunden später, und sie wären drin gewesen. Er sprang die letzten Stufen hinab und riss die Tür auf. Die Presse. Die beiden Männer, Reporter und Fotograf, fuhren erschrocken zurück. Der Reporter, ein kleiner Mann in einem Cordmantel, erkannte ihn. Einen Augenblick überlegte Swope, ob seine Augen und seine bleiche Haut ihn womöglich verrieten, doch schob er den Gedanken schnell wieder beiseite. Niemand konnte etwas an seinem Gesicht ablesen, es sei denn, er wollte es.

»Was kann ich für Sie tun, meine Herren?«

»Sind die Truaxens zu Hause?«, fragte der Kleine.

»Und Sie sind?«

»Andy Ackerman von der *Baltimore Sun*.«

»Wir haben schon miteinander zu tun gehabt, nicht?«

»Ja, Mr. Swope.«

»Passt auf, Jungs, die Truaxens sind im Augenblick nicht in der Lage, mit jemandem zu sprechen. Sie sind ziemlich fertig. Aber sie haben mich gebeten, eine Erklärung abzugeben.«

Ein Notizblock wurde aufgeklappt, ein Kugelschreiber klickte. Swope wartete, bis der Reporter bereit war. Ein Bild schoss ihm durch den Kopf. Die Kamera zeigte ihn von oben am Ort einer Katastrophe, einer Sturmflut oder Überschwemmung oder abgestürzten Boeing 707; ruhig beantwortete er die Fragen der kläffenden Hunde von der Presse.

»John und Irma Truax möchten allen für ihre guten Wünsche in dieser schweren Zeit danken. Sie sind überzeugt, dass die Behörden von Cannon County durch schnelles und entschiedenes Handeln sicherstellen werden, dass der junge Mann, der für dieses furchtbare Verbrechen verantwortlich ist, einer gerechten Strafe zugeführt wird.«

Er schwieg. Der Reporter schrieb zu Ende und sah auf.

»Mr. Swope, wie beurteilen Sie angesichts dessen die Zukunft von Earl Wooten bei EarthWorks?«

Swope überlegte, ob er Holmes' Brief erwähnen sollte, der inzwischen vielleicht schon bei Wooten war, doch entschied er sich dagegen. Je weiter er sich von Wooten distanzierte, desto besser.

»Für Mr. Wootens Zukunft bin ich nicht mehr zuständig.«

Er entschuldigte sich mit einem knappen Nicken und schritt zwischen den beiden Männern hindurch nach draußen. Er musste in sein Büro zurück. Eine ganze Stadt wartete auf seine Entscheidungen.

33

Sie hatten seinen Jungen gefesselt. Schwere, stumpf glänzende Eisenketten verbanden Joels Handgelenke und Fußknöchel mit seiner Taille. Als Wooten die Ketten sah, wollte er sofort über die Absperrung des schäbigen kleinen Gerichtssaals springen und sie herunterreißen. Er brauchte vielleicht ein paar Minuten dazu, und Werkzeuge benötigte er auch, Bolzenschneider und womöglich eine Kneifzange. Aber möglich war es. Die Ketten bestanden schließlich nur aus Eisen, und mit Eisen kannte er sich aus.

Aber er tat nichts. Stattdessen saß er gehorsam weiter auf dem Platz, den McNutt in der ersten Reihe für ihn reserviert hatte. Der

Anwalt saß an dem Tisch direkt vor ihm, raschelte mit Papieren und räusperte sich. Links von Wooten saß Ardelia, aber sie hätte genauso gut dreißig Kilometer weiter weg sein können. Sie schwiegen beide. Seit dem heftigen Streit über Joel vor einer Stunde in McNutts Kanzlei hatten sie kein Wort gewechselt. Beim Anblick seines gefesselten Sohnes hätte Wooten am liebsten ihre Hand genommen, aber er wusste, dass die Hand so wenig reagieren würde wie die des toten Mädchens.

Der Gerichtssaal war nüchtern, und man konnte sich nur schwer vorstellen, dass hier über Schicksale entschieden wurde. Die Holzbänke sahen aus wie Kirchenbänke, durch die hohen Fenster fiel trübes Licht, und es roch nach Möbelpolitur mit Zitronenaroma. An den Wänden hingen Porträts streng blickender Weißer. Gerichtsbeamte wechselten kurze, gelegentlich witzige Bemerkungen, als sei dies ein ganz normaler Arbeitsplatz wie eine Versicherungsagentur oder eine Samenhandlung. McNutt drehte sich, während sie warteten, gelegentlich zu ihnen um und sprach mit ihnen. Dabei hielt er sich mit seinen kleinen Händen an der Absperrung fest, die sie trennte. Sie war zwar nur einen guten halben Meter höher als der Tisch, wirkte aber mächtiger als jede Mauer, die Wooten kannte. Hinter ihnen wurden Plätze eingenommen, aber Wooten drehte sich nicht um. Freunde, die hinter ihnen saßen, würden ihn verstehen, den anderen wollte er nicht die Befriedigung verschaffen, sein Gesicht zu sehen.

Und dann stand plötzlich sein Sohn im Saal. Unangekündigt war er durch die Tür hinter der leeren Geschworenenbank getreten, flankiert von zwei Polizisten. Im Gerichtssaal wurde es ganz still. Langsam schlurfte er auf den Tisch zu. Die Ketten an seinen Knöcheln scharrten über den gebohnerten Fußboden wie die unbeschnittenen Klauen eines Tieres. Wooten hatte sich auf das Schlimmste gefasst gemacht, trotzdem konnte er nicht glauben, wie schlecht Joel aussah. Seine Augen waren vor Erschöpfung geschwollen, seine Haare ein verfilztes Durcheinander. Seine breiten Schultern hingen herunter wie niedergedrückt durch ein kolossales inneres Gewicht. Sein Gesicht wirkte verstört wie das eines Bürgerkriegsflüchtlings. McNutt stand auf, um ihn zu begrüßen. Joel starrte ihn an, als hätte er ihn nie zuvor gesehen.

Dann sah er seine Eltern an, zuerst Wooten, dann Ardelia. Sein Blick blieb ausdruckslos, nichts rührte sich in ihm. Ardelia machte eine Bewegung, als wollte sie die Hand ausstrecken, doch dann riss sie sich zusammen. McNutt hatte sie ermahnt, sich während der Vernehmung still zu verhalten. Keine Szene, hatte er gewarnt. Geführt von den Polizisten, setzte Joel sich auf den Stuhl neben dem Anwalt. Wooten starrte auf den Hinterkopf seines Sohnes, der langsam nach vorn sank, wie der Kopf eines Mannes, der im Bus einschlief.

Während er seinen Sohn ansah, war er in Gedanken wieder bei der schmerzhaften Unterredung mit McNutt eine Stunde zuvor. Die Unterredung hatte in seiner großen, etwas heruntergekommenen Kanzlei an dem Platz mit der vor sich hin rostenden Kanone und ins Gras kackenden Hunden stattgefunden. Es stand schlecht um ihren Sohn, schlechter noch als während der endlosen Stunden, die Wooten im Polizeirevier verbracht hatte. Die Beweise gegen ihn waren erdrückend. Joels Anwesenheit am Tatort war inzwischen erwiesen. Ein Sicherheitsbeamter und Teddy Swope hatten ihn gesehen. Der Anklage zufolge hatte Joel Susan umgebracht, indem er sie vom Pier ins Wasser stieß, wo sie, nachdem sie mit dem Kopf gegen einen Bootssteg schlug und bewusstlos wurde, ertrank. Das Motiv war Eifersucht – Susan hatte angefangen, mit Teddy auszugehen. Die Jungen hatten schon davor Streit gehabt. Die beiden einst unzertrennlichen Freunde hatten offenbar seit einer Woche kein Wort mehr miteinander geredet. Joel hatte auch Teddy in den See gestoßen, doch der hatte sich ans Ufer retten können.

Während McNutt sie darüber informierte, wurde Wooten nach und nach klar, dass er seinen Sohn überhaupt nicht kannte. Da war keine Verwandtschaft der Gefühle, keine tiefe innere Kenntnis des Sohnes, die ihm jetzt gegen die vielen belastenden Tatsachen geholfen hätte. Stattdessen gab es eine lange Litanei von Missverständnissen und Auseinandersetzungen, in jüngster Zeit vor allem über Lieder und Idole. Auch über das Mädchen hatten sie sich nicht einmal ansatzweise verständigen können. Wooten hatte keine Ahnung, was in Joel vorging. Vor zwei Jahren hatte er noch geglaubt, es zu wissen, vor vier Jahren war er davon überzeugt gewesen. Jetzt dagegen hätte Joel genauso gut ein Fremder sein können. Wer weiß, was die beiden Kripobeamten bei der Durchsuchung seines Zimmers am Vormittag gefunden hatten. Sie waren kurz nach Wootens Rückkehr aus Cannon City vor der Tür gestanden und hatten Einlass begehrt. Wooten hatte sie zunächst warten lassen und McNutt angerufen, der Anwalt hatte ihm allerdings geraten, sie hereinzulassen. Wenn man die Burschen zwinge, sich einen Durchsuchungsbefehl zu beschaffen, könnten sie leicht unangenehm werden; sie fielen dann in die Wohnung ein wie Termiten. Wooten stand also hilflos im Flur, während sie Joels Sachen durchwühlten und die Briefe, die er ihn erst vor einigen Tagen hatte lesen sehen, in eine große Tasche packten. Außerdem fanden sie ein Tagebuch, von dessen Existenz Wooten nichts gewusst hatte. Sie hatten damit Zugang zu allen möglichen unbedachten oder gefährlichen Gedanken, die Joel zu Papier gebracht haben mochte. Gedanken, mit denen sich Wooten, zu beschäftigt mit seinen eigenen Sünden und Ambitionen, nie auseinandergesetzt hatte.

Nachdem die beiden Beamten wieder gegangen waren, brachten Wooten und Ardelia die Zwillinge für den Tag zu Richard Holmes' Frau, dann fuhren sie nach Cannon City, wo McNutt ihnen eröffnete, wie schlecht Joels Aussichten waren. Susans Tod, verursacht durch was auch immer, hatte ihn offenbar schwer getroffen. Er behauptete nach wie vor, sie und Teddy gar nicht gesehen zu haben. Die beiden hätten das Liebesverhältnis nur vorgetäuscht, um Joel und das Mädchen zusammenzubringen. Es habe auch keinen Streit zwischen den beiden Freunden gegeben, auch das habe zu dem Täuschungmanöver gehört. Wenn Joel so weitermache, schloss McNutt, wisse er nicht, wie er ihn verteidigen solle. Aus schierer Verzweiflung hatte er ein Treffen der Wootens mit ihrem Sohn nach der Vernehmung arrangiert.

»Ich werde wirklich nicht schlau aus ihm«, sagte er. »Vielleicht schaffen Sie es.«

Als der Anwalt mit den niederschmetternden Fakten fertig war, machte sich in Wooten eine zweite Erkenntnis breit, die noch viel schlimmer war als das Eingeständnis der Entfremdung von seinem Sohn. Er hatte sie ignoriert, seit sie sich bei Anbruch der Dämmerung zum ersten Mal gemeldet hatte, doch jetzt, in der schmuddligen Kanzlei, vor sich eine Tasse dünnen Kaffees, hereingebracht von einer Sekretärin, die seinem Blick auswich, konnte er sie nicht länger verdrängen. Joel war schuldig. Er hatte getan, was man ihm vorwarf. Nach einer Woche schwelender Wut und Einsamkeit hatte er zugeschlagen. Er hatte niemandem wehtun, geschweige denn jemanden umbringen wollen. Aber er hatte trotzdem zugeschlagen, und jetzt war ein Mädchen tot. Ertrunken in einem See, den Wooten selbst ausgebaggert hatte. Mit jedem Faktum, das McNutt präsentierte, nahm die furchtbare Gewissheit in Wooten zu, wie eine Infektion, gegen die kein Medikament half.

Sein Sohn hatte es getan.

Wooten wusste, dass er deshalb nicht zornig auf ihn sein, ihm keine Vorwürfe machen durfte. Nicht sein Sohn war schuld, sondern er, Wooten. Er hätte seinem Instinkt folgen und Joel schon vor Monaten den Umgang mit Susan verbieten sollen. Im Keim ersticken hätte er das Verhältnis müssen, bevor es zu dieser hässlichen Sache ausartete, auch wenn Ardelia noch so oft sagte, die Zeiten hätten sich geändert oder Newton sei anders. Er hatte auf die optimistischen Stimmen gebildeter Menschen gehört, während er auf die verrückte Irma Truax hätte hören sollen. Von Anfang an hatte ihm bei Joel und Susan nichts Gutes geschwant, und jetzt war die Katastrophe eingetroffen. Statt zu tun, was seiner Überzeugung nach richtig war, hatte er die Dinge treiben lassen und warnende Vorzeichen missachtet. Stattdessen war er nach Chicago geflogen oder hatte lange Nachmittage in der Nummer 27 verbracht. Seine fleischlichen Gelüste und sein Ehrgeiz hatten ihn für die Nöte seines Sohnes blind gemacht.

Joel hatte es getan. Aber er, Wooten, war schuld.

»Noch was«, sagte McNutt. »Sie hören das sicher nicht gern, aber als Ihr Anwalt bin ich verpflichtet, es Ihnen mitzuteilen. Kurz bevor Sie kamen, habe ich eine Nachricht von der Staatsanwältin bekommen. Die Staatsanwaltschaft will offiziell auf Totschlag hinaus, wäre aber bereit, bei einem Geständnis auf fahrlässige Tötung herunterzugehen. Ich habe natürlich geantwortet, dass mein Mandant unschuldig ist und wir die ihm zur Last gelegte Tat entschieden bestreiten.«

»Einen Augenblick«, sagte Wooten.

Ardelia und der Anwalt sahen ihn an.

»Was genau heißt fahrlässige Tötung?«

»Earl…«, setzte Ardelia an. In ihrer Stimme schwang Angst, wie nur sehr selten.

McNutt trommelte mit dem Radiergummi am Ende seines Bleistifts auf den Tisch.

»Es kann bis zehn Jahre heißen, obwohl ich Miss Van Ripers Andeutungen entnehme, dass das Urteil eher in der Nähe von fünf liegen würde.«

»Und effektiv wären es dann noch weniger, ja?«, fragte Wooten. »Ich meine, so ist das doch.«

»Earl Wooten, hör sofort damit auf«, sagte Ardelia sehr leise.

Er sah sie an.

»Warum?«, fragte er mit einer Bitterkeit, die ihn selbst erschreckte. »Damit wir ein Vermögen für einen Anwalt ausgeben, nur um mit ansehen zu dürfen, wie ein Dutzend weißer Geschworener aus Cannon County unseren Jungen für den Rest seines Lebens ins Kittchen bringen?«

Die Worte brachten seine Frau zum Schweigen.

»Hast du denn nicht zugehört? Er muss in den Knast, Ardelia, daran führt kein Weg mehr vorbei.«

Tränen traten ihr in die Augen, aber sie schwieg. Wooten wandte sich wieder an McNutt.

»Also?«

»Ich würde mal vermuten, dass Joel nach drei Jahren rauskommt.«

»Dann wäre er einundzwanzig.«

»Halt«, sagte Ardelia, und eine neue Schärfe schwang in ihrer Stimme. »Ihr beide hört sofort mit diesem Gerede auf.«

Wooten und McNutt sahen sie an.

»Habt ihr nicht was vergessen? *Er hat es nicht getan.*«

»Bist du dir da ganz sicher?«, fragte Wooten.

»Ja, das bin ich.«

»Und warum?«

»Weil er mein Sohn ist, Earl.«

»Er ist auch mein Sohn.«

Sie stand auf. Ihre Augen sprühten Feuer.

»Das ist unglaublich. Soll das wirklich heißen, du hältst unseren Sohn für schuldig? Unseren Sohn, der noch nie einen anderen Jungen auch nur geschlagen hat, geschweige denn ein Mädchen, das er liebt?«

»Was ich glaube, ist unwichtig. Wichtig ist nur, was das Gericht glaubt. Das stimmt doch, Mr. McNutt?«

McNutt sah aus, als wäre er am liebsten weit weg gewesen. Er strich sich mit den Händen über die glattgebügelten Haare, widersprach Wooten aber nicht.

Ardelia starrte ihren Mann an und dann den Anwalt.

»Was will Joel selbst denn tun?«, fragte sie.

»Soweit ich es feststellen kann, das, was Sie ihm sagen.«

Ardelia sah wieder ihren Mann an.

»Dann beantragt er Freispruch«, sagte sie. Ihre Stimme war so kalt wie der Präriewind über den Kanalisationsgräben, die Wooten vor dreißig Jahren ausgeschachtet hatte.

»Und wenn wir den Poker verlieren?«, fragte Wooten.

Sie schüttelte störrisch den Kopf.

»Dahinter steckt doch noch mehr«, sagte sie. »Findet ihr beide das gefälligst heraus, bevor ihr meinen Sohn aufgebt.«

Der Bezirksrichter trippelte in den Saal wie ein kleines Säugetier auf Nahrungssuche. Ein Gerichtsdiener bedeutete den Anwesenden, sich zu erheben. Wooten hatte Lon Spivey bis dahin mit den anderen Honoratioren von Cannon County in einen Topf geworfen – als eine irgendwie komische Gestalt, die sich am Geld von EarthWorks bereichert hatte und jetzt die Tage bis zur Pensionierung zählte. Spivey war klein, hatte ein verdrossenes Gesicht und witterte in jeder an ihn gerichteten Bemerkung eine versteckte Kränkung. Seine Frau saß mit chronisch geschwollenen Füßen im Rollstuhl. Um nichts in der Welt hätte Wooten den Richter ernst nehmen können. Ihn jetzt im seidenen Talar über Joel zu Gericht sitzen zu sehen, verstärkte nur den alptraumhaften Schrecken der vergangenen Stunden.

Die Vernehmung ging rasch über die Bühne. Van Riper verlas die Anklage auf Totschlag gegen Joel Wooten, dann forderte Spivey den Angeklagten auf, sich zur Anklage zu äußern. McNutt stand auf und ließ dann noch, wie als nachträglichen Einfall, Joel aufstehen. Alle warteten darauf, dass der Junge etwas sagte, doch er schwieg. Schließlich rief McNutt mit seiner harmlos quäkenden Stimme die Worte »nicht schuldig«. Spivey nahm sie mit einer mürrischen, leicht überraschten Kopfbewegung zur Kenntnis. McNutt beantragte Joels Freilassung gegen Kaution, und der Richter verweigerte sie ohne Erklärung. Ein kurzer Wortwechsel folgte – McNutt hatte mit der Gewährung der Kaution gerechnet –, doch stand der Ausgang von vornherein fest. Joel blieb vorerst in Haft.

Damit war die Vernehmung beendet. Wieder standen alle auf, und Spivey trippelte aus dem Gerichtssaal, ohne sich noch einmal umzusehen. Die Polizisten führten Joel ab. McNutt drehte sich zu den Wootens um. Seine übliche Großspurigkeit war verflogen.

»Das mit der Kaution verstehe ich nicht«, sagte Ardelia. »Ich dachte, wir könnten ihn heute nach Hause mitnehmen.«

»Die wollen, dass wir ihr Angebot annehmen«, sagte McNutt. »Bis dahin können wir keinen Gefallen erwarten.«

Ein Gerichtsbeamter tauchte auf.

»Fünf Minuten«, verkündete er.

Er führte Earl und Ardelia in einen schäbiges, quadratisches Zimmer im hinteren Teil des Gerichtsgebäudes. Den meisten Platz beanspruchte ein großer Konferenztisch mit einem Dutzend Stühle. Die Wände waren nackt, Fenster gab es keine. Wooten begriff, dass es sich um das Zimmer der Geschworenen handelte, den Ort, an dem Joels Schicksal besiegelt werden würde, wenn er nicht bald etwas unternahm. Sein Sohn saß am Kopfende des Tisches seitwärts zusammengesunken auf einem Stuhl. Seine Augen waren offen, aber sie nahmen nichts wahr. Neben ihm stand als Bewacher ein dicker Polizist.

Ardelia ging zu Joel und umarmte ihn ungeschickt. Für einen Augenblick sah es so aus, als wollte der Polizist die beiden trennen, doch nahm er davon Abstand, als er sah, dass er sich dazu mit Ardelia Wooten anlegen musste. Er folgte dem Gerichtsbeamten aus dem Zimmer. Wooten holte zwei Stühle und stellte sie rechts und links von Joel hin. Er setzte sich, und einen Moment später setzte sich auch Ardelia. Joel starrte weiter geradeaus, in Gedanken weit weg.

»Joel, Schatz«, sagte Ardelia, »wie geht es dir?«

Joel sah weiter geradeaus, dann endlich wandte er sich seiner Mutter zu. Er wirkte verwirrt, wie als überlege er, wer sie war.

»Wie geht es dir?«, fragte sie. »Schlagen sie dich?«

Seine Lippen gingen mit einem trockenen Schmatzen auseinander.

»Wo ist Susan?«, fragte er leise.

Ardelia fuhr zurück. Sie sah ihren Sohn an, dann wandte sie sich hilflos an ihren Mann.

»Joel, Susan ist tot«, sagte Wooten. »Sie wurde im See gefunden.«

»Ich weiß«, sagte Joel. »Wo ist sie *jetzt*?«

»Ach so. Ich weiß nicht … wahrscheinlich hat man sie ins Krankenhaus gebracht. Earl?«

Wooten nickte, ohne seinen Sohn aus den Augen zu lassen. Joel sah auf den Tisch.

»Ich muss die ganze Zeit daran denken.«

»An was denn?«, fragte Ardelia.

»Die ganze Zeit, die ich dort saß, ja, am See? Sie lag praktisch unter mir. Es muss eine Viertelstunde gewesen sein. Sie …«

Er stockte.

»Schatz«, sagte Ardelia.

Wooten starrte seinen Sohn noch einen Moment an, dann wandte er sich ab. Es war unerträglich. Das ließ er nicht zu. In diesem Zustand kam ein Prozess für Joel nicht in Frage. Die kreuzigten ihn doch. Drei Jahre waren nichts im Vergleich zu dem, was er bekommen würde, wenn er sich wehrte.

»Hör zu, Joel, wir haben nicht viel Zeit«, sagte Ardelia. »Du musst besser mit McNutt zusammenarbeiten, wenn er dir helfen soll, hast du verstanden?«

Joel zeigte keine Reaktion.

»Du musst dich zusammenreißen, Schatz. Die anderen behaupten, du hättest Susan etwas getan. Wenn wir dich verteidigen sollen, musst du uns mehr sagen, als du uns bisher gesagt hast. Joel?«

Joel runzelte verwirrt die Stirn.

»Aber ich habe doch schon alles gesagt.«

»Ich weiß, dass du das glaubst«, sagte Ardelia, jetzt ganz die Lehrerin. »Und du hast ja auch schon viel gesagt. Aber wir müssen noch mehr wissen.«

Joel zuckte mit den Schultern.

»Es gibt nicht mehr. Ich habe niemanden gesehen. Ich ging zum Pier, aber die anderen waren nicht da.«

»Aber Teddy sagt, ihr hättet euch getroffen. Er sagt, du hättest sie beide ins Wasser gestoßen.«

Joel schüttelte den Kopf.

»Das glaubst du doch selber nicht, oder?« In seine Stimme war Leben gekommen. »Teddy würde nie so lügen. Das erfinden die Bullen doch nur, damit ich gestehe. Das tun sie doch immer. Sie sagen, dein bester Freund hätte gegen dich ausgesagt, bis du schließlich sagst, was sie hören wollen. Und der Anwalt, den ihr engagiert habt – er *glaubt* ihnen. Mit so einem Arschkriecher will ich nichts zu tun haben. Nehmt doch Teddys Vater, der holt mich hier sofort raus.«

Earl und Ardelia sahen einander zum ersten Mal seit zwei Stunden an.

»Joel, sieh mich an«, sagte Ardelia laut und deutlich, als leite sie eine Feuerwehrübung. »Teddy Swope hat der Polizei gesagt, du hättest das getan. Das ist kein Missverständnis und auch kein Trick. Teddy sagt das, und deshalb bist du hier.«

Irgendetwas in der Stimme seiner Mutter schien ihn zu erreichen. Er sah sie ungläubig an.

»Unmöglich.«

»Doch, Joel«, sagte Ardelia. »Doch.«

»Teddy behauptet, ich hätte Susan umgebracht?«

»*Ja.*«

Joel überlegte.

»Warum sollte er das tun?«

»Ich weiß nicht. Das musst du uns sagen.«

Joel sah auf die Kette zwischen seinen Handgelenken.

»Stimmt das wirklich?«

»Ja, wirklich.«

»Was sagt er sonst noch?«

»Dass er mit dem Mädchen verabredet war und du sie am Pier entdeckt und angegriffen hättest.«

»Teddy war nicht mit Susan verabredet. Er hat doch nur so getan, damit ihre Eltern nichts merken.« Joel verzog das Gesicht. »Teddy und Susan.«

»Du warst nicht auf die beiden eifersüchtig?«, fragte Ardelia. »Nein?«

»Eifersüchtig? Warum sollte ich eifersüchtig sein?«

»Dann hättest du auch keinen Grund gehabt, sie anzugreifen.«

Joel schüttelte ungläubig den Kopf. Wooten schwieg. Er glaubte seinem Sohn kein Wort.

»Aber du hast doch zu mir gesagt, du hättest dich vor ein paar Tagen mit Teddy gestritten«, beharrte Ardelia. Auch in ihrer Stimme lagen Zweifel.

»Ja, aber doch nicht wirklich. Wir haben doch nur so getan. Das gehörte zu Teddys Plan.«

»Joel, damit ich das richtig verstehe – Teddy hat nur so getan, als sei er mit Susan befreundet, damit du mit ihr zusammensein kannst?«

Joel nickte, als sei dies die selbstverständlichste Sache der Welt. Wooten hatte genug.

»Jetzt reicht's mir aber!«, sagte er so laut, dass Joel zusammenfuhr und seine Ketten klirrten. »Wovon redest du eigentlich?«

Joel und Ardelia sahen ihn verwirrt an.

»Erwartest du, dass jemand diesen Unsinn *glaubt*?«

»Earl!«

»Aber was ich sage, stimmt.«

»Stimmt? Du sagst mir, dass du deine Mutter und mich die ganze letzte Woche hintergangen hast, dass du gelogen hast, dass sich die Balken biegen, und dass du trotzdem erwartest, dass wir dir jetzt aufs Wort glauben?«

»Earl …«

»Nein, Ardelia, die Zeit wird langsam knapp. Wenn wir dem Richter diese fadenscheinige Geschichte auftischen, ist alles zu spät. Dann wandert der Junge auf dem schnellsten Weg in den Knast.«

»Aber es stimmt«, beharrte Joel schwach. »Teddy würde alles für mich tun.«

»Warum hängt er dir dann etwas an, für das du lebenslänglich kriegen kannst?«

Darauf wusste Joel keine Antwort.

»Sei ein Mann, Joel. Bekenne dich zu dem, was du getan hast, und nimm die Strafe auf dich. Die Staatsanwaltschaft ist bereit, Milde walten zu lassen, wahrscheinlich auf Austins Drängen hin, aber du musst die Wahrheit sagen. Wenn du ihnen mit diesem *Unsinn* kommst, ist alles zu spät.«

»Aber ich habe doch nichts getan, Dad«, sagte Joel kleinlaut.

Das gab Wooten den Rest. Im nächsten Moment war er schon aufgesprungen und hatte die Hand ausgestreckt, um den Jungen am Nacken zu packen. Joel hob abwehrend die Arme, und dann hatte Wooten auf einmal die Ketten in der Hand. Er riss sie nach oben und hob Joel damit vom Stuhl.

»Earl!«

Ardelia war aufgesprungen und hielt Wooten an den Handgelenken fest.

»Du tust, was sie sagen!« Er brüllte jetzt. »Was sie sagen!«

Ardelia zog an den Armen ihres Mannes. Aus Joels Körper war jede Spannung gewichen, sein Kopf sank hinunter und zur Seite. Wooten schüttelte ihn an den Ketten wie einen leeren Sack.

»Sag die Wahrheit, verdammt noch mal. Die Wahrheit!«

Die Tür flog auf, und der Gerichtsbeamte stürzte herein, gefolgt von dem dicken Polizisten. Im nächsten Augenblick waren sie bei Wooten und zerrten ihn, noch bevor er wusste, wie ihm geschah, mit geübtem Griff zur Tür. Er wollte seinem Sohn einen letzten Befehl zurufen, aber ein Unterarm drückte ihm die Luftröhre zu. Dann war er auch schon durch die Tür und im Gerichtssaal, wo ihn einige Nachzügler verwundert anstarrten. Das Letzte, was er sah, bevor die Tür zuschlug, war das Gesicht seines Sohnes, erstarrt in tiefster Seelenqual, die auch die tröstenden Hände der Mutter nicht lindern konnten.

34

Im Haus der Wootens war alles still. Es war leer, schon seit Truax' Ankunft am späten Vormittag. Truax hatte den Cutlass im Rhiannon's Rest geparkt, hatte sich durch das lockere Gebüsch geschoben und seinen Posten im Baumhaus bezogen. Anders als in den ersten Tagen der Operation in Renaissance Heights bewegte er sich inzwischen fast lautlos, wie ein auf Nahrungssuche über den Boden huschendes Eichhörnchen. Was er im Krieg gelernt hatte, war wieder da. Der Rost war weg, er war bereit.

Dass das Haus leer war, überraschte ihn nicht. Die Wootens waren sicher nach Cannon City gefahren, um bei ihrem Sohn zu sein. Vor ein paar Stunden hatte Truax dieselbe Fahrt gemacht. Nur dass die Wootens ihr Kind lebendig nach Hause bringen würden. Sie würden mit ihm die Auffahrt hinaufgehen, durch die Haustür treten und ihn in sein Zimmer begleiten. Sie würden ihm zu essen geben und ihn vor allem Unheil beschützen. Wooten würde den Richter bestechen, damit er seinen Sohn freiließ. Genau so machte er das. Wenn nicht heute, dann morgen oder übermorgen. Aber egal wann, Truax würde zur Stelle sein. Er würde ausharren, bis es so weit war.

Obwohl er seit über zwei Tagen nicht mehr geschlafen hatte, waren seine Sinne so wach wie während der langen Nachtwachen in My Song. Nichts entging ihm, kein gesprenkelter Schatten, kein sonnengeflecktes Blatt. Seine Ohren registrierten die zwitschernden Vögel und den Wind. Niemand konnte sich dem Haus nähern, ohne dass er ihn bemerkt hätte. Für Proviant war gesorgt. Er hatte am Morgen an einem Supermarkt gehalten, um die große Thermoskanne mit dem Schottenmuster aufzufüllen und das Regal mit den in Zellophan eingepackten Kuchen zu leeren. Es schien niemand etwas auszumachen, dass er sich ganz vorne in der Schlange anstellte. Man machte ihm Platz, einige schauten dabei auf seinen glänzenden Handschuh. Er gab der Frau alles Wechselgeld in seiner Tasche, und sie schüttete es in die Kasse, ohne nachzuzählen, ohne ihn ein einziges Mal anzusehen.

Schon bald nachdem Truax seinen Posten bezogen hatte, waren

Autos die Auffahrt der Wootens hinaufgerollt. Die meisten Besucher waren offenbar Reporter, es waren allerdings auch Freunde der Wootens dabei, die ihre Hilfe anbieten wollten. Sie klingelten, einige riefen etwas. Einer, ein langhaariger Mann in Cowboystiefeln, dem eine Kamera um den Hals baumelte, ging sogar um das Haus herum. Er stieg auf die hintere Terrasse hinauf und spähte lange durch die gläserne Schiebetür der Küche. Mit den Händen schirmte er das seitlich einfallende Licht ab, damit das Glas nicht spiegelte. Dann schlug er mit der Handfläche dumpf an die Scheibe. Als er endlich begriff, dass niemand zu Hause war, ging er wieder. Sein Atem hinterließ an der Scheibe einen beschlagenen Fleck, der noch lange zu sehen war. Dann war Truax wieder allein. Am späteren Nachmittag kam niemand mehr. Der Schatten des Hauses wanderte über den Rasen und verschmolz mit dem Schatten, in dem Truax sich verbarg. So verstrich die Zeit. Unbewegt saß er da, die Pistole griffbereit wenige Zentimeter links von ihm auf dem Boden. Das Ersatzmagazin hatte er in die Hosentasche gesteckt, wo es nicht mehr Platz beanspruchte als ein Schlüsselbund. Gelegentlich langte er in die Papiertüte mit Proviant, doch sobald er das kühle Zellophan um die Kuchen spürte, überkam ihn Übelkeit und er aß nichts. Stattdessen nippte er an dem lauwarmen Kaffee in der Plastiktasse der Thermoskanne und wartete. Später würde er den Kaffee wieder in die Kanne pinkeln und notfalls noch einmal trinken. Seinen Posten würde er nicht verlassen. Erst musste gesichert sein, dass der Junge bestraft wurde.

Sie hatte krampfartig zu atmen versucht, und ihre Lungen hatten sich mit Wasser gefüllt. So, hatte der Arzt gesagt, war sie gestorben. Truax überlegte, ob ihr Bewusstsein sich noch einmal von dem Schlag erholt hatte, ob sie noch einmal, eine kurze Ewigkeit lang vor dem endgültigen Ende, aufgewacht war. Sie hätte nach Luft für ihre brennenden Lungen gerungen, aber nur dunkles, kaltes Wasser vorgefunden. Und dann hätte sie es gewusst. Er hatte das schon erlebt. Männer mit zerfetzten Herzen oder Eingeweiden, Männer, die eigentlich gar nicht mehr bei Bewusstsein sein konnten, waren plötzlich noch einmal staunend aufgewacht, gerade lang genug, um zu begreifen, was mit ihnen vorging, und dieses Wissen mit sich zu nehmen. Das Letzte, was Susan wahrgenommen hätte, wäre das undurchdringliche Dunkel des dreckigen Wassers, die Kälte gewesen. Sie hätte Angst und Panik empfunden, doch wäre beides schnell der Einsamkeit gewichen. Und damit konnte Truax sich nicht abfinden, mit der Einsamkeit. Dass die Einsamkeit ihre letzte Wahrnehmung gewesen wäre.

Während Joel Wooten in sein sicheres Zuhause geflohen war.

Swope hatte gesagt, der Junge würde bestraft. Truax wusste, dass Swope zu seinem Wort stehen würde. Swope war ein Ehrenmann. Aber tief drinnen wusste er auch, dass Swopes Gesetze manchmal wirkungslos blieben. Er hatte es im Krieg erlebt, zuletzt jeden Tag, fast stündlich. Zeiten, in denen man selbst dafür sorgen musste, dass sie eingehalten wurden. Deshalb war er jetzt hier. Für den Fall, dass die Gesetze nicht eingehalten wurden.

Irgendwann am Nachmittag begann sein Handgelenk zu schmerzen. Er wünschte, er hätte daran gedacht, den Arzneikasten mitzubringen. Die Hand roch ranzig. Obwohl er wusste, dass das Problem nicht nur der Geruch war. Die Entzündung wanderte in seinen Körper. Das erklärte die Schmerzen. Gesunde Nerven wurden angegriffen. Er spürte ein leichtes Prickeln im Arm und an der Schulter. Schweiß sammelte sich in der Rinne seines Rückgrats, aufsteigende Magensäure machte es ihm unmöglich, zu essen. So hatte das Fieber auch letztes Mal angefangen. Er hätte einen Arzt aufsuchen und sich etwas verschreiben lassen können, aber dazu hätte er seinen Posten verlassen müssen. Er hatte ihn schon einmal verlassen, und Joel war entkommen und hatte seine Tochter umgebracht. Jetzt blieb er. Er blieb, bis der Junge bestraft worden war.

Später am Nachmittag kamen die Träume und erlösten ihn von den Gedanken an die einsame Susan im Wasser und später auf der stählernen Bahre. Das Haus der Wootens ließ er bei seinen Träumen nicht aus den Augen. Traumbilder legten sich über die Wirklichkeit, wie bei einem mehrfach belichteten Foto. Wie er und Irma sich damals in jenem ersten Winter in Deutschland geliebt hatten, Irma mit ihren makellosen, schneeweißen Brüsten und ihrem weichen Fleisch. Wie er seine kleinen Töchter im Arm hielt und sie ihm ihre Ärmchen entgegenstreckten und sich an ihm festhielten. Ohne sein Zutun kehrten die Träume zurück, die ihn durch die langen Nächte in My Song getragen hatten. Er verlor jedes Gefühl für die Zeit, ließ sich in einem zeitlosen Kontinuum treiben.

Die Träume brachen ab, als mit Beginn der Dämmerung die Wootens zurückkehrten. Ardelias Le Sabre machte einen Satz über den Bordstein. Noch bevor er hielt, war Truax so hellwach, als hätte er zehn Stunden geschlafen. Er streckte instinktiv die linke Hand nach der Pistole aus und beobachtete, wie die Haustür auf- und das Licht im Flur anging. Wooten war mit seiner Frau allein. Kein Joel. Was nichts zu bedeuten hatte. Der Fall war noch nicht abgeschlossen. Er sah die beiden in die Küche treten. Sie wirkten erschöpft. Es musste schlimm sein, einen Mörder zum Sohn zu haben. Unter anderen Umständen hätte Truax vielleicht sogar Mitleid mit ihnen gehabt. So nicht. Die Wootens waren jetzt seine Feinde. Sie würden versuchen, Joel frei zu bekommen, und Truax würde das verhindern. Ardelia füllte am Spülbecken einen kupfernen Kessel mit Wasser und stellte ihn auf den Herd. Unter dem Kessel flackerte eine blaue Flamme. Wooten begann zu reden. Ardelia drehte sich zu ihm um und entgegnete etwas. Sie schien wütend. Wooten hörte mit gesenktem Kopf zu.

Immer stärker fiebernd, aber bereit lag John Truax in seinem dunklen Versteck auf der Lauer.

35

Ardelia drehte sich zu ihm um. Aus ihren Augen schossen Blitze.

»Was genau willst du damit sagen, Earl?«

»Dass wir zu einer Entscheidung kommen müssen, bevor uns morgen früh der Boden unter den Füßen weggezogen wird.«

Ardelia schüttelte langsam den Kopf.

»Wie oft muss ich es dir noch sagen?«, fragte sie. »Er hat es nicht getan. Er ist so unschuldig wie an dem Tag, an dem er geboren wurde. Das ist die einzige Entscheidung, die man hier treffen kann.«

»Und das weißt du ganz sicher.«

»Ganz sicher.«

Jetzt schüttelte Wooten den Kopf.

»Ich wünschte, ich wäre so sicher wie du.«

»Das würde ich dir auch wünschen.« Ardelias Stimme war scharf. »Außerdem wüsste ich gern, was dich glauben lässt, unser Sohn könnte so etwas getan haben.«

»Er ist ein Junge, Ardelia, ein verwirrter, unglücklicher Junge.«

»Ein Junge, der keiner Fliege etwas zuleide tut. Aber für dich ist er jetzt ein Gewaltverbrecher, ein Mörder. Wie kommt das, Earl? Was hat unser Sohn denn getan, dass du eine so schlechte Meinung von ihm hast? Mein Gott, er hat dir doch gerade eben selbst gesagt, dass er es nicht war.«

»Er hat auch davor schon gelogen«, sagte Wooten. »Er hat versucht, sich mit Susan zu treffen.«

»Aha, und wie jederman weiß, führt so etwas direkt zu Mord und Totschlag.«

Eine unheilschwangere Pause trat ein.

»Du verdächtigst ihn, weil er ein Schwarzer ist, richtig?«

Wooten brauchte eine Zeit lang, um zu kapieren, was sie gesagt hatte.

»Das ist doch lächerlich.«

»Wirklich? Ich zerbreche mir schon den ganzen Tag den Kopf darüber, wie du zu deiner Meinung kommst. Warum sollte dein Sohn so viel Hass und Falschheit im Herzen tragen?«

»Ardelia ...«

»Weiche mir nicht aus. Erkläre mir, wie achtzehn Jahre sorgfältige Erziehung und Ausbildung sich in einer einzigen Sommernacht in Luft auflösen können. Wie denn, Earl? Durch Zauberei? Schizophrenie?«

Wooten schwieg.

»Bleibt nur noch ein Grund«, fuhr sie fort. »Weil er schwarz ist.«

Wooten starrte auf den massiven Kieferntisch, der sie trennte. Unlesbare Worte waren in die Tischplatte eingedrückt, Spuren von Joels Hausaufgaben. Wie sollte er das Gefühl erklären, das ihn verfolgte, seit er Joel zum ersten Mal mit Susan gesehen hatte? Diese hinterhältige Vorahnung, die sich jetzt bewahrheitete.

»Ich behaupte nicht, dass er das Mädchen umbringen wollte«,

sagte er langsam. »Ich behaupte nicht einmal, dass er ihr wehtun wollte. Etwas passierte und er… schlug drauflos.«

»Schlug drauflos? Wann hast du Joel zum letzten Mal drauflosschlagen sehen? Meines Wissens war er damals zwei, aber vielleicht weißt du mehr als ich.«

»In diesem Fall ist es anders.«

»Warum? Weil ein weißes Mädchen im Spiel ist?«

»So einfach ist es nicht.«

»O doch, es ist so einfach. Und jetzt bekomme ich wahrscheinlich gleich den ganzen Unsinn von dem bösen Zauber zwischen schwarzen Jungen und weißen Mädchen zu hören, den deine abergläubische Verwandtschaft dir vor vierzig Jahren eingetrichtert hat.«

»Ardelia…«

»Nein, Earl, nicht mit mir.« Sie stützte eine Hand in die Hüfte. »So ein Unsinn. Mein Leben lang habe ich mir diesen Quatsch anhören müssen, dass ihr schwarzen Männer ein wildes Tier in euch habt, das wir sorgfältig unter Verschluss halten müssen. Haltet bloß die weißen Frauen fern, sonst flippen die farbigen Jungs aus! Ich sage dir nur eins – wo war dieses Tier bei meinem Vater? Oder seinem Vater? Oder deinem? Wo war es bei meinem lieben Bruder Wyatt? Und wo, verdammt noch mal, ist es bei *dir*?«

Wooten fiel ein, wie er Vota am Kragen gepackt hatte. Und wie wütend er vor erst einer Stunde auf seinen Sohn gewesen war, so wütend, dass Fremde sie hatten trennen müssen. Er wusste, wo das wilde Tier in ihm lauerte. Dicht unter der Oberfläche.

»Joel könnte dem armen Kind genauso wenig etwas tun wie du«, beharrte Ardelia. »Und wenn es ein tragischer Unfall gewesen wäre, wäre er gleich zu dir gekommen und hätte es dir erzählt, lange bevor die weißen Polizisten vor der Tür gestanden hätten. Und er hätte gehofft, dass du ihm hilfst.« Eine furchtbare Ruhe lag in ihrer Stimme. »Sieh in dich hinein, Earl. Nicht in den Narren, zu dem einige abergläubische Menschen dich machen wollten, sondern in dein wirkliches Ich. Sieh hinein und dann sieh in deinen Sohn. Und jetzt frage ich dich – ist da die Fähigkeit zu töten?«

Wooten wich dem inquisitorischen Blick seiner Frau aus. Der

alte Kupferkessel hinter ihr begann zu klappern. Was sie sagte, klang so richtig, so überzeugend. Er war verunsichert. Wenn er doch irgendwie hätte sehen können, was am See passiert war, oder wenn er die Missverständnisse und den Streit zwischen seinem Sohn und ihm hätte beiseite schieben und in das Herz seines Sohnes blicken können.

Ardelia redete immer noch.

»An Joel zu zweifeln und zu dieser Frau zu gehen ist dasselbe, ein und dasselbe. Das ist, als müsste man sich jeden Tag aufs Neue beweisen, dass man wirklich so schwach ist, wie andere sagen.«

»Also gut«, sagte er müde. »Angenommen, du hast Recht und er ist unschuldig. Bleibt immer noch ein Problem.«

»Das wäre?«

»Seine Unschuld zu beweisen.« Wooten schüttelte den Kopf. »Es spricht einfach zu vieles gegen ihn.«

»Es findet sich schon was«, sagte Ardelia. Sie klang jetzt weniger zuversichtlich.

»Was?«, fragte Wooten.

»Ich weiß es nicht. Aber für mich ist klar, das Teddy Swope nicht alles sagt, was am See passiert ist.«

»Warum sollte er etwas verschweigen? Warum Joels Leben ruinieren? Er betet Joel doch an. Die beiden sind dicke Freunde.«

»Earl, bitte, verschwenden wir unsere Zeit nicht mit Mutmaßungen darüber, was im Kopf dieses Jungen vorgeht. Davon haben wir beide wahrscheinlich sowieso keine Vorstellung. Er hat einen IQ von 177, Earl, vierzig Punkte mehr als ich, und ich bin auch nicht dumm. Ich habe die Ergebnisse gesehen. Wir standen alle fassungslos im Lehrerzimmer. Mit unseren Tests können wir den Verstand des Jungen gar nicht richtig beurteilen. Und dieser Verstand zusammen mit seinem kindlichen Charakter, das ist wie ein Atomreaktor in einem VW-Käfer.«

Wooten begriff, worauf sie hinaus wollte – dass Susans Tod ein tragischer Unfall gewesen sei und Teddy jetzt etwas zusammenfantasierte, um den Schock zu kompensieren. Aber das war nur eine Theorie, wenig mehr als Wunschdenken. Er hatte Joel am Abend in seinem Zimmer gesehen, hatte gehört, was Joel beim Eintreffen der Polizei gesagt hatte. Der Junge war vollkommen verzweifelt gewesen. Er hatte etwas ausgefressen. Wenn sie jetzt versuchten, die Schuld Teddy anzulasten, ruinierten sie Joels Leben nur endgültig. Und Wootens Aufgabe war nicht, hinter Hirngespinsten und fadenscheinigen Theorien herzujagen, sondern seinem Jungen zu helfen. Unter den möglichen Alternativen die beste auszuwählen und danach zu entscheiden.

»Wir haben keine Zeit mehr«, sagte er.

»Wie bitte?«

»Wir können nicht mehr lange rumrätseln, was Teddy sagt oder Joel denkt. Wir müssen uns für eine Strategie vor Gericht entscheiden, noch heute Abend.«

»Da gibt es nichts zu entscheiden. Wir beantragen Freispruch und kämpfen dann wie in die Enge getriebene Katzen.«

»Und wenn wir verlieren?«

»Wir verlieren nicht. Das können wir gar nicht.«

Ardelia erwiderte seinen Blick trotzig. Sie bewegten sich im Kreis. Er wusste, dass sie einem Schuldgeständnis nie zustimmen würde, aber er wusste auch, dass die letzte Entscheidung nicht bei ihr lag, sondern bei ihm, bei ihm allein. McNutt und Van Riper wollten hören, was er sagte, und Joel würde tun, was er sagte, trotz der jüngsten Reibereien zwischen ihnen. So war Joel erzogen worden. Wooten würde ihm erklären, dass seine einzige Chance darin bestand, zu sagen, was man von ihm verlangte, und dann seine Jahre abzusitzen. Andernfalls konnte er sein Leben abschreiben. Im Gefängnis würde er dahinwelken, Tag für Tag, verbittert und mit dreißig nur noch ein Schatten seiner selbst.

Es gab also keinen Grund, mit Ardelia zu streiten, keinen Grund, sich von ihr mit Hypothesen umstimmen zu lassen, die vielleicht gut klangen, aber nur Schall und Rauch waren. Es gab nur eine Alternative: ein Geständnis. Wooten beschloss, Ardelia vorerst nichts zu sagen, ihr nicht mehr zu widersprechen. Am nächsten Morgen würde er nach Cannon City fahren und seinem Sohn sagen, was er tun musste.

»Gut«, sagte er.

»Gut was? Dass wir Freispruch beantragen oder dass wir unseren Jungen ins Gefängnis schicken?«

Wooten fuhr sich mit den Händen durch die Haare.

»Ich weiß es nicht. Ich … weiß es einfach nicht.«

Sie schüttelte den Kopf.

»Du erstaunst mich, Earl Wooten, wirklich.«

Sie machte sich zum Gehen fertig.

»Ich weiß nicht, was du zu tun gedenkst, ich fahre jedenfalls wieder nach Cannon City und leiste unserem Sohn Gesellschaft – *wenn* sie mich lassen. Und dann muss ich die Zwillinge abholen. Ich schlage vor, dass du inzwischen gründlich darüber nachdenkst, wie wir uns verteidigen. Überwinde deinen Dickkopf und überlege, ob dein Sohn nicht vielleicht doch die Wahrheit sagt. Tu's für mich und unsere zwanzig gemeinsamen Jahre. Denn wenn du hier klein beigibst, zusätzlich zu allem, was diese Woche schon passiert ist, dann sind wir geschiedene Leute. Endgültig.«

Damit stürmte sie aus der Tür. Wütend klackten ihre Schuhe über die Fliesen. Und obwohl sie schnell ging, dauerte es lange, bis sie das Haus durchquert hatte, das Wooten als sicheren Hafen für seine Familie gebaut hatte.

Als sie weg war, merkte er, dass er Hunger hatte. Er hatte seit fast vierundzwanzig Stunden nichts mehr gegessen. Wenn er nicht bald etwas aß, geriet er in Panik und war zu überhaupt keinem klaren Gedanken mehr fähig. Er trat vor den großen Kühlschrank und zog die festgesaugte Tür auf. Kalte Luft und kaltes Licht schlugen ihm entgegen. Er betrachtete die vielen Dinge drinnen, die halbleeren Gurkengläser, das vakuumverpackte Fleisch, den fertig gewaschenen und geschnittenen Salat und die Tupperdosen. In der Tür lag eine verschrumpelte Zitrone, daneben standen Gläser mit Eingemachtem, das nie jemand essen würde. An der Rückwand lief das Kondenswasser hinunter. Dahinter surrte der Motor und ersetzte die entweichende Kälte.

Das Telefon klingelte. Wooten war versucht, nicht abzunehmen, aber vielleicht betraf es Joel. Er schloss die Kühlschranktür und ging hinüber.

»Mr. Wooten, hier ist Andy Ackerman von der *Baltimore Sun.* Vielleicht können Sie mir einige Fragen …«

Er legte auf. Sofort klingelte es wieder, so schnell, dass es nicht derselbe Anrufer sein konnte. Diesmal erklang die Stimme einer Frau. Ihr Alter war leicht zu schätzen. Dreihundert Jahre.

»Dreckiger Nigger. Lynchen sollte man deinen Sohn dafür, was er dieser Hure angetan hatte. Auch wenn sie es verdient hat.«

»Ich habe Hunger«, sagte Wooten.

Am anderen Ende herrschte einen Augenblick lang verblüfftes Schweigen. Wooten hielt den Hörer weiter ans Ohr.

»Warum frisst du dann nicht einfach Scheiße, du dreckiger ...«

Er legte auf und starrte auf das Telefon. Es klingelte nicht mehr, und er kehrte in die Küche zurück und betrat die extra groß gebaute Speisekammer. In ihr war mehr Platz für Nahrungsmittel, als seine Familie je brauchen würde. Er zog an der Schnur der nackten Birne an der Decke und betrachtete die Reihen von Konserven und Kartons, die Kisten, mit denen normalerweise Gaststätten beliefert wurden, und die Zweiliterflaschen. Wieder klingelte das Telefon. Wooten wollte schon hingehen, doch dann blieb er stehen. Joel war es nicht, McNutt auch nicht. Die riefen nicht an. Die warteten, bis er sich entschieden hatte. Ein stechender Schmerz fuhr ihm in die Eingeweide, eine Mischung aus Angst und Hunger, so stark, als ob in seinem Magen ein Messer umgedreht würde. Fast hätte er sich setzen müssen. Er atmete rasch ein, doch nützte es nichts. Die Schmerzen blieben, in einer Darmschlinge gefangen.

Das Telefon klingelte immer noch. Laut hallte es durch die Küche. Im Kühlschrank polterte geräuschvoll ein Eiswürfel nach unten in den dafür vorgesehenen Behälter, der abkühlende Kessel auf dem Herd klapperte ein letztes Mal. Wooten hatte auf einmal das Gefühl, dass er hier weg musste. Solange er hier war, hatte er keine Ruhe. Sie würden anrufen und sie würden kommen. Seine Frau würde ihn weiter drängen, nein zu sagen, alle anderen würden ihn drängen, ja zu sagen. Er musste fort, irgendwohin, wo er in Ruhe nachdenken und etwas essen konnte, damit die Schmerzen aufhörten.

An der Haustür klopfte es, ein schüchternes, aber zugleich bestimmtes Klopfen, das sich nicht abweisen ließ. Wooten ging zur Tür, immer noch gebeugt von den Schmerzen in seinen Gedärmen. Er war schon fast an der Tür, als es wieder klopfte. Mit plötzlicher Wut riss er an dem Griff und spürte, wie unter seiner geschlossenen Faust etwas brach. Das Schloss. Er hatte vergessen, es zu öffnen, bevor er an dem Knopf drehte. Jetzt war es kaputt.

Die Tür flog auf, und Richard Holmes wich erschrocken einen Schritt zurück. Sein Vega stand mit laufendem Motor hinter Wootens Ranchero. Die kalte Mahagonipfeife hing wie immer zwischen den zusammengebissenen Zähnen. Nervös zwinkernd starrte er mit seinen sonst so fröhlichen Augen auf den kaputten Türknopf. In der rechten Hand hielt er einen Umschlag von EarthWorks.

»Richard, was gibt's? Die Zwillinge …«

»Nein, denen geht es gut. Crystal ist mit ihnen unterwegs.«

Wooten wartete, während Holmes noch ein paar Mal zwinkerte und aufgeregt auf dem Stiel seiner Pfeife kaute. Dann gab er Wooten den Umschlag.

»Tut mir Leid, Earl.«

Wooten nahm den Brief entgegen. Er war kurz, ein einziger Absatz, der ihn darüber in Kenntnis setzte, dass er ab sofort unbefristeten Urlaub hatte.

»Es ist keine Entscheidung der Personalabteilung, Earl, sondern eine Anweisung aus Chicago.«

Wooten faltete das Blatt zusammen und steckte es in die Gesäßtasche. Den Umschlag zerknüllte er und ließ ihn in die ordentlich geschnittenen Büsche vor dem Haus fallen. Direkt aus Chicago. Er hatte damit rechnen müssen, trotzdem war es ein Schock. Jetzt war er arbeitslos, zum ersten Mal seit über dreißig Jahren. Es war aus mit AmericaWorks, aus mit den Prozenten, dem Anteil am Kuchen. Nicht einmal die Stadt konnte er fertigbauen.

Holmes nahm die Pfeife aus dem Mund.

»Tut mir wirklich schrecklich Leid, Earl.«

»Nicht Leid genug, um jemand anders den Brief schreiben zu lassen«, sagte Wooten, ohne den Zorn zu empfinden, den seine Worte ausdrückten.

»Das ist ungerecht.«

Wooten musste unwillkürlich lachen.

»Ungerecht?«, fragte er. »Wenn Sie Gerechtigkeit wollen, verschwinden Sie am besten so schnell wie möglich von hier.«

Holmes sah ihn hilflos an, dann befolgte er seinen Rat und kehrte hastig zu seinem Wagen zurück.

Sie trug immer noch die Uniform. Mookie war in seiner Ecke und gab zusammenhanglose Laute von sich. Sie trat zur Seite, um ihn hereinzulassen, und folgte ihm mit den Augen. Seltsam, wie wütend er vor ein paar Tagen noch auf sie gewesen war, dachte er. Jetzt bedeutete das gar nichts mehr. Er ließ sich auf das durchgesessene Sofa fallen. Die Schmerzen wühlten immer noch in seinen Gedärmen. Sie blieb unsicher vor ihm stehen. Von Mookie kam gurgelndes, grundloses Gelächter.

»Ich habe das mit deinem Sohn gehört«, sagte sie leise.

Er sah auf.

»Ein Cousin von mir vergewaltigte ein weißes Mädchen in Washington. Er wurde erst in Lorton gefasst. Er soll sich aufgehängt haben.«

»Ich habe Hunger«, sagte Wooten.

Sie tat, als sei es die natürlichste Fortsetzung ihres Gesprächs.

»Ich mache dir was. Willst du Eier? Ich habe aber keinen Speck.«

»Ja«, sagte er. »Eier.«

Sie ging in die Küche und zog eine Pfanne aus dem Stapel dreckiges Geschirr in der Spüle. Er erhob sich schwankend und folgte ihr. Sie wischte die Pfanne mit einem Papierhandtuch sauber.

»Du siehst schlecht aus, Earl«, sagte sie.

»Warum hast du das getan?«, fragte er müde.

»Was getan?«

»Das mit uns gesagt.«

»Es blieb mir nichts anderes übrig.«

»Nein?«

»Er sagte, er würde uns rauswerfen und nach Anacostia zurückschicken.«

Wooten starrte sie an.

»Wer?«

»Was?«

»Wer hat gesagt, er würde euch rauswerfen?«

Sie drehte sich zu ihm um.

»Mr. Swope. Was hast du denn gedacht?«

»Austin Swope hat mir dir gesprochen?«

»Ja. Er kam letzten Donnerstag und meinte, ich müsse alles sagen, was zwischen uns sei, sonst würde er mir kündigen und die Klinik anweisen, Mookie nicht mehr zu behandeln.«

Die Schmerzen in seinem Bauch strahlten jetzt in die Beine und in die Brust aus. Sein Kopf war ganz leicht.

»Das verstehe ich nicht. Hast du Ardelia *und* Swope einen Brief geschrieben?«

Sie ließ die Pfanne in ihrer Hand sinken. Wasser tropfte auf den aufgewetzten Boden.

»Was für einen Brief?«, fragte sie. »Ich habe doch keinen Brief geschrieben.«

Vom Wohnzimmer war wieder das Lachen des Jungen zu hören. Und Wooten hörte noch etwas. Eine Sirene, irgendwo in der Stadt.

Swope war hier gewesen.

Er stand auf und ging zum Telefon. Wieder hätten ihn die Schmerzen fast zum Hinsetzen gezwungen. Sally antwortete erst beim zwölften Klingeln. Ihre Stimme kam von weit weg, wie durch Wasser.

»Ach du, Earl. Austin ist nicht da.«

»Weißt du, wo er ist?«

»Er ist wegen der Krise ins Büro gefahren.«

Krise sagten sie jetzt also dazu. Er wollte auflegen.

»Earl?«

Er hielt den Hörer wieder ans Ohr.

»Ja?«

»Ich wollte dir nur sagen, wie Leid mir das alles tut.«

Wooten legte ohne ein weiteres Wort auf. Die Frau beobachtete ihn immer noch von der Kochnische aus. Mookie hatte angefangen, sich hin und her zu wiegen. Es konnte Stunden dauern, bis er wieder aufhörte.

Swope war hier gewesen. Swope wusste Bescheid.

»Ich muss weg«, sagte Wooten.

»Willst du keine Eier?«

»Nein«, sagte er leise. »Jetzt habe ich keinen Hunger mehr.«

»Kommst du wieder?«

Wooten sah sie lange stumm an.

»Ich weiß noch nicht.«

Er trat in das kahle Treppenhaus. Das Geheul der Sirene schien lauter zu werden. Das Fahrzeug war nach Süden unterwegs, in Richtung Fogwood, konstatierte Wooten automatisch, während er noch zu verstehen versuchte, was er soeben erfahren hatte. Swope war in Apartment 27 gewesen. Er wusste Bescheid. In anderen Worten, wer immer den Brief geschickt hatte, hatte seine Drohung wahr gemacht und auch andere unterrichtet. Wooten überlegte angestrengt, wer der Absender sein mochte. Eine der Frauen in der Cafeteria. Obwohl Alice schwor, dass sie nichts wussten. Oder ein Nachbar – aber Wooten konnte sich nicht erinnern, bei seinen Besuchen je einem begegnet zu sein. Wer immer es war, er hatte jedenfalls Austin informiert, und Austin war hergekommen und hatte sich selbst überzeugt.

Wooten schüttelte niedergeschlagen den Kopf. Seltsam, wie lange er genau das gefürchtet hatte. Dass sein Verhältnis aufflog. Und jetzt war es ihm vollkommen egal. Als ob man ihn dabei erwischt hätte, wie er bei Rot über die Straße ging. Denn inzwischen war nur noch eins in seinem Leben wichtig. Sein Sohn saß hinter Gittern, und er wusste immer noch nicht, wie er ihm helfen sollte.

Eine zweite Sirene weiter draußen gesellte sich zur ersten. Wooten stieg mit schweren Schritten die Treppe hinunter und stellte sich vor, wie sein Sohn morgen vor Spivey ein Geständnis ablegen würde. Dann war er wenigstens bald wieder zu Hause. Obwohl, was für ein Zuhause war das noch? Mit einem arbeitslosen Vater, der wahrscheinlich gar nicht da war, von Ardelia für immer verstoßen.

Wie hatte es, praktisch über Nacht, so schlimm kommen können?

Als er an seinem Wagen stand, begann eine dritte Sirene zu heulen. Wahrscheinlich brannte es irgendwo, dachte er, ohne dabei etwas zu empfinden. Sicher nichts Schlimmes. Fett, das sich entzündet hatte, oder ein in Brand geratenes Küchengerät. Morgen war das vergessen. Er schloss die Tür auf und setzte sich in den Wagen. Er wollte den Schlüssel ins Zündschloss stecken, doch dann fiel ihm ein, dass er gar nicht wusste, wohin er sollte. Nach Hause wollte er nicht, in das Apartment zurückkehren auch nicht. Natürlich konnte er nach Cannon City fahren, aber dort wartete man auf eine Entscheidung, die er noch nicht getroffen hatte. Mary's Barbecue, sein Büro – auf einmal schien er nirgends mehr hin zu können. Fünf Jahre lang hatte er an dieser Stadt gebaut, und innerhalb weniger Tage war er zum Ausgestoßenen geworden.

Lärm schreckte ihn auf. Rufe und Flüche. Ein halbes Dutzend Jugendliche waren aus einem Treppenhaus aufgetaucht und liefen johlend über den Parkplatz. Schwarze, ungefähr in Joels Alter. Vom Kopf des Anführers ragte ein Kamm mit einem faustförmigen Griff auf. Sie gingen wie magisch angezogen in die Richtung der Sirenen. Wooten sah, wie sie an den Müllcontainern vorbeimarschierten, einige Meter auf dem Radweg gingen und dann in dem Wäldchen verschwanden, das Zeno's Way abschirmte. Er steckte den Schlüssel ins Schloss, doch noch bevor er den Motor anlassen konnte, erstarrte sein Arm, gelähmt von einer plötzlichen Erkenntnis. Sein Herz begann heftig zu schlagen.

Donnerstag, hatte sie gesagt. Swope sei am Donnerstag in ihre Wohnung gekommen. Aber Ardelia hatte den Brief erst Freitag bekommen. Donnerstagabend hatte Wooten noch mit ihr telefoniert, und da hatte sie ihn eindeutig noch nicht gelesen. Sie hatten in aller Ruhe über die Ereignisse des Tages gesprochen und dann hatte sie ihm freundlich gute Nacht gewünscht. Swope konnte von dem geheimnisvollen Verfasser aber nicht vor ihr gehört haben – wer immer den Brief geschrieben hatte, hatte lediglich von seiner möglichen Absicht gesprochen, andere zu unterrichten. Austin musste also auf andere Weise von seinem Verhältnis erfahren haben. Vielleicht wusste er es schon seit Wochen, Monaten. Aber warum war er dann ausgerechnet ein paar Stunden vor Eintreffen des Briefes in die Wohnung gekommen? Und warum hatte er Alice mit Kündigung gedroht, wenn sie ihm nicht die Wahrheit sagte? Es war geradezu, als sei sein Besuch die Ursache des Briefes, nicht umgekehrt.

Und dann begriff Wooten. Schlagartig war alles klar. Swope hatte von dem Gerücht gehört, natürlich. Das war Austin Swope.

In dieser Stadt geschah nichts, ohne dass er davon erfuhr. Er hatte das Gerücht gehört, dass Earl Wooten Citymanager werden sollte, und hatte ihm geglaubt. Wie Wooten selbst ja auch. Er hatte auch von der Reise nach Chicago erfahren – Wooten fiel seine Frage auf der Party ein, wann er mit Savage wieder zusammenkomme. Offenbar hatte Swope ihn damit auf die Probe stellen wollen. Und Wooten hatte gelogen, also war Swope zum Angriff übergegangen. Er hatte das mit seiner Affäre herausgefunden und das Wissen benutzt, hatte jemand den Brief schreiben lassen oder ihn sogar selbst geschrieben. Im Glauben, dass er sich verteidigen musste. Wooten wusste, wie Swope sein konnte, wenn man ihm in die Quere kam. Gefährlich wie ein tollwütiges Tier. Dutzende Male hatte er es erlebt, hatte er beeindruckt zugesehen, wie Swope seine Feinde in den Staub trat.

In anderen Worten, Swope war auch für das Dutzend kleinerer Missgeschicke verantwortlich, die Wooten in der vergangenen Woche zugestoßen waren. Ihre Häufung war kein Zufall, keine Pechsträhne oder Strafe für seine Untreue. Swope war ihr Urheber. Geholfen hatte ihm dabei wahrscheinlich ein Sicherheitsbeamter oder ein Polizist in seiner dienstfreien Zeit. Und alles wegen eines Gerüchts, das Savage in die Welt gesetzt hatte, um Swope Druck zu machen und die afroamerikanische Fraktion der Firma zufrieden zu stellen. Mit Erfolg. Und Swope hatte den Druck gleich an Wooten weitergegeben.

So musste es sein. Nur so ergab der Wahnsinn der letzten Tage einen Sinn.

Mein Gott, dachte Wooten. Joel. Auch das hatte Swope getan. Er hatte Joel hinter Gitter gebracht. Teddy hatte das Mädchen aus irgendeinem Grund in den See gestoßen, und sein Vater, besessen von einem plötzlichen Hass auf Wooten, stellte es so hin, als hätte Joel sie umgebracht. Um zur gleichen Zeit seinen Sohn zu retten und Wooten zu treffen. Das erklärte alles. Warum er ihm nicht helfen wollte, warum Teddy gegen Joel aussagte, warum die Behörden so scharf auf ein Geständnis waren. Swope glaubte, dass er reingelegt wurde, und wehrte sich. Wooten war davon überzeugt. Er wusste, wie der Mann dachte.

Er startete den Wagen und gab Gas. Er musste sofort zur Newton Plaza und das Missverständnis aufklären, bevor es zu spät war. Swope musste die Hunde zurückpfeifen, die er von der Leine gelassen hatte. Wooten wollte ihm sagen, dass er nichts zu fürchten brauchte. Brauchte er ja auch nicht. Ein Missverständnis und Angst, mehr war da nicht. Beides war aus der Welt geschafft, sobald Swope die Wahrheit wusste.

Er bog auf die Schnellstraße ein und wäre fast mit einem Streifenwagen zusammengestoßen, der mit hoher Geschwindigkeit in Richtung Fogwood unterwegs war. Wooten folgte ihm mit derselben Geschwindigkeit und hoffte, dass er im Schlepptau des Streifenwagens nicht auffiel. Er hörte immer mehr Sirenen, mindestens ein Dutzend waren unterwegs. Die Straße machte eine Kurve, und die Kuppel des Pavillons kam in Sicht. Zweihundert Meter vor ihm bog der Streifenwagen abrupt in eine Anliegerstraße am Nordufer des Sees ein. Auf der Höhe der Abzweigung sah Wooten in die Straße hinein. Über einem gepflegten Rasen loderte eine helle Flamme. Ein Dutzend Gaffer hatten sich darum versammelt. Die Scheinwerfer des Streifenwagens beschienen einen Mann, der soeben einen Gartenschlauch auf die brennende Laterne richtete. Damit macht er nur alles schlimmer, dachte Wooten. Am Ende explodierte das Gehäuse, und dann kam man überhaupt nicht mehr an das Feuer ran. Wooten fuhr an den Rand. Er musste wenden und den Leuten helfen.

Doch noch während die Räder knirschend auf dem Kies der Böschung hielten, fiel ihm ein, dass er ja vom Dienst suspendiert war. Sein Sohn saß im Gefängnis. Es war nicht die Zeit, anderen zu helfen. Sollten sie sich doch selbst helfen. Er tastete mit dem Fuß nach dem Gaspedal. Heute Abend waren sie auf sich gestellt. Wie er auch.

Einige Blocks weiter kam er wieder an einer brennenden Laterne vorbei, auch sie umgeben von einer Traube ratloser Zuschauer. Ein Beamter der County-Polizei schien vor allem damit beschäftigt zu verhindern, dass jemand dem Feuer zu nahe kam. Wieder spürte Wooten, wie die Krise ihn magisch anzog, doch war das Gefühl schon schwächer und leichter zu ignorieren. An der nordwestlichen Ecke des Sees kam er an einem dritten Feuer vorbei. Jetzt wusste er, dass das ganze System versagte. Der Schlaumeier aus Chicago hatte Recht gehabt. Der Fehler lag in der Konzeption. Es würden weiter Ventile abgesprengt werden wie Knöpfe vom Hemd einer übergewichtigen Person, bis jemand die Hauptleitung abschaltete. Und selbst dann würden noch neue Feuer ausbrechen, bis das Gas, das bereits in den Rohren war, verbraucht war. Es würde bis nach Mitternacht brennen.

Kurz vor dem Einkaufszentrum sah er den brennenden Mann. So schnell war das schreckliche Bild wieder vorbei, dass er unsicher war, ob er ihn überhaupt gesehen hatte. Eine brennende menschliche Gestalt, die mit ausgebreiteten Armen eine kleine Straße entlang rannte, gefolgt von einem langen feurigen Schweif. Wooten bremste quietschend und setzte zum Eingang der Straße zurück. Doch da war die Gestalt bereits verschwunden. Die einzige Bewegung kam von einer Flamme, die unbeachtet aus einer Laterne vor dem letzten Haus der Straße schlug.

Fahr weiter, dachte Wooten. Rette deinen Jungen.

Newton Plaza kam in Sicht. Obwohl es fast neun war, war die gläserne Fassade hell erleuchtet. Alle würden da sein, auch Swope. Wooten fiel ein, dass er nicht überlegt hatte, was er ihm sagen wollte. Ob er ihn mit der Wahrheit konfrontieren oder es mit einer List versuchen sollte. Doch im Grunde hatte er keine Wahl. Als Intrigant konnte er Swope nicht das Wasser reichen, das hatten die letzten Tage gezeigt. Sein einziger Weg war die Wahrheit. Sie war alles, was er noch in der Hand hatte.

Er wollte gerade auf den Parkplatz der Plaza einbiegen, als die jugendlichen Rabauken auftauchten und direkt vor dem fahrenden Ranchero die Straße überquerten. Sie lachten und johlten immer noch, wie berauscht von der nächtlichen Anarchie. Einige trugen Beutegut, darunter Radios und Kleider. Wooten trat gewaltsam auf die Bremse, riss das Steuer nach links und schoss auf den Parkplatz. Fast hätte er die Kontrolle über den Wagen verloren. Der Zugang zu seinem Stellplatz wurde durch kreuz und quer parkende Autos behindert. Er ließ den Ranchero stehen und eilte zu Fuß zum Haupteingang. Der Sicherheitsbeamte hinter dem Schreibtisch stand auf, als er Wooten durch das Foyer kommen sah, und rieb nervös die Hände an seiner Hose aus Polyester.

»Mr. Wooten, ich darf Sie nicht reinlassen«, sagte er unsicher.

Wooten blieb stehen und starrte ihn an. An dem Mann vorbeizukommen war kein Problem, aber es wäre töricht gewesen. Swope hätte eine Ausrede dafür gehabt, die Polizei einzuschalten.

»Ich bin aus dem Urlaub zurückgerufen worden«, sagte er barsch. »Als Krisenmanager.«

»Wirklich? Niemand hat mir Bescheid gesagt.«

»Es war keine Zeit.«

Der Mann zögerte.

»Hören Sie die Sirenen?«, fuhr Wooten ihn an. »Da draußen bricht alle zwei Minuten ein neues Feuer aus. Entweder Sie übernehmen die Verantwortung dafür, dass noch weitere Häuser abbrennen, oder Sie lassen mich durch, damit ich den anderen sagen kann, wie man das Gas abschaltet.«

»Dann gehen Sie«, sagte der Mann und trat zur Seite, obwohl er gar nicht im Weg stand.

Die Aufzugstür ging in dem Moment auf, in dem Wooten die Taste mit dem Pfeil berührte. Dann war er auch schon oben. Die Tür zu den Zimmern der Geschäftsführung wurde durch einen Blumentopf aufgehalten. Wooten ging an der leeren Rezeption vorbei und durch den dunklen Raum mit den Schreibtischen der Sekretärinnen. Im Gang, der zu Swopes Büro führte, brannten die Deckenstrahler. Er hörte Stimmen. Die Tür zum ersten Büro stand offen. Durch das vom Boden bis zur Decke reichende Fenster hatte man einen Blick auf den Norden und Osten der Stadt. Trotz seiner Eile blieb Wooten wie angewurzelt stehen. Dann ging er durch das leere Büro zum Fenster, um besser sehen zu können.

Die Stadt war ein Flammenmeer. In allen bewohnten Vierteln brannten Gaslaternen, insgesamt mindestens fünfzig. Der Anblick erinnerte ihn an die Ölfelder im Osten von Texas, die er in seiner Zeit beim Straßenbau einmal gesehen hatte. Die meisten Brände waren offenbar entlang der Hauptversorgungsleitung durch Fogwood und Mystic Hills ausgebrochen. Sie funkelten wie die Sterne einer himmlischen Milchstraße. Die gezackte Flammenspur kreuzte auch den Merlin's Way. Nur hundert Meter von seinem Haus entfernt war eine Lampe explodiert, wahrscheinlich die vor dem Haus der O'Briens. Überall blitzten die roten und blauen Lichter von Streifenwagen, die hilflos zwischen den Feuern hin und her fuhren. Wooten sah auch noch andere Feuer, Feuer, die nicht durch das Gas verursacht worden sein konnten. Zwei Rohbauten brannten, außerdem einige Müllcontainer in Fogwood und Renaissance Heights. Die jugendlichen Randalierer fielen ihm ein. Sie wussten, dass die Polizei gegenwärtig wichtigere Dinge zu tun hatte, als auf sie aufzupassen.

Im Korridor hörte er aufgeregte Stimmen von Swopes Büro näher kommen, und ihm fiel wieder ein, warum er hier war. Im Dunkeln wartete er, während draußen einige Männer vorbeigingen, überwiegend Ingenieure, aber auch einige seiner eigenen Leute. Sie klangen entschlossen und zugleich erwartungsvoll, wie Sportler, die gleich in ein Stadion einlaufen sollten. Sobald sie verschwunden waren, kehrte Wooten in den Korridor zurück und ging lautlos bis zu Evelyns Vorzimmer. Hinter der halb offenen Tür zu Swopes Büro hörte er eine bekannte Stimme. Chad Sherman tauchte in der Tür auf, und Wooten drückte sich in eine dunkle Ecke.

»Ach ja, noch eins, Chad«, rief Swope aus dem Büro.

Sherman blieb stehen.

»Der Typ, der brannte, interessiert niemanden.«

»Jawohl, Sir.«

»Und stellen Sie klar, dass es die Behörden des County sind, die hier Krisenmanagement betreiben. Dann kann sich jeder selbst überlegen, wer die Schuld trägt.«

»Verstanden.«

Sherman verschwand, und Wooten lauschte noch einen Augenblick, um sicherzugehen, dass niemand mehr bei Swope war. Alles war still. Er trat in die Tür. Swope stand auf der anderen Seite des Stadtmodells und sah aus dem Fenster auf das flackernde Lichtermeer. Um seinen Kopf stand der Rauch seines Zigarillo.

»Austin.«

Swope fuhr herum und seine Augen zuckten, er hatte sich jedoch sofort wieder unter Kontrolle.

»Earl«, sagte er ausdruckslos. »Hat Holmes dich nicht erreicht?«

»Doch«, sagte Wooten. »Hat er.«

»Tja dann … danke, dass du helfen willst, aber wir haben die

Lage unter Kontrolle. Ich glaube, es ist am besten, wenn du dich hier nicht blicken lässt.«

In seiner Stimme lag kein Hass, keine Feindseligkeit, nur die leichte Ungeduld eines Mannes, der sich absolut im Recht glaubt.

»Wir müssen miteinander reden.«

Swope zog hastig an seinem Zigarillo, und das Ende des Zigarillos leuchtete auf wie eins der Feuer hinter ihm.

»Jetzt ist keine gute Zeit.«

Wooten schwieg, blieb aber stehen, unbeeindruckt und unübersehbar.

»Wenn es um deine Beurlaubung geht, Earl, dann besprichst du das besser mit Savage.«

»Du weißt, um was es geht.«

Swope sah ihn an. Wartete.

»Du hast Ardelia den Brief geschickt.«

Swope atmete aus. Vor sein Gesicht legte sich ein Rauchschleier.

»Tut mir Leid, Earl, aber ich muss darauf bestehen, dass du gehst.«

»Was ist am See passiert, Austin?«

»Das weißt du doch genau.«

»Teddy hat etwas mit dem armen Mädchen angestellt, und du willst es jetzt Joel in die Schuhe schieben.«

Swope starrte ihn unverwandt an und sagte nichts. Weder ja noch nein. Und da entdeckte Wooten seine Blöße. Der Mann hatte Angst um seinen Jungen. Er brauchte ihm nur zu sagen, dass er Teddy nichts tun würde. Dass er ihm auf jede Weise helfen würde, seinen Sohn zu schützen. Schließlich waren sie doch Freunde. Sie hatten zusammen eine Stadt gebaut. Sie konnten das doch gemeinsam lösen.

»Hör zu, Austin«, sagte er freundlich. »Es muss doch nicht so sein. Egal was passiert ist, wir zwei setzen uns jetzt zusammen und überlegen, wie wir hier wieder rauskommen. Zur Hölle mit Chones und Savage und den anderen. Das Wichtigste ist jetzt, dass unseren Familien nichts passiert. Ich tue, was dazu notwendig ist. Joel soll sagen, dass es ein Unfall war. Ich sage ihm das, bestimmt. Du kennst mich doch.«

Swope starrte ihn nur an, die kleinen, farblosen Augen unlesbar.

»Übrigens hat man mir nie angeboten, Citymanager zu werden«, fuhr Wooten fort. »Auch das musst du wissen. Es war eine Ente. Ich hätte auch gar nicht angenommen. Nein, ich soll in Virginia einen Vergnügungspark bauen. Es sollte ein großes Geheimnis sein. Du verstehst also, wir sind keine Rivalen. Ich weiß, warum du das geglaubt hast, aber es stimmt nicht. Es war nie etwas zwischen uns.«

Endlich erschien ein Riss in Swopes undurchdringlicher Miene. Seine Stirn runzelte sich besorgt, seinen dünnen Lippen öffneten sich. Wooten merkte es und setzte sofort nach.

»Ruf Gus an, wenn du mir nicht glaubst, Austin. Frag ihn. Und dann lass uns überlegen, wie wir unsere Jungs da rausholen.«

Swope schnippte geistesabwesend Asche auf den Teppich. Er schien schon bereit zuzustimmen, doch dann geschah etwas anderes. Sein Gesicht versteinerte wieder, die Kälte kehrte in seine Augen zurück.

»Ich weiß nicht, wovon du redest«, sagte er leise.

»Austin …«

»Earl, du stehst unter enormem Druck, und das ist ja auch verständlich. Niemand macht dir Vorwürfe, wenn du dabei auf abwegige Gedanken kommst.«

»Das sind keine abwegigen Gedanken, Austin. Das ist die Wahrheit.«

»Ich empfehle dir wirklich dringend, auf das Angebot der Staatsanwaltschaft einzugehen. Sonst sieht es für Joel böse aus.«

Wooten begriff, dass Appelle an ihre Freundschaft und gemeinsame Vergangenheit zwecklos waren. Das war alles so tot wie Susan Truax, vernichtet durch einen bösartigen Verdacht.

Wut kam in ihm hoch, und er machte einen Schritt nach vorn.

»Was ist auf dem Pier passiert, Austin? Hat Teddy versucht, sie zu vergewaltigen? Ist es das?«

Swope schüttelte angewidert den Kopf, doch wirkte er nicht überzeugt.

»Du liegst völlig falsch …«

»Was ich nicht glauben kann ist, dass du das alles wegen eines Jobs tust. Wegen eines gottverdammten *Jobs*.«

»Es geht nicht um einen Job, Earl«, sagte Swope mit einer Bitterkeit, wie Wooten sie noch nie von ihm gehört hatte.

»Nein«, sagte Wooten langsam. »Wohl kaum.«

»Nimm das Angebot der Staatsanwaltschaft an, Earl.«

»Ich sage allen …«

»Was? Dass du es drüben in Renaissance Heights nicht mit einer Drogensüchtigen getrieben hast? Dass du gegen Joe Vota nicht handgreiflich geworden bist? Dass dein Sohn mit diesem Mädchen im Haus ihrer Eltern nicht ins Bett gegangen ist?« Swope machte eine Pause, und der Rest seines Selbstbewusstseins kehrte zurück. »Willst du den Geschworenen in Cannon City am Ende erzählen, Joel sei kein *Schwarzer*?«

Wooten machte einen Schritt nach vorn.

»Du mieses Schwein.«

Swope zeigte mit einem dünnen Finger auf ihn.

»Bleib stehen, oder du machst alles nur noch viel schlimmer.«

Wooten trat noch einen Schritt vor.

»Genau da irrst du dich. Dank dir kann es für mich gar nicht schlimmer werden. Trotzdem bin ich noch nicht umgekippt, trotzdem kann ich mich noch wehren.«

Er stand jetzt am Rand des Modells. Swope begann mit den Augen unruhig nach einer Fluchtmöglichkeit zu suchen. Auf beiden Seiten von ihm erstreckten sich breite Teppichbahnen. Wenn er versuchte zu fliehen, hatte Wooten ihn sofort gepackt.

»Was, hast du jetzt auf einmal Angst?«, fragte Wooten.

Swope senkte den Blick auf das Modell, als sei es eine schützende Barriere. Wooten packte es an der Kante. Er hätte es mit Leichtigkeit umkippen und Swope damit gegen die getönte Glasscheibe werfen, vielleicht sogar durch die Scheibe drücken können. Aber noch bevor er den Gedanken zu Ende gedacht hatte, verwarf er ihn wieder. Nicht weil er nicht wollte, sondern weil Swope genau das erwartete. Und Wooten hatte satt zu tun, was andere von ihm erwarteten.

»Ich lasse mir das nicht gefallen, Austin.«

»Du wirst verlieren.«

»Vielleicht. Aber du auch, wenn ich erst auspacke. Zuerst rufe ich Gus und die Zeitungen und alle möglichen Leute an und gebe ihnen meine Version. Dann zwinge ich Teddy, seine Lügen vor der ganzen Welt zu erzählen. Ich engagiere den besten Anwalt, den ich kriegen kann, und er nimmt deinen Sohn im Zeugenstand in die Mangel. Tage, wenn möglich Wochen. Ich wehre mich, Austin. Ich setze dich unter Druck, bis du zerbrichst.«

Bevor Swope antworten konnte, spürte Wooten, dass hinter ihm jemand eingetreten war. Die Angst schwand aus Swopes Gesicht. Wooten drehte sich um. Es war Chones. In seiner fleischigen rechten Hand hielt er ein Walkie-Talkie. Er zeigte damit auf Wooten.

»Hat der hier einen Termin?«

»Nein«, sagte Swope.

»Soll ich ihn vor die Tür setzen?«

»Nicht nötig«, sagte Wooten. »*Ich* bin nicht gefährlich.«

Er wandte sich wieder an Swope.

»Wir sind noch lange nicht miteinander fertig.«

»Wie du meinst, Earl«, sagte Swope. Es klang nicht erleichtert.

Wooten drehte sich um und ging zur Tür. Chones trat nicht zur Seite, und Wooten ging um ihn herum. Er wollte die massigen Schultern des Sheriffs nicht streifen.

Er war schon fast bei seinem Auto, als er die Jugendlichen wieder sah, denen er an diesem Abend schon zwei Mal begegnet war. Zwei von ihnen beugten sich durch das Fenster eines Pontiac, das sie offenbar soeben eingeschlagen hatten. Wooten erkannte den Wagen an der verblassenden Friedenstaube – er gehörte Chad Sherman. Der dritte Junge stand Schmiere. Er sah gerade einem Polizeiauto nach, das mit Blaulicht auf dem Newton Pike vorbeiraste. Keiner der drei hatte Wooten bemerkt.

Leise ging er auf dem Asphalt auf sie zu. Er war nur noch drei Autolängen entfernt, als der Junge, der Schmiere stand, ihn entdeckte. Er packte den ihm nächsten Komplizen am T-Shirt und zog ihn rücklings aus dem Auto. Der Junge wollte protestieren, doch dann sah er Wooten auch. Wortlos ergriff er die Flucht. Die Wache folgte ihm, der dritte Junge blieb allein zurück. Aus seiner

Hose sah der Bund seiner Boxershorts heraus, das Etikett war im künstlichen Licht deutlich zu erkennen. Wooten stand plötzlich eine vergebens liebende Mutter vor Augen, die diesem Randalierer Boxershorts kaufte, und er musste daran denken, dass auch dieser Junge der Sohn irgendwelcher Eltern war.

Endlich tauchte der Junge aus dem Wagen auf, in den Händen ein Achtspur-Bandgerät, von dem Kabel wie Wurzeln einer besonders fest im Boden verwurzelten Pflanze baumelten. Der faustförmige Griff des Kamms, der Wooten schon früher aufgefallen war, hatte sich schräg gelegt und stand nicht mehr drohend in die Höhe. Der Junge sah sich nach seinen Komplizen um und entdeckte Wooten. Seine Augen weiteten sich für den Bruchteil einer Sekunde, dann verhärteten sie sich wieder zu dem gewohnt trotzigen Blick.

»Mach ruhig weiter«, sagte Wooten. »Reiß alles raus und nimm es mit.«

Der Junge starrte Wooten unverwandt an. Dann schnaubte er leise, und ein bitteres Lächeln spielte wissend um seine aufgesprungenen Lippen. Er drehte sich um und entfernte sich langsam. Heute Nacht, das wusste er, behelligte ihn niemand.

36

Teddy bekam eine Erkältung. Typisch. Immer wenn er ins Wasser ging, war er hinterher erkältet. Und diesmal hatte er sich eine besonders schwere eingefangen – verstopfte Nebenhöhlen, hämmernde Kopfschmerzen und zwar niedriges, dafür aber um so hartnäckigeres Fieber, gegen das auch noch so viel Aspirin nicht half. Morgen früh würde ihm so elend sein wie dem sprichwörtlichen Hund. Dann würde er drei Tage lang im Bett liegen, Bonbons gegen Halsschmerzen lutschen und versuchen, der aufopfernden Pflege seiner Mutter zu entgehen. Sommergrippen waren eine echte Heimsuchung. Er musste die Klimaanlage auf Hochtouren laufen lassen, um das Fieber zu senken, und sein Kopf wurde davon zehn Mal schlimmer. Deshalb ging er ja nie baden. Nicht weil er sich seiner Trichterbrust schämte, wie Susan in ihrer

Einfalt behauptete, sondern weil er die Erkältung vermeiden wollte, die jedem Kontakt mit Wasser unweigerlich folgte.

Susan. Der Name dröhnte durch seinen Kopf wie eine Explosion durch eine schlafende Stadt. Er durfte nicht mehr an sie denken. Er hatte sich doch vorgenommen, sie der Vergessenheit zu überlassen, in die sie gestern eingetaucht war. Nur so überstand er die nächsten Tage.

Er sah auf den Wecker an seinem Bett. 21.34 Uhr. In anderen Worten, er war jetzt seit fast acht Stunden in seinem Zimmer in Klausur und brütete über einem Ausweg aus der Katastrophe. Unter normalen Umständen hätte er längst einen gefunden. Heute dagegen konnte er noch so angestrengt nachdenken, es war vergeblich. In welche Richtung er auch dachte, er kam immer wieder beim Anfang heraus. Unfertige Gedanken schwirrten ihm durch den Kopf, ohne dass er sie zu fassen bekam, wie durch Drogen herbeigeführte Halluzinationen. Jeder neue Einfall beschwor sofort Einwände herauf, die ihn wertlos machten. Das Yin gegen das Yang, Fischer unentschieden gegen Spassky, McCartneys banale Musik zu Lennons poetischen Versen.

Das Verhör mit den beiden Bullen von der Kripo hatte ihm zuletzt die Augen geöffnet. In den Stunden davor hatte er sich noch weismachen können, alles werde wieder gut, sobald sein Vater sich darum kümmerte. Erst als er den beiden so salopp daherkommenden, in Wirklichkeit aber eisenharten Bullen gegenüber gesessen hatte, war ihm der Ernst der Lage klar geworden. Die Lüge, die er ihnen auftischte, hatte Folgen. Wenn er nichts unternahm, war Joel erledigt. In den Stunden der Morgendämmerung hatte er sich noch eingebildet, sein Vater könnte alles so einrichten, dass niemand zu Schaden kam. Jetzt nicht mehr. Es gab Dinge, über die selbst sein Vater keine Macht hatte.

Also musste Edward M. Swope selbst überlegen, wie er Joel aus der Klemme half, ohne sich selbst ans Messer zu liefern. Nachdem die Bullen gegangen waren, hatte er sich in sein Zimmer zurückgezogen und sich an die Arbeit gemacht. Beflügelt von seiner Marihuana-Pfeife und Lennons Musik, hatte er den Fall in allen Verästelungen durchdacht. Zuerst hatte er die Alternativen ausgeschieden, die ganz offensichtlich falsch waren. Wie ein Geständnis. Ganz klar keine Option. Damit ruinierte er nur sich selbst und seine Eltern. Außerdem hatte er ja nichts getan, das gesühnt werden musste. Sein Vater hatte das begriffen, und Joel würde es auch begreifen. Ein Unfall war passiert. Sich deswegen dem Urteil einer Jury zu unterwerfen, kam definitiv nicht in Frage.

Schon weniger abwegig klang Fluchthilfe. Er konnte Joel aus seiner Zelle befreien. Sich eine Waffe zu beschaffen, war schwierig, aber nicht jenseits seiner Möglichkeiten. In einer Stunde konnten sie in West Virginia sein, in zwei Tagen in Mexiko. Aber er erkannte schnell, dass auch Flucht keine Alternative war. Zwar hatte ein Ausbruch aus dem Gefängnis für jemanden, der dergleichen schon öfter im Kino beobachtet hatte, seine Reize, aber das Risiko war einfach zu groß. Und er durfte auch Harvard nicht vergessen. Wie sein Vater am Samstagabend angedeutet hatte, stand man offener Kriminalität dort eher ablehnend gegenüber, es sei denn, man hieß Ellsberg, Leary oder Kissinger.

Natürlich konnte er auch immer mit einer anderen Version des Tathergangs aufwarten. Sagen, das Ganze sei ein schrecklicher Unfall gewesen und beim Herumalbern am Ende des Piers passiert. Joel hätte Susan im Spaß geschubst, und Susan wäre ins Wasser gefallen und ertrunken. Danach hätten sie es mit der Angst zu tun bekommen und versucht, alles zu vertuschen. Wenn man ihnen also etwas vorwerfen könne, dann ihre geistige Unreife. Aber er begriff schnell, dass er auch damit nicht durchkommen würde. Es war zu spät, die Darstellung zu ändern. Sie war bereits bei der Zeitung. Die große, hässliche Druckmaschine war angelaufen. Um das zu wissen, brauchte man nur die beiden Bullen anzusehen. Nicht einmal Teddy hätte die verzwickten Fragen beantworten können, die dann gestellt würden, von dem wie betäubten, verwirrten Joel ganz zu schweigen. Warum hatten sie zum Beispiel nicht gleich zugegeben, dass es ein Unfall war? Warum war nicht Joel, der bessere Schwimmer, ins Wasser gesprungen, um die Frau zu retten, die er liebte? Und warum hatte Teddy gegen seinen Freund ausgesagt? Selbst die Pfeifen in Cannon City kamen ihm dann auf die Schliche. Nein, ändern konnte er nichts mehr. Also keine Flucht und erst recht kein Geständnis.

Die Würfel waren gefallen. Joel musste in den Knast. Es war eben Schicksal, wie sein Vater gesagt hatte.

So ging es den ganzen Nachmittag, immer im Kreis. Und jetzt war es Abend, und eine Grippe war im Anmarsch. Wenn er doch nur für einen kurzen Augenblick das Raum-Zeit-Kontinuum hätte aufheben und den unschuldigen kleinen Schubs ungeschehen machen können. Alles wäre so einfach gewesen und die Truaxens, Wootens und Swopes wieder glücklich. Joel wäre frei gewesen, die Verstopfung in Teddys Gehirn hätte sich aufgelöst. Er verzweifelte schier daran. Warum war das, was alle so unbedingt wollten, so unmöglich? Warum musste die dumme Gans sich den Kopf anhauen und alle ins Unglück stürzen?

»Teddy?«

Seine Mutter stand in der Tür.

»Hallo, Ma.«

»Brauchst du etwas?«

»Die Kraft zur Auferstehung.«

Sie runzelte die Stirn.

»Teddy, bitte …«

»Ja?«

»Wenn du mit mir über etwas reden willst, dann kannst du das. Du kannst mit mir über alles reden.«

»Ist nicht nötig, Ma. Dad war mir eine große Hilfe.«

»Ich weiß, Schatz. Aber dein Vater verlangt von anderen manchmal sehr viel. Ich wollte dir nur sagen, du kannst jederzeit zu mir kommen, wenn du das Gefühl hast, es wird dir etwas zu viel.«

Teddy sah zu ihr auf. Einen Augenblick erwog er, ihr einfach alles zu sagen. Vielleicht konnte sie ihm etwas raten. Sie hatte manchmal ziemlich gute Einfälle. Aber dann fiel ihm wieder ein, was sein Vater gesagt hatte. Keiner durfte etwas wissen, nicht einmal sie.

»Mach ich, Ma. Danke jedenfalls.«

Er blieb noch einen Augenblick liegen, nachdem sie gegangen war, dann sah er wieder auf den Wecker. 21.41 Uhr. Er zog den Kopfhörer über die Ohren und startete zum zigten Mal das Band mit der Lennon-Spezialmischung. Er überlegte, ob er sich noch ein Pfeifchen genehmigen sollte, entschied sich aber dagegen. Er verschob das besser auf später, wenn er die Lösung des Problems gefunden hatte. Jetzt bekam er vom Kiffen sowieso nur Hustenanfälle und noch schlimmeres Kopfweh, und seine Nase würde laufen wie die Victoria-Fälle. Stattdessen langte er nach dem rezeptpflichtigen Hustensaft, den er am Nachmittag im Arzneischränkchen gefunden hatte. Der Hausarzt hatte ihm den Saft bei seiner letzten schweren Grippe verschrieben, als er sich kategorisch geweigert hatte, weiter Hustenbonbons zu lutschen. Es handelte sich um eine wirkungsvolle Mixtur auf Kodein-Basis, und der Arzt, der es sich auf keinen Fall mit Sally Swope verderben wollte, hatte ihn nur höchst widerwillig verschrieben. Die Dosierung hatte er mit großen, warnenden Buchstaben auf das Etikett gemalt. Das Etikett war bereits so mit der roten Flüssigkeit vollgesogen, dass es aussah wie der Verband einer tödlichen Wunde. Nicht mehr als zwei Teelöffel. Blabla. Teddy nahm mehr als zwei Teelöffel, schluckte gleich ein Viertel der Flasche, genug für eine anständige Dröhnung, die für die ganze Nacht reichte.

Das erste Lied des Bandes erklang, ein ziemlich schwache Nummer. Normalerweise spulte Teddy gleich weiter. Keine Sternstunde von Lennon. Trotzdem, es gehörte zum Gesamtwerk des Meisters. Man konnte nicht immer nur die Rosinen herauspicken. Auch Genies hatten ihre Höhen und Tiefen, Teddy wusste das nach der letzten Nacht.

Und dann passierte es plötzlich, wie ein Blitz aus heiterem Himmel. Die Bläser spielten gerade zum ersten Mal die fünf vertrauten Noten. Die Lösung. Ohne einen weiteren Gedanken wusste Teddy, was zu tun war. Mein Gott, es stand im Lied. John höchstpersönlich gab die Antwort zur seichtesten aller Melodien. Teddy spulte zurück und spielte noch einmal die ganze Strophe.

No one you can save that can't be saved.
Nothing you can do,
but you can learn how to be you in time.
It's easy.

Und das war es. Kinderleicht. Unfassbar, dass er nicht schon früher draufgekommen war. Joel war schon gerettet, man brauchte gar nichts mehr zu tun. Er musste nur nach und nach lernen, er selbst zu sein. Die Lösung war nicht, zu verhindern, dass er in den Knast kam. Dazu war es zu spät. Eine gewisse dumme Gans, deren Name für immer ungenannt bleiben sollte, hatte sein Schicksal besiegelt, als sie gestern Abend den Mund nicht hatte halten können. Man musste vielmehr sicherstellen, das Joel das Richtige widerfuhr, *während er im Knast saß*. Teddy würde ihn retten, während er einsaß. Eine Zeit lang in Haft war bei näherem Nachdenken sogar gut für Joel. Er hatte dann Gelegenheit, sich auf das Wesentliche zu konzentrieren. Er hatte Zeit zum Lesen und Nachdenken und würde Dinge begreifen, die Teddy ihm in den letzten Jahren, in denen seichte Vergnügungen Joel zunehmend abgelenkt hatten, vergeblich begreiflich zu machen versucht hatte. Er würde endlich eine gewisse Person vergessen und lernen, er selbst zu sein. Und was am besten war, Weglaufen war dann kein Thema mehr. Nie wieder würde er Teddy sitzen lassen.

Das war die Lösung. Teddy würde Joel im Knast betreuen, sich um ihn kümmern, wie es noch kein Freund je getan hatte, und dafür das ultimative Opfer bringen. Er würde Harvard sausen lassen und stattdessen an die Hopkins-Universität gehen, vielleicht sogar nach Maryland, wenn es so leichter war. Das würde er für seinen Freund tun. Auf den Platz im besten College der Welt verzichten, nur um ihm nahe zu sein. Und wenn Joel in ein Gefängnis in einem anderen Staat verlegt wurde, würde er ihm folgen. Durch Besuche, Briefe und Anrufe würde er Joel zu der Erkenntnis bringen, dass der Unfall vergangene Nacht etwas Gutes war, dass er ihn vor einem Leben des Mittelmaßes und der Routine bewahrte und ihm ermöglichte, durch ein Ritual der Selbstreinigung eine höhere Bewusstseinsebene zu erlangen. Teddy konnte ihm jede Menge Bücher ausleihen. Hesse, Suzuki und Laing, Gandhi, George Jackson und Huey Newton. Leicht war es sicher nicht, das wusste er. Joel war intelligent, hatte aber keine Disziplin. Zu lange hatte er sich mit seinem Charme und guten Aussehen über die Runden gebracht. Aber jetzt arbeitete die Zeit für Teddy. Joel ging nirgends mehr hin. Er würde begeistert sein.

Und bald war er ohnehin wieder frei. Sein Vater hatte etwas von drei Jahren gesagt, aber dank Teddys unermüdlichem Einsatz würde es viel weniger sein. Alle würden tief beeindruckt sein, dass sich eins von Joels Opfern so sehr für Joel einsetzte. Joel würde weniger Zeit im Knast sein, als er für ein nutzloses Diplom gebraucht hätte. Und wenn er schließlich rauskam, hätte er mehr Erfahrung gesammelt, als Bucknell ihm je vermitteln konnte, und er würde in vollkommener Harmonie mit Teddy sein. Sie konnten zusammen eine Wohnung in Cambridge mieten, und Teddy würde endlich in Harvard studieren. Joel konnte eine andere Schule besuchen, dort wimmelte es doch von Colleges. Wie sein Vater gesagt hatte, niemand würde einem intelligenten schwarzen Jungen einen Strick daraus drehen, dass er ein paar Jahre gesessen hatte. Dann gingen sie endlich wieder zusammen zur Schule. Gemeinsam gegen den Rest der Welt, wie damals, beim Häuserspringen.

Er musste Joel nur noch wissen lassen, was er für ihn in petto hatte. Und zwar noch heute Abend. Sonst weigerte der sich am Ende noch, auf das Angebot der Staatsanwaltschaft einzugehen. Das Angebot aber war der Schlüssel zu allem. Denn wenn Joel seine Schuld abstritt, bekam er am Ende zwanzig Jahre, und dann konnte Teddy ihn nicht mehr retten. Die Frage war also, wie stellte er den Kontakt zu Joel her. Telefonisch war er im Knast nicht zu erreichen, und nach Cannon City wollte Teddy nicht fahren. Ein Zusammenstoß mit den Behörden pro Tag reichte. Dann fiel ihm ein, was sein Vater über die Möglichkeit einer Freilassung gegen Kaution gesagt hatte. Am Nachmittag hatte eine Art Anhörung stattgefunden – wahrscheinlich war Joel schon auf freiem Fuß. Wahrscheinlich saß er längst zu Hause und wartete darauf, dass sein Freund kam und ihm erklärte, was er zu tun hatte. Teddy brauchte nur zu ihm zu gehen.

Teddys Gedankenflug wurde durch den schrecklichsten Lärm unterbrochen, den er je gehört hatte. Ein kreischendes Chaos kam durch den Kopfhörer, ein langgezogenes Geschrei und dumpfes Stöhnen im Zeitlupentempo, der Höllenlärm einer Billion Seelen, die in einen bodenlosen Schlund gezogen wurden. Er riss den Kopfhörer von den Ohren und sah sich nach dem heulenden Dämonenchor um, der offenbar ins Zimmer eingedrungen war, um ihn zu ewiger Folter zu verdammen. Aber das Zimmer war leer. Nur er und seine Lennon-Poster. Dann sah er das Kassettendeck. Es drehte sich nur noch mühsam und unregelmäßig. Teddy drückte auf Stop und Eject. Glitzernder Bandsalat quoll ihm entgegen. Er steckte den kleinen Finger in das Loch der Kassette und versuchte das Band wieder aufzuspulen, aber es hatte keinen Sinn. Es war zerrissen und zu einem unentwirrbaren Knäuel verknotet.

Er warf die ruinierte Kassette in den Papierkorb und sah auf den Wecker. 22.01 Uhr, Zeit, sich auf den Weg zu den Wootens zu machen. Er nahm noch einen großen Schluck Hustensaft und schlüpfte in die Turnschuhe. Er hatte die Lösung gefunden, ganz sicher. Er war schon an der Zimmertür, als ihm noch etwas einfiel. Joels Schirmmütze. Ideal geeignet, um das Eis zu brechen. Er nahm sie vom Bettpfosten, an dem sie eine Woche lang gehangen hatte. Dann ging er hinaus.

Er verließ das Haus durch den Garten, um nicht seinem Vater in die Hände zu laufen, der ihm bis auf Weiteres streng verboten hatte, das Haus zu verlassen. Er hatte zwar gehört, wie sein Vater das Haus vor einer Stunde eilig verlassen hatte, er wusste aber nicht, wann er zurückkommen würde. Seine Mutter war sicher schon mit einem Eisbeutel und ihrer Modezeitschrift ins Bett gegangen. Von ihr hatte er nichts zu befürchten.

Er trat durch die Schiebetür auf die hintere Veranda. Im selben Moment hörte er die Sirene. Er erstarrte, die Hand am Türgriff. Sein Herz begann zu hämmern, Blut schoss ihm in den Kopf, der sich ohnehin bereits drehte. Die Sirene bewegte sich auf der Schnellstraße in Richtung Süden, anders ausgedrückt, in seine Richtung. Das war das Ende. Sie holten ihn. Seine Aussage hatte der Überprüfung nicht standgehalten. Die beiden Kripobeamten hatten einen entscheidenden Widerspruch entdeckt. Deshalb war sein Vater vorhin aus dem Haus gestürzt – um das Unvermeidliche zu verhindern. Aber nicht einmal er konnte die Katastrophe abwehren, die jetzt über Teddy hereinbrach. Teddy war erledigt, sein schöner Plan keinen Pfifferling mehr wert. Er würde Joel nie zeigen können, zu was für Opfern er bereit gewesen war, würde ihm nie sagen können, wie schön alles hätte sein können.

Halt suchend lehnte er sich an die kühlen Schindeln der Hauswand. Wie viel würde er bekommen? Sein Vater hatte von ein paar Jahren gesprochen, aber das hatte für Joel gegolten. Mit Teddy würden sie nicht so milde umspringen. Bei ihm ging es zusätzlich um Lüge, Täuschung und Betrug. Und dann war da noch der Neid, von dem sein Vater gestern Abend gesprochen hatte. Die zwölf Herren von der Jury brummten ihm sicher schadenfroh die Höchststrafe auf. Hoffentlich durfte er wenigstens seine Lieder mitnehmen. Lennon würde ihm über die schwere Zeit hinweghelfen. Teddy würde ihm an seine neue Adresse schreiben, das Dakota Building in Manhattan. Sie konnten miteinander korrespondieren. Die Swope-Lennon-Gefängniskorrespondenz. Das wäre ein Hammer. Vielleicht besuchte Lennon ihn sogar, und womöglich fand sich im nächsten Album ein entsprechender Song. Schließlich hatte Lennon auch einen für Angela Davis oder John Sinclair geschrieben, oder über das Gefängnis Attica State. Da kam doch wohl auch Teddy in Frage. Wenn nicht für ein ganzes Lied, dann wenigstens für ein paar Zeilen.

Er schreckte aus seinen Gedanken hoch. Die Sirene hatte nördlich des Sees angehalten. Er wurde also doch nicht verhaftet und hatte immer noch Zeit, Joel zu retten. Die Gnadenfrist verlieh ihm neue Kraft, und er rannte die Treppe hinunter und um das Haus. Er überlegte, ob er das Auto nehmen sollte, aber es war zu riskant. Wenn sein Vater sah, dass der Firebird fort war, wusste er, dass Teddy weg war. Also lieber zu Fuß.

Er stieg zum Anfang von Prospero's Parade hinauf. Weitere Sirenen waren zu hören, ein halbes Dutzend. Sie kamen aus allen Richtungen. Was konnte das bedeuten? Vielleicht war bei der aufsässigen Bevölkerung von Renaissance Heights zuletzt doch noch eine Sicherung durchgebrannt. Er bog in den Merlin's Way ein, kam aber nur ein paar Schritte weit. Dann erfasste ihn auf einmal ein solcher Schwindel, dass ihm Hören und Sehen verging. Die Fäden, die seinen Körper aufrecht hielten, rissen entzwei, und er krachte in die sorgfältig gestutzten Büsche der Bartelts. Zweige knickten unter ihm ein, süßlicher Torfgeruch stieg ihm in die Nase. Zum Abgewöhnen. Er rollte auf den Rücken und holte ein paar Mal tief Luft. Sein Gesichtsfeld hatte sich auf einen Punkt von der Größe eines Sterns verengt, sein Kopf war so leicht wie ein Wetterballon. Vielleicht hatte er doch einen Schluck zu viel Hustensaft genommen. Vor dem Aufstehen musste er erst überlegen, wie man das machte. Als er es schließlich geschafft hatte, wartete er, bis sein Gleichgewichtssinn wieder funktionierte, dann wagte er vorsichtig einige Schritte. Links, rechts, links. Ging doch. Er bemerkte, dass er etwas in der rechten Hand hielt. Die Schirmmütze. Er setzte sie sich auf den Kopf. Es tat gut, etwas von Joel zu tragen. Auch wenn er wusste, wie bekloppt er damit aussah.

Er ging den Merlin's Way weiter und bemühte sich, tief einzuatmen. Bei den Wootens brauchte er einen klaren Kopf. Diesmal musste er seine ganze Überzeugungskraft aufbieten, darüber machte er sich keine Illusionen. Es würde schwer sein, Joel dazu zu bringen, über seine zweifellos trübe kurzfristige Perspektive hinauszusehen. Und dann gab es da noch das heikle Thema des Ablebens einer gewissen Blondine. Auch in dieser Hinsicht war mit schlimmen Szenen zu rechnen. Aber er schaffte das schon, war auf alles vorbereitet. Er blieb bei Joel, bis der kapiert hatte, dass er nur *eine* Zukunft hatte, nämlich die von Teddy.

Er sah das Feuer in dem Moment, in dem er um die letzte scharfe Kurve vor dem Haus der Wootens bog. Zuerst hielt er es für eine Art neobiblischer Erscheinung, einen brennenden Busch oder leuchtenden Engel, in dessen Licht sein Verbrechen offenbar wurde. Vielleicht handelte es sich auch nur um eine Halluzination, hervorgerufen durch Anspannung, Schlaflosigkeit und das viele Kodein, das er in seiner Dummheit geschluckt hatte. Was auch immer, es war gespenstisch, wie das Feuer vor ihm in der Dunkelheit schwebte. Teddy war versucht, kehrtzumachen und in sein sicheres Zimmer zu flüchten. Zuerst die schreckliche Musik und die Sirenen und jetzt das – heute schien nicht die richtige Nacht für auswärtige Unternehmungen. Aber er hatte eine wichtige Mission, also musste er allen Widrigkeiten trotzen. Er musste Joel sagen, dass er das Angebot der Staatsanwaltschaft annehmen musste.

Er nahm seinen Mut zusammen und ging weiter. Beim Näherkommen erkannte er zu seiner Beruhigung, dass es sich keineswegs um ein geisterhafte Erscheinung handelte, sondern schlicht und einfach um eine explodierte Gaslaterne. Bläuliche Flammen schlugen mit tückischem Zischen durch das geborstene gusseiserne Gehäuse. Die Laterne stand vor dem Haus von Soundso O'Brien, einem Anwalt, der in Washington arbeitete und von seinem Vater regelmäßig juristische Fachliteratur auslieh. Auf dem Rasen zwischen Laterne und Haus hatten sich einige Leute versammelt. Teddy ging unbemerkt auf sie zu. Die meisten kannte er. Neben Mr. und Mrs. O'Brien und ihrem dämlichen Sohn Chris standen die Parkers und die Bartelts, in deren Büsche er soeben gefallen war. O'Brien und Parker hielten etwas in den angewinkelten Armen, Chris, vormals Kapitän der Footballmannschaft von Newton High, hatte einen Baseballschläger geschultert. Dahinter, auf den Stufen zur Haustür, standen die Frauen und Kinder.

Teddy hatte gerade das Grundstück der O'Briens erreicht, als zwischen den Männern Jack Russell, der Hund der O'Briens, auftauchte und auf ihn zusprang. Teddy war mit Russell schon wiederholt aneinandergeraten. Er blieb stehen, weil er der Liste der Missgeschicke des Tages nicht noch einen Hundebiss hinzufügen wollte. Jemand pfiff, und Russell blieb stehen. Ein zweiter Pfiff ertönte, und der Hund kehrte zurück, nicht ohne sich wiederholt böse umzusehen. Teddy ging über den Rasen auf die kleine Versammlung zu. Alle starrten ihm entgegen. Über ihre Gesichter spielten Licht und Schatten, als machten sie in einem fort Grimassen. Der Rasen unter der brennenden Laterne war mit Glasscherben übersät. Teddy sah jetzt, dass O'Brien und Parker Schrotflinten in der Hand hielten.

»Olala«, sagte Teddy. Seine Stimme klang, als komme sie von hinter seinem rechten Ohr. »Was ist denn hier los?«

Für einen Moment war die einzige Antwort das laute Zischen der Gaslaterne. Dann endlich reagierte O'Brien, ein dicker Mann mit flachsblonden Haaren, die aussahen wie die Fäden eines Maiskolben.

»Ja weißt du denn nicht? Die verdammten Dinger explodieren in der ganzen Stadt.«

»Ach ja?«, sagte Teddy. »Irre.«

Alle starrten ins Feuer.

»Wollen Sie das Feuer etwa ausschießen?«, fragte Teddy mit einem Nicken auf das Gewehr in O'Briens Arm.

»Drüben in Fogwood soll es im allgemeinen Chaos zu Diebstählen gekommen sein«, erklärte Parker. »Ein Mann vom Zeno's Way sagte, einige von denen seien einfach in sein Wohnzimmer gekommen und hätten den Fernseher mitgenommen.«

»Einige von …?«, fragte Teddy.

»*Denen*«, sagte Parker.

»Aha.«

»Wir sorgen dafür, dass hier nicht auch so was passiert«, fügte O'Brien hinzu.

»Von mir aus sollen sie ruhig kommen, die Arschlöcher.«

Das hatte Chris gesagt. Teddy nickte ihm mit unbewegter Miene zu. Letzten Herbst hatte Chris ihn nach dem Sportunterricht am Hosenbund hochgehoben und wie Rauchfleisch an der Kante eines Spinds aufgehängt. Erst zehn schreckliche Minuten später hatte Joel ihn gefunden und heruntergelassen. Teddy hatte es sofort Ardelia gesagt, und Chris hatte beim nächsten Spiel nicht mitspielen dürfen, dem einzigen Spiel der Saison übrigens, in dem die Mannschaft gewonnen hatte. Doch das alles schien in der gegenwärtigen Not vergessen.

»Weiß dein Vater eigentlich schon Bescheid?«, fragte O'Brien.

»Er ist vor etwa einer Stunde in sein Büro gefahren.«

Die anderen sahen ihn an, ganz offensichtlich in Erwartung weiterer beruhigender Worte. Vor Teddys Augen begann plötzlich alles zu verschwimmen. Das Dunkel außerhalb des Lichtkegels der Laterne drehte sich wie ein Wirbelsturm. Hoffentlich kippte er nicht schon wieder um. Die Glasscherben auf dem Boden sahen scharf aus.

»Dort wird gegenwärtig über die Krise beraten«, hörte er sich sagen. »Bleiben Sie in der Nähe des Telefons und sorgen Sie dafür, dass genügend Trinkwasser im Haus ist. Vor allem aber lassen Sie keine Fremden herein.«

War das wirklich er, der das sagte? Die Worte kamen aus ihm heraus, ohne dass er darüber nachgedacht oder es gewollt hätte. Doch die auf dem Rasen versammelte Gruppe quittierte seine Worte ernst und mit dankbarem Nicken. Die Frauen waren inzwischen von der Treppe heruntergekommen und starrten ihn wie Flüchtlinge mit leeren Gesichtern erwartungsvoll an. Sogar der dämliche Hund schien durch Teddys Anwesenheit besänftigt.

»Solche Situationen sind eine Herausforderung für uns alle«, fuhr er fort. »Sie zwingen uns zu entscheiden, was für eine Stadt wir in Zukunft sein werden. Ob bei uns Recht und Ordnung herrschen oder deren geistesgestörte Schwester, die Anarchie.«

Die Worte hörten sich gut an, waren an solche Zuhörer aber wahrscheinlich verschwendet. Vor allem Chris schien überfordert; auf seinem schwerfälligen Gesicht zeichnete sich Ratlosigkeit. Schweigen folgte. Die Männer verlagerten die Waffen in die andere Armbeuge, die Frauen zogen die umgehängten Pullover fester um die schmächtigen Schultern. Starredner Teddy, der Robespierre der Schülerversammlung von Newton High, wusste, wann er sein Publikum zu verlieren drohte. Er beschloss zu gehen, solange ein guter Abgang noch möglich war.

»Tja, dann gute Nacht«, sagte er freundlich. »Ich sage Dad jedenfalls noch mal, was los ist.«

Er wartete nicht auf eine Antwort, sondern kehrte ohne ein weiteres Wort zum Merlin's Way zurück. Er spürte, wie er, vom Kodein benommen, schwankte. Er wünschte sich immer dringlicher, er hätte nicht so viel geschluckt. Mechanisch ging er weiter, Schritt für Schritt, Meter für Meter, bis das Haus der Wootens in Sicht kam. Die Fenster waren dunkel. Teddy fluchte leise – er hatte nicht damit gerechnet, dass sie schon im Bett waren. Doch als er zur Einfahrt kam, sah er, dass weder der Ranchero noch der Le Sabre da standen. Offenbar waren sie alle noch in Cannon City. Ausgezeichnet – er würde einfach in Joels Zimmer warten. Dort konnte er dem Freund das mit der Zukunft ganz in Ruhe erklären, ohne vorher zwischen Ardelia und Earl hindurch Spießruten laufen zu müssen.

Das Problem war nur, wie kam er rein. In den Nächten, in denen Teddy und Joel zu spät nach Hause gekommen waren, waren sie heimlich durch das Fenster des nach hinten gelegenen Gästezimmers gestiegen. Es lag drei Meter über dem Boden und wurde deshalb nie abgeschlossen. Allerdings ging das nur zu zweit. Teddy stellte sich auf Joels Schultern, kroch hinein, schlich zur Schiebetür in der Küche und ließ den Freund herein. Allein schaffte er es nicht. Er ging trotzdem um das Haus und versuchte es mit jeder Tür, an der er vorbeikam. Vielleicht hatte er ja Glück. Garage, Keller. Keine Chance. Er stieg zur hinteren Veranda hinauf und rüttelte an der Schiebetür. Abgeschlossen. Das Gästezimmerfenster war unerreichbar, und eine Leiter stand natürlich nirgends herum. Teddy kehrte zur Vorderseite des Hauses zurück und versuchte es mit weiteren Fenstern und Türen. Aber das ganze Haus war abgesperrt. Die Jahre in St. Louis hatten Wooten offenbar zu einem Sicherheitsfanatiker gemacht. Als ob hier jemand einbrechen würde. Gut, von Teddy natürlich abgesehen, aber das war etwas anderes. Er war ein Freund der Familie, selbst wenn das der Familie im Augenblick nicht klar war. Als er wieder an der vorderen Veranda stand, hatte er sich damit abgefunden, im Schatten auf die Rückkehr der Wootens zu warten und dann auf ganz traditionelle Weise Steinchen an Joels Fenster zu werfen. Ohne genauen Grund stieg er zur Haustür hinauf und drehte an dem Knopf.

Die Tür ging auf. Er konnte sein Glück nicht fassen. Das Schloss war kaputt. Sicher waren das die Bullen gewesen, die Joel verhaftet hatten. Typisch. Er ging hinein und machte die Tür sorgfältig hinter sich zu. Drinnen war es stockdunkel. Er machte Licht an, um sich zu orientieren, und zuckte zusammen, als Joels Urahn, der ehemalige Sklave, ihn von der Wand gegenüber mit unergründlichen Augen anstarrte. Er konnte sich einfach nicht an den Typen gewöhnen. Er prägte sich rasch den Weg nach oben zu Joels Zimmer ein, dann knipste er das Licht wieder aus und stieg in der Geborgenheit des Dunkels hinauf.

37

Die Nacht war voller Träume. Sie geisterten über die Rückwand von Wootens Haus wie die überlebensgroßen Bilder eines Autokinos. Schlimme Träume diesmal, zusammenhanglose Fetzen, die mit den friedlichen Erscheinungen der langen Nächte von My Song nichts gemein hatten. Der erste, relativ vollständigste beschwor das Chaos nach einem Angriff mit Napalmbomben während seines letzten Einsatzes. Truax hatte die Bomben selbst angefordert, nachdem sein Zug in einen Hinterhalt geraten war. Fast unmittelbar darauf waren F-4-Jäger aufgetaucht und hatten einige hundert Meter vor ihnen den Urwald in Brand gesetzt. Das Tosen und Knacken war eine Minute später von einem Kreischen unter dem Blätterdach übertönt worden, einem so unerwartet bizarren Lärm, dass die meisten Männer verwirrt angefangen hatten zu lachen. Doch das Lachen war ihnen schnell wieder vergangen, als klar wurde, woher das Kreischen kam – eine Horde Makaken floh in Panik vor der Explosion durch das Lianendickicht. Sie brannten alle, bekränzt mit bläulichen Flammen, und hinterließen eine Spur kleiner Brände. Kurz bevor sie bei den Soldaten ankamen, die sich hingehockt hatten, fielen die ersten herunter. Sie schrien und wanden sich auf dem sumpfigen Boden wie im Regen spielende Kinder. Ein Rekrut senkte seine M-16, um den Affen, der neben ihm heruntergefallen war, von seinen Qualen zu erlösen, doch Truax befahl ihm, die Waffe wieder zu schultern. Zu oft führte Mitleid im Urwald zum Tod. Der Affe würde sterben, wenn seine Zeit gekommen war.

Es folgte das Bild eines Dorfes, das von einem Zug marodierender Marines verwüstet worden war. Als Truax mit seiner Patrouille eintraf, war der Ort völlig zerstört. Die Hütten waren niedergebrannt, Bewohner und Tiere abgeschlachtet. Die meisten Leichen lagen in einem Brunnen, nur ein Mädchen von höchstens zwölf, Susans Alter, lag zusammengekrümmt auf dem Boden einer Hütte. Auf ihrem Gesicht klebte eine Plastiktüte, aus ihrer blutigen Scheide ragten die Beine einer Barbiepuppe. Im Traum gingen die Beine der Puppe plötzlich scherenartig auf und zu und Truax wollte sie herausziehen, bekam sie aber nicht zu fassen, weil sie so glitschig waren. Es folgte das Bild des Steuereintreibers, den Partisanen des Vietcong in einem Reisfeld gleich neben der Route 4 am Boden festgebunden hatten, ein runzliger, alter Chinese, der Truax mit milchigen Augen flehend angestarrt hatte. Zuerst schien er wunderbarerweise unverletzt. Sie durchsuchten ihn nach Minen, dann banden sie ihn los. Erst jetzt entdeckte Truax das Gewimmel sich windender und krümmender Maden, die die

Peiniger des Mannes unter ihm verteilt hatten wie die Frühjahrssaat. Die Parasiten hatten sich durch das Fleisch zwischen seinen Rippen gefressen und nagten bereits an der Leber. Diesmal war es Truax egal, ob er den Feind alarmierte. Der wusste ohnehin genau, wo er war. Er zog die 45er aus dem Holster, jagte einen Schuss durch das rechte Auge des Mannes und überließ ihn den Maden, die ihn schon für sich reklamiert hatten.

Nach diesem Traum schüttelte Truax sich wach, aus Angst, die Träume könnten seinen fiebernden Verstand in einen Abgrund hinunterziehen, aus dem er nicht mehr herauskam. Er durfte sich nicht von der Nacht überwältigen lassen. Er musste einen klaren Kopf behalten. Wooten war in Cannon City, um seinen Sohn mit Lügen und Bestechungen aus dem Gefängnis zu holen. Das durfte Truax nicht zulassen. Er musste wach bleiben, bis sicher war, dass der Junge bestraft wurde.

Er begann mit den vertrauten Dehn- und Streckübungen, um die Durchblutung seiner erschöpften Muskeln anzuregen. Nur die Finger der rechten Hand wollten ihm nicht gehorchen. Sie reagierten träge und bewegten sich nur wenige Zentimeter. Die Hand starb ab. Am späten Nachmittag hatte er Handschuh und Verband abgenommen, um sie anzusehen. Der erste faule Schwall, der ihm in die Nase gestiegen war, hatte ihn zum rückseitigen Fenster des Baumhauses getrieben, und dort hatte er einen Strahl noch warmen Kaffees von sich gegeben. Anschließend hatte er die Hand in das letzte Licht der Abendsonne gehalten. Das Fleisch war bis zu den Adern am Handgelenk aufgesprungen und entzündet. Fieberschübe strahlten in alle Teile seines Körpers aus. Er hatte mit der Hand auf einen Balken geschlagen und nur ein taubes Kribbeln gespürt. Die Tage der Hand waren gezählt. Sobald sicher war, dass Joel bestraft wurde, würde er den alten Arzt im Bethesda aufsuchen und sie abnehmen lassen. Truax kannte viele Männer, die so viel von ihrem Körper verloren hatten, dass der Verlust einer Hand dagegen kaum zählte.

In der Ferne am nördlichen Stadtrand, jenseits des Sees, in dem man seine Tochter gefunden hatte, heulte eine Sirene auf. Truax beachtete sie zunächst kaum. Kurze Zeit später registrierte er, dass die Sirene sich auf Fogwood zubewegte. Er langte nach unten, um sich zu vergewissern, dass die Waffe noch da war, wo er sie hingelegt hatte. Das Fieber stieg erneut, überzog seine Haut mit einem Schweißfilm. Weitere Sirenen erklangen. Sie kamen aus verschiedenen Richtungen und bewegten sich auf die Stadt zu. Einige verstummten abrupt, andere setzten neu ein. Die Nacht war voll von ihrem Geheul.

Und da begriff er. Joel. Er war geflohen. Wooten hatte einen Schließer im Gefängnis bestochen, eine Tür war offen gelassen worden. Und jetzt war der Junge wieder in Newton. Chones und andere suchten ihn mit großem Trara, aber er würde natürlich nicht gefunden werden. Nur wenn Truax ihn suchte. Unwillkürlich wanderte sein Blick zu der kaum sichtbaren Inschrift in der Ecke des Baumhauses. *Joel… Schwanz.*

Plötzlich, wie durch die Sirenen ausgelöst, sah er durch die Bäume nördlich von Wootens Haus einen Feuerschein. Kein Geräusch begleitete die Erscheinung, keine Explosion, kein Zischen und kein Knacken. Truax beugte sich vor, um besser sehen zu können. Das Feuer war nur einige hundert Meter entfernt. Was da brannte, war unklar. Ein Auto, Müll. Schemenhafte Gestalten trafen am Ort des Geschehens ein, aufgeregte Rufe ertönten. Die Flammen schlugen hoch in den nächtlichen Himmel, aber das Feuer wurde nicht größer. Truax war versucht nachzusehen, aber dazu hätte er das Haus eine Zeit lang unbeobachtet lassen müssen, und das konnte er nicht. Das Haus war alles, was er hatte.

Schließlich wandte er den Blick wieder vom Feuer ab. An der Rückwand von Wootens Haus sah er jetzt den verschneiten Abhang in Fort Bragg. Er spürte, wie seine Anspannung sich löste. Die guten Träume waren zurückgekehrt. Susan war ein kleines Mädchen und quicklebendig, und sie rasten den Hang hinunter. Die Kälte und die Geschwindigkeit linderten sein Fieber. Solange es so blieb, konnte er alles ertragen.

Doch es blieb nicht so – schon bald merkte er, dass der Traum in die falsche Richtung ging. Es war auf einmal nicht mehr Vormittag, sondern später Abend, aus der Dämmerung war schon fast Nacht geworden, und es waren keine anderen Schlittenfahrer mehr da, nur die verbeulten Rennschlitten, die gegen heimtückisch aussehende Felsen gekracht waren. Vom Rand der Abfahrt sahen ihnen stumm Gestalten mit blutigen Köpfen und geschienten Armen und Beinen zu. Niemand johlte und lachte, nur einige schwache Stimmen riefen warnend, Truax solle seine Tochter in Sicherheit bringen. Am schlimmsten aber war, dass die beruhigende Ebene am Fuß des Hügels in einer so schwarzen Nacht versank, dass man unmöglich wissen konnte, was sie verbarg. Eine andere Stimme drang durch den heulenden Wind – Susan schrie in Panik. Sie wollte nicht weiterfahren, sie flehte ihn an, zu halten, aber er war machtlos. Sie waren bereits zu schnell, rasten den Hang hinunter, der in schwarzer Finsternis endete.

Und dann, kurz bevor sie unten ankamen, verflog der Traum, und nur noch die Sirenen und Zikaden und Truax' eigener, stoßweiser Atem waren zu hören. Jenseits der Bäume schlugen immer noch die Flammen zum Himmel. Truax brauchte einen Augenblick, um zu begreifen, warum er aus dem Traum aufgewacht war, und als er es begriff, war seine Wahrnehmung auf einmal so scharf wie seit My Song nicht mehr.

Jemand war um das Haus der Wootens gekommen.

Es war eine einzelne Gestalt, die sich lautlos und verstohlen bewegte. Eine Junge oder ein Mann, Genaueres war in dem dunklen Garten nicht zu erkennen. Truax erster Impuls war, vom Baumhaus herunterzuspringen und den Eindringling zu stellen. Aber es war noch zu früh. Vielleicht handelte es sich nur um einen weiteren Reporter. Er musste ganz sicher sein, bevor er handelte. Die Gestalt kletterte auf die Veranda und rüttelte an der gläsernen Schiebetür. Truax hob die 45er vom Boden auf, ohne die Veranda für einen Moment aus den Augen zu lassen. Die Gestalt stieg wieder von der Veranda herunter und verschwand um die Seite des Hauses. Wenig später ging die Haustür. In der Türöffnung tauchte kurz eine Silhouette auf, dann verschluckte die Dunkelheit sie wieder. Im Flur drinnen ging Licht an und wieder aus, so schnell, dass Truax lediglich die lederne Schirmmütze erkennen konnte, die das Gesicht des Eindringlings verbarg. Wieder war er versucht, sofort zum Haus zu rennen, doch zwang er sich diszipliniert, bewegungslos sitzen zu bleiben, für den Fall, dass noch andere da waren. Zehn Sekunden lang geschah nichts. Joel war allein. Dann ging wieder Licht an, diesmal im Schlafzimmer des Jungen.

Er war nach Hause zurückgekehrt, um Geld oder ein Auto zu holen. Wooten musste das ganze County gekauft haben, damit die Polizei so lange wegblieb. Truax ließ sich durch die Bodentür auf die weiche Erde fallen und rannte geduckt zur Veranda, die Waffe in der Hand. Seine Schritte machten auf dem dicken Rasen kein Geräusch. Die Sirenen heulten immer noch. Am Fuß der Treppe aus Redwood blieb er stehen und lauschte, ob sich noch jemand näherte. Aber da war niemand. Das Haus war leer, bis auf Joel.

Er sprang die Stufen zur Veranda hoch, drei auf einmal. An der Schiebetür verharrte er einen Moment lauschend, dann schlug er mit dem Schaft der Pistole auf eins der Blumen-Klebebilder an der Scheibe. Es gab ein leises, hohl klingendes Geräusch, und das Sicherheitsglas überzog sich mit Rissen. Truax musste noch dreimal zuschlagen, bis er durch war. Die Schläge waren nicht lauter als ein hustendes Kind. Stumpfe Glaskrümel fielen lautlos auf die genoppte Gummimatte, auf der »Willkommen« stand. Mit der kranken Hand zerrte Truax an den gezackten Rändern und erweiterte das Loch. Er wusste, dass er sich schnitt, aber er spürte nichts mehr. Dann war das Loch groß genug. Er steckte die Pistole in den Gürtel und langte mit der linken Hand hinein. Das Schloss ging mit einem leisen Klicken auf.

Er trat in die Küche. Die Eismaschine produzierte soeben mit einem heiseren Stöhnen einige Halbmonde aus Eis. Rasch durchquerte er den Raum. Mit der Schulter streifte er einige an der Wand hängenden Töpfe und brachte sie zum Klingen, ein Geräusch, das ihn an das morgendliche Glockenläuten eines Klosters im Delta erinnerte. Er hatte dann immer gewusst, dass die gefährliche Nacht vorbei war. Im Flur überlegte er, ob er Swope anrufen sollte. Aber dazu war jetzt keine Zeit. Zuerst musste er den Jungen dingfest machen. Dann konnten sie ihn an einen Ort schaffen, wo er bestraft wurde, nach Baltimore oder besser noch Washington. Wo das Gesetz noch etwas galt.

Am Fuß der Treppe lauschte er. Alles war still. Er stieg hinauf, lud die Pistole durch und entsicherte sie. Vielleicht war der Junge ja bewaffnet. Truax wollte nicht schießen, aber manchmal ging es eben nicht anders. Oben angekommen, überlegte er kurz, welche Tür die von Joels Zimmer war. Die letzte links, genau wie bei

Susan. Er ging auf sie zu und hob die Pistole. Jetzt äußerste Konzentration. Er hielt das Ohr an das kalte Holz der Tür. Von drinnen hörte er pfeifende Atemgeräusche. Er fasste den Türknopf mit der kranken Hand, doch konnte er ihn nicht festhalten – zu glitschig war das Fleisch von Blut und Fäulnis. Er steckte die 45er in den Gürtel und drehte den Knopf mit der gesunden Hand. Die Tür war nicht abgeschlossen. Er holte tief Luft und trat ein.

Earl Wooten fuhr schnell. Mit fünfzig Stundenkilometern bog er aus dem Parkplatz von Newton Plaza auf die Schnellstraße ein, und als er Mystic Hills erreichte, war er bei hundert. Zweimal kamen ihm Streifenwagen entgegen, doch sie belästigten ihn nicht. Sie hatten andere, größere Sorgen. Wie Wooten auch. Er musste nach Hause und Ardelia von Swopes Lügen berichten, ihr sagen, was sie schon wusste, seit die Polizei vor der Tür gestanden hatte. Joel war unschuldig, er hatte nichts getan. Und dann wollte er McNutt anrufen und ihn zurückpfeifen. Es würde keinen Handel mit der Staatsanwaltschaft geben, kein Geständnis. Danach wollte Wooten nach Cannon City fahren und auf einem Gespräch mit seinem Sohn bestehen. Er wollte ihm sagen, dass die Zeit des Zweifelns vorbei war. Jetzt würden sie kämpfen. Van Riper, Chones und Swope würden nicht gewinnen. Auch wenn sie alles opfern mussten, was sie hatten, Joel durfte für das, was Susan zugestoßen war, nicht bestraft werden.

Wooten verfluchte sich für seine Dummheit, seine Blindheit und Sturheit, die es Swope ermöglicht hatte, auf ihm zu spielen wie auf einem Klavier. Das war das Bitterste. Nicht die Tricks des Mannes oder seine pure Bosheit, sondern die Erkenntnis, dass Swopes Intrigen ein einziges Fundament gehabt hatten – Earl Wootens mangelndes Rückgrat. Swope hatte gewusst, dass Wooten für die Freundschaft eines mächtigen Weißen so dankbar war, dass er nicht im Traum daran dachte, an ihm zu zweifeln, dass er eher seinen eigenen Sohn verdächtigte als den etwas verschrobenen Teddy. Er war schwach gewesen, und deshalb saß Joel jetzt im Gefängnis.

Aber damit war nun Schluss. Ab sofort würde er Swope auf Schritt und Tritt herausfordern. Leicht war es nicht, das wusste er. Swopes selbstsichere Miene vorhin im Büro hatte daran keinen Zweifel gelassen. Der Mann arbeitete mit allen Finessen. Jedes Brett, jeder Nagel seines Lügengebäudes saß an der richtigen Stelle. Aber Wooten wusste auch, dass das ganze Gebäude einstürzte, sobald er ihm das Fundament entzog, auf dem Swope es errichtet hatte – seine eigene Blindheit und Unterwürfigkeit. Vielleicht nicht gleich und nicht auf einmal, aber einstürzen würde es. Swope mochte ihm den Job wegnehmen, seine Ehe kaputtmachen, ihn finanziell ruinieren und ihm sogar das Haus wegnehmen, aber seinen Sohn würde er nicht bekommen. Schon zu viele Söhne hatten dieses Schicksal erleiden müssen. Joel würde nicht zu ihnen gehören.

Er raste den Merlin's Way entlang. An der Abzweigung zur Prospero's Parade sah er zu Swopes Haus hinüber. Teddy war da drin, geborgen und in Sicherheit, während Joel in einer engen Zelle eingesperrt war. Wooten trat das Gaspedal bis zum Anschlag durch. Kurz darauf kam er wieder an einer explodierten Gaslaterne vorbei, der Laterne vor dem Haus der O'Briens, die er von der Newton Plaza aus gesehen hatte. Die Anwohner, die sich um sie versammelt hatten, erkannten den Ranchero und baten mit Handzeichen um Hilfe. Wooten fuhr ohne nachzudenken an ihnen vorbei. Er holperte über den Bordstein der Einfahrt seines Hauses. Das Haus war dunkel. Also war Ardelia immer noch bei Joel. Egal. McNutt konnte sie über die neue Entwicklung unterrichten. Es war egal. Nur die Freiheit seines Jungen zählte noch. Er sprang aus dem schaukelnden Wagen und eilte durch die Haustür. Das kaputte Schloss knackte in seiner Hand wie überdehnte Fingerknöchel.

Im Flur blieb er wie angewurzelt stehen. Der schlimmste Gestank, den er je gerochen hatte, war ihm in die Nase gestiegen. Es war, als hätte jemand ein Destillat der übelsten Gerüche ins Haus geblasen, denen Wooten bei seiner Arbeit je begegnet war. Verwesende Tiere, geborstene Kloaken und der gärende Schlamm des Mississippi. In seinem Haus hatte dieser Gestank nichts zu suchen.

Dann, noch bevor er nachdenken konnte, hörte er von oben eine ihm bekannte Stimme.

Teddy versuchte die Drehbewegung in seinem Kopf anzuhalten. Sie war noch schlimmer geworden als vorhin auf dem Merlin's Way. Er hatte die üblichen Ausnüchterungsexerzitien durchgemacht, hatte tief durchgeatmet und versucht, sich auf bestimmte Dinge zu konzentrieren, doch hatte er damit letztlich nur erreicht, dass der Lärm in seinem Kopf wieder losging. Nur war der Lärm diesmal in seinem Kopf gefangen und ließ sich nicht abstellen, weder durch Abnehmen des Kopfhörers noch durch Drücken eines Knopfes. Es war, als sei das Kreischen und Heulen für immer und ewig in seinem Hirn eingesperrt. Er versuchte an andere Melodien zu denken, um den Lärm zu verdrängen, an »*Revolution*«, »*Helter Skelter*«, »*Instant Karma*«, »*Power to the People*«. Doch keine wollte haften bleiben. Schon nach wenigen Takten gingen sie in dem mahlenden Klangbrei unter.

Also versuchte er den Lärm mit schönen Gedanken zu ersticken. Nur ein Gedanke lohnte die Anstrengung – dass sein Plan offenbar aufging. Hier, in Joels Zimmer, war er felsenfest davon überzeugt. All die Jahre mussten doch mehr bedeuten als ein dummer Unfall. Freunde brachten einander ständig Opfer. Sie fingen Kugeln und Granaten ab, sie schwiegen im Angesicht von Folter und Gefängnis. Das Opfer war der Amboss, auf dem die Freundschaft geschmiedet wurde. Teddy wusste nicht mehr, ob er das gelesen oder sich selbst ausgedacht hatte. Jedenfalls stimmte es. Das musste auch Joel begreifen. Jetzt, wo eine bestimmte Person aus dem Weg war, hinderte ihn nichts mehr daran.

Wie als Antwort auf diese positiven Gedanken hörte der Lärm abrupt auf, als hätte man eine Plattennadel hochgehoben. Und dann sah er auch, warum. Die Schlafzimmertür ging auf. Offenbar hatte er vor lauter Lärm überhört, dass die Wootens zurückgekehrt waren. Er stand auf, zu schnell, und es flimmerte ihm vor Augen. Die Tür ging ganz auf, und er sah eine Gestalt. Joel. Er musste es sein.

»Hi, Mann, ich bin's«, sagte Teddy.

Als Antwort darauf hob Joel die Hand, so wie er es damals in den leeren Häusern getan hatte, kurz bevor sie sprangen. Die Anspannung fiel von Teddy ab. Alles in Butter. Nichts brauchte erklärt zu werden, nichts war mehr wichtig. Er machte einen Schritt nach vorn, streckte den Arm aus, um die Hand des Freundes zu ergreifen.

Dann war das Zimmer auf einmal voller Licht und in seinen schwachen Lungen war keine Luft mehr und er fiel, fiel, bevor er sich irgendwo festhalten konnte.

Der Junge stand vom Bett auf und kam ihm entgegen, sagte etwas, das er nicht verstand. Truax zog rasch die Pistole aus dem Gürtel. Er hielt sie ungeschickt, hatte den Finger zu tief am Abzug. Er schob den Finger nach oben, und im selben Augenblick machte der Junge noch einen Schritt und hob die Hand. Die Bewegung löste eine kleine Kontraktion der Muskeln in Truax' Arm aus, und sein Finger zuckte, noch bevor er richtig lag. Ein Schuss löste sich. Die Kugel traf den Jungen wenige Zentimeter rechts der Mitte und riss ihn nach hinten. Er stolperte über das Bett, prallte gegen den Fensterrahmen und zog im Fallen die Vorhänge mit. Dann war alles still und dunkel, wie zuvor. Bis auf das, was er getan hatte.

Er verharrte regungslos. Das war nicht richtig. Er hatte den Jungen doch nur festnehmen und zu Swope bringen wollen. Mit seiner schlechten Hand tastete er blind nach dem Lichtschalter, doch er spürte nichts mehr. Unverwandt sah er auf den Körper, der sich unter dem Vorhang hob und senkte. Es war nicht richtig. Er musste Swope anrufen. Er würde wissen, was zu tun war. Wie man den anderen erklärte, warum die Pistole losgegangen war. Er hatte Truax gleich am Anfang gesagt, wenn Schwierigkeiten auftauchten, würde er sich darum kümmern. Er brauchte ihn nur anzurufen.

Der Junge begann schnell und flach zu atmen. Truax wusste, was das bedeutete. Er hatte es oft genug erlebt. Es würde nicht mehr lange dauern. Aber es war gut so. Swope würde es den anderen begreiflich machen. Truax hatte den Jungen ja nur aufhalten wollen. Aber der Junge war mit erhobener Hand auf ihn zugekommen. Daraus konnte ihm niemand einen Vorwurf machen.

Im Gang hinter ihm ging das Licht an. Truax fuhr herum. Über den Boden fiel der Schatten eines Kopfes. Nein, dachte Truax, zu früh. Er hatte Swope doch noch gar nicht angerufen.

Er packte die Pistole fester. Diesmal war er bereit.

Die Explosion kam in genau dem Augenblick, in dem Wooten klar wurde, dass er Teddys Stimme gehört hatte. Er wusste sofort, dass eine Pistole geschossen hatte. Er hatte solche Schüsse schon oft gehört, abgefeuert aus Wut, aus Übermut und sogar im Scherz. Keiner der Schüsse hatte allerdings eine solche donnernde Autorität gehabt wie der, der jetzt durch das breite Treppenhaus rollte. Wooten zögerte, ein Dutzend schrecklicher Szenen vor Augen, eine schlimmer als die andere. Alle hatten mit Joel und Teddy zu tun. Was allerdings nicht stimmen konnte. Joel saß im Gefängnis, Teddy hatte sich bei seinem Vater in Prospero's Parade in Sicherheit gebracht.

Wooten schüttelte seine Unschlüssigkeit ab und rannte die Treppe hinauf. Der bestialische Gestank wurde mit jedem Schritt schlimmer. Oben angekommen, blieb er stehen und sah den Gang entlang. Es war dunkel, das Echo der Explosion schien die Finsternis noch zu verstärken. Er knipste das Flurlicht an. Zehn lange Schritte, dann war er an der Tür. Der Verwesungeruch mischte sich mit dem beißenden Gestank von Schießpulver.

Zuerst sah er in Joels Zimmer nur die dunklen Umrisse der Möbel. Er langte hinein und schaltete das Licht an. Verständnislos starrte er auf den Anblick, der sich ihm bot. In der Mitte des Zimmers stand John Truax, in der Hand eine große Pistole. Rechts von ihm lag zusammengekrümmt am Fuß des Bettes, bedeckt von dem heruntergerissenen Vorhang, Teddy Swope. Der Schirm von Joels Mütze stand in keckem Winkel von seinem Kopf ab. Der Vorhang glänzte schwarz, mit mehr Blut getränkt, als man in dem mageren Körper vermutet hätte. Teddys Augen waren geschlossen, die Lider flatterten. Er atmete mühsam durch den Mund ein, auf jeden Atemzug folgte ein gespenstisch saugendes Geräusch in der Brust. In seinen Nasenlöchern hingen zwei Blasen, hellrot von sauerstoffreichem Blut, die wuchsen und dann wieder schrumpften wie die entblößte Lunge eines kleinen Säugetiers.

Wooten sah wieder Truax an, der in diesem Augenblick die Pistole hob. Sie zitterte wie ein Insektenflügel.

»Nicht, John.«

»Er wollte fliehen.«

»Teddy? Vor was?«

Truax schien nicht zu hören, was er gesagt hatte, und da wurde Wooten auf einmal alles klar. Truax glaubte, er hätte auf Joel geschossen.

»John, was haben Sie getan?«

Truax spannte den Hahn. Das Zittern seiner Hand verstärkte sich.

»Sehen Sie doch hin.«

Wooten zeigte auf Teddy. Der Atem des Jungen ging immer schneller.

»So sehen Sie sich doch an, was Sie getan haben.« Er brüllte fast.

Truax sah hin, und dann begriff er. Ohne die Pistole zu senken, sah er auf den Jungen hinab, den er erschossen hatte. Er verharrte regungslos.

»Er hat Ihre Tochter umgebracht«, sagte Wooten schließlich. »Teddy hat es getan. Und sein Vater deckt ihn.«

Truax sah Wooten an.

»Warum glauben Sie, ist er hier?«, sagte Wooten und zeigte auf Teddy. »Er ist der Schuldige, John, er.«

In Truax' Augen veränderte sich etwas. Er nickte, einmal. Wooten atmete auf. Der arme Mann hatte verstanden. Der Alptraum war zu Ende. So schlimm er gewesen war, jetzt war er zu Ende.

»Ja«, sagte Truax tonlos. »Ja.«

Dann steckte er sich die hin und her schwankende Pistole in den Mund. Als er sie durch die Lippen schob, hörte seine Hand auf zu zittern. Seine Augen schlossen sich, und eine große Ruhe kam über seinen ganzen Körper. Wooten wollte schreien, aber noch bevor er ein Wort herausbrachte, erfüllte eine furchtbare Detonation das Zimmer. Truax schlug auf das Bett, seine Arme fielen mit einem dumpfen Laut neben ihm herunter. Sein linker Fuß zuckte noch ein paar Mal schwach, dann bewegte er sich nicht mehr. Dort, wo er gestanden hatte, hing eine Rauchwolke. An der Wand hinter ihm war ein blutiges Muster. Das Echo der Explosion wurde von dem Dröhnen in Wootens Ohren geschluckt. Er trat einen Schritt vor, dann blieb er stehen. Er konnte nichts mehr tun.

Der Junge fiel ihm ein. Ihm musste er helfen. Er eilte durch das Zimmer und kniete neben Teddy hin. Dreh dich nicht zu Truax um, befahl er sich. Lass ihn liegen, um den kümmern sich andere. Kümmer du dich um den Jungen, er hat noch eine Chance. Er schob den blutgetränkten Vorhang zur Seite. Teddys T-Shirt sah aus, als hätte man damit ausgelaufenes Motoröl aufgewischt. Die Wunde saß dicht unterhalb des rechten Schlüsselbeins, ein zweiter Trichter in seiner verunstalteten Brust. Blut quoll in schwächer werdenden Stößen heraus. Wooten knäulte das Ende von Joels Steppdecke zusammen und drückte es auf das Loch. Doch er wusste, dass es zu spät war.

Teddys Augen klappten auf. Die Pupillen waren riesengroß, doch schien er Wooten zu erkennen. Sein Atem setzte aus, die trockenen Lippen öffneten sich mit einem schmatzenden Geräusch. Er wollte etwas zu sagen. Wooten beugte sich hinunter und hielt die Wange an den Mund des Jungen. Es fiel ihm schwer, durch das Dröhnen in seinen Ohren etwas zu verstehen.

»Sagen Sie Joel, es geht klar«, keuchte Teddy. »Ich habe alles auf der Reihe.«

Wooten richtete sich wieder auf. Die Augen des Jungen gingen zu, ein engelhaftes Lächeln spielte um seine Lippen. Das hektische Auf und Ab seiner Brust hörte auf, ein letzter Blutschwall quoll aus der Wunde. Wooten wusste, dass er etwas tun musste, etwas mit der Brust und dem Mund des Jungen, doch tief drinnen wusste er, dass es zwecklos war.

Stimmen und Schritte drangen durch das Dröhnen in seinen Ohren. Ardelia war mit den Mädchen nach Hause gekommen. Der Art, wie sie redeten, entnahm er, dass sie nichts mitbekommen hatten. Er stand auf und sah ein letztes Mal auf Teddy hinunter, dann wandte er sich ab. Den Anblick der Leiche auf dem Bett mied er sorgfältig. Er bewegte sich schnell. Er musste hier raus, zu seiner Familie. Er musste seine Familie vor dem schützen, was hier passiert war.

38

Austin Swope legte die Hände an die kalte Scheibe, die ihn vor Wind und Wetter schützte, und sah auf die Stadt hinunter. Zugegeben – das brennende Newton war ein grandioser Anblick. Die meisten der dreiundvierzig Gaslaternen, die explodiert waren, bevor sie die Hauptleitung hatten abstellen können, brannten noch, und dasselbe galt für einige vereinzelte Feuer, die jugendliche Brandstifter unter Ausnutzung des allgemeinen Chaos gelegt hatten. Zum Glück hatten sie keine bewohnten Häuser angezündet, sondern Rohbauten, Müllcontainer und einige Toilettenhäuschen beim Pavillon. Die chemisch behandelten Fäkalien brannten wie Zunder. Chones hatte die meisten Unruhestifter festgenommen und in die Turnhalle der High-School gesperrt. Sie sollten später, wenn die Lage sich wieder beruhigt hatte, ohne Anklage freigelassen werden. Verhaftungen hatte es für diesen Sommer genug gegeben. Die Blaulichter der Streifenwagen und Löschfahrzeuge strichen immer noch über Häuser und Bäume, wirkten aber nicht mehr so alarmierend wie noch vor einer Stunde, als die Krise auf dem Höhepunkt gewesen war und eine Eskalation gedroht hatte.

Der größte Trubel war vorbei, Gott sei Dank. Weitere Explosionen würde es nicht geben, die Feuer, die noch brannten, würden ausgehen, sobald das restliche Gas in der Leitung verbrannt war. Das Licht der nicht betroffenen Lampen wurde bereits schwächer und begann zu flackern. Die zunächst befürchtete Katastrophe war ausgeblieben. Als Swope zu Hause telefonisch von den vielen Explosionen erfahren hatte, hatte ihn zunächst minutenlang Panik überkommen. Das war zu viel. Jetzt schlug alles über ihm zusammen. Zuerst der Job, dann Teddy und jetzt eine Feuersbrunst, die sie alle zu verschlingen drohte. Die Fahrt zur Newton Plaza hatte seine Panik noch verschlimmert. An einem Brand nach dem anderen war er vorbeigekommen, und überall hatten sich verängstigte Anwohner versammelt. Alles zerfiel. Im Morgengrauen würde die Stadt eine Ruine sein, und er war als Lügner und Betrüger entlarvt.

Doch dann hatten ihn in seinem Büro ein Dutzend tüchtige Mitarbeiter mit besorgten Gesichtern erwartet, angewiesen auf seinen Rat und Beistand, und er hatte gewusst, alles würde gut werden. Er war wieder in seinem Element. Bald beanspruchte die Krise seine ganze Aufmerksamkeit, wie vierundzwanzig Stunden zuvor Teddy, als er durchnässt und zu Tode verängstigt durch die Tür getreten war. Sofortmaßnahmen wurden eingeleitet, Chones verständigt und Ingenieure hergerufen, viele in Gedanken noch bei dem Abendessen, das sie nicht mehr zu Ende hatten essen können. Bürger wurden beschwichtigt, Reporter hingehalten. Eine Stunde nach seinem Eintreffen war die Hauptleitung abgestellt. Soweit bekannt gab es nur einen ernsthaft Verletzten, einen Hausbesitzer, der dämlicherweise versucht hatte, den Brand selbst zu löschen. Er befand sich mit Verbrennungen dritten Grades auf dem Weg ins Krankenhaus der Hopkins-Universität. Auch dafür musste das Unternehmen finanziell aufkommen, doch trotzdem, es hätte viel schlimmer sein können.

Bald würden die Brände ausgehen und die Aufräumarbeiten konnten beginnen. In verschiedenen Schuppen und Garagen der Stadt versammelten sich bereits Aufräummannschaften. Gegen Mitternacht würden sie losziehen und die ausgebrannten Laternen einsammeln. Bulldozer würden die schweren Eisenteile umlegen, Sattelschlepper die verkohlten Müllcontainer und Toilettenhäuschen abtransportieren. Wenn erst der Morgen graute, musste man schon genau hinsehen, um noch etwas von dem nächtlichen Chaos zu bemerken. Die Geier von der Presse würden nur noch die Knochen vorfinden. Für die Bürger waren die Sirenen nicht mehr als ein lästiger Traum.

Wie er den Blick über die verlöschenden Feuer schweifen ließ, über das sich von Horizont zu Horizont erstreckende Häusermeer, die Straßen und Schulen, das Einkaufszentrum, den See und den Park mit dem Konzertpavillon, erfüllte ihn plötzlich tiefer Stolz. Stolz, weil dies jetzt seine Stadt war, ihm versprochen vor ein paar Minuten, als er Savage angerufen hatte, um Entwarnung zu geben. Sie hatten den ganzen Tag über in ständigem Kontakt gestanden, zuerst wegen Joel und dann wegen der Straßenbeleuchtung.

»Das haben Sie gut gemacht, Austin«, sagte Savage gegen Ende des Anrufs sachlich.

»Danke.«

Swope begriff, dass endlich der Augenblick gekommen war, einzufordern, was ihm zustand.

»Noch eine Sache, Gus. Ich hätte gern eine Entscheidung wegen des Citymanagers.«

»Heute Abend?«

»Es ist einfach verrückt, dass ich Sie wegen jeder kleinen Entscheidung anrufen muss. Die Situation hier bei uns verändert sich ständig. Hundert Jugendliche sind in der Schule eingesperrt, und einige tausend verärgerte Bürger sitzen ohne Gas da. Ich glaube einfach, ich habe mir das Recht verdient, eigenständig zu entscheiden, was ich für richtig halte.«

Die folgende Stille war kürzer, als Swope erwartet hatte.

»Natürlich haben Sie das. Also gut. Herzlichen Glückwunsch, Austin – Sie sind ab sofort Citymanager.«

»Eine volle Amtszeit?«

»Natürlich. Ich muss nur noch einige Anrufe tätigen, und der Vorstand muss das morgen Vormittag absegnen. Aber Sie sind Citymanager.«

»Kann ich es hier bekannt geben? Als Beruhigung für strapazierte Nerven?«

»Von mir aus schreien Sie es überall herum. Aber sorgen Sie dafür, dass in der Stadt Ruhe einkehrt. Tun Sie alles, was dafür nötig ist. Wir müssen immer noch zweitausend Einheiten verkaufen.«

»Das werden wir, Gus, keine Sorge.«

»Dann erwarte ich, dazu Vorschläge von Ihnen zu hören.«

»Das werden Sie.«

Er legte auf und sah zu dem beschädigten Pier hinunter. Die Polizei hatte ihn früher am Tag, als Swope zu Hause mit Teddy gesprochen hatte, mit einem gelben Band abgesperrt. Plötzlich fiel Swope ein, dass er ihn abreißen lassen konnte. Er brauchte dazu keine Erlaubnis mehr einzuholen, sondern nur den Befehl zu geben. Sobald die Polizei den Tatort freigab, würde er die Abbrucharbeiter losschicken. Anfangen ließ sich mit dem Pier sowieso nichts mehr. Er würde den Abriss mit einem Akt des Gedenkens an das erste Mordopfer der Stadt verbinden und mit dem Holz in der Nähe einen Kinderspielplatz errichten. Den Susan-Truax-Gedenk-Spielplatz. Oder besser doch nicht. Gedenkstätten erschwerten nur das Vergessen. Lieber beschränkte er seine Wohltätigkeit auf eine substanzielle Hilfe für John und Irma.

Irma. Mein Gott, er war wahnsinnig gewesen. Er konnte immer noch nicht begreifen, wie das hatte passieren können. So vollkommen die Beherrschung zu verlieren. Nicht, dass er sich Vorwürfe machte. Das weiche Fleisch, die kundigen Hände. Und ihre Augen, irre vor Lust. Trotzdem. Es durfte nicht wieder passieren. Was für ein Glück, dass Truax sie nicht überrascht hatte. Swope dachte an Truax. Nachdem er das Chaos in seinem Keller gesehen hatte, hatte er überlegt, ihn zu entlassen, doch war er später zu der Erkenntnis gelangt, dass es nützlich sein konnte, den Soldaten im Team zu haben. Schon damit er den Mund hielt, aber auch, weil es sicher immer wieder Situationen gab, in denen er ihn gebrauchen konnte. Außerdem stand er jetzt in Truax' Schuld. Wenn er ihn in seiner Nähe hielt, konnte er diese Schuld zurückzahlen.

Er wandte sich vom Fenster ab und kehrte zu seinem Schreibtisch zurück. Auf der Schreibunterlage lag die Nachmittagsausgabe der *News American.* Der Bericht über den Truax-Mord reichte bis in die untere Hälfte, an Länge übertroffen nur noch von den neuesten Enthüllungen aus Washington. »*Sohn eines prominenten Bauleiters wegen Mordes an Teenager in Newton verhaftet.*« Swope hatte den Artikel in einem inoffiziellen Telefongespräch dem Journalisten am frühen Morgen praktisch diktiert. Neben den unbestreitbaren Fakten war die Rede von Joels Wut über das Verbot, Susan zu sehen, und seiner Eifersucht, als er entdeckt hatte, dass Susan einen neuen Freund hatte. Weder von den Eltern des Opfers noch von denen des Angeklagten hatte man einen Kommentar bekommen können, doch Swope wurde mit den Worten zitiert, es sei »für alle Beteiligten eine Tragödie«. Teddys Name tauchte nicht auf. Er würde auch nicht auftauchen, wenn es nach Swope ging. Drei Fotos illustrierten den Bericht. Zum einen das Bild einer atemberaubend schönen Susan Truax aus dem Schülerjahrbuch, daneben ein extrem dunkler Joel und schließlich dasselbe Bild von Wooten, das kürzlich zusammen mit den Lobeshymnen über ihn erschienen war. Swope betrachtete das Bild, und dabei fiel ihm ihre Auseinandersetzung vor einer halben Stunde ein. Er hatte gehofft, Wooten würde das mit seinem Besuch in Apartment 27 erst herausfinden, nachdem er das Angebot der Staatsanwaltschaft angenommen hatte, aber letzten Endes war es egal. Auch wenn Wooten wusste, dass Swope dahinter steckte, er hatte keine Wahl. Die einzige Überraschung war das Ammenmärchen mit dem Vergnügungspark gewesen. Als Wooten davon gesprochen hatte, hatte Swope sich vage an firmeninterne Gerüchte von geheimnisvollen Landkäufen im Westen Virginias erinnert und einen schrecklichen Moment lang zu zweifeln begonnen. Am Ende sagte Wooten die Wahrheit, und alles war ein Missverständnis. Aber er hatte sich schnell wieder gefasst. Wooten wollte ihn nur verwirren, Zeit für seinen Sohn gewinnen. Er hatte ja schon gezeigt, was für ein notorischer Intrigant er war. Keinem einzigen seiner Worte durfte man trauen. Wenn er nicht zu hoch hinaus gewollt hätte, wäre das alles nicht passiert. Aber er hatte in seiner Gier nicht von etwas lassen können, das ihm nicht zustand. Dadurch hatte er seinen eigenen Untergang besiegelt. Die trotzige Miene, die er vorhin aufgesetzt hatte, war natürlich nur Fassade. Earl Wooten war ein vernünftiger Mensch. Er kannte die Spielregeln. Deshalb hatte er es ja so weit gebracht in einer Welt, die nicht die seine war. Er würde rechtzeitig einlenken.

»Mr. Swope?«

Chad Sherman stand in der Tür. Swope begrüßte ihn mit einem grimmigen, kameradschaftlichen Nicken. Der Bursche war die ganze Nacht ein Fels in der Brandung gewesen und hatte lästige Bürger und Journalisten abgewimmelt.

»Die Polizei zieht sich zurück. Ein paar Streifenwagen bleiben für Routinepatrouillen, die anderen fahren.«

»In Ordnung, Chad. Haben Sie schon mit den Redakteuren von der Nachtschicht gesprochen?«

»Das hatte ich als Nächstes vor.«

»Dann können Sie gleich sagen, dass ich soeben zum Citymanager ernannt worden bin.«

Shermans Augen leuchteten überrascht auf.

»Gerade eben?«, fragte er.

»Richtig. Mit sofortiger Wirkung und für volle drei Jahre.«

Sherman lächelte breit.

»Das ist ja wunderbar. Ich … es ist einfach wunderbar.«

»Danke.«

»Soll ich die Pressemitteilung verwenden, die wir schon vorbereitet haben? Ich kann natürlich auch eine neue schreiben …«

»Lassen Sie mich noch einmal einen Blick drauf werfen, aber … klar. Sagen Sie denen, wenn sie ein Interview für die Morgenausgabe wollen, jederzeit. Ich bin die ganze Nacht am Schreibtisch.«

Sherman nickte. Seine Augen glänzten feucht. Er wandte sich zum Gehen, dann drehte er sich noch einmal um.

»Mr. Swope, ich wollte Ihnen nur noch sagen …«

»Ja?«

»Das wird viele Leute hier freuen. Ich glaube, das Schlimmste haben wir überstanden.«

»Nett, dass Sie das sagen, Chad.«

»Ich melde mich wieder, sobald ich bei der Zeitung angerufen habe.«

»Tun Sie das«, sagte Swope. Und mit überfließender väterlicher Autorität fügte er hinzu: »Aber dann verschwinden Sie schleunigst nach Hause zu Ihrer Familie.«

Sherman ging, und Swope dachte an die Shermans. Typische Bürger von Newton. Die Frau, ein Exhippie, hatte vor kurzem angefangen, sich die Beine zu rasieren und ein wenig Make-up aufzulegen. Sie wohnten in einem Aluminiumbungalow drüben in Juniper Bend, hatten aber schon ein Auge auf Mystic Hills geworfen. Sobald Chad seinen Collegekredit abgezahlt hatte, war die Zeit für eine richtige Hypothek und einen Zweitwagen gekommen, vielleicht einen Datsun, wie man sie in letzter Zeit überall sah. Aus der Woche in Ocean City wurden dann zwei in Hilton Head, aus den von der Stange gekauften Anzügen ein paar feinere Sachen aus Europa. Das waren seine Leute. Er war für sie da, für die Shermans dieser Welt, um ihnen zu helfen, ihr bescheidenes amerikanisches Paradies zu verwirklichen. Die Shermans brauchten sich keine Sorgen mehr zu machen. Jetzt, wo Wooten und

Barnaby aus dem Weg waren, konnte man mit einigen Auswüchsen des Stadtexperiments Schluss machen. Übrig blieb dann nur, was solide war, erfolgversprechend und gut. Endlich konnte er auch ein paar eigene Polizisten einstellen und die Sozialwohnungen privatisieren. Die Bürokraten in Washington würden jammern, aber er hatte bereits einige präventive Verfügungen vorbereitet, für den Fall, dass sie aufmuckten. Außerdem ging es mit der Nixon-Gang so spektakulär abwärts, dass eine derartige Bagatelle niemandem auch nur ein Stirnrunzeln entlocken würde.

Swope sah auf die Uhr. Es war spät. Ob Wooten auf das Angebot schon eingegangen war? Er beschloss, Van Riper anzurufen, um sicherzugehen, dass sie am Ball blieb. Er brauchte eine Weile, bis er sie erreichte – sie hatte mit den festgenommenen Randalierern alle Hände voll zu tun. Sie sagte, McNutt habe gerade angerufen und einen Termin ganz früh am nächsten Morgen vereinbart. Swope legte lächelnd auf. Wooten hatte trotz seines Getues den Köder geschluckt.

Bevor er aufstand, rief er noch bei sich zu Hause an, um die frohe Botschaft seiner Beförderung zu verkünden.

»Was haben die vielen Sirenen zu bedeuten?«, fragte Sally.

»Nur einige kleine Brände. Keine Angst, es ist alles unter Kontrolle.«

»Alles?«

»Ja, alles. Wie geht es Teddy?«

»Ich glaube, er hat sich erkältet. Ich wollte gerade noch einmal zu ihm rein.«

»Eine Erkältung ist zum jetzigen Zeitpunkt gar nicht so schlimm. Er soll in seinem Zimmer bleiben, bis alles ausgestanden ist.«

»Austin?«

»Ja?«

»Irgendetwas macht ihm zu schaffen.«

Wenn du wüsstest, dachte er.

»Sal, lass ihm Zeit. Er kommt schon drüber weg.«

Sie schwieg.

»Lass uns doch verreisen, wenn die ganze Aufregung sich gelegt hat. Zu dritt. Vielleicht auf die Bermudas, wie wäre das?«

»Schön«, sagte sie abwesend.

Er hätte fast vergessen, ihr das Wichtigste mitzuteilen.

»Übrigens, rate mal was? Jetzt ist es offiziell. Savage hat mich soeben zum Citymanager ernannt.«

»Gratuliere, Schatz. Wie dumm von dir, je daran zu zweifeln.«

Swope sagte nichts, verärgert durch ihre mangelnde Begeisterung. Doch verdrängte er das Gefühl schnell. Sie konnte unmöglich wissen, wie nahe er daran gewesen war, den Job zu verlieren – und was er alles getan hatte, um ihn sich zu sichern. Niemand würde das je wissen.

»Du hast vollkommen Recht. Jetzt mache ich aber besser Schluss. Sag Teddy, wenn er mit mir reden will oder sonst was, soll er mich anrufen. Ich bin hier.«

Er legte auf, ging zu dem Stadtmodell hinüber und betrachtete es lange. Wie immer fühlte er sich durch die elegante Symmetrie der Anlage beruhigt und gestärkt. Mit den Augen folgte er den bewaldeten Hügeln und gewundenen Straßen, Radwegen und weitläufigen Parks, und jetzt endlich gönnte er sich den Gedanken, den er den ganzen Tag zurückgehalten hatte. Er hatte es geschafft, er hatte gewonnen. Er hatte den Job, und Teddy war in Sicherheit. Was vor vierundzwanzig Stunden noch wie der absolute Ruin und die endgültige Niederlage ausgesehen hatte, hatte ein Happyend gefunden. Zwar hatte er diesmal mit härtesten Bandagen kämpfen müssen, aber er hatte es geschafft.

Die Stadt gehörte ihm.

Sein Blick wanderte nach Mystic Hills hinüber, und eine unwillkommene Erinnerung trat vor sein Auge, ein nostalgisches Bild, das er zumal an diesem Abend gern entbehrt hätte. Es war im Jahr ihrer Ankunft in Newton gewesen, am ersten 4. Juli der Stadt. Die Wootens hatten die Swopes zum Grillen eingeladen. Damals hatte außer ihnen noch niemand in Mystic Hills gewohnt – es war gewesen, als wären sie Nachbarn im Oklahoma der achtziger Jahren des 19. Jahrhunderts, getrennt durch einige tausend Hektar Indianerland. Wie hatte Ardelia noch gleich ihr Haus genannt? Fort Apache. Wooten hatte bei der Vorbereitung des Festes keinen Aufwand gescheut. Als Grill hatte er ein 200-Liter-Fass der Länge nach aufgeschnitten und auf das Gestell eines tragbaren Betonmischers gesetzt. Als Rost hatte er ein in einen Rahmen gespanntes Stück Maschendraht verwendet. Als die Swopes kamen, sah das Feuer aus, als brenne es schon seit einer Woche. Wooten hatte Rippenstücke und Hühnchen, Würstchen und Hamburger aufgelegt, alles großzügig bedeckt mit seiner Spezialsauce. Außerdem gab es in Alufolie gegarte Kartoffeln, und in der Küche kochte ein ganzer Zuber mit Maiskolben. Sally hatte Nudelsalat und Erdbeertörtchen mitgebracht. Es gab Bier für die Herren und Eistee für die Damen. Joel und Teddy verschwanden sofort in dem Baumhaus, das Wooten damals neu gebaut hatte, und spielten ein Spiel, bei dem sie durch die Bodenluke auf einen Haufen trockenes Laub sprangen. Die Zwillinge hingen schüchtern an Ardelias Rockzipfel. Nach der opulenten Mahlzeit nahmen die Erwachsenen auf im Kreis aufgestellten bequemen Gartenstühlen Platz. Insektenlampen schützten sie vor lästigen Mücken. Es war ihr erster gemeinsamer geselliger Abend, ein voller Erfolg. Sally und Ardelia verstanden sich auf Anhieb, Earl und Austin saßen schweigend da, zufrieden über das Erreichte und zugleich bange angesichts der noch zu bewältigenden Aufgaben. Es wurde dunkel, und Wooten kündigte eine Überraschung an. Ardelia verdrehte die Augen. Wooten verschwand in der Garage und kehrte mit einem Jutesack voller Feuerwerk zurück, das ein Ziegellieferant ihm besorgt hatte. Es gab Knallfrösche, Raketen, Leuchtkugeln, Wunderkerzen und sogar einige Donnerschläge. Die Stadtväter hätten versäumt, ein Feuerwerk zu organisieren, sagte Wooten, deshalb habe er selbst die Initiative ergriffen.

»Die Stadtväter sind wir doch selbst«, rief Swope.

Als die erste Rakete pfeifend aufstieg, kamen die Jungen durch die Büsche gerannt, und die Zwillinge klammerten sich noch ängstlicher an Ardelias Rock. Teddy und Joel baten, auch einige Rakete starten zu dürfen. Ihre Väter waren einverstanden, allerdings nur unter strengster Aufsicht. So veranstalteten die Wootens und die Swopes ihr privates Feuerwerk. Ein paar Blindgänger waren darunter, und die Donnerschläge konnten nicht mehr gezündet werden, nachdem die Zwillinge beim ersten Knall in Tränen ausgebrochen waren, aber ansonsten stand das Feuerwerk anderen Veranstaltungen am Ufer des Potomac zur Feier des Unabhängigkeitstags in nichts nach.

Die letzte Rakete hatte das Feuer verursacht. Teddy hatte sie gestartet. Obwohl er es später bestritt, hatte Swope gesehen, wie er die Rakete listig flacher gerichtet hatte, bevor er das Feuerzeug an die Zündschnur hielt. Die Rakete prallte gegen den Ast eines Baums am Rand des Gartens und verschwand im Gebüsch. Wooten und Swope rannten ihr nach, doch als sie zur Absturzstelle kamen, hatte der Funken sprühende Schweif schon einige Büsche in Brand gesetzt. Sie trampelten auf dem brennenden Laub herum, doch breiteten sie das Feuer dadurch nur weiter aus. Es schien bereits außer Kontrolle geraten, da rettete sie ein kalter Schauer, nicht Regen, sondern Ardelia mit dem Gartenschlauch, den sie über den Rasen gezogen hatte. Beim Löschen der Flammen schonte sie ihren Mann und Swope nicht. Auch nachdem das Feuer aus war, bewässerte sie die beiden weiter. Die Männer ließen die Dusche bereitwillig über sich ergehen. Endlich drehte Ardelia das Wasser ab.

»Das nächste Mal, wenn ihr mein Haus mit eurem Leichtsinn gefährdet, bearbeite ich euch anschließend noch mit Lauge und Drahtbürste.«

Lachend und fluchend waren sie aus den tropfenden, verkohlten Büschen gestiegen. Swope war dem Blick seines Sohnes begegnet. Starr vor Angst erwartete Teddy das Donnerwetter seines Vaters. Aber Swope hatte nur lächelnd genickt. Nichts passiert, nur ein kleines Geheimnis mehr, das sie teilten.

»Wisst ihr was«, hatte Wooten gesagt und für Swope ein kaltes Bier aufgemacht, »ich glaube, wir haben gerade die freiwillige Feuerwehr von Newton aus der Taufe gehoben.«

Ein Gefühl wie Reue stieg in Swope auf, doch riss er sich sofort davon los. Das hatte doch keinen Sinn, vor allem jetzt nicht. Wooten hatte sein Blatt gespielt und verloren. Wenn dabei etwas Wertvolles kaputtgegangen war, hatte er selbst daran Schuld. Swope tat nur, was er von Anfang an hatte tun müssen, als er sich in Grand Rapids aus bitterster Armut hochgearbeitet hatte, als er nächtelang am Krankenbett seines Sohnes gewacht hatte und als er nach Newton gezogen war. Er forderte ein, was ihm zustand. Forderte es ein und verteidigte es.

Aus den Augenwinkeln sah er etwas aufleuchten. Wieder ein

Blaulicht. Doch diesmal war etwas anders. Es befand sich im falschen Teil der Stadt, raste den Merlin's Way entlang, geradewegs auf sein Haus zu. Swope trat ans Fenster, um seinen Weg zu verfolgen. Angst verknotete ihm den Magen, als es sich Prospero's Parade näherte. Er hatte in seiner Wachsamkeit zu früh nachgelassen. Etwas war schief gegangen, die Wahrheit war heraus. Doch die Angst verschwand in dem Augenblick, in dem der Streifenwagen an der Abzweigung vorbeifuhr und auf den Teil des Viertels zusteuerte, in dem die Wootens wohnten. Kein Grund zur Aufregung. Wahrscheinlich war die Polizei nur hinter einigen Randalierern her.

Und dann begann das Telefon zu klingeln. Das waren sicher die Zeitungen, die wissen wollten, was für ein Gefühl es war, Chef der neuen Stadt zu sein. Austin Swope sah ein letztes Mal auf das dunkler werdende Häusermeer unter ihm, dann atmete er tief ein und schritt zum Telefon, bereit, sich der Zukunft zu stellen.